U0508602

汉语言文学师范专业经典名著选读

张春泉　寇鹏程　曾　馨／主编

重庆大学出版社

图书在版编目（CIP）数据

汉语言文学师范专业经典名著选读 / 张春泉，寇鹏
程，曾馨主编. --重庆：重庆大学出版社，2025.3.
（汉语言文学新文科一流专业博雅书系）. -- ISBN 978-7-
5689-4797-8

Ⅰ. I206

中国国家版本馆CIP数据核字第20241K7T25号

汉语言文学师范专业经典名著选读
HANYUYAN WENXUE SHIFAN ZHUANYE JINGDIAN MINGZHU XUANDU

主　编　张春泉　寇鹏程　曾　馨
副主编　刘冬梅　占如默　钱金涛
策划编辑：张慧梓
责任编辑：李桂英　　版式设计：张慧梓
责任校对：谢　芳　　责任印制：张　策

＊

重庆大学出版社出版发行
出版人：陈晓阳
社址：重庆市沙坪坝区大学城西路21号
邮编：401331
电话：（023）88617190　88617185（中小学）
传真：（023）88617186　88617166
网址：http://www.cqup.com.cn
邮箱：fxk@cqup.com.cn（营销中心）
全国新华书店经销
重庆升光电力印务有限公司印刷

＊

开本：720mm×1020mm　1/16　印张：38.75　字数：614千
2025年3月第1版　　2025年3月第1次印刷
ISBN 978-7-5689-4797-8　定价：98.00元

高　冉（山西省晋中市榆次区晋华中学教师）

何俊锋（西南大学本科生）

李福玉（西南大学本科生）

刘泊宁（山东大学附属中学教师）

罗　姣（西南大学本科生）

马振凤（西南大学附属中学教师）

孟春雨（西南大学本科生）

米　禧（四川师范大学博士生）

蒲纾尧（西南大学附属中学教师）

孙杭波（西南大学本科生）

熊　敏（贵阳实验三中教师）

杨润培（西南大学本科生）

张琳婧（西南大学本科生）

张楠楠（洛阳市实验中学教师）

张　艳（重庆市万州高中教师）

张玉妹（海南中学三亚学校教师）

赵　旺（西南大学本科生）

前言

　　为进一步提升汉语言文学师范专业人才培养质量，强化大学本科汉语言文学师范专业和中小学语文学科的衔接，激发汉语言文学师范专业本科生对经典名著的阅读兴趣，提高本科生文本解读水平，增强本科生经典名著阅读的心得交流效果，我们策划编撰了本书。

　　2022 年 9 月，我们确定了本书的编写方案，随即组建了编写组。编写组由 4 位大学教师、10 位中学语文教师、1 位博士生、1 位语文教研员、102 位大学本科生共同组成。编写组在编委会的指导和协调下开展相关研讨活动和撰写工作。编委会成员中有中学正高级教师、语文学科名师、直辖市市级语文教研员、参加工作不久的中学青年教师、大学本科生、语文课程与教学论博士生、大学教师（含教授、博士生导师）等。这或许是本书最重要的特色之一。

　　我们首先明确了阅读对象，即选定书目，共 102 部（篇）经典名著。为夯实本科生基本功，我们倾向于推荐学生阅读文学名著，相对而言淡化了各类理论著作。书目的确定依据如下：教育部中国语言文学类教指委制定的《中国语言文学类教学质量国家标准》、南开大学中文系编的《中国语言文学系学生阅读书目》（南开大学出版社，1986 年版）、中学语文教材、《人文学科经典名著导读》（王本朝主编，西南师范大学出版社，2019 年版）。

我们遴选了 102 名西南大学汉语言文学师范专业本科生，每一位学生可根据自己的兴趣选读一部名著，撰写 3000 字左右的论文（读后感），依据本科毕业论文的体例写作，每篇论文作者单独署名。在最后所有提交的 102 篇论文中，有 4 篇论文虽经反复修改，我们认为还是不适合收入本书，这多少有些遗憾。这样，本书实际编入的文章是 98 篇。在阅读和写作过程中，我们力倡实事求是，不求面面俱到，只求读有所获；在通读全书的基础上，根据自己的阅读体会和读书心得，将自己感悟尤深的某些方面提炼成主题，写作成文。论文写完后，再请 10 位中学语文教师对这些论文进行评点，为尽量减轻中学语文老师的负担，每位老师评点 10 篇左右的论文，每篇评语在 500 字以内。（文章作者和点评者均署名于相应论文中）中学语文老师评点结束后，交由主编统稿、定稿。

阅读，是汉语言文学师范专业学生十分重要的基本功。本书旨在训练本科生的这一基本功，并供其他广大汉语言文学师范专业本科生、中小学语文教师和其他语文爱好者参考。此外，本书还可看作是与我们此前组织编撰的《人文学科经典名著导读》的某种"对话"。

由于时间和精力有限，无论是学生的阅读成效、写作水平，还是中学语文教师的评语、我们的整体策划，都还有需要进一步提升和优化之处，敬请读者海涵并批评指教。

张春泉

2023 年 8 月 28 日

目 录

语言：世界的界限

——费尔迪南·德·索绪尔《普通语言学教程》读后感

王能志

在《普通语言学教程》中，索绪尔将语言和言语视作言语活动的双重性。作为译成的抽象而又近似的术语，言语活动、语言和言语让人理解起来并不轻松。人类的言语活动也许可以看作是我们与生俱来的一种能力，它是"构成语言——即一套和不同的观念相当的不同的符号——的机能"[1]，它为思维和符号提供可能，具有高度抽象化的特征，而不仅仅限于口头。

针对语言和言语的区分，索绪尔提出了两个公式。言语是"个人的意志和智能的行为"[2]，在以说话者的意志为转移的情况下，每个人所说的话是不完全一样的，言语具有能动性和任意性，因此，言语是各种特殊情况的总和，其公式为"$1+1'+1''+1'''\cdots\cdots$"而语言是集体的，在同一个群体中，语言是一种有关能指和所指的约定俗成的制度化的集体产物，它是每个人都有的共同的东西，按索绪尔的比喻来说，就好像在人的意志之外存在着一本词典，语言就像"把同样的词典分发给每个人使用"[3]，而这本词典的存在和内容就存在于每一个体的无意识之中。因此，语言的公式可以表现为"$1+1+1+\cdots=1$"。语言和言语是全然不同的两种东西，但它们并非相互对立，而是相互决定。没有共有的语言，言语也就不能被理解，正如两个使用不同母语的人在

---

[1]　费尔迪南·德·索绪尔：《普通语言学教程》，高名凯译，北京：商务印书馆，1999年，第31页。

[2]　费尔迪南·德·索绪尔：《普通语言学教程》，高名凯译，北京：商务印书馆，1999年，第35页。

[3]　费尔迪南·德·索绪尔：《普通语言学教程》，高名凯译，北京：商务印书馆，1999年，第41页。

对话一样。与此同时，没有言语的无数次经验，人们脑中也就提炼不出共有的经验性的东西。这正是索绪尔语言哲学中双重性的体现。

通读全书之后，困惑也随之浮现出来：当我想说什么，或正在说些什么，我的表达是否能够全然契合它的对象？在我借助语言表达的时候，我是否能够掌控语言，其中有多少语言的局限？要解决这一困惑，就不得不从以下几个方面来思考。

首先，要明确什么是表达。"语言中只有差别"[1]，换言之，语言符号是通过差异来定义的，在语言中不存在实体，人们只是运用音响形象间的差异来对应词与词之间的差异。语言应是自成意义，而与世界无关。而在传统的世俗的习惯中，人们把语言视为一种再现——再现客观存在的世界，或是再现人的主观世界。在这一习惯的浸染下，人们产生了两个默认的误解，一是很少区分概念、音响形象与实体，模糊语言本身和其指称的对象的边界，二是不约而同地有一种认知倾向，认为语言可被人用作工具来任意地再现，而不会对事物产生任何歪曲。以索绪尔的思想作为出发点，语言就是一种约定俗成的符号，尽管它并非不可捉摸的抽象的概念，但它既非除它自身以外的实体，也与它所指称的对象没有任何关系，只是恰巧在某个特定的群体中，人们约定能指和所指的结合，正如"人们什么时候把名称分派给事物，就在概念和音响形象之间订立了一种契约"[2]。人们把语言当作再现事物的工具，自以为作为工具的语言是完全可控的，但当我们绝对地信赖语言的再现性，并依靠语言来再现世界的一切事物时，也许语言并不能忠实地反映它所解释的对象，甚至可能存在曲解。例如，当我们形容某人美得沉鱼落雁、闭月羞花时，这种美并非具体的可想象的，而是一种处于共同文化中的群体可感知的抽象美。由此可见，要理解表达，首先就需要弄清楚表达和再现的区别。如果将表达误解为某种事物的再现，那就是对原本与任何实体无关的语言的曲解；表达起到的是指称世界的作用，而非再现世界的作用——也就是说，若世界被视作一种指示物，表达只

---

[1] 费尔迪南·德·索绪尔：《普通语言学教程》，高名凯译，北京：商务印书馆，1999年，第167页。

[2] 费尔迪南·德·索绪尔：《普通语言学教程》，高名凯译，北京：商务印书馆，1999年，第108页。

是通过语言来指称世界，其中包含诸多差别，而不是像镜子般一五一十地将指示物再现出来。

其次，尽管语言符号是任意的，理论上我们可以选用任何符号，但由于语言约定俗成的性质，当一个符号在集体中被确立后，什么都不能触动它，正如索绪尔所言，语言"既是言语机能的社会产物，又是社会集团为了使个人有可能行使这机能所采用的一整套必不可少的规约"[1]。在这一层面上，对于一个语言社会而言，能指不是可以自由选择的，而是强制赋予他们的。不仅个人不能改变语言所选择的能指，连集体也很难将它触动——或者说，集体不会选择将它触动，因为所有人每时每刻都在使用语言，语言和社会大众的生活密不可分，对它进行创新和革命，势必遭到大众的抗拒，这就是索绪尔所说的集体惰性。然而，着眼于现实生活时，提出语言的这种强制性也许会招致一些反对。因为在现实中，语言的任何部分都是会发生变化的，如语音、语法范畴、词的意义和数量等，就像现代汉语与古代汉语相比而言产生了巨大的变化一样，又或者像当下的网络涌现出许多新词一样。但索绪尔认为"一定的语言状态始终是历史因素的产物"[2]，而非共时的，与此同时，任何时代的语言都是从前一时代继承而来的，语言永远是此时此刻的存在，不管片刻之前的语言发生过什么变化，在每一个此时此刻，语言都是不可触动的一个整体，都有其社会规约。不管我们是在使用语言还是言语，总是要遵守相当程度的约束。也就是说，从语言的角度来看，我们所有的表达都是经由审查的，其中包括审查与自我审查。只有合乎制度、用于交流的表达才能成立。而在笔者看来，完全个人化的表达也许并不存在，至少没那么多。当交流成为习惯、自我审查形成自然之时，正如写私人日记的人为自己预设读者一样，这时原本可以违背社会大众的部分还会那么鲜明吗？这是一个问题。

维特根斯坦有这样一句话："世界是我的世界：这表现在语言（我所唯一理解的语言）的界限就意味我的世界的界限。"[3]这句话可以很好地解释人

---

[1]　费尔迪南·德·索绪尔：《普通语言学教程》，高名凯译，北京：商务印书馆，1999年，第30页。

[2]　费尔迪南·德·索绪尔：《普通语言学教程》，高名凯译，北京：商务印书馆，1999年，第108页。

[3]　维特根斯坦：《逻辑哲学论》，贺绍甲译，北京：商务印书馆，2009年，第85页。

借助语言表达时的局限和自由。对于每一个个体来说，语言既局限又自由。语言的界限就是他世界的界限，这个界限无法突破；而在界限内，世界是他的世界，他有相对的自由。

正如前文所分析的那样，一方面，人借助语言来指称世界，而不是再现世界。从这个角度来看，语言的局限就在于任何时候都不能一五一十地再现任何事物，它与所指称的对象甚至没有任何关系，它只是偶然的约定俗成的符号，而非除它自身以外的实体。人使用语言，只能尽可能地做到言必有中，而不能在语言中见到实质。另一方面，对语言的使用要合乎制度、经过审查。语言不是可供任意选择的单纯的契约，人身处于某个群体之中，就要自动接受维系这个社会的语言契约，这体现了强制性。人并非一出生就有语言和思维方式的区分，每一个体都要自幼通过不间断的学习才能逐渐掌握他们的母语，产生他们所属社会的文化认同，并形成与其他群体有别的思维方式。也就是说，每个群体的规约不同，来自不同群体的人会由衷感到他们各自的世界很不一样，这是由语言导致的，也是语言的局限之一。

在笔者看来，"局限"一词应不含贬义。如果看到语言的局限，就一味反对语言带来的规约，那也是不合理的。个人有拒绝语言的自由吗？对于处于集体中的人来说，这种自由应该是不存在的。即便是聋哑人，他们无法使用基于声音产生的符号，但就在聋哑人这一群体中，他们也有通用的手语——手语和语言在约定俗成的意义上都是符号。因此，人们既无法拒绝语言，在语言中也没有绝对的自由。

此外，在任何界限之中，总有相对自由的存在。语言也不例外。如前文所述，语言可以脱离世界而自成意义，它与世界别的实体无关，它本身就作为一个自主的实体而存在。一个最典型的例子就是诗歌语言。一首诗歌放在人们面前，人们首先关注到的一定是能指而非所指，如果人们有任何关于所指的感受，也绝不会先于能指而产生。写诗歌一定不是将个人经历、情感以及脑子里那些陈词滥调置于语言之前，再加以转化，而要将诗歌以语言的形式解放出来；这并不意味着追求诗歌语言的生僻怪奇，当我们谈到许多优秀的诗歌时，也常常无法避免知人论世、体味感情，这是因为，语言只是可以脱离世界，在具体的创作中，却一定会有个人的东西情不自禁地流露出来，这里提到的只是关于主次的问题，而非二选一的问题。由此，在语言的界限中自由亦存在，就像人可以在一定界限中自由地创作一样。

而从另一个角度来看，正如意义是由差异定义的，自由和局限本就相互定义。如果没有与局限的对比，自由也就无法得到定义。"语言是组织在声音物质中的思想……思想离开了词的表达，只是一团没有定形的、模糊不清的浑然之物"[1]，语言使思想得到了明确的划分，也使人能够明确地认识到局限和自由。语言是世界的界限，有了这一界限，才有了界限内可以定义的东西。

参考文献

［1］费尔迪南·德·索绪尔：《普通语言学教程》，高名凯译，北京：商务印书馆，1999 年。

［2］维特根斯坦：《逻辑哲学论》，贺绍甲译，北京：商务印书馆，2009 年。

［3］杨向荣：《语言的牢笼及其突围——詹姆逊的形式主义美学思想解读》，《文学评论丛刊》2011 年第 13 卷第 1 期，第 8-15 页。

［4］姜永琢、李心释：《基于〈手稿〉的索绪尔学说新阐释——以langage、langue 和 parole 为例》，《江西科技师范大学学报》2016 年第 4 期，第 13-19、12 页。

教师点评

标题显旨，重点分明。文章主标题《语言：世界的界限》，表明文章要谈及语言表达时的局限和自由，语言是世界的界限。拟题显现主旨，凸显重点。

开头借助索绪尔的两个公式对语言和言语进行了区分，指出言语是个体的，具有能动性和任意性；语言是集体约定俗成的产物。随后通过设问，引导读者关注语言表达时要弄清楚什么是表达——语言符号是通过差异来定义，随后证

---

[1] 费尔迪南·德·索绪尔：《普通语言学教程》，高名凯译，北京：商务印书馆，1999 年，第 157 页。

明了语言符号在集体中被确立后不能改动，从而表明借助语言表达时的局限和自由。文章平和畅顺，语言通顺、凝练，体现了跟预设的读者对象在进行着的思想交流。

（点评人：张玉妹）

回归语文之"本",探寻汉语之美

——许慎《说文解字》读后感

韩玉瑾

清代学者王鸣盛曾云:"《说文》为天下第一种书,读遍天下书,不读《说文》,犹不读也。但能通《说文》,余书皆未读,不可谓非通儒也。"东汉许慎倾注半生心血编纂《说文解字》,为我国汉字研究作出了巨大贡献,为几千年后的我们呈现出汉字的起源、演变过程,让我们深切体会到中国文字之美、之精妙、之博深,也蕴含着前人无限的智慧。语文学科伴随着学生从小到大,其中,汉字的学习就是语文学习的根本,只有掌握了汉字,才能用一个个汉字组成优美的句子、精妙的文章,才能读懂书、读好书。作为一名语文学科的师范生,读《说文解字》,为我带来了一些语文汉字教学的启发,在教学过程中,如果能够合理地利用书中的相关内容引导学生、启发学生思维,就能够帮助学生更加有效地学习汉字,也能让学生在有限的学习时间之内体会到博大精深的汉语文化。

一、汉字启蒙教学

学生对语文的最早接触,一定是识字,这是语文学习的基础,也是学习其他一切的基本条件。但是汉字教学,并不是单纯地要求学生死记硬背每个字的字形、笔画,而要以启发式的、形象生动的方式,为学生讲解汉字的字形字义、演变过程,让学生能够轻易理解并且自然而然地形成记忆。

许慎在《说文解字》中提出"六书"的理论，即象形、指事、会意、形声、转注、假借。其中，对于象形、指事、会意、形声这四种造字法，如果把它们运用于汉字的启蒙教学中，可以提高教学效率，效果显著。

象形是直接画出所表达物体的轮廓、形状，在讲解"日""月""山""目""羊""牛"这类象形字时，教师可以把汉字最初的甲骨文形体展示给学生，让学生直观地看出字形与所表达意义的关系，然后将甲骨文转换成现在的文字形体，说明笔画省略或变化的方式，学生便能将字形联系到实际生活之中，从而熟记于心。又如"鼠"的隶书鼠由鼠头和鼠尾巴组成，"鹿"的甲骨文鹿生动地画出了一头鹿的形态，对于这类较为复杂的象形字，学生也能快速地掌握。

指事是用指示性符号或者在象形字的基础上加入指示符号来表达新义、造出新字。在学生掌握象形字的基础上，加入指示性符号表示的含义，就能掌握新的字形。例如《说文解字》中对"上"和"下"的解释，用一条横线表示中间，或者表示地平线，上面标一点就是"上"，下面标一点就是"下"，后来把点改成了竖，加上指示性符号，也就逐渐发展成为今天的字形。

会意是由两个或两个以上的独体字组成一个新的汉字，原本独体字的含义也加以组合，从而变成新字的意义。例如《说文解字》："莫，日且冥也。从日在茻中。""莫"的小篆字形为莫从"日"从"茻"，本是表示日落，"茻，众草也"，太阳落在草丛之中，就表示天色已暮，后来"莫"被引申为否定词，在"莫"下又加一"日"创出"暮"，替代了原来日落的本义。通过"莫"词义组合的解释以及词形的变化发展，学生就能很快记住"莫"和"暮"的写法，也能了解这两个字之间的演变关系。还有一些较为复杂的字形，如"寒"，其小篆字形寒，"宀"表示屋子，在"茻"中睡有一人，露出脚板，脚下两点表示结冰，因此"寒"表示寒冷之意。通过这样生动的描绘，学生能够很快地掌握这类复杂字形的写法，也不容易出错。

形声字在汉字中占绝大多数，主要是指字由形旁和声旁两部分构成，形声字的教学能够帮助学生记忆字的读音以及字的类属，也是一种提高学习效率的方法。

二、文化知识教学

《说文解字》除了是一部字书，更是一部包揽广阔的历史文化和时代风俗的文化书，从《说文解字》对一些字的解释中，我们能够窥探遥远古代的真实生活状态，了解当时的道德伦理、社会制度以及风俗文化等。因此，将《说文解字》中的文化内涵纳入文字教学中，能够拓展学生的文化知识面，提升学生语文知识积累。

《说文解字》"示"部有60个字，重文13，这些从"示"的字，基本都与神明、祭祀有关。足见，在先民的生活中，他们对与神灵沟通的渴望以及祭祀的重要意义。教师可以利用这一部首，让学生就这个问题展开讨论，在《说文解字》中找出"示"部中感兴趣的字形，通过资料的查找，对其中的文化知识进行挖掘，再和老师同学分享。先民通过祭祀来求得幸福、获得保佑，从祭祀的器具、方式等，我们也能从中窥见一斑。

高中部编版语文必修教材要求学生对《红楼梦》进行整本书阅读，在阅读过程中，学生会发现《红楼梦》里大多数重要人物的名字中都含有"玉"，这就是一个很好的对《说文解字》文化教学的切入点。"玉"部在《说文解字》中包含126个字，重文17，许慎为"玉"赋予"五德"，表示一种理想的人格，可见古人对"玉"是无比看重的，"玉"部字中绝大多数都表示美好、高尚之义。了解这些文化常识，对学生阅读《红楼梦》也颇有益处。

三、古今异义的理解和记忆

由于时间的发展和字义的不断演变，在语文文言文学习中，学生会遇到许多古今异义字，有可能导致阅读文言文障碍、理解有误等问题，探究《说文解字》中一些古今异义字最初的字形和字义，也有助于我们记忆这类古今异义字，助推文言文的学习。

"臭"是一个典型的意义范围缩小的古今异义字，古音"xiù"，原泛指气味，而非我们今天所说的"臭味、不好闻的味道"。《说文解字》："臭，禽走臭而知其迹者，犬也。从犬从自。""自"这个部首是勾画出鼻子的形状，用来表示"鼻子"的含义，"臭"表示禽犬经过后留下的气味。了解了这个含义，在文言文当中的"臭"就不能翻译成我们今天的"臭味"，而只能翻译成"气味"。

四、形近字辨析

在字词学习过程中，学生把形近字搞混，在使用时出现偏误的现象也较多，而究其原因，还是学生对词义欠缺理解，未能清楚辨析。通过《说文解字》对形近字进行辨析，能够帮助学生更好地理解形近字之间的词义差别以及它们写法不同的原因。

首先就是通过部首来辨别。"礻"和"衤"是学生极易混淆的两个部首。在前面我们已经提到过，"礻"是由"示"演变而来，表示的是与神灵、祭祀相关的含义，而"衤"是由"衣"演变而来的，表示的字多与衣服相关，两个部首含义完全不同，学生在今后的使用中，自然也会有深刻的印象。

其次还有通过"六书"来进行辨别的。例如"末"和"未"，"末"是一个指事字，"木"上一横是指示符号，指示"木"的"末端"，因此有"结束"之义。而"未"上横短、下横长，原是地支的第八位，源自许慎的解释，现在也难以考证，但是我们现在所用"没有"的否定义，是后来才有的。但从"末"的指事性质，我们就可以区分两个字的不同。

还有其他的辨别方式，在这里不再一一列举。总之，通过《说文解字》了解汉字的构形、本义以及字义字形的演变发展，学生就能够快速熟记形近字的区别，减少错误的出现。

结　语

以上分别说明了《说文解字》在汉字教学、文化教学、古今异义教学方面的应用，而这几个方面也是不能割裂的。每个汉字都是音、形、义的统一体，阅读《说文解字》，我们应该把每个汉字看作一个包含广泛信息的符号，让汉字学习成为趣味的学习，回归语文的"本"，感受汉字文化博大精深的美。《说文解字》是一本工具书，更是一本文化书，而"工具性与人文性的统一"，更是语文教学新课标中想要达到的根本目的。教师充分利用《说文解字》，提升学生的语言素养，贯彻语文课程的人文精神，培养学生对祖国语言的热爱之情，是达到语文教学最佳境界的方式。

参考文献

［1］杜振香：《〈说文解字〉在初中文言文教学中的应用探索》，《教学管理与教育研究》2021 年第 4 期，第 9-10 页。

［2］李娜：《〈说文解字〉对语文教学的启发和帮助》，《语文建设》2013 年第 10 期，第 35-36 页。

［3］霍生玉：《谈〈说文解字〉在语文新课程教学中的应用》，《现代语文（教学研究版）》2008 年第 8 期，第 16-17 页。

［4］耿亚烽：《〈说文解字〉在小学语文识字教学中的合理运用探索》，《语文课内外》2019 年第 27 期，第 294 页。

教师点评

《说文解字》是我国第一部系统地分析字形和考究字源的字典。本书共收录汉字 546 个，不仅仅局限于分析字形、字义，更在于通过字的解释，让读者了解到更多的古代文学常识，如书法、饮食、文学等方面的知识。

本文作者立足于"语文师范生"，即未来的语文教师这一身份，从"汉字启蒙教学""文化知识教学"这两点，举例说明"解字"对日常教学的重要性。本文的"古今异义"和"形近字辨析"两部分内容当属于"文化知识教学"范畴，因此这三部分应当合并。

本文标题中的"回归语文之'本'"提得很好。语文教学的本质是"听、说、读、写"，分析字词的本源、本义，不仅可以帮助学生解决实际问题，如文言文中的翻译、新高考的成语填空等题目，对教师的日常教学也有莫大的启发。比如授课之前每位教师都会写"教学目标"，目标是什么？目标是对预期结果的主观设想，是在头脑中形成的预期目的，应当为课堂活动指明方向。但是很多教师只是草草了事，并未认真设计"目标"的具体要求。目标不恰当，以致课堂重难点不突出，课堂评价、作业评价不同步。因此，《说文解字》中"咬文嚼字"的特点和方法还需诸位一线教师重视。

（点评人：高　冉）

重塑古典语法学与现代修辞学的对话

——《语法修辞讲话》读后感

蔡定均

本文旨在探讨吕叔湘、朱德熙所著《语法修辞讲话》一书中古典语法学与现代修辞学的对话，以及这两个领域之间的互动。文章首先分析了《语法修辞讲话》一书的主要观点和论证方法，接着探讨了书中所提及的具体例子和案例，最后从学术论文化的角度对这一主题进行了总结和评价。

一、引言

《语法修辞讲话》是一部涉及古典语法学和现代修辞学的著作。该书以一种富有挑战性的方式探讨了两者之间的关系，对于研究者来说，这无疑是一次对知识体系的重新审视。通过阅读这部著作，我们可以发现吕叔湘、朱德熙不仅在古典语法学和现代修辞学的基础上进行了深入的研究，还以独特的视角、严密的逻辑和丰富的实例展现了这两个领域之间的对话与互动。

本文将从三个方面对《语法修辞讲话》进行分析：首先，梳理书中的核心观点和论证方法；其次，对书中的具体例子进行探讨；最后，以学术论文化的口吻对这一主题进行总结和评价。

二、书中的核心观点和论证方法

（一）古典语法学与现代修辞学的对话

吕叔湘、朱德熙在《语法修辞讲话》一书中提出了一个重要观点：古典语法学和现代修辞学并不是孤立的，而是相互联系、相互影响的。他们认为，古典语法学可以为现代修辞学提供理论基础和实践经验，同时现代修辞学也可以为古典语法学提供新的视角和研究方法。这一观点有力地推动了两个领域之间的对话，为研究者提供了新的思考方向。

（二）辩证地看待古典语法学与现代修辞学的关系

在论证古典语法学与现代修辞学之间的关系时，吕叔湘、朱德熙采用了辩证的方法。他们认为，两者之间既有一定的联系，也存在一定的差异。书中对各种语言现象进行了详细的分析，揭示了古典语法学与现代修辞学在理论和实践上的异同。这种辩证的方法有助于我们全面地认识两者之间的关系，避免陷入片面和狭隘的认识中。

三、书中实例举隅

（一）西方古典修辞学的启示

在论述古典语法学与现代修辞学之间的联系时，吕叔湘、朱德熙引入了西方古典修辞学的许多例子。如亚里士多德的三种修辞方式：逻辑、伦理、情感；修辞五大原则：发明、排列、表达、记忆、演示；以及贝尔纳丁·皮科拉米尼的修辞学体系等。这些例子展示了古典修辞学在历史上的重要地位，同时也为现代修辞学提供了丰富的理论资源和实践经验。

（二）中国古代修辞学的启示

吕叔湘、朱德熙还引用了许多中国古代修辞学的例子，如《诗经》中的排比、对仗、设问等修辞手法；《楚辞》中的赋、颂、铭等文体特点；以及《文心雕龙》等古代修辞学著作的影响。这些例子表明，中国古代修辞学同样具有丰富的理论体系和实践成果，对现代修辞学的发展具有重要的启示作用。

（三）古典语法学与现代修辞学的实际运用

书中还提供了许多具体的语言现象和案例，以展示古典语法学与现代修辞学在实际运用中的关系。例如，吕叔湘、朱德熙分析了《红楼梦》中的双关、谐音等修辞手法，以及《西游记》中的讽刺、夸张等表现形式。这些案例说明，古典语法学与现代修辞学之间的对话不仅限于理论层面，还体现在实际的语言运用中。

四、总结与评价

通过阅读《语法修辞讲话》，我们可以发现，古典语法学与现代修辞学之间的对话具有深刻的理论意义和实践价值。这一对话有助于我们更好地认识语言现象，提高语言运用的能力，同时也为语言学研究开辟了新的领域。在当今高度重视跨学科研究的背景下，这种对话具有特殊的意义。

值得注意的是，虽然《语法修辞讲话》一书提供了许多有益的启示，但在探讨古典语法学与现代修辞学之间的对话时，仍存在一定的局限性。例如，书中所探讨的语言现象和案例主要集中在汉语和西方语言，对其他语言的研究相对较少。此外，书中对古典语法学与现代修辞学之间的关系进行了辩证分析，但在一些具体问题上仍然存在争议。因此，在今后的研究中，我们需要进一步拓展研究领域，深入探讨各种语言现象，以期在古典语法学与现代修辞学之间建立更为严密的对话。

总之，《语法修辞讲话》为我们提供了一种全新的视角，使我们得以重新审视古典语法学与现代修辞学之间的关系。这一对话不仅有助于丰富我们的知识体系，还为研究者提供了新的方向。

参考文献

［1］杨海明：《从〈语法修辞讲话〉看汉语的发展与规范》，《语文建设》1997年第12期，第10-12页。

［2］李行健：《〈语法修辞讲话〉写作的前前后后——访著名语言学家吕叔湘》，《咬文嚼字》2015年第9期，第51-54页。

［3］安红岩：《匡谬正俗的〈语法修辞讲话〉》，《大庆高等专科学校学报》1998年第3期，第83-85页。

教师点评

《语法修辞讲话》一书，以语法为中心，以语法的基本知识为基础，侧重语法实际案例的分析，强调语法知识对语言实践的指导作用。

本文旨在谈论"古典语法学"与"现代修辞学"两个领域的互动，作者列举了书中的重要观点及论证方法，并通过"西方古典修辞学""中国古代修辞学"的启示，以及古今修辞学的实际运用来丰富文章的内容。但由于本文篇幅有限，书中大量的语法知识并没有深入浅出并系统性地呈现出来，使得本文略显单薄。

语法修辞历来是高中生学习的难点和"不重视点"。"难"体现在众人认为语法生涩、烦琐，"不重视"体现在众人认为我们日常说话并没刻意运用语法，但丝毫不影响我们表达。另外，高中阶段很多专业术语区分界限不明确，导致学生、老师对很多内容模棱两可，但模糊的认知却不影响作答题目。比如诗词鉴赏专题中的"修辞"和"表现手法"，"对比"既属于修辞手法，又属于表现手法，二者专业的界定方法似乎不是绝对的，学生也分不清二者的概念，但是考试只要写上"对比"即可得分。以上种种原因造成了教师、学生对语法修辞知识的回避。

（点评人：高　冉）

亚里士多德的"摹仿说"探究

——《诗学》读后感

袁子艾

作为哲学界中历历可数的几位集大成者的优秀学者之一,亚里士多德在文艺学以及美学理论界留下了许多艺术精粹,其著作《诗学》作为西方第一部系统的美学和艺术理论著作,虽然篇幅不长,但论述精辟有力,被后世众多学者反复研读、揣摩,是一部传世之佳作。

《诗学》现存二十六章,译者罗念生先生将其分为五个部分。第一章到第五章为第一部分,这一部分作为全书的序论,主要详细地记载了亚里士多德的"摹仿说",在这一部分亚里士多德指出了诗的起源,为后文讨论悲剧和史诗埋下理论铺垫;第二部分包括第六章到第二十二章,在这一部分中,亚里士多德重点讨论了悲剧,特别讨论了悲剧的"情节""性格"等成分以及悲剧写作中的词汇和风格;第三部分主要讨论史诗,包括第二十三章和第二十四章。剩余的第二十五章、第二十六章则分别为第四部分和第五部分,第四部分讨论并反驳了一部分批评家对诗人的指责,第五部分则将悲剧与史诗作比较,得出悲剧是高于史诗的艺术形式。纵观全书五个部分,其美学思想要点可被总结成三个方面,即"摹仿说""悲剧论"以及"净化说",而本文主要围绕第一点"摹仿说"展开讨论,探究其中真意。

一、诗的本性

在研究诗的种类、功能以及成分结构之前，我们需要首先明了诗的本性的原理。亚里士多德认为，摹仿是一切艺术的本质，诗自然也是由摹仿而来。"摹仿"一词在西方思想史上一直是非常重要的文艺理念，鲍桑葵曾在《美学史》中指出："希腊的才华所描绘出的无限的全景就在摹仿性艺术，即再现性艺术的名目下，进入哲学家的视野。"[1]该词源于古希腊语 mimesis，一开始与荷马时期的宗教祭祀活动相关，主要是指巫师所表演的舞蹈、音乐等，而后这一词被广泛运用到文艺领域，可被理解为"to imitate"或"reproduce reality"。摹仿学说自古希腊时期形成，经过了上千年的嬗变，其中，亚里士多德的"摹仿说"更是浓墨重彩的一笔。

亚里士多德在《诗学》中指出，一切艺术（绘画、音乐、史诗、悲剧以及喜剧）都是摹仿，摹仿是所有艺术的共同本性，艺术以感性形象摹仿人的交往活动和精神活动。只不过艺术因为其摹仿的对象、方式或媒介不同而被划分为不同的种类。例如，音乐是通过音调和节奏来摹仿人的情感或活动而产生的，舞蹈是通过形体动作来摹仿人的性情而出现的，基于此理论，亚里士多德指出，史诗、颂歌、喜剧、悲剧等文学形式都是由使用有韵律的语言来摹仿人的活动、情感以及性格而产生的，需要注意的是，亚里士多德极其重视在使用语言与韵律时的艺术表达，即只有创设了艺术形象的"诗"才能成为为亚里士多德所认可的"诗的艺术"，而如果人们写自然科学知识或用自然哲学写作，即使其文本是有韵律的韵文，也不能称得上为"诗"这种作品。那所谓"诗"又和自然哲学有何区别呢？为何"诗"与简单的生活事实有所不同？这便不得不对亚里士多德的摹仿说理论溯源。

二、诗的理论发展背景

前苏格拉底时期，古希腊智者逐渐冲出史诗神话的桎梏，对世界有了理性的认识，此时的哲学家们专注于自然事物的普遍规律与抽象理论，文学并没有

---

[1]　鲍桑葵：《美学史》，张今译，上海：商务印书馆，1985 年，第 22—23 页。

进入他们的视野。他们用万物整体的"和谐"解释一切艺术现象，例如毕达哥拉斯以"数的和谐"来解释美，而作为第一个从"摹仿"的角度来看待艺术与自然的审美关系的赫拉克利特则提出"艺术摹仿自然"，并认为艺术的产生归因于"对立的和谐"。这些"和谐论"进一步演变出"摹仿说"，但这时的摹仿学说必然无法脱离自然哲学的窠臼。这一时期的代表人物德谟克利特则对赫拉克利特的观点进行发展，以人类从天鹅和黄莺的鸣叫中学会歌唱为例指出艺术源于对自然的摹仿。而当苏格拉底出现，古希腊思想的重心开始聚焦于"人"，而摹仿说的中心也从自然本体转向人类本身。苏格拉底认为"人是万物的尺度"，那人就应成为摹仿的对象，不仅可以摹仿人的行为，还可以摹仿人的精神世界和精神活动。而这一观点在亚里士多德的《诗学》中得以延续和发展。亚里士多德所主张的摹仿不仅只是对自然世界摹仿，还包括摹仿人的行动，是以现实的人生作为摹仿对象，他的主张突破了艺术摹仿自然的朴素唯物主义观点，把摹仿提高到了现实主义的高度，这与自然哲学之间显然有巨大的差异。

而当论及艺术与现实的关系，便需要继续对柏拉图和亚里士多德的摹仿说展开对比和研究。

三、柏拉图"摹仿说"与亚里士多德"摹仿说"

柏拉图认为物质世界之上还有个理念世界，理念世界在人的感知之外，是万物的本源和真理。他否定现实世界的直接现实性，他认为现实世界是以理念世界为蓝本的，而艺术只是对现实世界的摹仿，即可以理解为理念世界摹本的摹本。在他看来，只有理念世界的事物才是真实的永恒不变的，艺术摹仿物质世界的事物只不过是事物的外形和影像，既不存在普遍性，也不能表现事物的本质。在《理想国》第十卷中，柏拉图以"床"为例，把艺术的摹仿贬低为照镜子，只是一种外观复现，认为艺术和真实之间"隔了三层"，否定了物质世界的真实性以及艺术的认识作用。

亚里士多德与柏拉图所主张的艺术只是对"理念"的双重隔层摹仿明显对立。亚里士多德抛弃了柏拉图所谓的理念世界，他认为理念就在事物中，他肯定物质世界就是真实的存在，艺术摹仿物质世界也是真实的，肯定了艺术的认识作用。同时，他认为，摹仿并不是简单的抄袭，摹仿能够揭示出事物的本质和规律。如果说柏拉图式的摹仿内涵是一种照相式的、物理性的相似性，那么亚里士多德的摹仿则是追求事物之间的联系，是对现实世界的升华。

亚里士多德认为，诗人并未依葫芦画瓢地像历史学家一样进行创作，与历史作品记录已经发生的事实不同，诗歌是按照事物的必然性、可然性来摹仿的。历史只记述个体人的活动，而诗是兼具特殊性与普遍性，诗的描述处于必然、可然，诗既可以描述过去与现在，还能描写将来可能发生的事，诗在描述中揭露事物的普遍本性，而非像历史作品只是对个别事件的简单记叙。历史编写众多事件却只见偶然性的联系，而诗则需要选择事件具有普遍性规律的精华再作艺术加工，以揭示事件因果联系的本质。摹仿在于通过个别表现一般，通过特殊表现普遍，它能揭示生活的内在本质和规律，所以艺术才比生活更高级更真实，诗经历了历史的演变，在具备了本质后才停止了发展，诗比历史能更好地帮助人们获得更多的有益的启示。

四、艺术的社会功用

亚里士多德对于"摹仿"的积极态度还体现在"艺术的社会作用"这一论题上。他这样定义悲剧："悲剧是对于一个严肃、完整、有一定长度的行动的摹仿……借引起怜悯与恐惧来使这种情感得到陶冶。"[1] 他认为人可以通过悲剧这种"摹仿"来陶冶和净化人的情感，从而对人产生积极的影响。与柏拉图将人的情感贬低为人性中卑劣的无理性的观点不同，亚里士多德肯定情感是有利的，他坚持人们有权利要求情感和欲望得到满足，但同时，这种情感依旧需要以理性为指导。他在《尼各马科伦理学》中写道："美德与情感及行动有关，而情感有过强、过弱与适度之分。……只有在适当的时候、对适当的事物、对适当的人、在适当的时机下、在适当的方式下所发生的情感才是适度的最好的情感，这种情感即是美德。"而在亚里士多德看来，悲剧这种"摹仿"形式

---

[1]　亚里士多德、贺拉斯：《诗学·诗艺》，罗念生、杨周翰译，北京：人民文学出版社，1962年，第19页。

正能够帮人净化精神世界，它可以为社会提供一种"无害的、调节公众生理和心态的途径"。

　　同时，他还认为，一具死尸，一个可鄙的动物，看上去"只能给人以痛感"，但惟妙惟肖地摹仿下来，却能"引起人的快感"。他认为，摹仿是人的本能，是人的一种学习方式，当人对客观事物进行摹仿并习得知识，人便能产生快感，同时和谐的优秀的由摹仿而得出的和谐的、优秀的作品同样也能够给人带来快感，这种快感本质上亦是求知所带来的快感，可见，好的艺术作品不仅能起到净化作用，还能增长观者的知识，引发观众的思考。亚里士多德不仅肯定了摹仿在认识论上的价值，还肯定了它的审美价值。

　　亚里士多德通过《诗学》一书对艺术作出了较为全面并且客观的评价，在诗学方面形成了自己的体系。他扩大并丰富了审美对象，揭示了艺术与现实的审美关系，他作为"摹仿说"的集大成者，把该学说推到了理论的高峰，并在此基础上对"悲剧"等概念展开了更深刻的阐释，对后世产生了巨大且深刻的影响，"摹仿说"已经渗透入文艺美学理论之中，作为各种形式艺术思想的合理内核，《诗学》也因其中系统而深刻的美学思想成为西方文艺思想史上一座巍峨高耸的里程碑。

参考文献

　　［1］亚里士多德、贺拉斯：《诗学·诗艺》，罗念生、杨周翰译，北京：人民文学出版社，1962年。

　　［2］鲍桑葵：《美学史》，张今译，上海：商务印书馆，1985年。

　　［3］胥佳欣：《亚里士多德的"模仿说"探析》，《美与时代（下）》2018年第11期，第46-48页。

　　［4］姜婷：《浅析柏拉图和亚里士多德的文艺思想——关于艺术与现实的关系》，《大众文艺》2016年第20期，第21页。

　　［5］李丽：《试论"模仿说"的嬗变》，《南京艺术学院学报（美术与设计版）》2008年第2期，第151-153页。

教师点评

《诗学》是西方美学的开山杰作，是亚里士多德哲学体系不可或缺的组成部分。这本书真切地体现了希腊艺术追求真善美的精神，对后世西方美学思想、艺术理论有深远影响。

本文作者围绕《诗学》第一部分，从诗的本性、诗的理论发展背景、柏拉图"摹仿说"与亚里士多德"摹仿说"、艺术的社会功用四个方面对"摹仿说"展开论述。诗由摹仿而来，因古希腊思想的重心开始聚焦于"人"，苏格拉底认为"人是万物的尺度"，那人就应成为摹仿的对象，不仅可以摹仿人的行为，还可以摹仿人的精神世界和精神活动。柏拉图式的摹仿内涵是一种照相式的、物理性的相似性，而亚里士多德的摹仿则是追求事物之间的联系，是对现实世界的升华。

除了摹仿说之外，《诗学》中还提出悲剧的定义、悲剧六要素、悲剧的情节，对悲剧性发生的原因、悲剧的功用和目的等进行了详细论述，以及史诗与悲剧的比较等。其中许多合理的见解，至今值得借鉴。

（点评人：张楠楠）

由"虚实"说开去

—— 《美学散步》读后感

王赫然

中国传统文化中，"美"于虚实中产生，单一的定义不足以概括其全貌。《美学散步》中所提到的"虚实"同样是多方面、多维度的，需要我们从多方面来感受"虚实"中美的意蕴。

一、接受者视角：欣赏者想象力的活跃

宗白华从《考工记》中的《梓人为筍虡》入手阐述虚和实的问题。古代的工匠在制作筍虡时，在鼓下面安放着虎豹等猛兽，使人听到鼓声，同时看见虎豹的形状，两方面在脑中虚构结合，就好像是虎豹在吼叫一样。在这里艺术家创造的形象是"实"，引起我们的想象是"虚"。一个艺术品，需要欣赏者有活跃的想象力。一张画可使你神游，神游就是"虚"。

这种虚实结合的思想，在中国传统中主要体现为留白的艺术，通过适当的空白引发读者的想象。

中国传统绘画中的"留白"是画家精心安排的空白，以"虚"和"无"来反衬笔墨的"实"和"有"。"留白"并非空洞无物，而是让人品味无穷之趣。画面上留出适当空白，在黑白虚实的对比之下，体现出一种虚实有无对立相生的哲学意味，表现出一种空灵简约之美。中国传统中的留白分为"实白"与"虚白"两种。如李可染《岩泉积翠》运用实白的技法，用留白表现出画面中的泉

水、房屋、瀑布，留白处由虚变实。齐白石所画之"虾"，整个画幅未用一笔背景和水纹，但留白之处引发了观者的联想，纸上之虾宛如在水中游动。清代画论家笪重光说过："空本难现，实景清而空景现；神无可绘，真境逼而神境生。"此处所说就是画面中的"虚白"。绘画中的留白看似普通微小，实则承托着画面的气韵和灵魂。无处是有，空白之处虚的部分，虽笔墨未到，却蕴含着比实处更丰富的韵味。

传统文学中的"留白"是由作家创设的审美想象"虚境"，蕴含着言外之意、韵外之致。文学以语言为媒介来表达作者内心深处的情致，但语言本身具有局限性。"言不尽意""文不逮意"是无可避免的，文学创作本来就是一个意义不断磨损丢失的过程。正因如此，作家努力通过"留白"的方式，传达不能表达的意义。文学留白的意义还在于读者的参与，即读者通过调动自己的审美经验，对文学"留白"进行自我解读，从而产生余味无穷的审美效果。接受美学的代表人物伊瑟尔曾提出"召唤结构"这一理念，认为文学作品本身包含着大量的意义空白和不确定性，它促使读者去寻找作品内在的更为深层的含义，去阐释文学作品中只可意会不可言传的部分。

二、创作者视角：化景物为情思

宗白华借用宋人范晞文的一句"不以虚为虚，而以实为虚，化景物为情思，从首至尾，自然如行云流水，此其难也"，点出了虚实结合要求创作者要把客观真实化为主观的创作观点。比如《史记·封禅书》中作家要表现历史上真实的事件，却用了一种不易捉摸的文学结构，以寄托他自己的情感、思想、见解。

这里的"化景物为情思"类似于古典文学中的"移情于景"。具体体现在，面对同一个景物，因主体不同而产生不同的情感。当不同的主体面对同一个对象时，往往会因为个体的差异而产生不同的情感体验，也就产生了不同的艺术效果。比如对于落花这一意象，既有"鲜云媚朱景，芳风散林花"的落英缤纷，也有"黛玉葬花"的伤感无奈。

化景物为情思，即创作者需要移情于景、情景交融，创造出一个新境界——意境。王夫之曾说："情景名为二，而实不可离。神于诗者，妙合无垠。巧者则有情中景，景中情。"艺术家所表现的是主观的情感与客观的景物的交融互渗，从而形成一个让人流连忘返的艺术的"意境"。

"意境"就是"情"与"景"的结合。郑板桥画竹来表现自己的思想情感和理想追求，借物言情，以竹的清直来表现刚正不阿、清正廉洁的品德；王夫之说的"写山则情满于山，画水则意溢于水"；而杜甫的千古名句"感时花溅泪，恨别鸟惊心"更能为这一点作注释。在诗人的主观体验中，花鸟的情感也随着自己的情感变化。景物成为创作者情感的载体，情感汇集于景物之中，景中生情，情中含景。在客观物象中体现出主观感情，情与景水乳交融，形成一个有机的艺术整体。

三、"虚实"与"空灵充实"

宗白华认为，就艺术创作来讲，"虚实"包含范围较广，而空灵和充实是它们的一种表现方式。从"虚"来看"空灵"，美感可以由心灵的"空"和物质的"隔"形成，精神上的淡泊自然也可以达成艺术上的"空灵"境界，而这样所传出的情感与意蕴和"虚"关联起来。从"实"来看"充实"，"充实之谓美"其意义并非指艺术要极尽"实在"，而是意味着艺术中极具典型的形象，给予人审美体验。

那"空灵"究竟指的是什么呢？其实空灵这个词与佛教有着密切的关系。佛教最主要的思想是禅宗思想。禅宗主张顿悟成佛，也就是在刹那间体认自己内心的真如佛性。《坛经》云："若起正真般若观照，一刹那间，妄念俱灭，若识自性，一悟即至佛地。"而在"真如"呈露的刹那，修持者感受到一种奇妙、愉悦的心理体验：物我的境界消失了，自己仿佛融入大自然之中，心灵静谧安详，而又生机勃勃。这就是所谓禅悟。禅宗强调，这种体验无法用语言文字直接传达，师徒传法只能靠各种暗示、诱导的手段，即"以心印心"。禅宗始终坚持对人的生命的关注，对人们生命意义价值的追问以及对生命存在本身的反思。它是在超越的空灵态度中透露出对生命的自由的迫切的渴望。在禅门宗师看来，禅家进行观照，获得开悟结果，就是人生的超越。他们强调"超越生死""超越世出世间法"，体验生命智慧之火。

而空灵把意境中的"灵"，从空间的角度去解读，则是一种三维、无限的境界。在意境中以壮阔幽深的空间呈现出高超莹洁的宇宙意识和生命情调的作品，称为空灵。我们所说的"空灵"，并不是一种空荡荡的感觉，而是一种对天地万物、人生万物的感悟，既虚又实，在有限的时空中，一种具体的、可以感觉感受的无限魅力。举例来说，中国文学史上有"诗佛"之称的王维，其诗歌已臻至"字字入禅"之境，其意境之高，令人叹为观止。他刻意营造出一种"坐看红树不知远，行尽青溪不见人""平明间巷扫花开，薄暮渔樵乘水入"的意境，这种意境具有一种深邃、高远、超脱的意境，达到一种"行到水穷处，坐看云起时"的美学感受。王维的山水画，用山林的空旷来衬托人的寂静，在动静之间，体现出一种心灵的空灵安适和寂寞，在有与无之间，体现出一种自然的灵性，把空灵美境界表现得淋漓尽致。

"虚"和"实"是中国古代艺术理论中一对重要而又错综复杂的概念。这种理论可追溯到先秦时期的道家与儒家学说，在各个时期的文学批评家中都有各自的派生与诠释。这种理论涉及广泛，囊括了绘画、书法、诗歌、戏剧等多种形式。宗白华对此给予了高度的关注，并把它称为"中国美学史上的一个重要课题"。这也是一个需要我们继续重视的问题。现在，我们重读宗白华的作品，就是要抓住他对中国美术理论的中心问题的思索，对之有一个更为全面和深刻的理解，这也是我们这个时代的青年学生的任务。

参考文献

［1］宗白华：《美学散步》，上海：上海人民出版社，1981 年。

［2］黄静：《留白与中国传统艺术之"韵"的生成》，华中师范大学硕士论文，2019 年。

［3］陈洪：《结缘：文学与宗教》，北京：北京师范大学出版社，2009 年。

教师点评

20 世纪 80 年代，随着社会的变革与思想解放，人们表达出对"美"的强烈诉求，国内也兴起了"美学热"。《美学散步》一书从虚与实、"舞"和"道"、绘画、书法、雕塑的欣赏等角度展现了宗白华的美学思想。

本文从《美学散步》中提到的关键词"虚实"出发，试图探讨中国古代艺术理论中"虚"与"实"这一对重要概念。作者又从接受者和创作者两个不同的视角对"虚""实"的表现形式进行了阐述。中国传统绘画与诗歌均讲究"留白"的艺术，以此达到"言有尽，而意无穷"与"移情于景"的境界。

"留白"是诗歌赏析中的重要概念。当下的语文教学已不仅仅满足于机械化的知识点灌输与识记，而更加注重学生思维和审美能力的培养，讲解的重点也从"美在何处"过渡到了"为何而美"。这就要求学生需要具有一定的美学知识储备，从而能够从理论的高度理解文学作品。部编版语文九年级下册"读书鉴赏"单元就专门选取了《山水画的意境》（李可染）与《无言之美》（朱光潜）两篇文章，从理论角度提高学生的艺术领悟水平。在引导学生进行诗歌赏析时，教师不再满足于解释重要概念，而是创设情景，让学生在实践的过程中自行总结和概括相关概念的意义与适用场景。

（点评人：蒲纾尧）

纵衡盘连，阐幽发微

——郭绍虞《中国文学批评史》读后感

王洛秀

中国著名教育家和语言学家郭绍虞先生以其在中国文学批评史领域的杰出贡献而著称。他所著的《中国文学批评史》是一部经过精心构思的学术力作，其内容翔实而广泛，总字数超过 70 万字。本书在陈中凡《中国文学批评史》的基础上进一步完善了中国文学批评史的研究框架，全面呈现了中国文学批评的历史发展进程。

《中国文学批评史》不仅是一部历史性著作，更深入研究了重要批评家的理论观点和文学思想。凭借卓越的学术造诣和敏锐的洞察力，郭绍虞先生揭示了不同时期批评流派和思潮的演变，以及批评家们对文学作品的独到见解和深入分析。本书的编排结构严谨有序，按照时间或主题进行组织，系统地展示了中国文学批评的历史变迁。此外，《中国文学批评史》还深化了对中国文学批评的认识和理解，推动了批评家和学者的培养，并为中国文学批评的学术研究和发展作出了卓越贡献。《中国文学批评史》全面展示了中国文学批评的丰富面貌，为学术界和广大读者提供了珍贵的财富，是一部不可或缺的学术巨著。

一、编排特色

（一）编排材料丰富

郭绍虞先生不仅是一位学术研究者，更是一位勤奋的资料搜集者。他的《中国文学批评史》是一部系统且全面地追溯中国文学批评发展历程的学术巨著。为了编纂这部重要著作，他进行了广泛而深入的文献调查与收集，其文学批评材料收集工作之丰富令人瞩目。他深入挖掘了历史文献中的珍贵资源，包括广为人知的《文苑传》和《艺文志》等重要文献。此外，《中国文学批评史》还广泛涵盖了选本、选集中的序言、后记、注释、诗话散记和文学笔记等多种文献形式。在笔记、注释和议论中，他甚至还收集了大量的原始资料，这些资料不仅仅是其巨著的重要支撑，也是《中国文学批评史》一书客观性的基石。

借助这些丰富的资料，郭绍虞先生能够全面而准确地呈现中国文学批评的历史演变和发展轨迹。他的研究工作不仅注重宏观的历史概览，还深入剖析了各个时期不同批评流派和思潮的演进。他致力于还原批评家们对文学作品的独到见解和深入分析，力求在理论研究中保持客观公正的立场。

值得一提的是，郭绍虞先生的研究方法与传统的主观批评有所区别。他特别注重文学理论的解析，旨在深入理解文学作品所蕴含的意义和内涵。即使与古代批评家的观点存在差异，他也力求还原其原始面貌，以确保研究的准确性和客观性，做到了"极力避免主观的成分，减少武断的论调""对于古人的文学理论，重在说明而不重在批评。即使是对于昔人之说，未能惬怀，也总想平心静气地说明他的主张""在古人的理论中间，保存古人的面目"。

（二）选材方法独特

《中国文学批评史》通过采用多样化的文学体裁和深入探讨各类问题的研究方法，展示了其独特而巧妙的选材策略。他的选材策略不仅体现了分类方式的多元性，包括家族、个人、时代、文体和问题等多个层面，而且通过这种综合分类的方式，揭示了当时不同派别和观点之间的异同。以《中国文学批评史》第二篇为例，郭绍虞详细研究了"周秦"两个时期的文学观，并以"儒家学派"为第一章，又以"孔门之文学观"为其中的第一节，首先研究了"关于'文学'诸名之意义这种凌乱的现象"的问题。在该节中，他特别关注了"文学"一词的多重涵义。尽管这种分类看似杂乱，但郭绍虞通过比较分析，揭示了当时学术界在分类和观点上的多样性和复杂性。郭绍虞的选材策略不仅遵循了历史发展的脉络，而且避免了主观分类带来的偏见。这种独特的解构性方法在当代学术界并不常见，然而，正是由于其独到的研究视角和方法论，为中国文学批评史领域的学术研究提供了新的可能性，并为学界带来了丰富的思考和探索。

（三）编排体例清晰

《中国文学批评史》以其对文学批评发展的全面探讨而备受瞩目。在第一卷中，郭绍虞深入剖析了批评理论在当时问题背景下的融合与演进。随后的第二卷则着重于探讨批评家本身，并为其理论框架融入当时的问题。出于对中国文学及其批评史的深入理解，郭绍虞强调历史进程中文学概念变迁审视的重要性，因而采用了以"问题"为核心的结构构建。

这种编写体例使郭绍虞得以将不同的文学批评问题与当时主导思想和意识形态相联系，以深入理解文学问题的起源与发展。例如，在第一卷的第二篇"周秦——文学观念演进期之一"中，作者探讨了诸如孔子、孟子、墨子、庄子等思想流派对当时文学概念的影响，并着重从中考察了当时文学观念与哲学思想的相互关系。第二卷后半部分关于"明代"的结构则围绕理学派与心学派的相互对峙与互动展开。在第五篇"清代（下）——诗论"中，作者深入探讨了"性灵"理论，并着重关注主要人物袁枚与其他学派之间的关系。这种编写体例虽然看似凌乱，却"可以看出当时各种派别各种主张之异同"。

（四）组织方式详细

在其著作中，郭绍虞采用了详尽的"章节目——对应"的组织方式，对文学批评史学科的建立与完善起到了积极的推动作用。《中国文学批评史》一书中，郭绍虞不仅阐释了对中国文学史和文学批评史的独特见解，例如对于作品风格的明确区分以及古代散文作家与道家哲学家之间的关系的精准判断，同时通过文学批评史的研究来验证和解决了文学史中的一系列问题。这使他的写作主旨"通过文学批评史来验证文学史，解决文学史上众多问题"的目标得以实现。

《中国文学批评史》虽然结构看似复杂，但揭示了各种思想流派及其主张之间的差异和相似之处，其编写体例在当时得到了阎简弼和朱自清的称赞。董乃斌先生评论说："郭绍虞构筑的批评史体系在学术史上的价值是不会被人们忘记的。"

二、身份结构

在中国古代，"身份"主要指"出身和社会地位"。"身份"一词是依据不同标准，如政治、经济、文化等，标识不同的群体，从而体现着人在社会不同领域的归属及位置。在西方，"身份"（identity）的主要词义为"同一性""个体性"，"原有语义首先是指向内在的统一、协调及其持续"[6]。不过，无论时间和空间如何变化，无论是集体还是个体，社会关系还是内在身份，"身份"都是人工界定和共享差异的结果。文学批评领域也同样如此，文化身份意识会影响其研究，但同时也会为构建文化身份体系作出贡献。

就中国文学批评的形成和特征而言，《中国文学批评史》中将批评家的身份划分为学者和作家两个主要范畴。《中国文学批评史》中多次提及的主要批评家类别包括道学家、思想家、诗人、学者、戏曲家、史学家等。当这些概念名称被反复使用并置于清晰的结构系统中时，各个类别得到了确认。

学者和文人的身份在一定程度上是思想和文学在不同比例分配下所塑造的产物，但其强调的侧重点各有不同。无论是诗人还是文人，他们卓越的文学自我意识是其适应多元作家身份的关键因素。《中国文学批评史》所构建的基于学者和作家的二分法身份框架，为我们深入理解中国文学批评的历史演进提供了重要的理论基石。

《中国文学批评史》所构建的身份系统以学者与文人之间的差异作为基本结构，然而，批评家的具体身份并非仅限于这两个选项。郭绍虞在此基础上进一步发展了一种更为复杂的身份系统。在描述不同历史时期文学批评的出现时，《中国文学批评史》也充分考虑了随时间推移而变化的身份。不同历史时期中的同一类型身份具有不同的特征，而同一历史时期中的同一类型身份也呈现出差异。这正是历史的多样性所在。

《中国文学批评史》以学者、文人二元为基本框架进行身份建构，注重体现个体身份与历史身份的多样性，从而呈现出文学批评史的发展脉络以及个体、群体文论的复杂性。这种包容多样性、尊重复杂性的身份意识，是中国传统身份意识的特点与智慧所在。

结　语

郭绍虞对中国文学批评史的研究呈现明显特征，并取得重要学术成就。然而，该研究亦存在一定局限。以正统儒家文学观念为基础，郭绍虞将传统诗歌与文学理论置于文学批评史研究的核心，忽视了明清时期兴盛的小说与戏剧理论。此做法在一定程度上对中国文学批评史的研究范围施加了限制。尽管存在上述局限，郭绍虞在中国文学批评史的初期阶段取得了可观成就，可谓不易。无论是初版或修订版，郭绍虞以其严谨的学术态度对待研究工作，无疑为后续研究者提供了启示与学习的典范，对郭绍虞在中国文学批评史研究中的重要贡献应予以充分认可。

参考文献

［1］郭绍虞：《中国文学批评史》，上海：商务印书馆，1947年。

［2］郭绍虞：《中国文学批评史（上卷）》，上海：商务印书馆，1934年。

［3］阎简弼：《书评：〈中国文学批评史〉下册》，《燕京学报》1947年第33期，第275-280页。

［4］朱自清《评郭绍虞〈中国文学批评史〉上卷》，见《朱自清全集》第八卷，南京：江苏教育出版社，1993年。

［5］董乃斌：《郭绍虞先生中国文学批评史研究的成就与贡献》，《文学遗产》1992年第1期，第107-113页。

［6］钱超英：《身份概念与身份意识》，《深圳大学学报（人文社会科学版）》2000年第2期，第89-94页。

教师点评

王洛秀这篇读后感从编排特色和身份建构两个方面高度评价了郭绍虞的《中国文学批评史》，认为该书重在以极尽客观的态度说明古人的文学理论，以文学批评史和文学史互证，采用以问题为纲，以作家、时期、体裁为选材类别的方法，尊重了历史发展脉络，编排独特；并循学者、文人二分法划分批评家身份，对中国文学批评史的形成进行溯源，注重了个体身份与历史身份的多样性和复杂性，是中国文学批评史上的鸿篇巨著。

《文心雕龙·知音》讲："凡操千曲而后晓声，观千剑而后识器。故圆照之象，务先博观"，只有广博地接触文学作品，对文章的评论和爱憎才能没有偏见。文选型的语文教材是当前语文教材编写的主要模式，以所选范文为主体，搭配必要的语文知识和练习。范文文质兼美，供学生学习、模仿，以发挥选文作为例子的教学功能。但教师需要明白，引导学生从"一篇"到"一本"再到"一类"往往需要大量的阅读甚至通览。文学批评史的阅读能帮助学生将所学范文还原，在文学史的厚度中获得更深的认识和感悟，达到提纲挈领、融会贯通的语文学习效果。尤其对已经积累了一定文学素养的高中生来说，较为系统地学习、阅读文学理论、文学史等相关丛书将大有裨益。

（点评人：米　禧）

依时释旨，咏史之美

——《诗经选》读后感

罗　姣

《诗经》作为我国诗歌的源头，不仅是一部集合了众多极具文学价值与思想价值的文集，更是一部反映当时社会时代风貌的重要文献。在解读《诗经》时，不能仅将其当作文学作品，更要重视其背后所蕴含的时代文化，结合时代特征解读《诗经》各篇的主旨。

一、《诗经》时代性归要

《诗经》中的诗歌多形成于西周时期，周代在建立自己的统治架构时，主要依托宗法制，以血缘关系为基础。根据与统治者的血缘亲疏来确定在社会政治生活中的地位，与之相适应的就是礼乐制度。所以，不难发现许多篇目描绘了古代君臣关系和政治秩序，具有明显的政治时代性。如《诗经》中的《商颂·长发》描述了商朝帝王的德行和治理思想，反映了古代王权的合法性和权威性。此外，《诗经》中部分篇目反映了古代社会的阶级分化、人际关系和家庭伦理。如《小雅·蓼莪》描绘了农民阶层的辛勤劳作和生活状态，反映了当时社会的农耕经济和社会阶层的存在，这便是社会时代性。

另外，《诗经》还强调了人与人之间的道德准则和个人修养。如《卫风·硕人》描述了诚实守信的美德，反映了当时社会对诚信道德的重视。《小雅·采薇》表达对孝道的赞美，凸显了古代社会对子女孝敬父母的道德期望，可将之归为伦理道德时代性。同时，《诗经》中的一些篇章描绘了古代的祭祀活动和宗教仪式。《周颂·清庙》歌颂了古代帝王的祭祀功德，展示了古代宗教信仰与政治权力的紧密关系，这体现了宗教时代性。

通过对《诗经》的时代性解读，不仅可以深入了解古代中国的历史变迁和文化传承，也可以从中汲取对现代社会的有益启迪。现以《国风·周南》的第八篇《芣苢》为例，依据该诗产生的文化背景及其背后更深层次的先秦生命文化意蕴，深入探讨其诗旨。

二、《芣苢》主旨解读的时代性

先秦时期是《诗经》研究的发轫阶段，当时还没有专门研究《芣苢》主旨的文章。两汉是《诗经》研究的繁荣时期，在董仲舒的"罢黜百家，独尊儒术"思想的影响下，汉代研究者对《芣苢》主旨的阐释，出现了明显的偏政治化倾向。"美后妃之美"之说被奉为圭臬，在《毛诗故训传》中"芣苢"被释为"车前"。

宋代以朱熹的《诗集传》最为著名，亦将"芣苢"释为"车前"，强调本文主旨在于歌颂"化行俗美，家室和平"。元代及明代多以朱熹《诗集传》为圭臬，对于《芣苢》的主旨大多沿袭旧说，缺乏创新。

清代的学者则摆脱了理学桎梏，如姚际恒批驳"车前"一说："车前非宜男草。"《芣苢》主旨的阐释上也出现了新的观点，如方玉润的"劳动欢歌说"、李光地的"文王得贤说"等。方氏的解说在马克思主义"劳动创造说"的作用下，成为今天的主流观点。

五四运动以后，在西方文化的冲击下，《诗经》的研究中也出现了许多新的研究角度及观点。早期最具代表性的是闻一多从文化人类学视角提出的"宜子说"。闻一多结合音韵学、训诂学提出"芣苢"即"薏苡"。虽然其对此作了较为详细的阐释，但此说仍不为多数人接受。20世纪80年代以来，众多学者，如余冠英、高亨、程俊英等，基本都认为，《芣苢》是成群的妇女采集"车前草"时所唱的歌，表现了她们的欢愉之情。

依据洪湛侯所著的《诗经学史》，整合汉代、宋代、清代、现代几个阶段的作家编撰的有关《诗经》的校点、笺注等作品，《芣苢》主旨可具体归为以下 5 类。

（一）颂美说

1. 美后妃之说

汉代《诗序》中率先提出"后妃之美"的说法。南宋的范处义认为《芣苢》之所以用来称赞后妃，"盖不妒忌之效，能使一家之和平为天下之和平"[1]。此观点主要称赞文王之化。

2. 美文王求贤说

清代学者庄有可认为此诗以采摘"芣苢"类比君王求取贤才："《芣苢》，贤才众而采取无已也。"[2]现代顾明佳从文本章句出发，考证重点字词等，提出此篇表达了当时统治阶级对英才贤士的重视与渴望。[3]

（二）求子说

1. 宜子说

《毛诗故训传》认为"芣苢"具有宜怀妊的功效。《山海经》及《周书·王会》记载道："芣苢，木也，实似李，食之宜子。"[4]近代闻一多经过多方考证，得出"芣苢"与"胚胎"古音相近的结论，明确先秦妇人认为食用芣苢能受胎生子。"宜子说"表达了妇人乐有子的期盼。

2. 治难产说

《毛诗草木鸟兽虫鱼疏》的作者陆玑在其文章中记载道："马舄，一名车

---

[1] 范处义：《诗补传》，载《影印文渊阁四库全书》第 72 册，台北：台湾商务印书馆，1986 年，第 38 页。

[2] 庄有可：《毛诗说》，载顾廷龙《续修四库全书》，第 64 册，上海：上海古籍出版社，1995 年，第 422 页。

[3] 顾明佳：《〈诗经·周南·芣苢〉主旨考论》，《中学语文教学》2021 年第 12 期，第 48—51 页。

[4] 《十三经注疏》整理委员会整理：《十三经注疏（上）》，北京：北京大学出版社，1999 年，第 50 页。

前……其子治妇人难产。"[1]宋代朱熹"或曰其子治难产"的观点多承于此，不过朱熹对这一功效的解说仍有存疑。

3. 祈子仪式说

李山、华一欣在《对话诗经》一书中写道："将芣苢的子粒兜入腹前衽中，并且敛衽紧系于衣带……极可能是在暗示妇女的受孕与坐胎。"[2]他们认为《芣苢》中记载的采摘动作是一种"祈子仪式"。现代人类文化学家多认为该篇为"祈子仪式"上的乐歌。

（三）劳动说

1. 劳动欢歌说

清人方玉润说此诗："恍听田家妇女……风和日丽中群歌互答。"[3]近代高亨记载道："这是劳动妇女在采车轮菜的劳动中唱出的短歌。"[4]程俊英、蒋见元的《诗经注析》评价此诗："表现了对劳动的热爱。"[5]当下通行的《诗经》译注大多是基于此说的推衍。

2. 劳动追忆说

在人类学视角下，"芣苢"即"薏苡"，禹夏族以"姒"为姓，"薏苡"是他们的图腾。[6]范卫平等认为《芣苢》是禹夏族为在洪荒中采食薏苡而得生进行的对那一场"采集劳动"的追忆，是禹夏族的图腾祭祀歌。

---

[1] 陆玑：《毛诗草木鸟兽虫鱼疏》，载《影印文渊阁四库全书》第70册，台北：台湾商务印书馆，1986年，第3页。

[2] 李山、华一欣：《对话〈诗经〉》，北京：中华书局，2013年，第62页。

[3] 方玉润：《诗经原始》，李先耕点校，北京：中华书局，1986年，第85页。

[4] 高亨：《诗经今注》，上海：上海古籍出版社，2009年，第10页。

[5] 程俊英、蒋见元：《诗经注析》，北京：中华书局，1991年，第20页。

[6] 范卫平：《禹夏族的图腾祭祀歌——人类学视野中的〈诗经·芣苢〉》，《甘肃高师学报》2000年第6期，第69-72页。

（四）伤夫说

《鲁诗》认为《芣苢》篇是蔡人之妻所作。宋人之女嫁于蔡人，其母因其夫有恶疾而欲将之改嫁，蔡人妻不听其母，作《芣苢》以表决心。西汉刘向学习《鲁诗》，在其《烈女传·贞顺篇》中同样记载了此事。《韩诗》与《鲁诗》观点基本一致，下文中有具体摘录。总之，在其记载的故事中，《芣苢》的主旨被定义为"伤夫有疾说"。

（五）斗草说

斗草是流行于中国古代民间儿童间的一种游戏。汉以前《芣苢》并无"斗草"一说。李星的《〈芣苢〉新释》中引用道："汉代申公（培）在《诗说》中指出：'《芣苢》，童儿斗草嬉戏歌谣之词赋也。'"[1]且他进一步结合民俗学、音韵学作出新解读，认为"芣苢"是田野间常见的"酢浆草"，《芣苢》一诗则是儿童斗草时所唱的歌谣。

三、《芣苢》主旨解读

纵观《芣苢》的主旨解读，可知文本的解读与时代思潮紧密相关。现实是历史的传承与延续，要想明确《芣苢》的本义，必须对该篇形成的现实背景加以溯源。《芣苢》在一定程度上暗示了周代社会生活情况。

先秦时期祭祀文化非常盛行，祈祭的对象主要是天地神灵。巫术仪式多是以一种特定的象征性动作来表达祈求愿望。周人崇拜"天"，故多以"巫歌""巫舞"形式向天祈求。作为集天地之气，聚日月之灵的"芣苢"具有极强的生命力，在广阔的空间生长，在周人眼中，它的生命力便具有了"神圣性"。

"祈子仪式"需要辅以相应的哼唱，而《芣苢》通篇重章，叠词"采采"和韵尾的"之"字，使韵律和谐，给人回环往复之感，同时简明轻快的声调也正体现了作为乐歌的节奏感。诗中直接铺陈"采摘过程"，全篇只变换了6个动词——"采""有""掇""捋""袺""襭"。结合"芣苢"的外形特征，

---

[1] 李星：《〈芣苢〉新释》，《中文自学指导》2003年第1期，第36—38页。

在掇取、捋取苤苢籽后，直接"用筐装"比"用衣服兜"更方便，也能采摘得更多，但诗中依旧使用"袺""襭"，由此可以推测这六种动作并不是指向真实的"苤苢"采集动作，而是一种虚拟的假动作以此表示象征意义，祈求上天降下子嗣。

《苤苢》中"采"是最初的动作，意味着"祈子仪式"的开始，开始为获得子嗣而做准备；"有"字原意是手里捧着肉，在这里则象征着女子已经受孕，获得了"胚胎"，类似于我们今天常说的女子"有喜"；"掇，拾也"，逐棵采摘，意味着"胚胎"逐渐长大；"捋"是用手握住条状物向一端滑动，越来越多的"苤苢"象征着越来越大的肚子；"袺"即用衣襟兜东西，表示衣襟兜起苤苢后鼓鼓囊囊，就如同女子即将临盆；"襭"表示女子产后坐月子，此时产妇要穿厚衣服，特别注意腰腹部的保暖。6 个动作的转换中，一次完整的象征着受孕、怀孕、生子的"祈子仪式"都已全部完成。我们似乎可以感受到妇女祈求生子的焦急状态，以及渴望、期待的心理。

全诗通过"铺陈"的手法，表面上看似乎是从采摘的最初准备过程，到开始采摘、逐棵采摘、成片采摘，最后收获满满，但实际上这些动作不是实干而是虚做，每一种动作只表达其特定含义。

《苤苢》作为一首"祈子仪式"所用的巫歌，不仅保留着原始诗歌的表现形式，更保存着周代生命文化观的传承。劳动的乐趣仅仅是该篇从"铺陈其事"的艺术手法上得出的表面结论，结合当时的社会历史背景，透过妇女迫切地采集苤苢的表面活动，不难发现采摘"苤苢"背后反映了先秦生民较为艰难的物质生活情况以及"期盼生子"的精神生活特点。

结　语

我们在解读经典时，不能抛开当时的时代背景和社会文化思潮，仅从文学艺术的角度来解读作品，往往容易一叶障目，无法获得真切的理解，且缺乏应有的深度和广度。《诗经》的每一篇都有其深刻的时代背景，因此对《诗经》各篇主旨的解读应该是带有历史感、时代感与民族感的解读。只有对它的文化内涵有深入的了解，才能真正地读懂它。

参考文献

［1］余冠英：《诗经选》，第 2 版，北京：人民文学出版社，1979 年。

［2］沈英英：《〈芣苢〉主题解读的时代性》，《重庆第二师范学院学报》2015 年第 3 期，第 35-39、174 页。

［3］闻一多：《闻一多全集》，北京：生活·读书·新知三联书店，1982 年。

［4］朱熹：《诗集传》，上海：上海古籍出版社，1958 年。

［5］王秀梅：《诗经》，北京：中华书局，2015 年。

［6］方玉润：《诗经原始》，李先耕点校，北京：中华书局，1986 年。

［7］高亨：《诗经今注》，第 2 版，上海：上海古籍出版社，2009 年。

［8］程俊英、蒋见元：《诗经注析》，北京：中华书局，1991 年。

教师点评

《诗经》是我国第一部诗歌总集，它在文学史上地位显著，有着源远流长的优秀传统，是我国现实主义文学传统的源头，是我国文学史的璀璨起点，多篇文本选入中小学语文课本中，如《关雎》《蒹葭》《采薇》《芣苢》《无衣》《氓》等，大多主题意蕴丰富——或颂扬真情，表达深情；或启发情志，阐释哲理；或赞美英雄，眷念和平……给读者以无尽解读空间，读之回味无穷，深受喜爱。

作者罗姣依时释旨，以深厚的读后笔触对《诗经》的政治时代性、社会时代性、伦理道德时代性、宗教时代性等进行了理论归要阐释；选篇典型，举例精当，以广博谨严的为学精神，深入研读《诗经·芣苢》的文史资料，从它产生的文化背景及其背后更深层次的先秦生命文化意蕴，有理有据地探究了《芣苢》"颂美说""求子说""劳动说""伤夫说""斗草说"等多重主旨解读的时代性；逻辑严密，构思精深，基于《芣苢》形成的现实背景加以溯源，切入生活现实情境，深入探讨了《芣苢》诗旨——劳动乐趣只是该篇从"铺陈其事"艺术手法上得出的表面结论，采摘"芣苢"背后反映了先秦生民较为艰难的物质生活情况以及"期盼生子"的精神生活。

这对统编版高中语文必修上册第二单元"劳动光荣"人文主题下的选篇《芣苢》主旨做了补充。高中语文教师可引导学生平心静气于重章复沓中涵咏这"终篇言乐"却"不出一乐字"的古代劳动生活的欢乐歌谣，体悟劳动的美乐；进而从主旨上拓展延伸，启迪学生思考探索，掌握《芣苢》主旨解读方法，"举一隅而三隅反"，带有历史感、时代感与民族感去解读《诗经》各篇主旨。

（点评人：付廷俄）

《楚辞选》读后随笔

王禹铸

　　"继《诗经》而后，公元前四世纪《楚辞》的出现，中国古典诗歌的发展确实又跨进了一个完全新的阶段。它的光彩像晴空的丽日一样，照耀着从周末到汉初的诗坛。"[1]《楚辞》和《诗经》并列为中国诗歌的两大源头，具有极为重要的地位，于是《楚辞》研究也成为自古至今长盛不衰的一门"显学"。古往今来，为《楚辞》作注的文人学者不胜枚举：古有王逸《楚辞章句》与洪兴祖《楚辞补注》，其内容详尽、旁征博引，是专业研究者必读之书；今有汤炳正《楚辞今注》，其注释出入古今，采各家之长，广受读者欢迎。马茂元先生所著的《楚辞选》则在学术性之外兼有普及本的特点，其语言明白晓畅，融会各家观点，读起来趣味盎然。马茂元先生为桐城派殿军马其昶之孙，是我国当代著名的古代文学研究者。他出身桐城派世家，幼承家学，对楚辞研究颇有新解，在20世纪的楚辞研究中独树一帜。

　　《楚辞选》一书择屈原《离骚》《九歌》《九章》《招魂》《卜居》《渔父》及宋玉《九辩》、贾谊《吊屈原赋》、淮南小山的《招隐士》入书，涵盖《楚辞》的经典篇目。在每篇正文始末，作者均对文章背景及内容分别作了介绍与总结。以《湘君》为例，作者开篇介绍题目"湘君"的来源，阐释了湘水之神由最初的抽象的自然崇拜发展为特指舜与二妃的过程。作者广征各家观点，采用各代典籍为旁证，将《湘君》与《湘夫人》从书写对象上进行区分。在引用前人文

---

[1]　马茂元：《楚辞选》，北京：人民文学出版社，2002年，第1页。

字时，作者将其内容加以解释分析，尽量消除读者的阅读障碍，兼具普及性与可读性。本书注释详尽、语言平实，除释词之外还有对本句大意的解释，内容繁多，适合入门者阅读。可惜注释的排版凌乱无序，未免有违普及本的初衷。

本书的前言共分为六个部分，较为完整地呈现了作者对《楚辞》的认知，也有利于读者在正文阅读之前对《楚辞》及其相关背景有一个大概的认知，私以为是本书最精彩之处。

前言的第一部分阐释了楚辞的产生与地域之间的关联。文学的发展特点常常兼具时代性与地域性。"'楚人多才'，集中表现在一部《楚辞》里。"[1]楚地文化风气浓厚而自由，是先秦时期南方地区的文化汇聚之地，道、儒、墨三家在楚地都有不同程度的传播，名学、阴阳学也盛行于楚。这种开放自由的文化氛围为楚地民歌的发展提供了土壤。在自西周至春秋以后乃至汉朝这段时期，楚歌本身自有一段完整的发展历程，成为或能够与北地民歌并立的流派。除楚地民歌外，第一节中曾提到《九歌》与楚地南部祭祀乐歌之间的关系。"《九歌》者，屈原之所作也。昔楚国南郢之邑，沅湘之间，俗信鬼而好祠，其祠必作歌乐鼓舞，以乐诸神。屈原放逐窜伏其域，怀忧苦毒，愁思怫郁，出见俗人祭祀之礼，歌舞之乐，其词鄙陋，因为作《九歌》之曲，上陈事神之敬，下以见己之冤结，托之以风谏。"[2]《九歌》本是屈原为宫廷祭祀所作乐舞，其体式本身就是对楚国祭祀歌舞的反映。现代学者曾将《九歌》与南方少数民族祭祀傩神的歌谣进行对比，从《梯玛歌》等歌谣对"兮"字的用法的类似中论证了其与《九歌》间的承继关系。[3]由此可见，《楚辞》自产生之初就具有楚地民歌与祭祀乐舞的风味，长期在楚地民间游历的经历使屈原的诗歌充分吸收了楚地民歌及宗教祭祀之曲的养分，也塑造了《楚辞》独特于《诗经》之外的地域风格与民族风味。

《楚辞》是屈原的创造。作者在前言的第二节中提到：《楚辞》的性质不同于《诗经》。《诗经》是宫廷及民间歌谣的总集，是在集体生活中集体创作

---

[1]　马茂元：《楚辞选》，北京：人民文学出版社，1998年，第2页。

[2]　朱熹：《楚辞集注》，北京：人民文学出版社，1953年，第36页。

[3]　林河：《〈九歌〉与南方民族傩文化的比较》，《文艺研究》1990年第6期，第119-129页。

的结晶，而《楚辞》则基本上是由屈原所创造的。他在创作过程中吸收了楚地民间文学的营养，借鉴了楚歌的形式，再将他的思想感情和艺术天分融入自己的作品当中。屈原是楚国的贵族，他有极高的文化素养和崇高的政治理想，也受到了楚国的历史传统以及当时社会现状的影响。楚人先祖长期在强邻的夹缝中顽强地生存，在偏居于中原沃野的土地上顽强地发展，获得了富裕安定的生活。楚国虽也存在贵族阶层并以他们为国家的核心，但在长期发展过程中形成的各大部落与氏族并未消亡。楚人对祖先筚路蓝缕的苦志、开拓创新的锐意、犯艰历险的勇气刻骨铭心，既培养了楚人极高的爱国热情，也淡化了他们的阶级意识，《楚辞选》中所言之楚人"民族的矛盾高于阶级矛盾"[1]则源于此。

屈原继承了楚人对祖国的热爱和对故土的依恋，也继承了楚人对人民的深切关怀，因此，他关心政治，了解"民生之多艰"，时刻挂念着祖国的前途命运。屈原在文学作品中所表现出的爱国情怀并非只有对贵族和统治者的维护，还有锐意改革的决心和对人民的深切同情，而这也使他的爱国主义情感上升到了以往从未达到的高度。屈原高度的爱国热情为诗歌创作开拓了前所未有的广阔空间，兼之其在文学上的积淀与天赋，才创造出了如《离骚》等惊人的鸿篇巨制。

在本书前言部分的第三节中，作者详细地阐释了屈原诗歌中所表现出的政治理想。关心政治是楚歌的传统，楚歌中有讽谏君王的《穷劫曲》、歌颂公平的《子文歌》、赞美廉吏的《优孟歌》，楚地爱国、参政之风盛行，因此有了"楚虽三户，亡秦必楚"之语。屈原的《离骚》更是集中表现了他对楚国前途的忧虑和自己的"美政"理想。在他所处的时代，贵族领主经济濒临解体，中原诸国纷纷改革求变，加之连年征战，楚国已经岌岌可危。马茂元先生在书中将屈原面对楚国现状所提出的应对之策概括为：在用人上，"举贤才而授能"，吸收新阶层的力量以维护封建贵族统治；在治国上，"循绳墨而不颇"[2]，将法家思想与儒家人格理想相结合以谋求楚国的制度变革。楚国的命运，在屈

---

[1] 马茂元：《楚辞选》，北京：人民文学出版社，2002年，第13页。

[2] 马茂元：《楚辞选》，北京：人民文学出版社，2002年，第17页。

原的诗歌中用以比为自己的命运，使其从诞生之初就同社会发展紧密相连。

前言的第四、第五两节，作者从文学史的角度出发，分析了"楚辞"文学形式的发展和《楚辞》的浪漫主义色彩。文学的内容与形式相匹配，则能够诞生具有时代特征的优秀作品。根据马茂元先生的观点，"楚辞"一体的发展历程可分为以屈原为代表的独创阶段、以宋玉为代表的新变阶段以及以汉人为代表的模仿阶段。在这三个发展阶段中，"楚辞"所承载的文学内容有一定创新但文学形式基本不变。因此，在屈原的作品中，"楚辞"形式新颖而内容丰满，开时代之先河，颇具独创性；在宋玉的作品中，"楚辞"在内容和形式上都有创新，但地域性逐渐消失，偶尔会有不协调之处；而汉人模拟屈原而作的"骚体"作品当中，则常失之真实，又因照搬屈原作品的内容形式而变得僵硬，缺乏创新性和艺术感染力。

先秦时代，"风""骚"并称，《诗经》与《楚辞》分别作为古代文学现实主义与浪漫主义的源头，各有不同的思想内容和语言特色。前文曾提到，《诗经》由人民在集体生活中集体创造，而《楚辞》绝大部分要归功于屈原的创造。因此，相对于《诗经》中风格多样的语言，《楚辞》的语言是高度个性化的。本文将《楚辞》的语言特色概括为三点：第一，《楚辞》的语言多采用人民口头语言。屈原在作品中大量运用当时口语中的语气词，使读者在不产生理解障碍的同时又能够感受到楚地风味和语气的重叠变化；第二，《楚辞》打破了几近僵化的四言句式，为四言诗到五言诗、七言诗的演变起到了过渡作用，同时也增强了作品的音乐美；第三，《楚辞》融合了民间诗歌与文人诗歌的语言特色，使其兼有民间文学文字的朴实和文人诗歌的书卷气息。[1] 然而，《诗经》与《楚辞》并不是完全独立，没有交融的两部作品。从春秋战国时期的《左传》《战国策》等典籍的记载来看，《诗经》在屈原时代已经传播到了楚国并且具有一定的影响力。楚人对《诗经》的创作方法、语言艺术等进行学习，反映在《楚辞》当中则部分体现为对四言句式以及虚词"兮"的继承，而《楚辞》当中部分篇目所包含的祭祀内容，也与《诗经》中的"颂"多有相同之处。

---

[1] 马茂元：《楚辞选》，北京：人民文学出版社，2002年，39–42页。

综上，《楚辞》是我国文学历史中的瑰宝。正如马茂元先生所说："我们今天整理这份伟大的遗产，决不是为了在艺术上模仿它，或把自己拘囿在它的思想境界里而沾沾自喜；而是为了使我们认识历史时代的生活面貌，欣赏其艺术的风韵和成就，并为我们创造社会主义文学提供借鉴的资料。"[1]

参考文献

［1］马茂元：《楚辞选》，北京：人民文学出版社，2002年。

［2］朱熹：《楚辞集注》，北京：中华书局，1953年。

［3］司马迁：《史记》，北京：中华书局，1982年。

［4］张喻：《论楚辞〈九歌〉中的自然崇拜》，华中师范大学硕士论文，2014年。

［5］王琳：《〈楚辞·九歌〉与楚地祭祀文化研究》，暨南大学硕士论文，2005年。

［6］李炳海：《楚辞语词与楚地歌舞的关系》，《文艺研究》2001年第5期，第97-102页。

［7］林河：《〈九歌〉与南方民族傩文化的比较》，《文艺研究》1990年第6期，第119-129页。

教师点评

《楚辞》作为中国浪漫主义文学的源头与《诗经》并称为"风骚"，对后世诗歌产生了深远影响。《楚辞》打破了以《诗经》为代表的四言诗的格调，吸收民间形式，创造了一种句法参差多变的新诗体"楚辞"。这是诗歌形式的一次大解放。然而自古以来对《楚辞》的注解成果却远远少于儒家经典《诗经》，现存最早的《楚辞》注本为东汉王逸的《楚辞章句》。鉴于《楚辞》注释成果较少的现状，马茂元在《楚辞选》中引诸家注文参校互证，明确注释的内涵与

---

[1] 马茂元：《楚辞选》，北京：人民文学出版社，2002年，第42页。

方法，兼及专业性与普及性，有助于初学者理解文学经典。王禹铸《〈楚辞选〉读后随笔》对马茂元《楚辞选》的内容选材和体例做了概括性介绍，接着就前言中的精彩之处分别作出点评，最后肯定了《楚辞》在中国文学史上的地位和价值，对入门者阅读《楚辞选》有积极指导意义。

在《楚辞》中，屈原的作品对后代文学发展影响最为深刻。部编版语文高一课本便选取了《楚辞》中屈原的名篇《离骚》。作品展现了屈原既注重内美修洁，又注意外美修饰，集众美于一身，情操才华卓然出众，志向抱负远大宏伟，敢为天下先的抒情主人公形象，表现了诗人誓死不和小人同流合污的决绝态度和高尚的爱国情操，这是中国诗歌史上具有"永久的魅力"的永恒篇章。

（点评人：马振凤）

事出于沉思，义归乎翰藻

——《文选》读后感

黄雅婷

一、萧统及《文选》概说

萧统（501—531），字德施，小字维摩，南兰陵郡兰陵县（今江苏省常州市武进区）人。南朝梁宗室、文学家，梁武帝萧衍长子，梁简文帝萧纲和梁元帝萧绎长兄。萧统酷爱读书，笃好玄学，在太子位上广纳人才，勤于著述。当时东宫号称有书近三万卷，"名才并集，文学之盛"，被认为是自晋、宋以来从未有过的现象。萧统曾撰古今典诰文言为《正序》十卷，五言诗之善者为《英华集》二十卷（《南史》如此，《梁书》称为《文章英华》）。《隋书·经籍志》著录《古今诗苑英华》十九卷，《文章英华》三十卷，则《英华集》为两种。《正序》及《英华集》唐代已亡。他所主持编辑的《文选》三十卷，在隋、唐时普遍传习，已成为专门之学。他还曾编辑《陶渊明集》七卷，并撰《序》、作《传》，为后代《陶集》的第一个本子。

其主持编选的代表作《文选》是中国现存编选最早的汉族诗文总集。因萧统谥号昭明，故也称为《昭明文选》，这是我国历史上影响最深远的诗文选集，诗文分类的典范及其开先河者，以一本书而成为一门学问的少有著作之一，南北朝以后的历代士人学习诗赋的范本。陆游在《老学庵笔记》中有言："《文选》烂，秀才半。"《文选》一书的重要性可见一斑。

值得一提的是，萧统编辑《文选》时，具备许多优越条件：文学的概念已经逐渐明确，文学的独立地位也得到了承认，总集的编纂已有挚虞以来的得失成败可以总结，典籍特别是文集一类的典籍已足够丰富，太子身份加成使他又有一批学识渊博的东宫官属，同时他也有编《正序》《古今诗苑英华》和《文章英华》一类书的经验。利用这些优越条件，编辑《文选》，也就出现了总集编辑工作的新的突破。

《文选》一书本身也成就了一门学问。古今中外有许多学者都对此书进行了详尽的研究。萧该《文选音》是研究《文选》的第一部著作，其后曹宪建立"《文选》学"。而李善《文选注》更是《文选》学的权威著作。《文选》不仅是古代文学的必读之书，也是传统文化的重要典籍；不仅影响隋、唐以来中国文学的发展，也波及7、8世纪后以日本为代表的东方文学创作。近代以来，我国港、澳地区和新加坡、朝鲜、英国、法国、德国、美国等，都兴起了《文选》学研究的热潮；日本九州大学《文选》学史研究会编印了《文选研究论著目录》；我国台湾地区也出版了《选学丛刊》。弘扬民族文化，必须注意到《文选》这样一部文学经典巨著的整理和研究，这是无疑的。

二、《文选》的编排标准

"凡次文之体，各以汇聚。诗赋体既不一，又以类分。类分之中，各以时代相次。"《文选》所选周至梁代的作品，共分三十八类，它们是：赋、诗、骚、七、诏、册、令、教、文、表、上书、启、弹事、笺、奏记、书、移、檄、对问、设论、辞、序、颂、赞、符命、史论、史述赞、论、连珠、箴、铭、诔、哀、碑文、墓志、行状、吊文、祭文。分类颇为繁多，大致可以归纳为辞赋、诗歌、各体骈散文（绝大多数是骈文）三大部分。辞赋部分包括赋、骚、七、辞等类，其他除诗外，都属各体骈散文。各体骈散文之所以类别很多，是因为它们用途各不相同。魏晋南北朝时代，文学发展，文体日趋繁富，故在总集、诗文评中的分类也往往繁密。《文心雕龙》上半部论述各种文体，在篇目中提到的文体就有三十三类，大多数和《文选》相同。《文选》所选赋、诗两类作品特别多，又按题材分设项目，如赋分为京都、郊祀、耕藉、畋猎、纪行等十五项，诗分为补亡、述德、劝励、献诗、公宴、祖饯等二十三项，作者共一百三十人（无名氏不计）。从数量讲，计辞赋九十余篇，诗歌四百余篇，骈散文二百余篇，共七百余篇。诗歌中一题数篇的较多，如果一题以一篇计，则为五百余篇。同一类或同一项中的作品，则按作者的时代先后排列。

三、《文选》的诗歌评价标准

《文选》重视作品悦目赏心的审美功能的同时也强调对质的肯定。[1]《文选》选文的侧重点落实在辞藻华美、声律和谐以及对偶、用事等艺术形式上，因为在萧统看来，艺术的发展必然是"踵其事而增华，变其本而加厉"（《文选序》），显示出文学逐步走向独立的时代要求。萧统及其宾客们有独到的文学鉴赏眼光。总的来说，这部诗文总集仅仅用 30 卷的篇幅，大体上包罗了先秦至梁代初叶的优秀作品，反映了各种文体发展的轮廓，为后人研究这七八百年的文学史保存了重要资料。

其诗歌评价标准可参见序言：

"若夫姬公之籍，孔父之书，与日月俱悬，鬼神争奥，孝敬之准式，人伦之师友，岂可重以芟夷，加之剪截？老、庄之作，管、孟之流，盖以立意为宗，不以能文为本，今之所撰，又以略诸。若贤人之美辞，忠臣之抗直，谋夫之话，辨士之端，冰释泉涌，金相玉振，所谓坐狙丘，议稷下，仲连之却秦军，食其之下齐国，留侯之发八难，曲逆之吐六奇，盖乃事美一时，语流千载，概见坟籍，旁出子史，若斯之流，又亦繁博。虽传之简牍，而事异篇章，今之所集，亦所不取。至于记事之史，系年之书，所以褒贬是非，纪别异同，方之篇翰，亦已不同。若其赞论之综缉辞采，序述之错比文华，事出于沉思，义归乎翰藻，故与夫篇什，杂而集之。"[2]

既然《文选序》被放到了《文选》之中，它就比外围的材料有说服力。《文

---

[1]　赵亦雅：《〈文心雕龙〉与〈文选〉诗歌思想比较》，《国学论衡》2018 年 00 期，第 239—274 页。

[2]　萧统：《文选》，上海：上海古籍出版社，1986 年，第 3 页。

选序》中明言："余监抚馀闲，居多暇日。历观文囿，泛览辞林，未尝不心游目想，移晷忘倦。"代笔之说实在勉强。在这点上，黄侃高足骆鸿凯先生作出了不凡的判断，他在《文选学·义例》中说："总集为书，必考镜文章之源流，洞悉体制之正变，而又能举历代之大宗，束名家之精要，符斯义例，乃称雅裁。《翰林》《流别》各有论文，以见选录之意。《文选》则不别纂论著，而唯以一序揭其义例，语简而义赅，盖元凯《春秋经传集解序》之类也。"这些文字颇有启发性，既然《文选》的体制不同于它之前的总集，我们就应该实事求是地从文本出发，具体地说就是：关于《文选》本身所体现的文学思想，除了史书中的记载、萧统本人的书信外，最重要也最可靠的文献仍然只能是《文选序》。可以说，解读《文选序》是阅读中最重要的一步。

萧统在《答湘东王求文集及〈诗苑英华〉书》的一段话，也常被用来作为他讲求文质并重的证据，他说："夫文典则累野，丽亦伤浮；能丽而不浮，典而不野，文质彬彬，有君子之致，再尝欲为之，但恨未逮耳。"[1]

在序文中，萧统还直接引用了《毛诗序》的论述："诗者，志之所之也，在心为志，发言为诗。情动于中而形于言。"由此可见，萧统编著《文选》时继承了《毛诗序》情志统一的观点。"《关雎》《麟化》，正始之道著；桑间濮上，亡国之音表。故风雅之道，粲然可观。"萧统同时也非常看重诗的风雅传统。

萧统的诗歌观基本上继承了汉代以来的儒家诗乐观，根据《梁书》记载，他从小学习儒家经书，立身行事也以儒家思想为本。这背后与其父梁武帝对经术的尊崇和自身的太子身份密不可分。

四、怎样阅读《文选》

这里向大家推荐屈守元先生的《文选导读》，他在这部著作里详细写了《文选》的阅读指南与具体实操建议。下面对屈先生提出的建议进行简要总结概括：

首先需要正确评价《文选》，肯定《文选》的文学思想与文学价值。在具

---

[1] 穆克宏、郭丹：《魏晋南北朝文论全编（修订本）》，南京：江苏教育出版社，2004年，第468页。

体的个人阅读中，强调心口合一，眼到口到善用诵读，不宜迷信批点法。阅读顺序上可根据个人喜好进行调整，但不宜中途放弃。此外，大家可以结合刘勰《文心雕龙》与钟嵘《诗品》等作品进行比较阅读。

参考文献

［1］赵亦雅：《〈文心雕龙〉与〈文选〉诗歌思想比较研究》，山东大学硕士论文，2015 年。

［2］屈守元：《文选导读》，北京：中国国际广播出版社，2008 年。

［3］萧统：《文选》，上海：上海古籍出版社，1986 年。

［4］李三卫：《〈文选序〉"事出于沉思，义归乎翰藻"新探——兼及〈文选〉选录标准》，《黑龙江工业学院学报（综合版）》2020 年第 2 期，第 111-116 页。

教师点评

《文选》是南朝梁昭明太子萧统主持编选的，收录了从东周至南朝梁的文学作品，总量七百多篇，内容丰富，是我国最早的赋、诗、文总集。其选材严谨，采用"事出于沉思，义归乎翰藻"作为文章选择的重要标准，注重"文质彬彬"，选文内容典雅，改变了先秦两汉以来文史哲不分的情况，具有很高的研究价值。黄雅婷《事出于沉思，义归乎翰藻——〈文选〉读后感》对萧统和《文选》的编排标准、诗歌评价标准作了简要介绍，最后对初学者阅读《文选》提出建议。在介绍诗歌评价标准时较多引用了《文选序》原文，若能在引用过程中尝试着解读分析《文选序》中重点词句的含义，阐述作者对它们的理解，会使文章更为丰满。所谓"事出于沉思，义归乎翰藻"历来争议颇多，我们这里姑且将其理解为"文学作品所描写的对象是经过深沉构思的，在表达时语辞是华丽的"。《文选》选文隽永，其中骈体诗文占比较多，可见编者对句式工整对仗、声韵和谐的追求。可以看出，《文选》在选文时既注重文章的内容，也注重文章的文学技巧，这体现了编者对文学艺术形式的思考，为文学与非文学的划分提出了建议，对后期文学的独立发展起着积极的促进作用。

（点评人：马振凤）

孔门十哲，端木遗风

——《论语译注》读后感

赵秉珠

《史记·列传·仲尼弟子列传》记载："孔子曰：'受业身通者七十有七人'，皆异能之士也。"这些"异能之士"，分为德行、政事、言语、文学四类。本文主要介绍的子贡，便是言语科的佼佼者。

子贡，姓端木，名赐，古文中又叫子赣，春秋时期卫国人。他17岁拜孔子为师，小孔子31岁，是孔门十哲之一，也是孔门七十二贤之一。他是春秋时期著名的政治家，担任过卫国和鲁国的宰相，齐国的大夫。在《论语译注》中，与子贡相关的记载达38条。

一、巧言善辩

（一）言他物以解心中事

《史记》记载："子贡利口巧辞，孔子常黜其辩。"《论语译注·述而篇》中："冉有曰：'夫子为卫君乎？'子贡曰："诺，吾将问之。'入，曰：'伯夷、叔齐何人也？'曰：'古之贤人也。'曰：'怨乎？'曰：'求仁而得仁，又何怨？'出，曰：'夫子不为也。'"子贡知道卫君的行为是不符合礼仪和道义的，但是君子在一个国家里生活，不可以非议其大夫，更加不可以议论其国君。因此，子贡从反面以伯夷、叔齐设问，探知孔子对他们的态度，便可推断出孔子对卫君的态度是不赞成的。

同样的事还出现在《子罕篇》："子贡曰：'有美玉于斯，韫椟而藏诸？求善贾而沽诸？'子曰：'沽之哉！沽之哉！我待贾者也！'"子贡看似在问如何对待美玉，实际上是想问孔子对仕途的态度。孔子的回答解开了子贡的疑惑，他肯定美玉一定是要卖掉的，但不是求人买，而是等待一个识货的商人。由此可知，子贡以其他相关事物提问，寻求自己心中问题的答案。

（二）巧妙作喻

《子张篇》中："叔孙武叔毁仲尼。子贡曰：'无以为也！仲尼不可毁也。他人之贤者，丘陵也，犹可逾也；仲尼，日月也，无得而逾焉。人虽欲自绝，其何伤于日月乎？多见其不知量也。'"叔孙武叔毁谤孔子，子贡将孔子的贤能比作太阳和月亮，将别人的贤能比作山丘，形象生动地表达出孔子的贤能极高，他人妄图诋毁不过是不自量力罢了。

同样是《子张篇》中，同样是叔孙武叔，他认为"子贡贤于仲尼"："子贡曰：'譬之宫墙，赐之墙也及肩，窥见室家之好。夫子之墙数仞，不得其门而入，不见宗庙之美，百官之富。得其门者或者寡矣。夫子之云，不亦宜乎！'"子贡将一个人的才能比作房屋的宫墙，巧妙地反驳了叔孙武叔的言论，同时还讥讽了叔孙武叔的无知。

二、工于政治，能思善问

孔门诸子弟中，参与政治活动最多，于各诸侯国影响最大的，非子贡莫属。子贡的政治活动，则突出在外交方面。《史记·仲尼弟子列传》中记载"出奇策异智，转危为安，运亡为存"，还有"子贡一出，存鲁，乱齐，破吴，强晋而霸越"，劝说田常一事，无疑改变了当时的国际格局，同时也将子贡的政治才能展现得淋漓尽致。在"田常欲作乱于齐"一事中，站在不同国家的角度上考虑，甚至操纵了战场，不得不说，在这场众大国之间的斗争中，子贡反思敏捷，无疑是周游其中如鱼得水。

《公冶长篇》中："子贡问曰：'赐也何如？'子曰：'女，器也。'曰：

'何器也？'曰：'瑚琏也。'""瑚琏"为何物：古代祭祀时盛粮食的器皿，是相当尊贵的。孔子认为子贡是瑚琏之器也，是可以用于宗庙的，不是平凡人。《子张篇》中："子贡曰：'纣之不善，不如是之甚也。是以君子恶居下流，天下之恶皆归焉。'""子贡曰：'君子之过也，如日月之食焉：过也，人皆见之；更也，人皆仰之。'"子贡思考历史都是由胜利者书写的，商纣的残暴或许一方面有夸大的缘故；君子的犯错与改正时都是会被人看见的，改正时人人会仰望，这是子贡对个人行为的思考。

最能体现子贡善于思考的，应该是《学而篇》中子贡与孔子交流贫富的话题，子贡以《诗经》中"如切如磋，如琢如磨"作譬。子贡对《诗经》中的内容理解后，灵活联想到此境，能自我有所发挥，举一反三。

此外，子贡在提问后会进一步思考，进而提出问题。《论语》中涉及子贡的言论有38条，其中20条都是子贡向孔子的询问。在有关子贡询问孔子的20条对话中，子贡多次询问的有八条，在众子弟中较为突出。《卫灵公篇》中子贡询问"有一言而可以终身行之者乎？"由此可知，子贡在提问上已经由普通上升到一般，由特殊到一般，试图寻求可终身奉行的话。《为政篇》中子贡问君子："子曰：'先行其言而后从之。'"在众多询问什么样的人是君子时，子贡开始思考如何做才能成为一名君子。

在子贡询问孔子的话题中，涉猎很广，问士："何如斯可谓之士矣？"问政："足食、足兵、民信之矣。"问什么是仁道："如有博施于民而能济众，何如？可谓仁乎？"以及如何培养仁道"工欲善其事，必先利其器"。问友："忠告而善道之，不可则止，毋自辱焉。"

子贡问孔子如何成为君子，孔子回答"先行其言而后从之"，又问君子有什么憎恨的事，孔子回答："有恶：恶称人之恶者，恶居下流而讪上者，恶勇而无礼者，恶果敢而窒者"，这样，子贡将君子应该做的和不应该做的都了然于心。

同时，子贡还把视野放在更宽广的外在世界，了解政治生活。如《宪问篇》中子贡就管仲辅佐齐桓公一事向孔子提出疑问。他细心留意人际关系，探求为人处世之道，如《子路篇》中他问孔子"乡人皆好之"和"乡人皆恶之"怎么样，最后学会考察一个人，"乡人之善者好之，其不善者恶之"。

三、自知自省，恭师敬师

《子张篇》中叔孙武叔诋毁仲尼，认为子贡贤于仲尼，子贡用宫墙和日月作譬，巧言驳之，表示自知不如孔子，同时表现出叔孙武叔的无知和不自量力。《公冶长篇》中孔子问子贡，他和颜回哪个更强，子贡回答颜回更强，"赐也，何敢望回？回也闻一以知十，赐也闻一以知二"，颜回在《论语》中始终是孔子夸赞的对象，孔子还说从来没有见过像颜回这样好学的人，子贡对此有清醒的认识，深知自己与颜回有较大的差距，也是非常了解自己了。

《学而篇》中，子禽问子贡，孔子对每个国家的政事都很了解，是自己求来的还是别人自动告诉他的？子贡以"夫子温、良、恭、俭、让以得之"回答，"温、良、恭、俭、让"这五字与孔子的形象极其贴合，不得不说，子贡非常尊敬并了解他的老师。另外，从叔孙武叔的无知中也可以衬托子贡非常尊敬他的老师，将其知识比作数仞宫墙，连门都很难找到，将孔子的贤能比作日月，无法超越。《公冶长篇》中，"子贡曰：'夫子之文章，可得而闻也；夫子之言性与天道，不可得而闻也。'"或许有些夸张成分，但尊敬老师与了解老师却是完全可以看出的。

四、货殖有方

《史记·货殖列传》中对子贡的商人形象有所记载："子赣（即子贡）既学于仲尼，退而仕于卫，废著鬻财于曹、鲁之间，七十子之徒，赐最为饶益。原宪不厌糟糠，匿于穷巷。子贡结驷连骑，束帛之币以聘享诸侯，所至，国君无不分庭与之抗礼。夫使孔子名布扬于天下者，子贡先后之也。此所谓得势而益彰者乎？"子贡在孔子所有学生中是最富有的，甚至到了分庭抗礼的程度，因此也可看出，在"田常欲乱于其齐"一事中，子贡周游列国，劝说各国国君的可能性。

《论语·先进篇》中，"子曰：'回也其庶乎，屡空。赐不受命，而货殖焉，亿则屡中。'"这段话将子贡与颜回作比较，颜回常常贫困，而子贡还尝试商业方面的探索，屡屡成功。

《论语》虽为语录体，但我们仍能从各言论中探求对话间的语气语调，感受到栩栩如生的人物形象。在整理《论语》中有关子贡的记载时，我们仿佛感受到这位儒学大师穿越几千年的历史，向我们缓缓走来。我们了解到：他多思多问，勤于思考，关注广泛，于政治生活和商业方面都有尝试，同时他善于交谈，以灵活的言语技巧和表达方式发出心中所问，解答心中之疑。他还尊敬老师、了解老师，对自己保持清醒的认识，并且时刻严格要求自己，做到自知和自警。

参考文献

［1］司马迁：《史记》，北京：线装书局，2006 年。
［2］杨伯峻：《论语译注》，北京：中华书局，2020 年。

教师点评

《论语》为我国教育先师孔子的弟子及再传弟子记录孔子及其弟子言行而编成的以语录体为主、叙事体为辅的散文，所记录大多为师生之间平日的交谈，内容涉及为人、为学、为政、处世等诸多思想道理，较为集中地体现了孔子及儒家学派的思想主张。它辞约义丰，言近旨远，语言简洁，和顺含蓄，不少篇章语气语调逼真，塑造人物形象栩栩如生。

其中，春秋时卫人端木赐，字子贡，在《论语》中被塑造得较为鲜明生动。《论语》中记子贡 35 章，提及子贡 38 次，其名字出现多达 57 次，由此可见，作为"孔门十哲"之一和"孔门七十二贤"之一的他在孔门弟子中居于重要位置。在央视综艺《典籍里的中国——撒贝宁对话孔子，换个角度读〈论语〉》中，就以子贡的视角来回顾孔子的一生，讲述了孔子带领徒众周游列国，在匡地、陈蔡之地虽被困，却仍然坚守追寻大道的苦，饱尝患难与共的甜，展现了师徒生动的君子形象，颂扬了儒家君子在"岁寒，然后知松柏之后凋也"的逆境坚守精神，以及儒家经典思想的传承与光大。

作者赵秉珠以传记形式，运用丰富史料，紧扣文本内容，全面刻画了子贡的人物形象：他作为孔子门下的"言语科"弟子，巧言善辩，能够先言他物，形象巧妙设喻，以得所需之答，以解心中之惑；他勤思好问，多思善问，既问得多，又问得广博，还得深厚，在学问上做到了"告往知来"；他自知自省，崇敬知识，知师恭师敬师；他工于政治，闻达于诸侯；他货殖有方，"亿则屡中"……

作者叙述层次分明，逻辑清晰，解读全面，让我们认识了一个立体全面的子贡，也窥探到孔子及其弟子的风采，更让我们以人为镜，在漫长的求学与修身路途中，以儒家自觉独立的君子人格时刻严格要求自己，注重道德修养，心怀远大理想，博大宽仁谦恭，不趋炎附势，好学而自尊，自知而自警。

（点评人：付廷俄）

圣贤遗书，经世致用

——《孟子》读后感

杜惠蕾

《孟子》深刻描绘了孟子的儒家思想，包括人性本善的观念、王道政治的主张，以及仁义之道的重要性。本文通过阅读和理解《孟子》，得出了对这些主题的新的理解，同时也对《孟子》在现代社会的意义进行了探讨。

一、《孟子》的背景和内容简介

（一）孟子的生平和《孟子》的编写背景

孟子（约前 372 年—约前 289 年），名轲，字子舆，是中国战国时期的重要儒家思想家，被尊为"亚圣"，他的思想被看作是儒家经典的一部分，与孔子并称为"孔孟"。孟子大部分时间在游历各国，劝诫各国君主，宣扬仁政，希望能通过他的主张来实现社会的和谐。《孟子》是孟子及其弟子的言行记录，共分为七篇，被古人称作"七经"。书中主要记录了孟子在游历各国、对话各国君主、和他的弟子的对话中的思想观念，反映出孟子对个人品德、政治理想、人类本性等问题的深入思考和精妙见解。

（二）《孟子》的主要内容和主题

《孟子》的主要内容包括孟子的政治理论、道德伦理观以及他对人性的独特理解。他主张人性本善，强调人的道德性与生俱来。他也批评了当时社会的不公，尤其是暴政的统治，主张"王道政治"。《孟子》的主题主要围绕着人性、道德、政治这三个方面。在人性上，孟子坚持人性本善的观点，强调人的良知良能；在道德上，孟子强调仁、义、礼、智四个基本的道德品质，并主张个人修身、齐家、治国平天下；在政治上，孟子主张君主应以仁政治国，坚决反对暴政，提出"民为贵，社稷次之，君为轻"等观点。

二、孟子的儒家思想

（一）人性本善的理论

孟子的"人性本善"是他的核心理论之一，他认为人与生俱来就具有善的品性，这包括对"仁、义、礼、智"四种美德的内在理解。这四种品性被孟子称为"四端"，即仁之心、义之心、礼之心、智之心。孟子认为，只要人们努力去养成和实践这四种美德，就能够实现个人的道德完善，社会的和谐。孟子用"牛山"的寓言来阐述这一理论。他指出，虽然牛山原本是林木茂盛的，但是因为其位于城郊，频繁被砍伐，最后变得荒芜。但这并不表示山的本性就是荒芜，只是因为外在条件的影响。同样，人的本性也是善良的，只是在不良的环境影响下可能出现道德的退化。

（二）王道政治的主张

孟子的政治理论主张"王道政治"，他认为一个君主应该以仁政治国，爱护人民，并坚决反对暴政。孟子提出"民为贵，社稷次之，君为轻"的观点，主张君主要以民众的福祉为首要关心，维护社会的公正和稳定。只有这样，君主才能赢得民心，国家才能够强大和繁荣。孟子还提出了"仁者无敌"的政治理念，他认为，只有实行仁政的国家，才能够在各国之间无敌。孟子强调，君主应该以"养生之道"来治理国家，包括对人民的教育和物质生活的关心。

（三）仁义之道的重要性

孟子深深地认为仁义是个人修养和国家治理的基础。仁，就是爱人；义，就是做对的事情。孟子认为，人之所以为人，就是因为我们有能力去爱人，去做正确的事情。这两种道德品质是人的本性，也是社会和谐的基础。孟子强调，个人应该在日常生活中实践仁义，通过修身、齐家、治国、平天下的过程，不断提高自己的道德品质。同时，君主也应该以仁义为治国之本，这样才能够实现社会的公正和谐。对于孟子来说，仁义不仅是个人的道德准则，也是国家的政治原则。

三、《孟子》的现代意义

（一）对现代道德伦理的启示

首先，《孟子》强调人性本善的观点，认为人天然具有良善的本性，但人的环境、教育等因素也会对其产生影响。这启示我们在现代社会要重视教育和熏陶的作用，给予每个人正面的人格塑造和心灵滋养，以确保人们的道德水平得到提高。其次，《孟子》的"仁爱"思想也对现代社会的道德伦理产生了深刻的影响。其强调了爱、敬、信、义等方面的品德，这些品德的发扬可以促进社会的和谐与进步。在现代社会中，我们也需要积极推广仁爱观念，让每个人都明白自己应该具备怎样的品德才能够成为一个优秀的公民和人类。此外，《孟子》还对人际关系以及道德责任的理解产生了重要影响。其提倡"义利合一"的观念，即需要在追求自身利益的同时兼顾他人的利益。这启示我们在现代社会中需要强调道德责任的观念，对个人和社会所承担的义务有清晰的认识，并为此而努力不懈。总之，作为一本经典的著作，《孟子》在现代社会对道德伦理产生了重要的启示，我们需要从中汲取经验和智慧，并将其应用于我们的日常生活。只有这样，我们才能够建设一个更加美好、和谐与进步的社会。

（二）对现代政治理论的影响

《孟子》是中国古代思想家孟子的重要著作，其中涉及的关于政治、国家和统治等方面的观点对现代政治理论也产生了深刻的影响。《孟子》强调君主要以民为本，民众的利益应该是最高目标，这启示我们在现代社会中应该将政治权力与社会福祉联系起来，为人民谋福利。同时，《孟子》还提供了"仁政""贤能"等思想，有助于领导者和政治家更好地执政，为国家和民族发展作出积极贡献。

（三）对现代社会人文精神的培育

《孟子》强调了人的本性是善良的，并且强调了爱、敬、信、义等方面的人格品质。这些思想有助于提高人们的道德水平和人文素养，为现代社会的和谐稳定打下基础。此外，《孟子》还提倡"仁爱"思想，认为人应该充满爱心、同情心和温暖，这有助于营造一个温馨、和谐的社会氛围。在现代社会，我们需要积极推崇和践行"仁爱"思想，关注人与人之间的感情交流，弘扬人道主义精神。只有这样，才能让人文精神在现代社会中得到充分的发扬和传承。

四、个人阅读后的感想和理解

（一）对孟子儒家思想的个人认同和理解

在我的理解中，孟子代表了儒家思想的高峰，其思想有着深远的影响和重要的意义。首先，在人性方面，孟子主张"性善论"，即人天生具备良善的品性。这启示我们应该尊重并相信人性的本真，同时我们需要通过教育和自我修养来继承和传承优秀的人文传统，增进个人的品德修养。其次，在"仁爱"方面，孟子主张以仁爱为中心，强调关注人与人之间的感情交流，这有助于营造一个温暖、和谐的社会氛围。在现实社会中，这一思想为我们提供了当下社会助人为乐的重要指导思想。总之，《孟子》中儒家思想的影响深远，孟子也被誉为"至圣先师"之一，他的思想提示着我们的生活与精神道路的正确方向，对于一个人的成长也具有重要的指导意义。

（二）对《孟子》现代意义的个人观察和感悟

通过阅读《孟子》，我更加意识到人性的本善和维护人际关系的重要性。在现代社会激烈竞争的背景下，人性的本善常常被淡忘，人与人之间的关系也越来越冷漠。而孟子的思想就提供了一个重要的解决方案——倡导以仁爱为中心的道德品质，并通过教育和人际互动来强化这种品质。这将有助于营造出一个温馨和谐的社会氛围，从而实现个人和社会共同发展。因此，以孟子的儒家思想作为精神支撑和指导，仍然可以为现代社会带来重要和深远的启示。

（三）对《孟子》阅读的个人感想和体会

阅读《孟子》可以说是一次深度的思考和反思的旅程。它不仅提供了一个历史的视角，帮助我们理解中国古代的哲学和道德观念，而且提供了一种关于如何在现代世界中生活和行为的指导。孟子的思想提醒我们，尽管我们生活在一个充满变化和挑战的世界中，但我们可以通过坚持我们的道德原则和信念，以及关注人性和人的福祉，来导向我们的行动和决策。

结　语

孟子的思想不仅在古代有深远影响，而且在现代世界中仍然具有重要的价值和意义。他的道德伦理观、政治理论，以及对社会人文精神的培养，都为我们提供了宝贵的思考和指导。通过阅读和理解孟子，我们可以更好地理解我们自己、我们的社会，以及作出道德和正义的决定。在这个充满挑战的现代世界中，孟子的智慧为我们提供了一个指南，指导我们面对这些挑战，同时也坚守道德原则和价值观。

参考文献

［1］司马迁：《史记》，北京：中华书局，1982年。

［2］方勇：《孟子》，北京：中华书局，2010年。

［3］陈来：《孟子思想的当代价值》，《中原文化研究》2014年第5期，第5-7页。

教师点评

本文介绍了《孟子》成书的背景、孟子本人生平以及作品内容和主题，概括了《孟子》的儒家思想内核，主要包括人性本善理论和王道政治主张。

作者通过对《孟子》一书的总结，认为《孟子》所包含的性善论、爱敬信义、义利观、民为邦本、仁政贤能以及仁爱的人道主义精神都对现代社会有十分重要的启示意义，而具体可以总结为三个方面，分别是对现代道德伦理的启示，对现代政治理论的影响，以及对现代社会、人文精神的培育。不仅如此，作者还将对《孟子》的阅读感想和理解总结为对自我、对人际关系、对现代社会生活和行为的指导。

本文是对《孟子》一书的概括性解读，且落脚到对自我及现实社会的观照，有一定的启发意义。不过文章缺少对《孟子》书中具体内容的深入解读，后续可向更深处探讨。

（点评人：刘泊宁）

何以超脱生活

——《庄子集释》读后感

梁收存

记得北岛有首题为《生活》的诗，全篇只有一个字——"网"，可就是这一个小小的单字却引发了无数人的共鸣：生活似网，压力重重，纵不至于所有人都以为人生来即苦，然而涉世之后，又有几人能够从容度过？人毕竟是人，莎士比亚在《哈姆雷特》中说："人是一件多么了不起的杰作！多么高贵的理性！多么伟大的力量！"生活即使如网，仍有智者指引我们寻找到宁静祥和的心灵所在。《庄子》一书，是智慧之书，是告诉我们何以度过这漫漫长夜的秘籍，《庄子集释》由清代的郭庆藩编纂而成，是《庄子》研究集大成之作，后人读此书，在理解庄子其人及其思想上，不至于盲人摸象、管窥蠡测。

一、认识到自己的"小"

《庄子·则阳》中记载了一则小寓言：

> 有国于蜗之左角者，曰触氏；有国于蜗之右角者，曰蛮氏。时相与争地而战，伏尸数万，逐北旬有五日而后反。

蜗牛左右角上的两国，身居毫末之地而不自知，犹互相攻伐，斗得不可开交。这样的行为在我们看来确实好笑，可是细细想来，我们只是处在了一个更高的立场，站在了一个更高的高度，才能自信地去点评蜗角小国的斗与争，如果让我们处在低位，难保不会像《逍遥游》中的"蜩"与"学鸠"那样，不能理解"九万里"的高度，孟子说过："以五十步笑百步"，"是亦走也！"。《庄子·秋水》曰：

> （河伯）至于北海，东面而视，不见水端。于是焉河伯始旋其面目，望洋向若而叹曰："野语有之曰：'闻道百，以为莫己若者。'我之谓也。且夫我尝闻少仲尼之闻，而轻伯夷之义者，始吾弗信，今我睹子之难穷也，吾非至于子之门，则殆矣。吾长见笑于大方之家。"

河伯以为天下再也没有比自己大的水流了，直到看到了汪洋之广阔，才明白自己之前有多么浅薄。我们在生活中也会有固执己见和盲目自大的时候，现在看来，未尝不曾"见笑于大方之家"，还有更坏的"打肿脸充胖子"、不懂装懂、不会装会、不行也行等行为，力不能及偏要勉为其事，最终的结果当然也是糟糕的。承认自己的"小"没什么，"你站在桥上看风景，看风景人在楼上看你"，往上推之，此理相同。文中说："井蛙不可以语于海者，拘于虚也；夏虫不可以语于冰者，笃于时也；曲士不可以语于道者，束于教也。"每个人都有自己的认知盲区和能力高度，就连那北海在天地面前也不过是"沧海一粟"罢了，真的大师总是保持谦卑，知道自己的"小"，才不会目中无人，才能看到真正的"大"。

二、追求心灵的"大"

"小"和"大"也是相对的，虽然我们需要认识到自身的"小"，但是也不能一味地陷入消极接受与等待之中，儒家的"知其不可为而为之"，教会了我们要奋力进取，庄子说的"知其不可奈何而安之若命"（《人间世》），则足以让我们把心冷静下来，去探寻现象背后的真理。北海对河伯说"出于崖涘，观于大海，乃知尔丑，尔将可与语大理矣"（《秋水》），那么庄子得到的真理是什么呢？《庄子·齐物论》记载：

狙公赋芧，曰："朝三而暮四。"众狙皆怒。曰："然则朝四而暮三。"众狙皆悦。

同样的果子数量，稍微改变了一下喂养方式就达到令人满意的效果，我们不禁佩服狙公的智慧，也对猴子态度的转变感到好笑。庄子在这里巧妙地利用这则寓言向我们阐述了一种"齐物"的思想：世间万物本质上都是一样的，只要把心灵从狭窄的、单一的境地解放出来，就会发现没什么是不能理解的，没有什么是不能放下的。就像那场浪漫的梦，何必非要弄明白是庄周化成了蝴蝶，还是蝴蝶化成了庄周呢？以蝶观人是蝶化人，以人观蝶是人化蝶。如果不再执着，那么便能理解"天下莫大于秋毫之末，而大山为小；莫寿于殇子，而彭祖为夭"。《秋水》曰："以道观之，物无贵贱。""以物观之，自贵而相贱。"世间万事万物都是平等存在的，"天地与我并生，而万物与我为一"（《齐物论》）。如果固守自我，非要给它们打上"大小""贵贱""高低"的标签，那只会导致无休止的欲望和追逐。

我们当然不可能真正消弭万物的区别，"朝菌不知晦朔，蟪蛄不知春秋"，而"上古有大椿者，以八千岁为春，八千岁为秋"（《逍遥游》），生活中也总有不如人意的地方，但是就像开头说过的一样，我们所求的是心灵境界的扩大，是视角的转变，是内心的从容淡定。我们可以平等地尊重每一个人，而不认为比别人自卑或是自负，我们可以安乐地享受一日三餐，而不认为今天比昨天坏或是晴天比阴天好……雨果说过："比大地更广阔的是海洋，比海洋更广阔的是天空，比天空更广阔的是心灵。心的世界是至大的，只是一般人忘却展开它而已。"濠水之上惠施赢了逻辑，失了悠闲，有时候，谁是谁非并不重要，只有让心变大了，生活才会更加融通。

三、追寻并保持生命的本真

《庄子·秋水》记载：

庄子钓于濮水，楚王使大夫二人往先焉，曰："愿以境内累矣！"

庄子持竿不顾，曰："吾闻楚有神龟，死已三千岁矣，王以巾笥而藏之庙堂之上。此龟者，宁其死为留骨而贵乎？宁其生而曳尾于涂中乎？"

二大夫曰："宁生而曳尾涂中。"

庄子曰："往矣！吾将曳尾于涂中。"

"曳尾于涂中"是本体原生的状态，去往庙堂就会违背它，从"齐物"的角度来看，居于庙堂和处于世俗都是合理的，但是违背自己的天性，那就是背道而行了；同样，"生"与"死"本来并无两样，去了庙堂却会加速自己的死亡，这同样违背生之规律，道之本真。老子说：

"知其白，守其黑，为天下式。为天下式，常德不忒，复归于无极。知其荣，守其辱，为天下谷。为天下谷，常德乃足，复归于朴。"（《道德经·第二十八》）

"无极"就是"道"，道是"无为而无不为"的，故有"天无为以之清，地无为以之宁，故两无为相合，万物皆化生"（《至乐》）。如果我们干预生命本真的运行，势必导致灾难发生，《应帝王》中的混沌大帝凿七窍而死，《至乐》中的海鸟惊惧而死，《天运》中的东施因盲目模仿而受到嘲笑，《秋水》中的邯郸人学步学到连路也不会走了，就是失去本性本真的结果。

"至人无己，神人无功，圣人无名"是庄子提出的三种境界，追求本真的最终目的是要回归于"道"，是要"乘天地之正，而御六气之辩，以游无穷者"（《逍遥游》）。这样的境界自然高远，然而太哲学、太抽象、太难以达到，对一般人来说，生命的本真究竟是什么？被贬黄州，苏轼才说："蜗角虚名，蝇头微利，算来著甚干忙。"远离政治，嵇叔夜才说："目送归鸿，手挥五弦。俯仰自得，游心太玄。"回归田园，陶渊明才说："此中有真意，欲辨已忘言。"藏身山林，王维说："深林人不知，明月来相照。"官场失意，李白说："登高壮观天地间，大江茫茫去不还。"可能我们每个人只有在生活中经历一番沉浮才会得到属于自己的答案，但这并不妨碍我们不断去质询，去靠近，就像尼采说的那样："永远要同一种不安，一种混沌的生活作斗争。"

结　语

《庄子·天下》说：

> 独与天地精神往来，而不傲倪于万物，不谴是非，以与世俗处。

"与天地精神相往来"是因为看到了俗世俗人俗知俗识的局限性，是从"小"中窥得了"大"，并把这"大"当作了终究追求；"不傲倪于万物"是知道自己同样有局限性，同样是更大更高存在眼中的"小"，因此保持谦卑的心态；"不谴是非"是理解万事万物都有其存在的理由，所谓的高低贵贱是非对错只是以个人为中心定义的，用"道"的眼光来看，"天地与我并生，而万物与我为一"；"与世俗处"则是顺性而为，不特意藏匿山林，也不隔绝人际，听从内心的召唤。愿我们都能学习庄子的智慧，领略《庄子》世界的广博浩瀚。

参考文献

［1］郭庆藩：《庄子集释》，北京：中华书局，1961 年。

［2］陈引驰：《〈庄子〉通识》，北京：中华书局，2022 年。

［3］吴胜景、王菊：《自然、寡欲、本性、自由：庄子的四重生命观念》，《湖北社会科学》2022 年第 11 期，第 102-107 页。

［4］尼采：《尼采超人哲学》，北京：九州出版社，2019 年。

教师点评

作者通过品鉴《庄子集释》获得了一些"何以超脱生活"的秘籍，提出了三点建议：①认识到自己的"小"；②追求心灵的"大"；③追寻并保持生命的本真。全文论据翔实，恰到好处，逻辑清晰，语言流畅。不过，《庄子》思想中的"道"贯穿全文，解读得却不是很深刻，以至于三点建议读来有泛泛而谈的嫌疑。若是简单地罗列论据谈谈感受、启发，未免主观意味太强，还是应多方参考文献，就其中某一个点进行深挖。最后，开篇与结尾还是应强调本文的研究方向、写作意图以及研究成果，让读者一目了然。

（点评人：熊　敏）

叙事之典范，考究之翔实

——《春秋左传注》读后感

景秋实

读杨伯峻《春秋左传注》，感慨颇多，细究起来，发现感慨一者源自《左传》，一者源自注文。《左传》叙事之典范，配合注解考究之翔实，共同构筑《春秋左传注》的厚重价值。

一、《左传》叙事之美

长久以来，人们认为"《左传》释经《春秋》"，将其与《谷梁传》《公羊传》并称为"春秋三传"。

《公羊传》和《谷梁传》严格遵照《春秋》所划范围进行阐释，加之多用对话体和语录体注解《春秋》，因而颇有老夫子说教之感。倘若对儒家思想尤其是《春秋》了解不深，《公》《谷》读起来很难理解。

而《左传》则是有意识地按照自身想法进行历史的叙述，因而具有更多超越《春秋》的独立性。正因为《左传》超越单纯的客观记录，选择主动再现历史，所以《左传》在叙事的结构、语言、态度等方面同《春秋》有了很大的区别。

《春秋》叙事，往往几十字即记述一年大事小情，简略枯燥，全文更是以不足 2 万字的体量记述 242 年历史。古人多诟病《春秋》"断烂朝报"的写法，而《左传》相较于《春秋》，叙事更加丰富，弥补了《春秋》的不足。

《左传》的突出特点是叙事详尽曲折。就《春秋》中的简要记述的"郑伯克段于鄢"一事，《左传》详细叙述了背景、经过以及结局。而最妙之处在于，《左传》进一步扩充了《春秋》的记叙，以庄公母亲姜氏如何通过臣子的劝谏，选择挖地道的方式打破"不及黄泉，无相见也"的誓言。一方面借助"克"字等批评郑庄公、共叔段兄弟失和、君臣失和的问题，体现褒贬寓于一字的"微言大义"特色；另一方面，又从"黄泉相见"的叙述，刻画郑庄公对母亲的孝顺之情，人物的复杂性跃然纸上。在《左传·隐公》这一部分中，贯穿整个部分的是隐公如何为了桓公而代理鲁国，又最终被奸人所害，引发读者思考。《左传》叙事详尽屈折，堪称先秦散文典范。

就叙事语言来说，《左传》更是典范。"齐侯与蔡姬乘舟于囿，荡公。公惧，变色；禁之，不可。公怒，归之，未之绝也。蔡人嫁之"，语言简练，多个二字短句串联起事件，齐桓公怕掉落水中的恐惧和蔡姬的顽皮就此体现。打情骂俏引发夫妻矛盾，本是小事，却导致蔡姬被嫁。故事至此未完，齐桓公冲冠一怒为红颜，联合多国，会师进攻蔡国，作为吃瓜群众的楚国被波及。楚子遣使留下"风马牛不相及"的千古嘲讽语。宏大战争，起因竟是简简单单的情侣嬉戏打闹，最后又回归到牛马牝牡之嘲讽。整个故事语言简练，情节跌宕曲折，富有戏剧性，其中更是夹杂着嘴仗，很吸引读者。

与此同时，《左传》大量涉及鬼神语言之事，如各类预言、诅咒等，一方面体现了封建迷信思想对《左传》的负面影响，但从另一方面说，《左传》创作过程中的裁剪和虚构就此体现，充分反映了《左传》的主动创造性，具有更多的奇幻色彩。《左传》在叙述当前故事时，往往会以"初……"来追溯旧有事件；或是借他人之口预言某些事件，这显然是作者的精心剪裁。晋朝的范宁评价道："《左氏》艳而富，其失也巫。《谷梁》清而婉，其失也短。《公羊》辩而裁，其失也俗。"从范宁的评价不难看出，尽管《左传》是为了注解《春秋》而生，但《左传》内容超出《公羊传》《谷梁传》局限，内容更加丰富，叙事性更强。而《左传》可以直接当作先秦叙事性散文读，饶有趣味。

叙事之中，自然包含着人物形象的塑造。写人也是《左传》一大特色。烛之武志士、勇士、辩士的形象；寺人披审时度势、理智果断的形象；子产善于纳谏、勇于改革的形象……无不深入人心。《左传》于言简意赅之外，书写人物形象生动，当为后人学习。

杨伯峻评价《左传》为"今天研究春秋时代一部最重要而必读的书"。《左传》以编年体的体例，记载大量春秋时期的历史事件，其中涉及的地理、典章、礼制等可谓重要的资料，对于我们了解春秋历史具有重要意义。

清人编写的《古文观止》选文 222 篇，其中选自《左传》的就有 34 篇，占比最大。其中的《曹刿论战》《烛之武退秦师》等莫不为人所知。足见《左传》地位之高，以及对后世散文的深远影响。

二、为什么选择《春秋左传注》

随着时间的流逝，原本为注解《春秋》诞生的《左传》也需要被注解。从古至今，注解《左传》者众多，何以选择杨伯峻老先生的《春秋左传注》？

杨伯峻先生的深厚国学素养为《春秋左传注》的高质量完成奠定了基础。杨伯峻出身书香门第，自小由祖父亲自教授古书，打下了坚实童子功。而后，进入北京大学跟随语言文学大家杨树达以及黄侃学习。《文言语法》《列子集释》《论语译注》《古汉语虚词》等著作，无不体现着杨伯峻深厚的古籍修养。

为撰写此书，杨伯峻征引书籍达数百本，而"所批阅书数倍于此"。既包括唐宋古籍，又有近代杨树达、吴奇昌、高亨等人专著；既有中国研究者著作，又有日本中井积德、安井衡、竹添光鸿，瑞典高本汉等国外研究者著作；既有关于《春秋》的专著，又有天文历法、考古发现等相关书籍。涉及范围广泛，为《左传》注解的质量提供了坚实的基础。经过杨伯峻先生的梳理和选择，可以说，读《春秋左传注》可以一窥古人《左传》研究之精华。

《春秋左传注》注解翔实。杨伯峻先生在注解过程中，旁征博引，金石考据并重。在注解《左传》某字意思时，往往举出理论依据，并给出同时期相关例证。而对于《左传》涉及的天文、历法、地理等方面的问题时，杨伯峻立足相关历史资料，结合考古发现等，超越了传统的考据学范畴，具有重要意义。在《春秋左传注》中，既有对春秋时期公侯伯子男爵位的详细介绍，又有古今地理位置的对应关系；还有春秋时期婚丧嫁娶习俗等知识的讲授……《左传》

本身书写了春秋时期波澜壮阔的各国历史，有了杨伯峻旁征博引的翔实注解，《春秋左传注》变成一本面向一般读者的百科全书，更有利于我们了解春秋时期的社会百态。

读古籍注本，处处考据，往往无味。而杨伯峻在《春秋左传注》中，除了考据，亦有个人情感的流露，看细微之处，能够感知杨伯峻先生的文人情怀。《左传·桓公·十六年》载：

> 初，卫宣公烝于夷姜，生急子，属诸右公子。为之娶于齐，而美，公取之，生寿及朔。属寿于左公子。夷姜缢。宣姜与公子朔构急子。公使诸齐。使盗待诸莘，将杀之。寿子告之，使行。不可，曰："弃父之命，恶用子矣？有无父之国则可也。"及行，饮以酒。寿子载其旌以先，盗杀之。急子至，曰："我之求也。此何罪？请杀我乎！"又杀之。[1]

杨伯峻先生在注解此处时，除了注解地理名词、词意等，特地点出急子、寿子两兄弟在其他文献中的记载。更是写道："若寿子生于在位后二三年，则年十七八矣。"如此多的注文只为记录被杀的"历史失败者"；记录兄弟俩的深厚情谊，其中惋惜之情尽显。读者不能不随注解，陷入某种感动和遗憾。

如此例子，在《春秋左传注》中不胜枚举。可以说杨伯峻先生的注文，不是简简单单地对《左传》的阐释，更在某些层面上超越了《左传》，让注解也有些"微言大义"的含义。

三、总结

《春秋左传注》注疏囊括春秋经济、社会、文化等多方面，又有语言学、文字学等相关学科参与，堪称了解先秦社会文化的必读书目。以此书为史书读，读者尽可关注其中典章制度等的考据；若将此书当作语言学、文学书籍读，读者尽可关注其中语法、古汉语字词、叙事等解析。然则"文史不分"时代之《左传》，希望读者还是依照"文史结合"的方法读。

---

[1]　杨伯峻：《春秋左传注》，北京：中华书局，1983年，第145-146页。

参考文献

［1］杨伯峻：《春秋左传注》，北京：中华书局，1983 年。
［2］吴楚材、吴调侯：《古文观止》，北京：中华书局，2008 年。

教师点评

杨伯峻先生的《春秋左传注》重史实、讲证据、解疑难、辨是非、通古今、有创新，被众多学者一致评为当今最好的注本。杨先生的注本博采众长，内容涉及经、史、子、集，涵盖了先秦大量的历史知识、风俗礼仪、器物制度、修辞语法、氏族家谱等内容，考究翔实，去粗取精，用最简洁的文字提供了最丰富的内容。

本文较详细地概述了《左传》的叙事之美。《左传》叙事详尽曲折，语言典雅庄重，大量涉及鬼神语言，本文作者一一引例为证。同时又从选择本书缘由着手，高度评价并肯定了杨伯峻先生的注本，对初读本书者有一定的指导意义。

《左传》中的《烛之武退秦师》被选入统编教材必修下册第一单元，部分片段也被多次选入模拟考试题中。文言文的重要性对高中生不言而喻，该书及该文对高中生文言文的学习也有举足轻重的作用。

（点评人：高　冉）

自由言说

——刘向《战国策》读后感

姜静怡

《战国策》，又称《国策》，是西汉刘向编撰的历史著作，总结了近200年的战国历史事实。《战国策》是一部优秀的散文作品，也是一部历史著作。这本书有33章，由于其内容主要涉及战国时期说客的谋略，因此被命名为《战国策》。

《战国策》具有鲜明的特点和重要的历史价值。它反映了中国奴隶制崩溃和封建主义形成的历史时期。作品从不同角度生动、具体地反映了战国时代的历史发展和社会现实，使《战国策》成为反映战国时代历史的重要作品。《战国策》深刻地暴露了统治阶级的疯狂、残酷和腐败。它生动地描述了统治阶级专制、贪婪、邪恶、厚颜无耻、奢侈、无能等卑鄙行为。《战国策》中的许多生动有趣的故事强调了战略家诚实和正直的崇高品质，如功成身退、不畏牺牲；将丑陋的行为描述为投机、牟利、千变万化、背叛盟友等。一些谋士的游说简单、清晰、流畅、真诚；有些委婉含蓄；有些真诚；有些人巧用比喻，鞭辟入里；有些人的演说悲壮慷慨；有些人旁征博引[1]。总之，必须肯定《战国策》的文学价值和艺术价值。《战国策》还显示了大胆的言论自由和"直言不讳"的特点，这在历代历史著作中确实是独一无二的。从根本上讲，战国时代是中

---

[1]　邱丛姗：《〈战国策〉合纵连横中的地缘政治》，《三角洲》2022年第11期，第120-122页。

国古代思想最解放的时代，解放时代特有的思想必然导致大胆的言论。

战国时期是中国封建社会发展的黄金历史阶段。此时，齐、楚、燕、韩、赵、魏和秦的对峙局面已经形成。在七个国家之间，无论强弱，所有国家都可以吞并其他国家；或保护和武装自己；或为了化危为安、保全自我，所有国家都在寻找盟友，导致国家间的冲突和吞并出现了"朝秦暮楚"的情况，彼此利用，团结或对抗。为了适应这种情况，一群说客研究了各国的情况，在他们之间奔走，并推测国君的心理。有些是合纵游说，有些是连横巧辩。苏秦是著名的说客之一。苏秦痴迷于追求名利，以各种方式向七国游说。当时的秦国是一个大国，一直打算在国家权力的基础上吞并其他六国。苏秦吹嘘说，他利用"连横"的技巧向秦国国君煽动，促使他用自己国家的力量吞并其他六个国家。苏秦认为，他的提议符合秦王吞并六国的雄心壮志，秦王肯定会对此表示赞赏。然而，秦王没有接受他的建议。为了说服秦王，苏秦做了十次修改，直到皮衣被磨碎，黄金耗尽，他的建议都没有被秦王接受。苏秦不得不离开秦国回家，根据《战国策·秦策一》[1]的说法，苏秦"归至家，妻不下纴，嫂不为炊，父母不与言。苏秦喟叹曰：'妻不以我为夫，嫂不以我为叔，父母不以我为子，是皆秦之罪也'"。乃夜发书，陈箧数十。苏秦对家人的冷漠并不气馁。相反，他坚定决心追求财富和繁荣。每当他昏昏欲睡时，就用圆锥体刺伤自己，流血到底。一年后，苏秦在研究军事文献方面取得了一些成就。他在各国的朝堂上进行游说，以至于山东六国都拜倒在苏秦的脚下。苏秦由此名声大振。家人对他的态度与以前不同，"父母闻之，清宫除道，张乐设饮，郊迎三十里。妻侧目而视，倾耳而听；嫂蛇行匍伏，四拜自跪而谢。苏秦曰：嫂，何前倨而后卑？嫂曰：以季子之位尊而多金。苏秦曰：嗟乎！贫穷则父母不子，富贵则亲戚畏惧，人生在世，势位富贵，盍可忽乎哉！"这揭示了当时寻求金钱地位的人的心理，没有伪装、文饰。苏秦的这句话，"以季子之位尊而多金"，不仅是个人的经历，也是一种非常广泛的人心世情的概括，这种潮流依附于权力，觊觎财富。

在封建社会，"国君高高在上"似乎是大家公认的真理。然而，齐国的颜

---

[1]　缪文远、罗永莲、缪伟：《战国策》，北京：中华书局，2016 年，第 25 页。

斶勇于冲破传统观念，勇敢地打破了传统观念，大胆地提出了君主应该"趋士"的观点。《战国策·齐策四》[1]记载：齐宣王见颜斶曰："斶前！"斶亦曰："王前！"宣王不悦。左右曰："王，人君也。斶，人臣也。王曰斶前，斶亦曰王前，可乎？"斶对曰："夫斶前为慕势，王前为趋士；与使斶为慕势，不如使王为趋士。"王忿然作色曰："王者贵乎？士贵乎？"对曰："士贵耳，王者不贵。"在附庸等级制度极其严格的封建社会中，颜斶无视世俗思想，敢于违抗齐宣王的命令；尽管封建思想根深蒂固的大臣们多次威胁他，颜斶与齐宣王的对抗确实值得赞扬。颜斶义无反顾的精神，蔑视强权的气骨，无论是在古代和现代社会都是令人钦佩的。可以想见，在战国时期有很大的言论自由，人们可以自由表达自己的观点，这在历代封建王朝中都极为罕见。

战国是一个巨变的时代，为了保持和扩大国君们的统治利益，各国的统治集团正在努力培养、招引人才。齐国的孟尝君以"养士"闻名，《冯谖客孟尝君》是《战国策》中的一篇著名文章。

冯谖在与孟尝君的第一次问答中就被收留，他平时表现得很平庸，追求礼遇却不作为。孟尝君问他"何能"和"何好"，冯谖回答说"客无能也""客无好也"。孟尝君接受了他，仅仅"食以草具"，给了他"士"的地位。冯谖弹铗而歌，唱道："居有顷，倚柱弹其剑，歌曰：长铗归来乎，食无鱼！"孟尝君说："比门下之客。""居有顷，复弹其铗，歌曰：长铗归来乎，出无车！"他三次弹铗而歌，向孟尝君提出提高生活质量的要求，且要求越来越高，结果，他周围的每个人都"笑之恶之"。冯谖不管孟尝君多么鄙视他，还是一遍一遍弹铗而歌。他一遍又一遍地唱"长铗归来乎"，只有当孟尝君满足了他的所有要求才停止歌唱。这个情节展现了冯谖作为战略家的独特风格，他不卑不亢，与常客不同。冯谖对孟尝君的真诚态度，就是冯谖想为孟尝君尽最大努力的原因。"士为知己者死"是战国时期谋士的道德信条。冯谖通过为孟尝君买"义"来表现自己的政治远见。不管孟尝君愿意与否，他都自作主张："矫命以责赐诸民，因烧其券"；无论孟尝君怎么想，他都认为"君家有寡者，以义耳！窃

---

[1]　缪文远、罗永莲、缪伟：《战国策》，北京：中华书局，2016年，第123页。

以为君市义"。冯谖的远见是，他清楚地认识到，尽管一个国君拥有大量财富，但失去民心是非常危险的。冯谖看到，孟尝君虽然地位显赫，但如果他不爱人民，一旦他在统治阶级中失去权力，他就没有地位。尽管冯谖"焚券市义"的动机仍然是为巩固统治者孟尝君的统治，但这充分反映了他对人民力量的理解，这与当时以人为中心的进步思想一致。冯谖焚券而归，这一出乎意料的举动令孟尝君失望，并使他极度不满。然而，直到孟尝君生命的最后，他辞去官职回到薛地，"趋而之薛，使吏召诸民当偿者，悉来合券，券遍合，起矫命，以责赐其民，因烧其券，民呼万岁。长驱到齐，晨而求见"。在那一刻，孟尝君突然意识到冯谖是一个有能力的人，有着长远的目光。冯谖在所有事情上的自信、勇敢在这个故事中得到了充分的体现。冯谖回归复命的情节和他对孟尝君的回应，他雄辩的话语和响亮有力的气势，展示了冯谖作为战略家的技巧、冷静和口才。大胆和果断的行动表现了冯谖的独特性。

此外，战国时期的谋士也擅长使用比喻进行劝说，以增强话语的说服力。"画蛇添足""狐假虎威""亡羊补牢""鹬蚌相争"都是深刻而精彩的寓言。特别是在"邹忌讽齐王纳谏"一章中，邹忌讽刺齐王并用比美的故事敦促他广开言路、开张圣听：现在齐国有千里之大，有120多座城市，周围的朝臣没有不害怕您的。从这个角度来看，你太受蒙蔽了。齐威王听到他的话后醒悟过来，下达命令鼓励人们直言进谏，齐国从此变得富有和强大。尽管邹语是一种委婉说法，但齐王能够采用的事实足以说明当时纳谏的民主氛围。

《战国策》作为一部文学作品，笔触清新流畅，文采斐然，善于将人物的活动组织成生动、曲折、引人入胜的故事；《战国策》作为一部历史著作，记录了战国时期的许多历史事实。虽然它不是系统性的记述，但它不是一时一地之作，其思想相当复杂。它忠实地记录了不同阶级之间的游说活动及其奇异的策略，并毫不掩饰地赞扬了战国时期复杂的斗争形式。统治阶级和政治家的权力、阴谋和竞争可以非常直接地表达出来。雄辩的论证、尖锐的分析和犀利的讽刺与战国时期的思想解放和言论自由密不可分。因此，从某种意义上说，民主氛围、开放思想和大胆言辞使《战国策》不仅成为历代封建统治阶级举贤任能的"警世通言"，而且在当今开放社会中仍具有实际意义，值得学习和借用。

参考文献

［1］缪文远、罗永莲、缪伟：《战国策》，北京：中华书局，2016 年．

［2］邱丛姗：《〈战国策〉合纵连横中的地缘政治》，《三角洲》2022 年第 11 期，第 120-122 页。

［3］张萍：《"冯谖客孟尝君"的作者从属》，《渭南师范学院学报》2022 年第 9 期，第 21-26 页。

教师点评

《战国策》是我国古代的国别体史学巨著，主要记述了战国时期纵横家的政治言论和策略；同时也是一部文学巨著，取材精到，叙事清晰，语言生动，骈散结合，擅长类比，说理通达晓畅、层层递进，塑造了很多个性鲜明的人物形象，富于文采，表现了古代仁人志士的雄才大略和劝说艺术。

姜静怡这篇读书心得讨论了《战国策》作为文学作品和历史著作的极高历史价值和文学艺术价值，列举《苏秦以连横说秦》《齐宣王见颜斶》《冯谖客孟尝君》等书中篇目，赞扬了战国时代说客谋士自由言说、敢于直言进谏，明君从善如流的精神。

出自《战国策·楚策一》的《狐假虎威》被选入部编版小学语文教材二年级上册，出自《战国策·魏策四》的《南辕北辙》被选入部编版小学语文教材三年级下册。出自《战国策·魏策四》的《唐雎不辱使命》和出自《战国策·齐策一》的《邹忌讽齐王纳谏》被选入部编版初中语文教材九年级下册。教学时，应结合学生学情，补充必要的历史背景和文言知识，激发学生学习、阅读的兴趣，理解文意，把握语言特点和人物形象，感受古人的论辩智慧和担当精神。

（点评人：米　禧）

以俗为雅，声诗相益

——《乐府诗集》读后感

顾 香

"谁能思不歌，谁能饥不食。"人类需要音乐来抒发情感，沟通心怀，调谐节奏，净化灵魂。刘希夷的《采桑》，"相逢不相识，归去梦青楼"一点羞涩，一曲风流，说尽世间多少桑间陌上的爱人错过；曹操一曲《短歌行》，"对酒当歌，人生几何？"没有华丽的辞藻，没有工整的对仗，有的是酒里的横槊赋诗，有的是酒里的慷慨质朴；南北朝的《西洲曲》，"南风知我意，吹梦到西洲"，如海水像梦一般悠悠然然，诉说相聚别离意难平，清辞俊语，令人情灵摇荡……婴儿的第一声啼哭就是他的音乐，从前车马都很慢，从前做个诗人也不难，《乐府诗集》里，是劳动，是生活，是一针一线的敬畏，是明明普通却倍加珍惜的命运。

一、郭茂倩及《乐府诗集》概说

郭茂倩，字德粲，山东省东平县人，祖籍山西太原。北宋神宗元丰年间任河南府法曹参军。郭茂倩自幼所受教育良好，多才多艺，精通音律，擅长篆隶。在宋代重乐府典籍、重古乐的背景下，郭茂倩的《乐府诗集》应时而生。

《乐府诗集》是收录宋前乐府诗的集大成之作，全书100卷，共收5290首作品，解题923处，共征引书籍168种，其中乐类典籍43种，大批歌辞资料与音乐资料依赖此书得以保存。因此，《乐府诗集》在文学研究、音乐研究，尤其是音乐文学研究中具有重要地位[1]。

其100卷分为12大类：郊庙歌辞、燕射歌辞、鼓吹曲辞、横吹曲辞、相和歌辞、清商曲辞、舞曲歌辞、琴曲歌辞、杂曲歌辞、近代曲辞、杂歌谣辞、新乐府辞。十二大类之下，有的还分小类，如相和歌分为相和六引、相和曲、吟叹曲、四弦曲、平调曲、清调曲、瑟调曲等十小类；清商曲辞分为吴声歌曲、西曲歌和江南弄。当代研究乐府诗的大家王运熙先生准确地肯定《乐府诗集》"收罗宏富，分类妥善；编次体例，精审合理；征引资料，丰富翔实；解说按断，客观允当，实为乐府诗总集中最完备精当之作"。

任半塘先生说："郭茂倩叙隋唐近代曲辞却从'两汉声诗著于史者'叙起，显然认隋唐曲辞之齐言者亦声诗也。"[2]从《乐府诗集》的编撰中，我们也可以看见郭茂倩的声诗观，看见他对古代诗乐传统的维护。从声诗概念的运用中，也可以看出郭茂倩对乐府诗的认同特点。从入乐方式看，"先有诗然后被于声而播金石"；就"诗"的内容看，皆"诗人六义之余"；由应用功能看，大多服务于祭祀、宴享、行军等仪式。[3]他并没有将当时流行的"依声填词""由乐定词"这类乐府诗录入其中，足见他"务尊其体"的诗家立场。

关于《乐府诗集》的版本系统，大致可以分为宋本、元本和汲古阁本三个。目前已发现三种宋本——传世的傅宋本和已佚的绛宋本、钦宋本。元本则是以宋本系统的某一个版本为底本，参校其他版本和书而产生的，元本系统仅有一个版本存在。汲古阁本则有三大来源：绛宋、元本、他书。是清初以来流传最为广泛的一个版本，先后共有汲晋本、汲本、汲宸本三种刻本问世。其中以汲宸本为定本，流传最广，影响最大。在汲宸本的影响下，先后产生了四库荟要本、四库全书本、崇文书局本、四部丛刊本和四部备要本。因为清朝特殊的避讳，四库荟要本、四库全书本都有很明显的改动，虽然有时更胜一筹，但是却破坏了底本的真实。因此，在研究版本的基础上，我们可以更好地选择更真实

---

[1] 喻意志：《〈乐府诗集〉成书研究》，上海师范大学博士论文，2003年。

[2] 任半塘：《唐声诗》，上海：上海古籍出版社，1982年。

[3] 杨晓霭：《郭茂倩的声诗观与〈乐府诗集〉的编纂》，《西北师大学报（社会科学版）》2006年第1期，第26—31页。

可信的读本，更好地研究其背后的价值。

二、《乐府诗集》不同题材的不同现实映射

一部经典的文学作品一定会有一个时代的影子，然而要更接近那个时代人们的喜怒哀乐，还应当走进民间文学的世界里，"乐府"是我国汉朝的音乐机构，此音乐机构的官员收集、整理很多民间的诗歌。老百姓通过这些诗歌，表达自己对爱情的渴望，对理想的追求，对客观环境的认识，对社会的态度等。《乐府诗集》不失为当时的民谣专辑，从中我们或许更能共情地感受到古代人们的生活面貌。

（一）理想爱情的永恒主题

爱情是诗歌永恒的主题，往往是一个永远演绎不完的话题，古今中外皆然。在《乐府诗集》里，关于爱情的题材能给我们带来很多关于爱情的想象，或美好，或疼痛，或惋惜，或遗憾……

"上邪，我欲与君相知，长命无绝衰。山无陵，江水为竭，冬雷震震，夏雨雪，天地合，乃敢与君绝！"（《上邪》）当高山平了，江河枯竭，好像在说所爱隔山河，山河皆可平；"皑如山上雪，皎若云间月。闻君有两意，故来相决绝。今日斗酒会，明旦沟水头……"（《白头吟》）当听说对方一心二意时，女方也可以果断决绝断开联系；"东西植松柏，左右种梧桐。枝枝相覆盖，叶叶相交通。中有双飞鸟，自名为鸳鸯。……"（《孔雀东南飞》）当爱情受到封建思想的束缚时，我们看见人们对爱情的忠贞不渝，坚忍不拔。

《乐府诗集》里还有大量表现爱情的诗句，叫人深感几千年前人们心里那燃烧的爱情之火和现代人一样浓烈！对幸福生活的渴望，对情感的探究那么深刻，对爱情的表现是那么淋漓尽致！

（二）乐府咏史诗的现实功能

乐府咏史诗作为咏史诗的两大系统之一，有其独特的发展演变过程。其以乐府的形式对历史人物、事件、古迹进行吟咏，所以它可以称为一种复合型诗

歌，既是咏史诗，又是乐府诗。

汉代乐府咏史诗初步体现了以史为鉴、讽时刺世的功能，可入乐，最早采用了史叙、论述咏史体式。在《乐府诗集》中，汉代可定为乐府咏史诗的作品有 3 首：古辞《折杨柳行》、辛延年的《羽林郎》和民歌《梁甫吟》。魏代注重历史兴亡的探索，借史言志抒情，开拓出新的功能，入乐是为了干预、戒鉴现实或言志，确立了史赞体咏史诗。以曹操、曹丕以及曹植的诗歌为代表。晋代故事乐府盛行，思想内容儒化，背离讽时言志传统，音乐性质雅化，但出现了自制新歌以供娱乐的新特点。比如，陆机的《班婕妤》、傅玄的《唐尧》等。南北朝表现出创作题材女性化、趋同化特点，入乐目的是娱乐，开拓了咏史的娱乐功能。这时期的乐府咏史诗比较多，比如鲍照的《王昭君》、何承天的《有所思》等。唐代也有女性化、趋同化特点，但原因、内蕴与南北朝不同，其题材广泛，功能得到全面开拓，表现出新的特点，如注重对本朝史的反思体现了向咏史词转化的性质等。此时期的乐府诗约有 316 首，没有局限在吟咏女性的狭隘范围内，而是不断开拓，有的诗写古城，比如高适的《大梁行》，有的写暴虐、祸乱者，比如元稹的《董逃行》等。

乐府咏史诗的这种演变过程是在较为复杂的环境、条件、原因下进行的，能够充分地反映出人们对社会政治的看法，反映出人们的思想文化素质。

（三）游侠诗中文坛风

游侠是中国古代一种特殊的文化现象，据冯友兰等人的说法，侠士起源于春秋战国之交。城市的发展、人口的流动、思想的活跃，加之诸侯争霸和权贵士大夫之间的政治斗争，为游侠提供了特殊的生存土壤。《乐府诗集》所收作品以汉魏至隋唐的乐府诗为主，其中就包括多首游侠诗。这 100 多首作品实际上是我国古代乐府游侠诗的集中体现。

这些游侠诗从题材上大致可分为传统题材类、侠女复仇类、从军类、游宴类。[1] 传统题材类的作品，可以说是游侠诗的正体，咏史传及传说中的侠客，

---

[1] 李晓芹：《〈乐府诗集〉中的游侠诗》，《太原师范学院学报（社会科学版）》1996 年第 1 期，第 19—22 页。

或多侧面地描写属于传统游侠的行为，既包括重承诺、轻死生、相知急难、仗义行侠等正面行为，又包括好勇斗狠、睚眦必报、藏亡匿死等负面行为。侠女复仇类的作品，所写的都是单一的血亲血仇。因为女性本属于被保护的那一类，但是其艰巨而且悲壮的勇敢行为加之完美的结局，让这类诗具有独特的味道。从军类的作品，写游侠从军或是写与边塞有关的题材。这类诗是做着侠客梦的诗人，出于对富贵功名的渴望和对侠客美名的向往而创作的。游宴类的作品是游侠诗的变体，侧重描写游侠少年的嬉戏游宴，夸说富贵气象。之所以称之为变体，是因为游侠沾染了富贵之气，很少甚至根本不使用武力。

不同的时代，不同的诗人，不同的侠客梦，同时也成就了每个时代独特的文坛风气。南北朝时期，诗人的侠客梦多为美酒佳人；到了唐代，诗人们抱着"宁为百夫长，胜作一书生"的观念，无论怎样，游侠诗里都会有征战沙场、建功立业……

三、《乐府诗集》的重要价值

如果从其收录价值来说，每个版本有每个版本的独特价值；如果从其内容上来说，其价值主要表现在它作为一种民间诗歌的作用。

乐府民歌不仅真实地反映了社会生活，而且感情真挚，艺术感染力强，被认为是我国古代诗歌中珍贵的组成部分。乐府诗在我国诗歌史上占据了重要的地位，既是文人诗开始的象征，也是诗歌追求个性、自由发展的象征。《乐府诗集》记载的乐府民歌为我们保留了珍贵的资料，它堪称《诗经》之后我国民歌发展第二个高潮的标志，充满着新鲜质朴气息的乐府民歌为后世诗歌甚至是文学的发展提供了丰富的养分和不竭的动力。

除此也不能忽略它的音乐性，以俗为雅或许才能更好地走进人民生活，形成比较完整的文化体系。

参考文献

［1］喻意志：《〈乐府诗集〉成书研究》，上海师范大学博士论文，2003年。

［2］任半塘：《唐声诗》，上海：上海古籍出版社，1982年。

［3］杨晓霭：《郭茂倩的声诗观与〈乐府诗集〉的编纂》，《西北师大学报（社会科学版）》2006年第1期，第26-31页。

［4］李晓芹：《〈乐府诗集〉中的游侠诗》，《太原师范学院学报（社会科学版）》1996年第1期，第19-22页。

［5］刘飒：《浅谈〈乐府诗集〉与当代流行歌曲》，《大舞台（双月号）》2008年第5期，第95-96页。

［6］韦春喜：《乐府咏史诗的发展与演变——以〈乐府诗集〉为文本对象》，《山东师范大学学报（人文社会科学版）》2004年第3期，第70-75页。

教师点评

　　《乐府诗集》收录了上古至唐、五代的乐府诗歌，是现存的收集乐府诗歌最为完备的诗歌总集。乐府采诗的一个目的是观风俗，因此《乐府诗集》当中收集了一部分展现社会现实和人民生活的民歌，主题丰富，颇具艺术特色。顾香在《以俗为雅，声诗相益——〈乐府诗集〉读后感》中就郭茂倩和《乐府诗集》版本分类、《乐府诗集》的不同题材和价值做了简要论述，在题材部分明确了《乐府诗集》中最富有生活气息、最能展现人们社会面貌的主题，这也是最值得我们珍视的部分。《乐府诗集》中收录的被称为"乐府双璧"的《木兰诗》和《孔雀东南飞》分别被选入了部编版七年级语文下册教科书和部编版高中语文选择性必修下册教科书，这两首诗分别是古乐府民歌和北朝乐府民歌的代表作品。以《孔雀东南飞》为例，它是我国古代文学史上最早的一部长篇叙事诗，讲述了焦仲卿和刘兰芝的爱情悲剧，发出了对封建家长制的强烈批判和对焦刘二人真挚爱情的歌颂，全诗叙事性强、情节完整，艺术手段丰富，句式押韵灵活自由，形式多样。与之相似，《乐府诗歌》中的民歌继承了现实主义精神，从不同侧面反映了社会生活的面貌，雅俗共赏，为后代读者留下了丰厚的精神财富。

（点评人：马振凤）

论汉赋中的君子人格

——以《汉魏六朝赋选》为例

袁梓瑜

赋是一种介于诗歌与散文之间的文体，结合了散文之铺陈直叙和诗歌之音韵节奏的特点，也是押韵和不押韵文体的结合，历来是古典文学研究中重要的一种文学体制。[1]除了赋独具的艺术特色之外，行文之中无不体现着作者的君子人格。君子人格，是中国主流文化儒家学说所推崇的理想人格。对整个中国文化生活的影响不可谓不深，甚至一定程度上塑造了中国文士的品格。本文以瞿蜕园先生的《汉魏六朝赋选》为例，着眼于赋发展的重要时期——汉魏六朝时期和经典篇目，探讨其中以仁、义、智、自强不息为代表的君子人格。

一、仁：仁者爱仁，惧国忧民

"仁，亲也。"（《说文解字》）该字原本的意思是人与人之间友善、相亲相爱。作为儒家学说的核心之一，孔子也对"仁"作出了明确的界定："樊迟问仁。子曰：'爱人。'"（《论语·颜渊》）"仁"是儒家的最高道德准则，它强调的是"己"与"他人"的和谐关系，其中的一方面是"爱人"，先是孝悌，即尊敬兄长、孝敬父母；然后又由"孝悌"推及"泛爱众"。[2]对国家的担忧和对百姓的同情可以归属到"仁"的博大之爱，这也是古代文学作

---

[1] 周振甫：《文心雕龙今译：附词语简释》，北京：中华书局，2013年，第74页。

[2] 胡继明、黄希庭：《君子——孔子的理想人格》，《西南大学学报（社会科学版）》2009年第4期，第7–11页。

品中常表现的主题。

同样，汉赋中不乏带有讽喻意味的作品，在蔡邕的代表作《述行赋》中就有对"仁"这一君子人格的诠释：

> 贵宠煽以弥炽兮，金守利而不戢。前车覆而未远兮，后乘驱而竞及。穷变巧于台榭兮，民露处而寝湿。消嘉谷于禽兽兮，下糠秕而无粒。[1]

蔡邕的这篇赋主要是描写一路所遇的景物气候并抒发途经历代古迹时的感慨，上引段落通过把贵族统治者和平民百姓的生活进行对比，强烈地讽刺了统治阶级的穷奢极欲和嚣张气焰，同时从侧面体现了他的爱民，关注民生之"仁"。

庾信暮年所作的《哀江南赋》中也弥漫着对国家战乱灭亡的感慨和百姓遭受痛苦的深切同情，其笔力雄壮，情感真挚浓厚，并借用典故淋漓尽致地表现了百姓处于水深火热中的苦痛：

> 硎穽折拉，鹰鹯批攒。冤霜夏零，愤泉秋沸。城崩杞妇之哭，竹染湘妃之泪。[2]

文章通过刻画动荡时代的局面和人民流亡的灾难场景，字字渗透着庾信对国家和人民的博大之爱，这无疑是儒家君子人格中的"仁"的品格。

二、义：义以为上，舍生取义

"义"指仁义，是社会共同认可的道德和行为。儒家所说的"义"强调的是人的价值取向，要求人们的价值取向需符合正义和道德规范，并将"义"视为提高君子道德修养的重要途径。孔子提出"不义而富且贵，于我如浮云"的义利观（《论语·述而》），在论及君子气节时则指出"三军可夺帅也，匹夫

---

[1] 瞿蜕园：《汉魏六朝赋选》，上海：上海古籍出版社，2019年，第53—54页。

[2] 瞿蜕园：《汉魏六朝赋选》，上海：上海古籍出版社，2019年，第256页。

不可夺志也"（《论语·子罕》）。[1] 历史上有很多坚守道义，不惜为之牺牲性命的仁义之士，他们的精神品质在诸多文学中成为被歌颂的对象。

赵壹的抒情小赋《刺世疾邪赋》用犀利直率的语言谴责了统治者的邪恶和政治环境的黑暗，其中无不流露着自己对正义的坚守和对邪恶的蔑视：

> 荣纳由于闪榆。孰知辨其蚩妍？故法禁屈挠于势族，恩泽不逮于单门。宁饥寒于尧、舜之荒岁兮，不饱暖于当今之丰年。乘理虽死而非亡，违义虽生而匪存。[2]

作者在浊世中依旧保持清醒，一针见血地指出统治阶级的昏庸无能和小人的谄媚奉承后，振聋发聩地怒吼出宁愿赴死也不愿在道义无存的世上苟活的惊人之语，在这些激愤的语言背后是作者对正义的追求和对过去贤明君主的召唤。这足以彰显儒家君子人格中的"义"的品格，是铁骨铮铮的君子之言。

三、智：分明是非，智者不惑

"是非之心，智也"（《孟子·告子上》），孟子曾经把"智"明确界定为分明是非的能力。孔子也指出"智者不惑"（《论语·子罕》），"不惑"就是能够独立地判断是非、善恶、黑白而不致感到迷惑。"智"更偏向于对社会人生的判断能力和理性认识，是一种道德理性能力。[3] 故拥有"智"之品格的君子能够在社会中辨明是非、区分善恶，不至于浑浑噩噩地在浊世中随波逐流，有着自己独立的判断和高明的德性，能为长远利益考虑并作出理性合宜的选择。

在贾谊的《吊屈原赋》中，借此文来为屈原的身世抱不平，抒发了对自己不得志之命运的感慨。其中运用了大量的比喻对屈原所处的社会现状进行描述，

---

[1] 胡继明、黄希庭：《君子——孔子的理想人格》，《西南大学学报（社会科学版）》2009年第4期，第7—11页。

[2] 瞿蜕园：《汉魏六朝赋选》，上海：上海古籍出版社，2019年，第43页。

[3] 梁国典：《孔子的"君子"人格论》，《齐鲁学刊》2008年第5期，第5—11页。

其实也是对当时世风日下的讽刺：

> 鸾凤伏窜兮，鸱枭翱翔。阘茸尊显兮，谗谀得志；贤圣逆曳兮，方正倒植。世谓随、夷为溷兮，谓跖、蹻为廉；莫邪为钝兮，铅刀为铦。[1]

贾谊运用大段的譬喻和典故指出当时社会的颠倒黑白、本末倒置，暗讽为这一局面推波助澜的"不智"之人，也是对统治阶级的无力控诉。贾谊在当时遭受到了小人的谗害而被贬谪，他并没有沉沦在浊世中，而是有一种对社会现实的清醒判断。在社会之流中保持本性，这当属君子"智"的选择。

扬雄在其状物小赋《酒箴》中借器喻人，正话反说。以"水瓶"喻高洁质朴之士，以"酒瓶"喻趋炎附势之人，表面上说保持高洁质朴的不值，赞颂贪图荣贵的小人，但实际上是对"酒瓶"之辈的深刻反讽以及对他们恬不知耻的厌弃。《酒箴》的篇幅虽短小，全篇以寓言和反讽行文，但其中不难看出作者对社会的洞悉和基于道德规范的理性判断，作者实际上是要赞颂那些不惜粉身碎骨来保持高尚的有志之士的，这也是其君子人格中"智"的体现。

四、自强不息

《易经》中提到："天行健，君子以自强不息"（《易经·乾卦》），这是对自强不息这一君子人格的明确界定。这句话的意思是：君子的处世之理应像天道运行一样刚健坚毅，奋发向上，永不停息。孔子说："君子上达，小人下达"（《论语·宪问》），君子要不断追求进步。不论外界环境如何，君子都应注重内外人格的修养，而不应像小人一般以各种原因为借口自甘堕落、品格败坏。这是中国传统文人们一直追求的君子气节，也是在艰难环境中区分小人与君子的关键所在。

萧子晖的《冬草赋》是一篇托物言志的小赋，作者以"冬草"自比，表达其自强不息的君子气节：

---

[1]　瞿蜕园：《汉魏六朝赋选》，上海：上海古籍出版社，2019 年，第 2 页。

于时直木先摧，曲蓬多陨；众芳摧而萎绝，百卉飒以徂尽。未若兹草，凌霜自保；挺秀色于冰涂，厉贞心于寒道。……但使万物之后凋，夫何独知于松柏。[1]

文中描述了"冬草"生存的自然环境，它在极其严寒的恶劣天气下仍能傲然挺立，与衰萎凋零之物进行对比，突出了"冬草"的抗寒不衰。作者以冬草自比，表明了自己像"冬草"一样凌寒自傲的气节。作此赋时作者正逢自己所属的统治集团的失势，这无疑是现实的严寒之境，用"冬草"自比是十分应景的，表明了他自强不息的君子人格。

然而，张衡晚期作品《归田赋》却诠释了君子自强不息的另一面：

感老氏之遗诫，将回驾乎蓬庐。弹五弦之妙指，咏周、孔之图书。挥翰墨以奋藻，陈三皇之轨模。苟纵心于物外，安知荣辱之所如？[2]

作者看厌了官场的黑暗和残暴，屡次伸张正义而无果后选择独善其身，去往春风和煦、万物滋长的田园里修得一份心灵的清净。自强不息一方面意味着积极上进、不畏艰险，但在环境不允许的情况下"修己"以见贤思齐也是对自身君子人格的坚守。

结　语

赋作为"一代之文学"，除了其自身独有的文学价值外，也流动着宏大宽阔的君子之气。刘勰在《文心雕龙》中深刻地论述了君子与文学作品之间的关系。他指出："穷则独善以垂文，达则奉时以骋绩"（《文心雕龙·程器》），明确了文学写作并不是用来娱乐的工具，而是君子承担道义、兼济天下的神圣

---

[1]　瞿蜕园：《汉魏六朝赋选》，上海：上海古籍出版社，2019 年，第 216 页。

[2]　瞿蜕园：《汉魏六朝赋选》，上海：上海古籍出版社，2019 年，第 40 页。

事业。[1]君子人格是中国主流文化所推崇的理想人格，以仁、义、智、自强不息等品格为代表，塑造了中国特有的文化底蕴和文人精神。细读之下，能够窥见汉赋中作者身上可贵的君子人格。

参考文献

［1］瞿蜕园：《汉魏六朝赋选》，上海：上海古籍出版社，2019 年。

［2］周振甫：《文心雕龙今译：附词语简释》，北京：中华书局，2013 年。

［3］张永鑫：《一本有特色的赋选——瞿蜕园〈汉魏六朝赋选〉再版读后》，《文学遗产》1985 年第 1 期，第 118-120 页。

［4］胡继明、黄希庭：《君子——孔子的理想人格》，《西南大学学报（社会科学版）》2009 年第 4 期，第 7-11 页。

［5］梁国典：《孔子的"君子"人格论》，《齐鲁学刊》2008 年第 5 期，第 5-11 页。

教师点评

赋是我国古代的一种兼具散文和诗歌特点的韵文体，它既有散文的铺陈直叙，又有诗歌的音韵节奏。瞿蜕园的《汉魏六朝赋选》着眼于古赋发展的两个重要阶段，择取了二十篇汉魏六朝时期的古赋编撰成书。这些作品有着不同时代、不同题材、不同风格，给读者呈现了丰富的阅读内容，同时也反映了两汉辞赋从骚体赋到大赋到小赋的发展演变过程。

本文作者研读《汉魏六朝赋选》，并未着眼于赋体文学的流变，而是以"君子人格"为切入点着眼于古赋文本的解读。抛开赋体文学的文体特征就作家作品文本而言，我们也不难看到，这些历史长河中的文人墨客，之所以能写出流芳千古的传世之作，也与其自身的人格有着莫大的关系。从君子人格的角度来看，他们因心忧家国，同情黎民，所以针砭时弊，九死不悔；因坚守正义，匡

---

[1]　周振甫：《文心雕龙今译》，北京：中华书局，2013 年，第 448 页。

扶大义，所以揭发恶行，抨击群小；因善恶有别，是非分明，所以清醒自知，固守本心；因不屈命运，心存希望，所以自强不息，内外兼修……恰如作者所言，这些美好的人格品质，正是儒家所倡导的君子需具备的品格。

（点评人：张　艳）

被铭记的"失败者"——《史记》对人物流露的态度分析

——司马迁《史记》读后感

康皓东

"历史是胜利者书写的"这一表述，一般认为出自温斯顿·丘吉尔之口，在此，笔者不谈论这段话客观与否，仅就传播度而言，它是传遍了全世界的。在中国，关于所谓"正史"，鲁迅先生也有一番很精彩的评论：虽是等于为帝王将相作家谱的所谓"正史"，但司马迁的《史记》并不是为帝王将相作家谱，从《孝景本纪》和《孝武本纪》这两篇与汉武帝刘彻息息相关的本纪得罪当朝统治者，几经调整可以看出他在其中流露的思想与当权者是有相悖的成分的。通过对《项羽本纪》《高祖本纪》进行比较阅读可以明显地看出作者对失败者的同情。

一、英雄史观下的史学传统

（一）成王败寇，自古而然

成王败寇是一个放之四海而皆准的说法，失败者想书写自己的历史尤其困难，已然身首异处之人姑且不论，存活于世的也多半隐姓埋名惶惶不可终日，偶有作品也不敢传世，但不可否认的是，失败者参与了历史书写，历史上存在部分特殊的时期，或者话语权的掌握与历史事件的叙述并不是以当权者为中心时，反而是以失败者的叙述为主流的，甚至是仅存的版本。[1] 如 1453 年君士坦丁堡陷落后，出逃到西方的拜占庭帝国的一批希腊学者，他们记述的奥托曼帝国是极为残暴的。"奥托曼残暴论"时至 19 世纪二三十年代希腊独立战争前，还被"希腊启蒙运动"的知识分子使用作为推翻土耳其人统治的宣传工具。但这只是特殊的例子，不做一般情况考虑。更多的情形是如同明清鼎革后大批反清汉族知识分子写下的回忆录《扬州十日记》《明季南略》《江阴城守纪》《乙酉扬州城守纪略》等，它们中的大部分直到清末排满运动兴起时才重见天日。失败者能不能书写历史？能，但是难，更难的是流传。我们所看见的历史多由当权者提供，在后世写前世史的传统下，丑化失败者像是一个约定俗成的规则。在中国，从神话故事中就可以简单地窥见这个道理，在中国古代神话中，存在着不少失败者，如蚩尤、共工、刑天、鲧等。这些失败者在后世不断地被妖魔化，表现是其拥有丑陋怪异的外貌、怪异的本领、丑恶的品质，甚至其功绩也被否认。[2] 为什么失败者的形象往往被异化为妖魔鬼怪呢？其中就涉及中国古代长期以来采用的一种史观——英雄史观。受到社会历史条件的局限、认识论上的差异、阶级不同等因素的影响，英雄史观在社会历史领域中长期占据重要地位，成王败寇这一约定俗成的说法就是英雄史观对古代中国影响的缩影。成功者也就是后来的当权者自然就是历史中的英雄，而失败者则被打上"寇"的烙印，继而被丑化。

（二）失败的英雄

在英雄史观的写史传统下，失败一词很难和英雄发生联系，但翻开史记，从目录中读者就能很清楚地看出司马迁打破了这样的定式。作为与汉高祖刘邦共同逐鹿天下的竞争对手——项羽，他的传记也冠以本纪之名，对于本纪，他是这样说明的，"既科条之矣"[3]，把本纪作为整部书的大纲，纲举而目张，

---

[1]　刘晓艺：《"西安事变"与"丢失大陆"：失败者怎样书写历史——兼谈国民党文宣系统的"曲释"操作》，《文史哲》2017 第 3 期，第 58–76、166 页。

[2]　颜建真：《论中国古代神话中的失败者被妖魔化的表现及其原因——以蚩尤、共工、刑天、鲧为例》，《中国海洋大学学报（社会科学版）》2010 年第 3 期，第 105–110 页。

[3]　司马迁：《史记》，北京：中华书局，2010 年，第 7749 页。

本纪对于《史记》的意义不言而喻。身死的项羽作为帝王，为他作本纪，可见司马迁在一定程度上跳出了以"身为刘邦的竞争者并且最终失败"传统作史的桎梏。《史记》作《项羽本纪》，借司马迁之笔，读者见证了一个残暴不失率真、刚猛不失柔情的项羽。他有着力拔山兮气盖世的伟力，有当年说出彼可取而代之，后来也做到了破釜沉舟，百二秦川终属楚，成为一代西楚霸王。霸王别姬时却又流露出顶天立地的男儿的无奈和柔肠，对着心爱的虞姬唱出"虞兮虞兮奈若何"，正是这样一个在《史记》中有血有肉的项羽形象，才成为李清照笔下"生当作人杰，死亦为鬼雄"的典范人物。中国人对英雄的崇拜可以追溯到远古神话和传说当中，那样一群能做到人力所不及的伟业的人物，加之他们身上牺牲精神的光环，可以说诸如盘古、女娲、神农等神话故事中的形象，成为我国先民心目中英雄的标杆。[1]人们对英雄是崇拜的，而这样的人多是成就了足以称道的伟业，项羽能以"失败者"的身份列入本纪，《太史公自序》中对于项羽本纪是这样写的："秦失其道，豪桀并扰；项梁业之，子羽接之；杀庆救赵，诸侯立之；诛婴背怀，天下非之。"[2]他干下了一番轰轰烈烈的事业，最终不肯过江东的选择也让人肃然起敬。

二、论赞中流露的作者态度

司马迁在《项羽本纪》中对项羽的功过褒贬进行了鲜明的分析，以一个"及"字断开，把项羽的人生分为了两个部分，在起事之初"然羽非有尺寸，乘势起陇亩之中，三年遂将五诸侯灭秦，分裂天下，而封王侯，政由羽出，号为霸王，位虽不终，近古以来未尝有也"[3]。他认为项羽的事业声势浩大是前所未有的，从"未尝有也"四个字足见司马迁对项羽的认可，等到项羽的事业到达了巅峰，衰落随之而来，"羽背关怀楚，放逐义帝而自立，怨王侯叛己，难矣。自矜功伐，奋其私智而不师古。谓霸王之业，欲以力征经营天下。五年卒亡其国，身死东城，

[1]　王迎新：《英雄史观的历史合理性——以项羽评价为例》，山东大学硕士论文，2008 年，第 19 页。

[2]　司马迁：《史记》，北京：中华书局，2010 年，第 7679 页。

[3]　司马迁：《史记》，北京：中华书局，2010 年，第 777 页。

尚不觉寤，而不自责，过矣。乃引'天亡我，非用兵之罪也'，岂不谬哉！"[1]司马迁认为项羽不知悔改，一味认为是天要亡我这样的思想"岂不谬哉"，这样的判断是对项羽的批判不假，但他并没有流露出"自作孽，不可活"的态度，而是在客观地分析项羽的失败，可以看出他对项羽一度作为西楚霸王的认可和对他最终走向失败的同情。从《高祖本纪》与《项羽本纪》的对照中，彭城之战仓皇奔逃的刘邦和乌江江畔自刎身死的项羽，显然是后者更有一般意义上的英雄气概。而楚汉对垒中刘邦分我一杯羹的说辞和后来项羽竟真的释放了自己手中的人质的做法也令人质疑是否真的是成王败寇，毕竟与项羽的英雄气概相比，汉高祖刘邦更像一个贼寇。

结　语

从《项羽本纪》中可以看出司马迁写作《史记》时，他并不以成败论英雄，项羽的是非功过任由后人评说，但我们能看见这样一个有血有肉的项羽形象，与司马迁作为史家把目光投向"失败者"是密不可分的。

参考文献

[1] 司马迁：《史记》，北京：中华书局，2010 年。

[2] 刘晓艺：《"西安事变"与"丢失大陆"：失败者怎样书写历史——兼谈国民党文宣系统的"曲释"操作》，《文史哲》2017 第 3 期，第 58-76、166 页。

[3] 颜建真：《论中国古代神话中的失败者被妖魔化的表现及其原因——以蚩尤、共工、刑天、鲧为例》，《中国海洋大学学报（社会科学版）》2010年第 3 期，第 105-110 页。

[4] 王迎新：《英雄史观的历史合理性——以项羽评价为例》，山东大学硕士论文，2008 年。

---

[1]　司马迁：《史记》，北京：中华书局，2010 年，第 777 页。

教师点评

本文围绕《史记》对历史上的失败者的同情和铭记进行论证，是一篇条理清晰的论文。

1.由表入里，厚重感强。由为帝王将相作家谱的正史谈《史记》记载的历史中的失败者，由丑化传统谈英雄史观，看法独到，厚重感强。

2.情深意浓，富有理趣。能从《史记》诸多人物传记中注意到其中的竞争失败者，"失败者能不能书写历史？能，但是难，更难的是流传"。为失败的项羽作传，显示出"司马迁在一定程度上跳出了以'身为刘邦的竞争者并且最终失败'传统作史的桎梏"等句子体现了作者的理性思考和逻辑推理。

3.分析到位，论证清晰。从英雄史观下的史学传统谈起，分析失败者被丑化的原因，指出历史多由胜利者书写，失败者往往被丑化，加之盘古、女娲、神农等神话形象和英雄崇拜等例子强化观点，进一步论证了司马迁为失败者作传的难能可贵。

（点评人：张玉妹）

中正持平，雍容典雅

——班固《汉书》读后感

靳紫君

提到汉代，我总会产生一种时代与个人命运交汇的宏大感与悲剧感，因此格外偏爱汉代，格外爱读《史记》，读司马迁满心悲愤隐于笔下的曲折与满腔温热匿于字中的理性，读汉代辉煌之下遍被华林的悲凉之雾。今年读班固的《汉书》，我读到了一个更加气度雍容的汉代。《汉书》是班固站在太史公巨人的肩膀上编修的，在体例、史料内容、描述态度等方面与《史记》有相似之处，但细读明显能感受到两者间若有似无的微妙的不同之处。如果说读《史记》让我听到了一声声浪漫隐忍的呐喊，那么班固的《汉书》则让我听到了严谨雍容的皇家"钟声"，读《汉书》，仿佛无时无刻不在感受汉代雍容华贵的盛世气象，被班固中正平和的文字浸润着。而要比较两位史学大家之作，须得从人物与语言两方面说起。

一、悲剧与正统——人物塑造之差异

作为纪传体史书，在整合编排史料时，对人物的塑造是需要考量的重要因素，因此人物塑造是我们比较重要的切入点。司马迁尤其偏爱悲剧性英雄，以项羽为突出代表。"本纪"是对帝王的列传，项羽自立为"西楚霸王"，最后兵败垓下，称帝的是高祖刘邦，司马迁却仍然将项羽载入"本纪"中，说明在他心中，项羽地位是极高的。我们再看太史公对项羽的描写，在太史公笔下，霸王项羽是一个铁骨铮铮、有情有义但又刚愎自用、冷酷残暴的立体人物；他屠城、杀降，但对自己的部下、亲人、爱人乃至骑宠都足够有情有义；他不听部下计策，轻敌，但巨鹿之战破釜沉舟他又足够神勇，鲁地百姓对他十分敬重，最后兵败垓下一首《垓下歌》将乱世英雄穷途末路时的悲剧性氛围烘托到极致。太史公对人物的描述无疑是客观的，所谓"不虚美，不隐恶"，人物的优缺点都无所隐藏，但我们不难从字里行间看出太史公的主观臧否，他对项羽这样一个西楚霸王是有欣赏与惋惜之情的。在为人物作传时，司马迁仿佛将自己置身于与笔下人物相同的境地，与他们同命运，于是败亡的项羽会在兵败垓下时悲叹"虞兮虞兮奈若何"，高祖刘邦在功成名就归乡后高唱"大风起兮云飞扬"，历史人物一个个鲜活起来，有血有肉。

反观《汉书》，相比悲剧英雄，班固更喜欢正统人物。项羽被载入《汉书·陈胜项籍传第一》中，而"列传者，谓叙列人臣事迹"，项羽在班固眼中是"人臣"，而且与陈胜合传，没有单独列传，足见班固是站在皇家正统之立场上的。对比《史记》，项羽在班固笔下偏于扁平化了，残暴与冷酷的负面特点是项羽的扁平化特征。相对地，在对汉代帝王进行描述时，班固却有意弱化其负面特点。为刘邦作传时，班固删去了一些细节描写，比如刘邦先占据函谷关而项羽大怒打算进攻时，刘邦询问张良"为之奈何"时的慌乱以及主动逢迎项伯时有损君王形象的略显"谄媚"的面目。在为吕后作传时，班固也有意将重心放在她的政治才能上而带过她冷酷残忍的一面。此外，班固还取消了对"世家"的纪传，这更体现了一种向刘氏正统王朝靠拢，专为汉朝刘氏君主记事的趋向。这些细节可以看出司马迁与班固在遵循史家"实录"精神的准则上又有各自的标准，班固在司马迁记述基础上的变动足见其正统思想。他站在皇室正统的立场上编修史书，自然呈现出不同于《史记》长歌当哭之风的官方典雅、雍容中正的气度。

二、人语与钟声——语言运用之差异

语言文字是体现作家之间风格差异的最外显性的表征。通读《史记》与《汉书》，除了感知到内容上的差异，我最直观感受到的是语言上的差异。《史记》像是司马迁代入笔下传主发出的一声声用情至深的呐喊，言辞恳切，情感涤荡，读之令人心神俱动，时而悲愤满怀，时而满心悲凉，时而豪气冲天，时而神思凝沉。总之，《史记》是人的语，是热的血。而《汉书》则像是皇家祭祀大典上绵长而悠远、规律而严谨、华丽而雍容的钟声，是克制，是理性，是官方。这种差异表现在具体的语言形式上。司马迁在作传时多使用虚词，而且多用感叹句强化感情的表达，有时还会通过感叹句的重复来达到对情感的极度渲染。比如《史记·太史公自序》中"是余之罪也夫！是余之罪也夫！身毁不用矣"一句，在虚词与感叹的重复中，我读到了司马迁仅因为李陵辩护而获罪后满心的愤懑、失望、屈辱。因为感情的强化，司马迁的行文还有一种不平则鸣、疏放跌宕之气，无怪乎鲁迅先生称其《史记》为"无韵之《离骚》"。

回观班固的《汉书》，我发现，他将《史记》中的虚词和重复的感叹去掉了，这样就使《汉书》的语言更加精练，从而呈现出克制与理性的风格。前面说到了《史记》中太史公的自叹，"是余之罪也夫！是余之罪也夫！身毁不用矣"，在《汉书·司马迁传》中变成了"是余之辠夫！身亏不用矣"。整体用语更加冷静，和司马迁自序相比情感更为内隐，语言更加凝练。这句话的改动还有一个细节，"罪"变成了"辠"字，这是今文字与古文字的差别。着眼于这一点去读全书会发现，这不是偶然，班固就是有意地多使用古字。而古文字的使用，不论是不是出于有意，都为《汉书》增添了几分典雅情韵，形成了《汉书》中正典雅的语言风格。从这方面来看，司马迁与班固不同的语言风格是《史记》与《汉书》给人带来差异之感的最具体、最表象的原因。

未真正读《汉书》前，我总觉得读了《史记》不必再读《汉书》，毕竟我偏爱浪漫与感性，对被贴了标签的官方之作有些不甚在意。然而真正下定决心并读完之后，才更感受到另一种严谨的学术趣味，更知道自己的狭隘。二者之间的风格差异并无好坏之分，或者谁更为上乘之说。他们二人所处的时代环境不同，文化风气不同，作家气质不同，编史的任务与目的不同，风格自然自成差异。

司马迁处于汉武帝统治时期，虽然此时西汉已经基本站稳了脚跟，可如何发展的问题是永恒存在的，作为人臣和史官，已迈入鼎盛时期的汉代如何经久不衰、如何继续发展的问题需要预见性的回答，所以《史记》中司马迁格外重视统治者的作为，倒行逆施的作为会被直指批判，积极的作为会被赞赏肯定，他厌恶吕后的狠辣手段，可又欣赏她的政治手段与政治作为；他暗暗指出汉武帝穷兵黩武、专断独大，可又肯定他力挫匈奴的雄心胆识。司马迁手中有一把衡量时代国家进步的标尺，是在历史的长河中寻到的，他要用这杆标尺度量一切人的作为。可纵然如此，他面对的现实是君主不行仁义的无情与残暴，因李陵之祸被处以极刑的人格羞辱给了他发愤著书的更深刻动力，因此司马迁笔下的史书，忧患隐忧之情有，抑郁不平之气有。司马迁笔下的史书，不仅仅流淌过时代的洪流，更熔铸着个人的血泪，不仅仅是一部冷冰冰的史书，更是一首动人心魄的抒情长诗。而班固所处的东汉时期，汉朝已经过了最鼎盛时期，走在日渐衰微的路上。如何维持汉朝的统治、稳住局面，成了最主要最紧迫的问题。所以，《汉书》站在皇室正统的立场上，宣扬汉朝的正统身份，而处在东汉外戚宦官干政的没落时期，在抒写汉代前期历史时不免又带上对先祖的缅怀，显现出溢美与崇敬之情，呈现出盛世雍容的祥和。这样的官方正统史书基本隐去了班固的个人野趣，显得典雅、中正、雍容、平和。这是时代赋予班固的任务，相较于司马迁的秉笔直书，班固将自己的感情隐匿得更加不露痕迹，显然更符合史家的隐含原则，对于我们不带主观因素了解客观的历史真实有更大的帮助，颇有一种学术的理趣。

读《汉书》的过程，也是我默默回忆《史记》并将其拿来作比较的过程，而这个比较的过程，还是我了解整个汉代政治浮沉的过程，是我见识、感慨并唏嘘不同人生的过程，是感受不同审美意趣的过程。读史就是在读故事，读人生。而这故事与人生，不仅是史中人物的故事与人生，也是著书者的故事与人生，还有正在被影响着的我的故事与人生。

参考文献

［1］司马迁：《史记》，北京：中华书局，2020 年。

［2］班固：《汉书》，北京：中华书局，2012 年。

［3］赵明正：《史记》的性情和《汉书》的典雅，《名作欣赏》2022 年第 33 期，第 47-49 页。

［4］曾鸿雁：《史记·太史公自序》与《汉书·司马迁传》异文探析，《黑河学院学报》2021 年第 1 期，第 171-174 页。

［5］王长顺：班固《汉书》的"英雄观"，《咸阳师范学院学报》2022 年第 5 期，第 1-6 页。

教师点评

班固的《汉书》又名《前汉书》，是我国第一部断代史纪传体史书。《汉书》内容丰富、规模宏大。班固尊重历史，喜用古词古字，叙述严谨客观，行文典雅凝练，语言极具辞赋意味，对后世影响很大。

本文以"中正持平，雍容典雅"为题，概括了《汉书》的思想、语言特点。副标题虽为"班固《汉书》读后感"，文章中心内容实为《汉书》和《史记》的比较阅读。作者从二者人物塑造的差异性和语言运用的差异性两方面着手，理性地分析了二者的差别，同时又极富个人色彩地、感性地写出了自己曾经对《史记》的偏爱。通过比较阅读，本文作者更深入地理解了时代和政治赋予班固和司马迁不同的政治任务，结尾部分更是以真诚感性的笔触写出了二者对自己的影响。

文言文历来是高中学生学习的重难点，人物传记又是常考类别。《汉书》中的《苏武传》被编写进统编版选择性必修中册第三单元第 10 课，《朱买臣传》《贾谊传》《季布传》《萧何曹参传》《董仲舒传》《司马相如传》《卫青霍去病传》《霍光传》等篇目分别多次被选入模拟考试题中，《汉书》对高中生的重要性由此可见一斑。

（点评人：高　冉）

不栉进士，钟灵毓秀

——刘义庆《世说新语》读后感

柯小平

　　《世说新语》是魏晋南北朝时期由刘义庆主编撰写的文言志人小说集，记载了魏晋士人的言谈轶事、琐闻杂谈，反映了乱世倾波中上层社会的思潮风尚与生活面貌。

　　其以片段札记的形式，隽永精炼的语言，看似散乱却又声息相通地叙写了诸多人物趣事，令千百年后的人们能从这只言片语中得见魏晋风流与名士高华。鲁迅曾称其为"一部名士的教科书"。自然，其间所记并非全然高雅，更多的是展现各类人物的"真"，无论褒贬雅俗，皆意趣丰蕴。其中更是不乏对女性人物的记录，一直处于男性附庸地位的女性，在此间也终获得了一些自由呼吸的权利，展现出其作为"人"而非"物"的情趣才智。

　　魏晋时期的女性形象在《世说新语》中得到充分而广泛的体现，她们或智慧、或风雅、或直率、或刚勇，其谋略才情与风度个性并不输于男人。《世说新语》更是独辟《贤媛》一篇目为其书写。"贤，多才多能也。"以贤为媛命名，并非指其具有传统的贤惠，而是赞其才智，其中的女性多敏锐善辩、足智多谋、性格鲜活，并非人们刻板印象中的封建古代女性，反而是活灵活现、有血有肉、生动鲜活的"人"。

一、女性形象

整体观照《世说新语》中的女性形象，其大致可分为德、才、识、情四种类型。

（一）德

"德"是中国儒家传统的文化品格和道德观念的集中体现，亦是传统社会人们对崇高与美好的追求之一。《世说新语》中的"陶母教子"便是一个典型的称颂德行的事例。"陶公少时作鱼梁吏，尝以坩鲊饷母。母封鲊付使，反书责侃曰：'汝为吏，以官物见饷，非唯不益，乃增吾忧也。'"陶侃青年时期做过鱼梁官，因家境贫寒，曾差人给母亲送去腌制的小鱼，但陶母却深明大义，不食儿子送来的腌鱼，命人将鱼还回去后还写信斥责陶侃公物私用。她拥有不慕名财、不贪便宜的良好德行，而非传统女性从子听顺之德。再如其德惠与待人接物：陶侃少时"家酷贫"，其好友应举孝廉时投宿陶家，陶母剪掉自己的长发去换了米，砍掉屋子的木柱作柴烧，把草垫拆散作马的饲料。而后"日夕，遂设精食，从者皆无所乏"，于是陶侃好友在洛阳大肆称赞陶侃，使其名声大噪。以上不仅表现陶母教子有方，更体现了其本身的德行与智慧。

但子不好，母并非一味溺爱从子，如《贤媛》中卞太后与儿子曹丕：曹操死后，儿子曹丕将曹操后宫转为自己后宫，于是卞太后大骂"狗鼠不食汝余"，直到曹丕死了也不去看他。曹丕的行为违背了基本的伦理道德规范，也违背了卞太后的处事原则，于是她坚守自身道德观念，没有同流合污，可见卞太后并非不明是非只知溺爱的母亲，而是一位秉持崇高德行的人。虽然时下社会风气转变，儒家传统道德规范有所减弱，但是对基本伦理道德的坚守亦是世人为人处世的标杆。

（二）才

魏晋时期的女性不同于历史上柔弱恭顺、贤良淑德、无才无德的传统形象，反而睿智、无畏、机敏、才高、气盛，展现出其独立人格和气韵风度。

《贤媛》中，许允之妻在许允被魏明帝问罪时，建议道："明主可以理夺，难以情求"，使之被释放。后来许允被司马师杀害时，她却神色不变地说早知今日，而后又传授儿子们避祸之策，令许家免于受难。她善于判断分析局势，深明事理，见识过人，具有敏锐的政治洞察力。还有庾玉台要被牵连杀头时，其儿媳赤脚披发冲去伯父桓温面前辩驳道："庾玉台常因人，脚短三寸，当复能作贼不？"以这一语令桓温宽恕其全家，足见其一往无前的勇气和处变不惊的机智。更有孙秀欲逼李重自裁。李重平时逢事便与女儿商量，女儿听闻此事，直叫"绝"，李重于是自尽，保了一家人的性命。再如王经的母亲也是一位遇事时具有远见卓识的女性。在王经"仕至二千石"时，他的母亲告诫他不要贪图富贵，说本是穷人家的孩子，做官到此已然足够，但是王经不听母亲的劝言，最终因投靠曹魏王室，被司马氏集团杀掉。王经觉得愧对母亲，而他的母亲却不悲伤，反而说："为子则孝，为臣则忠，有孝有忠，何负吾邪？"王经母亲的远见卓识与她在王经临刑前的神色自若和达观的言语，皆令人敬佩。

由此得见，魏晋女性不甘被禁锢在狭小的闺阁之中，她们尝试走出深闺绣阁，进入向来只允许男性活动的政治领域，而其见解、谋略、智慧甚至超越了男性，彰显出具有卓越见识的女性在当时的熠熠光彩。

（三）识

《世说新语》中还有一类女性形象，她们不仅善于洞察世事，而且善于品评人物。

魏晋前期重视人物品行，同时清谈议玄之风盛行。此间女性亦追赶此潮流。《贤媛》中山涛之妻，在窥视丈夫朋友阮籍、嵇康后，作出"君才致殊不如，正当以识度相友耳"的评论，而山涛的肯定回答也说明此评价深中肯綮。

自然，魏晋女性并非单纯地以人之风度来判断其人品。在篇目《德行》中，韩康伯母通过听吴道助、附子兄弟丧母后的哭声，感受到其真性情，并对韩康伯说："汝若为选官，当好料理此人。"事实证明，韩康伯母的眼光是正确的。《世说新语·贤媛》中，王浑妻得知儿子王济为妹妹选中了一位自认为是俊才的丈夫时，通过观察得出结论："此才足以拔萃，然地寒，不有长年，不得申其才用，观其形骨，必不寿，不可与婚。"而此人几年后果然死去。这无不体现出魏晋女性的识人清明精准，同时表明她们不满足于被封闭被消声的境况，也反映了当时妇女不避嫌，自由开放，她们通过品评人物而进一步走出闺阁，踏入社会。

（四）情

"魏晋之际，天下多故。"天下风云际会，时下之人多追求天然个性与心灵自由。《世说新语》中便有这样一群对"情"执着追求的女性。她们大多勇于追求自我、追求自由，在情感中呈现出叛逆者的形象。

如《惑溺》中的贾充之女，贾充的门客韩寿容貌秀美，贾充的女儿常从青隙锁中偷看他，还在吟咏诗歌中抒发情感，使婢女将此事告诉韩寿后，韩寿亦因她的痴情和美貌而动心，于是就翻墙来与贾充女幽会，后来贾充发现此事只得将女儿嫁给他。在此事中，我们可以发现女性也可以拥有自己的心动和追求，贾充女是一个典型的不甘心被封建婚姻所束缚，大胆追寻爱情，追求心上人的女性形象。在其他章节中，这类事例亦比比皆是，在《世说新语·假谲》中，诸葛恢的女儿寡居之后，出于对亡夫的深情与前途未卜的忧思，不愿轻易将真心与幸福交与他人，"哭詈弥甚"，但在江思玄的追求关怀下感动不已，于是其态度也就随之而发生变化。再如《世说新语·惑溺》中王戎妻子大胆叫自己丈夫"卿"，这在礼节上是出格的，面对丈夫的质疑，她说"亲卿爱卿，是以卿卿；我不卿卿，谁当卿卿？"热烈又坦率的表白令人动容。又如谢道韫，在不满丈夫的情形下，没有盲目从夫，而是吐槽"不意天壤之中，乃有王郎"，如此直白又脱俗的举止，不仅体现她们性情直率，善辩多智，更是体现了魏晋女子在情感上的追求，即顺心顺意，自由自主，虽在封建礼教规训下的古代显得有些出格，但更加彰显魏晋女性自由开放的性情和心理，以及自信真挚的气度和风流。

二、缘由与沉疴

《世说新语》中的女性或以德、或以识、或以才、或以情见长，与同载史册的男人一般都体现了"自然"和"真"的人生态度，体现了魏晋时代人们所特有的精神风貌，超越了传统社会规训下的女性形象。

追溯其源，魏晋时期处于社会动荡的时期，思想文化大变革，人性的解放和自由讨论的风气流行，人们的思想观念和生活方式都比其他时期更加自由。这种时代背景为《世说新语》中女性形象个性的凸显提供了土壤。同时，魏晋时期老庄哲学的自然之风盛行，对儒家传统道德规范的束缚产生了冲击。汉末到魏晋六朝，是中国史上最为混乱与动荡的时代。儒教文化一统至尊的状态被打破，鲁迅指出："儒学以礼教为本，主张克己复礼，反对怪力乱神，提倡中庸，反对极端……儒学的式微，意味着摆脱束缚和自由发展的新的趋势。"[1]魏晋六朝代儒教而起并盛行于魏晋之际的玄学，给人们的思想带来了大解放，促使人们将审视的目光由外视转为内省，由见天地、见众生内化为见自己。

这种背景下，人们的性格和行为不再受到封建礼教的严格限制，女性形象的个性便得以彰显。李泽厚说道："不是人的外在的行为节操，而是人的内在的精神性（亦即被看作是潜在的无限可能性），成了最高的标准和原则"[2]。门阀士族们讲究贵族气派，讲求脱俗的风度气貌成了一代美的理想，贵族女性天然包含其中。种种成因使然，故而可见以上特点。

但同时，《世说新语》并未摆脱窠臼。女性在中国历史中向来是被遮掩、被歪曲、被忽视甚至被"无视"的，《世说新语》亦如此，作为被男性书写的对象，同时也作为历史的"客体"，《世说新语》紧紧附着在父—夫—子所构造的三极网络中，作为一种带着客体性质的指向对象，其自身身份，多受其父、夫、子的指向，提到其姓名，多冠以其父、夫、子之姓名，不可否认，女性的"缺席"，是历史的事实，是封建男权社会长期影响塑造的结果。不过《世说新语》在此语境下，还是浓墨重彩地展现了一些鲜活的、生动的、真实的女性形象，倘使这些女性换一个平等开放的时代环境，定会大放异彩。

尽管历史上女性失语，但我们仍可以从《世说新语》里窥见形形色色的不拘于传统刻板印象的女性。无论是对潘安左思妍媸区别对待的众妇人，我见犹

---

[1] 鲁迅：《魏晋风度及文章与药及酒之关系》，见《鲁迅全集》，北京：人民文学出版社，1981 年。

[2] 李泽厚：《美的历程》，上海：生活·读书·新知三联书店，2009 年，第 95 页。

怜至情至性的南康长公主，还是拥有深渊谋略的许重之女、徐允之妻、王经之母，林下之风的谢道韫与闺房之秀的张玄之妹，抑或是在夫妻关系中自尊平等情趣盎然的王昂、桓冲、王浑之妻等等，她们都有智慧、有远见、有勇气、有傲气、有独立人格与自身特性，她们"我与我周旋久，宁作我"。

参考文献

［1］刘义庆：《世说新语》，陈书良译，北京：作家出版社，2016 年。

［2］鲁迅：《中国小说的历史的变迁》，西安：西北大学出版社，1925 年。

［3］许慎：《说文解字》，清代同治年陈昌治刻本。

［4］鲁迅：《魏晋风度及文章与药及酒之关系》，见《鲁迅全集》，北京：人民文学出版社，1981 年。

［5］李泽厚：《美的历程》，北京：生活·读书·新知三联书店，2009 年。

教师点评

《世说新语》是中国古代志人小说的代表，其写人奇，汉末名士、建安文人、竹林七贤、东晋名士等鲜活人物跃然纸上；其叙事异，在七步成诗、管中窥豹、割席断义、雪夜访戴等奇闻逸事中表现了人物品格；其用言简，鲁迅先生在《中国小说史略》中评价为："记言则玄远冷隽，记行则高简瑰奇"；其成就高，自问世以来，备受青睐，成为中国文学史上第一部被评点的小说。《世说新语》正是这样一部传世名作。

柯小平从德、才、识、情四个方面分析了书中所表现的女性的义利观、伦理观；出众的才智，化解危机的智慧；敏锐的洞察力和敢于突破藩篱，追求情感自由的独立人格。作者还分析了女性形象形成背后的时代背景和文化根源。角度独特，事例典型，有一定价值。

因其内容和形式上的特点，《世说新语》成为极佳的文言文阅读材料，被选入中小学语文教材、教育部《中小学生阅读指导目录（2020 年版）》，也成为历年各地中考文言文试题的材料库。部编版语文教材七年级上册选编《咏雪》和《陈太丘与友期行》，九年级上册教材则在"名著导读"单元将《世说新语》推荐为自主阅读名著。语文教学中，教师应带领学生积累字词，熟读成诵，培养文言语感，感受古人生活情趣和文化修养。

（点评人：米　禧）

李杜"浪漫"与"写实"的诗歌风格对比

——中国社会科学院文学研究所选注《唐诗选》读后感

张 欣

李白和杜甫风格迥异的"浪漫"与"写实"在我国古典诗歌史上占有重要地位。二者风格截然不同,但在唐朝广阔的社会背景下,又有着千丝万缕的联系。本文通过李杜二人的诗歌手法、意象情怀、人生态度及轨迹的对比来把握二者"浪漫"与"写实"的风格,挖掘迥异风格背后的人生与时代轨迹。

李白和杜甫是我国诗歌史上的集大成者,在中国古典诗歌中的影响非常深远。李白的诗雄奇飘逸,富有浪漫主义精神和十分浓烈的自我表现的主观抒情色彩;杜甫的诗沉郁顿挫,感伤时事,忧国忧民,着重反映社会历史巨变和人民疾苦,具有现实主义的风格。二者诗风迥异,都在中国诗歌史上留下浓墨重彩的一笔,而从李杜诗歌整体上来看,这又是唐朝时代变动的缩影。

一、风格迥异的浪漫与现实

(一)夸张想象的极致运用与写实客观的质朴叙述

李白的诗歌雄奇奔放,飘逸若仙,意境神奇瑰丽,让人沉醉其中,很大一个原因是李白将夸张想象的手法运用到极致,其大胆的想象与夸张常常创造出一个任诗人呼风唤雨的世界,从手法到意境,可谓是想落天外,开阔宏大。

在《梦游天姥吟留别》中，诗人运用奇特丰富的想象和大胆的夸张，描绘了一幅亦虚亦实、亦幻亦真的梦游图。以"势拔五岳掩赤城""天台四万八千丈，对此欲倒东南倾"来极尽天姥山的巍峨雄奇、遮天蔽日，竟然还掩过赤城山，连高四万八千丈的天台山面对它都要向东南倾斜拜倒一般，如此夸张，极尽天姥山直入云霄、耸立天外的形象；"我欲因之梦吴越，一夜飞度镜湖月"，一夜飞渡镜湖想来也是神仙所为，在李白眼中，广阔的镜湖可以在一夜之间飘然飞渡，其夸张之中还带有一种飘逸超然之美；梦游到吴越，见日升听鸡鸣，绕过山岩重叠，迷花倚石，熊咆龙吟，还有仙人鸾车，如此新奇瑰丽的想象，怎能不叫人佩服？

李白还善于用数字和颜色来极尽夸饰。"白发三千丈，缘愁似个长"，乍一看去，头发怎会长到三千丈，又赋之以白色，长长的白发又似乎是绵长的愁绪，丝丝缕缕，无法拂去，"用其独特的整体代换思想"[1]，这种巧妙的夸张就很好地道出了诗人心中的愁绪，不着痕迹；"桃花潭水深千尺"，以千尺喻水深，却还不及汪伦之情意，两者的夸张对比中自然地流露出友人情深义重；"朝辞白帝彩云间，千里江陵一日还"，彩云还未消散，朝霞犹在眼前，相隔千里的江陵竟在一日内抵达，景物视野的变幻极快，恐怕只有诗人的轻舟才可日行千里，驶过万重山——"一日"与"万重"正是诗人夸张手法的着笔处，原本平实的两个词语在李白的笔下真的描绘出了日行千里的轻舟，轻舟承载的是诗人愉快的心情，由白帝城到江陵，诗人的心可谓是离弦的箭，这种极富跳跃感的空间流动正表达了诗人的豪情：万重山在脚下，轻舟任行。

反观杜甫的诗歌，注重客观叙事与背景完整，选取具有典型意义的人和事进行创作，《新婚别》就是很好的例子。

《新婚别》选取普通百姓家的婚娶，平实朴素，在质朴中透露一丝不寻常的是"暮婚晨告别"，如此匆忙的婚姻也引出了故事的完整背景。新婚少妇的独白沉重而无奈，简明易懂却又字字锥心，将夫妻离别、战争死亡、国家民族巧妙地联结了一起：父母养女只盼其有个归宿，夫妻分离可能就是生死两别，

---

[1]　张沃坤：《畅谈李白诗歌中夸张手法的艺术特色》，《新课程（下）》2014年第2期，第58-59页。

而新妇却仍然考虑到"妇人在军中,兵气恐不扬",如此多的无奈与辛酸在战争中一览无余。少妇的肺腑之言与深明大义让有些戏剧性的故事多了一份别样的质朴——正是所选取的普通妇人更具有典型和代表意义,没有关于权贵的笔墨,反映普通百姓的真实生活才是杜甫诗中最质朴动人的存在……这些在诗中层层深入,回环曲折,让平实的文字多了一份重量,让人回味深思。

（二）名川大山的自我抒情与社会现实中的辛酸记录

李杜二人的诗歌都取材广泛,意象繁多,但各有千秋。

李白一生洒脱恣意,游遍名川大山,山河景色也成了李白歌咏与抒情的重要对象。在《蜀道难》中,蜀道的自然风光峥嵘奇秀;在《独坐敬亭山》中,敬亭山白云清闲;在《梦游天姥吟留别》中,天姥山云霞明灭,直入云天……李白热情洋溢地歌咏赞美祖国的万千河山美景,实际上也是对自我情志的一种抒发。

蜀道的飞流惊湍、奇峰险壑令诗人天马行空,纵情驰骋,抒发自己的理想感受;敬亭山远去的鸟儿、飘浮的孤云无不显得山中清静,而此时只有敬亭山与诗人对望,心中的无奈与孤独不言自明;天姥山中,诗人更是心胸激荡,在最后发出了"安能摧眉折腰事权贵,使我不得开心颜"的呼喊,自身去留喜怒哀乐全由自己做主,绝不弯腰低头谄媚权贵,李白自我的自由意志、激烈的情感喷薄而出,尤为热烈……在对名山大川的歌咏背后,是李白对自身生命的热烈歌颂、对自我情感的艺术表达,体现了注重个体价值的精神及自我表现的浓郁的主观色彩[1]。

杜甫的诗歌取材与其经历的安史之乱息息相关,他因战乱流离过、漂泊过,在辗转避乱的途中,他亲身体会了饥饿失子之痛,更目睹了百姓水深火热之苦,所以杜甫的取材植根于动乱的时代,国家兴亡、社会动乱、战事徭役、饥饿贫苦都是他的写作对象。《丽人行》中,帝王骄奢淫逸,政治昏庸腐败,宫中一片歌舞升平;《茅屋为秋风所破歌》中,天下寒士无处可依,诗人愿求广厦,

[1]　陈良玉:《从艺术创造看道家思想对李白诗歌的影响》,《湖南第一师范学报》2008年第2期,第99-101页。

哪怕"吾庐独破受冻";《石壕吏》中，官兵抓人无度，连老妪也不放过，战事之紧急，百姓之痛苦，杜甫一一如实记下，他为百姓而谋，为国家而忧，书写下一幕幕辛酸现实，正是杜甫这种"客观描写式的写实型思维"[1]让他将社会现实沉重的一幕幕融入诗里，以"乱世与衰世时期的关注社会、直面人生的现实主义文化精神"书写下自己对乱世、百姓、人生的成熟考量。

（三）道家的仙风道骨与儒家的仁民爱物

李白与杜甫的诗歌中无不渗透着儒家思想，入世报国，为民请命；但是在李白和杜甫各自经历宦海浮沉、颠沛流离后，儒家思想在二者身上发生了一定变化：郁郁不得志的李白在道家文化的浸润下，诗风空灵飘逸，浪漫绮丽；历经丧乱离别的杜甫在沉重的现实下，将儒家的仁民爱物、忧国忧民在诗中展现得淋漓尽致，进入更加成熟的阶段。

道教创立在巴蜀，因而该地区道教文化兴盛。早年的李白心怀政治抱负，欲入世一展宏图，可以说这时期的李白更加倾向于儒家思想。李白游遍巴蜀，其家乡四川绵阳江油西南四十里的紫云山就是一个著名的道教圣地，所以他得以接受正统的道教教育，这让他的性格中藏有一丝叛逆和对自由的向往，在不得志、陷入人生低谷时仍能看得通透。《蜀道难》里，李白借助蚕丛鱼凫及五壮士开山的神话驰骋想象；《梦游天姥吟留别》里，天姥山耸立天外，若隐若现，宛若人间仙境，李白暂时脱离尘世，与神仙同游。道教中的富于幻想的精神、对神仙和长生之术的追求让李白能在污浊的尘世开辟出一块属于自己的精神园地，在缥缈的仙境呼风唤雨，与神灵为伴，尽情释放被压抑的自我，而他的诗也因此带有一种飘逸空灵之美——"归向自然、崇拜山水、追求自由、超越尘世、超脱自我"，别具一番仙风道骨，从而独立于世外。

杜甫少年优游时便有《画鹰》《望岳》等流露少年才气抱负的诗作，这个时期的杜甫年富力强。他的一生可以说是与儒家同行，由少年意气到晚年成熟，逐步将唐朝由盛而衰的历史变迁与沉重的现实写进诗里，"开拓了广阔的题材，

---

[1]　葛景春：《李杜诗歌的审美差异及其原因》，《中州学刊》2005年第3期，第212—216页。

反映了较他之前任何一位诗人都远为丰富的社会内容"[1]，其忧愤之深广实为罕见。少时优越的家庭环境与良好的教育让杜甫初识儒家仁民爱物的思想，此时他的理想是入世报国，为君尽忠——这似乎是一个很好的起点，然而真正将儒家爱国情怀刻进杜甫心底的，却是仕途失意、战乱流离中所见的沉痛现实。

《石壕吏》中，因战争百姓家破人亡，老妇人也被逼着去军队；《春望》中，烽火三月不绝，骨肉流离不得音讯，山河仍在国都却破败不堪；《茅屋为秋风所破歌》中，天下寒士无处可依，饱经丧乱的诗人仍然发出"吾庐独破受冻死亦足"的呼喊；《新婚别》中，新婚夫妇分别在即，相见不知在何时……杜甫自身经历战乱之苦，也望见了水深火热中的百姓、岌岌可危的国家，此时的他已经褪去青年时期的稚气，他对国家和百姓的担忧关切都带有一份沉重的思虑，儒家仁民爱物的思想在他这儿也愈加成熟。在经历现实打磨后，杜甫的诗歌中渐渐沉淀出"沉郁"的风格，这是为黎民百姓而歌，带有儒家济世的情怀和超越时代的悲悯。

二、"浪漫"与"写实"风格下的人生与时代的轨迹

（一）"浪漫"与"写实"，两种不同的人生态度

李白具有"谪仙人"的浪漫不羁，"天子呼来不上船，自称臣是酒中仙"，杜甫对他的评价如此之高，可见李白身上确有仙气。李白长时间在建功立业的政治抱负与寄情山水的逍遥恣意中徘徊，这与他的儒道思想交融有关，在污浊的官场不得志，长期压抑，于是李白选择以道家思想来解放自己。"安能摧眉折腰事权贵，使我不得开心颜"是李白狂放不羁、洒脱恣意的人生态度的最好体现。现实中无所寄托，李白就遁入仙境，与仙人游玩，"虎鼓瑟兮鸾回车，仙之人兮列如麻"；无路可走，内心茫然，然而他坚信"长风破浪会有时，直挂云帆济沧海"；心怀理想然而现实黑暗，他却毫不在意，高呼"人生在世不称意，明朝散发弄扁舟"。李白的人生态度是明确的，他虽然既重功名又重生

---

[1]　张成恩：《李杜诗歌创作思想刍论》，《中州学刊》2006 年第 3 期，222–224 页。

命，既关心现实政治又向往自由，在追求自我与现实的强烈复杂的矛盾中煎熬着，但是他最终明确了自己的态度——他想尽情地释放自己，不为现实尘俗所累，悠游自在，随心所欲，他是狂放不羁、敢于追求自由的，在自我与现实的夹缝中，他找到了属于自己的"极其完美浪漫的、独立的生命理想模式"[1]。

杜甫选择了一条与李白全然不同的道路。李白富于想象，狂放向往自由，而他却是内敛、沉重的。从《春望》中的"感时花溅泪，恨别鸟惊心"、《石壕吏》中的"天明登前途，独与老翁别"、《新婚别》中的"嫁女与征夫，不如弃路旁"到《垂老别》中的"积尸草木腥，流血川原丹"，哀感国事，民不聊生，他的眼光不限于自身，他的忧国忧民早已弥漫国家各处了。在苦痛中挣扎过，所以杜甫怀有一颗同理心，他深谙百姓的不易与现实的沉重，所以他不可能像李白一样具有仙风道骨，他有的只是儒家的一片赤诚之心，放眼四方，将黎民百姓与国家的苦痛写进诗歌里——所以"杜甫一直与人民心心相通，赢得了人民诗人的崇高称号，并且达到了人格的超越"[2]。

（二）"浪漫"与"写实"，唐朝由盛而衰的时代轨迹

李白与杜甫，一个想象丰富，豪放飘逸，一个扎根于现实，忧国忧民。他们二人的诗歌不仅展现了两种不同的人生态度，更如镜子一般映射了唐朝由盛而衰的历史。

李白生逢其时，盛唐亦造就了这样一个独特的李白。物阜民丰，万邦来朝，唐朝时风气积极进取，李白也将他眼中的盛唐写进诗歌里。李白描写盛唐的代表作是《清平调》，"春风拂槛露华浓"运用拟人与夸张的手法，突出了杨贵妃妍丽的容颜与高贵的身份；"一枝秾艳露凝香，云雨巫山枉断肠"，杨贵妃如同带露的牡丹，艳丽无比，巫山神女枉然悲伤断肠，"可怜飞燕倚新妆"，赵飞燕无法与贵妃相比，还需倚仗新妆，李白抑神女与飞燕，以杨贵妃的花容月貌；"名花倾国两相欢，长得君王带笑看"，辞藻华丽，人与花相辉映，贵妃与君王赏花亭外，优雅风流。《清平调》三首中多次将杨贵妃与牡丹相提并

---

[1]　杨岳华：《论李白的生活态度和人生追求》，《黑河学刊》2008 年第 4 期，第 35—37 页。

[2]　杨景春：《杜甫人生态度与文化渊源》，《湖南城市学院学报》2009 年第 1 期，第 42—47 页。

论，牡丹国色天香、雍容华贵，那杨贵妃自然更加妍丽高贵；透过杨贵妃，我们看到了李白眼中唐朝繁盛的社会景象。

杜甫的诗歌被称作"诗史"，这与他经历的安史之乱有关。《春望》里，国都破败，草木深深；"三吏""三别"中，战争危急，百姓家破人亡，流离失所，官兵横行，鞭挞黎庶。杜甫经历了、看见了，也记录下来了唐朝盛极而衰的历史。杜甫与李白风格迥异，却也如镜子的两面，一面是盛世景象，一面是衰微危亡，由盛及衰，这似乎是必然，李白同杜甫便是见证者，一个将唐王朝的繁盛融入诗里，一个将唐朝的衰亡埋进诗里，一同记录下唐朝盛衰的时代轨迹。

李白的"浪漫"与杜甫的"写实"都是唐朝这个时代的反映，二者殊途同归，都将一个时代保存进了诗歌里。

参考文献

［1］张沃坤：《畅谈李白诗歌中夸张手法的艺术特色》，《新课程（下）》2014年第2期，第58-59页。

［2］陈良玉：《从艺术创造看道家思想对李白诗歌的影响》，《湖南第一师范学报》2008年第2期，第99-101页。

［3］葛景春：《李杜诗歌的审美差异及其原因》，《中州学刊》2005年第3期，第212-216页。

［4］张成恩：《李杜诗歌创作思想刍论》，《中州学刊》2006年第3期，第222-224页。

［5］杨岳华：《论李白的生活态度和人生追求》，《黑河学刊》2008年第4期，第35-37页。

［6］杨景春：《杜甫人生态度与文化渊源》，《湖南城市学院学报》2009年第1期，第42-47页。

教师点评

文章充分解读了李杜诗歌，并将李杜诗歌风格的特点归纳为"夸张想象的极致运用与写实客观的质朴叙述""名川大山的自我抒情与社会现实中的辛酸记录""道家的仙风道骨与儒家的仁民爱物"，具体分析了李杜诗歌"浪漫"与"写实"的迥异风格。

不仅如此，作者还进一步探讨了两位诗人"浪漫"与"写实"两种不同风格下的人生和时代轨迹，作者将李白的人生态度归结为"极其完美浪漫的，独立的生命模式"，而以"一直与人民心心相通，赢得了人民诗人的崇高称号，并且达到了人格的超越"总结杜甫的人生境界。值得一提的是，作者关注到李白与杜甫受不同程度儒道思想的影响，展现出不同的人生态度，表现出作者对诗人思想的观照。

另外，作者总结李白的浪漫诗风反映盛唐，杜甫的写实诗风反映唐朝由盛至衰的转变，这一诗歌记录时代的分析意识值得肯定。

本文由诗人作品到诗歌风格，由诗歌风格进一步探讨诗人的人生态度与时代轨迹，展现出作者探讨的深度。不过第二部分探究李杜不同风格下的人生与时代轨迹，多依据前人结论，篇幅相对较短，探讨不够充分，可作进一步研究。

（点评人：刘泊宁）

有物有序，"文""道"合一

——《唐宋文举要》读后感

孙亚莉

明代文学家谭元春在《古文澜编序》中指出："选书者，非后人选古人书，而后人自著书之道也。"选者在对作品进行选择时，也无形中渗透了自己的一些文学观念，通过选本向读者展示自己的文学主张。《唐宋文举要》作为一部文章选本，自然也在一定程度上体现了作者高步瀛的文学理念。

作为桐城派后期古文家吴汝纶的学生，高步瀛的文学思想和主张与桐城派既有区别又有联系，这里我们主要着眼于其共通之处。桐城派倡导"言之有物"和"言之有序"，"有物"指的是文章要内容扎实，不要无病呻吟；"有序"指的是文章要注重表现形式和技巧，有条理逻辑。后人将桐城派的文学理论概括为"有物有序"。内容和形式之间既有主次又有关联，方苞认为内容决定形式，内容为主，形式是为内容服务的；而高步瀛在选文时则相对更注重形式，《唐宋文举要》中的很多篇目都是从文章写作的角度选入，文中的评论也多是针对作文方法。但无论其侧重点如何，"物"和"序"都是文章不可或缺的两个方面，作文选文都追求有道有序，即"文""道"合一。

一、"文"——言之有序

"文"即上述所说的"有序"，是指文章的写作手法和表现技巧等方面。《唐宋文举要》所选的唐宋文以唐宋八大家为主，兼收各家，多为唐宋时期经典之作，其文学成就和艺术特色都极为突出。高步瀛在评点中也很重视文章的写作手法，对众多文章的艺术特色加以评析。其中，文章评点屡次出现叙事结构、篇章语势、气格、风神、韵味、语言、文风等内容。

桐城派散文集大成者姚鼐在《古文辞类纂》的序中说道："凡文之体类十三，而所以为文者八，曰神、理、气、味、格、律、声、色。神理气味者，文之精也；格律声色者，文之粗也。然苟合其粗，则精者亦胡以寓焉，学者之于古人，必始而遇其粗，中而遇其精，终则御其精者而遗其粗者。"贾文昭先生曾在《桐城派文论选》的前言中对此段内容有详细的阐释："'所以为文者八'，是指入选古文均是由八个共同的艺术要素构成。其中，神，谓风神、神韵，指的是文章生动活泼，饱含神韵。理，谓义理、事理、物理，指文章所写事物蕴含的道理。气，谓生气、气势，指的是流灌于文章肌体的生机活力和行文气势。味，谓滋味、韵味，指的是文章余味曲包，耐人咀嚼玩味。这四者比较抽象，是文章内在的深层次审美因素和虚的一面，故谓之'文之精处'。格，谓体格、格调，指文章的结构布局。律，谓法度规则，指虚实、详略、顺逆、开合、字法、句法之类。声，谓声韵节奏，指声调的长短疾徐、高下抗坠。色，指辞采、藻饰。这四者比较具体，是文章外在的浅层次审美因素和实的一面，故谓之'文之粗处'。'精'寓于'粗'，文章的神、理、气、味必须通过格、律、声、色方能体现出来。鉴赏古人文章正好相反，是由'粗'而'精'，最后'御其精者而遗其粗者'，也即遗貌取神，进入化境。"受其影响，高步瀛沿用了姚鼐的"神、理、气、味、格、律、声、色"说，在评点文章时也多从这八个方面下手。

如在评点魏徵的《十渐不克终疏》时，高步瀛从"格"的角度来进行评点：

第一段：以上言帝王之道当慎终如始。
第二段：以上虑太宗仁义之道，俭约之志，渐不克终。
第三段：以上求马市珍，清静寡欲之心渐不克终。
第四段：以上轻用民力，节俭爱人之心渐不克终。
第五段：以上纵欲拒谏，损己利物之心渐不克终。

第六段：以上远君子近小人，慎习与善之心渐不克终。

第七段：以上好尚奢靡，敦朴贱末之心渐不克终。

第八段：以上轻为臧否，任贤不二之心渐不克终。

第九段：以上驰骋田猎，警戒盘游之心渐不克终。

第十段：以上上下睽隔，敬以接下之心渐不克终。

第十一段：以上傲长欲纵，乐极志满，前此谦恭戒慎之心渐不克终。

第十二段：以上民既劳弊，偶有水旱，易为惊扰，遇灾忧勤之心渐不克终。

第十三段：以上冀太宗纳其言。

高步瀛通过对文章的段落内容进行概括，层层分析以加强对文章的整体把握，清晰地展现出了文章的叙事结构。

除此之外，高步瀛评李善的《上文选注表》："闳括瑰丽，较之四杰、崔、李诸家，殊无愧色。知《新唐书》谓淹贯古今，不能属辞者，乃忌者诋毁之言，不足信也。"其评王勃的《上武侍极启》："辞采丰腴，笔力健举，子安文中，当属佳作。"这些评点都从神、理、气、味、格、律、声、色各个方面详细阐释文章的艺术特色，以体现其文章应"言之有序"的观点。

二、"道"——言之有物

"道"即上述的"有物"，是指文章的思想情感和内容主旨等方面。

一方面，高步瀛深受桐城派影响，有着传统的封建士大夫的卫道思想。这里的"道"，显然是指那些符合帝王意见、封建利益的儒家正统思想。另一方面，高步瀛所处的时代面临着内忧外患，国家动荡不安，以倡导程朱理学为主的儒家思想，已经不再适应当时的社会环境，因而高步瀛倡导的"道"中又包含了思变救国的经世思想。

在《唐宋文举要》中，高步瀛选录了《十渐不克终疏》《对贤良方正直言极谏策》《谏用刑书》《上仁宗皇帝书》《上皇帝书》《岳阳楼记》等文，都表现出其对国计民生的关心。

维护封建正统的儒家思想，终归属于小学之道。《大学》中言明："大学之道，在明明德，在亲民，在止于至善。"真正的大学之道，能够起到教化人心的作用。建国君民，教学为先。高步瀛选《唐宋文举要》，也是希望能以自己的编选来唤起国人对祖国历史文化的热爱，从而致力于拯救国家于危亡之中，并且破除当时社会上关于古文认知的弊端，重新树立起国人的文化自信，增强学生对中华文化和中华民族的认同感，在国家风雨飘摇之际能够挺身而出。

编选《唐宋文举要》，选出"言之有物"的文章，其行为本身即为"修道"了，以有"道"之文教化人心、激励国人，从而寻求救国之法，在教育上已为祖国作出了贡献。

三、"文""道"合一

中国古代散文历来就有"文以载道"的传统。在《荀子》"解蔽""儒效""正名"等篇中，荀子把"道"看作客观事物的规律，要求文以明"道"。汉代的扬雄进一步提出要遵循自然之道，把明道与"宗经""征圣"联系起来。南朝文学理论批评家刘勰在《文心雕龙》中设有"原道"篇，更加明确地论述了文以明道的问题："道沿圣以垂文，圣因文而明道"，强调了"文"是用来阐明"道"的。唐代古文运动为了反对六朝文学的绮靡之风，更是把"文以明道"作为理论纲领。北宋理学家周敦颐第一个明确提出"文以载道"，他在《通书·文辞》中提到："文，所以载道也。"再到姚鼐主张"文""道"合一，曾在《惜抱轩全集·敦拙堂诗集序》中提到："夫文者，艺也。道与艺合，天与人一，则为文之至。"

高步瀛基本继承了姚鼐"文""道"合一的观点。高步瀛在王安石的《上仁宗皇帝书》中评道："移提点江东刑狱，入为度支判官。时嘉祐三年也。安石议论高奇，能以辩博济其说。果于自用，慨然有矫世变俗之志。于是上万言书……后安石当国，其所注措，大抵皆祖此书。"又在其《答司马谏议书》结尾处评道："以上当责其不能有为，而不当责其有为，以明所责之失。吴先生曰：'固由兀傲性成，亦理足气盛，故劲悍廉厉无枝叶如此，不似上皇帝书时，尚有经生习气也'。吴北江曰：'傲岸倔强，荆公天性，而其生平志量政略，亦具见于此。'"从高步瀛将这两篇文章选入《唐宋文举要》及其对这两篇文章的批注可看出，他认为文章应该顺应历史发展潮流，契合时代要求，对当下国家的治理与发展具有借鉴意义。

总体而言，高步瀛大体上继承了姚鼐的风格，在强调"道"的同时，又重视"文"，倡导"文""道"合一，文以载道。

参考文献

[1] 韩传慧：《〈唐宋文举要〉研究》，安徽师范大学硕士论文，2012年。

[2] 郑凯歌：《高步瀛〈唐宋文举要〉研究》，广西大学硕士论文，2012年。

[3] 黄昊：《高步瀛〈唐宋文举要〉对高中文言文教学的启示》，华中师范大学硕士论文，2020年。

[4] 姚鼐：《惜抱轩文集》，北京：中国书店，1991年。

[5] 郑凯歌：《从〈古文辞类纂〉到〈唐宋文举要〉——兼论高步瀛对姚鼐文章观念的继承和发展》，《梧州学院学报》2011年第6期，第72-76页。

教师点评

从学于桐城古文后劲吴汝纶的高步瀛先生学识渊博，治学严谨，兼擅骈散，著述丰硕，在考据方面曾被日本学者称为"中国三绝"之一；在他的诸多著作中，《唐宋文举要》是最负盛名和最具影响力的佳作之一。《唐宋文举要》采用分编分卷、以时代为经、以作家为纬、兼收并容的文章观念选编唐宋文之精华，兼顾骈散，突显时代名作或新作，多为儒家修齐治平之类的文章，又不失文学笔墨风采。高先生以诂经之法笺释，旁征博引，穷原竟委，各篇注释详博而谨严，明确而专业，颇见功力，于文章关键处，他还征引方苞、刘大櫆、姚鼐、曾国藩、朱熹等名家评注，精彩纷呈。《唐宋文举要》较之《古文观止》《文选》等，读阅易解，对"学者习肆"大有裨益，是进入古典文章的正确门径。

作者孙亚莉为文逻辑严密，先指出选者在编选作品时于无形中向读者展示自我的文学主张，进而阐释了桐城派"言之有物"和"言之有序"概念的内涵，再分"'文'——言之有序""'道'——言之有物"和"'文''道'合一"三个板块论述了高步瀛编选《唐宋文举要》文学思想主张和编选特色，点出其文学主张带有桐城派的浓重气息，但又有一些批判和超越。论述有理有据，条分缕析，让读者既知其编选之体例与思想要旨，又可感其人形象和其文思想，还可见古人大家之文及古人评点之意。作者为文运思妙笔生花，由浅及深，重点突出，紧扣选文"多关涉治道兴衰"，从"文以明道"到"文以载道"再到"文道合一"溯源了"文""道"的内涵、关系和发展，结合高步瀛先生这位爱国志士关心国计民生，欲以有"道"之文教化人心，激励国人的爱国思想，真正让读者在厚重的历史长河中感悟"文""道"的内涵，潜移默化地唤起了读者对中华优秀文化的热爱、自信与认同，进而增加了读后感的厚重感，也正切合文章立意，应和"文道合一"，别具特色。

　　"文以载道"历来是我国文人墨客创作的优良传统，为文亦即为人，作文选文亦当追求有道有序，为人修道，道与艺合，天与人一，方能"文""道"合一。

（点评人：付廷俄）

也谈"境界":《人间词话》经典重读

——《人间词话》读后感

戴汝嫣

　　《人间词话》在最初面世时并未引起关注,1908 年 11 月在《国粹学报》上发表了 64 则,直到 1926 年由俞平伯作序、朴社发行的标点单行本面世,才让《人间词话》变得广为人知。再到赵万里、王幼安相继发表《人间词话》的未刊稿和删稿后,人们才得以窥见《人间词话》的全貌。

　　《人间词话》主体上以"境界说"论词,句摘例证,梳理词体发展,对相关作家作品给出个人的看法和意见,对中国近现代词学、诗学、美学都产生了重要的影响。篇幅短小,但不失为近代中国在西学东渐影响下一部经典的文学批评著作。自朴社本发行以来,《人间词话》受到广泛关注,其中的核心概念"境界"更是成为众多学者评述的重点。因此,《人间词话》篇幅虽短,但始终被奉为圭臬,其中的"有我之境""无我之境""造境""写境"等始终是学界讨论的重点,但由于篇幅有限,笔者尝试从核心概念"境界"切入,对《人间词话》进行经典重读。

　　《人间词话》第一则即为"词以境界为最上。有境界则自成高格,自有名句",以"境界说"开篇,为自己的整个词学评论奠定基调。随后在第九则中,王国维言"沧浪所谓兴趣,阮亭所谓神韵,犹不过道其面目;不若鄙人拈出'境界'二字为探其本也",将"境界说"推至顶部。他认为,严羽的"兴趣说"和王士禛的"神韵说"都不能从根本上说明问题,那究竟什么才能够"探其本"

呢？——"境界"。究竟什么是"境界"呢？朴社本在1—9则对"境界"进行了大致解释，以此作为论词的标准。而对于"境界"的含义，学界众说纷纭，这是因为王国维并没有在书中作具体的说明，关于"境界"的定义只是散落在书中各个部分，这种评论缺乏整体性，分类方法也比较疏略，缺乏较为系统的论证。

书中对境界作了较为完整的定义，在第六则——"境非独谓景物也。喜怒哀乐，亦人心中之一境界。故能写真景物、真感情者，谓之有境界。否则谓之无境界。"从这条来讲，"境"既包括自然景物，又包含人类的情感。"境界"不只是我们所说的景物或者情景交融，人类心中生发的情感可单独构成一个"境界"。"境"可以说囊括世间万物，而且必须讲求"真"，才能称得上"有境界"。

但是何为"真"？叶嘉莹指出"真"即为"真切鲜明"，这与古典诗学有一脉相承之处。然而，"境界"作为王国维在新旧交替之际所提出的自认为有划时代意义的概念，而"真"又是王国维解释"境界"的核心修饰语，自然不会是"真切鲜明"这么简单。

私认为，"景物"之真表现在两点：一为"如在目前"，二为"自然"。作家运用语言所构造或者描写的景物不仅要给读者呈现出画面感，还要符合自然（更接近道家所说的自然）的要求。就情感之"真"而言，王国维强调"赤子之心""胸襟"与"性情"。王国维提及的"赤子之心"不同于孟子，他更多偏向于叔本华。"彼于音乐，幼而惊其老，然一切他事，则壮而常有童心者也"，叔本华以海顿和莫扎特为例，说明他们终生具有孩子般的气质，也就是"天真与崇高的单纯"，对应到词话当中，其实也就是他所说的性情之真。再者，以苏东坡和辛弃疾为例，这里的"真"更多强调词人的胸襟、格局、眼界。所以，王国维所言"真感情"既指向纯真的性情，又对词人的人格提出了相应的要求。

实际上"真景物""真情感"在古典文论中并不少见，在近代西学东渐的背景下，"境界说"作为一部在彼时（指创作时，实际上王国维一生对《人间词话》的评价并不高）的王国维心中有划时代意义的文艺学概念，有其更丰富的哲学内涵。王国维在《文学小言》中提到"文学中有二原质焉：曰景，曰情。……自一方面言之，则必吾人之胸中洞然无物，而后其观物也深，而其体物也切；即客观的知识，实与主观的感情为反比例。自他方面言之，则激烈之感情，亦得为直观之对象，文学之材料……"所谓的"写真景物、真感情者，谓之有境界"，意即在激烈感情中，如在目前的景物前，直接进行创作，以创作者从欲望主体得以无限趋近纯粹为主体，从而达成文学作品的审美空间。

但就其所言，很多作品都有真感情和真景物，但它们一定符合王国维要求的"境界"吗？"词话"的批评方式，还有关于"境界"的概念散落在发表稿、删稿以及他的其他著作当中，我们对"境界"的定义也是一步步拼凑而来，相当一部分带着主观的推测。究竟何为"境界"，学界也没有得出一个确切的答案。不妨众参百家，以求在阅读之际灵光乍现，获得启示。

李长之认为所谓"境界"乃是指"作品中的世界"；杨成凯认为"境界就是作者所构拟和所表现的可能世界"；叶嘉莹将王国维的"境界"说分为三个义界，其中最为重要的是第三义界，即"境界之产生，全赖吾人感受之作用；境界之存在，全在吾人感受之所及"。叶嘉莹从佛家考察"境界"的源流，侧重个人的感觉经验。另外，叶嘉莹也指出，"兴趣说""神韵说"与"境界说"三者其实相通，它们相通的基础乃是中国古代诗歌"兴发感动的力量的本质"。而清华大学罗纲教授则认为王国维的"境界说"实际上来自以叔本华"直观说"为代表的西方美学传统，"境界"为本，"神韵""兴趣"为末的说法本身恰恰是近代东西方不平等文化关系的一种历史写照……百家争鸣既与这种批评形式有关，也和王国维思想的复杂性密不可分。

甲午战争后，西方思想大量向中国输入，引发了王国维极大的兴趣。王国维出生在世代书香的大户家族，家学渊源以及家族的学风使王国维从小便博览群书，尤其擅长传统文化的诸多领域。而与此同时，王国维生活的时代却不是一个可以让他始终精心深研中国古典文化的时代，清末的中国国门才刚刚向世界打开，西方外来思想以及后来国内的维新思想对他的读书志向产生了深远影响。这一影响在王国维留学日本及之后体现得更为明显，他在求学及任教期间，以攻哲学为主，研究了康德、叔本华、尼采哲学，兼英法诸家，结合先秦诸子及宋代理学，又攻西方伦理学、心理学、美学、逻辑学、教育学，涉猎的领域广博，研究成果显著，因此他也称自己在这一时期为“‘兼通世界之学术’之‘独学’时期”。故在《人间词话》中，王国维将西方美学思想带入中国传统作品，建立了一种崭新的文学评价方法，这为中国文学批评提供了新的视角。因此，在考察王国维的词评时，任何一种单一的理解方式恐怕都不够妥当，他的词话既可以找到中国传统诗学的渊源，又受到西方美学的影响。

唐圭璋言：“境界固为词中紧要之事，然不可舍情韵而专倡此二字。境界亦自人心中体会得来，不能截然独立。五代北宋之词所以独绝者并不专在境界上。而只是一二名句，亦不足包括境界，且不足以尽全词之美妙。上乘作品，往往情境交融，一片浑成，不能强分。”

一方面，《人间词话》确实是近代受到西方美学思想洗礼后一本崭新的文学评论著作，其中的“境界说”也一度被奉为词论界的圭臬，但另一方面，其尚不具备完整的理论体系，对观点缺乏系统论证，摘出的句子也只是片段，在阅读时不免使读者有破碎之感，如果没有一定的诗词积累，理解起来实在不容易。叶嘉莹在《人间词话七讲》里面说：“我们中国一向缺少有系统的、有逻辑的理论性著作，古人常常是点到为止。所以有人说，我们中国的学问，是为利根人——就是思想非常敏锐的人——所说，你只要点到，他就明白了。所以古人谈诗论词常常没有一种逻辑的、思辨的模式，写出来的都是比较零乱的诗话、词话。”常常无法领会，兴许就是慧根太浅之缘故。

参考文献

［1］王国维：《人间词话汇编汇校汇评》，太原：北岳文艺出版社，2004 年。
［2］叶嘉莹：《王国维及其文学批评》，广州：广东人民出版社，1982 年。
［3］叶嘉莹：《人间词话七讲》，北京：北京大学出版社，2014 年。

教师点评

　　《人间词话》是我国近代学者王国维的文学评论著作，全篇共64则词话，展现了王国维的文学、美学思想，是我国古典文艺美学史上里程碑式的作品。《人间词话》开篇第一则作者即点明主要观点：词以境界为上。有境界则自成高格，自有名句。因此后代学者研读《人间词话》绕不开对"境界说"的讨论。但是"境界说"的具体内涵王国维并未在书中明确定义。戴汝嫣《也谈"境界"：〈人间词话〉经典重读——〈人间词话〉读后感》以"境界说"切入《人间词话》重读，将散落在书中各个部分关于"境界"零散的论述梳理成表格，以"真景物"和"真情感"为分类，探究诸家学说与"境界说"之间的勾连关系。作为符号文本的文学其意义之一便是其使用方式[1]，这关乎文本创作者的主观感受，也关乎阅读者对文本的接受理解。因此《人间词话》对于中学语文教学来说，是一本有助于诗歌鉴赏和作文写作的指导性书籍。诚如"真景物""真情感"中的"真"，要求文章内容要明确无误、鲜明真切；材料有血有肉，并能集中地反映中心。尤其是中心意思要有真切鲜明的感受或者个人深有感想的经验，否则习作便会"隔"，便会没有"境界"。这也是中学作文教学的难点之一。

（点评人：马振凤）

---

[1]　赵毅衡：《从文艺功能论重谈"境界"》，《文学评论》2021年第1期，第59–66页。

纵横兼收，似良友言

——胡云翼《宋词选》读后感

李雨菲

纵观浩如烟海的词学历史，前人所著多不胜举，读者在阅读宋词时往往难以尽数读得，如果只是盲目阅读，而非顺着理出的线索系统鉴赏，往往会导致头绪纷乱、难有所获。选本的价值此时就可体现，正如语文教材一般，选本系统地选出最精华的词作，使读者用较短的时间获得更大的收获。一方面，基于不同时代的影响，选本往往会带有所处时代的特色，对不同选本的研究往往能促进研究者对时代的探究。另一方面，正如鲁迅先生所说："选本所显示的，往往并非作者的特色，倒是选者的眼光。"选本的特色与价值往往就蕴含其中。

胡云翼先生的《宋词选》获得"中国优秀畅销书"称号，自诞生以来多次刊印，深受读者的认可与喜爱，为词学的普及作出了重大贡献。掩卷后，多有沉思，这本书的编选体例和评点让我尤有感触。在近两万首宋词中，选词编排时应依照怎样的逻辑体系？在文学史上，不同的编者有着不同的答案。而胡云翼的《宋词选》的编选体例在借鉴后也有所超越，形成了"纵横兼收"的风格。

首先，是以时代为经。《宋词选》将不同词人按照时间先后进行排列，每一位词人的诗作也都按照词作的创作时间进行了编排。从中既可以看到时代变化下不同词人创作风格的差异，也可以看到同一词人不同时期创作风格的变化。读词的过程其实也是走过文学历史变迁的过程。

其次，是以词人为纬。以宋朝时代的发展作为主轴线已经基本理顺了主干与新旧枝的顺序，接下来要处理的就是同一枝蔓上不同叶子的取舍。正如优秀的园丁需要修剪、理顺枝叶，使其繁而不乱，选者也要考虑在同一时代中词人和词作的取舍。《宋词选》在横向上选录同时期的词人，在错落的枝叶之间更能呈现出宋词的全貌。北宋词前期以上层文人词为主，以晏殊和欧阳修为首，主要反映士大夫阶层在安闲惬意生活中片刻的无聊与惆怅，词中以"春花秋月""流水亭阁"为主要描写对象；在柳永创制了慢词后，长调的体制出现，宋词的词调增长，体式逐渐完备，此时北宋词进入第二阶段；第三阶段以苏轼为首，一扫"词为艳科"的词坛风气，词境在此时开拓，用以言志抒怀；第四阶段以精于词法、追求格律的周邦彦为代表，但也导致了词作形式主义的风气。如果说北宋词是以苏轼为高峰，那么南宋词的辉煌则要归功于南宋前期。此时的词作因反映出时代矛盾和家国情怀而熠熠生辉，从南渡时期以张元干、张孝祥为代表的悲壮慷慨；到渴望收复家国、抒发真性情的辛弃疾的壮志豪情；再到南宋偏安大局已定后的清雅词派的精雕细琢，词坛面貌为之一新。

在词史发展过程中，不难窥得历史奇妙的轮回：一种文体产生后，完成形式上的突破创新后又有先行者探索内容上的革新，内容革新的停滞导致对形式的推崇与革新，但此时也暗示着这种文体的末路。当内容不复革新，便只能求诸形式。不唯独词是如此，诗的发展亦如是，当一种文体的巅峰和辉煌来临时，其中必然也孕育着衰败的危机。

受到选者时代的影响，《宋词选》在选词过程中存在对豪放词风的偏重。但对于晏殊、欧阳修、周邦彦、姜夔等婉约派词人，因其艺术造诣较高，编者也是择优录取，整体上以思想性和艺术性统一为选词原则。从单个词人看，作者也尽力展现词人的不同风格。以陆游为例，主张抗金的陆游受到当权者排挤，仕途坎坷，只能通过诗词创作一抒爱国之情，例如，《诉衷情》（当年万里觅封侯）中以"心在天山，身老沧洲"中的那种身与心、实与虚的反差写尽他晚年生活和理想之间的矛盾，错位之下更显悲愤，塑造了一位心心念念想要到前线抗敌的爱国词人。《钗头凤》（红酥手）中"东风恶，欢情薄"六个字道出词人对封建婚姻不自由、美满姻缘遭破坏的抗议，这种对前妻深挚的感情和内心的痛苦，体现了陆游柔情的一面。另外，书中也收录了很多优秀女性词人的词，除李清照外，还有曾布妻、蒋兴祖女、朱淑真、王清惠、徐君宝妻，以展现词坛上的女性妙笔。

在作者评介和词作评析部分，《宋词选》以通俗的白话表述，分析词人的风格、章法、思想和艺术特色等，以促进读者对词人词作的深度了解，故较受读者喜爱，因而广泛流行。在评点部分，胡云翼先生并未选择专业性强的晦涩词语，而是更多地以白话的方式，力求通俗易懂，使读者在阅读过程中如与益友交谈。对于自己的见解胡云翼也并没有模棱两可、含糊其词，而是直截了当地表明自己的观点。在词人介绍中，就可见作者的态度，如晏殊："他在过分满足的生活里找出一点春花秋月的闲愁来吟咏一下，但仍然掩盖不了那种浓厚的富贵气味，实在没有什么真实的思想内容。……字句的工丽不足以文饰作品内容的空虚。……《珠玉词》里面十之八九都是像我们所选的《浣溪沙》一类的作品，读起来含情凄婉，音调和谐，内容却是十分单调。"让我震撼于这种表述的直截了当，读者很容易就能对词人的风格有初步的认识。关于词作的评析，如对苏轼的《江城子》中"十年生死两茫茫"的评析："这是一首悼亡词，体现了作者对妻子永不能忘的深挚感情。某些词话家说苏轼'短于情'，那是不确切的。苏轼仅仅是不喜欢写'绮罗香泽'的艳情。"结合词作，这样直截了当、没有过多藻饰的语言使读者很容易就心领神会。

同时，比较对照也贯穿在书本始终。宋词数量庞大，同一题材作品比比皆是，通过对同一题材作品进行比较，可以知晓某一题材的发展概况，分析词作优劣。如胡云翼点评王安石《桂枝香》（登临送目）时提到北宋时期已经有词人写怀古词，"张昇的《离亭燕》还只有一点空洞的兴亡之感，发展到王安石的《桂枝香》，思想内容已经有了很大的变化"。从评点中可以得出：一是张昇词与王安石词的优劣，二是怀古词发生的变化：由对王朝的兴亡更替的伤感转到政治家对现实国家命运前途的关心和警醒的思考。在评析秦观的《踏莎行》（雾失楼台）时又将秦词和苏词作对比，以"郴江幸自绕郴山，为谁流下潇湘去"两句，指出他们有同样的失望和希望交织的心情，但苏轼"毕竟高出一筹，他在贬谪时写的作品，不是这样音调低沉、辞情哀苦"。在评价民间词《九张机》时说："如'桃花枝上，啼莺言语，不肯放人归'，我们可以设想一个织锦的少女是怎样沉醉在旖旎的春光里。"这样的语言极富画面感，在与读者的互动交流中共同欣赏感慨同一种感情。

词的情感比之诗歌更加细腻，很多时候甚至只是一刻一瞬思想的感触，因而理解时需要读者更加沉浸。《宋词选》让读者在纵横交错中一睹宋词的兴盛、发展和衰落，在词人的百味人生中获得共鸣，与良友同觅得词中意趣。正如胡云翼在序言中所说的："这些词并不是给你去作走马看花般的涉览的，是给你去细细吟哦的。"

参考文献

［1］胡云翼：《宋词选》，北京：北京出版社，2021 年。

［2］鲁迅：《且介亭杂文》，北京：人民文学出版社，1952 年。

［3］郭映蕊：《胡云翼〈宋词选〉对初中语文宋词教学的启示》，华中师范大学硕士论文，2021 年。

教师点评

关于宋词的编选集注，版本甚多。胡云翼先生的《宋词选》是一本学术价值极高且通俗易懂的经典选集。胡先生在该书中收录最多的作者词作数量为：辛弃疾 40 首、苏轼 23 首、刘克庄 12 首、李清照 11 首、陆游 11 首。由此可见胡先生似乎对豪放派词人，尤其是南宋豪放派词人尤为推崇。此中原因似乎正是由于先生所处的战争年代与南宋国家沦丧、偏安一隅有相似之处，因而与南宋词人更有共鸣。

本文作者从"编选体例""编选风格""诗作评析"等几个方面对《宋词选》进行了分析介绍，高度评价了胡先生的编选风格和词学观念，对初读此书者具有极强的导读意义。

唐诗宋词历来是学生提升古代文学素养的优秀素材，也是高考试题的必备选项。高中统编教材的学习任务"中华传统文化经典研习"要求学生运用评点方法，记录自己的见解与感受。《宋词选》无疑为学生提供了较好的素材。同时，该书选录的词人陈与义的作品《题许道宁画》2019年出现在新课标卷中，书中的大量作品出现在统编教材中。因此，《宋词选》对提升中学生诗词素养有极强的现实意义，本文对中学生了解此书有较强的指导意义。

（点评人：高　冉）

妙在似与不似之间

——《三国演义》读后感

陈 瑶

历史演义小说作为小说中比较特别的一类作品，因其取材于真实的历史，又充斥着作家个人的虚构，关于历史演义小说如何处理真实与虚构的关系的论争经久不息。《三国演义》作为演义小说的经典，其虚实问题一直是探讨的重点，清人章学诚在《丙辰札记》中提及"惟《三国演义》则七分实事，三分虚构，以致观者往往为所惑乱"。此一说法为后世学者所采纳，虚实相生是《三国演义》的基本创作方法与艺术特色似乎已成定论。

不少学者认为《三国演义》"七实三虚"的手法运用并不得当，是其创作上存在的一大缺陷。鲁迅先生继承章学诚先生的观点，认为这种创作方式会导致读者"或不免信虚者为真"；胡适则认为这种创作方式将会极大地束缚创作者的想象力和创造力，导致作品缺乏艺术性。针对其虚实关系问题，个人认为鲁、胡二人对《三国演义》的评价难免有些苛刻。

首先，"观者往往为所惑"这一问题产生的根源，并非作品本身的缺陷。其产生的根源在于读者未从小说的根本性质出发，将历史演义小说与史传文学作出清晰的划分，从而将"艺术真实"与"历史真实"混为一谈。郑铁生先生认为"虚实关系不仅是历史小说首先遇到的问题，而且是一切文学艺术创作过程必须解决的问题"[1]。史传作品即使将求真求实作为最主要的目标，亦无

---

[1]　郑铁生:《〈三国演义〉成书过程意象整合的虚实关系》,《海南大学学报(社会科学版)》1992年第2期,第72-76页。

法完全避免根据史料而对历史进行想象与构造。以司马迁《史记》为例，即使太史公欲"通古今之变"，力图客观地还原真实的历史，仍无可避免地需要根据史料进行推测想象。小说的艺术个性本就与虚构息息相关，甚至任何一部成功的小说都需要作家通过虚构的方式构建其自己的艺术世界。这就说明，虚实问题并非只存在于历史演义小说之中，而是由于历史演义小说取材的特殊性，导致其虚实问题成为论争的焦点。将"七实三虚"视为《三国演义》混淆读者视听的缺陷，这一观点忽略了文体根本性质的不同，将演义小说与史传文学相混淆，因此苛求演义小说追求"历史真实"。"即使素材是全部取自正史，一旦进入整个叙事结构之中，也就与人物的群体形象，以及人物与人物之间的关系，融为一个有机的结构，富有生命力。"[1]演义小说所追求的真实，是符合其艺术世界发展逻辑的艺术真实，并非与客观历史相符合的历史真实。用郭沫若先生的话来说，历史应当实事求是，而史剧创作则追求"失事求似"。

若以客观历史的真实来衡量《三国演义》这部作品，那其大概连"七实三虚"都无法达到。研究《三国演义》的著作中，有学者将其与《三国志》《资治通鉴》等史传文学进行比对，厘清其中虚构成分与真实成分的比例，总结出作品中人物形象的典型化和类型化、故事情节虚构和集中、张冠李戴等多种类型的虚构方式。根据前人研究总结，不难发现，《三国演义》虚构的部分远不止三成。就其情节而言，《三国演义》通篇高潮迭起，故事情节跌宕起伏者百数，而其中有将近半数纯属虚构。比如，刘关张"桃园三结义"、关羽"过五关斩六将"、诸葛亮"舌战群儒"等故事情节均是子虚乌有。就其人物形象而言，作者则更是以多种虚构方式塑造出多个艺术典型，其中某些人物性格特征改造的痕迹甚至相当明显。根据历史记载，身为县尉的刘备往见督邮，受其轻视后恼怒不堪，因此借机闯入其府中"遂就床缚之，将其出界，缚之于树，鞭杖百余十"。此处不难看出，刘备并非一味忍气吞声的敦厚之辈，甚至与曹操一般有着火爆的脾气。在《三国演义》中，作者为突显刘备之仁，将"怒鞭督邮"这一情节转嫁到了张飞的身上，而刘备则面对督邮的傲慢"诺诺连声"，

---

[1] 李灵年：《建构中国小说叙事学理论框架的成功尝试 读郑铁生〈三国演义叙事艺术〉》，《明清小说研究》2004年第2期，第235—241页。

甚至在张飞动手之际因心中不忍而急忙喝止，仁义到甚至展现出几分"懦弱"。

小说中描写的情节与历史记载大相径庭，一方面是作者有意取舍虚构，一方面则是对民间说话、传说的直接移植。在长期以来三国故事中"尊刘抑曹"思想观念的影响下，作者将蜀汉人物多塑造为符合民众心理期待的忠义英雄，将曹魏阵营的人物则多塑造为奸诈之辈。正因如此，鲁迅先生曾批评其"至于写人，亦颇有失，以至欲显刘备之长厚而似伪，状诸葛之多智而近妖"。此种评价的不完备之处在于，鲁迅先生乃是从现实主义的角度来分析其人物形象，没有包容其作为演义小说的传奇性。司马迁在《史记》中言："盖世必有非常之人，然后有非常之事。有非常之事，然后有非常之功。"奇人、奇技、奇谋在史传类作品中亦偶有出现，更遑论本就具有极大虚构性的小说。况且，罗贯中对关羽、诸葛亮、曹操等人物形象的塑造，主要仍是抓住了历史人物本身的特质加以渲染，并不属于完全凭空捏造，虽不免有用力过猛之嫌，其本身仍不失为塑造得相当成功的角色。当然，对于这一点，鲁迅先生持肯定态度："惟于关羽，特多好语，义勇之概，时时如见矣。"鲁迅先生特举的温酒斩华雄与华容道义释曹操两个情节，皆为罗贯中所虚构，却将勇猛、忠义的关羽形象刻画得栩栩如生，将其义薄云天的气节渲染得深入人心。史传文学与历史小说本就属于不同的范畴，《三国演义》本身的虚构成分比重远不止三分，但这并不会妨碍读者对历史事实的理解（产生妨碍的根源在于读者将小说作为史传文学来解读，这是读者接受的问题），更不损害其作为演义小说的经典性。

胡适先生认为《三国演义》"全书的大部分都是严守传说历史，至多不过能在穿插琐事上表现一点小聪明，不敢尽量想象创造，所以只能成一部通俗历史，而没有文学的价值"。这一言论虽然失之偏颇，但其模糊地意识到了史传文学与演义小说的根本性质的差别：史传文学追求的是历史的真实，而通俗文学则离不开虚构和想象。演义小说的作者在符合历史发展进程的前提下对故事情节、人物形象等进行合理的创造想象是必要的，因此其追求虚实的结合与平衡。

对于历史小说的虚实平衡问题，大致有两种观点：一是认为历史小说应以遵循历史事实为主，拒绝虚构；另一种则认为演义小说应大胆加入虚构成分，其源于历史而高于历史。笔者更认同后者的看法。历史演义小说所追求的真实，并非要求其符合历史事实；而应该是其故事发展符合历史逻辑，体现出作者对历史发展规律的准确把握，其所包含的史观具有前瞻性，追求一种"效果历史"[1] 的真实。

　　赤壁之战前后的情节是众多读者所公认的《三国演义》全书最精华的部分。作者仅仅从《三国志》等历史资料中搜集到零星的材料，便以自身的想象与超凡的艺术构造，描绘出一场声势浩大、各方势力角逐的大战。其中诸葛亮舌战群儒、群英会蒋干中计、孔明草船借箭、献密计黄盖受刑、献诈降书、庞统巧设连环计、七星坛诸葛祭风、三江口周瑜纵火等一系列生动的情节均让读者回味无穷。在各方势力的相互倾轧过程中，蜀汉阵营的仁义、忠勇、机智被展现得淋漓尽致，曹操的奸诈与谋略亦被凸显出来。然则根据历史学家的考证，赤壁之战原本只是曹魏与东吴、蜀汉之间的一场规模非常有限的战争，对天下局势的影响微乎其微。而在《三国演义》中，它却是奠定了三足鼎立局面的关键一战，主要人物的形象也在这一阶段得到了浓墨重彩的描绘。其中最精彩的情节，如舌战群儒、草船借箭等情节也完全是作者的虚构。可见，作者对这一部分的描绘与历史事实相距甚远，但却成为全书最出彩的部分，也符合艺术的真实。作者之所以将赤壁之战描绘得如此雄壮，除了其自身独特的艺术构思之外，或许亦与其创作背景有关。张同胜先生认为："《三国演义》中的赤壁之战，不是对三国历史事件的追忆，而是对作者生活年代发生的鄱阳湖战役的摹写，是借古写'今'。"[2]

　　《三国演义》一书违背历史中曹魏掌权的事实，高举"尊刘抑曹"的大旗，并非仅仅是作者个人的选择，而是历史与人民共同的选择。鲁迅先生早在20世纪20年代便提出，《三国演义》成书大致经历了"陈志裴注及杂记—'说三分'—金元杂剧—演义"的发展轨迹。早在《三国演义》成书之前，民间就有大量以三国历史为题材的传说故事与说话文学。鲁迅在《中国小说史略》中提及，东坡谓："王彭尝云，途巷中小儿薄劣，其家所厌苦，辄与钱，令聚坐

---

[1]　张同胜：《论〈三国演义〉的效果历史真实性》，《明清小说研究》2010 年第 1 期，第 87–96 页。

[2]　张同胜：《论〈三国演义〉的效果历史真实性》，《明清小说研究》2010 年第 1 期，第 87–96 页。

听说古话，至说三国事，闻刘玄德败，频蹙眉，有出涕者，闻曹操败，即喜唱快，以是知君子小人之泽，百世不斩。"可见，早在宋代，尊刘抑曹的观念就已深入民众心中。罗贯中在《三国演义》中表现出强烈的"尊刘抑曹"观念，是对民众心理的依附，而并非仅仅是出于个人好恶，而这种"效果历史真实"的意义并不逊于历史真实，这一点在张同胜先生的论文中有深入的论证。

由此可见，《三国演义》中的赤壁之战之所以能成为全书的高潮，在读者心中留下挥之不去的印记，既离不开作者对长久以来的文化积淀的准确捕捉，亦离不开作者对故事发展逻辑的准确把握。

胡适、鲁迅两位先生虽然对《三国演义》的评价不甚高，但是将其纳入了正统文学的范畴进行讨论，而并非仅仅当作通俗文学对待，我更愿意将其评论视作是一种精益求精的精神，而并非认为《三国演义》确无可取之处。因此，相较于将《三国演义》的虚实问题看作其创作的一大缺陷，其更近于作者在其创作观的驱使下，对史料有选择地进行生发与改造。这种虚实相生的创作方式，反而使作品历史的深厚积淀与传奇的浪漫神秘交相辉映，呈现出独特的艺术魅力，做到了所谓的"失事求似"。演义小说对虚实关系的探索与运用，对其作品的艺术魅力具有重要的意义。"实者虚之故不系，虚者实之故不脱，不脱不系，生机灵趣泼泼然，以坐挥万象将无忘筌蹄之极，而向所雠校研摩之未尝有者耶。"[1] 单就虚实关系的阐释与运用这一点来说，《三国演义》就作出了极大的贡献。首先，其对激越澎湃的战争场面描写以及充满传奇色彩的英雄人物塑造，极大地丰富了《三国志》等史传文学的内容，也激发了读者对三国史探求的兴趣；其次，其将宏大的史观视角寄寓于小说之中，力求探寻东汉末年的治乱之道，具有深刻的现实意义；最后，其对历史人物的塑造做到了与历史原型有本质上的一致，但又体现出浓重的理想化色彩，这些人物身上所反映的正统史观、英雄史观等多元的文史观念赋予作品一种荡气回肠的英雄气。正因如此，作为章回体小说的先锋作品，其具有不成熟之处，但仍是一部不可忽视的经典。通俗所言"少不读水浒，老不读三国"，我更乐意将其解释为"少

---

[1] 刘果：《论明代历史题材小说真实与虚构观念的理论与实践》，《明清小说研究》2005 年第 3 期，第 36—44 页。

须读三国，老须读水浒"。少年时期认真品读《三国演义》，才明白何为忠贞节义，懂得何为英雄热血，成年之后品读《三国演义》，则能更多地体味历史的兴衰，参悟时代更迭的规律。

《三国演义》的虚实并非失衡，这种似与不似之间的流转变动，使作品既富有对历史的探寻与思考的深度，亦具有演义小说不可或缺的丰富想象与传奇色彩，成为作品的妙处所在。

参考文献

［1］罗贯中：《三国演义》，人民文学出版社，2019 年。

［2］鲁迅：《中国小说史略》，上海古籍出版社，2019 年。

［3］郑铁生：《〈三国演义〉成书过程意象整合的虚实关系》，《海南大学学报（社会科学版）》1992 年第 2 期，第 72-76 页。

［4］李灵年：《建构中国小说叙事学理论框架的成功尝试 读郑铁生〈三国演义叙事艺术〉》，《明清小说研究》2004 年第 2 期，第 235-241 页。

［5］刘果：《论明代历史题材小说真实与虚构观念的理论与实践》，《明清小说研究》2005 年第 3 期，第 36-44 页。

［6］钟扬：《七虚三实说〈三国〉》，《中国典籍与文化》1995 年第 4 期，第 77-82，76 页。

［7］韩伟表：《〈三国演义〉本事研究述评》，《明清小说研究》2006 年第 4 期，第 106-116 页。

［8］张同胜：《论〈三国演义〉的效果历史真实性》，《明清小说研究》2010 年第 1 期，第 87-96 页。

［9］沈伯俊：《现实精神·浪漫情调·传奇色彩——论〈三国演义〉的创作方法》，《明清小说研究》2006 年第 3 期，第 133-144 页。

［10］纪德君：《〈三国演义〉历史观论略》，《广州大学学报（社会科学版）》2023 年第 1 期，第 83-91 页。

［11］林骅：《〈三国演义〉的史与诗》，《明清小说研究》2002 年第 1 期，第 81-89 页。

教师点评

　　《三国演义》是我国四大名著之一，是典型的章回体小说，也是中国历史演义小说的典范。它讲述了从黄巾起义到三国归晋期间近百年的社会动荡，塑造了一批个性鲜明、栩栩如生的人物形象，是我国古代文学中的又一巅峰之作。许多人对三国时期历史和人物的了解多来自《三国演义》或与《三国演义》有关的戏剧影视作品，但是却未明确《三国演义》与"三国历史"之间的区别，以至于造成混淆。陈瑶在《妙在似与不似之间——〈三国演义〉读后感》中探讨了《三国演义》作为历史演义小说与正统史传文学之间的区别，在于历史演义小说的作者是在其创作观的驱使下，对史料有选择地进行生发与改造，而非对真实史料的客观记载。也就是说历史演义小说是在史实的基础上由作者合理虚构和想象创作，其符合的是小说创作的逻辑，而非史实逻辑。由历史真实到艺术真实，《三国演义》有所取舍，但这丝毫不影响《三国演义》带给读者深刻的印象和难以磨灭的艺术震撼，从《三国演义》几百年来的流行传播和广受欢迎也可洞见一二。究其原因，离不开历史真实和艺术真实的完美结合，以及作者高超的创作技巧所构建的栩栩如生的人物形象、跌宕起伏的故事情节和蕴藏其中的仁、义、礼、智等中国传统文化因素的发扬。

（点评人：马振凤）

亦侠亦盗语境下人的反抗和抉择

　　——《水浒传》读后感

李　行

一、文学语境下的《水浒传》面面观

　　《水浒传》，一部以经典农民起义书写的反抗小说，引起人们长久的评价和关注，所涉及人物在历史上亦有记载，不同的问题与叙事语调成就了不同的表现效果。《宋史》记载不成气候的"流匪"被剿灭的过程，点到即止。小说里则带有草根式的英雄浮想，带有非历史陈述下千军万马的生命力，许多位好汉及其佼佼者的生命体验呈现并不相同。信史外的文学价值不容小觑，其表现人的反抗和对自由的追求，本文从作品形象、语境和情感存在三方面定位其艺术价值。

二、关于《水浒传》文本价值定位的方向回顾

　　民间关于《水浒传》价值定位的说法很多，有人认为其属侠义小说，但在这种说法下，该作品中好汉们的草莽性恐怕不能搁置，草莽即体现其中明显的虐杀平民行径和对女性形象的片面描写乃至贬化。还有人认为其为反映农民起义的典范，历来也有传统士大夫说其属于"强人言书"。综上而言，关于《水浒传》的艺术价值定位，历来多从两个路径思考：

　　第一种认为《水浒传》的价值在于其历史性。通过集纳民间传说与评话中

水浒英雄的传奇故事，以及梁山义军主要人物反抗历程来反映封建社会的历史生活图景，《水浒传》让我们更深刻地认识封建社会中的压迫，以及农民及底层人民的悲惨境遇，塑造一种"官逼民反，民不得不反"的窘境。

第二种是《水浒传》中存在一个道德理想，并且通过武松、李逵、宋江等具有夸张化、浪漫化的人物形象呈现给读者。快意恩仇，行侠江湖后，乌托邦式的梁山泊这一个人间天国被建立。这个人间天国是对贪官污吏惩戒和教化道德的依顺，也最终在梁山泊被招安后演变成好汉们或被杀害或离散的悲剧。诸多英雄好汉遭遇和行径的艺术价值定位，让我们对盲愚的忠义观进行批判和再思考。

三、《水浒传》艺术价值再定位

《水浒传》里的艺术价值根本性的凭借不是体验的愉悦，也不是历史信息的获得。不能否认的是在《水浒传》取材和演绎中很多材料来自民间底层说书以及流行话本，传播过程中形成的快感享受需求塑造了包括酒肉享受和兄弟精神等内容，尤为被当时社会大众所欢迎。比如《水浒传》的梁山泊理想性地写道："不如只就小寨歇马，大秤分金银，大碗吃酒肉，同做好汉。"吴用到石碣村游说阮家兄弟"撞筹"时，阮小五说王伦那伙人"论秤分金银，一样穿绸锦。成瓮吃酒，大块吃肉"。小说中好汉挥霍银两、享受酒肉、四海为家以及复仇快感得到满足时，容易让人心生隔阂，不合现代社会理性和法的要求。《水浒传》中更高境界的艺术审美价值指的是读者的生存体验在小说呈现的世界中获得了自我观照，这就是小说里底层人民的生活受到压抑时所产生的超越性反抗的力量与读者心灵同频共振。而《水浒传》的梁山水泊聚义堂——作品中拥有无穷魅力之地，虽然是悲剧性地不合王朝体制，我们也不免在读后因审美而感动，深化体验。

四、艺术价值呈现的凭借分析

（一）部分人物形象分析

小说前十六回主要讲述林冲、鲁智深、杨志三位居于官位者被逼上梁山的故事。英雄好汉面对不平、小人和权力腐败时，我们感受到逆境中各具人格特色的勇敢、无助、抉择。花和尚鲁智深从渭州经略府的提辖官到梁山泊头阵首领，主要是他路见不平、拔刀相助的结果。他三拳打死镇关西，大闹五台山等，伸张正义、快意恩仇，颇有侠士之风。而林冲和杨志的不同经历显示出与压迫作斗争时无奈的性格选择，表现共通的悲剧。林冲是被逼上梁山的八十万禁军教头，从忍气吞声保护自己和爱小家，到全身心投入农民起义，其间的黑暗压抑不免引人唏嘘！而七面兽杨志是三代将门之后，为赵宋王朝和差事尽力负责，事事尽心，却因为花石纲的意外，不能回京赴任，在天灾人祸共同影响之下，最终有家难奔，有国难投。杨志的遭遇是一个人面对生命坎坷的抉择，不够动人，但是不得不去作的选择。这些形象价值不仅仅在于其杀伐时所表现出来的复仇和伸张正义的快意，而是面对强权和不公时不得不作的反抗，以及心里对原有忠义的超越和对现实否定所衍发的行为，这是由知觉所感知而通达审美形象的体现。

社会地位低下的平民与三位好汉的遭遇形成了对比，比如阮氏三雄不仅在劫取生辰纲的过程中起了骨干作用，还表现出了机智以及技巧。他们本是地道的渔民——处于乱世，生活贫穷，处境凄惨，但是义胆包天，敢于反抗苛捐杂税，智取财路。他们表现了一种独属于小人物的生存智慧和生命情感，同时也存在着对当时皇权思维影响下调适的忠义与正义感，岂不闻其作诗云：

打鱼一世蓼儿洼，不种青苗不种麻。酷吏赃官都杀尽，忠心报答赵官家。
老爷生长石碣村，秉性生来好杀人。先斩何涛巡检首，京师献与赵王君。

杀尽污吏和报答赵宋王家本是两个矛盾趋向，但底层小人物将正义与赵宋官家进行了联系。最终，起义小人物招安后被屠杀，确实应了封建王朝统治安全的核心追求，也是这场悲剧重要的反衬对比。

（二）作品语境分析

后世武侠小说中的侠盗多不嗜杀。他们的仇恨可以隐忍十年乃至更久，而且世仇私仇居多。《水浒传》中的英雄好汉充满了杀性甚至是匪性，他们快意恩仇的抒发是一己的正义观。武松曾说过："我从来只要打天下这等不明道德的人！我若路见不平，真乃拔刀相助，我便死也不怕。"

武松的行径历来仿佛是社会公平的化身，是侠气的代表。不过除去武松这一位典型，更多如李逵的好汉反而滥杀无辜，各有不入流行径。这种站在历史局限上所表现出来小说形象的具体性，并非在创作时为满足我们道德化的趋向，而在于在他们身上看到了这个时代文化氛围中生存世界中人们对超越性自由的选择，是不同而自觉的反抗。这种时代多是乱世：秩序崩坏，法制不行，国家受难，民众蒙尘。依靠个体自为的行动成了普通人变成好汉的行动力。

（三）情感价值定位

侠在封建统治中一向被管制。韩非子曾写道："儒以文乱法，侠以武犯禁。"他们"聚徒属，立节操，以显其名，而犯五官之禁"，对统治的集权和稳定有极大的影响。游侠精神本质上与法律、秩序相抵牾，故其最佳活动时空为"乱世"。

诗歌是不平则鸣，而英雄好汉就成了自我理想追求和精神寄托的需要，梁山泊这个水注就是侠之聚集和理想社会的建构。其宗旨这样写道：八方共域，异姓一家，天地显罡煞之精，人境合杰灵之美，千里面朝夕相见，一寸心死生可同。相貌语言，南北东西虽各别；心情肝胆，忠诚信义亦无差。其人则有帝子神孙，富豪将吏，并三教九流，乃至猎户渔人，屠儿刽子，都一般儿哥弟称呼，不分贵贱。

这份具有朴素道德追求和大庇普世好汉的人间天堂注定不会久矣。其不依附于皇权的状态不适用于梁山泊义军。礼教不叫人反抗"吃人"的社会，反而将社会个体禁锢在一姓王朝之规矩中。水浒故事中所灌输的人格尊严追求以及所刺激起来反抗的意识，成为滋养民众雄心壮志的凭借。最终评价这种通俗英雄小说的文学价值将会如同神话一样，因为其成为民族坚韧力和凝聚力的凭借。

结　语

《水浒传》的作者是在历史深度上，反映了水浒义军的斗争生活和复杂的精神，以悲剧刻画了梁山好汉们无法自立的悲哀和惩戒。《水浒传》的核心影响力在于其教会了我们捡起生命情感和感性的伟力，对民族命运进行决断。正如海德格尔在《艺术作品的本源》中写到艺术作品能感发人性和改造世界的力量：

> 由于语言作品产生于民众的言语，因而它不是谈论这种斗争，而是改换着民众的言说，从而使得每个本质性的词语都从事着这种斗争并且作出决断：什么是神圣，什么是凡俗；什么是伟大，什么是渺小；什么是勇敢，什么是怯懦；什么是高贵，什么是粗俗；什么是主人，什么是奴隶。

参考文献

［1］施耐庵、罗贯中：《水浒传：全2册》，北京：人民文学出版社，2017年。

［2］海德格尔：《林中路》，孙周兴译，上海：上海译文出版社，2004年。

［3］王德峰：《艺术哲学》，上海：复旦大学出版社，2005年。

［4］孙述宇：《水浒传：怎样的强盗书》，上海：上海古籍出版社，2011年。

［5］施耐庵、罗贯中、凌庚：《容与堂本水浒传（全二册）》，上海：上海古籍出版社，1988年。

［6］张贤根：《科学、艺术与真理——海德格尔真理思想研究》，《科学技术与辩证法》2003年第4期，第31-35页。

［7］邵子华：《关于〈水浒传〉生命哲学的研究》，《东方丛刊》2009年第3期，第218-229页。

［8］许并生、宋大琦：《20世纪〈水浒传〉思想研究及〈水浒传〉思想论析》，《东南大学学报（哲学社会科学版）》2008年第1期，第111-119，125页。

教师点评

无论是从影视荧屏，还是书本课文中，我们很早就对武松景阳冈打虎，醉打蒋门神；林冲风棒打洪教头，雪山神庙后雪夜上梁山；鲁智深拳打镇关西，大闹五台山，倒拔垂杨柳；杨志卖刀；真假李逵等108位水浒英雄的故事耳熟能详，深深被其故事性吸引。

《水浒传》是中国历史上第一部描写农民起义的具有历史性的长篇小说。全书立足于巨大的历史主题，以农民起义的发生、发展和失败过程作为主线，目光投向市井社会和平凡人物，通过对各个被逼上梁山的起义英雄的不同经历、生活环境、人物性格等群体形象的描写，刻画了中低阶层人民从被压迫到个体觉醒后走上联合反抗与斗争的农民起义之路，深刻揭露了当时封建社会"官逼民反"的黑暗和腐朽，一定程度上反映了当时的政治状况、社会矛盾和阶级矛盾等。由此可知，《水浒传》这部小说具有多重价值意义，阅读者亦可多角度品鉴赏读，感受不一样的阅读体验。

作者李行能够跳脱出个别人物形象而从作品形象、作品语境、情感价值等方面来探讨《水浒传》的艺术价值，思想极富概括性，见解独到。本文可以说是作者博览《水浒传》及相关研究著作后的读思感悟。

作者还在亦侠亦盗的作品语境下，既肯定了水浒英雄侠士的忠义精神、正义感、自我理想觉醒与追求，又指出了要对其盲愚的忠义观进行批判和再思考。这也启迪读者反观其文学艺术的深厚价值，从作品主题价值上去除"少不读水浒，老不看三国"的思想忧虑，抛却不当的快感享受，不停留于表面的愉悦体验，而应让自我的心灵与小说里中底层人民的生活受到压抑时所产生的超越性反抗的力量同频共振，获得自我观照。

（点评人：付廷俄）

尊卑看西游

——《西游记》读后感

段冰阳

　　《西游记》是一部流传广泛、影响深远的古典神话小说。由于本书所采用的原始素材本身就具有浓厚的宗教色彩和传奇性质，长期的民间流传过程更产生了富于幻想性的奇情异趣，再加上作者独特的艺术构思和杰出的创作才能，这一切使《西游记》成为具有强烈浪漫主义色彩和高度艺术感染力的文学巨著。近来又读罢《西游记》，纵观全书，发现全书读过来，用尊卑二字来解，是解得最透彻的。体现尊卑约束最明显的例子，就是孙悟空的紧箍咒。《西游记》中，关于紧箍咒的作用之说有两处：一是如来将三个箍交给观音时说的是对"不伏使唤"的解决方法，二是结局时唐僧的理由"只为你难管，故以此法制之"。两处的言外之意都是将紧箍咒视为起到约束、管制作用的"戒律"，是为了使孙悟空"猿熟马驯"。

　　但这种说法明显逻辑不通。一是紧箍咒的实际使用与"约束"关系不大。《西游记》中唐僧共念过十次紧箍咒，但起到约束作用的只有乌鸡国的一次，是因为孙悟空偷懒不想救乌鸡国国王。甚至起到反作用的，就有三打白骨精时的三次。

　　如果说是为了"保护唐僧"，是观音菩萨与如来佛祖避免悟空加害于唐僧，又根本没有必要。唐僧有着如来给予的袈裟和锡杖，与其说是袈裟和锡杖有着什么法力，让唐僧屡屡有惊无险，倒不如说是袈裟和锡杖向所有人、妖表明了唐僧身后是如来佛祖。这也证明了"西行取经"的本质是一场过家家，因为唐僧根本就不会遭遇实质的危险。再者，孙悟空一直都知道唐僧"金蝉子"的身份，这一点在红孩儿一章也能看出，观音菩萨从来就不对孙悟空隐瞒唐僧是金蝉子。

因此，紧箍咒本身并没有起到约束孙悟空的作用，甚至屡屡帮倒忙；它也没有起到保护唐僧的作用，因为孙悟空既不能下手，也不敢下手。紧箍咒是由观音菩萨作为神的代表给孙悟空的一种外力束缚，它另有一个名字叫作"定心真言"，如果说紧箍咒意味着物理上的束缚，那么"定心真言"这个名字便显然直接点明了其内在的束缚作用。虽然孙悟空脱离了身体的不自由——逃离了五行山的压制，但是仍然面临着其他的束缚。

那么紧箍咒的实质到底是什么？如意真仙揭示了这一点。在孙悟空看来，如意真仙的侄儿红孩儿去观音座下相当于进了体制，混了铁饭碗。可如意真仙并不这看。在他看来，红孩儿做了善财童子是"与人为奴"。当了善财童子，相比山大王得到了实质上的提升，但相对来说却低人一等，这不仅是因为鸡头成了凤尾，更重要的是形成了尊卑。

最终让孙悟空体会到紧箍咒的尊卑阶级含义的，是九灵元圣被收伏。九灵元圣的实力比孙悟空强了太多，只从"轻轻的"这三个字就能看出来。但太乙天尊来时，只是一句咒语就可以将九灵元圣制服。原文的描述明显逻辑不通，如果九灵元圣看见太乙天尊就不敢挣扎，太乙天尊又何必念那句咒语呢？显然，太乙天尊使用了某种和紧箍咒类似的东西。

据《西游记》中的背景知识，如来佛祖曾为观音菩萨准备了三个箍，原本计划将其用于唐僧的徒弟身上。然而，最终只有一个箍被用在了孙悟空身上，而剩下的两个则分别施加在黑熊精和红孩儿身上。令人意外的是，无论是黑熊精、红孩儿还是类似于紧箍咒的九灵元圣，最终都沦为低下的角色，成为守山神、童子或者坐骑。可以明确地说，紧箍咒具有明显的阶级意味，它所代表的不是简单的约束，而是一种压制。这一情节在《西游记》中反映了尊卑的存在和阶级差异的现实。紧箍咒的使用是一个象征性的行为，它将那些本来具有潜力和能力的角色束缚住，阻碍了他们发挥真正的才能。紧箍咒的存在表明了社会中权力的不平等，导致了那些本应拥有平等机会的个体被压制和剥削。这种压制并非简单的约束，而是对个体的阻碍。这一点也可以从猪八戒身上看出来。刚被孙悟空收伏的时候，猪八戒对孙悟空还是毕恭毕敬的，知道孙悟空有紧箍咒后，猪八戒对孙悟空就没那么恭敬了，甚至还撺掇唐僧念紧箍咒。

作者在这一点上也有很鲜明的倾向，说孙悟空是"忠正之性"，掌握着管理权的唐僧却是"肉眼凡胎"，既然都是忠正了，又何来约束之说？更何况是让一个肉眼凡胎的唐僧约束？因此，孙悟空从来就不感谢这个紧箍咒，它没有帮助孙悟空修身养性，带来的只是阶级强权的压制。孙悟空成佛之后的第一件事便是想要摘掉紧箍，此时紧箍不见了，难道是因为成佛了，品性道德高了，不再难管了？其实只是因为成佛了地位高了，这种带有尊卑阶级含义的暴力压制不再体面了而已。当孙悟空也高居"佛"一级时，紧箍咒就不复存在了。

《西游记》为我们展现了一个色彩斑斓、光怪陆离的神话世界，其中人物的形象和行为方式变幻莫测。然而，这些神话形象归根结底仍然是对人类社会生活的一种反映。基于神话的不同特点，我们可以将《西游记》的世界划分为天界和人界。其中的每一个界面中，我们都可以观察到很明显的尊卑的存在。首先就天界而言，天界的主要代表玉皇大帝、如来佛祖、太上老君、观音菩萨等，他们是《西游记》这个世界中的主宰，毋庸置疑的绝对上层。从玉皇大帝到仙官仙吏、天神天将，直至遍布天下的山神土地；从如来佛到各界佛祖菩萨；从四海龙王到虾兵蟹将；从十殿阎罗到判官鬼卒，这些人遵循着神圣不可侵犯的"仙规"和"天条"，严格遵守着不可突破的等级制度，构建了一个自上而下、庞大严密的统治体系，维护着天界的统治地位。其拥有着一个完备的政治体系，各个层级之间有着明确的职责和分工。从如来佛祖到玉帝，每个神祇都扮演着重要的角色，他们有权力管理、保护并指导人间世界的运行。他们依靠仙规和天条来规范整个天界的行为，确保天界内部的秩序和公正。其中偶有反抗者，如二郎神，也会被天庭拉拢，进入天界的尊卑秩序。

人间界也是一样的。正如《西游记》开头的一首诗所表达的："覆载群生仰至仁，发明万物皆成善。"这句诗意味着众生万物在创造之初就被赋予了善良的本性，或者说是向善的。然而，当我们真正阅读《西游记》时，会发现书中大部分描写的是"恶"的一面。实际上，原著中也曾提到，第八回中讲述取经之事的原因是四大洲的善恶不均，"我观四大部洲，众生善恶，各方不一：东胜神洲者，敬天礼地，心爽气平；北俱芦洲者，虽好杀生，只因糊口，性拙情疏，无多作践；我西牛贺洲者，不贪不杀，养气潜灵，虽无上真，人人固寿；但那南赡部洲者，贪淫乐祸，多杀多争，正所谓口舌凶场，是非恶海。我今有三藏真经，可以劝人为善"。各地尊卑的差异也是显而易见的。尽管善良的本性是众生万物的基础，但《西游记》的故事情节更多地关注了人性的弱点和世俗的现实。故事中的角色，如孙悟空、猪八戒、沙僧和唐僧，都展现出了各种各样的缺点和错误行为。孙悟空虽然聪明机智，但也经常因为傲慢和自大而陷入麻烦。猪八戒则贪吃懒做，沉迷于享乐之中。沙僧在外貌上不起眼，但他有时表现出懒散和消极的态度。至于唐僧，尽管他是一位高尚的僧人，但他经常为了自身的安全而犹豫不决。这些角色的缺点和错误行为，与他们作为取经之旅的主要任务形成了鲜明的对比，也使故事更加生动有趣。另外，《西游记》中各地尊卑的差异，也体现了作者对社会现实的观察和揭示。各个地方的善恶不一，尊卑地位不同，让读者对社会的多样性有了更深刻的认识。这种差异不仅仅存在于人与人之间，还延伸到神仙、妖魔和其他超自然存在的角色之间。这种多样性和复杂性使《西游记》的故事更具吸引力和张力，也为读者提供了深入思考的空间。总的来说，《西游记》通过对尊卑主题的探索，展现了一个错综复杂的人性世界。虽然故事中存在着恶的一面，但这种描绘并不是为了宣扬恶，而是为了更好地展示人性的复杂性和社会的多样性。正是这种复杂性和多样性，使《西游记》成为一部不朽的文学经典，给读者带来了无尽的思考和阅读乐趣。

参考文献

［1］吴承恩：《西游记》，长沙：岳麓书社，2005年。

［2］顾云飞：《〈天路历程〉与〈西游记〉主题比较研究》，浙江师范大学硕士论文，2010年。

［3］丁黎：《从神魔关系论〈西游记〉的主题思想》，《学术月刊》

1982 年第 9 期，第 52-60 页。

教师点评

　　《西游记》是我国四大名著之一，是中国古代第一部浪漫主义章回体长篇神魔小说，也是一部充满精彩离奇的神话故事的老少皆宜的作品。该小说主要讲述了这样一个故事：石猴孙悟空出世，跟随菩提祖师修道学艺，在大闹天宫后被如来佛祖镇压于五行山下，后因唐僧搭救，拜入佛门，与猪八戒、沙僧和白龙马一起护送唐僧西行取经，一路上战艰难，克险阻，降妖除魔，历经九九八十一难，终于踏平坎坷成大道，于西天取得真经，修成正果。该故事被编改拍摄为多部影视戏剧，深受人们喜爱。

　　作者段冰阳在读完《西游记》后，感悟颇深，思考周详，从"尊卑"来解读文本，富有新意。作者紧紧扣住孙悟空的"紧箍"和"紧箍咒"，花费大量心力，广博搜索了与"箍"相关的情节和人物，逐步透彻说明了"紧箍咒"具有阶级意味，"所代表的不是简单的约束，而是一种压制"，进而突出《西游记》的"尊卑"，再从人界和天界两个界面来回分析尊卑存在现象，使读后感悟视角独特，论据丰富，逻辑严密。

　　作者在撰写时，文本结构层次可以进一步细化，可通过分层适当拟写小标题，经典或关键句段独立成段，使文本结构更清晰，层次更分明，给读者适当提醒，吸引读者眼球。也可进一步从"尊卑有序，尊卑有别，尊卑贵贱"等多角度分析《西游记》的"尊卑"，比如，分析玉皇大帝等人物在仙佛人妖界的地位与尊卑贵贱；分析玉皇大帝"高天上圣大慈仁者玉皇大天尊玄穹高上帝，驾座金阙云宫灵霄宝殿"等人物的尊号长短与尊卑关系；分析"玉帝传旨，即着雷部众神，分头请三清、四御、五老、六司、七元、八极、九曜、十都，千真万圣，来此赴会"的尊卑次序；分析妖魔的背景和地位以及在上界为宠，在下界称王的反抗心理，就如作者在文本中写到的九灵元圣就是趁着狮奴偷喝太乙天尊的轮回琼液沉醉之际下界收下黄狮、狻猊狮、抟象狮、白泽狮、伏狸狮、猱狮、雪狮等徒子徒孙，被尊称为"祖翁"的优越感，对比分析上界的宠物自卑感等突出《西游记》的尊卑。这样可以使文本涉及面广，视角多样，条理明晰，使题目"尊卑看西游"显得大而不空，掷地有声。

对《西游记》的解读也是仁者见仁，智者见智的，它背后凝聚的文化和精神启示，值得我们反复阅读与深思。

（点评人：付廷俄）

突破束缚，勇于追求

——赏析《警世通言》中的女性形象

李 慧

冯梦龙出身官宦世家，早年便立志入仕为官，但却屡试不第，于是他常年流转于下层百姓的生活中，收集各种民间故事，对通俗文学的影响深远，《警世通言》便是他的代表作，更是中国古代白话短篇小说的高峰之一。在这部小说中，冯梦龙刻画了许多生动有深度的人物形象，特别是对女性形象的描写极具特点。冯梦龙受到李贽、王守仁的影响，在作品中追求真挚的情感，强调真情真爱，《警世通言》中的一些女性形象区别于其他小说中的女性形象，体现出当时的社会现状与冯梦龙的创作理想。

《警世通言》中有几大类经典永流传的女性形象，分别是官宦之女、商人之女、妓女和非人的女子，这几类女子各有各的命运，但不变的是她们对真爱的执着追求和突破封建礼教的勇敢坚毅。《宿香亭张浩遇莺莺》中的莺莺是官宦之女。虽然她深受封建礼教的束缚，但是她勇敢地追求自己的爱情，从小就爱慕张浩，于是长大后先是自己做主，偷偷到张浩园圃中向他告白，再是向张浩讨要定情信物与亲笔诗，甚至因为思念过度引发相思病。后来在知道张浩被迫娶亲后沉着冷静地解决困难，首先和父母坦白，后来到官府去呈诉状，以求捍卫自己的爱情和婚姻，莺莺身上的刚毅果敢放在今天也让人无比感佩。她清醒地认识到自己深爱的是谁，并且为此行动，而不是像古代其他女子那样任人宰割，随便嫁给自己不认识的人，根本没有自己的选择。莺莺作为官宦之女，她平常所受的教育都是顺从父亲，后来顺从丈夫，是最传统的封建教育，但在这种情况下她还能够拥有自己的思想，能够意识到自己的婚姻要自己做主，可见莺莺觉醒了追求自我的婚姻爱情观，她通过比较独立的自我人格来捍卫自己的婚姻，并且不畏艰难，坚定勇敢地走了下去。最后的结局并不是莺莺靠着等待，靠着人心悔悟得来的，这样美满的结局是她自己争取来的。张浩在被逼婚时"畏季父赋性刚暴，不敢抗拒，又不敢明言李氏之事，遂通媒约，与孙氏议姻"。但莺莺不仅有勇气和父母禀明，还有智谋向官衙呈诉状，展证据。两方对比可见莺莺的果敢刚毅，另一方面也体现出冯梦龙对传统"男尊女卑"观念的反抗。

《王娇鸾百年长恨》中的娇鸾也是个官宦之女，和莺莺一样敢于追求自己的爱情，她不仅美貌动人，而且还"幼通书史，举笔成文"，当看到美男子周廷章时虽因为帕子被他捡到一时惭愧，但心里面也想着"好个俊俏郎君，若嫁得此人，也不枉聪明一世"。所以她与周廷章书信往来，暗通款曲，还一起写下了四份合同婚书，一份烧予神明，一份交予见证人，另外两份各自收好，并且发下毒誓"女若负男，疾雷震死；男若负女，乱箭亡身"。就是这样的毒誓也没能阻止周廷章背信弃义，他在那边和新婚的魏氏夫妻恩爱，如鱼得水，而娇鸾在这边却不理父母的婚配，情愿长斋奉佛。娇鸾得知真相后伤心欲绝，却也想着"我娇鸾名门爱女，美貌多才。若嘿嘿而死，却便宜了薄情之人"。她将自己作的诗和婚书一起交给了县衙，最后负心汉被乱棒打死。娇鸾受父母的精心培养，既才华横溢又美艳动人，但是最后却因为负心汉的背信弃义而自尽，年纪轻轻就香消玉殒，这里也体现出封建礼教对女子的压迫。虽然娇鸾勇于争取自己的爱情，对感情忠贞不渝，但是因为遇到周廷章这样的负心汉最后早逝，太让人惋惜，这也体现出冯梦龙创作时矛盾的一点。冯梦龙一边赞颂女性敢于反抗封建礼教，敢于追求真情，一边又没有办法摆脱当时封建社会的制约。张生是被迫娶亲，所以他还愿意和莺莺结为夫妻，共同生活；娇鸾是被抛弃的一方，接受封建传统礼教思想洗脑的她没办法在世界上生活下去，而这两个结局最终幸福与否都是男性来决定，处在当时男权社会的中心，冯梦龙也没办法从根本上抛弃这些。

《警世通言》中最可贵的就是妓女形象。一般妓女在文学作品中都是负面形象，更不必说封建社会时期，但是冯梦龙笔下却有许多虽深陷淤泥但一身才华，充满智慧的女子，《杜十娘怒沉百宝箱》更是古代白话短篇小说中的经典。最让我印象深刻的是《赵春儿重旺曹家庄》，赵春儿是一名美貌的妓女，被曹可成看上并赎了身。曹可成却是个酒囊饭袋，家里虽有富产最后都被自己败完了，甚至最后走投无路，赵春儿给他钱时，他也立马买酒买肉，请旧日一些闲汉同吃，根本没有反省的想法。他屡教不改，不撞南墙不回头，赵春儿多次劝说都没用，就算这样也没有弃他而去，而是靠着双手开始"朝暮纺织自食"。实际上她藏了一些财产，但是为了让曹可成认识到错误，宁愿自己吃糠咽菜也没有拿出来让他糟蹋，等到曹可成吃尽了苦头，真正悔改的时候，赵春儿便把这些银钱拿出来给他买官做官。就连冯梦龙在书中都夸赵春儿为"女中丈夫"，评价"且如妇人中，只有娼流最贱，其中出色的尽多"。冯梦龙对娼妓没有世俗的偏见，反而用多篇故事来歌颂她们的智慧与果敢。当家徒四壁时，曹可成只会啼哭，要不就去寻死，而赵春儿却不断地寻找解决办法，鼓励丈夫，为家里开拓一番新的天地。赵春儿拥有男子都不及的智慧与勇气，挣脱封建束缚，不再是传统的那种只会依赖男人的女性，她的身上涌现出属于女性的强大力量。

　　《警世通言》向我们展示了各色优秀的女性，她们或拥有自主觉醒的爱情婚姻观，敢爱敢恨，刚烈坚毅；或才华横溢，拥有自己独立的思想与人格，在一定程度上否定传统的男尊女卑的观点；或勇敢追爱，努力挣脱封建束缚，反抗封建礼教。在这本书中我们了解到随着时代的发展，随着社会政治经济的进步，女性也渐渐被世人看到，虽然这本书也有不足之处，比如，刻画女性总是强调她们的美貌，最后的结局有时候是生硬的大团圆。还有，一方面展现出对女性贞洁的严格，另一方面又展现出宽容的贞节观。但是他塑造的这些个性鲜明的妇女形象，使人可歌、可喜、可悲、可叹，不愧为中国古代话本小说的巅峰之一。

参考文献

［1］冯梦龙：《警世通言》，上海：上海古籍出版社，2012 年。

教师点评

《警世通言》作为冯梦龙"三言"中的第二部，描写了大量女性的爱情婚姻故事。其中有喜有悲、有爱有叹。冯梦龙在这些作品中塑造了一批个性鲜明的女性形象。她们身份迥异，地位不同，有的极力追求自由的爱情，有的历尽人世沧桑，这些可爱可敬的女性形象具有极强的艺术感染力。

本文从女性的身份地位出发，将众女子分为官宦之女、商人之女、妓女和非人的女子四类，列举了相关女性代表人物，分析其人物形象特点。无论是冲破礼教束缚、大胆追求爱情的莺莺，"幼通书史，举笔成文"的才女娇鸾，还是智慧果敢的"女中丈夫"赵春儿，本文作者都深入浅出地分析了她们的个性，并对一众女性给予高度赞美。

《警世通言》作为明清白话小说高峰之一，与《红楼梦》一样描写了众多女子。将二者进行比较阅读，可以帮助学生更深刻地了解明清小说，更精准地把握人物形象。同时"分析人物形象"也是小说高考题的必考知识点，因此本文对高中生的整本书阅读及小说专题学习有较强的指导意义。

（点评人：高　冉）

义与利、旧与新

——论《醒世恒言》中的小市民形象

祝欣钖

随着明代商品流通领域的扩大和城市经济的繁荣，小市民阶层的人数日益增多，小市民形象也跻身于文学殿堂之列，他们的生活、遭遇、思想、品质受到作家的青睐。以新旧交融的明清时期为社会背景，《醒世恒言》中小市民形象鲜明，展现了新的社会观念与旧的价值观念相结合的特征。

一、引言

《醒世恒言》是明末文学家冯梦龙纂辑的白话短篇小说集。该书收录了宋、元以来话本、拟话本 40 篇。其内容丰富，有反映爱情婚姻的；有抑扬封建官吏，暴露吏治黑暗的；有讴歌行侠仗义，谴责忘恩负义的。全书结构充实完整，描写细腻，不同程度地反映了当时的社会面貌和市民思想感情。其中，人物形象立体鲜明，独具特色。在崭新的社会背景下，小市民形象在文学篇章中活跃着，既个性鲜明又丰富多彩，展现出新的社会价值与道德观念，具有深刻的社会意义和一定的文学价值。

二、新旧交融——小市民产生的社会背景

明清时期是中国社会转型的重要时期，在这个阶段，中国社会各方面朝近代化更进一步。判断一个社会是否发生了较大的变化，是否发生了结构性的变

异，是否发生了转型，应该做全方位的、综合的、整体的评估。

所谓明后期社会转型起步，应该是指这个社会从经济基础到上层建筑全面发生变化的开始。政治上，专制主义中央集权制空前加强，严重阻碍了新经济、新思想的出现和发展，反映了封建制度正在走向衰落。经济上，资本主义萌芽，商品经济空前活跃，新的经济形式、社会阶层正在兴起。随着商品经济的发展，市民文化兴起，文学、绘画、戏剧等领域出现了新的成就，社会出现了诸多新的变化，受到社会的影响，作品中也出现了新的因素，鲜明的小市民形象则是这些因素中不可忽视的一种。

同时，旧势力、旧思想依然有较强的顽固性。小农经济依然是中国封建社会的立国之本，封建观念仍在人们的心中根深蒂固。因此，在处处透着"新"的《醒世恒言》中，仍然不乏对封建道德观念、封建伦理、封建义利观的大篇幅描写。这种新旧交融的历史背景，构成了《醒世恒言》独具特点的艺术特色，"新"与"旧"的对照与联系也可以作为剖析小市民形象的重要切入口，为全面解读其人物特征提供可尝试的路径。

三、小市民形象解读

（一）坚守孝道的多技能劳动者

《张廷秀逃生救父》以曲折的故事情节和扣人心弦的艺术魅力，塑造了张廷秀这个小市民的人物形象。张廷秀是生活在社会底层的小市民中的一员，他的父亲张权是个老实的木匠，在"万般皆下品，唯有读书高"思想的支配下，老木匠也想让儿子科举成名，光宗耀祖，于是节衣缩食，送张廷秀到邻家义学中念书。张廷秀天性聪明，初学做文章，便会"布局练格，琢句修词"。然而，一个木匠的儿子要想月中折桂，实在还是难以实现。饥寒交迫之下，张廷秀只好弃文学艺，传承家业，当起小木匠来。他勤学苦练，一丝不苟，木匠技术"便是积年老手段，也做他不过"。玉器铺老板王宪非常赏识张廷秀的手艺，请他到家里打桌、椅、橱等家具以及嫁妆等。当他为女儿玉姐择婿的时候，"要拣个有才貌的女婿。不知说过多少人家，再没有中意的"。看见张廷秀勤谨读书，王宪有心就要择他为婿。可王家的女婿赵昂生怕岳父再招个女婿分了家产，便诬陷张权偷盗，将张权下到狱中。张廷秀与张文秀看到父亲蒙受冤情，决定替父申冤，兄弟俩却被已被买通的船夫陷害，被丢到江中。张廷秀被绍兴孙尚书府中的戏子潘忠救上岸，他见张廷秀相貌英俊，就让张廷秀跟着他学戏。张廷秀在南京唱戏作诗，被礼部主事邵承恩赏识，收为儿子，改名邵翼明。他发奋读书，科举上榜做官，与兄弟联手为父复仇。兄弟二人后来官居八座之位，子孙科甲不断。

张廷秀作为封建社会下的小人物，仍然带有"旧"的特征，他恪守封建伦理，坚守孝道，多年如一日誓为父亲报仇；他即使是生活在手工艺家庭，最后仍然走上了封建时代成功的正道——科举。但在明清商品经济发展的契机下，他已经彰显了"新"的先声，他继承父业擅长木工制作，且受到大人物赏识；他学习戏曲，唱曲作诗，职业多元。张廷秀无疑是中国传统文学的人物画廊里一个代表小市民阶层的新的人物形象。

（二）诚挚笃厚的小本生意人

《卖油郎独占花魁》讲述了才貌双全、名噪京城、被称为"花魁娘子"的名妓莘瑶琴与卖油郎秦重之间的爱情故事。秦重，一个老实本分的卖油郎，勤奋实干，省吃俭用，用赚来的利息置办些器具衣物，慢慢地安顿下来。秦重因为人厚道实在，做生意从不做奸耍滑，他的油比别人更容易卖掉。他"本钱只有三两，却要把十两银子去嫖那名妓"，在那一夜春宵中毫不逾矩、自觉非分。刚开始他甚至不受莘瑶琴正眼看待，她心想："若是衣冠子弟，情愿委身事之。"后来他赢得了花魁娘子的芳心，两人也喜结连理。

故事的大圆满结局体现了中国传统道德观中诚实向善，必有好报的因果寓意，符合世俗社会的道德信仰，这是"旧"的方面。小说本身也披露了"新"的信息，市井间的小人物开始得到社会上的重视，新兴阶级的爱情婚恋观已经不同于传统的"夫为妻纲""从一而终""忠贞刚烈"。卖油郎不嫌弃花柳世界的妓女，莘瑶琴也敢于反抗压迫、挣脱束缚、追求真爱，不为财富利益所诱惑。在冯梦龙笔下，人是平等的。所谓"爱情"，不应以身份来分贵贱尊卑，而应以是否有情来衡量。真挚的爱情，不只存在于官宦人家和文人士族，也存在于市井小民中，商人与妓女，两种封建社会最低下的群体，也有真挚长久的感情，这是对封建旧思想的突破和逆反。

（三）遵循道义观的小手工业者

《施润泽滩阙遇友》通过一个小商人拾金不昧发家致富的故事，反映了明朝中后期商品经济的发展，是中国文学史上第一篇触及资本主义萌芽这一崭新题材的小说。小说写丝绸商人施复偶然拾到一个内有六两多银子的青布包袱，他忍饥挨饿，等候失主回来认领，却不收取半文谢礼。他的所作所为也得到了妻子喻氏的理解与支持，"夫妇二人，不以拾银为喜，反以还银为安"。

这种拾金不昧的精神是中华民族从来都褒扬的传统美德，是传统道义观里重要的一部分。施润泽作为商人阶级，一直是封建社会阶级的底层，但他仍然遵循道义观念，是对"旧"的传统美德的弘扬。除了作品主人公"手工业者""商人"的身份"新"，作品中还有精确细腻的心理描写，对传统小说创作技巧作出了"新"的开创性的探索。《施润泽滩阙遇友》写施复拾到包袱一节："心中欢喜道：'今日好造化！拾得这些银子，正好将去作本钱。'"这六两多银子对当时还只是小本经营的施润泽来说，是一笔不菲的财富，他"一头走，一头想：'如今家中见开着这张机，尽够日用了。有了这银子，再添上一张机，一月出得多少绸，有许多利息。这项银子，譬如没得，再不要动他。积上一年，共该若干，到来年再添上一张机，一年又有多少利息'"。诸如此类，他从利到义，深思熟虑，经历了激烈的道德抉择，表现了小商人发财致富的梦想与崇尚信义的道德观的尖锐冲突。作者笔下的施复，颠覆了封建社会传统价值观中，商人皆满身铜臭、庸俗市侩、见利忘义、冷酷刁滑的成见，与传统观念中唯利是图的商人形象大不相同，他是善良、正直、淳朴、厚道的生意人，突破了传统视角下对商人的片面化描写。

四、结语

《醒世恒言》生动形象地描绘了商品主义经济萌芽发展时期丰富多彩的人

物群像，其中，对小市民的描写尤为深刻。在这个新旧交融的独特时代，小市民形象将这一特征体现得淋漓尽致。有旧时代封建传统观念，也有新兴的转型社会的思想，共同构成了有独特魅力的小市民形象。作品无论是题材内容、时代特征，还是表现手法、艺术技巧，以及所展示的社会心理、世态人情，都具有不可忽略的价值。

参考文献

［1］ 冯梦龙：《醒世恒言》，北京：人民文学出版社，1987 年。

［2］ 李玲：《近十年〈醒世恒言〉研究综述》，《汉字文化》2022 年第 22 期，第 124—126 页。

［3］ 张宁：《"三言"、"二拍"中涉商类小说思想研究》，北京师范大学硕士论文，2008 年。

［4］ 陈会丽：《〈卖油郎独占花魁〉秦重形象分析》，《文学教育（下）》2014 年第 7 期，第 108 页。

［5］ 滕新才：《一分仁义值千金——施〈润泽滩阙遇友〉的文化解读》，《名作欣赏》2006 年第 16 期，第 16—19 页。

［6］ 曹琳：《"三言""二拍"中商人经营之道探析》，《商业研究》2009 年第 1 期，第 192—195 页。

教师点评

本文分析了在明清商品经济流通、城市经济繁荣、新旧价值观念交替的时刻，《醒世恒言》中个性鲜明，具有旧特征和新因素的小市民形象。

首先，作者分析了小市民形象产生的社会背景，并指出社会中的新旧因素对照与联系，为剖析小市民形象、解读人物特征提供了可供尝试的路径。其次，作者以《张廷秀逃生救父》《卖油郎独占花魁》《施润泽滩阙遇友》为主要篇目，结合文本归纳《醒世恒言》中的小市民形象，分别为"坚守孝道的多技能带动者""诚挚笃厚的小本生意人""遵循道义观的小手工业者"。

　　本文能从社会的大环境背景入手，深入文本剖析小市民形象的新与旧，由浅入深，由表及里，有较好的层次感。值得注意的是，本文对张廷秀恪守封建伦理走上仕途之道，莘瑶琴与秦重大团圆结局的旧特征，以及《施润泽滩阙遇友》中颠覆传统观念对商人成见的新因素的分析，都表现出作者对小说的熟稔及思考，有一定的深度。

（点评人：刘泊宁）

千秋有知己

——蒲松龄《聊斋志异》读后感

刘箬缇

在古代，文人对知己的渴望极为强烈。对那种高山流水、不言自明的默契执着追寻，激动惊喜、快意酣畅，是王维裴迪同游辋川，共居终南山，"浮舟往来，弹琴赋诗，啸吟终日"；是白居易元稹志同道合，远居两地，频繁寄诗，酬唱不绝；是七贤于竹林中谈玄说经，纵酒豪歌。

"万两黄金容易得，知心一个也难求。"透露出一种知己难得的无奈。《古诗十九首》中亦有："一弹再三叹，慷慨有余哀。不惜歌者苦，但伤知音稀。"知己不是酒肉朋友，亦非金钱所能购得，而是出于灵魂的契合与相惜。知己之情是人际关系的一种最高境界，亦是注重自我追求和精神价值的士人的普遍追求。

一、蒲松龄的创作心理

蒲松龄常年独坐孤馆，"子夜荧荧，灯昏欲蕊；萧斋瑟瑟，案冷疑冰"。而他三十岁南游时对孙蕙爱妾顾青霞颇有爱慕，曾为顾青霞作诗 13 首之多。《听青霞吟诗又长句》云："旗亭画壁较低昂，雅什犹沾粉黛香。宁料千秋有知己，爱歌树色隐昭阳。"蒲松龄常听顾青霞吟诗，顾青霞兰心蕙质，不同于一般女子，蒲松龄将顾青霞视为知己，"爱歌树色隐昭阳"便取自顾青霞最喜爱的一首王昌龄的七言绝句《西宫春怨》中"朦胧树色隐昭阳"。蒲松龄为其编选唐诗绝句百首，还为其指点作诗技巧。此外还有"莺吭嘹出真双绝，喜付可儿吟与听""不知怀远吟诗友，拈断湘裙第几条"等诗句。"可儿"语出《世说新语·赏誉》，意思为称心如意的人，可见二人关系暧昧，有一种道不明的细腻隐秘的情愫在其中。蒲松龄也未对顾青霞有非分之想，这并非简单的男欢女爱，而是超越了普通友谊。正如蒲松龄借乔生之口隐隐透露的那样：如果是真正的知己，即使不得结婚也没有关系。这种柏拉图式的纯粹精神之爱在《聊斋志异》的故事中频频出现。除《连城》外，还有《宦娘》中宦娘通过琴声，成为操琴人温如春的知音，她身为鬼无法与温如春结为连理，却发挥自己的聪明才智，为异性朋友谋取幸福，促成温如春和良工的爱情。《爱奴》篇中但明伦有夹评道："灵气一散，艳骨何存。爱之而反杀之，所谓以迹交不若以神交之淡而能久也。"《香玉》中的绛雪也提出男女交往应"以情不以淫"。这样新的恋爱观和恋爱模式反映出女性自我意识的觉醒，体现了女性对自我价值、独立人格和生命尊严的追求。

二、知己式恋情

《连城》中的乔生为人耿直豪爽，颇有肝胆，又少负才名。其友顾生卒，乔生接济其妻；又受县官文相器重，引为知己，不料县官不幸死在任上无钱返乡安葬，于是乔生卖掉所有财产来资助县官一家。乔生屡次倾囊相助，一是其仗义的生性使然，二是由于他对知己的信念，对"士为知己者死"的赞美与坚守。遇到钦慕艳羡之人、志同道合之人、惺惺相惜之人，便不顾一切为其付出。

在《连城》中，史孝廉之女连城精通诗书女工，刺《倦绣图》，乔生见图题咏，献诗云："慵鬟高髻绿婆娑，早向兰窗绣碧荷。刺到鸳鸯魂欲断，暗停针线蹙双蛾。"又赞挑绣之工云："绣线挑来似写生，幅中花鸟自天成。当年织锦非长技，幸把回文感圣明。"连城读之倍感惊喜，在诗中，连城读出乔生颇知其心意，逢人便称赞乔生，又为乔生捎去读书的费用。乔生也明白了她的心意，叹曰："连城我知己也！"又"倾怀结想，如饥思啖"。

然而无可奈何的是，由于乔生只是一个落魄书生，史孝廉便将女儿许配给盐商之子王化成。连城愤懑之下一病不起，乔生为救连城"剜却心头肉"，连城因服下以乔生膺肉做药引的药后痊愈了，史孝廉也答应让乔生做女婿。可有权有势的王化成又出来阻拦，连城再次病倒，感到自己将不久于人世，便约定二人相见，连城对乔生蛾眉一笑。除了最后连城遇见乔生时"秋波转顾，启齿嫣然"，他们相知相爱后从未见过对方，仅凭一诗一图便看出对方品性深得己心。王士祯在《池北偶谈》中谈道："雅是情种。不意牡丹亭后，复有此人。"后亦有《红楼梦》宝黛二人志趣相同、情投意合，但宝黛二人的感情与前二者是有差别的，但却始终逃不过知己之爱。

乔生与连城的爱是建立在知己情谊上的，他们摆脱了一见钟情、肌肤相亲的模式。乔生说："士为知己者死，不以色也。诚恐连城未必真知我，但得真知我，不谐何害？"真正的爱情重在互为知己、心灵契合，不关乎容貌丑美，不是最原始情欲的自然召唤。连城不久便抑郁而终，乔生闻之亦随她而去。死后，二人魂魄相见，乔生叹道："卿死，仆何敢生！"汤显祖说："生者可以死，死可以生。生而不可与死，死而不可复生者，皆非情之至也。"（《牡丹亭题词》）洪昇说："果有精诚不散，终成连理。万里何愁南共北，两心那论生和死……感金石，回天地……总由情至。"（《长生殿·传概》）穿越生死的知己情结从汤显祖的"至情"论继承下来，乔生践行了"士为知己者死"，他"乐死不愿生"，可谓十足"情痴"。蒲松龄评曰："一笑之知，许之以身，世人或议其痴；彼田横五百人，岂尽愚哉！此知希之贵，贤豪所以感结而不能自已也。顾茫茫海内，遂使锦绣才人，仅倾心于蛾眉之一笑也。悲夫！"

三、知己式友情

男性之间有《叶生》《褚生》中的君子之交；也有《王六郎》《田七郎》中侠气相投、共患难的平民之交。拔刀相助的侠肝义胆，突破了传统士人只局限于文人之间舞文弄墨的交情，将知己这一概念延伸到民间下层百姓和劳动人民，体现了蒲松龄对情感与生命厚度的理解，以及在封建社会下对阶级关系的打破。

最值得注意的是古代文献中少有涉及的女性之间的知己情，而蒲松龄在《香玉》《娇娜》《封三娘》《莲香》等篇目中有较多的描写。其中最大胆的是《封三娘》，封三娘与范十一娘在"盂兰盆会"上相遇，封三娘对范十一娘"步趋相从，屡望颜色，似欲有言"，二人认识后"把臂欢笑，词致温婉，于是大相爱悦，依恋不舍"。临别时，二人互赠礼物，约定改日相见。相见时"各道间阔，绵绵不寐"，未见时则"伏床悲惋，如失伉俪"。封三娘希望她们的关系保持隐秘状态，"见人来，则隐匿夹幕间"，被撞见则"羞晕满脸"。当二人关系瞒不住时，封三娘则提出效法娥皇女英，共嫁孟生。二人情趣相投、情感深厚，即使嫁给了孟生，但她们对男人都是没有投入感情的。嫁给孟生也只是为了能朝夕相处。这样的故事体现出蒲松龄对女性的接纳，以及女性对自我情感的包容接纳与大胆追求。

在《莲香》中，狐妖莲香与女鬼李氏因争夺桑生而起了冲突，相互揭穿。后因桑生不听莲香劝告与李氏纵欲过度病倒。莲香在他奄奄一息时救了他，李氏追悔莫及并对莲香弥补自己的过失表示感谢。从此，二女之间不再生嫉妒之心并由此结下了情谊。后李氏借尸还魂，二女共嫁桑生。莲香产下一子后身亡，临终时将孩子托付给李氏，相约十年后重逢，而李氏也将孩子视为己出。十年后，莲香果然转世投胎为一个少女，被人卖给桑生。二女劫后重逢，由李氏提议"妾与莲姊，两世情好，不忍相离，宜令白骨同穴"。于是二女前世得以共眠于地，而今世又得人间团圆，好不情真意笃，缠绵至极！在此故事中，表面上是写二女共事一夫，从争宠嫉妒到同归于好，实则主线是写莲香与李氏间友情的建立，婚姻关系那条明线是为女性间相知相惜这条暗线服务的。更重要的是，莲香对李氏的接纳包容不是出于不妒不争的女德，而纯粹是发自内心对李氏的怜爱，真心诚意地"深怜爱之""常留与共寝"，同时深深受到了李氏的影响，羡慕欣赏其"徒以身为异物，自觉形秽。别后愤不归墓，随风漾泊"的人生态度。莲香这一连串行为游离在传统道德对女性的规训外，不是虚伪的"贤妇"，而是作为与李氏同病相怜的一个知己，她们相互成就，相互扶持。

二女一男，从男女爱情开始，到女性友谊结束，女性能够与男性一样正视自己，追求完美的人生状态，发展二人之间的知己情谊。故事不拘泥于传统的由男性主导的关系模式，而是让男性退居于二女之外，女性之间自然能够相互融洽，和谐圆满地相处相亲，男性的中心地位也在故事的推动中逐渐模糊、消解。但这样的情节依旧未突破男权话语叙事，女性间的亲密情谊一旦被暴露在社会的凝视下，必将被当作怪胎受到排斥与谴责。无可奈何下，女性之间的知己情谊不得不建立在男女关系上，她们必须以男性作为桥梁，依附男权体制下一夫多妻的婚姻关系才能得以生存。

四、结语

古来崇尚"士为知己者死"，"士"指的仅是男性文人、士大夫。在男权统治的社会下，男性掌握着绝对的政治、经济权力，也掌握着绝对的社会话语权力。无论是伯牙子期的"高山流水"，还是陶潜一句"君子死知音"，"知己"这一概念常被用在拥有文化权力的文人墨客间，他们是社会的中心人物，与被物化的女性不同，他们有自己的话语权，能开口言说自己精神上的追求，即对"知己"的追求。

蒲松龄创作聊斋就是为了寄托孤独忧愤之情，创造一个情感的乌托邦，在其中寻找一个个精神上的伴侣、知己。他与顾青霞的经历让《聊斋志异》中的女性突破传统社会的桎梏，她们至少在精神方面也可为"士"。蒲松龄让女性立足于女性的"此在"去感知、体验人生与世界，传达女性的欲望与追求，肯定女性的经验与价值。他赋予了女性同男人一样的话语权，让她们开口言说自己在精神上的需求。他将知己这一概念延伸到男女之间以及女性之间，体现了他对情感与生命厚度的理解，以及在封建社会下对男女关系的打破。这样的关系是极具现代性的，开启《红楼梦》宝黛相恋、钗黛相惜的先河。

参考文献

［1］蒲松龄：《聊斋志异》，上海：广益书局，1943年。

［2］李彦博：《知己情结与性别平等的双重变奏——〈聊斋志异〉中"女性同性知己"型故事研究》，首都师范大学硕士论文，2009年。

［3］冯文楼：《爱：报答、付出与回应——〈连城〉"知己之爱"的诠释》，《明清小说研究》1996年第1期，第205-209页。

［4］朱振武：《〈聊斋志异〉的创作心理论略》，《文学评论》2001年第3期，第79-88页。

［5］马瑞芳：《〈聊斋志异〉的男权话语和情爱乌托邦》，《文史哲》2000年第4期，第73-79页。

［6］袁世硕：《超越生死的知己之爱——话说〈连城〉》，《蒲松龄研究》2004年第2期，第77-83页。

教师点评

蒲松龄的《聊斋志异》是中国古代志怪小说的代表，极富浪漫主义色彩和抒情性，创造出奇幻的情节和形象。他在《聊斋自志》中写："遄飞逸兴，狂固难辞；永托旷怀，痴且不讳"，他以"痴狂"纯真的性情在作品中塑造了痴情痴物之人，借以抒发其知音难遇、怀才不遇的苦闷，对黑暗现实的讽刺，以及对饱受贪官虐吏迫害的百姓的同情。

从蒲松龄生平背景到创作心理再到作品中所塑造的知己式友情和爱情，刘箬缇的这篇读后感重在探究和分析蒲松龄作品中所表达的对"知己真情"的赞颂和向往。蒲松龄家境败落、科举失败、生活穷困、孤苦落魄，却在书中寄托了自己的深情厚意。他笔下的狐仙鬼怪有情有义，善良美貌；他还塑造了一群为物而痴的人物，表达了人与人、人与物相知相爱的知己之情和对美好事物、人物的歌颂和追求。

蒲松龄《聊斋志异》中《狼三则》的第二则被选入部编版语文教材七年级上册第五单元，《促织》被选入部编版高中语文教材必修下册第六单元。语文教材九年级上册则在"名著导读"单元将《聊斋志异》推荐为自主阅读名著。阅读学习这些篇目，应重视朗读，逐步提高学生阅读文言文的能力，积累字词，理解文意，分析人物形象和文章主旨，感受作者结构严谨、语言精练的文风。

（点评人：米　禧）

以范进为代表的腐儒形象重构原因探究
——吴敬梓《儒林外史》读后感

李佳洁

范进，一个中国人耳熟能详的名字，出自清代吴敬梓所著的长篇小说《儒林外史》。这本被鲁迅先生誉为"戚而能谐，婉而多讽"的小说以明代科举制度为切入点，较为广泛地描述了那个时代儒生的活动，揭露了封建末世黑暗腐朽的社会现象，批判了八股取士科举制度的弊端和统治阶层对平民百姓的无情压迫。

书中腐儒形象的典型代表范进，以面黄肌瘦、贫困潦倒的老童生形象初登场于书中第三回，由此展开家喻户晓的"范进中举"的故事。随着时代的发展，范进也逐渐从当代读书人讽刺嘲笑的对象转变为当下寒门学子自嘲自讽的镜子。毛主席曾在《在延安文艺座谈会上的讲话》中提出："作为观念形态的文艺作品，都是一定的社会生活在人类头脑中的反映的产物。"由此观之，范进这一形象作用的重构与当下竞争激烈的社会环境是分不开的，要深究其中原因，先要从范进自身形象着手。

一、范进原文形象分析

范进刚出场时一副家境贫寒的老童生形象便跃然纸上，"落后点进一个童生来，面黄肌瘦，花白胡须，头上戴一顶破毡帽。广东虽是地气温暖，这时已是十二月上旬，那童生还是麻布直裰，冻得乞乞缩缩"。当学道周进问到范进考过多少回数的时候，范进只道从二十岁应考至今已考过二十余次了，再结合后文卖鸡换米的情节和范进娘子胡氏"靸着个蒲窝子"的形象，可见范进这几十年来不事生产、专攻科举，在中举前已然落得个家徒四壁的可怜光景。

而关于范进的学识还亟待考究，在童试交卷时范进就向周进道出了自己多年未中榜的原因——"总因童生文字荒谬，所以各位大老爷不曾赏取"。而学道周进也是来回看了三遍范进的文章才品出其中妙意，后来范进进学后听取周进的建议继续乡试，果真中了，继而才有范进中举发疯这一所谓"名场面"。乍一看，范进似乎还是个郁郁不得志的沧海遗珠，但在书中第四回结尾处，范进与张静斋、汤知县一同谈刘伯温这号人物时，竟道刘伯温是洪武三年开科的进士，足见范进对本朝历史茫无所知，功夫全用在文章起承转合之上了。

再论范进之品行，也可从书中窥得一二。书中第四回写到范进同张静斋去拜访汤知县，三人一同吃饭时，范进因守制不肯用银镶杯箸，正当汤知县心叹范进居然如此尽礼时，范进就用着竹筷子在燕窝碗里拣了一个大虾圆子送进嘴里，令人哭笑不得。

范进身上有着腐儒愚昧、虚伪等缺点，是个可怜但又可恶的人。范进的可怜体现在明面处：时代的一粒灰尘，落在个人的头上就是一座大山，在"万般皆下品，惟有读书高"的封建社会，封建统治者将读书学习和升官发财直接联系起来，用程朱理学来禁锢读书人的进步思想，至此儒生为了功名利禄醉心举业，连书本也沾上了满页的铜臭味。例如小说中的八股文选家马纯上直言"书中自有黄金屋，书中自有千钟粟，书中自有颜如玉"，在这般环境下，范进深受科举制度和封建礼教的荼毒，成为只懂举业的傀儡。但同时范进也是可恶的，他的可恶体现在暗处：为什么范进、周进等儒生如此醉心科举？因为科举是通向升官发财、取得封建统治特权的阶梯，范进在中举后，房屋、钱财、奴仆都自然而然有人送上门来，从前不事农桑的穷酸童生摇身一变成为"吏禄三百石，岁晏有余粮"的老爷，还要随着张静斋去打秋风，只贪图享乐，又无真才实学，到头来沦为了封建统治者的帮凶，最终受罪的还是底层的百姓。

二、当下范进形象的重构

鲁迅先生曾在《且介亭杂文二集·什么是"讽刺"?》中对过去的讽刺文学作出过论述:"讽刺作者虽然大抵为被讽刺者所憎恨,但他却常常是善意的,他的讽刺,是希望他们改善,并非要捺这一群到水底里。然而待到同群中有讽刺作者出现的时候,这一群却已是不可收拾,更非笔墨所能救了,所以这努力大抵是徒劳的,而且还适得其反,实际上不过表现了这一群的缺点以至恶德,而对于敌对的别一群,倒反成为有益。我想,从别一群看来,感受是和被讽刺的那一群不同的,他们会觉得'暴露'更多于'讽刺'。"而当今自嘲类比范进的读书人也多是看到了范进的可怜之处才顾影自怜,笑书中是中了举的范进,而自己是那没中举的范进。若真要说两者之间的差别,那便是范进本人只是《儒林外史》中一个年近耳顺之年中举、一路高升的虚构人物罢了,而当今神州大地上的莘莘学子却都是活生生的人,却也只能学着京剧里范进的扮相仰天长啸一句"考得你昼夜把心血抛"而无可奈何,而今,这些活生生的"范进"有了一个新的名字——"小镇做题家"。

2022 年 7 月,三名毕业于中央戏剧学院的知名男演员考编上岸国家话剧院一事引发舆论广泛关注,其间不少网友就考试相关规定对三名男演员考编的程序正当性提出疑问。正当网友们对此事争论不休时,《中国新闻周刊》发表的一篇名为《易烊千玺凭什么不能考编? 又为什么要考编? 》的文章迅速引起舆论反转,该文章在论证易姓男演员考编"合理性"的同时,以高高在上的姿态暗讽"小镇做题家"们"吃不到葡萄说葡萄酸"的心态,一时间,"小镇做题家"成为网络热词。"小镇做题家"概念诞生于豆瓣的"985 废物引进计划"小组,他们以"出身小城镇,埋头苦读,擅长应试,但缺乏一定视野和资源的青年学子"作为符号和标签定义自身。该小组成员大多来自乡镇农村,毕业或正就读于知名高校,但自认为"除了埋头苦读之外啥都不会",见识和能力有限,没有长辈指点,步入社会后处处碰壁。[1]为何以"小镇做题家"为代表的当代寒门学子会以"范进"自嘲,这与他们自身的原生家庭背景和当下竞争

---

[1] 彭景晖,李丹阳:《把自信紧握在手上,"小镇做题家"》,《光明日报》,2020 年 8 月 9 日,第 5 版。

激烈的社会环境是分不开的。

文化再生产理论认为，教育是社会阶层结构再生产的工具，受教育水平高、社会经济条件好的家庭可以通过物质资本、文化资本、社会资本投入和高的教育期望以提高子女最终的教育获得，最终实现社会优势地位的代际传递。[1] 早在2011年，一位中学教师就在网上发帖讲述了学校里名列前茅的学生大多家境优越，不仅参加了各种培训班，还能出国参加夏令营增长见识，由此该老师得出了"寒门学子输在了教育起跑线上"的结论，"寒门再难出贵子"一说在网络上流传开来。

"家庭是子代教育的发端地，家庭背景在决定子代教育决策中发挥着重要作用，父代社会经济地位、教育成就以及投入教育的资源等会影响子代教育成就。"[2]

家庭是人生的第一所学校，相较于大城市出身、家庭条件优渥的学子，"小镇做题家"大多来自社会经济发展水平相对落后的地区，自身家庭条件不足以支撑他们试错的成本，因此应试教育和高考成为"小镇做题家"们实现社会流动和阶层跨越唯一的重要途径。

在日趋功利化、市场化的社会下，教育逐渐演变为获取社会功名、突破阶层的中介工具，在工具理性被置于价值理性之上的同时，人们对高学历的追逐也带来了相应的"学历贬值"，从而形成了所谓的"内卷"。在这样竞争激烈的大环境下，物质条件本就落后于城市学子的"小镇做题家"们不得不付出更多的努力，"僧多粥少"的局面更是挤压着"小镇做题家"们的生存空间。从乡土社会进入城市社会时个体自身的价值期望与价值能力的不符导致纵向相对剥夺感的发生，在逐渐融入城市生活的过程中，由于个体选择参照群体的不当和狭隘的公平理念导致横向相对剥夺感的滋生。[3] 就算是十年寒窗苦读，曾经在"题海"里大展拳脚的"小镇做题家"在初入社会后与手握更多资源的城

[1]　布尔迪约、帕斯隆：《再生产：一种教育系统理论的要点》，邢克超译，北京：商务印书馆，2002年。

[2]　邹薇，马占利：《家庭背景、代际传递与教育不平等》，《中国工业经济》2019年第2期，第80-98页。

[3]　翁堂梅：《从纵向到横向：农村户籍大学生的相对剥夺感探究》，《中国青年研究》2018年第7期，第73-81页。

市学子横向相比难免会存在处处碰壁的情况，进而产生期望落空的失落感，但这不能归错于"小镇做题家"本身，当专家呼吁大学生丢掉"奶瓶"的同时，我们也应该意识到"奶瓶"究竟掌握在谁的手上。

结　语

"小镇做题家"一词的出现和兴起体现了城乡二元区隔和日益扩大的阶层分化带来的结构性约束及高等教育普及化时代下仍然存在的教育不平等的社会问题。这些社会结构因素造成了"小镇做题家"们进退两难的群体性困境，当今需要思考的不仅是"范进"形象重构的原因，这个社会还有很长一段路要走。

莫唱当年长恨歌，人间亦自有银河。石壕村里夫妻别，泪比长生殿上多。

参考文献

［1］吴敬梓：《儒林外史》，北京：人民文学出版社，1977 年。

［2］彭景晖，李丹阳：《把自信紧握在手上·"小镇做题家"》，《光明日报》，2020 年 8 月 9 日，第 5 版。

［3］布尔迪约，帕斯隆：《再生产：一种教育系统理论的要点》，邢克超译，北京：商务印书馆，2002 年。

［4］邹薇，马占利：《家庭背景、代际传递与教育不平等》，《中国工业经济》2019 年第 2 期，第 80-98 页。

［5］翁堂梅：《从纵向到横向：农村户籍大学生的相对剥夺感探究》，《中国青年研究》2018 年第 7 期，第 73-81 页。

教师点评

吴敬梓的《儒林外史》在真实原型的基础上合理运用夸张等手法，塑造了沉迷科举的迂儒、厚颜无耻的名士、贪污腐败的官吏等人物形象，深刻地讽刺了封建社会科举制度的毒害和黑暗腐朽的政治、社会风气。科举考试是一种巨大的诱惑，读书人渴望通过科举改变命运，但这同时带来的是对人格的异化和摧残。可以窥见明清读书人荒谬可笑、可悲可叹的科举之路和其扭曲、麻木的精神面貌，引人深思。

李佳洁这篇读后感从家境、学识、品行等方面分析了范进的人物形象，并讨论了当下激烈的社会竞争环境下范进形象的重构。他从封建科举制度对读书人的影响方面思考当下社会阶层分化和教育不公平等社会热点、痛点问题，具有创新性和深度。

《范进中举》与《智取生辰纲》《三顾茅庐》《刘姥姥进大观园》一同被选入部编版初中语文教材九年级上册第六单元，足以见其作为明清白话小说范例的重要地位。教师应引导学生抓住线索，把握情节，分析人物形象，体会细节描写及其讽刺手法，探究故事原因与小说主题，了解古代白话小说的艺术特点。尤其要重点分析范进中举前后境遇、人物、心态的变化，体会作品前后对比映衬的手法，感受讽刺小说的特点，进一步辩证地认识、评价封建科举制度对读书人的影响。

（点评人：米　禧）

怀金悼玉　红楼一梦：高中课堂里《红楼梦》主题教学

——《红楼梦》读后感

何俊锋

随着《普通高中语文课程标准（2017 年版 2020 年修订）》的颁布与统编教材的投入使用，《红楼梦》"整本书阅读与研讨"学习任务群已然成为高中学段语文教学不可或缺的一个部分。关于《红楼梦》的整本书教学当下以公开课、课题研究与学术研究等方式如火如荼地进行着，包含余党绪等在内的语文学科名师都对《红楼梦》的整本书阅读教学提出了构思与建议，这对《红楼梦》整本书阅读与研讨的教学研究与实践具有重要的价值。

《红楼梦》的整本书阅读与研讨是部编版高中语文教材必修下册第七单元整本书阅读的内容。关于《红楼梦》的整本书阅读，教材中给出了六个学习任务，其中"体会《红楼梦》的主题"这一任务为最后一个学习任务，在此之前学生已初步或整体学习了《红楼梦》的人物关系、人物性格、日常生活、诗词作品等各个专题任务，对《红楼梦》的小说内容有着比较初步或整体的理解，这都为过渡到《红楼梦》主题的学习起着铺垫的作用。然而，对《红楼梦》主题的学习任务的落实，最大的困难实质上依然是教学内容难以确定，即不知道该给学生选择怎样的主题解构角度与主题解构内容，或依然选择传统的串讲法，或依然在主题解构上落入传统的封建批判窠臼。

《红楼梦》主题的研究与争论可谓百花齐放、百家争鸣，但对于中学生尤其是高中学段的中学生来说，所能够理解与接收的内容始终是有限的，更何况教学受到了课时的限制，教师将新老红学对《红楼梦》主题的研究与探讨尽数交于学生反而忽视了学生的主体性。因此，在语文学科教学中，教师所需要做的引导工作则是将相对合适学生理解与探讨的主题作为教学中所采纳的主题观点，而更多地让学生在此基础上自主思考与研究。

何其芳在《论红楼梦》中首次提出了"爱情主题说"，他从宝黛钗三人的判词与曲出发，论证了宝黛爱情的悲剧及其悲剧的真正原因，着重强调《红楼梦》本身在于写宝黛钗三人的青年爱情悲剧。何其芳的观点立足《红楼梦》具体文本。之后黄立新在《宝黛爱情应是〈红楼梦〉主线》中提出了《红楼梦》的主线是宝黛爱情悲剧这一观点，认为这是《红楼梦》一书最中心、最关键、最多人物参与并连续发展从未中断的一个故事。爱情主题的确是《红楼梦》不可回避的一个重要内容，然而将《红楼梦》全书尽数归于爱情主题上则是将《红楼梦》的内容进行了简化，而忽视了前五回中曹雪芹所表达的创作思想。沈天佑在《〈红楼梦〉主题思想的剖析》中批判了"爱情主题说"缩小了《红楼梦》主题思想意义。

1964 年毛泽东在北戴河谈话时提出了"《红楼梦》不是爱情小说而是政治小说"的重要观点，之后相关学者相继提出了《红楼梦》以宝黛爱情悲剧、四大家族的衰亡等内容反映了封建家族残酷的阶级压迫与阶级斗争，揭露了封建贵族家庭的堕落与腐朽的观点，肯定了《红楼梦》艺术性的同时强调了《红楼梦》的政治性，认为《红楼梦》所载的四大家族是当时封建家族的缩影与典型。之后的李希凡、聂石樵、邓魁英等人承袭了这一观点，认为曹雪芹在《红楼梦》中对封建社会的政治法律、剥削制度、伦理道德、文化教育、封建礼教、婚姻制度、男女关系、宗教迷信等桩桩弊病给予了反映、冲击与批判，将《红楼梦》比作封建社会的审判之书。《红楼梦》的"政治小说"观点显然是受到了当时社会思潮的重要影响，随着"政治性"的被强调，《红楼梦》本身所蕴含的文化性与艺术性或多或少受到了不同程度的忽视与遗弃，而过于强调《红楼梦》的政治性在研究方法上本身具有一定的唯心主义色彩，在这一层面上同索隐派具有一定的相似性。尽管如此，"政治小说"的观点对《红楼梦》主题的研究是具有重要性与时代性意义的，有极大的参考借鉴与学习的价值。

"封建家族衰亡史"的观点是在"政治小说"的观点基础上形成的，以吴调公为代表的学者认为《红楼梦》书写了封建大家族的腐朽、堕落与衰亡，但因为作者本身的阶级局限性而否定、斗争、批判得不彻底，因此更多地还是在书写封建家族的罪恶史与衰亡史。刘梦溪在《〈红楼梦〉的思想意义与历史价值》中认为，《红楼梦》除了在书写封建家族的罪恶与衰亡之外还暴露了古板、虚弱的封建制度逐渐走向瓦解、衰亡的命运，显示了历史发展的必然规律。与"政治小说"的观点不同，"封建家族衰亡史"的研究更加重视《红楼梦》的作品本身，拒绝了社会历史材料的过多附和，但其本身依然因时代的原因不可避免地存在一定的片面性。

从 20 世纪 80 年代开始，随着"百家争鸣，百花齐放"的文艺方针推行，对《红楼梦》主题的文学评论如雨后春笋，具有极高的丰富性与多样性，其中固然存在着部分主观或时代的观点，但也仍有值得借鉴与学习的观点。比如蒋和森所提出的"反封建主义说"、朱彤所提出的"子孙不肖后继无人说"、赵荣所提出的"婚姻自由男女平等说"、鲁云涛所提出的"封建贵族挽歌说"、孙逊所提出的"三重主题说"、汤龙发所提出的"女权主义说"等，都为《红楼梦》主题的研究与探讨给予了有力借鉴。

综合以上《红楼梦》研究的简述，笔者认为教师所需要提供给学生的关于《红楼梦》主题的观点可以采纳孙逊"三重主题说"的思路，强调《红楼梦》主题的丰富性与多样性，更有利于学生思维的自主发展，具体主题观点如下。

一、花落人亡两不知：宝黛爱情悲剧

宝黛爱情是《红楼梦》的中心故事与主要线索，曹雪芹通过判词与十二首曲子给予了足够的铺垫与暗示，告知了宝黛爱情故事注定是不幸的。在实际教学中可以选择与《牡丹亭》《西厢记》相比较，宝黛爱情故事所展现出的最具有特殊性的思想在于双方的爱情建立在相互了解与思想一致上，是符合现代恋爱原则而与封建婚姻制度相违背的。然而，宝黛爱情不幸的结局之所以不可避免则在于这是一场"叛逆者"的恋爱，宝黛二人身上都具有不同程度的叛逆精神与叛逆行为，一方面宝黛的"叛逆"导致了不幸的结局，另一方面这也是宝黛爱情所具有更深远意义的体现。最后需要强调的是，宝黛爱情悲剧是封建礼教和封建婚姻制度所不能容许的爱情悲剧，也是封建统治阶级所不能容许的叛逆者的爱情。

二、昨日黄土陇头送白骨：对封建社会黑暗的揭露与批判

《红楼梦》描写了以贾家为主的四大家族的衰败和没落，从而对封建社会进行了深刻的批判，使我们看到封建贵族、地主阶级必然走向没落与崩溃的历史命运。贾府兴盛优渥的贵族生活之下实际上存在着囊括官僚制度、科举制度、家庭制度、婚姻制度、奴婢制度等在内的种种弊病与矛盾，而弊病与矛盾的无法解决最终使贾府积重难返。在这一部分，我们需要了解贾府的"富贵"从何而来，进而了解封建制度本身所存在的问题，并清楚贾府衰败的原因，了解封建家族内部的黑暗与罪恶，从而感受到封建社会的黑暗与罪恶以及曹雪芹在其中所寄寓的揭露性与批判性。

三、落了片白茫茫大地真干净：封建家族衰亡史

除了对封建社会的揭露与批判，《红楼梦》中封建家族的衰败与没落过程中所书写的人、事、物等都暗示着封建家族走向衰亡的必然过程。曹雪芹笔下四大家族衰败与没落的历史命运实际上是无数贵族之家历史命运的典型与概括，展现了清代中期贵族统治阶级的矛盾与斗争中所暴露出的黑暗与罪恶，描绘了清代社会盛极必衰的转变过程，并对整个封建社会上层建筑进行了全面而深刻的揭露与批判。此外，曹雪芹在书写封建家族衰亡的过程中所记载的诗词歌赋、服装建筑、日常生活等，除了体现封建家族的糜烂与腐朽，还具有重要的历史文物学与社会人类学意义，这同样是值得关注的。

参考文献

［1］曹雪芹著，高鹗续：《红楼梦》，长沙：岳麓书社，1987年。

［2］杨希子：《高中语文〈红楼梦〉整本书阅读教学探究》，中央民族大学硕士论文，2019年。

［3］吴慧：《高中整本书阅读理论与实践研究》，南京师范大学硕士论文，2018年。

［4］赵静娴：《20世纪〈红楼梦〉主题研究综述》，《河南教育学院学报（哲学社会科学版）》2006年第3期，第18—27页。

［5］段江丽：《1949年之后〈红楼梦〉主题研究述评》，《红楼梦学刊》2006年第1期，第201—215页。

［6］吴巍巍：《永恒的红楼：〈红楼梦〉主题多元性》，《语文教学通讯》2021年第25期，第156—158页。

［7］王春晶：《关于整本书阅读教学的思考与实践——以〈红楼梦〉阅读教学为例》，《中学语文教学》2017年第10期，第24—26页。

［8］荣维东：《大单元教学的基本要素与实施路径》，《语文建设》2021年第23期，第24—28、41页。

［9］吴欣歆：《立足课标，推进"整本书阅读与研讨"——以〈红楼梦〉阅读为例》，《语文建设》2020年第1期，第8—11页。

［10］张庆善：《中学生如何整本书阅读〈红楼梦〉》，《红楼梦学刊》2022年第1期，第1—22页。

教师点评

《红楼梦》以贾、史、王、薛四大家族为背景，以贾宝玉的人生经历为主线，描写了特定时期的人情世态，是我国古典小说的巅峰之作。2017年《普通高中语文课程标准》规定《红楼梦》作为"整本书阅读与研讨"的重要文本进入高中语文必修课程，从此《红楼梦》不再以单篇选文出现在高中语文课本中，这体现了编者对文学文本阅读完整性和连续性的导向。因此在《红楼梦》的主题教学上也要体现这两个特点，教师在授课中要善于把握《红楼梦》整本书的多元主题。何俊锋在《怀金悼玉　红楼一梦：高中课堂里〈红楼梦〉主题教学——〈红楼梦〉读后感》中探究了目前《红楼梦》"整本书阅读"主题教学中教学内容难以确定的问题，就《红楼梦》的不同主题进行评价，最后建议采用孙逊的"三重主题说"。经典的魅力在于常看常新，尤其是像《红楼梦》这样优秀的小说，人物立体多样，情节引人入胜，语言雅俗共赏，主题更是丰富多元，这也是《红楼梦》"红学"研究者众多的原因之一。建议教师在教学中可采用多点切入文本解读的方法，引导学生对《红楼梦》主题有深刻认识，在何俊锋提到的"三重主题说"基础上，引导学生理解曹雪芹在书中表现出的人生感悟和生命意识，完善《红楼梦》"整本书阅读"的审美体验。

（点评人：马振凤）

镜花水月，虚幻之梦

——《镜花缘》读后感

汪超群

一、李汝珍及《镜花缘》成书

> "恰喜欣逢圣世……读了些四库奇书，享了些半生清福。心有余闲，涉笔成趣。每于长夏余冬，灯前月夕，以文为戏，年复一年，编出这《镜花缘》一百回，而仅得其事之半。"

——《镜花缘》第一百回

李汝珍（约1763—1830），字松石，号松石道人，直隶大兴（今属北京市）人。他的生平资料留下来的很少，20世纪胡适、孙佳讯等学者对李汝珍所遗留下来的为数不多的材料进行研究，大致勾画出李汝珍生平。李汝珍有弟兄三人，兄长名汝璜，字佛云；弟名汝琮，字宗玉。乾隆四十七年（1782），其兄李汝璜到海州（今江苏连云港市）出任板浦场盐课司大使，李汝珍跟随兄长到达海州。从此之后，除了嘉庆六年（1801）至嘉庆九年（1804）赴河南任县丞之外，李汝珍一生中大部分时间都在海州、淮南、淮北一带度过。

在海州，李汝珍深受扬州学派的影响，曾师从经学家凌廷堪，"论文之暇，旁及音韵"，撰写专著《音鉴》五卷、《字母五声图》一卷。此外，李汝珍还与"东海二宝"许乔林和许桂林两人交好，二许对《镜花缘》创作的影响非同一般：李汝珍一度寄居在许家后院的书楼上写《镜花缘》，并阅读了大量许家藏书；二许曾阅读《镜花缘》初稿并在《镜花缘》付梓时为之作序，且《镜花缘》与许桂林的志异小说《七嬉》有互相雷同的情节。作为一个儒学知识分子，李汝珍"读书不屑章句帖括之学"，止步于八股科举，他"于学无所不窥"，精于音韵学的同时对琴棋、游艺、篆隶、星象、医药等杂学也涉猎颇多，曾搜集有关围棋的棋谱二十局编成《受子谱》。

李汝珍虽学富五车，多才多艺，却沉抑下僚，志不获伸。"耕无负郭田，老大仍驱饥""可怜数十载，笔砚空相随"，正是他一生困顿的写照。于是李汝珍将他对现实的满怀悲愤熔铸于《镜花缘》之中，完成了这部饱含血泪的讽世愤俗之作。

二、《镜花缘》简介

（一）版本

嘉庆二十三年（1818），李汝珍持《镜花缘》的定稿本，亲自到苏州监刻。此为《镜花缘》的原刻。在此之前，有一江宁桃红镇书坊的刻本，是在未取得李汝珍同意的情况下，依第二稿的传抄本所刻。此本属于私刻本，早于苏州原刻问世，是《镜花缘》的最早刻本。道光元年（1821），在苏州原刻的基础上做了些修改后，又重新刊刻。之后又有道光八年（1828）广州芥子园新雕本，这是《镜花缘》的最后定本，后来的各种刻本大都以此为蓝本。

（二）主要内容

《镜花缘》由三条情节线索交叉构成：唐敖海外仙游故事、"勤王"故事和"女试"故事，这三条线索都是由武则天篡唐建周所引发。小说前半部分主要写唐敖、林之洋、多九公三人在海外三十余国游历的奇异经历。后半部分主要写由诸花神所托生的一百名才女参加武则天所设的女试，及考取后在一起饮酒游戏、赋诗畅谈的情景。同时，维护李氏正统和反对武则天篡政的线索自始至终贯穿着整个文章。

（三）小说主题

对《镜花缘》主题的研究大致有以下几种说法：①认为《镜花缘》旨在讨论妇女问题。迄今为止影响最大的是胡适。胡适已经注意到《镜花缘》经常"掉书袋"，显示才学，但胡适认为这是"时代的影响"，不关宏旨，因而判定它是一部讨论妇女问题的小说，宗旨是提出"男女应该受平等的待遇，平等的教育，平等的选举制度"。②认为李汝珍写《镜花缘》旨在展示自己的才学。鲁迅吸收胡适的观点，也认为"作者命笔之由，即见于《泣红亭记》，盖于诸女，悲其销沉，爰托稗官，以传芳烈"，同时他又拾起胡适忽视的那一面，认为《镜花缘》只是为了展览才艺，判定它是"以小说为庋学问文章之具"。但鲁迅只是述其题材特征以作归类，并不论及其观念内涵。③认为《镜花缘》是一个怀才不遇的儒生不可化解的功名情结的幻梦。它以武则天篡唐建周为背景，据《春秋》大义视之为"伪周"，但始终面临忠义原则与功名欲望的冲突，而总是以功名优先视功名为人生的终极价值。《镜花缘》中唐敖故事由他科举蹭蹬产生出家之念而往海外游历直到出家的故事构成，贯注着不可化解的功名情结，是《镜花缘》的观念枢纽。"勤王"故事由徐承志等"勤王"志士和众才女联合推翻武则天"伪周"，恢复李唐王朝的故事构成，贯注着儒文化的最高伦理原则——《春秋》大义，即忠义原则。"女试"故事由唐敖之女唐小山（后改名唐闺臣）为首的百名才女参加武则天举办的才女考试故事构成，贯注着唐敖所寄托的功名情结。

三、镜花水月，虚幻之梦

"镜光能照真才子，花样全翻旧稗官。"

——《镜花缘》第一百回

《镜花缘》描绘了一个镜花水月般虚幻的世界，寄予了李汝珍对当时社会的思考与感悟。

（一）镜中世界：流离于时代之外的武周与《山海经》玄幻世界

这本小说先用两个章回的笔墨为楔子赋予"百花齐放"的传说更多必要的

内容，然后笔锋一转，进入到《山海经》中记载的玄幻世界，简直是不愿去沾一星半点时代气息。这个玄幻世界自然与现实世界相隔绝，但它却半真半假地存在于古老中国的历朝历代。

《镜花缘》的题材背景定位于公元 690 年至公元 705 年的"武周"时期。这个民间传说讲的是武则天某次冬游上苑，一时兴起，下旨百花齐放。不知是屈从于女皇的威严，还是想凑热闹，除事后被贬去洛阳的牡丹外，绽放在不同时节的九十九种鲜花尽皆一夜盛开。武则天自己所写的《腊日宣诏幸上苑》一诗是这个传说的来源，诗云："明朝游上苑，火急报春知。花须连夜发，莫待晓风吹。"《全唐诗》解说此诗道："天授二年腊，卿相欲诈称花发，请幸上苑，有所谋也。许之，寻疑有异图，乃遣使宣诏云云。于是凌晨名花布苑，群臣咸服其异，后托术以移唐祚。此皆妖妄，不足信也。"

李汝珍借用"百花齐放"的传说，以"逞艳于非时之候，献媚于世主之前致令时序颠倒"为罪过，将若干犯天条的众花神谪入凡间托生为百名才貌双全的女子历劫红尘。再以"开女试"为名目将这些百花托生、各具才华的佳人们云集京华。

随后小说转入到对《山海经》中的玄幻世界的描写。《镜花缘》中最有意思也最奇幻的是它的前半部分叙写的三十多个海外奇国。《镜花缘》这一部分约三十回，叙写失意文人唐敖，随同妻弟林之洋、久惯漂洋的舵工多九公的商船出海，经历了三十多个国度，耳闻目睹了许许多多奇人奇事、奇境奇物，十分丰富。其中的一切自然是子虚乌有之谈，却又是皆有所本。早在 1916 年出版的钱静方的《小说丛考》里便考索出了一部分原始出处，1925 年在《语丝》上发表的署名沉君的《镜花缘与中国神话》，又考索出了更多的出处。其后，还有些研究者不断有所揭示。其实，《镜花缘》里叙写的三十多个海外奇国，除毗骞国、两面国、智佳国外，其余全是取自《山海经》中《海经》里的记载。这三十多个海外奇国，有详有略，篇幅很不均衡。有的是一回书写了数个国度，最突出的是第三十七回，连同前一回的末尾和后一回的开头，竟然随着旅人的行迹，走马观花似的连续叙写了结胸国、长臂国、翼民国、豕喙国、伯虑国、巫咸国凡六个国度。《镜花缘》中依据《山海经》对海外奇国其人其事的简单记述，加以不同方式的演绎，大体上有两种类型。一种是就《山海经》中所记奇国其人之形体特征，由旅人解说其生成缘故，以附会之法嘲谑人情世态。比如毛民国，《海外东经》记："为人身生毛。"人遍体生毛，是人类进化中的一种遗留现象，至今世界上还有个别的"毛人"。由于《孟子》有"杨子取为我，拔一毛而利天下，不为也"之语，后来有了"一毛不拔"一句成语，形容为人极其吝啬。《镜花缘》便顺着这个意思，解说毛民国的人都生了一身长毛的原因："原来他们当日也同常人一样，后来因他生性鄙吝，一毛不拔，死后冥官投其所好，所以给他一身长毛。"另一种类型是叙写其人在形体上与现实中的人了无差异的海外奇国的。在《山海经》里，有君子国、淑士国、女子国、黑齿国、歧舌国，其人都与现实中的人完全一样。《镜花缘》叙写的这一类国度，几乎全是文明之邦，有些地方的人不仅都读书，还颇有些学问、才艺。作为天朝文士的旅人到了这些国度，自然少不了要论学谈艺，从而也就遇到了些麻烦，也懂得了一些知识。譬如，在黑齿国里，他们被那里精通声韵、训诂的女子难倒了，还受到了她们的奚落，弃儒从商的多九公"脸上青一阵，黄一阵。身如针刺，无计可施"。

在《镜花缘》叙写的三十多个海外奇国中，最合乎小说叙事特征、最称构思精妙的，是写女子国的数回。《镜花缘》则是仿照有男有女的现实社会，虚构出了一个与现实社会男女处境乃至衣着完全颠倒了的世界。在现实社会里，"男治外事，女治内事"，内外之别便有种种差异，女人便受到成文或不成文的身体和精神两个方面的限制、约束，承受着种种不幸、痛苦。在这个女子国里，情况完全颠倒了过来："男子反穿衣裙，作为妇人，以治内事；女子反穿靴帽，作为男人，以治外事。""男子"作"妇人"，"女子"为"男人"，从语意学的角度说，甚是不通，作者显然是将"妇人""男人"二词的自然属性的内涵转换为社会属性的意思。然而，这也正像小说中对先民臆想中的荒怪人事做出的不无荒诞意味的解说一样，有其极富谐谑情趣的讽世意义。

（二）花般才情：百花齐放，百位才女

小说的下半部百花托生的女子们一一出场，相携赴京赶考。百位才女云集，她们博学多才，各有所长。她们或精通医卜星相，或擅长音韵算法，或胆识过人，或武艺高强，真可谓人才荟萃，百花争艳。

"聚会"一段八个章回里连篇累牍的都是纵横捭阖的才华学识、匪夷所思的伶牙俐齿。才女们排除一切杂念地玩着智力游戏。她们既堂堂正正地出招又慧黠刁钻地用敏锐的才思和惊人的记忆力让人目不暇接。尽管没有细腻的场景描写，但使才逞气的激烈交锋还是会让人兴奋地去想象"百花"争奇斗艳的画面。"聚会"中也有弹琴、下棋、投壶、射箭等技艺的描写，"百花"中也不乏洛红蕖、宰玉蟾等武艺精强之辈，甚至颜紫绡、燕紫琼还能御剑飞行，但这些本事比起作者自己技痒的文学就成了小道。让李汝珍技痒难煞的尤推他在声韵上的造诣和对典籍的熟知。小说上半部分第十九回中就有大段关于音韵字母的解析。到了后半部分众才女行酒令又有三个章回与韵学有关。在这些章节，李汝珍尽情展示着自己的才学，从音韵到各种杂学，无所不用其极。

李汝珍着重对众才女的才华描写以彰显自己的才学而缺乏对众女子心灵领域的描写，人物塑造较为片面，缺乏一种女性独有的灵性与柔情，因此《镜花缘》中的女子形象多浮于表面而缺少内在的张力。

参考文献

［1］张蕊青：《乾嘉扬州学派与〈镜花缘〉》，《北京大学学报（哲学社会科学版）》1999年第5期，第103-107页。

［2］欧阳光：《〈镜花缘〉简论》，《中山大学学报（社会科学版）》1995年第4期，第99-106页。

［3］孙佳迅：《〈镜花缘〉公案辨疑》，济南：齐鲁书社，1984年。

［4］王学钧：《功名情结的幻梦：〈镜花缘〉主题论》，《明清小说研究》2010年第3期，第4-12页。

［5］胡适：《章回小说考证》，上海：上海书店，1980年。

［6］鲁迅：《鲁迅全集》，北京：人民文学出版社，1981年。

教师点评

　　《镜花缘》是清朝优秀的长篇小说，全书通过唐敖海外仙游、勤王、百位才女"女试"的故事，展示出作者奇特的想象、丰厚的学识积累和对女性问题的探讨。书中的唐敖在海外游历时经过了君子国、女儿国、无肠国、犬封国等国家，作者对这些国家中人们奇异的形体、怪异的生活方式、特殊的才学技能、异样的风土特点等进行刻画，从不同角度表达了作者的褒贬之意。这本书颇有争议的便是它的主题究竟是怀才不遇的功名幻梦还是对女性问题的深沉思考。汪超群在《镜花水月，虚幻之梦——〈镜花缘〉读后感》中就李汝珍及《镜花缘》成书、《镜花缘》的故事内容和主题抒发见解，认为李汝珍突出对众才女才华的描写而缺少对人物丰富立体的塑造，女子形象浮于表面而缺乏内在张力。我们应该认识到，李汝珍限于特殊的时代背景，对女性问题的认识具有局限性。我们可以肯定李汝珍在行文中透露出对男女平等问题的思考，如女子缠足、女儿国的"女尊男卑"、女性接受教育等，可以说李汝珍在那个时代能够认识并提出这些问题较他人来说是进步的，但是也不可否认百位才女形象扁平化、单一脸谱化的问题，众多才女一门心思只为参加"女试"，鲜少体现女性的独特特质似乎也蕴含着作者心中对功名的追求。

（点评人：马振凤）

思想性与文学性的天作之合

——李伯元《官场现形记》读后感

田章华

作为晚清谴责小说之首的《官场现形记》，共 60 回，是中国近代第一部在报刊上连载并取得巨大社会影响的长篇章回体小说。

一、小说批判性内容反映

《官场现形记》从举捐官的下层士子赵温和佐杂小官钱典史写起，连缀串起清政府的州府长吏、省级藩台、钦差大臣以至军机、中堂等形形色色的官僚，揭露从中央到地方的腐败至极的现象，可以说是抽心一烂无一不腐。小说揭示的晚清官场的黑暗主要有以下四个方面。

（一）吃喝嫖赌、买官卖官

《官场现形记》给人的第一印象就是官员们的腐败无能以及官员都以"钱"为奋斗目标。大小官员沉迷于吃喝嫖赌中无法自拔。文中多次提到大小官员互相宴请，奢华无度，同时"叫局"之风盛行，成为普遍现象。第八回"谈官派信口开河，亏公项走投无路"中，陶子尧担负着山东省中丞的委任，带着钱财去上海置办机器。可他到上海后的第一件事不是去置办机器，而是吃喝玩乐，包养妓女，肆意挥霍着国家财产。机器没办，公款就已经被他挥霍了一大半，后面只能与人假签合约骗取国家钱款。武官剿灭土匪前也是借着由头吃喝嫖赌。

第十二回"设陷阱借刀杀人，割靴腰隔船吃醋"中，上司委任胡统领率领六营防军剿灭严州土匪，众官员乘坐着"江山船"，也就是有妓女的船，一路上吃喝嫖赌、游山玩水并且为了妓女争风吃醋。本来两天的路程玩乐了五六天才到达严州。如此行事，真有愧于百姓。买官卖官更是普遍现象，大小官位都明码标价，不管你才能如何，只要有钱就能做官，即便你目不识丁也能获得官身。文中提到多位人物都是捐官，并不是正途进入。

（二）面子工程、贪污受贿

《官场现形记》还揭示的重要问题就是面子工程、贪污受贿之风盛行。无论是官场还是军队训练都是进行的面子工程，只要面子上粉饰得好，无所谓现实效果如何。在第六回"急张罗州官接巡抚，少训练副将都司"中，军队的军饷早已被克扣殆尽，军营里留下的都是些老弱病残。为了应付上司检查，就召集地痞流氓、无业游民、耍杂技的充当官兵，应付上级检查。"一干人得了这个吩咐，关系自己考程，也就不敢怠慢，所有地方的青皮光棍，没有行业的人，统通被他招了去。""中国绿营的兵，只要有两件本事就可以当得：第一件是会跑。大人看操的时候，所有摆的阵势，不过是一个跟着一个的跑。在校场里会兜圈子，就会摆得阵。排在一溜的叫长蛇阵；团在一堆的叫螺蛳阵。分作八下的叫八卦阵。第二件是会喊。瞧着大人轿子老远的来了，一齐跪在田里，当头的将官，双手高捧手本，口报'某官某人，叩接大人'。大人跟前的戈什喊一声'起去'，所有的兵丁，齐齐答应一声'嘎'！这一声要一齐张嘴，不得参差。喊过之后，拔起脚来就跑，又赶到前面伺候去了。"这样的军队，能够保护人民吗？官场的面子工程就更多了，背地里腐朽不堪，表面上却做得清正廉洁。官场的贪污受贿问题就更加严重了，无论是官官之间，还是官民之间，只要钱到位，一切问题都迎刃而解，一切愿望都能满足。

（三）压榨百姓、草菅人命

真正的官员应该是为百姓服务，替百姓着想，是百姓的"父母官"。然而《官场现形记》中的官员却大多压榨百姓、草菅人命。在第十四回"剿土匪鱼龙曼衍，开保案鸡犬飞升"中，土匪已经被剿灭，但是胡统领为了获取功劳，却说土匪未灭，把百姓疑心为土匪，要烧他们的房子。纵容兵丁搜掠抢劫，甚至洗灭村庄，奸淫妇女。百姓告官，县令并不为民做主，反而恐吓他们并要他们说是土匪所为，随意欺诈百姓。官员们断案也是随心所欲，完全根据自己的主观判断，完全不考虑是否断错了案，冤枉了人。

（四）媚外求荣、惧怕洋人

晚清的官员对中国人和外国人是两种截然相反的态度。大多官员媚外求荣，一面惧怕洋人，一面又巴结洋人。只要牵扯到洋人，晚清官员就会失去往日那种嚣张气焰，变得胆小如鼠。在第三十一回"改营规观察上条陈，说洋话哨官遭殴打"中，龙占元好心去接洋教习，因语言不通发生矛盾被殴打，羊统领却畏惧洋人，反而责罚龙占元并祈求洋人的原谅，不讲情理。官场对洋务也一窍不通，只要能与洋人相处或出使过西洋，就认作人才，许多官员靠着洋人便平步青云，但却未有真才实学。更有甚者一步步地出卖国家主权，用国家主权换取洋人欢心和本人利益。在五十二回"走捷径假子统营头，靠泰山劣绅卖矿产"中，尹子崇就把安徽全省矿产用计卖给了洋人，出卖国家主权换取了个人的利益。

二、小说现实性反映

（一）社会问题的现实原因

《官场现形记》揭示了晚清官场如此之多的乱象和黑暗，同时将人性的缺点和纷纷扰扰、形形色色的官僚丑恶也暴露得淋漓尽致。如此严重的社会问题背后必然是时代的条件局限和现实原因。晚清社会是处于半殖民地半封建社会的局面，西方列强的强势入侵以及文化侵略，将中国的大门狠狠撞开。然而中国统治者还自以为是天朝上国，不肯开眼看世界，从而落后于别国。清朝封建体制发展到末期，早已经僵化不堪，随时都有轰然倒塌的可能，官场上下腐朽不堪。军事方面也是军备废弛，武器远远落后于工业革命的西方各国，打起仗来毫无招架之力，只能同各国签订一个又一个不平等条约，出卖国家主权来换取一时的政治稳定和封建统治。面对外国人时，中国官员完全弯掉了中国的脊梁。晚清社会矛盾也尖锐不堪，人民大众与帝国主义，农民阶级与地主阶级斗争不断，这也造成了官员们对百姓的强硬压迫。总之，晚清的黑暗官场和黑暗社会，根源就在于晚清的半殖民地半封建社会。

（二）对当代社会的启示

《官场现形记》具有丰富的启示性，对当代社会具有现实价值。从《官场现形记》中可以窥探一些官场腐败产生的原因，更加理性地思考大环境反腐败。中国共产党是执政党，是领导全国人民进行国家治理的核心，是各项建设事业取得成功的根本保证。在中国共产党领导下的中国政府，就应该以人民群众为中心，积极保障和维护人民群众的权益，走人民群众路线，全心全意为人民群众服务，对人民群众负责。官员们要做到依法行政，不能随心所欲，要清正廉洁，为百姓做实事，做为人民的好官。与此同时，要加强对官员的监督，完善国家监督体系，让官员们不敢滥用职权，进行权钱交易等。还要不断提高官员们的先进性教育，进一步对其进行能力培养，做到选贤任能等。

三、小说文学性特色

《官场现形记》不单单具有深刻的思想性和启示性，作为四大谴责小说之首，它在文学方面也独具特色，值得读者深入阅读和欣赏。

（一）章回体小说

《官场现形记》作为章回体小说，全文共六十回，由 30 多个相对独立的官场故事连缀起来。叙事风格明确，故事通篇平铺直叙，简单明了，具有很强的故事性。没有过多的啰唆，通过回目，就能对这章回所要描写的内容有一个大致的了解，不会有过多的离弦脱辙。叙事风格明快，文笔流畅，朗朗上口。

（二）语言特色

《官场现形记》运用白话进行创作，更加大众化、平民化，扩大了小说的受众，让平民百姓也能轻松阅读。同时，小说运用诙谐幽默的笔调，用直率、热烈的夸张、对比等手法加深文章的讽刺性。小说还运用了方言，在第八回"谈官派信口开河，亏公项走投无路"中，新嫂嫂多次用上海话表达，这对新嫂嫂的形象塑造，上海地域文化的凸显起到了重要作用。浓郁的地域文化色彩和所蕴含的深刻社会人情风貌，更加展现了《官场现形记》的文化色彩。文章还多次运用俗语和歇后语，提高文章文学性，揭示官场黑暗，例如"千里为官只为财"，官人七子秘诀"一紧，二慢，三罢休"，官场办事"大头小尾"等。

（三）人物形象鲜明、具有影射性

《官场现形记》汇集了晚清官场各个层次的官，刻画了五花八门的官场人物，对人物的性格、心理、行为等都有所描述，使中国古代小说的人物画廊呈现出前所未有的全面性和系统性。小说中人物形象鲜明、各有特色。无论是钱典史的势利、瞿耐庵的小气和惧内，还是刁大人的狡猾贪婪、周老爷的阴险狡诈，都被刻画得入木三分，活灵活现。同时，《官场现形记》的官员都具有代表性和影射性。书中人物大多以朝廷官吏为原型，胡适曾在为此书做的序言中论说过这种情况："那些有名姓可考的，如华中堂之为荣禄，黑大叔之为李莲英，如周中堂影射翁同龢等。至于冒得官、区奉人（谐趋奉人）、贾筱芝（谐假孝子）、时筱仁（谐实小人）、刁迈彭（谐刁卖朋）、施步彤（谐实不通）等，其行径一旦形诸笔墨，皆使时人感到似曾相识，默契会心，倍增兴味。"最后连慈禧太后都知道此书消息，很是生气，于是"索阅是书，按名调查"。

结　语

《官场现形记》不仅具有深刻的思想性和启示性，而且具有典型的文学色彩。当今社会，我们要深刻记住《官场现形记》对我们的启示，形成一个真正清正廉洁、为民服务的官场，为实现第二个百年奋斗目标，建成富强民主文明和谐美丽的社会主义现代化强国，实现中华民族伟大复兴的中国梦贡献自己的力量。

参考文献

［1］李伯元：《官场现形记》，北京：人民文学出版社，1981年。

［2］胡适：《官场现形记序》，载《官场现形记》，上海：亚东图书馆，1927年。

［3］欧阳健：《晚清小说简史》，太原：山西人民出版社，2005年。

［4］吴淳邦：《晚清讽刺小说的讽刺艺术》，上海：复旦大学出版社，1994年。

［5］鲁迅：《中国小说史略》，上海：上海古籍出版社，1998年。

教师点评

论文重点从思想性、文学性两个方面探讨李伯元《官场现形记》的读后感想，主体分为"小说批判性内容反映""小说现实性反映""小说文学性特色"三大部分，每部分开头便表明本章论述重点和观点，且段落与段落之间有过渡句或者提示语，展现作者的行文思路，可以说论据翔实、思路清晰、逻辑严谨。不过，论文的首段应该具备"摘要"或者"序言"的功能，对论文的研究方向、研究成果有所概括，而本文的首段过于简单，略显突兀。在"对当代社会的启示"及"结语"部分的现实意义探讨上较为生硬，过度升华，与全文风格不太相融。

（点评人：熊　敏）

从人物视角看《二十年目睹之怪现状》的多重矛盾性

——吴趼人《二十年目睹之怪现状》读后感

孙杭波

作为晚清四大谴责小说之一，吴趼人的《二十年目睹之怪现状》以九死一生的"我"作为叙述视角，展现了行将灭亡的封建社会从 1884 年前后至 1904 年前后 20 年间的社会"怪现状"。其人物涉及官场、商场、洋场，有恶棍、骗子、狂徒、巡捕、强盗、讼师、烟鬼等。全书 200 个小故事对不同阶级、不同年龄、不同性质的人物做了细腻生动的描绘，塑造了丰富的人物群像。而在这个过程中，主要人物与次要人物的对比、正面人物与反面人物的对比，以及与其他小说的对比，则体现了本书在人物形象和人物塑造上所具有的多重矛盾的复杂特性。

一、人物形象的多重矛盾性

（一）九死一生：主人公的客体与主体

传统小说体式大多体现主角对于小说主要事件的主动参与性，而《二十年目睹之怪现状》以主人公"九死一生"也就是"我"的耳闻目睹来披露清朝末期社会的黑暗现实，则体现出了主人公主体与客体兼容的角色特质。从九死一生奔丧开始直到经商结束的二十年中，其中所揭露的各种社会乱象大多时候都是九死一生在旁看到或者通过他人讲述听到。所以九死一生大多时候都是以一种旁观者的视角在审视、理解社会存在的"怪现状",不带主观情感地叙述,这是九死一生作为主人公的客体体现。但是作为推进故事情节发展的线索,他也是聚焦"怪现状"的主体。"怪现状"的揭露需要借助九死一生的所见、所听、所感、所闻,可以说他以另一种方式参与了所有的"怪现状"并将它们串联起来。正如"只因我出来应世的二十年中,回头想来,所遇见的只有三种东西:第一种是蛇虫鼠蚁,第二种是豺狼虎豹,第三种是魑魅魍魉。二十年之久,在此中过来,未曾被第一种所蚀,未曾被第二种所啖,未曾被第三种所攫,居然被我都避了过去,还不算是九死一生吗?所以我这个名字,也是我自家的纪念"[1]。作为记叙社会黑暗的他也仍旧是这个时代下的一员,这些事件组成了他难得的人生经历,形塑着个体人格。"九死一生"的化名体现了主人公在官场、洋场的各种乱象中周旋的挣扎和坚守,"死里逃生"的人生经历恰好就是主人公在情节发展中的主体性和参与性。最后由九死一生的人物形象实现了主体与客体的有机统一:虽然在很多事件当中九死一生充当"旁观者"的客体,没有亲身参与这些事件,但是与欺软怕硬、虚情假意的反面人物相比,其身上仍旧保留着单纯和质朴的可贵品质。

(二)吴继之:正面人物的希望与绝望

主人公在"怪现状"的挣扎中表现出主体与客体的矛盾属性,那么以吴继之为代表的正面人物则在其中反映出了那个时代下的希望与绝望。200多个小故事塑造了众多的反面人物,极为广泛地反映了社会的假丑恶,与之相对照的吴继之、蔡侣笙、九死一生等为数不多的正面人物所体现的人性的光辉则为我们带来了心灵的抚慰。吴继之身处复杂的官场仍保持着清醒和通透,对九死一生情深意重,并且其人物命运并没有走向更有情节张力的"黑化"路线来更深层次地展现无法挽救的社会对人的迫害和摧残,以此体现了吴趼人作为创作者的善良,而他们也正是封建时代下人性的希望。但是时代的一粒灰,落在每个人身上都是沉重的。"众人皆醉我独醒"的困境也为他们带来了痛苦,一方面

---

[1]　吴趼人:《二十年目睹之怪现状》,北京:人民文学出版社,2020年,第48页。

他们看到了这个社会的恶，但是却无力作出改变，甚至在压迫中无法独善其身。蔡侣笙作为为数不多的好官，为了救济蝗灾自己出钱出力，最终的下场却是一片凄惨；吴继之被罢官后转由经商但最终失败。正面人物的希望也是小人物的绝望，而这种绝望也体现了作者理想追求的幻灭。

二、人物塑造的多重矛盾性

（一）真实性与虚假性

《二十年目睹之怪现状》作为讽刺社会的谴责小说，具有自传性质，即作者对生平经历的自我叙述。何宏玲教授就认为本书中几个重要形象，如九死一生、吴继之、文述农其实都是吴趼人自我形象的分化。[1] 作者本人的生平经历与小说部分情节具有一定相似性，可以看出小说情节有取材于吴趼人的生活经历的部分，由此体现了"怪现状"的真实性。当然，真实的黑暗也是作为批判讽刺社会现实所需要的。而第一人称的叙述视角在增加事件真实性的同时，也是作者本人的精神寄托。在何宏玲教授看来，采用这种叙述方式，更重要的是实现作者的自我书写，以此传达自己的创作目的。[2] 因此，本书中有着吴趼人个人的情感体验，而在这种情感体验下，作者就对自己或者身边的经历进行一定的艺术加工以显现出超脱生活认知的"虚假性"。因为从人物塑造的角度来看，小说创作要突出典型，所以反面人物的极恶与正面人物的极善得到张扬。例如最具代表性的反面人物苟才聚合贪财、好色、乱伦、装阔等多种"假丑恶"的特质，其中吴趼人肯定了通过夸张虚构的方式来展开苟才这类反面人物所做出的各种"怪现状"，这样才能达到给读者感官冲击的文字效果。而后反面人物无法得到惩处更显社会的黑暗；苦苦挣扎的正面人物受到残害更容易激发情感共鸣。真实性与虚假性不是对立的，而是吴趼人在文学创作中将其有

---

[1]　何宏玲：《〈二十年目睹之怪现状〉的自传性》，《南京师范大学文学院学报》2014 年第 2 期，第 71-75 页。

[2]　何宏玲：《〈二十年目睹之怪现状〉的自传性》，《南京师范大学文学院学报》2014 年第 2 期，第 71-75 页。

机结合，使小说创作取材于生活最终又实现了对生活的超越。

（二）先锋性和局限性

1902年，梁启超在《新小说》中倡导要发动"小说界革命"，提出"欲新一国之民，不可不先新一国之小说"。受到梁启超思想影响的吴趼人也在《月月小说序》中称："吾感夫饮冰子'小说与群治之关系'之说出，提倡改良小说。"因此，他创作《二十年目睹之怪现状》的直接目的是希望通过对社会黑暗的揭露来实现"改良"目的。"改良"的新式思想不仅体现在创作目的上，还体现在创作方法上。吴趼人在小说创作上进行了多方面的探索与突破，其中最大的成就便是《二十年目睹之怪现状》中第一叙述视角的使用。相较于中国传统小说，此书以第一人称叙事，以"我"的耳闻目睹来把纷繁复杂的人物事件串联起来。虽然在当代第一叙述视角在文学创作中已经非常普遍，但是在中国传统小说中却较少出现。吴趼人称其为"如千军万马，均归一人操纵"，可见《二十年目睹之怪现状》中吴趼人对传统小说的突破和创新。

但是由于时代和思想的局限，《二十年目睹之怪现状》也有着其必然的局限性。首先，"改良"不是"改革"，吴趼人的突破并不具有冲击性、进攻性。他的改良是试图通过传统儒道重构旧秩序、恢复旧道德来改造这个丑恶的世界，并不是打破旧有的社会规则建立新秩序。这就限制了对"怪现状"本质的深刻揭露和批判，这是由儒家思想所培养出的吴趼人这类儒士所无法规避的。而这种改良的妥协性和不彻底性反映到作品中则是仅仅停留在对反面人物表面恶行的揭露和谴责上，而没有对整个社会底层逻辑进行反思。正如鲁迅所说："惜描写失之张皇，时或伤于溢恶，言违真实，则感人之力顿微，终不过连篇话柄，仅足供闲散者谈笑之资而已。""其在小说，则揭发伏藏，显其弊恶，而于时政，严加纠弹，或更扩充，并及风俗。虽命意在于匡世，似与讽刺小说同伦，而辞气浮露，笔无藏锋，甚且过其辞，以合时人嗜好，则其度量技术之相去亦远矣，故别谓之谴责小说。"[1] 在某种程度上来说，大量的讽刺和夸张手法

---

[1]　鲁迅：《中国小说史略》，北京：民主与建设出版社，2016年，第545-555页。

的运用使得作品"失声"。

结　语

从人物视角看《二十年目睹之怪现状》所具有的多重矛盾，或许我们可以从一个更新、更全面的角度来理解这本书。矛盾引发了情节发展的冲突，体现在人物面对社会黑暗的抗争与挣扎上，但也归于统一。就像这本书不可避免的局限性一样，由于吴趼人无法跳脱出时代的局限来寻求自我拯救和社会拯救，对于当代的我们才更有思辨的意义。时代困境的命题下，《二十年目睹之怪现状》才更能警醒当下的我们，甚至反映社会生活的另一面。从这个角度来说，局限就不再是"局限"，而是让后继者继续探索的"无限"。

参考文献

［1］钟儒：《解析明清文学作品中谴责小说——以〈二十年目睹之怪现状〉为例》，《速读（中旬）》2017年第4期，第247-248页。

［2］吴趼人：《二十年目睹之怪现状》，北京：人民文学出版社，2020年。

［3］何宏玲：《〈二十年目睹之怪现状〉的自传性》，《南京师范大学文学院学报》2014年第2期，第71-75页。

［4］鲁迅：《中国小说史略》，北京：民主与建设出版社，2016年。

教师点评

一是矛盾性抓得好。文章从"人物形象、人物塑造"两方面切入，始终抓住矛盾性展开论述，既论述了主要人物九死一生和次要人物吴继之在人物形象方面的多重矛盾性，也关注了小说叙述中的"真实性"与"虚假性"，又将"先锋性"与"局限性"关联起来展开思考，巧妙地将"当时的局限"与"我们的时代"两个时代无缝衔接，指出了作品的当代意义。文章切入点巧妙，观点明确，思路清晰，结构严谨。

二是阐述清晰，语言表达有文采。文章以"从人物视角看《二十年目睹之怪现状》的多重矛盾性"为中心，分两个层次展开论述，第一层针对人物形象分析，第二层针对人物塑造论述，指出了小说的局限性，更肯定了小说的时代意义；这两层相互补充，且都立足于"矛盾性"这一着眼点，中心突出，文字驾驭力好。

不足之处在于对论述具体例子的举例分析不够。论证九死一生作为社会乱象的旁观者、"怪现状"的聚焦主体，可以适当补上例子，如道德败坏的"道学先生"符弥轩表面上是孝子贤孙，实则对抚养他长大的祖父冷酷残暴，不孝至极。

（点评人：张玉妹）

拳拳之心，忧国忧民

——《老残游记》读后感

陈嘉玺

近来阅读了清末小说《老残游记》，作为此类小说的初读者，读过之后，既感慨于文中晚清社会的矛盾重重、危机四伏；同时也为作者对社会问题一针见血的见解所折服。

通览全书，印象最为深刻的，一是小说开头老残的"梦境"，二是对两个拥清官之名却行酷吏之实的官吏的批判。

一、老残的"梦境"

梦中，老残与文章伯、德慧生三人在海边阁子上等待日出，因为云多，没能如愿，却用望远镜看见了一条帆船。"在那洪波巨浪之中，好不危险。"个人之见，这条帆船显然隐喻的是当时的中国。而在"船主坐在舵楼之上，楼下四人专管转舵的事。前后六枝桅杆，挂着六扇旧帆；又有两枝新桅，挂着一扇簇新的帆、一扇半新不旧的帆"这段话中，结合清末历史背景不难得出如下结论——四个转舵可能是指军机大臣，六枝桅杆是指旧有的六部，两枝新桅是新设的两部（外务部和商部）。"这船虽有二十三四丈长，却是破坏的地方不少：东边有一块，约有三丈长短，已经破坏，浪花直灌进去；那旁，仍在东边，又有一块，约长一丈，水波亦渐渐浸入；其余的地方，无一处没有伤痕。"这一段则更是耐人寻味——所谓二十三四丈便是清政府统治下所设的二十三四个行省与藩属，东边那三丈便是东三省；东边那一丈便是山东。两地都饱受西方列强凌辱，也是作者暗喻其中的政局见解——时局艰难，国已不国，且有四分五裂被瓜分之危。

虽然此船将沉危在旦夕，但是船上的人却只是各管其事："那八个管帆的却是认真地在那里管，只是各人管各人的帆，仿佛在八只船上似的，彼此不相关照。那水手只管在那坐船的男男女女队里乱窜，不知所做何事。用远镜仔细看去，方知道他在那里搜他们男男女女所带的干粮，并剥那些人身上穿的衣服。"见此情境，老残三人不由得心头火起：眼看船就要沉了，那些当官的要么糊里糊涂，要么搜刮民财。船的控制者也开始借危船难以承重杀人敛财，抛尸于海，

此情此景自然引得老残三人心中侠义之情涌动，为了挽救这一船无辜百姓之命，文章伯一开始提出的方案是：驾驶渔船，追上帆船，强行登船杀掉其掌控者。此激进之法不必多说，暗指轰轰烈烈的革命运动。而老残则对驾驶的人怀有理解之意和同情之心，认为驾驶的人"并未曾错"，只因两个缘故，所以就把这船弄得狼狈不堪了：一则他们只会过太平日子，若遇风平浪静的时候他驾驶的情状亦有操纵自如之妙，但今天遇到的是大风大浪，所以他们都毛了手脚；二则他们未曾预备方针，平常晴天的时候，照着老法子去走，又有日月星辰可看，所以南北东西尚还不大很错。哪知遇到了阴天，日月星辰都被云气遮了，所以他们就没了依傍。他们心里不是不想往好处去做，只是不知东南西北，所以越走越错。

基于此番分析，老残的方案是：送他们一个罗盘，他们有了方向，便会走了；再将这有风浪与无风浪时驾驶不同之处告知船主，他们依了高人的话，岂不立刻就登彼岸了吗？此言一出自是引得同行二人点头称是，便赶紧照样办，救人危难。

当老残三人赶上帆船时，船上的革命家正在那里演说，要革掌舵人的命。革命家以革命为借口敛财后，站在安全的地方，鼓动别人流血。老残等人跳上船，把向盘、纪限仪等送给大船上的人，怎奈舵工不知如何使用这些新物件，正在为难之际，"下等水手"们看见这些外国货，又指控老残他们，说他们用的是外国向盘，一定是洋鬼子差遣来的汉奸。刚才鼓动革命的英雄豪杰也在那

里喊道："这是卖船的汉奸！快杀，快杀！"幸得船主的叔叔稍明事理，让三人赶紧离开，以躲避众怒。三人退回小船后，大船上的人仍然余怒未息，用被浪打碎了的断桩破板将渔船打得粉碎。

显而易见，老残的噩梦是一个政治隐喻。大船即将倾覆，而船上的人却不知方向，并且拒绝使用外国先进的仪器，甚至把先知先觉者当成汉奸对待，仔细想想，可不就是无可奈何的残局了吗？再说船上的"革命者"们，也只是卖弄卖弄嘴上功夫，搞些新词、主义愚弄蛊惑大众，看似为大众考虑发声，实则是为自己谋权攫利，文中种种怪象不只是清末时局的特例，放眼如今又何尝没有呢？

二、书中的"清官"

刘鹗笔下的"清官"，名为清廉之辈，其实是一些"急于要做大官"而不惜杀民邀功，用人血染红顶子的刽子手。其中的一位代表——玉贤是以"才能功绩卓著"而补曹州知府的。在署理曹州府不到一年的时间，衙门前十二个站笼（一种刑具）便站死了两千多人，要说这苛政惩戒贼人倒也有理可解，可实际上站死的人里九分半都是良民，这残酷的刑法让百姓苦不堪言。财主于朝栋一家，因和强盗结怨被栽赃，玉贤不加调查，一口咬定一家和强盗勾结，父子三人就断送在站笼里；董家口一个杂货铺的掌柜的年轻儿子，由于酒后随口批评了玉贤几句，就被他抓进站笼站死；东平府书铺里的人，一针见血地说出了玉贤的真相："无论你有理没理，只要他心里觉得不错，就上了站笼了。"玉贤的逻辑是："这人无论冤枉不冤枉，若放下他，一定不能甘心，将来连我前程都保不住。俗语说得好，'斩草要除根'。"为了飞黄腾达，他死也不肯放下手中的屠刀。老残题诗说，"冤埋城阙暗，血染顶珠红""杀民如杀贼，太守是元戎"就深刻地揭示了他们的本质。

另一个代表刚弼是"清廉得格登登"的清官，他曾拒绝巨额贿赂，但却倚仗不要钱、不受贿，一味臆测断案，枉杀了很多好人。他审讯贾家十三条人命的巨案，主观臆断，定魏氏父女是凶手，严刑逼供，铸成骇人听闻的冤狱。不仅如此，书中还揭露了貌似贤良的昏官。如山东巡抚庄宫保，"爱才若渴"，搜罗奇才异能之士。表面上是个"礼贤下士"的大员，但事实上却是个昏庸之辈。他不辨属吏的善恶贤愚，也判断不出谋议的正确与错误。他的爱才美德，给山东百姓带来了一系列的灾难。"办盗能吏"玉贤是他赏识的，刚弼也是他倚重的，更为严重的是他竟错误地采用史钧甫的治河建议，废济阳以下民埝，退守大堤，致使两岸十几万生灵遭受涂炭。即使后来老残把玉贤和刚弼的所作所为都告诉了宫保，他却为难地说："实是兄弟之罪，将来总当设法。但目下不敢出尔反尔，似非对君父之道。"这里不难看出，这些所谓的"清官"，内部的官官相护之风也是害人尤甚，面对玉贤的所作所为，身为上级的宗保首先考虑的是玉贤由自己举荐不可出尔反尔，把百姓的利益搁置一边，他的出发点是自己为官的利益，从而和玉贤站在了同一立场，将这种官官相护的利益链条凌驾于百姓之上。而作为清官文中的玉贤、刚弼之徒只是在政治权力、个人前途和短期的经济利益之间选择了前者，同时以放弃后者作为自己的仕途美化，他们表面上不谋钱财、两袖清风，实际上是为了个人的升迁之路，为了政治权力他们更是不择手段，用百姓的累累白骨作为自己向权力中心攀爬的垫脚石，用残酷的刑法和所谓的"清廉"掩盖着自己政治上的野心和能力上的庸碌，用暴戾的手段堵塞百姓之口，一句"谣言惑众"就让百姓人头落地，人们明知玉贤大人的诸多暴行却不得发声。刘鹗通过对这些"清官"罪行的无情揭露，点出了"赃官可恨，人人知之。清官尤可恨，人多不知。盖赃官自知有病，不敢公然为非，清官则自以为不要钱，何所不可？刚愎自用，小则杀人，大则误国，吾人亲目所见，不知凡几矣"这一论断，这些披着"清官"外皮的酷吏庸官，与那些千夫所指的贪官污吏一样误国殃民甚至更甚，放在如今社会仍有极强的警示意义。

参考文献

［1］刘鹗：《老残游记》，长沙：岳麓书社，2019 年。

［2］许子东：《清官比贪官更可怕？——刘鹗〈老残游记〉》，《名作欣赏》2020 年第 34 期，第 29-35 页。

［3］吴迪：《〈老残游记〉"清官"反思》，《神州》2017 年第 25 期，第 15 页。

［4］彭淑慧：《空间文学视阈下〈老残游记〉空间结构探析》，《九江学院学报（社会科学版）》2022 年第 1 期，第 47-51 页。

教师点评

《老残游记》与《官场现形记》《二十年目睹之怪现状》《孽海花》并称为晚清"四大谴责小说"。此书的主人公是一位已过了游侠年龄，却过着摇铃串巷、行侠仗义生活的江湖闲散人士。作者借主人公"老残"的游历经历，为读者展示了晚清北方的风土人情，以及当时的官场风气，同时还塑造了玉贤、刚弼两位"误国清官"，屿姑、逸云、环翠等非凡女性形象。

本文以作者印象深刻的两点——老残梦境的政治隐喻和两位"误国清官"为切入点，较详细地概括了书中部分章节的内容，并提出了看法。革命者也好，抱残守旧者也罢，面对时局的动荡，有多少人是真正为百姓发声，而非为自己谋求时代红利？至于"清廉得格登登"的清官，实则比贪官更害人。刚弼者"刚愎"也，他们自以为清廉，便站在道德的制高点，理直气壮地肆意残害百姓性命。此番人等小则杀人，大则误国，于当今社会仍然有强烈的警示意义。

统编版高中语文教材加入了"整本书阅读与研讨"的学习任务群，高中生阅读《老残游记》不仅可以拓宽阅读视野、提升阅读鉴赏能力，还可以对晚清文化进行深入学习和思考。同时，近几年来新高考小说阅读范围扩大，历史小说、明清小说、外国小说都可能成为高考考查重点。因此，本文对高中生小说阅读具有一定指导意义。

（点评人：高　冉）

经历史洪流沉淀的璀璨晶石

——金松岑、曾朴《孽海花》读后感

张耀友

本文将从以下几个部分来论述《孽海花》，文章叙述的时代背景为甲午中日战争前三十年间中国社会以及晚清政府的变化，故而本文首先将《孽海花》这部小说放置于宏大历史观的角度进行分析并阐述其重要的历史价值。其次对《孽海花》在社会中的影响价值进行阐释，包括对千古帝制种种的谴责，对西方民主自由思想的支持与宣扬，以及反对帝国主义的侵略和对买官晋爵现象的批判。最后则分析傅彩云和金雯青二者的人物形象，挖掘其各自在书中承担的作用。

一、《孽海花》的历史价值

首先，《孽海花》生动地描绘了清朝末年的社会风貌，包括官场、商业、妓院、帮会等各个方面，反映了当时社会的黑暗面和腐败现象。其次，《孽海花》描写了当时的文化氛围、文人雅士的生活和思想，反映了当时文化的多元性和矛盾性，对我们了解清朝末年的文化现象具有一定的参考价值。最后，《孽海花》还反映了当时的政治现象，包括官场的腐败、权力斗争等，对我们了解清朝末年政治的黑暗面和腐败现象也具有意义。

《孽海花》问世的社会背景是中国东北三省遭受日俄入侵而相继沦陷之际，而小说本身在最初是标榜"政治"小说问世。原初作者是金松岑，小说中两位主人公原型是洪钧以及他的爱妾赵彩云，小说以二人代表中国出使外国为创作蓝本，反映的是在政治民族危亡之时，晚清政府慌乱而无能的政治状况。后来，金松岑将小说的撰写任务移交给好友曾朴，他们在拟定小说的具体叙述结构和内容时，依然将小说的落脚点定于政治，通过相对有限的人物经历的书写，来重点反映那个时代的社会政治文化状况。小说出版之后，题材也从政治小说转变为历史小说。

小说作为一种文学体裁在近代历史的初创时期并没有十分清晰的分类系统，小说的各种类型在根本元素上存在着相互渗透、相互交叉的现象，就像以描绘社会现象为中心的小说和以反映和记叙历史的小说里或多或少都会涉及政治方面的因素。《孽海花》以历史小说的标签面世之时，虽然其所处时代的小说分类系统混乱而模糊，但是作者想在其中反映时代特征，反映历史变化的写作意图还是尤为明显的。

《孽海花》中所描绘的两个主人公——金雯青和傅彩云，其原型也同样可考，即洪钧和他的爱妾赵彩云。洪钧的教育背景和小说中的金雯青如出一辙，同为同治七年（1868）的状元，担任过兵部左侍郎，后来在机缘巧合之下认识并收了身为妓女的赵彩云做妾。而小说中所描绘的傅彩云的经历与洪钧的爱妾赵彩云极为一致。赵彩云曾以诰命夫人的身份陪同洪钧在光绪十四年（1888）出使德、俄、荷、奥四个国家，洪钧在出使任职期间将我国800里土地错划给帝俄，国民的谴责加之于后来赵彩云的越轨使洪钧积郁于心，他最终抑郁离世。而失去庇佑的赵彩云重操旧业，并改名赛金花，后面历经的种种也为其后半生增添了许多传奇色彩。在小说中，二者则是以金雯青和傅彩云的"头衔"生活在作者所编织的故事里。

在小说的艺术特色方面，曾朴在撰写《孽海花》时有意识地将其定性为历史小说。一是其在小说中实实在在地描绘了甲午中日战争之前的三十年里中国社会发生的种种变化。二是该书在讲述历史时，作者由于深受雨果等国外文学家的影响，在写作时借鉴了欧洲的历史小说创作的方法。在小说内容的编撰中，则巧妙地绕开对政界人物的叙述，借小说的体裁优势将历史讲述出来。然而《孽海花》所讲述的也并非纯粹的历史，小说中的部分人物也具有虚构的性质，并非史实。正如作者金松岑和曾朴所声言"此书述赛金花一生历史""本书以名妓赛金花为主人"那样，作者在全书的编写时有意识地以女主人公傅彩云一生的经历为主线来聚合连缀作者所安排的所谓"虚构"和"真实"的要素，反映了其作为历史小说的体裁特征。

二、《孽海花》的社会文化价值

小说除了具有深刻的历史价值外，在对社会文化的影响方面同样颇有一番造诣：它反映了当时中国的一些社会现象以及文化思想的复杂情况。在洋务文化盛行的思想背景下，中国学界呈现出的一派追求自由民主的思想风向，中国军事实力落后的社会现实，以及"弱国无外交"式的外交无力，都借小说之口表达了出来。但小说的刻画重心还是放置于三十年间中国的政治社会发生的巨大转变以及封建社会即将土崩瓦解的时代现状。同时，反帝反封建的思想在小说中也尤为明显，这反映了作者曾朴作为那个时代的知识分子所处的思想政治立场。所以，小说中的爱国思想也尤为突出，它谴责晚清政府的腐败和懦弱无能。或许正是因为作者经历了从晚清破灭到民国产生的历史演变，所以才能深刻地理解在那样的时代之中人们的异化和挣扎。所以作者赋予了小说另一层社会意义，那便是对社会黑暗的揭露，对丑恶社会现象的批判和讽刺。

在社会历史的进程中，弱肉强食的丛林法则在国际社会关系中屡试不爽。小说描写的时期，中国江山岌岌可危，已然陷入内忧外患、国破家亡的非常时期。作者曾朴深刻地体会到了中国山河欲坠的社会现实，于此，他在作品中不仅仅停留于揭露社会的黑暗现实，抨击晚清政府腐败无能，更是对帝国主义国家的凶残暴敛进行强烈的谴责。小说在描绘日俄战争时有过这样一段叙述，"忽见几个神色仓皇、手忙脚乱的人奔进来，嚷道：'祸事！祸事！日俄开仗了，东三省快要不保了！'正嚷着，旁边远远坐着一人冷笑道：'岂但东三省呀！十八省早已都不保了'"。由此可见，帝国主义的侵略战争已然使得中国人民人心惶惶，于焦虑和恐惧中，麻木与无奈之态渐显。

在每一个国家或历史轮回中，都会有一群不顾国家危难而以私欲为行为准绳的人，他们不惜出卖国土、出卖人民。于《孽海花》这部小说之中则集中体现为官僚主义者群体，作者在小说中有意图地借金雯青之身谴责这些不法分子。当然，曾朴于国难之中不仅停留于批判，在小说之中还明显地透露出其主张宣扬民主自由思想的思维动向。小说中写到了青年会、兴中会的成立等先进分子的政治活动，于此之中还对先进分子积极以新思想新观念救国的行为大肆褒扬，这也无不体现出作者作为当时社会背景下的一分子，他身上所体现出来的先进性和远瞻性。

三、《孽海花》主要人物分析

从接受的角度看，《孽海花》中最有吸引力的人物是傅彩云，以至许多读者通常把她看作小说的主人公，对她倾注了过分的热情。[1] 根据时萌《〈孽海花〉评价与考证集纂》所辑录的现存散见于诸家笔记及报章杂志有关《孽海花》评议与考证的 21 条资料中，涉及傅彩云（赛金花）相关信息的就有 13 条，而 10 条专为傅彩云（赛金花）而发。[2] 或许关于赛金花这一人物的关注主要来源于其历史原型本身便是一位富有传奇和神秘色彩的女性人物，而如此大面积的讨论或许只是因为《孽海花》一书的问世使人们重新将热情投注于此。那作为文学形象中的赛金花，作为读者的我们应该如何看待呢？对此，蔡元培认为：《孽海花》一书中有意识地将傅彩云作为全书叙述的线索，但令他所不理解的是，书中所描写的傅彩云，除了美貌与色情狂以外，一点没有别的。在第二十一回中叙彩云对雯青……所说"出丑""坏门风""做不成人，说不响话"，完全以男子对女子的所有权为标准，没有什么价值。[3]

蔡元培发表上文提及的评论时，曾朴已经去世，他的儿子曾虚白出来回应，其要点大致可以分为两点：首先，傅彩云在整本书中最为核心的意义在于她是

---

[1]　欧阳健：《〈孽海花〉难以终篇的内在原因——试论傅彩云的配角地位》，《社会科学辑刊》1991年第6期，第124—129页。

[2]　欧阳健：《〈孽海花〉难以终篇的内在原因——试论傅彩云的配角地位》，《社会科学辑刊》1991年第6期，第124—129页。

[3]　欧阳健：《〈孽海花〉难以终篇的内在原因——试论傅彩云的配角地位》，《社会科学辑刊》1991年第6期，第124—129页。

负责联络事件的载体，而于文化和政治的推移无关紧要；再者，曾朴在描绘傅彩云的谈吐之时，核心目的在于集中体现其刁恶和智慧并存的性格特征，并非想从中传达出一些警示之理。

受制于作者所处时代的局限性，固然作者原本塑造此人物的最初意图如同其子曾虚白所说的那样，但是我们从人物一生的经历和结局中也看到了，那样一个极具西方自由观念的女性在失去丈夫的庇佑之后不得不重操旧业，或许作为人物本身来说她可能并不能意识到这一点甚至于乐在其中，但作为当今的我们再来审视傅彩云这一形象时，也不免发出一阵唏嘘。

结　语

小说中另一位主人公金雯青同样值得玩味，甚至说是故事起始重要的牵头人。但也诚如张毕来所说："雯青一生言行，除了印地图一事而外，同当时的政治文化斗争的关系并不密切。他并未处在斗争的中心，而是在这些斗争中代表前进势力的人物。彩云更是这样。她的生活虽然与全书所描写的主要人事同始终，但是，她到底是一个局外人。"正如其所言，金雯青不是"处在斗争的中心"的"代表前进势力的人物"，但也是正经入仕中的开明者、出使西方外国使臣中的平庸者，或许正因为他裹挟于旧新和昔今的中间状态，他才拥有了如此特殊的思想和文化基础，使之得以成为小说的核心人物，来承担起组织甲午战争前三十年来的社会和文化的演变史的任务。在金雯青的身上，我们看到了新旧社会交替之际，旧时代知识分子尝试融入和固守旧念的龃龉和摇摆。信仰的重制、观念的改革必然会成为旧时代知识分子绕不开的命题，也许这正是金雯青悲剧性的根源所在。

参考文献

［1］欧阳健：《〈孽海花〉难以终篇的内在原因——试论傅彩云的配角地位》，《社会科学辑刊》1991 年第 6 期，第 122-129 页。

［2］莫山昀：《〈孽海花〉的厚重内涵及独特人物性格解析》，《芒种（下

半月）》2017 年第 2 期，第 54-55 页。

［3］李霈：《〈孽海花〉——历史与讽刺的交界》，《安阳师范学院学报》2009 年第 4 期，第 58-61 页。

［4］潘程环：《论〈孽海花〉的历史性和政治性》，《河南税务高等专科学校学报》2011 年第 5 期，第 56-58，64 页。

教师点评

1. 本文一总三分，条理清晰。本文主标题《经历史洪流沉淀的璀璨晶石》运用比喻，形象地表现出作为晚清四大谴责小说之一的《孽海花》具有极高的文学价值和历史价值，简明扼要，富有文化内涵。三个分论点依次展开，条理清晰。

2. 内容丰富，论证充分。本文首先指出《孽海花》的历史价值在于了解当时的文化现象、政治现象以及反映历史变化，条理分明，阐释了其社会背景、艺术特色，一定程度上展现了近代风云变幻的局势。作者指出《孽海花》历史性与政治性高度融合，并以金雯青和傅彩云两位主人公原型为例加强论证。其次，层层递进，论证《孽海花》的社会文化价值：从谴责封建腐朽统治谈起，联系到其作为匡世的谴责小说作用，揭露帝国主义侵略野心，又指出了小说宣扬民主革命思想的价值，处处有例子证明观点。

3. 后面内容交织，缺乏真正结语。本文开篇表示要分析并阐述《孽海花》重要的历史价值、社会影响价值、两位主人公形象，直接明了。但第三部分论述两位主人公形象时却把金雯青放置在结语处，内容交织，容易使论点论证不够充分。最好把金雯青归入主人公形象板块，结语再进行综合性论证。

（点评人：张玉妹）

王国维《宋元戏曲史》书评

——《宋元戏曲史》读后感

陈春花

王国维的《宋元戏曲史》是现代中国戏曲研究的开山之作，在当时也是论戏曲源流最系统、最精博的著作。王国维既有西方哲学、美术和戏曲的知识，又有深厚的中国古典哲学、文学的素养，对于考据之学颇热心，所以能集数年之所考成此一书，领一代风骚。正如该书自序中所说："凡一代有一代之文学：楚之骚，汉之赋，六代之骈语，唐之诗，宋之词，元之曲，皆所谓一代之文学，而后世莫能继焉者也"，从他这里开始，戏曲被写入中国文学史。

但《宋元戏曲史》并非横空出世，在此书写成之前，王国维其实已经在《国粹学报》和《国学丛刊》上先后发表了《曲录》《戏曲考源》《录鬼簿校注》《优语录》《唐宋大曲考》《录曲余谈》等戏曲专著，还撰写了《元刊杂剧兰十种序录》《董西厢》《元曲选跋》《盛明杂剧初集》《雍熙乐府跋》《曲品新传奇品跋》等十一篇论文。可王国维却不止步于此，他突破旧时代戏曲评论的方式和方法，兼采西方的哲学和美学理论，研究中国古代的戏曲，写出了《宋元戏曲史》。从这个意义上来说，《宋元戏曲史》不仅是他在戏曲研究上的带有总结性的巨著，也是他从事文学艺术研究不断地自我提高的最后成熟之作。

《宋元戏曲史》单行本发行不久，傅斯年就在《新潮》创刊号上发表《以宋元戏曲史》为题的书评，其中说道："近年坊间刊刻各种文学史与文学评议之书，独王静庵宋元戏曲史最有价值"；在王国维离世后的两年间，《国学月报》

《文学周报》《国学论丛》等杂志均推出纪念专号或特刊，发表了很多纪念文章，如吴其昌《王观堂先生学述》云："独专治宋元戏曲史料，则不敢云后无来者，而前人确从未有为此业者，所以能立一家言者，真是绝无依傍，全由一人孤军力战而成，此亦为先生之专门绝学，未可以其中年自弃而轻视之矣"[1]，就高度肯定了王国维为戏曲研究所做的努力和取得的成就。

一、《宋元戏曲史》的价值意义

从中国文学史来看，古典戏曲论著虽然也会涉及戏曲，比如王骥德《曲律》和李渔《笠翁曲话》，但他们都只作片段式论述，未能有序衔接，浑然一体。故以时序为骨骼、以考证为肌理的分析是从王国维开始的，可以说《宋元戏曲史》是一部真正以现代科学范式书写的戏剧史专著，而它的意义大致可以归纳为以下几个方面。

一是它对古代戏曲的起源和发展过程进行了全面的探究，将戏剧和戏曲与其他艺术形式区分开来。

在第一章《上古至五代之戏剧》中，王国维首先考定了戏剧的起源。他广征古籍，分别从言语、乐舞、调谑、动作、扮饰等诸多方面论述了中国古代最早出现的戏剧形式，并由此得出了中国戏剧起源于古代"巫""优"活动的论断。他在历述古巫的各种表现时指出："是古代之巫，实以歌舞为职，以乐神人者也"[2]和"盖群巫之中，必有象神之衣服形貌动作者，而视为神之所冯依"[3]，据以说明在古代祭祀活动中，就已有了戏剧所必需的人物扮饰、歌舞表演诸因素。其次，《宋元戏曲史》记录了从戏曲萌芽时期到宋金两代的戏曲形成时期再至元杂剧形成的戏曲成熟时期的内容，通过不同时期的史料分析，勾勒出中国古典戏曲形成及发展的大致脉络。最后，他在《宋之乐曲》一章指出戏剧"必合言语、动作、歌唱以演一故事"[4]，戏曲则必须为"代言体"。

[1]　吴其昌：《王观堂先生学述》，《国学论丛》1928 年第 1 卷第 3 期，第 181–198 页。

[2]　王国维：《宋元戏曲史》，上海：上海古籍出版社，2019 年，第 1 页。

[3]　王国维：《宋元戏曲史》，上海：上海古籍出版社，2019 年，第 2 页。

[4]　王国维：《宋元戏曲史》，上海：上海古籍出版社，2019 年，第 39 页。

这一论断，使戏剧与其他演出艺术如歌唱、舞蹈等区别开来，戏曲与其他文学体裁如说唱、诗词等也划清了界限。

二是王国维在书中评论元杂剧时强调"真"，注重"意境"，以及他对悲剧的界定，都对后世产生了深远影响。

首先，王国维在使用"戏剧""戏曲"两词时比较随意，但与在《人间词话》中强调"真景物""真感情"一样，在戏曲艺术中，他对"真戏剧""真戏曲"有严格的界定。《宋之乐曲》一章有"后代之戏剧，必合言语、动作、歌唱以演一故事，而后戏剧之意义始全。故真戏剧必与戏曲相表里"[1]。他看重表演的"故事性"，认为戏剧性的表演不能停留在简单的言语、行为的模仿或游戏上，而应当有一定的故事内容。其次，在王国维看来，作为戏剧艺术的戏剧性表演应当具有可重复性，即这种表演可以在不同时间、不同地点重复进行。最后，作为"真戏剧"的元杂剧是可以在城市中的勾栏或乡村间的庙台公开演出的，就像他在《宋之小说杂戏》一章论及宋代的队舞时说"其中装作种种人物，或有故事。其所以异于戏剧者，则演剧有定所，此则巡回演之"[2]，这说明他认为表演是有剧场性的，当然"剧场性"并不意味着只有在剧场上发生的表演才可以算戏剧，而剧场之外的都不算戏剧。"剧场性"指的是作为戏剧艺术的表演应当具有在剧场内演出的特性，如果一种表演只适于在厅、堂等剧场之外的场所举行，而不可以登上舞台，这至少说明这种表演还不是一种成熟的戏剧表演。

与《人间词话》的"境界说"如出一辙，在《宋元戏曲史》中，王国维提出了"意境"。这来源于他在《元南戏之文章》的阐述："元南戏之佳处，亦一言以蔽之，曰自然而已矣。申言之，则亦不过一言，曰有意境而已矣。故元代南北二戏，佳处略同；唯北剧悲壮沈雄，南戏清柔曲折，此外殆无区别。"[3]而"意境"究竟如何体现，王国维在《元剧之文章》中解释道："元剧最佳之处，不在其思想结构，而在其文章。其文章之妙，亦一言以蔽之，曰：有意境

---

[1] 王国维：《宋元戏曲史》，上海：上海古籍出版社，2019年，第39页。

[2] 王国维：《宋元戏曲史》，上海：上海古籍出版社，2019年，第38页。

[3] 王国维：《宋元戏曲史》，上海：上海古籍出版社，2019年，第157页。

而已矣。何以谓之有意境？曰：写情则沁人心脾，写景则在人耳目，述事则如其口出是也。"[1] 正是因为对中国古代戏曲艺术有着自己独到的看法，又受到尼采和叔本华美学观念的影响，王国维才能提出"意境"一说。跟"境界"一样，学界对"意境"的界定不尽相同，这固然与个人的阅读体验和学识水平有关，但不可否认的是王国维对元杂剧和南戏的认识是深刻而独到的，他的思想观点时至今日仍然熠熠生辉。

其三是严谨的态度和考证的方法。王国维在自序中写道："凡诸材料，皆余所搜集；其所说明，亦大抵余之所创获也。世之为此学者自余始，其所贡于此学者，亦以此书为多。非吾辈才力过于古人，实以古人未尝为此学故也。"[2] 纵观全书，也不难发现，王国维以其博大的学力、精微的考证，详古论今、查漏补缺，把中国戏剧从起源至其发展变化的经纬，都作了较全面的诠解考释，使中国戏剧发展史第一次以清晰的面貌呈现于世人眼前。其历史功绩，诚如郭沫若在《鲁迅与王国维》中指出的那样："王先生的《宋元戏曲史》和鲁迅的《中国小说史略》，毫无疑问，是中国文艺史研究上的双璧；不仅是拓荒的工作，前无古人，而且是权威的成就，一直领导着百代的后学。"[3]

二、《宋元戏曲史》的不足之处

作为戏曲研究的开山之作，我们在探究其价值的同时，不难发现《宋元戏曲史》也存在一定的不足之处。

其一，王国维对戏曲本质的认识有一定的局限性，过分强调戏曲的文本性。不难发现，王国维首先是站在文人的角度，从曲辞去考察戏剧的，所以戏剧的道白、科泛、排场、表演等均被摆在次要地位。例如在第五章、第六章关于宋金杂剧、院本的研究中，他所做的最主要的工作就是从曲调使用的情况来研究宋金杂剧、院本，这未免显得有些单薄；戏剧研究毕竟不同于词曲赏鉴，元曲杂剧毕竟不只是案头赏读的词曲文学，而是需要通过舞台表演的戏剧艺术。在

---

[1] 王国维：《宋元戏曲史》，上海：上海古籍出版社，2019 年，第 128 页。

[2] 王国维：《宋元戏曲史》，上海：上海古籍出版社，2019 年，第 2 页。

[3] 郭沫若：《鲁迅与王国维》，《文艺复兴》1946 年第 2 卷第 3 期，第 260-265 页。

重视文学价值的同时，也要强调戏曲作品的展示和传播需要通过文学剧本和舞台实践共同表现，不能有"重文轻艺"的思想。

其二，《宋元戏曲史》本身并不完整，1925年，日本人青木正儿在其书《中国近世戏曲史》一书原序中说道："明治四十五年二月，余始谒王先生于京都田中村之侨寓。其前一年，余草《元曲研究》一文卒大学业，戏曲研究之志方盛。大欲向先生有所就教，然先生仅爱读曲，不爱观剧，于音律更无所顾，且此时先生之学将趋金石古史，渐倦于词曲。余年少气锐，妄目先生为迂儒，往来一二次即止，遂不叩其蕴蓄，于今悔之。后游上海再谒先生，既而大正十四年春，余负笈于北京之初，尝与友相约游西山，自玉泉旋出颐和园谒先生于清华园，先生问余曰：此次游学，欲专攻何物？对曰：欲观戏剧，宋元之戏曲史，虽有先生名著，明以后尚无人着手，晚生愿致微力于此。先生冷然曰：明以后无足取，元曲为活文学，明清之曲，死文学也。"[1] 这段话至少说明，王国维无意于戏剧演出和音律，他对中国戏剧史的撰写终止于元代而不及明清，也主要是从文学着眼的，我们无法确定王国维的"死文学"究竟定义为何，却看到了《宋元戏曲史》的确不谈明清戏剧，也不谈明清之际的作家。事实上清代并称"南洪北孔"的洪昇与孔尚任的戏曲成就亦不可忽视，未必一无是处。王国维一概而论的态度不仅否定了明清众多的戏剧作家作品，而且否定了这一时期的戏曲艺术，失之偏颇。

其三，虽不是主观愿望，但事实上王国维对外来观念的借用对学术界产生了一定的负面影响。在《元剧之文章》中，他以西洋的悲剧比附中国的戏剧："关汉卿之《窦娥冤》，纪君祥之《赵氏孤儿》，剧中虽有恶人交构其间，而其赴汤蹈火者，仍出于其主人翁之意志，即列之于世界大悲剧中，亦无愧色也"[2]，显然是以此表示其对元剧的钟爱。但他的这些表述实则是新文学观——西洋文学观的反映。

在当时来说，这当然是进步的体现，但对中国学术而言，现代学术毕竟不

---

[1]　青木正儿著，王古鲁译：《中国近世戏曲史》，上海：商务印书馆，1936年版，第1页。

[2]　王国维：《宋元戏曲史》，上海：上海古籍出版社，2019年，第128页。

能等同于西洋观念。以西洋的戏剧观念来考察中国戏剧，虽然不会是一无所见，但是很可能会造成对民族戏剧的隔膜、肢解。如悲剧、喜剧概念的引进。这里的关键问题，主要不应是中国戏剧是否有悲剧、喜剧的问题，我们应当深思的是：从西方的悲剧、喜剧的定义出发，是否会有助于我们更好地理解中国戏剧？中西戏剧或者中西文化之间是否可能存在一些普遍适用的话语？中国（民族）文化的现代性阐释是否必须借鉴外来观念？这些都是我们应该思考的问题。

三、结语

我们应充分认识王国维在曲学建设方面的开拓性贡献。《宋元戏曲史》无论是从史料的发掘深度，从建立新学科的学识基础，还是从治学精神诸方面看，都有极高的价值。其中有关中国戏剧的起源、形成、艺术特征以及戏曲的文学成就等一系列问题的考论，为曲学奠基，为剧史立范，其建树为海内外学人所仰慕，其成果至今依然值得称颂。

也正是因此，不仅民国时期戏剧史书写以《宋元戏曲史》为蓝本，整个20世纪的戏剧史书写依旧沿袭这样的传统。重写戏剧史的愿望固然强烈，但增删补订绝不是实现这一愿望的良好路径，相反，只会增加我们对王国维《宋元戏曲史》学术观点与述学范式难以根本超越的哀叹。

新时代下，我们不仅要学习前人的研究成果，更要以一种崭新的戏剧史观重新观照中国戏剧，它应该是一种更加科学、更加客观的戏剧史观，既非文人式、政治化的，也非极端彻底的民间化的，而是一种以民间为基础的全面的戏剧史观，再在此基础上对戏剧本质进行界定。

参考文献

［1］王国维：《宋元戏曲史》，上海：上海古籍出版社，2019 年。

［2］叶长海：《中国戏曲史的开山之作——读王国维的〈宋元戏曲史〉》，《戏剧艺术》1999 年第 1 期，第 64-73 页。

［3］冯建民：《王国维戏剧理论再检讨》，《艺术百家》1996 年第 3 期，

第 37—42 页。

　　［4］解玉峰：《论两种戏剧观念——再读〈宋元戏曲史〉和〈唐戏弄〉》，《文艺理论研究》1999 年第 1 期，第 91—97 页。

　　［5］解玉峰：《王国维〈宋元戏曲史〉之今读》，《文学遗产》2005 年第 2 期，第 127—137，160 页。

　　［6］黄静枫：《续写·沿袭·突破——〈宋元戏曲史〉影响下的三四十年代戏剧史书写》，《戏剧艺术》2016 年第 1 期，第 125—136 页。

　　［7］薛晋蓉：《论中国古代戏曲史的重建——以王国维〈宋元戏曲史〉为中心兼及几种重要戏曲史》，《戏剧之家》2016 年第 2 期，第 4—9 页。

　　［8］李安琪：《20 世纪以来戏曲史论研究方法初探——以〈宋元戏曲史〉〈中国戏剧史长编〉〈中国戏曲通史〉为例》，《戏剧之家》2020 年第 20 期，第 9—10 页。

　　［9］裴宏江：《从〈宋元戏曲史〉看王国维的治学方法》，《古典文学知识》2021 年第 3 期，第 63—69 页。

　　［10］李雨珊：《书评——王国维〈宋元戏曲史〉》，《戏剧之家》2021 年第 7 期，第 44—45 页。

教师点评

　　戏曲作为一种具有丰富内涵的艺术形式，历史悠久。中国古代戏曲主要指元明清戏曲，包括元杂剧、元散曲、明清传奇等。在王国维之前，戏曲并未进入中国文学史，但在他的《宋元戏剧史》之后，戏曲正式在文学史的舞台上大放光彩。《宋元戏剧史》将戏曲提高到与楚骚、汉赋、唐诗、宋词一样的高度，可以说这本著作对于戏曲而言具有划时代的意义。陈春花《王国维〈宋元戏曲史〉书评——〈宋元戏曲史〉读后感》从价值意义和不足之处两个维度对该书进行评价，综合评价该书的优缺点。尤其是对戏曲文本性和舞台性的双重考虑，对戏曲的发展格外重要。戏曲受文学剧本和舞台表演的双重影响。古代戏曲的语言包括曲词、宾白和科介。曲词、宾白是台词，是剧中人物的语言；科介是舞台提示，是对剧中人物的主要动作、表情和舞台效果的简要说明。戏曲是要在舞台上表演的，因此不论是哪一个部分都离不开优秀的剧本和精湛的表演，甚至在有的情况下舞台表演的现场生成性会有超越剧本的表现力。这是如今戏曲发展的一个瓶颈，即戏曲在当今社会的流行和传播并不广泛，表现为很多年轻受众对戏曲不了解；这也是如今戏曲发展的一个机遇，即将传统戏剧与现代文化娱乐形式结合，让传统戏曲绽放出新的活力。

（点评人：马振凤）

生活的闲情与生命的娱乐

——李渔《闲情偶寄》读后感

黄诗颖

  人非机器，人类作为生命体在"劳动、实践"状态以外还需要拥有一种"休闲"状态。在休闲状态中的人，除睡眠需要以外，娱乐需要也是不可或缺的一部分。席勒指出："只有当人在充分意义上是人的时候，他才游戏；只有当人游戏的时候，他才是完整的人。"[1] 娱乐作为一种"游戏"，也是人成为一个完整的人的条件之一。古往今来，休闲与娱乐在人类生活中占据着重要的地位：东有曲水流觞，文人墨客饮酒作赋，游山水、筑园林，品茶酒、谈美食；西有狩猎打球、沙龙舞会……

  明清之际资本主义萌芽，商品经济不断发展，人们对休闲与娱乐也越来越重视。明清文人作品里开始详细地描写各类游戏等休闲活动，也常论及作者闲雅的生活情趣。[2]《闲情偶寄》即是李渔一生闲适生活经验和艺术理论的结晶。该书一共六卷，共分词曲、演习、声容、居士、器玩、饮馔、种植、颐养八部，内容涵盖了戏曲理论与生活的各个方面，为我们勾勒出一幅丰富、多元且富有闲情的休闲生活画卷。于作者而言，在休闲之中寄寓闲情即是娱乐，其中蕴含着作者浓烈的生活趣味，在阅读过程中我们可以感受到李渔在日常生活中的闲情雅致与闲适的生活状态，体会其对生活的热爱与对生命的体悟。而李渔在《闲

---

[1] 席勒：《美育书简》，徐恒醇译，北京：中国文联出版公司，1984年，第90页。

[2] 卢昌崇、李仲广：《从〈诗经〉到〈生活的艺术〉：中国古、近代休闲思想探析》，《自然辩证法研究》2003年第5期，第81-84页。

情偶寄》中表现出来的闲情与闲适，又对我们当下的休闲娱乐提供了启示。

一、以人为本，抒发个性

晚明时期，与理学尖锐对立的哲学思潮出现。李贽认为"穿衣吃饭即是人伦物理"；公安派的"性灵说"主张"独抒性灵，不拘格套"，强调文学创作要抒发自己真实而独特的性情，反对粉饰照袭，强调"任性而发""率性而行""信口而出，信口而谈"，如果不是从自己胸臆中流露而出的情感便不肯下笔。李渔的休闲娱乐思想受到李贽"童心说"和公安派三袁"性灵说"的影响，亦注重个性的抒发，描写自己个性化的真实情感，肯定人的欲望。

李渔强调"新"和"异"，在《闲情偶寄》开篇的"凡例七则"中他强调"所言八事，无一事不新；所著万言，无一言稍故者""是集所载，皆极新极异之谈"。同时他"戒剽窃陈言""不佞半世操觚，不攘他人一字"；也"戒网罗旧集""宁捉襟肘以露贫，不借裘马以彰富"。李渔从自己的生活经验出发，结合自己的所见所闻和生命体验，在日常中体味生活，表达出个人的感悟和见解著成此书。在书中，李渔还常常突出自我主体，强调其观点、方法的自创性和独创性。如颐养部中介绍完行乐方法之后，李渔强调"此皆湖上笠翁瞒人独做之事"；在"疗病篇"说"以上诸药，创自笠翁，当呼为《笠翁本草》"；在声容部的习技篇他强调"此论前人未道，实实创自笠翁，有由此而得妙境者，切勿忘其所本"；在器玩部中把自己发明的香印命名为"笠翁香印"等。李渔从衣食住行等日常生活中寄寓闲情，肯定人的欲望，亦注重自身个性和独特见解的抒发。

二、寓乐于用

与其他文人欣赏园林怪石、书法绘画，体会其中蕴含的风骨和精神所不同，李渔对事物的玩味也强调该事物的实用性。在词曲部、演习部中，李渔以剧作家的身份教人如何创作戏剧；在声容部中多告诉人们什么是美，应该如何选美以及如何变美；在器玩部中教人如何选用和摆放家具与装饰；在居室部中教人美化房舍；在饮馔部中告诉别人对不同食材和同一种食材在不同情况下的烹饪方法，品尝美食的方法和讲究；在种植部中教人花木的种植方法；在颐养部中教人如何养生、行乐、止忧等。可以说，李渔在审美之外，同样重视事物的实用功能。他曾说"物无论好丑，于世各有资"[1]，认为事物既然存在于世上便一定有其作用。正如他在器玩部说"置物但取其适用"，在选择家具时要"使适用美观均收其利"，同时兼顾其审美性与实用性。

三、娱情养性

在日常生活中我们对物不仅仅有实用的需求，美也是其不可忽略的因素之一。李渔在其充满闲情的生活之中不仅重视事物的实用性，同样注重审美，在审美活动中怡情养性。李渔的闲情融入在其生活的点点滴滴中，他以休闲的方式享受着生活，发掘着日常点滴中的美，诗意地栖居在自己的闲情世界里。从亭台楼阁、庭院门窗的布局和设计，他常有妙计，自己设计顶格的新样式，"以顶格为斗笠之形，可方可圆，四面皆下，而独高其中""往往自制窗栏之格"，悟得开窗借景的三种方法。他钟情于花竹，若无资购买，便"忍饥数日，或耐寒一冬"以省口体之奉来娱耳目；种植多种木本、藤本、草本植物，在四季流转、草木芳菲、春华秋实之中遨游于自己的至乐之境；在美食之中感受着造物主的恩赐，体会着生活的道理；在种植中"得养生处世之方"，在居室中看到"凡事物之理，简斯可继，繁则难久，顺其性者必坚，戕其体者易坏"，在养生中悟到行乐解忧之法……在实用之外，李渔娱情养性，审美、怡情也悟道。他把生活艺术化，在诗情画意中安放自己的闲情，享受着自己的生命娱乐。

四、对当下的启示

在当下，娱乐产业蓬勃发展，各种各样的娱乐方式可以满足当代人多元化、个性化的娱乐需求，的确为我们的休闲与娱乐带来了很多选择。然而任何事物都有双面性，我们需要警惕在消费主义、享乐主义、资本和商业驱动下，浅薄

---

[1] 钟筱涵：《论李渔的自适人生观》，《华南师范大学学报（社会科学版）》2002年第2期，第58-63页。

空洞的内容通过戏剧化的滥情表演来放松人们的紧张神经，从而使人获得快感的"泛娱乐化"现象。但泛娱乐现象在当下已然产生，并且引发了种种弊端。

在当代，网络类媒介正超过通讯类和广播类媒介，逐渐成为娱乐的传播者和推广者。在资本的控制之下，网络媒介利用绚丽的色彩、迷人的声音和可以不断切换的画面，通过感官的刺激，逐渐将人们的"娱乐"重新形塑为追求快感的感官刺激。网络上乃至现实生活中也引发了一场场追求感官享乐的风潮。在现实生活中，无数人沉迷于毫无营养的电视、综艺与短视频之中，用大量令人沉迷的消遣娱乐和充满感官刺激的产品填满自己的生活，令自己沉浸在"快乐"中从而不知不觉丧失对现实问题的思考能力。此外，网络根据算法，通过大数据收集用户的浏览记录、喜爱对象、停留时间等信息，再根据这些数据对用户进行精准推送以迎合其喜好，长期沉迷于算法构建的互联网世界之中的用户无异于为自己构建起一座无形的信息茧房。娱乐所具有的审美价值被资本逻辑所压制、消解，受众仅仅停留在感官化的消遣娱乐层面[1]。长久如此，人容易变得精神空虚、思维迟缓和价值迷失。

在这样一种趋势之下，《闲情偶寄》所展现的休闲、娱乐态度仍然对我们有启示作用。我们可以追求"新"和"异"，但要合乎其法，遵循正道。在闲适的状态之下，不要为资本所异化、为媒介所反噬，应回归日常生活之中，用心体味生活的美妙，品味蕴藏在日常中的诗情画意，注重自身审美能力的培养、审美趣味的塑造，在审美中怡情养性，感受生命的真谛，领悟自然之"道"。

参考文献

［1］席勒：《美育书简》，徐恒醇译，北京：中国文联出版公司，1984 年。

［2］卢昌崇，李仲广：《从〈诗经〉到〈生活的艺术〉：中国古、近代休闲思想探析》，《自然辩证法研究》2003 年第 5 期，第 81-84 页。

［3］袁行霈：《中国文学史（第四卷）》，北京：高等教育出版社，1999 年。

---

[1] 豆勇超：《泛娱乐主义的基本症候、生成机理与治理路径》，《西北民族大学学报（哲学社会科学版）》2022 年第 1 期，第 130-136 页。

［4］钟筱涵：《论李渔的自适人生观》，《华南师范大学学报（社会科学版）》2002年第2期，第58-63页。

［5］豆勇超：《泛娱乐主义的基本症候、生成机理与治理路径》，《西北民族大学学报（哲学社会科学版）》2022年第1期，第130-136页。

教师点评

明清之际，随着商品经济的发展，文人开始批判程朱理学"存天理，灭人欲"的观点，进而肯定人类欲望的存在，鼓励个性的抒发。《闲情偶寄》作为清代小品文的经典之作，内容涵盖了戏曲理论与大量的生活片段，成为一扇窥探古代文人生活的窗户，字里行间都能读到一个满怀生活趣味、饱含生活热情的文人形象。

小品文是中学语文文言教学中的一个重要组成部分，《答谢中书》《湖心亭看雪》等文亦是考试的热门篇目。在当今这个注重培养学生语文能力的时代，古文学习不仅在学文言常识和字词解释，更是利用古人的智慧为当下生活提供借鉴与参考。阅读小品文有助于学生体验古人的生活方式，感知中国传统文化中的自然之道，更能提高学生的鉴赏能力。本篇论文从娱养性情、寓乐于用等角度讨论了《闲情偶寄》中"娱乐"一词的含义，分析了李渔审美与实用性相统一的"娱乐观"。同时，还反思了当下快餐化的娱乐活动，提出娱乐"应回归日常生活之中"的观点，具有一定的现实与教学意义。

（点评人：蒲纾尧）

王实甫《西厢记》中红娘、郑桓人物形象所体现的读者意识

——王季思等《元杂剧选注》读后感

张馨月

  《西厢记》是我国古代爱情戏成就最高、影响力最大的杂剧作品之一，而崔莺莺与张生的爱情故事，并非王实甫原创，其故事最早见于唐代元稹的《会真记》，作品中重点写崔莺莺与张生相恋之后复杂矛盾的心理以及之后被张生抛弃之后的痛苦。此后又有金代董解元的《董西厢》对这一故事进行改变，最大的改变便是改变了崔莺莺与张生的结局，崔莺莺并非被抛弃，而是为了自由爱情而斗争。王实甫的《西厢记》便是在《董西厢》之后的再创作，内容更加集中，情节更加丰满，元代时期市民文学兴盛，王实甫在创作的过程中更是加入了元代民间的口语词汇，让西厢的故事更加生动，更加具有元代杂剧的特色。[1]

  而读者是文学的接受者，读者的阅读情感体验与文学的创作息息相关，元代杂剧是为了反映市民阶层的思想和愿望，不可避免地受到民俗文化的影响。而演出的商业化所带来的市场竞争性，也是杂剧在元代兴盛的原因之一，因此杂剧的文学剧本更加注重与人民保持密切联系。这就需要剧作家在创作的时候带着"读者意识"来进行创作和加工，以此达到满足剧本阅读者和表演观看者的需求和需要的目的。[2]

---

[1] 邓绍基：《王实甫的活动年代和〈西厢记〉的创作时间》，《文化遗产》2012年第4期，第1–18, 157页。

[2] 罗剑波：《明代〈西厢记〉评点中的读者意识》，《中国文学批评》2021年第3期，第73–79, 158–159页。

而在阅读之后发现，王实甫在改编和创作《西厢记》时，便有自主带入读者意识，考虑读者的阅读体验和情感需求的意识，而这也可以从王实甫对红娘人物的设定以及郑桓人物的结局中体现出来。

一、红娘的理想化设定

（一）红娘角色塑造的成功

红娘这一人物在整个戏剧中是一个十分重要的角色，这一点无可置疑。红娘是矜持犹豫的崔莺莺和"银样镴枪头"一般的张生二人爱情的热心帮助者，红娘冲破封建礼教思想束缚的灵魂，大胆泼辣的性格，都是让读者叫好喝彩的。

红娘与老夫人的斗争，可以说是崔、张二人恋爱结局的关键一"战"，便是红娘在老夫人面前的据理力争，让张生考取功名，迎娶崔莺莺成为可能。

这一角色的影响力之大，角色塑造之成功，更是让后世将给两人爱情牵线搭桥之人称为"红娘"。

（二）红娘角色塑造的理想化

红娘的高光时刻就在与老夫人的对峙和斗争中体现出来。红娘这样一个小小的婢女，却敢与相国夫人叫板，与之斗争，这是十分难得的，红娘善于抓住问题的核心，逻辑清楚，直击老夫人的要害："一是赖婚失信，一是怕辱没相国家谱。特别是后者，确是老夫人的要害。她先是巧妙地隐瞒了崔、张长期的互相爱慕，把她们的私自结合归结为老夫人悔婚后引起的。接着谴责老夫人背信弃义，忘恩赖婚，把老夫人置于被告的地位。再次，她警告老夫人，若把张生告到官府，势必得到'治家不严'之罪，辱没'相国家谱'，自己只能出乖露丑。最后，她指出，张生是'文章魁首'，莺莺是'仕女班头'，天生一对，正好结为夫妇。"不过这一聪颖机智、敢于反抗和斗争的小丫鬟形象，实际上是有理想化的成分在的，一个出身卑微的小婢女，还是老夫人派到小姐身边的监视者，这样的双重身份，按理来说无法反抗老夫人这一最大的封建家长，可是红娘不仅被二人爱情打动选择背叛老夫人，而且还能够义正词严地打倒老夫人，可以说是比较理想化的。

（三）红娘理想化塑造的意义

红娘这个角色既然并不符合当时大多数人物的特性却能够如此成功，必然在于红娘这个角色对文本乃至时代主题的表达具有重要的积极意义。

1.反抗者的形象

在本剧中，老夫人不仅仅是一个人物，还是封建家长制和封建礼教的代表，而红娘敢于坦率地把崔莺莺、张生的私情和盘托出，接着据理力争，用老夫人信奉的封建礼教反驳老夫人，这样一个"反抗者"形象的塑造，在当时是具有冲破封建礼教束缚，摆脱桎梏的重要意义的。

2.卑贱者的胜利

值得注意的是红娘的身份，为什么是一个出身卑微的小丫鬟而不是另外一位位高权重或者知书达理之人来撮合崔、张二人，显然这是作者有目的的选择，"卑鄙者最聪明，高贵者最愚蠢"，《元杂剧选注》中进行了概括："红娘的胜利，客观上大长卑贱者的志气。"作为杂剧的主要观众，市民阶级是符合这一身份的，市民阶级就是如同卑贱者的平民百姓，红娘的胜利，就是读者观众集体的胜利，关注到读者的身份和心理，这是一个很大的原因。

3.充当"救世主"角色

其实阅读之时还有一个隐藏的疑问，就是为什么崔莺莺一定需要红娘来帮助她、成全她，替她和张生牵线搭桥，做墙内相会的媒人，做老夫人那边的说客呢？如果是崔莺莺按自己的想法主动与张生相约赴会，并顽强与封建势力的老夫人斗争到底，表达自己对自由美好爱情的追求，岂不是更能够凸显自主反抗的主题吗？

其实这里可以用崔莺莺始终作为相国小姐这一重身份，以及该身份带给她的难以磨灭的封建家庭的教养来解释。这种身份的崔莺莺只能借助受封建思想影响没有她那么多的红娘之手完成。但是站在读者的角度来看，这一人物的出现应该还有着更为重要的原因，便是红娘以一个"救世主"的身份出现，来拯救崔莺莺和张生的爱情。

站在当时作为读者的王实甫的视角，被带入的多半是作为主角的崔莺莺与张生。崔莺莺尤其特殊，便是当时大部分受封建礼教束缚的年轻男女的写照，而大部分读者也多如崔莺莺一般，身份所带来的教养已经难以磨灭，自己无法同时也不敢走出这一片困束他们的密网，因此他们迫切希望能够有人帮助他们，成全他们，从而替他们达到自由的目的。这个时候，一个红娘一般有能力有血性，支持帮助读者的"救星"的出现，挽救了读者的绝望境地，满足了读者的内心情感需求，又如何不让读者感到舒心呢？因此有一个主角的左膀右臂，同时也是将读者拉出苦海的"救世主"的出现，十分符合读者的情感需求。

二、郑恒的理想化结局

（一）不符合逻辑的郑恒之死

本剧的最后一折写到了郑恒这一人物的结局。郑恒设计，让老夫人相信张生不会迎娶崔莺莺，在他准备与崔莺莺成亲的紧要时刻，张生回来揭穿了他的阴谋，表白了自己忠贞的爱情。然后郑恒在说完"罢罢！要这性命怎么，不如触树身死……"这一段话之后，便撞树身亡了。这一处情节的设计想来是大快人心的，阻碍男女主人公的障碍被清理干净，且永不会再有"春风吹又生"的可能，因为郑恒已经身死。可是这一处情节的处理仔细想来却有十分奇怪之处，郑恒作为世家子弟，可与他婚配的女子不在少数，仅仅因为一个父母之命而非他自己喜欢的女子，便要撞树结束生命，会不会有点太过于突兀，并不符合逻辑，是否可以算作本剧的一个败笔呢？

如果仅从真实性来看，确实这段设计可能斧凿的痕迹较重，不能算作是巧笔。但是站在观众的立场感知全剧，却是最适合的一种处理。

（二）郑恒水到渠成的人物塑造

郑恒若只是骗婚，并无大是大非，需杀人偿命的过错，也不至于落得如此下场，更何况本身也是他与莺莺有婚约在先。

郑桓与崔莺莺的婚约虽然是合理的，但是并不是我们想要的结果，我们想要张生与崔莺莺终成眷属，肯定需要郑桓永远消失在二人的世界之中，不然二人的爱情就无法顺利开展，郑桓要是活着，就会使崔张二人的婚姻从人情角度变为不正当的关系，而且仍有隐患。因此郑桓必定无法成为令人同情的人，为了张生和崔莺莺摆脱束缚终成眷属的必然走向，作者安排郑桓成为一个不仁不义的坏人。

在对待崔莺莺上，郑桓是如何争取崔莺莺的呢？他并不是采用正当合理的手段，而是用了阴损的法子。他欺骗老夫人，说张生及第之后便忘恩负义，去卫尚书家里做了乘龙快婿。之后老夫人便一气之下又将崔莺莺许给了郑桓。

再从郑桓本人来说，读文中郑桓的独白，我们可以发现，崔莺莺父亲去世的时候，郑桓没有给予应有的帮助，崔莺莺遇到孙飞虎强抢民女的时候，他也并没有出现在崔莺莺的身边，此便是无情；崔家写信让郑桓来为自己未来岳父扶柩，他也没有来，更何况崔老相国还是他的姑父，亲上加亲，这里便是无义。可想而知，郑桓便是这般无情无义之人。

而在后面郑桓与红娘的争辩中，郑桓还处处强调自己出身高贵，瞧不起张生一个穷书生。这里便是红娘说得好，他郑桓便是一个倚仗父兄、出身仗势欺人的纨绔子弟。何况郑桓用了非正义的手段来骗婚，更是坏事做尽。那么他这样用阴损的方式破坏他人自由婚姻的小人，必然受到严格的惩罚。

（三）满足观众心理的偏向

由此不难看出，"写意的戏剧在为全剧服务的同时，不免忽视情节的缓冲"[1]。如果郑桓这一角色完全还原现实的真实性，并不自杀，那这就不能满足读者或是观众道德心理和情感偏向的诉求，现实中的郑桓也许没有必要立刻撞树身死，但是在文学中却是大快人心的。

而如果郑桓有着人物的复杂性和多面性，而非一个彻头彻尾的坏蛋，因为

---

[1]　崔俊：《浅谈〈西厢记〉中次要人物郑桓的结局的意义》，《东方企业文化》2013年第3期，第214页。

对崔莺莺的情和对婚约关系的义自杀,那么这样一个有情有义之人却不得善终,张生和崔莺莺也会因为郑恒的有情有义变成非正义的结合,二人的结合也总是会与之前的传统婚约相纠缠,这不就与"愿有情人都成了眷属"的大众期望相违背了吗?

因此,郑恒这一角色的坏人身份是必然的,而郑恒的死亡也是必然的。只有如此安排,这一部分观众看来才是大快人心的,这样的戏剧才能诱发读者的快感,或者有些读者称为"爽点",可以满足观众的阅读情绪。收获了阅读快感的作品会让观众感到心里的负担被永久卸下之后的轻松,这是王实甫这一情节设计的妙处,也是符合读者意识的设计。

参考文献

[1] 王季思等:《元杂剧选注》,北京:北京出版社,1983 年。

[2] 邓绍基:《王实甫的活动年代和〈西厢记〉的创作时间》,《文化遗产》2012 年第 4 期,第 1–18、157 页。

[3] 罗剑波:《明代〈西厢记〉评点中的读者意识》,《中国文学批评》2021 年第 3 期,第 73–79、158–159 页。

[4] 崔俊《浅谈〈西厢记〉中次要人物郑恒的结局的意义》,《东方企业文化》2013 年第 3 期,第 214 页。

教师点评

文章从读者意识的角度分析《西厢记》中红娘、郑恒两位人物,将红娘的理想化人物设定与郑恒的理想化结局设定作为主要讨论问题。

文章第一部分归纳红娘作为聪颖机智、敢于反抗和斗争的丫鬟形象,有一定的理想化成分,同时指出红娘受制于"卑微下人"及"监视者"身份,很难展现出剧本角色中的形象特征。即使如此,文章仍肯定了红娘这一形象的塑造,作者结合当时时代特征和读者意识,分析红娘既代表了冲破封建礼教的反抗者的胜利，也符合当时市民阶层的"庶民的胜利"，还是现实社会中做困兽之斗的才子佳人的救世主。

　　文章第二部分分析郑恒之死的不合逻辑性，但同时指出为符合"自由爱情的合法性和正义性""满足观众道德和心理需要""为主题服务，为戏剧发展服务""满足观众心理偏向"，郑恒之死又有其必然性。

　　作者能跳出剧本设定，关注人物形象和剧本逻辑的理想化与现实合理性，分析王实甫写作过程中的读者意识，展现出理性思维和质疑意识。本文美中不足之处在于，对红娘理想化成分探讨不够深入，缺少对其个体化的解读，且文章属于平行式结构，缺少结合红娘、郑恒对《西厢记》中读者意识的总结性概括和提升。

（点评人：刘泊宁）

爱情与人生：从《纳兰词》看纳兰情

杨　霄

　　在清代的诗词文化中，纳兰性德是一个具有独特风格的词人。他善于借鉴前代的经验，弥补先人不足，写出了让人们称赞的抒情词作。纳兰性德的词作以真实感人的写景著称，词风清丽婉约，哀感顽艳，格高韵远，赢得了人们的喜爱。在清代诗词文化领域，纳兰性德是一个不可替代的人物。

　　纳兰性德是一个英俊潇洒的公子，虽然在才学方面很有成就，但他的爱情之路却十分波折。他多愁善感，执着于自己诗意的灵魂，只活在自己最单纯的精神世界里，对于那些功名、利禄、权势、富贵等世俗的东西从不关心；而对于那些被大多数人视为无足轻重的情谊、爱情、道义、诚信等，却抱有至高的敬重。[1]在纳兰性德的词作中，这种深刻的感悟和内心的独特情感得到了最充分的表达。

一、爱情是人生的重要组成部分

　　当谈论到中国古典爱情诗词时，不可避免地会涉及《纳兰词》。这部词集以其独特的情感体验和词艺手法，刻画了各种类型的爱情。《浣溪沙》是一首经典的古代词作，它描述了纳兰性德刚刚萌发爱情欲望的时期。在词中，他用了铿锵有力的语言，形容了自己对未来爱情的憧憬和渴望，但面对自己的心意，却无法表达。纳兰性德在此词中尽情地描绘了自己单恋时在想象和幻想中的痛

---

[1]　陈曦：《爱情、友情与乡情：从纳兰词读纳兰情》，《边疆经济与文化》2018 年第 7 期，第 74—75 页。

苦和羁绊。

十八年来堕世间，吹花嚼蕊弄冰弦。多情情寄阿谁边。紫玉钗斜灯影背，红绵粉冷枕函偏。相看好处却无言。（《浣溪沙·十八年来堕世间》）

而《如梦令》则是纳兰性德撰写的关于爱情的词作，它富有深刻的感受和强烈的情感表达，写出了一段默默转身的爱情。该词作柔美而含蓄，将两位相遇的人的情感摆在灯火阑珊处，在那纤细的点滴之间折射出他们内心深处真挚的感情。秉持着纳兰性德一贯的清新高远的文学风格，《如梦令》成为中国古代文学史上被传唱最多的爱情词之一。

正是辘轳金井，满砌落花红冷。蓦地一相逢，心事眼波难定。谁省？谁省？从此簟纹灯影。（《如梦令·正是辘轳金井》）

因此，《浣溪沙》描述的是词人初步萌芽爱情的感悟和憧憬，而《如梦令》则是纳兰性德在切身经历爱情之后将感受和美好呈现于读者面前的经典之作。

总的来说，纳兰性德所表达的爱情观念是多维的，许多丰富多彩的爱情展现在他的词作中。纳兰性德赋予这些词更为快乐或悲伤的情感，使读者感受到了感情的深度。这些描写不仅凸显了爱情在人生中的重要性，同时也为读者打开了解爱的更广阔的视野，丰富了我们的心理世界，与我们的日常生活产生了连锁反应。因此，我们不断地感受到这些爱情意蕴是多么重要，它们是除却我们日常生活中表象后，需要我们真正关心的地方。

纳兰性德在《纳兰词》中以丰富、柔情、凄婉的语言刻画了爱情，与人们生活内在联系甚至可以说是生活中独立且重要的一部分。由此看来，爱情不可避免地成为情感生活不可或缺的组成部分。

爱情是人生中不可取代的重要部分。每个人的人生都是独特的，而爱情作为一种特殊的情感，对于每一个人而言都有着深刻的影响，是不可忽视的一个元素。在《纳兰词》中，纳兰性德在不同情境下的写作展示了各种类型的爱情，突显了这一永恒的主题，表达了人们对爱情这种复杂情感和追求的渴望。无论是现在还是过去，爱情在人生历程中都是一个极其重要、不可或缺的主题。总的来说，纳兰性德通过他对爱情的词艺刻画，展现了人生中最核心和最丰富的情感，这极大地丰富了人们对爱情的领悟和对生命的理解。

二、纳兰性德的爱情历程

文学史上，传世的爱情故事不胜枚举，但是以自己为主角的却不多。而清代著名词人纳兰性德，身为康熙时期的满族侍卫，一个地地道道的满族八旗子弟，却因一场寒疾而在而立之年辞世。每当我们提起"纳兰性德"这个名字的时候，常常会将他视为"贵族才子"。然而，纳兰性德的人生经历却非常丰富多彩。在他一生中，经历了多次官场浮沉和感情挫折[1]，这让他的人生多了许多苦楚，同时也让他的诗词创作更加丰富，留下了大量描写爱情的词作。

（一）初恋浩劫　怨悱君王

纳兰性德与表妹青梅竹马，从小一起玩闹长大。当他们相互爱慕，甚至双方父母也开始私下讨论两人的婚事时，表妹却被选入宫，他们的爱情只能止步于此。[2]纳兰性德在他的词中，如《如梦令·正是辘轳金井》这首词中写下了一对青年男女初见时的甜蜜场景。他们暗生情愫，可以看到对方眼底的情，但心中的情愫却无从诉说。这份甜蜜的背后，又何尝不是夹杂着一份苦涩？他们在热恋之中的幸福很快就被分离的痛苦所代替，纳兰性德将这种由喜转悲的巨大落差展现了出来。在封建皇权至上的社会中，有情人无法抗衡，只能向现实妥协。只剩下无人能懂的相思与惆怅，陪伴他的只剩下了每个孤寂夜晚里的灯影。[3]

在表妹入宫之后，他们慢慢失去联系。但在《减字木兰花·相逢不语》中，我们可以看到重逢时的场景描写。例如，"待将低唤，直为凝情恐人见。欲诉幽怀，转过回阑叩玉钗"，就展示了纳兰性德在相逢之际内心的无限纠结。他想要唤一声对方，但害怕被人听见；想要诉说离愁，对方却已经转身。最终，只能用玉钗轻叩回栏，这场因国丧得以再见的重逢最终只留下玉钗轻叩的声响在时空中回荡。

从这一段初恋经历中可以看出，纳兰性德是一个充满情感的人，他将自己

---

[1] 杨加维：《从纳兰性德词中看其爱情态度》，《文教资料》2018年第8期，第8—9页。

[2] 杨加维：《从纳兰性德词中看其爱情态度》，《文教资料》2018年第8期，第8—9页。

[3] 杨加维：《从纳兰性德词中看其爱情态度》，《文教资料》2018年第8期，第8—9页。

的情感和体验充分地表达在词中。这段恋情的结局虽然悲伤，但这仍然是他美好的回忆。对于他的爱情，他在拥有时是珍惜的，在失去时是怀念的。纳兰性德的词作代表了一个时代的感情和文化，在他的作品中，我们可以感受到他对人生和爱情的深刻思考。纳兰性德的这段初恋经历，让他有了更深层次的诗歌创作和丰富多彩的人生经历，从而留下了这样一段感人至深的故事。

（二）悼念妻子　无限相思

纳兰性德的第一任妻子卢氏，是在他生病期间为了冲喜而与他成婚的。虽然这段婚姻是为了孝顺父母，但卢氏的出现为纳兰性德的人生带来了幸福。她端庄美丽、知书达理、善解人意，不断融化着纳兰性德的心。在卢氏的照顾下，纳兰性德康复了，两人的生活也逐渐步入正轨。在他们新婚时期的相处中，纳兰性德的词作《艳歌》和《四时无题诗》将他那时的幸福感显示出来。

然而，卢氏的离开又一次打击了纳兰性德的人生。卢氏在难产中病逝，纳兰性德又一次失去了爱人。妻子离开对他的心灵冲击非常大，因为她曾是纳兰性德在世上唯一的知己和依靠。纳兰性德通过悼亡词表达了对妻子深刻的思念。在他的悼念词作中，我们可以看到他对妻子的怀念和自己的悲痛之情，比如《青衫湿遍·悼亡》《南乡子·为亡妇题照》以及《浣溪沙·谁念西风独自凉》等。这些作品充满了对爱人离去的痛苦和心酸，给人以深刻的感悟。

卢氏之死对纳兰性德的创作产生了很大影响，他的创作风格从此发生了转变，开始创作对妻子的悼亡词作。悲痛和无助使他的创作更加深刻，词作中的情感也更加凄婉哀伤。这段经历对纳兰性德的人生也产生了重大的影响，妻子的离开意味着他又失去了一场爱情。与初恋不同，纳兰性德与妻子之间是深爱。他对初恋和卢氏的爱情都非常珍惜，特别是对深爱的妻子，这份爱情更显得复杂和沉重。纳兰性德在面对爱情时非常认真和负责，他对卢氏有夫妻之情，有家庭的责任。这份感情建立在家庭的基础上，因此更加复杂，更加沉重。这份感情对他的人生有着举足轻重的作用，卢氏的离开给他的打击是精神和身体双重的，加速了他人生结束的步伐。[1]

总之，纳兰性德与卢氏之间的爱情经历充满了人生的曲折。卢氏的出现给予了他幸福，卢氏的离开带给他无尽的痛苦。他的创作与人生在这段经历中发生了巨大转变，悼亡的作品代表了他对妻子深深的思念。而对于纳兰性德而言，这份感情对他的人生有着重要的影响，他对爱情的认真态度也体现出他的高尚情操。

（三）人生后期　再遇红颜

纳兰性德，一个相信爱情、追求真爱的诗人，他的一生经历了多段感情，每一次都让他更加坚定对真爱的追求。在和沈宛相遇后，他们的感情建立在互相尊重的基础上。两人的爱情虽然短暂，但却美好而珍贵。纳兰性德被沈宛的才华所打动，他们之间的相处让他永生难忘。然而，封建礼教的规矩让两人的爱情无法长久。但是，纳兰性德并没有放弃对爱情的信仰，相反，他始终相信初见时的美好，如果生命中能一直保留初见时的美好，没有之后的悲欢离合那该多好。他期望的一直是一份终成眷属的爱情，而不是悲凉的"故人心易变"。纳兰性德的人生经历告诉我们，生命中会遇到很多阻碍和遗憾，但是坚信真爱，寻找并追求，或许终将获得一个美好而值得留念的爱情。正如他在《木兰花令·拟古决绝词》中所写，"人生若只如初见"，让世人一起保留并珍视初见时的美好，享受爱情所带来的幸福感受。

结　语

在《纳兰词》中，纳兰性德表达了各种不同的爱情意蕴，例如相遇、告别、失恋、离别等。他通过打破套路，不断地转换爱情表达的形式，彰显出其真挚的感情。

总的来说，纳兰性德在《纳兰词》中所表达的多元爱情形式，把握了人间百态的丰富内涵。他所发掘的爱情的奥义，让我们发现了从不可见的心灵之中

---

[1]　杨加维：《从纳兰性德词中看其爱情态度》，《文教资料》2018年第8期，第8-9页。

所涌现出的深情意象。从情感上看，这些爱情都是用词的形式来表达心灵上的情感，并让其显露在文字上的。

《纳兰词》中所表达的爱情观念，不仅仅是关注其意义和价值，也强调了爱情的深刻和崇高的意义。其主张人们应该将真爱视为一种至高无上的追求，更应该珍惜在人生中的每一刻，相信爱情的美好，展现了各种类型的爱情题材和情感的深度以及复杂性。

总而言之，纳兰性德对爱情与人生的深思熟虑和丰富多样的表达方式，是其词艺表现的核心柱石之一，也为人们提供了追求更美好的生活和珍视一生中的爱情之美的深入感悟。

参考文献

［1］纳兰性德著，钮君怡注：《纳兰词》，上海：上海古籍出版社，2011 年。

［2］李雷：《纳兰性德》，北京：北京出版社，2003 年。

［3］纳兰性德著，张草纫笺注：《纳兰词笺注》，上海：上海古籍出版社，2003 年。

［4］陈曦：《爱情、友情与乡情：从纳兰词读纳兰情》，《边疆经济与文化》2018 年第 7 期，第 74–75 页.

［5］杨加维：《从纳兰性德词中看其爱情态度》，《文教资料》2018 年第 8 期，第 8–9 页。

教师点评

纳兰性德的词自然风流，细读慢品，更有涓涓流水之感，细密绵长，令人流连沉醉。本文作者在纳兰性德众多词作中，选择"爱情"为突破点，试图以爱情串联起词人一生，认为他的爱情观念是多维的，他的爱情词为我们描绘了各种类型的爱情故事，展现了多元的爱情形式。

不可否认，纳兰性德关于爱情的词写得极好，令人读来心口发紧，情思相随。但与其说是纳兰词展现了多维的爱情观念、多元的爱情形式，不如说是它展现了世俗生活里诸多爱情的相似模样。爱情是情窦初开的幻想，是相知相守的依恋，是天各一方的相思，还是阴阳两隔的悲戚。他这一生将爱情里的悲欢离合化为音符，奏进人生悲喜之歌中，成为扣人心弦的旋律。

但《纳兰词》中滋养着的"情"何止"爱情"，舒卷吟读，可见还有侍奉君主之忠情，报效国家之热情，匡扶天下之豪情，以及朋友相交之真情等。种种情思，丝丝相扣，缕缕相缠，最终汇成荡漾了几百年的纳兰情。因此，若作者能进一步挖掘纳兰情之内涵，或许更能遍历纳兰人生。

（点评人：张　艳）

辫　子

——《呐喊》读后感

蒲欣艺

在清代发生的"剃发留辫"与民国初年出现的"剪辫放发"事件，是两件与政治、传统和社会风俗习惯等密切相关的大事，这两件事直接与当时百姓的生死命运息息相关，一些史书中沉痛地将其称作"辫祸"或"发厄"，鲁迅先生则将其与时间概念联系起来，把这个特定的时代称为"辫子时代"。

在鲁迅的文学创作中，"辫子"一词在他的很多篇章中被反复呈现，特别在以"辛亥革命"等历史事件为背景的文章中，往往都会提到辫子。可以说，"辫子"作为一个独具时代风采的意象，贯穿在鲁迅一生的文学创作之中，富有别样的风骨与气韵。

一、满清王朝的"辫子"民俗探源

从世界各地民俗的发展史来看，任何一个民族的习俗都并非一成不变，而是随着时空环境的迁移逐渐改变，或推陈出新，或销声匿迹。满族人将自身外观上的"辫子"作为本民族的重要标志之一，并在清王朝定都北京后，强制全国人民剃发易服以认同满族装束。若有不服从者，满清政府就采取武力手段进行暴力屠杀，给汉族人民带来了生理上与心理上的双重创伤。而此后在维新变法、辛亥革命等诸多重大历史事件中，有无辫子也成为事关国家意识形态和百姓存亡的重大问题。这些内容在鲁迅《呐喊》里的《风波》《头发的故事》等篇章中均有所体现。如 N 先生所说："老实说：那时中国人的反抗，何尝因为亡国，只是因为拖辫子。"

清朝统治者大规模推行"剃发易服"，除了为避免本民族被汉族同化，还为迫使其他民族从文化心理上被满族征服，并相应地产生文化认同，从而进一步巩固清王朝统治。这种具有文化性质的政策在社会中得到广泛实行以后，特别当民间对其的态度由抵抗转变为接受时，一种真正意义上的民俗文化融合便相应而生："民俗作为人类社会群体固有的、传承性的文化生活现象，在社会现实中展现出来，就是民众生活里那些没有明文约定的规矩，或是指那些在民众群体中自行传承或流传的程式化的不成文的规矩，一种流行的模式化的行为方式。"[1]《风波》中，七斤嫂一见赵七爷放下辫子，"伊便知道这一定是皇帝坐了龙庭，而且一定须有辫子，而且七斤一定是非常危险"。这一定程度上可以说明，民众对"留辫子"已由清初时的被强迫转化为一般日常的民俗，成为社会的"约定俗成"。

可以看到，辫子作为一种与平民百姓血脉相连的事物，其被赋予了除"实在物"以外的多样内涵，它能够反映出当时人们的社会心理变化，并成为寄寓其内心情感和生命能量的重要一环。同时，人们对待"辫子"的态度、情感、思想、行为等方面实际上也折射出中华民族向现代化转型的心路历程。

二、《呐喊》中的"辫子"意象

小说集《呐喊》共收录了鲁迅自 1918 年至 1922 年间创作的 14 篇小说。（初版 15 篇，再版时抽出《不周山》）在这 14 篇中，鲁迅描述了诸多"辫子"意象。

《阿 Q 正传》中，至少有 9 处写到了其中各色人物的辫子，如阿 Q 的"黄辫子"、洋鬼子的"辫子"、小 D 的"辫子"，还有到县城里的大堂时，阿 Q 看到"两旁又站着十几个长衫人物，也有满头剃得精光像这老头子的，也有将一尺来长的头发披在背后像那假洋鬼子的"。

《呐喊·自序》中，鲁迅曾提到对其影响深远的"幻灯片"事件。他写道：

---

[1]　陈建勤：《中国民俗》，北京：中国民间文艺出版社，1989 年，第 1 页。

"我竟在画片上忽然会见我久违的许多中国人了，一个绑在中间，许多站在左右，一样强壮的体格，而显出麻木的神情。"在这次幻灯片中出现了久违的国人，然而却是"杀头示众"的血腥场景，这个经典场景中，显出麻木的神情的中国人们，他们的头上是有"辫子"的，实际上有无"辫子"在当时也是区分国人与外国人的重要标志。而在这次令人印象深刻的幻灯片事件中，鲁迅目睹落伍的"辫子"们或被"杀头示众"或成为"麻木看客"，这一场景一直成为鲁迅心中无法抚平的创痛。[1]为此，鲁迅曾深切地感叹道："凡是愚弱的国民，即使体格如何健全，如何茁壮，也只能做毫无意义的示众的材料和看客。"

而在《狂人日记》中，他写道："从易牙的儿子，一直吃到徐锡林；从徐锡林，又一直吃到狼子村捉住的人。"这里的"徐锡林"指辛亥志士，即清末革命团体光复会的重要成员徐锡麟，其于1907年7月6日刺杀安徽巡抚恩铭时弹尽被捕，当日惨遭杀害，心肝被恩铭的卫队挖出炒食。《狂人日记》中还写道："去年城里杀了犯人，还有一个生痨病的人，用馒头蘸血舐。"这里所指的这个"犯人"隐指辛亥英烈，同为光复会成员的秋瑾。光复会之于鲁迅而言有着非常重要的意义，与鲁迅关系密切的胡风、增田涉等人曾谈道，鲁迅曾以一种怀旧的深情谈到他加入光复会的事情。而反观光复会的入会誓词："光复汉族，还我山河，以身许国，功成身退。""光复汉族"就意味着要剪除辫子，恢复汉人原本的衣冠样貌；"还我河山"就意味着要与清政府彻底决裂，推翻封建统治，即既要剪掉象征着清政府封建统治的"辫子"，也要剪掉系在民众精神上的"辫子"。《病后杂谈之余》一文中，鲁迅曾写到他做教员时劝说绍兴学生不要剪辫子，但学生们仍然剪掉了，鲁迅就此深刻地指出："但他们却不知道他们一剪辫子，价值就会集中在脑袋上。轩亭口离绍兴中学并不远，就是秋瑾小姐就义之处，他们常走，然而忘却了。"这段话表明，鲁迅也是把革命志士们的牺牲与剪辫子、反封建联系起来思考的，志士们就是在反抗清政府给汉人强行种下的"辫子"斗争中牺牲的。

鲁迅笔下的"辫子"意象蕴含着反封建的呐喊，同时也隐含着作为启蒙者

---

[1]　张成：《鲁迅〈呐喊〉中"辫子"意象的文化解读》，东北师范大学硕士论文，2006年，第9—10页。

的精神困境。从日本回国以后，鲁迅经历了"无辫之灾"，而后又见过辛亥革命，见过二次革命，见过袁世凯称帝，张勋复辟，"看来看去，就看得怀疑起来，于是失望，颓唐得很了"。如果说，清末时期的"辫子"们不肯退出历史舞台并且反复挣扎着要"重新种起来"，辛亥革命所带来的力量仅仅是徒具空壳的现代性，根本触及不到国民性的根部与灵魂，那条具有强大历史惯性的"辫子"仍然结结实实地在他们灵魂的脑袋上紧紧系着。作为清醒的"先觉者"，鲁迅在"铁屋子"中忍受着孤独、寂寞、无奈，承受着极有可能被庸众"吃掉"、杀戮的悲哀。在孤独中，他反省自己："决不是一个可以振臂一呼应者云集的英雄。"于是，他"麻醉自己的灵魂"，"沉入于国民中"，"回到古代去"。后来他走出阴影，在新文化运动倡导者们的热情鼓动下重新投入炽热的战斗。然而，尽管他发出了毁坏"铁屋子"的激情呐喊，其思想深处中仍然隐含着矛盾与困惑，反思与质疑。《头发故事中》的"N先生"回国后遭受着"无辫之灾"的煎熬，成了"辫子社会"的"假洋鬼子""终日如坐在冰窖子里"，早早醒来的个体启蒙者在这样一个巨大、孤寂的社会中无法达成任何对话。他在无法对话的焦灼中渴望着知音，他明知道"没有辫子好"却劝学生不要剪掉辫子，这种"言行不一"体现的恰恰是他的启蒙理想与现实理性选择间的矛盾冲突。启蒙者在孤独、冷寂的矛盾困境中，企图唤醒"铁屋子"中的人们，却要使他们和自己一样痛苦一生。然而启蒙者不能在社会中缺席，否则只会使统治阶级更多地占据社会的精神资源。《风波》中"赵七爷"威吓七斤等村人所凭借的就是落后的旧观念。因为村民蒙昧，他是"这三十里方圆以内的唯一的出色人物兼学问家"。他的学问是什么？不过是"有十多本金圣叹批评的《三国志》"，以及知道"五虎上将"的姓名及字号。他后来吓唬七斤时还说"张大帅就是燕人张翼德的后代"，这就是他所谓的"学问"。但就这浅薄而漏洞百出的"学问"使其成为村民们敬畏的神灵："村民们呆呆站着，心里计算，都觉得自己确乎抵不住张翼德，因此也决定七金边要没有性命。"七斤心里也害怕地想"'辫子呢辫子？'丈八蛇矛。"足见乡间村民的无知，乡间成了启蒙的灰色地带。"任何思想……如果不为人民群众所掌握，即使最好的东西，……也是不起作用的。"[1]鲁迅深刻地揭示了辛亥革命没有充分发动群众参与的历史局限性，也再一次重申了思想启蒙的必要性与重要性，他自己做小说就"是在改变他们的精神"。恰如李泽厚所说："鲁迅虽悲观却仍愤激，虽无所希冀却仍奋力前行。但正因为有这种深刻的形上人生感受，使鲁迅的爱憎情仇，使鲁迅的现实战斗便具有格外的深沉力量。"[2]

结　语

中国文学史上在现代白话小说文本的创作中，对"辫子"这一意象的描摹与刻画，鲁迅可以说是第一人。他笔下的"辫子"是中国近代社会生活变迁的重要文化标本，也是镌刻在民族灵魂深处的独特文化记忆。可以说这些"辫子"意象是鲁迅个体生命体验感受的结晶，更是在他个人文化思考加持与强烈社会变动影响下形成的极具个性选择的独特产物。在他笔下的许多段"辫子"中，既隐含着当时知识分子"立人"启蒙的焦虑，也体现着深刻的国民性思考与强烈的忧患意识。透过他的笔触，我们亦由纸上历史走进现实，由他者之镜观照中国社会，看到近代植根于中国人身体中的深刻的"辫子"苦难。

文学永远是一个言说不尽的话题，鲁迅的"辫子"意象也是探寻不竭的，恰如巴赫金所说："既没有第一个词，也没有最后一个词。对话的上下文没有止境。它们伸展到最深远的过去和最遥远的未来……"[3]

参考文献

［1］鲁迅：《呐喊》，广州：广东教育出版社，2003年。

［2］鲁迅：《鲁迅全集》，北京：人民文学出版社，1981年。

［3］逄增玉：《现代性与中国现代文学》，长春：东北师范大学出版社，

---

[1]　中共中央马克思恩格斯列宁斯大林著作编译局：《马克思恩格斯选集》，北京：人民出版社，1995年，第9页。

[2]　李泽厚：《中国现代思想史论》，台湾：风云时代出版社，1990年，第142页。

[3]　米哈伊尔·巴赫金：《关于人文科学的方法论》，北京：中国人民大学出版社，1992年，第418页。

2001 年。

　　［4］钱理群：《心灵的探寻》，石家庄：河北教育出版社，2000 年。

　　［5］王冬芳：《辫发风云》，北京：中国人民大学出版社，1995 年。

　　［6］李喜所：《"辫子问题"与辛亥革命》，《社会科学研究》2001 年第 6 期，第 115-121 页。

教师点评

　　鲁迅创作《呐喊》之际，正是中国思想文化思潮剧烈震荡的时期，他用冷静的思维洞察社会百态，同情不幸民众的遭遇，用最锋利的笔尖鲜血淋漓地揭露出社会病症之所在。《呐喊》文集里无不是作者渴望变革，为时代呐喊，以及唤醒国民的赤忱。

　　于是，鲁迅作品中常常出现一些取材于民族却又带有特定内涵的文化符号，例如"长衫""癞疮疤""辫子"等。这些文化符号背后蕴藏着作者对政治、时代、民族的洞察。本文作者以"辫子"为起点，纵向探索"辫子"背后深刻的政治意义，以及"辫子"与辛亥革命的关系，明确了"辫子"在鲁迅作品中独特的政治内涵。随后，再次围绕"辫子"横向探析鲁迅作品，挖掘其中各式各类的"辫子"，剖开掩藏在"辫子"背后的生活真相。正如作者所说，鲁迅笔下的"辫子"是中国近代社会生活变迁的重要文化标本，也是镌刻在民族灵魂深处的独特文化记忆。

　　入选中学语文教材的《孔乙己》《阿 Q 正传》《祝福》等文章，也带有这些典型的文化符号。这些作品在看似简单的主题思想下蕴藏着厚重而又广阔的精神内核。在阅读理解这些作品时，应当如本文作者一般从小的切口展开，纵向挖掘，横向辨析，以更好理解作品。

（点评人：张　艳）

对《彷徨》中家庭关系的初探

——《彷徨》读后感

陈红志

一、鲁迅小说中家庭的概念、特征与表现形式

"家庭"这个概念在现代人的生活中并不陌生，但却又无法简单粗暴地给"家庭"下一个具体的定义。华中师范大学硕士胡皓在他的学位论文中提到：家庭"是指，同一个男性祖先的子孙，在已经分居、异财、各爨之后，仍旧按照一定的规范，以血缘关系为纽带，世代居住在一起的情况。由此，我们也可以看到，作为一种社会组织形式，家庭的形成，必须有如下三个要素：首先，家族成员之间，可以清楚地从男系角度梳理出血缘关系，他们均必须是同一个男性祖先的子孙；其次，必须形成稳定的组织系统，其内部拥有如族长一类的人员，管理家族事务，领导成员进行家族活动；最后，家族内部拥有明确的规范，作为处理成员之间的关系的准则。"[1]

但我认为在鲁迅小说中的"家庭"与我们现在所说的"家庭"的概念是有所不同的。《彷徨》写于 20 世纪 20 年代，中国社会正处于五四运动、新文化运动时期，这一时期，无数新青年开始觉醒，但仍有大片的国人深陷"封建礼教"泥潭，鲁迅先生"哀其不幸，怒其不争"，毅然弃医从文，只希望能够通过自己笔下的作品，带给愚昧的国人以沉痛一击，以唤醒国人被封建礼教牢牢

---

[1] 胡皓：《〈呐喊〉〈彷徨〉中家庭结构研究》，华中师范大学硕士论文，2016 年。

束缚下早已腐朽的灵魂。在这个时期，"家庭"不再是只局限于姻亲、血缘、养育关系的表现形式，现代人总是把封建社会中一个家庭或是家族中具有最高权力的那一位人称为"封建大家长"。因此我认为，鲁迅小说中的"家庭"的概念，早已从局限的血缘、姻亲、养育关系的狭义概念扩大到了生活在同一个房子，甚至连带这房子中所有人的其余家庭关系的广义概念。

在《彷徨》中有很多这样的例子，《祝福》中的鲁四老爷，我们现代人都称他为"封建大家长"，他身上具有典型的"封建大家长"的特征：维护男权社会下的封建家长制，严格尊崇封建礼教，是家族中的最高权力拥有者，固执而又愚昧。但是《祝福》这篇文章对鲁四老爷的描写甚少，这篇小说的主人公是一位封建妇女——祥林嫂。祥林嫂是童养媳，从小就因为家中贫穷被父母遗弃，送到小她十岁的祥林家做童养媳。嫁给祥林之后祸从天降，丈夫意外夭亡。早寡的祥林嫂听说婆婆要把她卖掉，连夜跑到鲁镇，来到鲁四老爷家帮佣，因不惜力气得到太太欢心，最后还是被婆婆抢走成为贺老六的老婆。可惜好景不长，贺老六"断送在伤寒上"，儿子阿毛"遭了狼"，"大伯来收屋，又赶她"。最后走投无路的祥林嫂只能再次投奔到鲁四老爷家。这样看来，祥林嫂只是鲁四老爷家的一个普通的佣人，甚至在祥林嫂变得"不祥"之后，其他人都不愿意让祥林嫂参与各种劳动，可以说在这种情况下，祥林嫂连佣人都算不上，那么祥林嫂是否算鲁四老爷家庭中的一员呢？我认为是算的，同时那些在鲁四老爷家中的其他帮佣下人也能算作是鲁四老爷家庭中的一员，这样也更符合鲁四老爷"封建大家长"这一称号不是吗？

因此我们可以说，鲁迅小说中家庭的概念与现代社会有重合的地方，但却不仅限于此，我认为小说中关于家庭的概念一定程度上扩大了，与现代社会的狭义相比，小说中的概念算得上是广义；小说中家庭的特征也很明显是封建社会下的家庭的特征，男权是根本，女性在家庭中充当着附庸的角色，且封建家庭中的每一个人都深受封建礼教的荼毒；关于小说中家庭关系的表现形式也从血缘、姻亲、养育关系这三种扩展到了整个房子中的人，哪怕是这些人并不具有血缘、姻亲、养育这三种关系，在我看来，仍然可以算作是"封建大家长"管理的家庭中的成员。

二、鲁迅小说中封建家庭关系的崩溃

在封建家庭中，"封建大家长"拥有绝对的权力，封建家庭关系下，家庭中的每个人都应该是顺从恭敬的，像是提线人偶一样被"封建大家长"操纵着、掌控着，然而在《彷徨》小说集中，我们不难看出部分人物对"封建大家长"的反抗，试图想要摆脱封建礼教的束缚，无论是子女开始反抗父亲，对父权发出挑战，还是婚姻开始反抗封建礼教中的"包办婚姻"，而追求"自由恋爱"，这对于原始的封建家庭关系来说，都是一个严格的挑战，同时这也意味着封建家庭关系面临着崩溃的危险。

小说大多能够反映现实，说到鲁迅小说中的人物与故事，我们就不得不联系到鲁迅本人及其经历之上。鲁迅原名周树人，出生于浙江绍兴城内周氏大家族内。在绍兴，周家是名门望族，哪怕是到鲁迅出世的时候，周家虽然已经走向了衰落，但仍然算得上是大户。鲁迅从小便接受了良好的教育。鲁迅很孝顺自己的母亲，在面临人生的重大选择时他首先考虑到的都是母亲，然而面对母亲的一场精心安排的包办婚姻，一方面，鲁迅被母亲诓骗回家，不得不被迫与母亲给自己安排好的妻子朱安成婚，鲁迅自己对好友许寿裳说过这么一句沉痛的话："这是母亲给我的一件礼物，我只能好好地供养它，爱情是我所不知道的。"但另一方面，鲁迅在完婚的第二天，就没有按老规矩去祠堂，晚上，他独自睡进了书房。第三天，他就从家中出走，又去了日本。从鲁迅对母亲包办婚姻这件事的处理方式上不难看出鲁迅对封建家庭的反抗，他反对包办婚姻，提倡自由恋爱，从某种角度来说就是在反对封建制度。后来，鲁迅与许广平结识并相恋，并生下了孩子，这也是鲁迅反对封建礼教的一个表现。

在鲁迅的小说中，也有同他经历相似的人物，那就是《伤逝》中的子君，可以说子君比鲁迅勇敢但结局却更为悲惨。子君是一个接受了"五四"时期个性解放思想的新女性。她追求恋爱自由、婚姻自主，反对封建势力对她恋爱、婚姻的干涉、束缚。她对涓生宣称："我是我自己的，他们谁也没有干涉我的权利！"逃离了父母大家庭，获得了一种爱情上的自由，与涓生同居并结婚。

子君反抗了自己的父亲，遵循了自己的内心，毅然选择了自由婚姻，这刚好与鲁迅无奈选择包办婚姻的结果相反，我想这也是鲁迅会塑造这一人物形象并安排了这一情节的一个原因。

虽然只是讲述了鲁迅本人以及他笔下的人物关于反抗封建礼教下的包办婚姻这一个方面，但是我们仍不难看出，在鲁迅小说中，封建家庭关系已经面临崩溃，这也与当时的社会大环境有着密切的关系。同时，我认为鲁迅之所以写出了封建家庭关系的崩溃，并将之摆在了国人的面前，是因为鲁迅想要唤醒国人，希望国人能从中学到些什么，同时鲁迅也在为接下来的对家庭关系的重建作准备。

三、鲁迅对小说中家庭关系的态度与重建

相比于鲁迅本人的结局来说，子君是十分不幸的。子君逃离了父母大家庭，逃离了中国封建式的传统包办婚姻，自以为获得了爱情的自由，然而却重蹈了母亲的婚姻命运。子君与涓生在一起之后，以为自己获得了只属于自己的幸福，便开始安于现状，安于这个小家庭之中，开始变得不像自己。之前勇敢的子君荡然无存，她变得敏感卑微，把丈夫以及他们共同建立起的小家当作是自己的一切，每天面对的都是家里的小动物和一些琐事，涓生也因此对子君产生了厌恶，涓生对子君决绝地说出了不爱她的话语，最后子君选择逃离，逃离这个再也不能带给她幸福的小家，逃离了婚姻中的各种琐碎。然而，子君逃离婚姻的家庭，却又再次回到了以父权为中心的家庭，最后落得一个逝世的结局。

前文我们说到鲁迅塑造了一个勇敢的角色，可能是希望自己能在敢于反抗的子君身上抚慰自己曾经的无奈，那这里为什么鲁迅要在最后给子君一个极其悲惨的结局呢？鲁迅通过子君这个人物以及发生在人物身上的悲惨故事，意在告诉当时的国人封建势力对妇女的压迫，意在说明个性解放不是妇女解放的道路，真正的解放应该是从封建制度中解放出来。子君和涓生的家庭从一开始的美满到最后一伤一逝的结局，表明了鲁迅对封建制度下家庭关系的不赞同，我认为在鲁迅看来，无论是表面上看起来多美满的家庭，在封建制度的侵蚀下，最后也不可能是大团圆的结果。这一态度在鲁迅先生的另一篇小说《幸福的家庭》中也能看出。

《幸福的家庭》描写了一个处在窘迫环境中的青年作家为了糊口而创作了

一个"幸福的家庭"，他写作的过程不断被妻子与小贩的斤斤计较、讨价还价、金钱匮乏、床底下的劈柴、五五二十五的算计、低矮狭窄局促的房间、妻子的斥骂、孩子的啼哭等等打断，通过现实与理想的交错，表明了作者对封建制度下家庭关系面临崩溃的态度。

但是无论是从《幸福的家庭》还是《伤逝》，我们都不难看出鲁迅试图重建家庭关系的想法，当然最后的悲剧更是要告诫我们，不打破封建制度的桎梏是不可能完全重建健康光明的家庭关系的。鲁迅在《伤逝》和《幸福的家庭》中都写到了主人公为了家庭做出的反抗，《伤逝》中的子君反抗父亲，想要与涓生组成美满之家，《幸福的家庭》中的青年作家试图创作一篇文章描绘出子君心中理想之家的样子，虽然二者都以失败告终，但是足以予以国人警醒，希望仍然被封建制度束缚的国人能够冲破牢笼，寻找自我，建立真正美满和谐的家庭关系。

《彷徨》中有许多关于家庭关系的小说，鲁迅关注封建制度下的家庭关系，通过文章揭露出封建家庭的问题与危害，以小见大，从家庭小问题入手，意在告诫当时的人们，封建制度不被打破，一切事物都将走向悲剧。读完《彷徨》，我们不免被其中错综复杂的家庭故事所吸引，但也需要我们更进一步地去思考，鲁迅为什么要这么写，为什么特别关注家庭关系？《彷徨》不仅在当时对人们产生了巨大影响，对现代的我们也具有启示作用，我们应该进一步细读作品，多次反复品读作品，感悟鲁迅文字的力量，从中得到反思并为此付诸行动。

参考文献

［1］胡皓：《〈呐喊〉〈彷徨〉中家庭结构研究》，华中师范大学硕士论文，2016 年。

［2］谷兴云：《祥林嫂是什么典型——关于"劳动妇女"说》，《语文月刊》2023 年第 3 期，第 71-74 页。

［3］黄毅：《家的崩溃与重建——〈呐喊〉〈彷徨〉与鲁迅的家庭成员关系》，西南大学硕士论文，2009 年。

［4］张学思：《〈伤逝〉中的子君与〈逃离〉中的卡拉形象比较》，《文学教育（下）》2021 年第 6 期，第 125-127 页。

［5］唐汶槿：《浅论〈幸福的家庭〉》，《未来英才》2017 年第 18 期。

教师点评

本文作者首先将鲁迅小说中的"家庭"与我们现在所说的"家庭"的概念进行区分，即鲁迅小说中的"家庭"的概念，从局限的血缘、姻亲、养育关系的狭义概念扩大到了生活在同一个房子，甚至连带这房子中所有人的其余家庭关系的广义概念。这个大家庭中通常有一位拥有最高权力的"封建大家长"。

而无论是从鲁迅自身的婚姻经历，还是《伤逝》中子君反抗父亲追求自由恋爱的情节，都可以看出鲁迅想要唤醒国人，并为新的家庭关系作准备。但《幸福的家庭》《伤逝》中最后的悲剧又体现出鲁迅的态度和对重建新的家庭关系的认识，即不打破封建制度的桎梏是不可能完全重建健康光明的家庭关系的。

读鲁迅的作品，往往具有现实意义。鲁迅文章是国民必读作品，中学教材中选用了不少鲁迅的文章，如《朝花夕拾》《社戏》《故乡》《祝福》《记念刘和珍君》等。鲁迅的作品始终关注着民族的命运，这是其作品入选教材的首要原因。

（点评人：张楠楠）

假作真时真亦假，无为有处有还无

——鲁迅《野草》读后感

左佳鑫

梦境是人在潜意识作用下所经历的情境，这种潜藏主体真实情感和欲望的情境更能反映个体的真实状态。鲁迅在《野草》中多次以"我梦见"开头，在特殊的情境中书写矛盾和焦虑，用虚无难以捉摸的梦境展现自己探寻过程中的困境。《野草》满是情感的矛盾和发泄，充满力量的文字表现出鲁迅的颓废与决绝，书中倾向毁灭的悲壮感深深震撼着读者。下面从三方面具体分析《野草》是如何将梦境完美融入写作中的。

一、构筑梦境的躯干：写作构思

《野草》中梦境书写的关键在于营造一个和现实大相径庭的，乃至不合常理的、荒诞的书写环境，这样会更加接近读者的生活经验以及睡梦体验。鲁迅始终保持着"读者"与"主题"意识，在创作过程中设置情境调动读者感官，他写作的中心思想也是有目的地向读者进行思想情感的输出。在此基础上，鲁迅对梦境的设置就显得极为高明，有兼具中西文学风格的梦境；也有展现审视与被审视关系的层次梦境。这两类梦境各有特点，极大程度上展现了作者创作过程中的艺术巧思和构筑文学世界的逻辑倾向。

（一）中西风格兼并的浪漫梦境

鲁迅自身的文学底蕴是他构筑梦境的重要基础，年少的鲁迅接受的是传统的私塾教育，古代的诗歌、散文、小说、神话以及宏观上的传统文学发展脉络他都有清晰认识，他也在潜移默化中受到古代"立象尽意""气韵生动"文学审美观念影响。他在《秋夜》中提到的粉红小花，《好的故事》中的乌桕、新禾、野花、鸡、狗等诗中常出现的意象就带有典型的古典色彩。自留日期间起，鲁迅接触并阅读翻译了一些外国浪漫主义诗歌及象征主义和现实主义小说；尼采、厨川白村等人的哲学和文论也影响和丰富了他的世界观与文学观。他在《复仇》其二中引用《圣经》中的故事来象征中国的愚众钉死了中国的先驱者，用带有神圣献祭色彩的故事来隐喻中国现实，使故事本身有了不同的诠释方式，不变的是延续了西方圣经故事的悲剧色彩和审美风格。更为突出的体现是《希望》中提到的意象：星、月光、僵坠的蝴蝶、暗中的花、猫头鹰的不祥之言、杜鹃的啼血；在书写过程中下意识写下中西交杂的意象，也展现出他兼容并包、神魂兼具的写作审美和写作态度。这种浪漫和虚无易逝的梦境巧妙结合，引发读者的情感共鸣，疏通了文学世界和读者的交流通道，做到文本与情感的交相呼应。

（二）单层梦境与双层梦境

在进行梦境研究时，我们会发现鲁迅笔下的梦境是有结构的。其中单层梦境占大多数，例如《死火》中"我梦见自己在冰山间奔驰"，《狗的驳诘》中"我梦见自己在隘巷中行走"，《墓碣文》中"我梦见自己正和墓碣对立"，这些梦的内容便是文章的中心内容，它们都是作者内心世界的影子，是潜藏在意识里被压抑的思想情感。这些潜意识都是飘忽不定且具有时效性的，它们甚至会自相矛盾；但若厘清它们之间的逻辑顺序，就会发现鲁迅思想的丰富性和层次性。这些模糊、碎片的梦境填充了鲁迅思想的边缘和空隙，也表明鲁迅不是一个被定义固化的文化符号，他游离跳跃的梦境正展现着自身思维的多维框架。而《颓败线的颤动》是双层梦境，开头"我梦见自己在做梦"将做梦变成了文章的中心内容。双层梦境的结构使得母亲牺牲肉体的时段和母亲被抛弃的阶段并举，以蒙太奇的手法模糊了时空界限来让两个相隔甚远的时间阶段相邻，母亲为养活女儿牺牲肉体很残酷，但更残酷的是被养大的女儿抛弃，我们会下意识质疑母亲的牺牲值得吗？这种双重梦境不单单展现社会现实和作者情感，更多的是把作者放到另一梦境去反思第一层梦境，达成审视自我的目的。所以在这种结构层次中"做梦者"和"双层梦境"之间的关系就成为需要重点关注的问题，在上文研究单层梦境的基础上进行分析，第二层梦境更偏向于对单层梦境的审视，我们将单层梦境视为鲁迅本人无意识的情感宣发，那么第二层梦境则是在剥离情感的基础上进行理性反思。

二、构筑梦境的血肉：艺术手法

鲁迅在文本创作中建构的梦境是贴合读者生活经验的，读者在阅读过程中能毫无芥蒂地进入作者梦境，找不到疏漏或者不合理之处，足以说明其文学功底的深厚与生活经历的丰富。鲁迅刻意使用第一人称的叙事视角，极具特色的语言，再加上有意识审丑视角下产生的怪诞意象，营造出极真实的文学梦境。在这些艺术手法的共同作用下，《野草》兼具诗歌和散文的文体特点，有很强的抒情倾向，呈现出极为复杂矛盾的思想内涵和情感意蕴。

（一）怪诞的意象

《野草》中出现了极为丰富的意象，但我印象最为深刻的是鲁迅塑造的许多怪诞意象，例如《秋夜》中蓝且高的天空、《狗的驳诘》中会说话的狗、《死后》中的青蝇。相较于表达美的中西兼备的意象，怪诞意象从一开始就以极强的反差感吸引读者注意力，这种反常规的、陌生化的处理方式带来了新的阅读体验。这些怪诞意象是抒发鲁迅颓废压抑情绪的重要载体，从创作主体出发，这些意象脱离了传统的话语语境，看起来怪诞不羁，但设置在梦境中又不显突兀。同时这种陌生化的手法使读者同文学世界保持着一定距离，艺术效果的传达变得模糊朦胧，读者根据个体经验进行解读和诠释的空间增大，在一定程度上增强了文本的互动性。[1]除了这种单一的意象类型，还有将毫不相关的多个意象进行搭配的怪诞组合，例如《过客》中坟与野百合、野蔷薇的组合，《复仇》中利刃、鲜血和相拥的裸体的组合，前者让人感到苍凉的美，后者让人感到象征原始的冲动的力量美，它们的结合达到了一种极端怪异的美，试探着读者的阅读底线，在虚幻主义和现实主义之间游走，形成了独树一帜的作品风格。

（二）叙述视角

《野草》总体上使用第一人称进行叙述，在叙述视角上较为统一，这种第一人称的叙述视角也更具有代入感，将作者的内心状况、思想情感更为直观地传达给读者。"我"作为某一事件的亲历者，将事件通过"我"的眼睛传达给读者，叙事具有完整性和逻辑性，增强了读者的阅读体验，也产生了更加真实的艺术效果。但鲁迅并没有局限在第一人称的叙事作用下，他紧抓梦境特点，用一种跳跃、游离的方式呈现事件，这些事件被刻意地碎片化，甚至截取出时间逻辑上并不相连的画面进行重组，从而突破第一视角的局限，创造出新的叙事效果。例如在《死火》中"我"将现实处境中的冰山与幼时看到的快舰激起的浪花、洪炉喷出的烈焰进行合并，这里跨越了时间的界限将现在与过去进行联系。除此之外，鲁迅还喜欢通过第一视角将读者带入颠倒情境中，例如《求乞者》中"我"恶意揣测着乞讨的孩童，又马上假设自己乞讨的情形；《复仇》中围观的看客最后变成了被围观者。这些作品在提供一个审视视角后立马调转情境去考验和审视自我，两种视角上的差异看法探讨了关于同理心的迁移问题，深刻揭露国民的劣根性。

三、构筑梦境的灵魂：思想情感

弗洛伊德认为，梦是一种被压抑的欲望的象征性满足。它是经伪装表现出来的潜意识的本能冲动。鲁迅在《野草》中的梦境书写也可以看作是把握现实世界的特殊写作方式。梦境中蕴含的情感充沛而复杂，极具矛盾和颓废之感，

---

[1] 姜永琢：《鲁迅"然而"话语方式背后的哲学思想——以〈野草〉为例》，《后学衡》2021年第2期，第49—62页。

正如鲁迅在 1934 年写给萧军的信中所说："我的那一本《野草》，技术并不算坏，但心情太颓唐了。"从总体来看，鲁迅从《秋夜》开始入梦，到最后《一觉》醒来，他做了很长的梦，那些扭曲压抑的梦境接连不断，他本身的情感也起伏不断，但在这错综复杂的情境中是他抗争到底、毁灭到底的坚决意志。

（一）理想的生命形态

《野草》的题辞说道："当我沉默着的时候，我觉得充实；我将开口，同时感到空虚。"这里其实展现了鲁迅的语言困境，沉默着思考自我价值、探寻生命和世界固然充实内心，但无法通过言语传达的痛苦使他感到了人生的空虚。《野草》其实是鲁迅尝试突破言语困境的一次尝试，在政治形势压迫下而无法言说的思想情感都被压缩并潜藏在文字中。鲁迅以梦境的形式，将内心的焦虑和情感投射到文学形象上，自身生命体验与书写经验相互交织使自己内心的矛盾具象化，并以现实和梦境间的界限突破作为笔下形象获得完整生命形态的逻辑起点，使这些形象成为鲁迅对理想生命形态尝试的载体。心境颓唐的鲁迅却在作品中展现出生命的韧性和张扬，他的文字有着波涛般震慑的、强大的能量，纵使环境再压抑、氛围再黑暗，"我"都没有屈服或者惶恐，那对死亡的坦然态度何尝不是他对理想生命形态执着追求的表现。梦境是他在虚妄之中的一种慰藉性的构想，也为我们提供了一些克服虚妄、探寻希望的可能性。[1]

（二）毁灭与被毁灭的悲壮

鲁迅在梦境中为自己刻画出了一幅死亡群像，他要在冰山中被死火烧完，在一片压抑颓废中剖心而食，他也在自己的棺材中观察人世；他始终保持着不屈之心，在看不到希望的斗争过程中，他选择用自己最宝贵的东西——生命去战斗，鲁迅作为个体的内心世界是矛盾复杂的，所以这种献祭式的斗争精神是主体深思熟虑后想到的最佳方式；矛盾而又坚决，这是鲁迅《野草》中心思想的真实写照。鲁迅拥有着崇高的革命理想，他疾恶如仇，企图摧毁一切封建和

---

[1]　崔绍怀，崔语桐：《"绝望之为虚妄，正与希望相同！"——鲁迅〈野草·希望〉重读》，《玉林师范学院学报》2022 年第 43 卷第 3 期，第 58—66 页。

反动势力，不惜成为历史洪流中被毁灭的一员。他自认为历史中间物，一直追寻的理想世界也意味着自己的终结处，这种死亡的威胁也不能阻止他前进的脚步，明知毁灭结局仍义无反顾地对抗为鲁迅的人生增添上悲壮美感。[1]他在认识到个人有限性的情况下仍旧选择对抗时代的决心，他不断奋斗企图突破界限的意志，他献祭式的自我牺牲精神共同构成了鲁迅独特的人格魅力，也使得《野草》在颓唐情境中仍传递给人力量感和振奋感。[2]

结　语

梦境作为一种表达作者价值指向与内心世界的窗口，正如鲁迅自己所言："世间本没有别的言说，能比诗人的语言和文字画成自己的心和梦，更为明白晓畅的了。"鲁迅兼具战士的勇猛和文人的担当，艺术创作是他的本能，他通过含糊朦胧的文字，虚幻迷离的意境以及隐喻象征的手法将面对的苦恼与文学创作的本能有机地结合起来，形成了一种与众不同又意味深长的"哲学范本"，让内心与外在达到了一种高度的一致和统一。

参考文献

［1］马莹莹：《"潜在文学梦"与现实的魅影——论鲁迅〈野草〉整体世界》，《三门峡职业技术学院学报》2022年第21卷第2期，第74-79页。

［2］崔绍怀、崔语桐：《"绝望之为虚妄，正与希望相同！"——鲁迅〈野草·希望〉重读》，《玉林师范学院学报》2022年第43卷第3期，第58-66页。

［3］王俊虎、李柔：《论鲁迅散文诗集〈野草〉中的生死观》，《安康学院学报》2022年第34卷第1期，第7-12、31页。

［4］姜永琛：《鲁迅"然而"话语方式背后的哲学思想——以〈野草〉为例》，《后学衡》2021年第2期，第49-62页。

---

[1]　王俊虎、李柔：《论鲁迅散文诗集〈野草〉中的生死观》，《安康学院学报》2022年第34卷第1期，第7-12、31页。

[2]　熊凌潇：《理想生命形式的探寻——论鲁迅〈〈野草·颓败线的颤动〉》，《上海鲁迅研究》2021年第4期，第71-82页。

［5］付纯渊：《论〈野草〉创作艺术的主体取向》，延边大学硕士论文，2011 年。

［6］熊凌潇：《理想生命形式的探寻——论鲁迅〈野草·颓败线的颤动〉》，《上海鲁迅研究》2021 年第 4 期，第 71-82 页。

教师点评

鲁迅是中国现代文学史上一座难以逾越的高峰，他的作品是犀利的、深刻的、复杂的。对于中学生而言，读懂鲁迅几乎是个不可能达成的目标，因此大多数学生对鲁迅都有很深的"恐惧"心理。如何破除学生的"鲁迅恐惧"进而认识到鲁迅的伟大，成为教学中的一大难题。

作为一本散文诗集，《野草》形式多样、想象丰富、构思奇特、语言形象，大量使用象征的手法，使诗歌具有很强感染力的同时，也让诗歌具有了多义性，为解读诗歌造成了一定困难。对学生来说，在初中阶段进行《野草》的整本书阅读难度过高，还可能进一步加剧学生的"鲁迅恐惧"心理。本篇论文从《野草》的梦境建构入手，从具体化的意象、叙述视角等可视化角度出发，将梦境分为了单层与双层两种类型，文章思路清晰，可操作性强，能够作为阅读指导，为学生们提供阅读的新角度，加深学生对文本的理解。同时，教师还可以运用多元化的方式，通过播放视频、音乐等形式，提高学生的学习兴趣，从另一个角度让学生领悟到鲁迅的当代生命力，从而进一步完成脑海中立体的鲁迅形象拼图。

（点评人：蒲纾尧）

复仇的崇高与荒谬

——《故事新编》读后感

张珂睿

一、引言

《铸剑》以中国传统名著《三王墓》为蓝本，一方面延续了《故事新编》的写作风格，用冷峻、荒诞、尖锐、刺耳的口吻戏剧化了故事的结局，消解了其悲剧性和严肃性，解构了故事原型"直报"的传统复仇主题，"写历史而不写历史"。另一方面，它与《故事新编》中其他作品的不同之处在于，它有着不同寻常的幽默和滑稽的油腔滑调。即使当复仇被解构时，它也保留着一种奇特而威严、强烈而悲剧的能量。那么，在崇高与荒谬的二重唱中，作者对复仇有何感受？

二、叙事分析

（一）叙事结构

解构复仇的第一步是创造复仇的意义和价值。"子报父仇"的雏形创造了《铸剑》的连贯叙事，眉间尺的父亲为楚王制作了一把剑，但由于怀疑而被陷害；复仇的概念是通过被告知灾难并向主人公寻求或发出命令来引入的，例如，在成熟后由母亲告知父亲的命运。接下来，故事从"主人公离家"到"主人公转移"一层层展开，直至达到高潮，即"主人公与对手的正面对抗"，只留下复仇者和被复仇者之间的激烈冲突。当王的头呼出，复仇者的头掉到水底时，高潮戛然而止。尸体死在沸水中，但精神在与宿敌的斗争中升华了。

1. 解构复仇动机

然而，这篇文章的目的不是美化复仇，而是批评和摧毁复仇。因此，这篇作品在开头和结尾都以新颖的方式传达了复仇思想。首先，作者偏离了标准的叙事时间顺序，以"月下捕鼠"的场景开始了故事，而最初的开头"复仇的理由"被插入了母亲的叙述中。这种策略不仅将角色的情绪转化为日常生活，而且还将叙事从情节转移到角色，引导读者更多地关注复仇的主人公的性格。此外，眉间尺捕鼠具有主题上的象征性。他对在水箱里旋转的讨厌的老鼠感到同情，但在救了老鼠后，他觉得它"很可怕"，最终选择把它敲进水里。当敌人比复仇者更强大时，复仇者别无选择，只能欺负他，感到愤怒，并希望复仇；当敌人倒下时，他们发现自己并没有想象中那么强大，而且还有可怜的一面。因此，作者从复仇者意识的角度认识到复仇心理的矛盾，解构了复仇动机。[1]

2. 摧毁瓦解复仇的崇高价值

叙事没有以复仇的结局结束，故事的结局是鲁迅严肃探究的开始。这篇文章的基调最终从一个华丽的开始变成了一个荒谬的笑话——关于君主、大臣和后宫的葬礼，经过多次争论，放弃了将复仇者和被复仇者的头分开，"三头"最终被埋葬在一起。从王的角度来看，与叛徒一起埋葬至尊似乎很可笑。从黑衣人和眉间尺的角度来看，与自己的死敌分享牺牲似乎特别搞笑。最后，叙事以一部著名的现实主义喜剧结束，而不是完全的"为父报仇"或"同归于尽"的悲剧风格。此时，熙熙攘攘的人群再次出现在鲁迅的作品中，但之前君主在眉间瞥一眼的"看见"客体已经变成了"看"的主体，曾经是君王上街巡视睥睨百姓，而他死后，他变成了百姓所围观的对象，满是嘲讽和感慨。当熙熙攘攘的人群到来时，滑稽的表演开始了，跳舞的暴徒，比如"无物之阵"，看起

---

[1]   鲁迅：《鲁迅自选集》，北京：文化艺术出版社，2004 年。

来是这场戏的永恒赢家。而复仇者和被复仇者都被遗忘在这里，没人为复仇者高歌，复仇的崇高价值被嘲笑、摧毁并稳步瓦解。[1]

（二）叙事内容

复仇和抵抗的故事指向了对复仇本身的平静思考。性格发展反映了这种反思心态。在重新塑造"眉间尺"和"晏之敖"的形象时，作者考虑了复仇之外更广泛的后果："眉间尺"不再是一个多方面的复仇者；事实上，他不是一个合格的复仇者。这一点在老鼠的反对态度中尤其明显，老鼠代表着敌人，反映了角色眉毛之间不确定的一面，这与他死后的复仇行为建立了对比和呼应的联系。种种因素凸显了复仇路上眉间尺所谓的恐惧和怯懦：在繁忙的人群中，"害怕无形的剑会伤害到别人"。面对"愤怒、无法大笑、无聊、却无法逃脱"的不愉快处境，面对一个被无赖吓得干瘪的年轻人……因此，眉间尺可能不是实施报复的最佳人选。[2]

1. 复仇对复仇者联盟自身的重要性

优柔寡断并不总是意味着恐惧和无能。眉间尺这个角色开始时实际上是一个空白，鲁迅为他注入了人性的缺陷，而且也说明了他的成熟轨迹。眉间尺在决定复仇之后踏上了路途，他看到了寻欢作乐的"王"，看到了麻木弯腰朝贡的"人民"，看到的是沿途制造事端的闹事者，在这里他已经与那个曾经害怕老鼠的自己不一样了。面对"仅有两点磷火一般的眼光"的黑衣人，他虽然不知所措，但还是恢复了勇气和信心，果断冷静地砍下了自己的头，并将剑和头交给了一位新的复仇者，有着巨大的传递火炬的感觉。根据复仇者联盟的说法，故事的结尾是"四只眼睛互相面对，微微一笑，然后闭上眼睛，抬头看向天空，沉入水中"。复仇者联盟即眉间尺和晏之敖，击败了他们的对手和他们自己，实现了他们的复仇目标，获得了精神涅槃。因此，作者强调了复仇对复仇者联

---

[1] 钱理群：《试论鲁迅小说中的"复仇"主题——从〈孤独者〉到〈铸剑〉》，《鲁迅研究月刊》1995年第10期，第31—35页。

[2] 傅正乾：《关于〈铸剑〉的主题、人物及其他》，《人文杂志》1981年第1期，第99—105页。

盟自身的重要性和价值。[1]

2. 虚无主义和超现实主义的折磨

我们不能无视原著中的另一个复仇者——晏之敖——来进一步证明作者不仅仅是在解构复仇。晏之敖的人物形象不同于《故事新编》中的其他历史人物，这个名字原是鲁迅的笔名，实际上代表了作者可能的精神情感。晏之敖与一把"剑"的形象有着隐秘的关系。韦勒克在文学理论中指出："意象不是一种意象表征，而是一种瞬间呈现的理性和情感的复杂体验，是根本不同的思想的结合。"也就是说，文本中的画面不仅具有作为图像的情感，而且具有心理体验和情感的奇异混合的品质。从感官的角度来看，这个"剑"有一种负面的视觉内涵——它是看不见的，"带在身上，别人看不见"。它最初是眉间尺的，但后来被送给了晏之敖。另一方面，晏之敖被描述为"黑须黑目，细如铁""仅有两点磷火一般的黑色人眼光"。这让人想起了一个场景，眉间尺的父亲在铸剑："漆黑的炉子里，躺着两把鲜红色的剑。""你的父亲慢慢地把井华水滴到喉咙里，剑咆哮着变成了青色。"同样地，在文中可以理解到无形之剑和活着的晏之敖"融合成了一把人剑"。在鲁迅的作品中，以铁一般的外表和青色如磷火般的神采，在精神和肉体之间形成了和谐的互动。剑和人都有一种专注、忍耐和坚韧的精神，这是革命家鲁迅所认可的。因此，《铸剑》中的复仇精神仍然清晰可见。可晏之敖的复仇不似眉间尺的复仇，他在文中是未提及目的和缘由的，他更是一个为了复仇而复仇的化身，无论是他那双眼睛与铸剑时所冒磷火的相似，还是他与剑最后有种合二为一的感觉，都体现出他人物形象的虚无性。晏之敖的复仇动机已经不是为了维护个人的正义，而是通过这种虚无的人物形象来体现出超现实层面的复仇动机折磨，表现指向整个人类的复仇精神。

[1]　韦勒克、沃伦：《文学理论》，刘象愚等译，北京：文化艺术出版社，2010年。

（三）叙事视角

1. 蓄藏解读的多义性

第一层叙事从两个复仇者的角度构建复仇：眉间尺的复仇是"为父复仇"，这是一种血缘关系的、原始的、本能的复仇，但也是优柔寡断的；晏之敖的复仇是"对自己的复仇"，这是一种精神上的、本质上的、深层次的复仇，但它是坚决的。复仇话题的转换，标志着以晏之敖为代表的"新自我"战胜了以眉间尺为代表的"旧自我"，对以"王"为代表的恶劣生存环境提出了坚决的挑战。虽然我们不知道黑衣人是从哪里来的，也不知道为何报复眉间尺的统治者，但解读的模糊性隐藏在观点交替提供的间隙中，为读者提供了无尽的思考机会。[1] 晏之敖也可以被解读为眉间尺的另一个自我，即被复仇精神支配下的一种状态。眉间尺把头割下给了晏之敖，也代表着他将自己性格中柔软、善良、懦弱的一面给割舍了，完全交由复仇者——晏之敖去重塑眉间尺，更体现出这种复仇精神的崇高性，但也引向了对于眉间尺个体何去何从的思考。

2. 复仇的崇高意义——看与被看

"终点之后如何存在"的困境，折射出另一层叙事视角。在"哀悼"场景中，复仇者和敌人的头被埋葬在一起，制造了一场被目睹的闹剧。故事的最终赢家似乎是那些麻木而冷漠的观察者，而复仇的崇高意义在"看到和被看到"中被解构了。然而，黑色幽默的结局不仅解构了复仇的神圣性，而且代表了作者的讽刺态度，这也创造了观众的反向视角，将"看到"的主体转变为"被看到"的对象。这难道不是从绝望中涌现出来的新的崇高吗？

显然，作者写这篇文章的目的是警告和引导，而不仅仅是反思和谴责。如果你无视寒星，我将用我的鲜血为轩辕背书。鲁迅被复仇的欲望驱使着。一座贵族纪念碑的倒塌并不意味着贵族是无用的。但当复仇被实施时会发生什么？作者最终没有给出一个明确的解决方案，但他的目标是崇高的："敢于面对滴血"，以彻底怀疑的态度审视复仇的本质，向世界传达人性的精神问题，并鼓

---

[1]　残雪：《艺术复仇——读〈铸剑〉》，《书屋》1999 年第 1 期，第 4-6 页。

励人们进行更深入的思考。

三、对传统复仇的解构和发展

《铸剑》虽重叙旧俗，但多为鲁迅个人经历的精神自传，故事《三王墓》原型中的黑衣人为眉间尺两肋插刀，赴汤蹈火，为一个与他无关的人复仇，这体现了"信其言，履其行，诚其诺，不爱其身，去士之苦"的游侠精神（司马迁《史记·游侠传序》）。晏之敖在《铸剑》中的行为虽然秉承了舍生取义的文化传统，但他的精神意图是背离传统的侠义观念："正义、同情，那些曾经干净的东西，现在变成了释放鬼债的资本。"他并不是出于同情，而是作为"复仇"目标的唯一执行者。

《铸剑》于 1926 年 10 月首次亮相，五四运动达到了顶峰，作者在 3 月18 日大屠杀后受到谴责。共同经历过新文化运动的战士们声名鹊起，其他人则纷纷逃离，精神斗争成为勇敢者的个人表演。孤独、愤怒、忧郁和绝望主宰着鲁迅的创作时间。由于晏之敖原是鲁迅的笔名，人物的言行反映了作者独特的心理体验。从外表上看，黑衣人复仇的目标不再局限于"王"，然而，它已经从反对一个人或一个对象的邪恶发展到谴责整个封建社会和传统文化的慢性病——民族性。作者用"没有戏剧可看"这句话思考着观看戏剧的平庸观众，谴责他们的麻木，激发他们的想法，并努力唤醒他们的意识。从内部来说，复仇的过程也是对自己灵魂的折磨。个人意识是对集体无意识的背叛，但也伴随着反抗行为中对自己的强烈反对。《药》中夏瑜的牺牲、《孤独》中魏连殳的自杀、《死火》中火焰的"冻灭"、《铸剑》中的"三头合葬"，都构成了鲁迅文学作品中独特的精神复仇悲剧，在毁灭中引起读者的同情和尊重，同时凸显了精神复仇的伟大与崇高。

四、结语

总之，《铸剑》展现了从继承复仇主体到解构复仇意义的残酷真相——过度美化报复和牺牲会导致致命的结果。然而，这一认识仍然意义重大，因为嘲笑既是对麻木的警醒，也是对读者精神的净化。行为愤怒的崇高由此转变为精神复仇的崇高。夏济安先生在评述《铸剑》中写道："他确实吹响了号角，但他的音乐辛酸而嘲讽，表现着失望和希望，混合着天堂与地狱的音响。"复仇的悲剧逐渐演变成滑稽的闹剧，释放出一种严肃而庄严的哀鸣。[1]

参考文献

［1］鲁迅：《鲁迅自选集》，北京：文化艺术出版社，2006 年。

［2］钱理群：《试论鲁迅小说中的"复仇"主题——从〈孤独者〉到〈铸剑〉》，《鲁迅研究月刊》1995 年第 10 期，第 31-35 页。

［3］傅正乾：《关于铸剑的主题、人物及其他》，《人文杂志》1981 年第 1 期，第 99-105 页。

［4］韦勒克、沃伦：《文学理论》，刘象愚等译，北京：文化艺术出版社，2010 年。

［5］残雪：《艺术复仇——读〈铸剑〉》，《书屋》1999 年第 1 期，第 4-6 页。

［6］夏济安：《夏济安选集》，沈阳：辽宁教育出版社，2001 年。

教师点评

初读《铸剑》时，觉得其内容简单，讲的是眉间尺在黑衣人的帮助下成功为父报仇的故事。再读时，不禁想到鲁迅先生创作这篇小说的目的是什么？主题是什么？在什么背景下创作的？需要思考的东西还有很多。

钱理群先生认为此小说是《故事新编》里写得最好、表现最完美的一篇。此小说好在哪里？本文作者从叙事结构、叙事内容、叙事视角三个方面深入剖析解读小说，并分析其对传统复仇的解构和发展。"悬疑"是该小说的一大特点，也是可从多角度分析解构文章的原因。例如：黑衣人是从哪里来的？为何

---

[1]　夏济安：《夏济安选集》，沈阳：辽宁教育出版社，2001 年。

报复眉间尺的统治者？解读的模糊性为读者提供了无尽的思考机会。

　　《铸剑》写于 1926 年 10 月，那一两年发生的重大社会事件，如"女师大风潮""三一八惨案"都给亲历者鲁迅造成了巨大的心灵冲击。高中教材中《记念刘和珍君》是大家耳熟能详的篇目之一。这便是鲁迅参加完在"三·一八"惨案中遇难的刘和珍等人的追悼会后写成的。晏之敖这个名字原是鲁迅的笔名，实际上代表了鲁迅的精神情感。从一定意义上说，"三·一八惨案"是《铸剑》的深刻背景，"复仇"因此成为小说人物的内在驱动力。

（点评人：张楠楠）

试论儒释道三家思想对《女神》创作的影响

杨智涵

一、"泛神论"与庄子的审美哲学

纵观中外文学史，我们可以清楚地看到，优秀的作家在进行艺术创作时往往受到本民族传统文化的影响，《女神》也不例外。创作者虽持创造新文学，破坏旧文学的态度作诗，但当《女神》被创造出来，其文本本身便展现出对中国传统文化的依赖。新诗的"凤凰涅槃"是在古代文学的旧躯体上进行的，它毕竟从千年的文学瀚海中吸取过大量的能量，因此，在那些豪放粗犷的"惠特曼体"、清新淡雅的"泰戈尔风"、舶来词语与欧化句子的背后，我们还能聆听到中国传统文化那熟悉的乡音，而道家的"泛神论"便是其中之一。

郭沫若的泛神论思想是解读《女神》的重要方式，甚至被视为其创作《女神》的指导思想。但在相当长的一段时间，人们一直将西方哲学作为郭沫若泛神论思想的主要来源，直到任访秋指出应重视中国传统思想对郭沫若的影响，认为儒道两家近于泛神论的宇宙观及张载、王阳明、康有为等人的思想都是郭沫若泛神论思想的来源。[1]事实上，郭沫若曾明确指出道家"泛神论"思想对其的重要影响。他在《三个泛神论者》中宣称："我爱我国的庄子，/因为我爱他的 Pantheism，/因为我爱他是靠打草鞋吃饭的人。"[2]在这里，中国

---

[1]　任访秋：《〈女神〉中的"泛神论"思想与中国文化的传统精神》，《中国现代文学研究丛刊》1982年第4期，第20-29页。

[2]　郭沫若：《女神》，北京：人民文学出版社，2020年，第133页。

的庄子排在了"荷兰的 Spinoza"与"印度的 Kabir"之前。

道家哲学作为郭沫若泛神论思想的一个渊源,给予了其诗歌创作以重要指引。而在此之上,《女神》又有所超越。道家哲学的"道"相当于"泛神论"中的"神",而在"人法地,地法天,天法道,道法自然"(《道德经·第二十五章》)的底层逻辑之下,人与自然是合为一体、不可分割的。这种"天地与我并生,万物与我为一"(《庄子·内篇》)的精神体现在《女神》里,便有了《凤凰更生歌》的:"一切的一,悠久呀!/一的一切,悠久呀!/悠久便是你,悠久便是我!/悠久便是'他',悠久便是火!/火便是你!/火便是我!/火便是'他'!/火便是火!"[1]然而,道家的"天人合一"指向不知何者为我何者为物的审美境界,即将主体完全融入客体世界,这显然不符合郭沫若诗歌中那个独立的、扩张的、有着明显主体意识的"我"的形象。传统的道家哲学将一切差别都打破,但《女神》中却又生出了一个凌驾于一切之上的"我"。王富仁曾提到:"当主体没有被客体的崇高所压抑而保持了主体的独立地位时,主体也就有可能重新上升到客体之上,成为驾驭客体、改造客体的主动力量。"[2]郭沫若的"泛神论"实现了这种超越,在其诗歌之中,不单单是"万物即神",更有"我既是神"凌驾在上。《浴海》《太阳礼赞》《新生》等都有体现,而诗集的代表作之一《天狗》更是将自我膨胀到了极致的地步,在超越道家哲学而与时代个性主义同频的"泛神论"下,一位狂人在诗中呼喊:"我是一条天狗呀!/我把月来吞了,/我把日来吞了,/我把一切的星球来吞了,/我把全宇宙来吞了。/我便是我了!"[3]

道家不仅是郭沫若在"泛神论"上的老师,其审美哲学也深深影响着郭沫若的诗歌创作。道家崇尚自然的思想渗透于《女神》一书,在第三辑中,诗人质朴真切地吐露了对自然的感受与赞叹,《晴朝》《晨兴》《春之胎动》等,都是大自然之美的真实写照。而《女神》中不少构思奇崛、想象新颖的篇章也

[1] 郭沫若:《女神》,北京:人民文学出版社,2020年,第101页。

[2] 王富仁:《审美追求的昏乱与失措——二论郭沫若的诗歌创作》,《北京社会科学》1988年第3期,第98–110页。

[3] 郭沫若:《女神》,北京:人民文学出版社,2020年,第102页。

受到庄子浪漫主义思想的影响，郭沫若笔下气吞日月宇宙的天狗与庄子口中纵横天地之间的鲲鹏在冥冥中无疑存在着千丝万缕的联系，同为超然之物，独与天地精神往来，在汲取了庄子的浪漫与自由精神后，郭沫若的诗笔更汪洋肆意起来。

二、"天人合一"与"以恩代爱"的儒学立场

除了道家哲学，郭沫若的"泛神论"也带着浓厚的儒家色彩，他将儒家"知行合一"的实践精神融入"泛神论"中，和着时代的节拍，打破中国传统诗人静态观照的"天人合一"，在"动的泛神观"中展现出乐观昂扬的青春朝气。在他笔下："我飞奔，/我狂叫，/我燃烧。/我如烈火一样地燃烧！/我如大海一样地狂叫！/我如电气一样地飞跑！"[1]轻松、欢悦、热烈、畅快的情绪字里行间随处可见，"到处都是笑：/海也在笑，/山也在笑，/太阳也在笑，/地球也在笑，/我和阿和，我的嫩苗，/同在笑中笑。"[2]当儒家的积极补充了道家的无言，使得郭沫若的"泛神论"有了努力去自我实现的特质。

不同于五四时期的主流观点，郭沫若尊孔的意向极为明显。《女神》出版两年后，郭沫若发表了《中国文化之传统精神》，在文中，他明白无误地宣告："说我们时代错误的人们，那也由他们罢，我们还是崇拜孔子。"并认为，孔子本人"兼有康德与歌德那样的伟大的天才，圆满的人格，永远有生命的巨人"[3]。当我们意识到郭沫若对孔子的推崇而再读《女神》时，不难发现，在《女神》"凤凰涅槃"的背后，还残留着"以恩代爱"的儒学立场，抛开言语的激情热烈，"为理设情"的实利目的浮出水面。"地球，我的母亲！/我的灵魂便是你的灵魂，/我要强健我的灵魂来，/报答你的深恩。/地球，我的母亲！/从今后我要报答你的深恩，/我知道你爱我你还要劳我，/我要学着你劳动，永久不停！"[4]

---

[1]　郭沫若：《女神》，北京：人民文学出版社，2020年，第103页。

[2]　郭沫若：《女神》，北京：人民文学出版社，2020年，第162页。

[3]　郭沫若：《中国文化之传统精神》，《郭沫若全集　历史编》第三卷，北京：人民出版社，1984年，第259页。

[4]　郭沫若：《女神》，北京：人民文学出版社，2020年，第142页。

儒家的"知恩必报"在这里体现得淋漓尽致，但如此一来，平等的母子之爱便转化为实利性的母恩，少了令人动容的真正热情，也将诗人与歌颂者的距离拉开，以带有浓厚宗法制色彩的辈分关系表情达意，使诗歌流于浅薄。当然，即使传统的儒家学说给郭沫若带来了一定的迷茫与失措，这小小的一部分也并未影响到《女神》带来的解放与新生。

三、"凤凰涅槃"中的佛学因子

尽管甚少有人将佛学与郭沫若早期的诗歌创作联系在一起，但无可辩驳的是，《女神》中的一些诗歌或多或少带着一些佛学因子。诗集开篇《女神之再生》中对歌德之语的翻译方法在形式与内容上与佛家偈语如出一辙，其笔下的"一切无常者 / 只是一虚影；/ 不可企及者 / 在此事已成；/ 不可名状者 / 在此已实有"[1]明显带有对《金刚经》中"一切有为法，如梦幻泡影，如露亦如电，当作如是观"（《金刚经》）一句的模仿。佛教术语也常常出现在郭沫若的其他诗歌中，例如《凤凰涅槃》的"涅槃"二字，《浴海》的"万象森罗"，又如《地球，我的母亲！》里的"梦幻泡影""妄执无明"。这些出自佛经的语言在郭沫若的笔下与舶来词和谐共生，被赋予现代性，形成了一种异于旧文学的全新的诗言。

除却对佛经禅典的语词借用与仿摹，佛教文化还为诗歌的取材谋篇提供了灵感。《凤凰涅槃》作为诗集中极具隐喻性的一篇，一直被视为旧中国灭亡，新中国诞生的象征。而这首诗的隐喻性很大程度依赖于其具有鲜明佛学烙印的意象。"我们这缥缈的浮生 / 好像那大海里的孤舟。/ 左也是漂漫，/ 右也是漂漫，/ 前不见灯台，/ 后不见海岸"[2]正是佛经中"苦海无边"的悲歌。而《凤歌》里对阴秽世界的诅咒："你脓血污秽着的屠场呀！/ 你悲哀充塞着的囚牢呀！/ 你群鬼叫号着的坟墓呀！/ 你群魔跳梁着的地狱呀！"[3]恰似佛教六道

---

[1]　郭沫若：《女神》，北京：人民文学出版社，2020 年，第 13 页。

[2]　郭沫若：《女神》，北京：人民文学出版社，2020 年，第 82 页。

[3]　郭沫若：《女神》，北京：人民文学出版社，2020 年，第 78 页。

轮回中三恶道之景。在布局谋篇上，《凤凰涅槃》全诗的基本结构其实也与佛教的宇宙观形成了一种内在对应。佛教认为世界是遵循着成立、存续、坏灭、空无这四个阶段进行周而复始的演化的。这四个阶段分别被称为成劫、住劫、坏劫、空劫。在这首诗中，凤凰满五百岁便是住劫，而其死期将近，集火自焚，便是坏劫，其诗中"火光熊熊了。香气蓬蓬了。时期已到了。死期已到了。"[1]恰符合坏劫中的火灾毁灭期。其后便是唯余死灰的空劫。空无后世界周而复始，凤凰更生，光明更生，又到了成劫阶段。

郭沫若在佛经之中汲取创作灵感，却也对古老的题材进行了当代性的个性化演绎，转化成自己的斗争热情与狂飙激进，借着传统文化之筏摆渡到了自由创作的彼岸。

参考文献

［1］任访秋：《〈女神〉中的"泛神论"思想与中华文化的传统精神》，《中国现代文学研究丛刊》1982年第4期，第20-29页。

［2］郭沫若：《女神》，北京：人民文学出版社，2020年。

［3］王富仁：《审美追求的瞀乱与失措——二论郭沫若的诗歌创作》，《北京社会科学》1988年第3期，第98-110页。

［4］郭沫若：《中国文化之传统精神》，《郭沫若全集 历史编》第三卷，北京：人民出版社，1984年。

教师点评

郭沫若博采众长，兼蓄中外各家思想，其作品既有中国传统哲学的身影，也有西方"泛神论"的印记。《女神》是郭沫若的第一本诗集，也是中国新诗的第一座洪钟大吕奏出的最强最美的时代歌声，可以说《女神》是中国现代新

---

[1]　郭沫若：《女神》，北京：人民文学出版社，2020年，第91页。

诗真正的奠基之作。

本文作者以儒释道三家思想为切口，探究分析了诗集《女神》中蕴藏着的中国传统哲学思想。道家的"天人合一"，儒家的"以恩代爱"，佛家的"涅槃重生"在郭沫若的诗歌中都有具体的体现。这样丰富的思想渊源既是郭沫若自身学识的体现，又是时代推波助澜的产物。

《女神》第二辑中《立在地球边上放号》一诗被选入高中语文教材，相比《凤凰涅槃》《天狗》等名篇来说，这首诗歌篇幅更为短小，但其中哲学思想的影子依然随形。在解读诗歌时，只有了解郭沫若的个人经历，重温时代背景，回到历史现场，才能理解诗人在《立在地球边上放号》中狂热式赞美的"力"，以及这"力"的背后涌动着的狂飙突进、喷薄欲发的五四精神，从而进一步感受诗人天人合一、物我两忘的哲学思想，并理解"巨人"这个抒情主人公形象。

（点评人：张　艳）

浅析倪焕之对"理想教育"的探索

——《倪焕之》读后感

张怡彦

"教育事业是培养'人'的——'人'应该培养成什么样子？'人'应该怎样培养？——这非有理想不可"[1]，小说初始，倪焕之便提出自我憧憬的理想式教育：认为教育事业是培养"人"的，而不论是在受教育者角度还是教育者角度，理想都缺一不可。他认为："养成正当的人，除了教育还有什么事业能够担当呢？一切希望在教育"[2]，其中"正当的人"即一种理想的人格，是倪焕之期盼从教育出发来塑造出他心目中的"理想儿童"。

作为受新思潮新思想影响的五四青年，此刻的倪焕之踌躇满志，意气风发，他渴望在新时期干出大事业的精神风貌于此可见一斑。倪焕之从小便渴望做一个对社会有用的人，在他从教第三年受一位主张感化教育的教师影响，改变了其将"教育"认为"地狱"的想法，就算是地狱也可严饰其为天堂，就此，倪焕之"理想教育"的信念应运而生。而在辛亥革命以后，专制统治使他认为中国要好起来"自然在各个人懂得了怎样做个正当的人以后"，而"养成正当的人"，"一切的希望在教育"。

"《倪焕之》的主要成就在两个方面。一是通过主要人物倪焕之和他的'同志'、小学校长蒋冰如，在乡镇试验所谓新教育的过程——他们的幻想、奋斗

---

[1]　叶圣陶：《倪焕之》，载巴金《中国新文学大系（第八集）》，上海：上海文艺出版社，1984年，第3页。

[2]　叶圣陶：《倪焕之》，载巴金《中国新文学大系（第八集）》，上海：上海文艺出版社，1984年，第30页。

和最终失败，形象地宣告了盛行于'五四'前后的所谓'教育万能论'等改良主义思想的破产，从反面印证了只有变革社会制度，中国才能有真正出路的真理。通过倪焕之这位小资产阶级知识分子的生活经历和思想发展，我们可以更加深入地理解从五四运动到二七年大革命失败期间的历史背景，以及在此期间参与其中的一些小资产阶级知识分子的心理特征和情绪状态。倪焕之和蒋冰的新教育实践以失败收场，这一事件清楚地表明，改良主义的理念已经不复存在，因此，'有组织地'进行社会变革是必要的。《倪焕之》是一部具有深刻主题思想的长篇小说。"[1]作为一个理想主义者，满怀热忱地追求教育理想的他，最终却在动荡不安的时代走向精神幻灭。倪焕之这一形象的塑造，比较完整地写出了中国知识分子从辛亥革命到大革命失败这一历史时期的追求与遭遇。

当然，尽管一腔热血付之东流，但我们依然会被小说中倪焕之对理想的满腔热血和执着追求所感动，这份信念和坚持都是意义深刻的。书中对五四青年意气风发精神风貌的展现，给人希望，对新文化运动、五卅运动大革命的描写，让我们窥见当时复杂变动的社会风貌，给人启迪。

倪焕之在教育方面进行了很多探索，从"怎么教育学生"到"怎么教育社会"。对于怎么教育社会这个问题，他最初的看法是要让社会大众成为他们的学生，在乐山的指点下，他意识到改造社会需要的是有组织的工作，所以倪焕之选择到上海直接参与革命的宣传事业。

最开始，他和蒋冰如校长开荒地、建戏台、设工场，他觉得不能使儿童死读书，读死书，应将学习投入实践，希冀学生从亲手劳作的四季轮回中体会到人生的真谛，感受真善美的孕育，体会精神舒展的美好；同时他主张认识儿童，教师应研究儿童的"性"，以"习"养"性"，通过因材施教的教育来塑造出儿童完美的"性"；再者他主张诚意感化，用真心换真心，就像雅斯贝尔斯所说的"教育的本质是一棵树摇动一棵树，一朵云推动一朵云，一个灵魂推动一个灵魂"，在教导顽皮的学生蒋华时，他采取了与体育教师陆三复截然不同的做法，对蒋华进行长时间的耐心说教教导。这些教育的改革闪烁着熠熠发光的

[1]　金梅：《"五四"前后小资产阶级知识分子思想历程的真实写照——读叶圣陶的长篇小说〈倪焕之〉》，《文史哲》1979年第3期，第29—36页。

理想之光，并且看起来切实可行，能够为培养出倪焕之心目中的"理想儿童"提供有效的方法论。

一开始这些改革确实起到了一定的作用。农场建起来了，学生们和教员一起设计了布局，孩子们在地里浇水播种，勤奋而自然；学生们把莫泊桑的《二渔夫》改编成戏剧，深情的表演令人激动。"蒋华的心情与肢体原来都紧张，听了焕之的一番话不由得都松弛了；他似乎受着催眠术，一种倦意，一种无聊，慢慢地滋长起来，遍布到全身"，甚至"不觉感到一缕淡淡的酸楚"，在倪焕之的和婉劝慰下，最后蒋华答应了向陆先生和方裕道歉，这样看来，如此培养"理想人格"的方法是如此的顺畅，仿佛将这种教育论从学校推向社会，将"理想儿童"聚集为"理想社会"不过是时间的问题。

最后蒋华依旧和自己的父亲蒋老虎一道成为乡霸，起初被教导时只是对这种从未经历过的温和劝解感到了慌乱；学生们刚开始对农场充满了兴趣，但没过多久却"染上了倦怠和玩忽"，新鲜褪去后热情也不再似从前，出现了所谓的"黑影"；这批接受着教育改革而培养出来的"理想学生"在毕业后也没有跟其他人表现出太大的差异与不同。倪焕之提倡的"素质"教育，虽千般柔丝但感化不了空涩的心脏，春风化雨也不过是高谈宏论，浮泛无根罢了。

小说的最后证明了倪焕之这场关于"理想人格"的教育改革是失败的，那么是这些教育理论真的完全错了吗？那又是什么方面出现问题导致这些教育改革出现了偏差而失去了原本的预期效果？教育到底能不能真正地培养出我们所追寻的"理想人格"？

由主张实践感化教育到参加革命宣传教育，倪焕之并没有否定教育改造社会的价值，而是将教育划分为两个板块，一是学校性教育，即完成德智体美劳等方面的基础知识教育，但此类教育具有长期性和滞后性，类似一个闭环，多年后学生思想与行为结合的瞬间才是教育的完成。学校教育的成功将通过学生体现，没有人知道完成这个闭环需要多久的周期，倪焕之也未见证闭环的呈现。二是社会性教育，倪焕之将其称为"目前的教育"，社会性教育的对象除学校学生外的社会大众，最终目的在于推动历史的发展，倪焕之认为这种教育重在"效率"。在辛亥革命的背景下，社会性教育其实是对改革的宣传和鼓动，是社会运动的一部分。所以当倪焕之在革命的迫切要求下，选择了前往上海直接向社会大众宣讲时，他探索的与其说是"怎么发挥教育的作用"，不如说是"如何让教育为社会所用"，"这里问题的主体发生了变化，一是体现出倪焕之对社会环境的密切关注，二是反映了革命对知识分子思维方式的深刻影响，三是意味着教育真正从'学而优则仕'的个人晋升渠道变成了推动社会改革的重要力量"[1]。

倪焕之的这些教育理念对"理想学生"的培养是具有丰富意义和可行性的，徐龙年认为倪焕之所极力追求并实践的理想教育对今天的中小学教育仍有深刻的启迪意义和现实意义。只是在当时的情景之下，中国城市的现代化尚且刚刚起步，仍处于战争和侵略的境遇之中，更何况倪焕之所教授的学校位于乡村，人们思想尚未转变，让深刻的封建思想和落后思想与如此激烈的先进思想相碰撞，无疑是新力量的以卵击石。况且在这种物质条件不足，精神条件匮乏的大背景下，不管换作什么更理想的教育方法，还是什么更有经验的教育家都不可能实现培育所谓的"理想学生"，更不可能将旧社会改造成人们所盼望的"理想社会"。

另外，教育对"理想人格"的塑造意义是不可否认的。虽然"人格"具有一定的先天性，但它可以被改变，这奠定了教育能够培养理想人格的理论基础。

所以我们应该将问题的落脚点放在教什么和怎么教上。教的内容绝不局限于书本，书本里只包含了客观的知识，但"人格"是个主观的名词，它是你面对生活和社会的一种内部倾向性和心理特征，正如你的价值观、能力、性格和兴趣往往不是在书本中养成的。

倪焕之的教育思路在这一点上是值得肯定的，他将知识投入于实践，通过一些具象的生活行为让学生了解知识，发展自己的品德，完善自己的性格。这一点也在一定程度上契合了冯契先生的理想人格培养论中的实践与教育相结合，就像冯先生主张的那样"真正的教育每一步都是创造，人在实践中接受教育，但他是主动的"，那么主动的教育形式为理想人格的培养提供了无数种可

---

[1] 李国华：《"推动历史的轮子"——叶圣陶〈倪焕之〉释读》，《成都大学学报（社会科学版）》2021 年第 1 期，第 64—72 页。

能，人们可以在自我的进步中达到自己内心理想的自由和真善美的境界，也可以在社会交流中获得别人对于理想人格的见解，从而走向一种崭新的路径。这种主动的形式既是冯契先生主张的"各因其性情之所近"的外化，也是倪焕之在改革中强调的了解儿童的"性"从而决定"习"的表现。

而倪焕之之所以失败，很大一部分是社会环境影响下的结果。那么由此推断，教育如果想在"理想人格"的培育上达到更好的效果，我们必不能忽视经济基础和社会变因的重要作用。因此，就像为理想社会的培养笼罩上一层保温玻璃一样，社会客观条件会为教育改革的实施提供帮助，也让"理想人格"的培养有了更好的孵化环境。

参考文献

［1］叶圣陶：《倪焕之》，载巴金《中国新文学大系（第八集）》，上海：上海文艺出版社，1984年。

［2］金梅：《"五四"前后小资产阶级知识分子思想历程的真实写照——读叶圣陶的长篇小说〈倪焕之〉》，《文史哲》1979年第3期，第29-36页。

［3］李国华：《"推动历史的轮子"——叶圣陶〈倪焕之〉释读》，《成都大学学报（社会科学版）》2021年第1期，第64-72页。

教师点评

《倪焕之》是叶圣陶唯一的一部长篇小说，也是中国现代文学史上第一部关于教育的小说。它是叶圣陶长期从事教育工作的经验和感悟，是其教育思想的投影。在叶圣陶看来，教育的目的在于要养成正当的人，教师要给儿童布置一个适宜的境界，让他们自己去长养。

本文作者从《倪焕之》两方面的成就分析，一是新教育的失败宣告了盛行于"五四"前后的所谓"教育万能论"等改良主义思想的破产，从反面印证了只有变革社会制度，中国才能有真正出路的真理；二是倪焕之这一形象的塑造，比较完整地写出了中国知识分子从辛亥革命到大革命失败这一历史时期的追求与遭遇。接着，作者就倪焕之理想破灭探讨其失败原因，并指出教育如果想在"理想人格"的培育上达到更好的效果，必不能忽视经济基础和社会变因的重要作用。

尽管小说中倪焕之的一腔热血付之东流，但小说中多处都显示出教育家叶圣陶先生的教育理念，对今天的中小学教育仍有深刻的启迪意义和现实意义。

（点评人：张楠楠）

现代感性与民族意识纵横

——《郁达夫文集》读后感

王　熠

郁达夫是一位个人印记极其鲜明的中国现代作家。《郁达夫文集》中所收录的小说，集中指向郁达夫小说创作的几个关键词，分别是：灵肉冲突、颓废感伤、疾病叙事与家国情怀。在大师云集的"五四"时期，他以别树一帜的"自我"暴露与阴柔颓废，为读者传达出某种颤栗与心悸的震撼。该震撼感，部分来自郁达夫对赤裸肉欲的描写，颠覆中国正统文学对性的回避，以及以无助不堪的心理刻画，推翻了中国传统男性"力"的权威形象。

海德格尔指出："对于现代之本质具有决定性意义的两大进程——亦即世界成为图像和人成为主体——的相互交叉。"[1]当世界对人而言是可征服的对象，个体被无意识策动，自觉将自己摆上优先于被观照者的核心位置，成为现代意义上热衷进行自我构建的主体。伴随先进科学技术涌入国内，国内外文化激荡热烈，20世纪初期的中国，从被动到主动进入现代化浪潮。生活在此时期的知识分子，不可避免地遭受着强与弱、落后与先进的剧烈心理冲击。郁达夫笔下人物的生理欲望、颓废阴柔、民族观念等，与现代感性层面的生发产生盘根错节的联系。郁达夫在一边感性式地深刻剖析，裸露自我的同时，一边对民族国家有着敏锐易碎的边界意识，二者相互纵横并影响促进，挖掘出彼时知识分子内心的苦闷，同时实现"自我"的觉醒。

---

[1]　海德格尔：《海德格尔自述》，丁大同、沈丽妹编译，天津：天津人民出版社，2017年，第101页。

一、疾病叙事与颓废感伤的基调

"疾病"是郁达夫的小说作品中的重要母题，也是他创作的一大特色。《沉沦》中的忧郁症、怀乡病，《茫茫夜》中的肺病，《采石矶》中的忧郁症，《春风沉醉的夜晚》中的失眠，《迟桂花》中的肺病等，指向人物孱弱的身体，阴柔的气质以及消极多情的精神。郁达夫用"疾病"的生理背景与人物心理相互刺激，紧密联系起小说人物自言自语型的内心解剖，由此与颓废感伤进行高度的灵魂契合与震动。

"五四"时期除了郁达夫，鲁迅也是经常将"疾病"纳入文学母题的作家。他们有同样在日本留学学医的经历，但呈现出不同范畴的疾病叙事。鲁迅以疾病如《狂人日记》中的迫害狂症，揭示封建社会对人进行无声的道德迫害和吃人本质，《药》以治病连接起革命家庭与迷信的平民家庭，呐喊民族精神启蒙的迫切，《父亲的病》借助父亲的痨病，讽刺痛击庸医误人，故弄玄虚。鲁迅笔下的疾病有宏大的隐喻性质，包裹着旧社会民族的精神麻木落后和政治、文化话语，有强烈的指向性和功利性。

郁达夫的疾病叙事集中于小说人物本身，凝结为细致入微的生命体验。忧郁和肺病是最常出现于郁达夫笔下的两种疾病，桑塔格在《疾病的隐喻》中提到"忧郁人物——或结核病患者——是卓然而立的人物：他敏感，有创造力，形单影只"[1]，正与郁达夫笔下的人物特点契合。疾病结合弱小民族在他乡或者弱国之下生存困境的精神压抑，双重戕害人的心理斗志与生理健康。抑郁是一种结构，将人禁锢在个人看待事物的圈子无法走出，从而放大生命体验，指涉"自我"构建。

郁达夫认为"文学作品，都是作家的自叙传"[2]，作品是创作者的内在投射。他笔下的人物承担了部分郁达夫的感情寄托，弱国的环境让眼界较平民百姓更高的知识分子深刻忧虑除己以外的层次，而这份忧虑反过来会内化给自身的生存处境，融合为更深切的不满和愤世嫉俗的抑郁。当人无止境地陷入自

---

[1]　桑塔格：《疾病的隐喻》，程巍译，上海：上海译文出版社，2018 年，第 33 页。

[2]　郁达夫：《五六年来创作生活的回顾》，《郁达夫全集》第五卷，杭州：浙江文艺出版社，1992 年，第 340 页。

我探赜，反过来会淡化与外界的交流互动，从而建立边界，体现为对社交的冷淡或躲避。这种消极总体以颓废感伤的氛围展现。

郁达夫笔下的情绪"颓废"输出为细节肥大，想象过度，情欲失控以及感性偏执，导致陷入对自我的不安审查。作为相对概念的"颓废"是非静止的各关系里动态的衰败，它不等于衰败本身，而是对衰败的接受或促进，形成周期循环，反之，颓废与进步是一体两面的关系。以《沉沦》为典型，其中"颓废感伤"的结果超越了生命层面的再生进步，达到心理层面"富于感性和生命意识的现代自我的创生"[1]的进步，凝结成基于病理层面上典型的郁达夫式颓废美学。

二、泛滥而自抑的身体欲望

赤裸肉欲的描写是郁达夫作品颓废特色的另一旁证，构成郁达夫小说人物缺乏爱欲对象以及精神苦闷的发泄口，它不是放纵，反而是社会压抑以及心理压抑的结果。郁达夫书写身体欲望的典型模式是肉欲沉湎与道德自责的循环。在身体欲望面前，人物常受到"本我"和"超我"的矛盾，即灵肉冲突。西方哲学对身体问题的认识，从灵肉对立，灵占据主导地位到尼采对灵肉关系的颠覆，认为身体是人存在的根基，再到法国理论家梅洛－庞蒂提出，身体是一种前意识，身体具有支配意识的核心地位。意识和行为分别从属于普遍话语和评价系统，主体只呈现在行动里。作为"无意识"的身体欲望不能将其视为低俗堕落的行径，肉欲的生理性与精神道德不应该被视为二元对立的关系。郁达夫把肉欲拉出道德指责的范畴，正视男性的生理欲望，该欲望非高尚，但却是正常的作为人的原本欲望。

中国古典文学中的男性往往是纵欲的形象，而女性则为压抑的一方。古代封建宗族社会以家庭为社会的最小单位，以严苛的伦理道德维持家庭和谐，由此极大程度束缚了女性的人身自由。中国现代文学中，郁达夫道出中国男性的现代压抑，而丁玲则在《莎菲女士的日记》等小说中揭示女性也有欲望的人的

---

[1] 吴晓东：《中国现代审美主体的创生——郁达夫小说再解读》，《中国现代文学研究丛刊》2007 年第 3 期，第 3–34 页。

一面，二者共同颠覆中国传统男女性别生活样式的刻板印象。郁达夫和丁玲的创作分别将男、女回归至人无关性别，生命体验的一面。

郁达夫的身体欲望描写囊括民族苦闷与伦理道德的相互影响与作用，从而构成不同于通俗文学的更幽深的表现范畴。正是现代感性的强烈表达，撕裂了中国传统社会遭到软压制的生理欲望的遮羞布，使男性阴柔敏感的性格和颓废意志脱离女性应有的定型化成见。其欲望描写虽然大胆且赤裸，但仍根植于中国传统伦理观念。具体体现在小说人物对满足生理欲望、对具体女性产生欲望、狎妓等行为意识之后的深度自我检讨。中国现代化是个早产儿，还带有强烈的传统伦理道德意识。郁达夫在披露欲望的同时带有保守，因此郁达夫的创作除了自我觉醒的一面，还受到历史文化的潜意识规训。

除了身体欲望的变相满足，还有一种被压抑成功的欲望模式，即性灵对肉欲的战胜，《迟桂花》可谓该模式的典型。一般认为，郁达夫的暴露书写是对传统的大胆反叛，实际上他仍受到理性的压制。理性的胜利达成个人新的升华，迎来生的信心与坦然，一定程度上是对颓废的战胜。理性的参与让人物清晰地识别并修正非理性的成分，达成感性与理性的和解。所以，郁达夫的赤裸欲望书写内涵并不止于其暴露本身，重点在于欲望背后，人物的心理产生机制及其多重因素之间的交互作用。

三、民族国家主题下的主体构建

郁达夫笔下疾病与性压抑的意义并非只关乎疾病与性压抑本身的孤立建构，而是充满丰富的言外之意，涵盖宏观国家观念下的现代性视角。正是对言外之意的把握，使郁达夫创作主体建构性的解读在结合感性与民族意识的基础上趋于完善。《沉沦》最后，"他"向无具体可回应对象的国家呼唤：

> "祖国呀祖国！我的死是你害我的！"
> "你快富起来！强起来吧！"
> "你还有许多儿女在那里受苦呢！"[1]

---

[1]　郁达夫：《郁达夫文集》，北京：当代世界出版社，2010年，第30页。

直接联络个体与家国的深层关系，彰显无理之问中主体情绪宣泄的崩溃，揭示知识分子在大环境和小自我的融合下，非孤立的生活状态。国家政治层面的主题提升，使郁达夫的作品拓展了新的阐释视角。20 世纪初的特定社会历史环境下，一方面知识分子遭受着自身生存的困窘，另一方面身在异乡遭受弱国民族的心理压抑，进而产生某种复杂深沉的内心体验，滋生出性苦闷乃至生的苦闷。此类困境，可见于《沉沦》中的弱国耻辱感，《茫茫夜》中于质夫回国后的国内境况不尽如人意的继续颓废与同性情感的苦闷萌生，《采石矶》中黄仲则对爱情的渴望等。

国家的危机乃是个体的创伤经验，进而产生消极乃至偏执的国家情感，这是国家意识形态对个体质询的结果。例如郁达夫在《苏州烟雨记》中自言："我是两性问题上的一个国粹保存主义者"[1]，将女性物化为国家财产，将性作为"复仇"的手段。正是由于强烈的强弱对比，民族意识在留学时候得到强化，郁达夫对家国的责任与荣誉有超出一般情况的殷切希望与弱国边界感，达成祖国与个人的复杂而又缠绵的盘根错节的联系。"零余者"形象深刻联结着历史、政治、文化与心理等领域，以一种现代感性姿态，与中国现代人共鸣。

郁达夫在日留学期间，借鉴接受了日本"私小说"的写作风格，创作带有西方颓废主义色彩的自叙小说，开创了中国现代文学新的内容形式和审美内涵。小说在深层融合政治文化领域，个体与国家的对话过程中，形成一种现代性机制。郁达夫在《五四文学运动之历史的意义》中提到："五四运动的最大的成功，第一要算'个人'的发现。从前的人，是为君而存在，为道而存在，为父母而存在的，现在的人才晓得为自我而存在了。"[2]通过书写自我，发现自我并构建自我，将疾病叙事和身体欲望带入全新的感伤审美层次，郁达夫联结起个人与民族国家的千丝万缕的联系。

[1]　郁达夫：《郁达夫文集》，北京：当代世界出版社，2010 年，第 203 页。

[2]　郁达夫：《中国新文学大系·散文二集》，上海：上海良友图书印刷公司，1935 年，第 5 页。

参考文献

[1] 郁达夫：《郁达夫文集》，北京：当代世界出版社，2010年。

[2] 温儒敏：《论郁达夫的小说创作》，《中国现代文学研究丛刊》1980年第2期，第223-246页。

[3] 卡林内斯库：《现代性的五副面孔：现代主义、先锋派、颓废、媚俗艺术、后现代主义》，顾爱彬、李瑞华译，南京：译林出版社，2015年。

[4] 桑塔格：《疾病的隐喻》，程巍译，上海：上海译文出版社，2018年。

[5] 波伏娃：《第二性》，郑克鲁译，上海：上海译文出版社，2015年。

[6] 吴晓东：《中国现代审美主体的创生——郁达夫小说再解读》，《中国现代文学研究丛刊》2007年第3期，第3-34页。

教师点评

郭沫若曾这样高度赞誉郁达夫的文学创作："郁达夫清新的笔调，在中国的枯槁的社会里面好像吹来了一股春风，立刻吹醒了当时的无数青年的心。他那大胆的自我暴露，对于深藏在千年万年的背甲里面的士大夫的虚伪，完全是一种暴风雨式的闪击，把一些假道学、假才子们震惊得至于狂怒了。"这正是达夫先生的"'自我'暴露与阴柔颓废，为读者传达出某种颤栗与心悸的震撼"，真实而深刻地反映了他那个时代的部分精神面貌。

作者王熠从现代感性与民族意识的纵横交织中，理性冷静地分析了郁达夫文学作品疾病叙事与颓废感伤的基调和泛滥而自抑的身体欲望，深刻解读郁达夫感性式从"灵与肉、伦理与情感、本我与超我"中剖析裸露自我背后并非只关乎疾病与性压抑本身，指出其笔下疾病与性压抑的真正意义在于肉欲沉湎与道德自责后的"自我"觉醒——透视郁达夫及当时知识分子在涵盖宏观国家观念的现代性视角下对民族国家敏锐易碎的"内心纷争苦闷"的复杂心理，凸显郁达夫深厚的爱国情怀。这正是夏衍对郁达夫的颂扬："达夫是一个伟大的爱国者，爱国是他毕生的精神支柱。"

郁达夫这种个人与家国的深情，在中学语文课本《故都的秋》里也可从北国"秋"味品读而出，但不足以窥得郁达夫文学作品全貌。本文读思感悟中，作者以极高的文学涵养，熟练运用中外文学理论、哲学掌握，文笔凝练，用词谨严细致，立论中心明确，说理准确而有出处，论据丰富翔实，论述逻辑严密，还比较了郁达夫与鲁迅"疾病叙事"的不同，郁达夫与丁玲关于男女身体欲望的认知，拓展了读后感悟的深广度，又有力地丰富了郁达夫的形象，让我们深入理解了其作品的真正意蕴。

郁达夫的作品可谓"五四"优秀短篇小说园地中的一朵奇葩。读他的作品，应如沈从文所言："人人皆觉得郁达夫是个可怜的人，是个朋友，因为人人皆可以从他作品中，发现自己的模样。"让我们走近郁达夫先生，观照自我心灵吧。

（点评人：付廷俄）

激昂与至情的交织：探朱自清的文学世界

——《朱自清选集》读后感

林珍米

朱自清是我国现代文学史上一位举足轻重的作家。在他的创作生涯中，有涓涓如山泉清冽的散文，有热烈如火焰的诗歌，他为我们留下了许多优秀的文学作品，为现代文学的发展作出了不可磨灭的贡献。朱自清的文学创作从诗歌起步，凭借现代文学史上第一篇抒情长诗《毁灭》成为优秀诗人；而后他的创作由诗歌转向散文，亦取得了辉煌的成就，留下了如《背影》《荷塘月色》等优秀作品。他笔下的文学创作风格与朱自清其人是相统一的，即"文格"与"人格"相统一。本文将围绕朱自清的诗歌和散文创作两部分进行论述，一探朱自清的文学世界。

一、诗歌：激昂的战歌

毛主席曾在《别了，司徒雷登》一文中，赞扬朱自清"一身重病，宁可饿死，不领美国的救济粮"，是和"闻一多拍案而起，横眉怒对国民党的手枪，宁可倒下去，不愿屈服"一样，"他们表现了我们民族的英雄气概"。这是伟人对这位爱国民主斗士朱自清的评价，"爱国""不屈""激愤"是他身上的关键词，正如他激昂慷慨的诗歌，读之令人热血沸腾。

（一）前进的号角

朱自清的诗歌创作是五四运动浪潮鼓动起来的，诗篇中携着激昂奋进的号子。他认为"写诗"是："这是时代为之"[1]可见他的诗歌创作源于时代，有着五四时期奋进的模样、炽热的身影。

正如他歌唱《煤》：

> 一会你在火园中跳舞起来，
> 黑裸裸的身体里，
> 一阵阵透出赤和热，
> 啊！全是赤和热了，
> 美丽而光明！

五四运动的爆发为中国的历史揭开了新的一章，马克思主义的传播也给中国带来了新的声音和新的希望。此时的朱自清自觉簇拥着新诗，用新鲜、有力的诗歌语言激励人们向新的声音前进。在他看来，"煤"虽然身处"腌臜，黑暗"的环境，却能从身体里迸发出"赤和热"，这样充满着动感和生命力的"煤"能给予人美丽和光明，就如同这"新的希望"能够抨击黑暗的旧世界。

朱自清的这首诗歌洋溢着反帝反封建的激情和革命精神。他热情地讴歌"煤"的光明、煤的美丽，从内心深处唱出赞美光明、迎接光明的歌声，留下了这首激昂的战歌——"一首光明颂"。

如果说《煤》是深刻的象征，那么《送韩伯画往俄国》则是热烈的祝福：

> 祝福你绘画的学徒！
> 你将在红云里，
> 偷着宇宙的密意，
> 放在你的画里；
> 可知我们都等着哩！

"学徒"追随"红云"，诗人对此毫无保留地殷切祝福，情感一层层地叠

---

[1]　朱自清：《朱自清散文经典全集》，哈尔滨：哈尔滨出版社，2013 年，第 75 页。

加，诗人是如此地兴奋与激动。在朱自清的笔下，仿佛"红云"之后就是光明，我们能从学徒的画里获得新的希望、感受光明与美好。诗人等待着友人学成归来，也是等待着那一轮映照红云的太阳，把神州点亮，黑暗消遁，光明降临，人民得到解放，成为自己国家的真正主人。

他期待学徒"偷着宇宙的密意"放进画里，也期盼着"红云"蕴藉着希望，照耀祖国，带来美好。这是一位青年作家发出的响亮的号角、热情的呼唤，期待人们为深爱的祖国向前、向前、再向前。

（二）激愤的战鼓

在《〈蕙的风〉序》中，他这么说："我们现在需要最切的，自然是血与泪底文学，不是美与爱底文学；是呼吁与诅咒底文学，不是赞颂与咏歌底文学。"对此，他身体力行，写下了充满激愤与怒骂，极富战斗力的诗歌。

1925 年 5 月 30 日，上海工人和学生在租界的繁华马路上进行宣传演讲和示威游行，租界的英国巡捕在南京路上先后逮捕 100 多人，并突然向密集的游行群众开枪射击，当场打死 13 人，伤数十人，制造了震惊全国的五卅惨案。帝国主义的屠杀，点燃了中国人民郁积已久的对帝国主义侵略的仇恨怒火，大家纷纷举行大规模的反帝游行示威，朱自清也投入其中，并写下了反帝意识浓郁的诗歌《血歌——为五卅惨剧作》，他在诗歌中强烈控诉了封建军阀与帝国主义屠杀中国人民的血腥罪行：

血的眼！
血的眼！
团团火，
射着他你我！
血的口！
血的口！
申申詈，
唾着他我你！

使用短促的句子，鲜明的感叹，似自然而然吼出的语句，不加雕饰而见粗犷，情感极其真挚，足见朱自清对五卅惨案始作俑者的狂怒，字字似长矛，直指敌人头颈。而后他用强烈的问句，重复的句式，激愤地向"我们"大声呼喊，势必要让敌人血债血偿：

> 我们的血呢？
> 我们的血呢？
> "起哟！
> 起哟！"

这几句仿佛是一种强烈的召唤，回荡着一种不可亵渎的神圣感和刻不容缓的使命感，无不激起读者心中之热血，一展中华儿女的血性。

他的激愤——尤其是对敌人的怒骂在《赠 AS》中也得以体现。《赠 AS》原本是一篇赞歌，可是在真情称赞下汹涌着对"地上"、对敌人的怒骂：

> 地上是荆棘呀，
> 地上是狐兔呀，
> 地上是行尸呀；
> 你将为一把快刀，
> 披荆斩棘的快刀！
> 你将为一声狮子吼，
> 狐兔们披靡奔走！
> 你将为春雷一震，
> 让行尸们惊醒！

诗人用对比手法，将两派力量鲜明而强烈地呈现出来，正如战歌一般预示出民族的光明前景，并且昭示出敌人那肮脏、丑陋、不堪一击的命运。

朱自清的诗歌创作是纯正朴实的，他毫不遮掩自己的情绪，或热切地追求光明，憧憬未来，或有力地抨击黑暗的世界，揭露血泪的人生，洋溢着反帝反封建的革命精神。正如他绝不向美国救济粮低头一样，在他"面对敌人"的诗歌创作中，不会体现出一丝退却和畏惧，有的只是前进与怒吼，是激昂的战歌！时至今日，依旧会引起人们强烈的情感共鸣。

当然朱自清并非"完人"，其诗歌创作中也有相当一部分流露出消沉、徘徊，以至悲哀的情绪。他在革命低潮期会彷徨，会踌躇，会叹息"我解剖自己，看清我是一个不配革命的人"，可这正显示出他对革命的重视——只有重视、珍视、真正敬仰，才会有所"担心"，正如《毁灭》中他一直坚定地要"回去！"这是对自己深刻的探讨，虽然彷徨，但是流贯于全诗的却是一股力求上进的精神。[1] 这一类型的诗歌恰是诗人脆弱灵魂的真实写照，这才是真实的、可亲近的、无修饰的朱自清。

二、散文：至清的旋律

朱自清原名自华，小时家境并不富裕。1917 年，他"感于家庭经济情况不好，为了惕励自己不随流俗合污，改名自清"，这是他"尚清"的体现。"尚清意识"是中国传统美学的一个重要组成部分，其内涵十分丰富："清"的本字为"青"，"青"含有美好之意。日之美好曰"晴"，草之美好曰"青"，米之美好曰"精"，人之美好曰"倩"，水之美好曰"清"[2]，朱自清的"清"不仅体现在他的人生追求中，同样体现在他最擅长的散文文体创作中——散文语言之清雅，散文意境之清幽。总之，"清"是他文格与人格的统一概述。

（一）散文语言之清雅

朱自清的散文语言是诗化的、优美的、有画面感的，能给人一种耳目一新的感觉，这尤其体现在他写景抒情散文上，朱自清用语言搭建了一个清新可爱的世界。

---

[1]　陈孝全：《论朱自清的诗歌创作》，《天津师院学报》1980 年第 3 期，第 62-67 页。

[2]　郭海宁：《朱自清散文中的尚清审美倾向》，《语文学刊（高等教育版）》2002 年第 5 期，第 10-12 页。

1. 诗化的语言

朱自清散文中的动词、形容词用得格外贴切、传神，这是他有意遣词的结果，同时也是最前一批运用白话文写作的作家不自觉地保留文言的结构关系、语法关系后炼字的体现，这种陌生感能够给人一种清雅的感觉。这在《荷塘月色》中体现得尤为明显，例如他笔下的流水是"脉脉的"，荷叶是有"风致""田田""亭亭"的，月光是"泻"下来的，影子是"峭楞楞""斑驳的"等等，这些语言的色彩是清淡的，语词间、段落里给人一种梦幻感，极富表现力。

朱自清散文中还经常使用叠字叠词以及富于变化的长短句，这使他的散文犹如诗歌一般精美，富有音乐性，达到"既能悦目，又可赏心，兼耳底，心底音乐而有之"的美学效果。例如《春》中的叠词就是非常自然，给人以活泼可爱之感的。在文中，小草是"偷偷"钻出来的，形态是"嫩嫩""绿绿""一大片一大片""软绵绵"的，多么生动可爱的语言！"偷偷"可见小草生长之迅速，仿佛在不经意间突然窜出，这是春的预告；"嫩嫩""绿绿"足见小草的清新、可爱；"一大片一大片""绵绵"更写出了小草在春的感召下拼命向上生长，可见春的魅力。这些语言念之就仿佛在与小草对话，不忍大声怕惊扰之；同时它突出了景物特点，抒发了朱自清强烈的情感色彩，融情于景，情景交融。

同样地，《春》中富于变化的长短句能让人在轻重缓急之间感受节奏变化之美感。文章的开头是短句的组合，而后在各段之中又是长句和短句的交错，最后用三个整齐的句子结束全篇。文章语言结构富于变化，既能让人感受到作者的喜爱和雀跃，读者也能在阅读中领略文章文段安排的美感，给人以轻快清新之感。

2. 生动的语言

这种富有画面感的描写是朱自清纯熟地运用拟人、比喻等修辞手法的表现，一系列修辞手法的运用能够使散文语言典雅、充满诗意、给人清新雅致的阅读感受。例如《匆匆》，朱自清笔下的"时间"这一原本模糊的概念变得更加清晰，"时间"是"伶伶俐俐地从我身上跨过"的，可见时间流逝之快、之悄然。

例如《绿》中，绿"象少妇拖着的裙幅""象跳动的初恋的处女的心""有鸡蛋清那样软，那样嫩""宛然一块温润的碧玉"，朱自清对绿一连串的比喻描写，是调动了视觉、听觉、触觉等多种感官的细腻描写，这样生动的语言易于我们体会绿的清新可爱。此刻，绿仿佛成为世间一切美好的集合体。例如《荷塘月色》中对荷花的描写："层层的叶子中间，零星地点缀着些白花，有袅娜地开着的，有羞涩地打着朵儿的，正如一粒粒明珠，又如碧天里的星星，又如刚出浴的美人。微风过处，送来缕缕清香，仿佛远处高楼上渺茫的歌声似的。"在朱自清的笔下，荷花是"明珠"，是"星星"，是"美人"，深刻地写出了荷花之光洁、明亮、娇美的特点，给人一种独特的审美体验。

（二）散文意境之清幽

前面提到，朱自清并不是一个"完人"，他也会惆怅、彷徨，例如他在《哪里走》体现出的迷茫彷徨："在旧时代正在崩坏，新局面尚未到来的时候，衰颓与骚动使得大家惶惶然……只有参加革命或反革命才能解决这惶惶然。不能或不愿参加这实际行动时，便只有暂时逃避的一法。"他要作暂时的逃离，需要片刻的开脱，需要一方静谧的、清幽的心灵栖息地，这样的栖息地不在别处，就在他的文学世界，尤其是散文中。例如《荷塘月色》中的"荷塘"有以下几个特点：

人烟稀少：通往荷塘的路是曲折的、幽僻的、寂寞的，少有人来打扰；只有"我"一人欣赏。这是一洼静谧的荷塘。

有"隔离带"：荷塘四周长着许多翁翁郁郁的树，而且还蒙着薄薄的青雾，隔绝外界世界。这是一洼"向内"的荷塘。

景色优美：荷花荷叶长势很好，流水潺潺，微风阵阵，月光轻柔。这是一洼迷人的荷塘。

蕴含诗意：荷塘有故事、有文学。这是一洼文学的荷塘。

总而言之，这是一洼静谧的、优美的人间乐处，景色优美，满蕴诗意，供得"独处"人欣赏。在朱自清笔下，一切都是那么轻柔，一切都是那么清幽，一切都是那么雅致，这种柔美雅静的景物描绘与作者不满现实世界追求恬然自适的情感恰好融合为一而产生了一种"恬淡自适"的文中意境。[1]此时此刻，"我"在月下自由独处，拥抱这一方美好天地，"我"在现实中受挫，幸而还有这另一世界得以栖息，得以歇脚。在这片清幽的荷塘中，"我"可以卸下一切现实的重担，"超出平常的自己"，"什么都可以不想"，"现在都可不理"，只管享受，只管休憩。此刻，这就是避风港，这就是彼岸——朱自清移情于景，借景抒情，达到情景水乳交融，互相缠绕，这就是他笔下清幽的意境。朱自清创造了这方梦幻的天地，让每一位忙碌的、茫然的、焦急的读者都可以在这月下荷塘里尽情欣赏、尽情玩乐，这是一块没有烦扰和喧嚣的尘外世界，是一片桃花源。虽然朱自清没有在美景、文学、家人之间得到真正的心灵安慰，至少在那一刻，他是自由的。

当然荷塘并不是完美的，"热闹是它们的，我什么也没有"，"荷塘"之下不可抑制地流露出了朱自清压抑的愤懑与无尽的感伤。这种"恬淡自适"是当时一部分知识分子既不满足于现实的丑恶，不愿与旧势力同流合污，却又无加入革命行列的勇气，只是幻想着找个清静舒适的避风港，以期逃避现实寻找解脱，可以在极端愤懑与失望中得到精神的寄托，聊以抚慰风雨飘荡中的灵魂。不过朱自清至少给我们拉出了一点空隙，得以让读者透气、放松、栖息，令人陶醉、使人痴迷。

结　语

朱自清的文学世界是充满魅力的，值得我们细细研读和品味，希望诸君能沉下心来，在一个惬意的下午，选一个舒适的位置，拿起一本朱自清的文选，细细品味他的文章——感受里面的激昂，感受其中的清幽，领略朱自清独特的美学世界。

---

[1]　麦石安：《论朱自清散文的意境创造》，《中山大学学报（社会科学版）》1996年第5期，第98—104页。

参考文献

［1］陈孝全：《论朱自清的诗歌创作》，《天津师院学报》1980 年第 3 期，第 62-67 页。

［2］郭海宁：《朱自清散文中的尚清审美倾向》，《语文学刊（高等教育版）》2002 年第 5 期，第 10-12 页。

［3］麦石安：《论朱自清散文的意境创造》，《中山大学学报（社会科学版）》1996 年第 5 期，第 98-104 页。

［4］靳保良：《论朱自清散文的语言艺术特色》，《成功（教育版）》2012 年第 6 期，第 283 页。

教师点评

我素喜散文，向来是喜爱朱自清先生的。他为人诚恳、谦虚、温厚、朴素，而并不缺乏风趣，为文亦是如此，写山水，怀故人，抒发愤世之情，自成一格。

早在中学语文课本里，就被他清美至情的文辞深深折服——《匆匆》的清快雅淡，《春》的清美可爱，《背影》的清欢至情，《荷塘月色》的清幽恬适等等，伴着流金岁月，在生命中，漾下了清浅流痕。他的散文不但"美"，文质并茂，表达又恰如其分，清新流畅，而且富有至情风趣，或淡或浓，味道极正，又甚是醇厚，自然朴实，又魅力无穷；出神化境之处，竟全凭真感受与真性情喷涌而出，让人深觉他"文格"与"人格"相统一。这正如杨政声在《朱自清先生与现代散文》中所言那般，"他文如其人，风华从朴素出来，幽默从忠厚出来，腴厚从平淡出来"。

读了作者林珍米的所思所感，深觉读启思智，又见文章，悟得人生，随着她细如流水的娓娓叙述，倍感与朱自清先生又亲近了几分。作者诗文并举，举例翔实，叙述文辞极富张力，选取朱自清先生诗歌与散文最具代表性的两个特点——"激昂"与"至情"，从"清"字入手，用语亲和自然，在激昂奋进的爱国战歌诗与清雅幽远的至性抒情散文交织中，诗文映照，让读者深刻认知了朱自清先生"文章合为时而著，歌诗合为事而作"的创作风格，感受了他炽烈不屈、激愤血性的爱国民主战士形象，赏鉴了他充满魅力的文学世界，陪他在极端愤懑与失望中找寻精神的寄托，于恬淡自适的文本中聊以抚慰风雨飘荡中的灵魂。

正如作者所言，朱自清先生的文章需要找一个暖阳斜阴处，倚流水小榭，慢嚼细品，方觉味正道醇，惬意自然。

（点评人：付廷俄）

从《繁星·春水》看冰心的济世情怀

——冰心《冰心选集》读后感

贺柔嘉

纵览20世纪文坛，冰心以独树一帜的创作风格和强大的读者影响力闻名，是一位不可忽视的重要作家。冰心出身官宦世家，自幼接受良好的教育，"五四运动"宣传新思想新文化，高扬精神自由和个性解放的旗帜推动冰心走上了文学创作的道路，她开始将自己观察到的社会问题以小说的形式呈现出来，成为最早一批"问题小说"作家。有学者认为，受"五四运动"退潮的时代低压和泰戈尔诗歌泛爱哲学的影响，冰心创作的小诗和散文中，不再具有或淡化了早期小说中改造社会，积极入世的思想。[1]通过阅读诗集《繁星·春水》，笔者认为冰心的这种济世情怀并没有冷却，而是以一种更加柔和且个人化的方式播撒在字里行间，继续存在于她的创作中。

一、爱的哲学：给予心灵慰藉

"母亲的海""伟大的海""童年的回忆"等思想建立起来的"爱的哲学"使冰心获得了文学上的存在[2]，冰心曾坦言，"因着基督教义的影响，潜隐的形成了我自己的'爱'的哲学"[3]。她创作《繁星·春水》的过程也自然

---

[1]　吴凌：《从"济世救民"到"心灵慰藉"——试论冰心早期作品中文学话语的转移》，《贵阳师专学报（社会科学版）》2000年第3期，第55–58页。

[2]　王炳根：《冰心论集》，福州：海峡文艺出版社，2020年，第16页。

[3]　卓如：《冰心全集：第三卷》，福州：海峡文艺出版社，1994年，第8页。

地贯彻了这一思想，倾向于表现美好事物，歌颂母爱的伟大无私，探索生命和人生、人类与大自然之间的关系，描绘神奇美妙的景象，抒发独特情思。

如"故乡的海波呵！/你那飞溅的浪花，/从前怎样一滴一滴的敲在我的磐石，/现在也怎样一滴一滴的敲我的心弦"（《繁星》二八）[1]。冰心小时候生活在海边，诗句再现了她记忆中海波拍打礁石激起浪花的样子，将思乡之情形象化，化作浪花敲击心弦，"敲"这一动作，在从过去到现在，由实转虚的时空跨度中重复回响，极具艺术感染力。又如"水向东流，/月向西落——/诗人，/你的心情，/能将她们牵住了么？"（《春水》三九）[2]日升月落，流水东去，这是自然界的客观规律，不以人的主观意志转移，诗人却抛出了一个疑问："诗人的心情是否能停滞或改变水的流向，月亮的走向呢？"这样的明知故问在自由开放的诗歌语境中反而生成了一种特别的趣味。此外，诗句还巧妙地反映了人的心情会影响人对眼前事物的认知，文学语言会对现实世界进行变形和改造，使得这首小诗更加富于理趣。

总而言之，冰心的《繁星·春水》构建了一个优美柔软的诗意空间，带给人轻松愉悦的审美体验。巴金表达过自己的阅读感受："过去我们都是孤寂的孩子，从她的作品那里我们得到了不少的温暖和安慰"[3]，这正是"爱的哲学"的意义。回溯冰心的创作历程，以写作"问题小说"为主的时期，她的风格本偏向消极忧郁，一度被指责作品过于悲观，她在小说《最后的使者》中隐秘地表露出自己诗歌创作的困苦，希望写出积极乐观的作品对读者进行正面引导和关怀，产生光明的启迪。[4]"爱的哲学"应运而生，为着不陷入人生的烦闷，也为着不对人世间的真善美丧失信心。

这一点在《假如我是个作家》中有所印证，冰心展露心扉："假如我是个作家，/我只愿我的作品/被一切友伴和同时有学问的人/轻藐——讥笑；/然而在孩子，农夫，和愚拙的妇人，/他们听过之后，/慢慢的低头，/深深的思

[1]　冰心：《冰心选集》，成都：四川人民出版社，1984年，第14页。

[2]　冰心：《冰心选集》，成都：四川人民出版社，1984年，第44—45页。

[3]　范伯群：《冰心研究资料》，北京：知识产权出版社，2009年，第225页。

[4]　孙晓娅：《"真"与"美"——论冰心诗歌创作的审美向度》，《绍兴文理学院学报》2022年第42卷第11期，第29—37页。

索，/ 我听得见'同情'在他们心中鼓荡；/ 这时我便要流下快乐之泪了！"[1]
她迎着批评嘲笑之声，坚守"爱的哲学"，书写五彩缤纷的美，洞见深刻的真，
赞美人性的光辉，颂扬人的高尚情怀，目的在于为像孩子、农夫、愚拙的妇人
一类的弱势群体或底层人民提供心灵慰藉。文人执笔济世，或用激烈辛辣的笔
触鞭挞现实，推动社会问题的解决，或以文字为材料搭建一个温馨的心灵港湾，
治愈人们精神上的沉疴痛疾，同时期作家多从事前一种活动，冰心显然根据自
身擅长的领域选择了后者，春风化雨般浸润着一代代读者。

二、哲理小诗：揭示生活真谛

任钧曾评价冰心的诗歌："一般地说来，她的小诗，与其说是感情的、毋
宁说是理智的、哲学的、甚至于是教训的，格言的。"[2]《繁星·春水》就
含有大量的哲理小诗，源自冰心对生活的细致观察和辩证思考。

一部分小诗以人为对象，发表警世性的话语。如"聪明人，/ 抛弃你手里
幻想的花罢！/ 她只是虚无缥缈的，/ 反分却你眼底春光"（《繁星·一三七》)[3]。
这首诗中的"聪明人"指向充满生活智慧的人，诗人意在告诉读者虚无缥缈的
幻想固然美丽，可非但不能对人有所裨益，反而会消磨人的精神活力。又如"我
的朋友！/ 不要任凭文字困苦你；/ 文字是人做的，/ 人不是文字做的！"（《繁
星·一五二》)[4] 诗人用亲切的称呼拉近和读者的距离，接着点明了文字和
人何者为主体的关系——人于文字，占据着创作和理解的支配地位，在面临文
字的困境时，完全可以及时进行自我拯救，跳出苦闷情绪的牢笼。

一部分小诗则从最寻常的生活场景入手，讲述发人深省的道理，如"墙角
的花！你孤芳自赏时，/ 天地便小了"（《春水·三三》)[5]。诗人写花朵受
困于狭隘的视角和骄傲自满的态度，无法见识到广阔天地，实际上是在以"花

[1]　冰心：《冰心选集》，成都：四川人民出版社，1984 年，第 3–4 页。

[2]　任钧：《新诗话》，上海：国际文化服务社，1948 年，第 52 页。

[3]　冰心：《冰心选集》，成都：四川人民出版社，1984 年，第 33 页。

[4]　冰心：《冰心选集》，成都：四川人民出版社，1984 年，第 36 页。

[5]　冰心：《冰心选集》，成都：四川人民出版社，1984 年，第 43–44 页。

朵"喻人，嘲讽那些只见自身，不见天地的人，以生活在墙角花朵的生活处境，说明了人应当谦虚处世的道理。与之有异曲同工之妙的是"成功的花，/ 人们只惊羡她现时的明艳！/ 然而当初她的芽儿，/ 浸透了奋斗的泪泉，/ 洒遍了牺牲的血雨"（《繁星·五五》）[1]，同样以花朵为意象，呈现了两组对比：一是花朵绽放时有着艳丽的外表和花朵芽儿生长过程中经受种种困难相对比；二是人们关注且赞美成功结果而忽视艰辛过程。这两组对比又分别对应了两个启示：一是伟大的成果与前期的艰苦奋斗密不可分，敢于吃苦，才能奋发成才；二是人在面对他人成就时，既要看到成功的实绩，也要了解成功的原因。

这些哲理小诗在内容上是冰心基于个人生活经验的思想结晶，而从诗歌的语气、用词可以感受到，她创作时都考虑了一个潜在的说理对象，即广大读者。她没有选择推广抽象的哲学概念，而是采用新诗和真实感悟相结合的方式揭示生活真谛，贴近读者，启迪读者，恰好符合了当时启发民智的社会需要。

三、寄语青年：传递正能量

"青年人"在《繁星·春水》中反复出现，相关诗歌数量足以独立辟出冰心喊话青年人的合集。《春水》均创作于 1923 年，此时的冰心自己也是一位风华正茂的青年，可见，她在诗歌中对青年的寄语既是个人追求的外显，也凝聚着社会对青年人的期待。

如"青年人！/ 只是回顾么 / 这世界是不住的前进呵"（《春水·八七》）[2]。寥寥三句，用世界向前发展，永不停息的客观现实，提醒青年人不要沉湎于过去，要把握当下和未来。又如"玫瑰花的浓红 / 在我眼前照耀，/ 伸手摘将下来，/ 她却萎谢在我的襟上。/ 我的心低低的安慰我说：/ "你隔绝了她和自然的连结，/ 这浓红便归尘土；/ 青年人！/ 留意你枯燥的灵魂"（《春水·七十》）[3]。这首诗为对话体，玫瑰因"我"的采摘脱离自然而归于尘土，表面上是"我"的自省，实则为青年人的生活状态提供指导：要注重与自然的联结，同自然进

---

[1]　冰心：《冰心选集》，成都：四川人民出版社，1984 年，第 20 页。

[2]　冰心：《冰心选集》，成都：四川人民出版社，1984 年，第 52 页。

[3]　冰心：《冰心选集》，成都：四川人民出版社，1984 年，第 49 页。

行心灵交流,汲取养分。青年人的灵魂若始终在日常琐事中蹉跎,没有得到滋养,便如失去根茎的浓红玫瑰,很快干燥、枯萎了,必须促进物质、精神的双重发展,维护精神世界的生态平衡。再如,"青年人,/珍重的描写罢,/时间正翻着书页,/请你着笔!"(《春水》一七四)[1]描写和着笔对应文学创作活动,无疑含有诗人自我勉励的内涵,同时,由己及人,以纸笔喻一切创造活动,勉励青年人不负韶华,珍惜时间,将有限的人生投入到无限的劳动创造中,实现个人价值。

这些寄语青年的诗歌表现了积极向上、努力生活的共同主题,展现出青年一代应该具备的良好品质和昂扬的精神风貌。文学作品对人的影响潜移默化而源远流长,冰心利用诗歌持续地强调式地向青年群体传递正能量,正体现了她当时作为青年诗人强烈的社会责任感,渴望通过对年轻一代的教化,鼓舞他们走出封建愚昧的状态,破除内心可能存在的麻木和迷惘,充分发掘自己的价值,脚踏实地地行动,从而促进社会发展。

结　语

大动荡大变革的时代背景下,冰心的诗歌栖居在个人生活体验的一方小天地,不可否认地具有一些局限性:个人经验与社会实际、民众生活脱节,诗人传达的价值理念也因此没有适宜播种和生长的土壤,容易单薄且悬浮。但从冰心的创作动机和作品内容来看,她始终关切着社会变化,试图通过诗歌传递一份鼓舞人心,改造社会的力量。这种力量与诗人的济世情怀交织,从《繁星·春水》流向读者心田,带来温和而坚定的暖意。

参考文献

[1] 冰心:《冰心选集》,成都:四川人民出版社,1984年。

[2] 徐宏玲:《冰心诗歌研究综述》,《群文天地》2012年第2期,第56、58页。

---

[1]　冰心:《冰心选集》,成都:四川人民出版社,1984年,第67页。

［3］吴凌：《从"济世救民"到"心灵慰藉"——试论冰心早期作品中文学话语的转移》，《贵阳师专学报（社会科学版）》2000年第3期，第55-58页。

［4］王炳根：《冰心论集》，福州：海峡文艺出版社，2020年。

［5］孙晓娅：《"真"与"美"——论冰心诗歌创作的审美向度》，《绍兴文理学院学报》2022年第42卷第11期，第29-37页。

［6］范伯群：《冰心研究资料》，北京：知识产权出版社，2009年。

［7］郑娟：《论现代女性哲理诗的创作——以冰心、林徽因、郑敏为例》，《名作欣赏》2008年第6期，第56-58、62页。

教师点评

济世情怀统领，纲举目张。文章用"济世情怀"统帅全文，选材组篇。精选与"心灵慰藉""生活真谛""正能量"三个关键词相关的内容，表现冰心的济世情怀柔和及个性化。

详略得当，内容丰富。第一层介绍了什么是爱的哲学，爱的哲学有什么意义，为什么冰心坚持爱的哲学，并加之丰富的例证。第二层论证冰心的诗如何以人和寻常生活场景为对象揭示生活真谛。第三层着重分析冰心诗歌中对青年的寄语和冰心个人的追求与担当。每层具有适当的例子，通过大海、花朵、聪明人等意象论证，内容充实。

一总三分，条理清晰。文章用"爱的哲学：给予心灵慰藉""哲理小诗：揭示生活真谛""寄语青年：传递正能量"三个语句显现分论点，论证冰心的济世情怀一直存在于创作中，可谓条理清晰，脉络分明。

（点评人：张玉妹）

《徐志摩选集》中散文主要题材分类简析

周　凌

徐志摩为人熟知的多是其笔下创作的诗歌，为人津津乐道的还必有其本人一生中的爱恨情仇、不凡的故事与经历。他的散文并不为大众所普遍阅读，热度大不如其诗歌。而《徐志摩选集》中所收录徐志摩的散文数量颇为可观，其中更是不乏佳篇，当然，亦有为人批评之处。本文试以题材分类，对该选集中的散文进行解析。

一、题材分类与解析

（一）记风景游历，抒胸中风情

徐志摩的散文描绘山川风光、人文风情的不在少数。徐志摩一生游学多处，游历所见动人景色颇多，这成为他散文的主要题材之一。《徐志摩选集》中，属于该题材的散文包括：《北戴河海滨的幻想》《翡冷翠山居闲话》《天目山中笔记》，《我所知道的康桥》和《巴黎的鳞爪》也能算在其中。前面三篇又属于主要写自然风景以抒情的类别，后面两篇则在风景本身之外融入更多地域人文风情的记述。

1. 自然风光，观海游山

《北戴河海滨的幻想》着重写的是北戴河海滨风景触发而生的奇幻的浪漫想象，他写到"春光与希望，是长驻的；自然与人生，是调谐的"，他在此暂时忘却"纷争的互杀的人间""庸俗的卑琐的人间""自觉的失望的人间"，还要忘却自身的一切情绪与欲求。[1]他完全融入海滨，将自己的心灵比作海滨，与其共起伏涌动。《翡冷翠山居闲话》和《天目山中笔记》则均写游山，二者均带有闲适明净的基调，前者说大自然是一本书供人阅读收获，后者融入佛教的意趣，道出"山居是福"。[2]写海景，徐志摩自己便变成了海，所用笔触便神秘浪漫，起伏涌动。他通篇运用了极多的比喻、排比手法，如同写散文诗般将海滨幻想铺陈出来。写山景，徐志摩自己也变成了山，沉静、智慧而富有禅意。他不再大量铺陈华丽辞藻，而是以更加平白的语言向读者诉说其中哲理与深意。

2. 地域人文，康桥巴黎

《再别康桥》是徐志摩最脍炙人口的诗歌作品。这首诗之所以如此美丽动人，应当成就于徐志摩本身对康桥真挚而热烈的情感。徐志摩在诗歌中流露最真挚的眷恋，在写康桥的散文《我所知道的康桥》中，则更多地记述了康桥的景、人、情，充盈着康河水波的清澈荡漾。相比于这篇散文，《巴黎的鳞爪》则蒙上了巴黎都市的风情色彩，以作者与一个巴黎女郎的萍水相逢以及与画家友人的对话，点染出一个"人人眼中有，人人笔下无"的魅力巴黎。[3]

3. 心随景化，情景融洽

由以上两类讨论可见，徐志摩在文中写景时，其笔触是随着景物本身变幻的，清新的浓郁的，平白的神秘的，皆随着景本身的特质有所变化，其心绪和情感随之能够更加与景融为一体，与文中地域相融。徐志摩对地域的适应能力应当比较强，从他的散文中少见对异国他乡的排斥不适感，更多的是对自然的赞美、对人与自然和谐合一的向往、对异域人文风情无偏见的享受与喜爱。

---

[1]　徐志摩：《北戴河海滨的幻想》，《徐志摩选集》，北京：人民文学出版社，1983 年，第 181 页。

[2]　徐志摩：《天目山中笔记》，《徐志摩选集》，北京：人民文学出版社，1983 年，第 274 页。

[3]　王国维："人人心中所有，人人笔下所无。"见王国维：《人间词话》，上海：上海古籍出版社，1998 年。

（二）社会政治为主要内容的散文

1. 面向青年的演讲稿

徐志摩在当时作为极具名气的诗人，受邀参加过多场面向学生大众的演讲。徐志摩有着丰沛的热情，他将这样的热情与亲切尽数显示在了自己所写的演讲稿中。[1] 在那个时代，几乎所有面对青年学生的公开演讲都不会离开社会政治面临的问题与当时民族的苦难危机。大部分时代文人都有着历史使命感与民族责任感。徐志摩也不例外。《落叶》《海滩上种花》《秋》便是其中代表。《落叶》和《海滩上种花》全篇以题为线索，落叶和海滩上种花均是作为象征、作为喻体而存在，这样的演说是生动形象而具有亲和力的。《秋》则继续引用《落叶》当中的语句，将徐志摩的爱国之情、为社会的担忧之情表达出来。他情真意切地鼓舞、劝勉着观看演说的青年群众以及更多民众。他在这样的演讲中亦不失语言的华美、新奇与贴切。这使他的演讲稿富有了诗歌的浪漫色彩。例如，他将落叶比作一个人的感想："多谢你们的摧残，使我们得到解放，得到自由。"这样的语句，比起富有力量的呐喊，别具一种感染力与号召力。

2. 议论类杂记

《南行杂纪》是徐志摩创作杂记的代表，其中包含"丑西湖"和"劳资问题"两个部分。前一部分乍看标题会令人误以为是写西湖之景，"丑"不过只是调侃；实则不然，他当真写的是"丑"西湖。运用如此直白平民化的俚语，可见徐志摩写作的强烈个性。文章凸显他写散文以白话、基本口语为基本的特点。这西湖的"丑"实则象征着中国当时社会的病症，揭示着当时中国人的病症。后一部分"劳资问题"，则更为直接地议论社会政治问题中的"劳资问题"——毕竟徐志摩曾学习过政治经济学，议论起此问题来亦毫不生疏。[2] 这篇杂记主要采用议论的手法，相比徐志摩的其他散文多了更多理性与逻辑，

---

[1]　卞之琳："徐志摩交游极广。他对人热诚，不管三教九流、周围仕女如云，就象拜伦和雪莱一样，生活上也招致不少物议。"参见卞之琳为《徐志摩诗集》（成都：四川人民出版社，1981 年）作的序。

[2]　徐志摩 1918 年赴美国学习银行学。1921 年赴英国留学，进入伦敦剑桥大学当特别生，研究政治经济学。

但仍不乏感性的抒发。他在议论这些问题的同时为西湖、劳工感到悲哀，为中国社会感到悲哀。

（三）爱国忧时，渴求改变

从徐志摩以社会政治问题为主要内容的散文来看，徐志摩具有强烈的爱国情怀和一定的进步思想。他在这类散文中，展现出不同于纯粹的浪漫抒情的文人形象，而是多了理性与思考，多了号召与行动。他为《晨报》作的副刊其实也直白地表达了他所在的新诗人群体的创作愿望：他们希望能用文学创作来唤醒、革新这个民族的精神，使这个民族不再沉闷、沉沦下去。

《徐志摩选集》的散文中，《自剖》《再剖》《〈猛虎集〉序》三篇是极具自叙性色彩的。首先，《自剖》与《再剖》两篇文章正如题目所写，是徐志摩完全的自我"解剖"。他在文中近乎彻底地将自我向读者讲述出来，笔触相对于其他类型的散文多了几分犀利。例如："我们是鼠，是狗，是刺猬，是天上星星与地上泥土间爬着的虫。"（《再剖》）又如："'你再不用开口了，你再没有什么话可说的了'，我常觉得我沉闷的心府里有这样半嘲讽半吊唁的谆嘱。"（《自剖》）这样的语言让我们很难将作者与康桥边轻轻来去的诗人相联系。

《〈猛虎集〉序》与前二者不同，这是他为自己的诗集《猛虎集》作的序言，而其中亦饱含他对自己心肠的吐露，尤其关于文学创作。最后一个段落将他的心意完全地抒发了出来。徐志摩常用夜莺自比。夜莺尽兴歌唱，哪怕呕血也不能停止歌唱。对于徐志摩来说，即使灵感枯竭，不再如最初热情澎湃，甚至写作对他而言已经痛苦不堪，即使榨尽最后一丝灵性慧心，他也要写出诗文来。

徐志摩自叙性的散文为读者呈现的是诗歌中难以遇见的另一个他，说到难处他是犀利直白的，说到愿处他仍是浪漫丰沛的。他少有苍白无力的时刻，正如夜莺，再无力，再遭受质疑，也用笔杆子奋力书写。

二、徐志摩散文的共同特征

徐志摩的散文中有着华美的笔触、饱满的情感、深邃的思索。每篇文章的写作，几乎都能同时体现这些特质。

他的散文题材广泛，内容杂碎，但每篇散文自身结构并不零碎，有其主要抒发的情感主题或要表现的社会问题。"他的思想，'杂'是有名的，变也是显著的。"胡适为徐志摩思想概括的标签是"爱""自由"和"美"的"单纯信仰"，这实则是空泛的。卞之琳对其文学思想的评价正符合徐志摩散文广泛的题材与丰富的情感倾向。徐志摩的思想与情感并不能简单概括。实际上大部分文学创作者的思想感情都不应被世人贴上刻板标签，正如每个个体都拥有复杂变幻的情感与思想。

他的散文充满亲切感：他总是在行文中不自觉地用上第二人称"你们"；加之，总饱含着他个人丰沛的情感，或深情赞美，或犀利批评，或困惑感伤。

比起徐志摩的诗歌，他的散文实际是有出彩之处的。徐志摩的诗歌如他所说"并不随一多他们……下过任何细密的功夫"，更为自然流露，但仍不免受到当时作诗格律的限制。因此不及散文来得流畅自然，真挚动人。比起诗歌，徐志摩的散文更能让读者贴近其人，更能让读者认识为人乐道的诗歌、供人谈论的八卦见闻以外的徐志摩。

参考文献

［1］徐志摩：《徐志摩选集》，北京：人民文学出版社，1983 年。

［2］卞之琳：《序》，载《徐志摩诗集》，成都：四川人民出版社，1981 年。

［3］王国维：《人间词话》，上海：上海古籍出版社，1998 年。

［4］胡适：《追忆志摩》，《新月月刊》1932 年第 1 期。

教师点评

　　说到徐志摩，人们几乎立马想到《再别康桥》。徐志摩的诗歌的确优美至极，但他的散文也清新隽永，值得品读。本文作者对徐志摩的散文进行了梳理，按照题材内容进行分类，并分别举例阐述。由此，我们可以对徐志摩散文的主要题材内容有宏观的把握。在此基础上，作者还总结了徐志摩散文的共同特征，如强烈的抒情意味、亲切的语言等等。

　　徐志摩的散文《翡冷翠山居闲话》被纳入高中语文教材，这篇散文充满诗情画意，作者将自己的生活向往和人生感怀附着在灵动飘逸的自然美景之中，用诗的语言荡开一波又一波"浓得化不开"的自然之美和人生诗意。阅读时，会"看"作者所看，"想"作者所想，不自觉沉浸在作者传递的无边情绪里，进而生出一种"做客山中"的冲动。恰如本文作者所言，散文语言优美亲切，字里行间饱含抒情意味。

（点评人：张　艳）

在暗夜中闯荡，求索黎明前的微光

——茅盾《子夜》读后感

张嘉萱

在我看来，《子夜》是一部"难懂"的写实性优秀长篇小说——内容庞大、结构繁复、群像众多、事件交织，布局宏伟而精巧，内容紧实而跌宕，人物个性鲜明且独特，莫不给人以美的享受，叶圣陶也赞扬茅盾"写《子夜》是兼具文学家写创作与科学家写论文的精神"。当谈到这部作品的创作历程时，茅盾毫不掩饰写作过程中的仓促，"因病，因上海战事，因天热，作而复辍者，综计亦有八个月之多"，可也正是其中现代主义不可控因素的纷扰，让这部作品更增几分真实。也正是由于《子夜》的体量之巨，我多次翻开此书又望而却步，可一旦沉浸其中，就仿佛被卷入一场砂砾横飞的风暴之中，在跳脱碎片式的叙述下，20世纪30年代初中国社会的百般事态与冲突在眼前展开：工人大罢工，农民觉醒与暴动，资本家内部对局势的漠不在意，反动派当局镇压和破坏人民革命运动，中小民族企业被吞并，帝国主义趁机敛财，危机四伏、钩心斗角的公债斗争……在社会阶级躁动摇摆之下，绅士阶层开始分化，民族资产阶级、小资产阶级随着经济政治的变革浮出水面，迅猛发展，祈求扎根却百般受挫。一波未平，多波横冲，浓郁的阴霾融入子夜之中，诡诈的荧光在路的尽头忽闪，是黎明来临之际的希望，还是短暂弥留瞬间的幻想？

基于此感受，我从以下三点思考《子夜》文本对我产生的冲击：语言艺术之精准恰当，人性观念的斑驳异化和革命背景下个体发展的拘谨与压抑；并通过对文本内容的重读与分析，还原文本深处不断延伸破土的张力与生命力。

一、如火如荼之笔势锤炼美

仔细阅读《子夜》，我们可以发现其艺术魅力不容小觑。吴宓先生对《子夜》文学艺术的评价很高："茅盾君之笔势具如火如荼之美，酣恣喷薄，不可控抟。而其微细处复能宛委多姿，殊为难能而可贵。尤可爱者，茅盾君之文字系一种可读可听近于口语之文字。"[1]《子夜》中记录的人物达七十多人，有资本家、空谈理论的大学教授、阴柔颓废的诗人、封建余孽、反动军官、投机者、交际花……这些人物的出现往往"先闻其声再见其人"，通过多方谈话与交流过程中展现出鲜明的个性特点，语言的密集，使文本偏于剧场化和戏剧化。不仅人物语言的性格化格外突出，字句之间口语化和地域色彩也十分精彩，用作者自己的话来说离不开一个"俗"字："陈君翁，你也真是二百五，我就不干！""你要说得像些，留心露马脚！"[2]上述惯用语通俗简洁，表述准确，鲜明体现了上海地域风俗色彩，并且符合人物的个性特征。

此外，我常被茅盾犀利的笔锋所狙击，在他的洞察之下，语言文字在文学中所饰演的角色不仅仅是记录者，更是洞察者、怀疑者，破坏力和冲撞感极其强烈，它毫不吝啬自己敏锐的感觉，并且让这种感觉毫无保留地肆意流淌在字里行间。其笔下的环境与人物心境紧密结合，带有极强的主观能动性，如描述旧派乡绅吴老太爷初进上海"魔窟"的不适时，他采用拟人化的手法，将视角进行专注化聚焦与动态化延伸，视觉仿佛自带加速度"几百个亮着灯光的窗洞像几百只怪眼睛……长蛇阵似的一串黑怪物，头上都有一对大眼睛放射出叫人目眩的强光，啵——啵——地吼着，闪电似的冲将过来"，通过全知叙事视角和小说人物视角相统一，使我们仿佛切身体会到了上海都市声光化电景观"Light，Heat，Power！"这种语言代表了一个新的知识、欲望、拥有的模式，拉近了与读者的距离。

[1]　文贵良：《"如火如荼之美"：论《子夜》的汉语诗学》，《社会科学》2022 年第 9 期，第 92-103 页。
[2]　茅盾：《子夜》，南京：江苏凤凰文艺出版社，2018 年。

茅盾在描述吴老太爷的感受时,语速急迫、节奏紧张,大有不能承受之重量,像是发射"语言狙击弹":"机械的骚音,汽车的臭屁,和女人身上的香气,霓虹灯管的赤光,——一切梦魇似的都市的精怪,毫无怜悯地压到吴老太爷朽弱的心灵上,直到他只有目眩,只有耳鸣,只有头晕!直到他的刺激过度的神经像要爆裂式的发痛,直到他的狂跳不歇的心脏不能再跳动!"[1]长短句的交错,造成感官错位,营造出诡诞的惊奇气氛,词语与短句的反复交错突出了事物的动态之感:形、声、色、光等不同感官因素使人体产生立体的刺激,这是一种华丽夸张的语言,给读者带来惊悚之感。

二、严肃荒唐之异化人性观

当一个民族的思想被资本唯利是图的金钱观念所笼罩,即使当下为高耸的巨塔,到最后也难逃崩塌的终章,一切都是被扭曲下的假象。金钱如同一只无形的魔掌,成为人与人之间攀比和追逐的唯一目标,也成为贯穿作品的一条主线。围绕金钱,人们尔虞我诈,良心泯灭,主动地追求名利,殊不知自己早已被动地卷入时代的阴谋之中。

《子夜》对社会格局的剖析包含了某些既定的社会科学理论,却又带入了茅盾鲜明的个人情感偏向。二者之间的龃龉体现为《子夜》文本内部的分裂,也构成了小说审美性与政治性的撕扯。[2]周作人认为:"神性与兽性,合起来便只是人性。"茅盾笔中的现代化都市生活,再现了人的两面特性,既有向善的一面,也有崇恶的一面,这一矛盾集中缠绕在了民族资本家"吴荪甫"身上。

20世纪30年代,中国处于军阀混战之中,连年不断的战争可谓劳民伤财,百姓的生活受到严重的影响。像吴荪甫这样的有钱人,面临着办实业还是办银行的选择,但做生意都是以赚钱为最终目的,他们不择手段地吞并朱吟秋等人的8家工厂,像大鱼吃小鱼一般永不倦怠地扩大生意的规模。当受南北战争的

[1] 茅盾:《子夜》,南京:江苏凤凰文艺出版社,2018年。

[2] 吕周聚:《人性视野中的〈子夜〉新论》,《首都师范大学学报(社会科学版)》2020年第1期,第95-102页。

影响，产品滞留，资金链断裂，公债亏本时，工厂主通过压榨工人，如延长工时，工钱"缩水"，打击罢工等方式榨取工人的血汗钱；甚至，血浓于水的亲情也抵不过金钱的魅力，杜竹斋在公债关键时刻背弃吴荪甫，成为赵伯韬的同伙，只为最后"大捞一笔"。

但茅盾的纠结和感性也正在于此，我们通过阅读可以发现，《子夜》内部存在裂隙——吴荪甫注重经济效益，但也有自己的民族情怀：当丝业遇到困难时，吴荪甫想到的是"中国民族工业就只剩下屈指可数的几项了！丝业关系中国民族的前途尤大"，他愿意为中国工业的前途继续努力；吴荪甫明知朱吟秋等人无继续开厂的实力，但为了避免外国资本占据中国实业，他仍旧以中国工业的前途为计，坚持救济他们的企业，令孙吉人他们深感敬佩。这像是曲笔的手法，给黑暗的中国点亮一些火光，让人性不至于完全抛下良知，塑造了一个"希腊式的悲剧英雄"，在每一次行动之时存有"生存还是毁灭"的犹豫。

三、革命加恋爱双重幻灭感

20世纪30年代的左翼小说中出现了一种"革命加恋爱"的叙述模式，将个人的成长蜕变与情感爱恋相捆绑，当情感与革命之间产生冲突时，便牺牲爱情服从革命之需，体现出鲜明的政治色彩。[1] 而茅盾则延续此笔触，在描写革命的同时，关注青年人懵懂的爱情萌发，将二者密切相连。在一群都市青年知识分子的爱情游戏中，夹杂着对中国经济形势的评价与态度。他们正值青春年华，精力旺盛，为了打发闲散的时光，玩着暧昧的情感游戏。他们也关注社会问题，但多浅尝辄止，空留想象与议论。他们对爱情、对时代、对都市的浪漫抒情和单纯却又悲观的态度构成了上海都市的另一种景观。

《子夜》中描写了各种不同的革命：四小姐蕙芳的家庭革命，张素素的游行革命，蔡真和玛金的政治革命，或是曾家驹的投机革命，其中都掺入了情爱的影子，带有"革命浪漫蒂克"的色彩。这种出走模式是对五四传统的延续，

---

[1]　张欣：《"革命加恋爱"小说模式研究》，吉林师范大学硕士论文，2020年。

也是对中国革命语境的感应。从传统的闺阁小姐变成一位"新时代女性"，从游行的旁观者心态到被混乱波及的狼狈逃离者，从共产党的地下革命工作中展现同性之爱与异性之恋，从游手好闲的"国民党老爷"到慌乱之中假扮成革命者……出走者们虽逃离了现实生存环境但并未丧失对生活的感知力与希望，反而将对爱情与革命的激情投入到寻求理想的意义中。对于"出走者"来说，出走不仅是实现自我需求的一个过程，也是对社会变化的一种反映，与传统旧社会的决然割裂。而茅盾将这种丰富蕴含的人性和社会环境相叠合，让我们看出了作品中人物形象的丰富性和复杂性。[1]

综上所述，《子夜》以清新锤炼的文字构造了一幅黎明来临之际最为黑暗的中国社会百景图，立体呈现 19 世纪 30 年代上海都市的强烈欲望，展现了茅盾作为文学大师的功力，是一部感性与理性兼具的优秀作品。

参考文献

［1］茅盾《子夜》，南京：江苏凤凰文艺出版社，2018 年。

［2］文贵良：《"如火如荼之美"：论《子夜》的汉语诗学》，《社会科学》2022 年第 9 期，第 92-103 页。

［3］吕周聚：《人性视野中的〈子夜〉新论》，《首都师范大学学报（社会科学版）》2020 年第 1 期，第 95-102 页。

［4］张欣：《"革命加恋爱"小说模式研究》，吉林师范大学硕士论文，2020 年。

教师点评

本文从语言艺术、人性观念、革命背景三方面讨论《子夜》，作者以"如火如荼之笔势锤炼美"总结《子夜》中口语化明显、地域特色浓重，极具洞察

---

[1]　张欣：《"革命加恋爱"小说模式研究》，吉林师范大学硕士论文，2020 年。

力、冲击感的语言体系，长短句交错的语言特点；以"斑驳异化的人性观"总结《子夜》中被金钱掌控和驱使同时也具备民族大义的复杂人性；以"革命加恋爱双重幻灭感"总结《子夜》中革命与情爱相互掺杂的浪漫"出走者"形象。

在论述"斑驳异化的人性观"时，作者以吴荪甫为例，深入作品，将"榨取工人血汗钱"的资本家形象与拥有民族情怀的"希腊式的悲剧英雄"的复杂的真实的人展现在读者面前，表现出作者对作品、对人性的深刻洞察。

文章从三点阐释茅盾《子夜》对个人产生的冲击，子标题文采斐然，凝练准确到位。三个子标题下的内容论述层次鲜明，思路清晰，逻辑缜密。文章以作品中的语言和人物作为观点的佐证，论证充分，足以见得作者对作品的深入了解和细致阅读。

文章语言流畅，文笔犀利，思想深邃，是一篇可读性极强的佳作。

（点评人：刘泊宁）

冲突与纠葛：萧涧秋、陶岚形象解读

——《柔石选集》读后感

韩冯晨曦

《柔石选集》中的代表作品《二月》创作于 1929 年，当时正处于左翼文学运动论争的高涨时期，这部作品以其强烈的现实指向性和浓郁的感伤情调奠定了柔石在文学史上的地位。小说试图解释为何"20 世纪 20 年代末期青年知识分子很快投身于有着十足道德理想主义的左翼革命，便是一种顺理成章的人生选择"[1]，而塑造了一系列鲜明而又生动的人物形象，有充满同情心与悲悯感却陷入踌躇与彷徨的萧涧秋，有美丽动人而体现出个人主义色彩的新女性陶岚，有卑鄙无耻而恶意中伤萧涧秋的纨绔子弟钱正兴，也有因丈夫离世而生活在孤单与绝望之中的文嫂。正是对这几个主要角色之间的爱恨纠葛进行叙述，使小说充满了强烈的叙事张力和暗示意义。作者借塑造小说中的这些人物形象，展示作者所体验并身处于其中的现实社会，影射当时的社会之中青年人所处的一种彷徨立场与忧伤心态。

一、战士与青年的心态冲突——萧涧秋

要了解萧涧秋，首先就要从他的内心矛盾出发。作为主人公，萧涧秋的内心矛盾以及产生这种矛盾的现实原因是故事的主要推动力。这一内心矛盾是作为战士的萧涧秋，所秉持的那种改造社会与服务大众的强烈的民间立场与作为

---

[1] 宋琼英：《从柔石文本解读左翼青年作家的心路历程》，《求索》2008 年第 12 期，第 185–187 页。

时代青年面对突如其来的爱情所表现出来的浪漫主义情感之间的矛盾。这一矛盾在大多数情况之中本身是并不矛盾的,但是在故事中,作为战士的萧涧秋为了实现自己的追求,就必然要与文嫂产生婚姻上的联系,同时萧萧涧秋对文嫂的援助,源于文嫂刚刚丧夫的尴尬处境,也使得萧涧秋难以逃脱社会舆论对其恶意中伤。这种造谣所产生的社会舆论被钱正兴的恶意作梗而放大,从而压到萧涧秋身上成为难以承受之重。作者正是将这种矛盾关系展开来,叙述这一内心矛盾的产生、发展、激化以及最终的解决,借此来构建小说的基本架构。

萧涧秋首先是一个充满了理想主义色彩的战士。来到芙蓉镇的他充满了理想主义和浪漫情怀,带着充满时代气息的青年人所特有的昂扬精神与战斗意志。萧涧秋喜欢研究哲学、社会学,随身携带着托尔斯泰的《艺术论》,同时又多才多艺,既懂音乐又会弹钢琴。这样的现代知识分子身份使萧涧秋表现出一种超越芙蓉镇乡村文化与本土色彩的浪漫气息,这也是萧涧秋的个人魅力以及最终得到陶岚爱慕的原因。这样一个战士的形象同时还体现在萧涧秋所独有的悲悯情怀中。郭秀媚说:"对于文嫂,萧涧秋的'爱'和同情是完全出于他的对人类的道义感。"[1]萧涧秋对文嫂的援助是基于个人道德带来的同情心,以及久然远离乡村之后对底层群众所具有的那种知识分子所独有的俯视视角。萧涧秋对文嫂的援助,很显然不是传统的、体现出中国传统乡土色彩的互帮互助,而是一种知识分子的一厢情愿,带有青年人一意孤行与施舍心态的意味在其中。这种心理结构与乡村百姓所特有的那种认知结构相悖,同时也与乡村社会舆论所接受的那种处事方式相悖,从而造成了萧涧秋最终陷入彷徨困境。

萧涧秋出落于知识分子群体,这样一种带着书生气的知识分子来到乡村之后所遭遇的变故与内心冲突作用于萧涧秋这一人物形象的变化过程,同时也是小说主要矛盾对主人公人物形象影响的集中体现。正如陈学超认为作者在小说中"显示了萧涧秋的软弱、孤单和失败,含蓄不露地揭示了以人道主义为武器

---

[1]　郭秀媚:《逃离春天——柔石〈二月〉人物谈》,《上海鲁迅研究》2002 年第 1 期,第 67-74 页。

的个人奋斗的道路是走不通的。"[1]萧涧秋在一次又一次的失望之后终于下定决心离开芙蓉镇,这时的他再也无法接受乡村社会施加于他的流言与中伤。萧涧秋终于从知识分子的象牙塔中走了出来,理解了民间立场与知识分子立场之间难以跨越的巨大鸿沟。

二、浪漫的个人主义女青年——陶岚

陶岚所独有的情感张力和饱满的生命追求是构成这一人物形象的基本质素。陶岚与萧涧秋不同,她并没有那种强烈的奉献欲望与战斗意志。陶岚这一形象,按她自己的话来说,就是"我是自私自利的个人主义者!社会以我为中心,于我有利的拿了来,于我无利的推了去"[2]。这样一种充满个人主义色彩的自我表白,在小说的初期就与萧涧秋的同情与奉献区分开来,暗示了他们之间的爱情悲剧。陶岚和萧涧秋在人生追求上本身是不同的,他们本不该走到一起。然而正是萧涧秋身上所独有的带有青年气的知识分子身份以及他们同样对艺术的追求使他们彼此相爱。陶岚并没有去考虑彼此之间的爱情是否有着深厚的物质基础,而是任凭自己的情感恣意徜徉,通过强烈的自我表白来将这样一种个人主义色彩实践于其恋爱观之上。

虽然陶岚所进行的那种个人主义的自我言说,使得批评者似乎多将其作为一个自私自利的女子来看待,然而陶岚身上那种充满生命张力和对爱情的热烈追求所表现出来的知识青年的浪漫主义情怀却是那个死气沉沉的时代所缺失的艳丽色彩。有学者认为:"她所向往和追求的,还是'五四'时代许多青年知识分子向往和追求的东西:个性解放与人格独立。"[3]这种热烈的浪漫主义与勇于追求的态度使得这一角色虽然自私,但却并不引起我们的厌恶,反而使得我们对这一女子所遭遇的爱情悲剧充满了同情。陶岚对萧涧秋的爱情是典型的浪漫主义的一见钟情模式,迥异于中国传统的爱情模式,是充满了西方浪漫

---

[1] 陈学超:《谈〈二月〉的时代背景和创作意图》,《锦州师范学院学报(哲学社会科学版)》1980年第2期,第55—58页。

[2] 柔石:《二月》,广州:花城出版社,2009年,第16页。

[3] 陈骏涛、杨世伟、王信:《关于〈二月〉的再评价》,《文学评论》1978年第6期,第58—68页。

主义诗歌所体现出来的那种强烈的情感抒发与自我宣泄色彩的爱情。这种爱情借陶岚对萧涧秋的充满强烈情感的信件表现出来，是陶岚作为知识分子新女性突破传统社会与文化对女性个人情感的压抑的大胆尝试。

陶岚一方面在爱情上表现出强烈的自我意志和浪漫色彩，但另一方面在对社会的认知上却充满了冷峻而毒辣的眼光。陶岚在听闻萧涧秋的同情心之后，带着痛心又无不讽刺地说："萧先生，你以为人底本性都是善的么？在你慈悲的眼球内或者都是些良好的活动影子，而我却都视它们是丑恶的一团呢！"[1]这种冷静的认识使得陶岚的人物有着更为深厚的复杂性，也使得陶岚的形象在叛逆中有着一丝悲剧色彩。正如陆文采所说的："在陶岚的身上，我们找不到一点旧女性对爱情的矜持和扭捏之态，但又不使人感到她是一个放浪不羁的女性，相反地，却显得非常严肃而认真。"[2]陶岚的叛逆是在对现实社会的悲观态度的滋养下产生的，体现了陶岚长期生活在乡村所积聚的无人可解的苦闷在遇到萧涧秋之后喷涌而出的生命力量。

三、人物冲突中的丰富张力——萧涧秋与陶岚的形象对比

萧涧秋和陶岚是小说中体现出不同性格和特质的知识青年，他们之间的反差代表了当时社会中知识青年彼此之间的多样性，以及青年人内心之中的心理冲突。萧涧秋既是战士，同时也是带有一些超脱意味的知识分子；陶岚是充满了浪漫主义色彩的女性，敢爱敢恨，在秉持着对现实的黑暗看法之后堕入彻底的个人主义之中。可以说萧涧秋是曾经的陶岚，而陶岚则是在芙蓉镇经历了现实黑暗后被逼向绝境的萧涧秋。在左翼文学的时代背景中，有大量的青年人还停留在五四文学所营构出来的知识分子言说的话语权之中，在西方文学建造起来的浪漫主义的象牙塔中无法自拔，就像初来芙蓉镇的萧涧秋那样。萧涧秋对文嫂的援助所受到的指责，以及钱正兴对萧涧秋爱情的阻拦，使得这一个知识分子在直面现实的过程中受到来自多方面的冲突与阻拦，使得萧涧秋试图从知

---

[1]　柔石：《二月》，广州：花城出版社，2009 年，第 32 页。

[2]　陆文采：《论新女性陶岚》，《辽宁师范大学学报》1988 年第 1 期，第 37—41，74 页。

识分子立场转向民间立场的努力最终宣告失败。

就像杨晓莉认为的，这部小说反映了"现代中国知识分子特有的品性"和"中国知识分子的传统品性"之间的冲突。[1]这两个角色都带有着某种悲剧性，都是拼尽全力追求而不可得的典型。萧涧秋在追求艺术与爱情的同时，还通过对文嫂的帮助来实现自我内心的满足。但是这种追求最终在舆论的压迫下，在肉身上毁灭了文嫂，在精神上摧毁了萧涧秋。陶岚在郁郁不得志的时候遇到了萧涧秋，从此她的精神有了依托，然而他们之间的爱情最终在多方面的阻挠下成为悲剧。陶岚试图超脱于黑暗现实而追求个人的爱情事业的努力也最终宣告失败。

结　语

总的来说，柔石在《二月》中通过塑造萧涧秋和陶岚这两个充满个性的人物形象，写出左翼文学思潮时期知识青年的身份困境与思想转型。他们有着不同的追求，但却最终陷入难以言说的困境之中，这也是当时的知识分子所面临的困境。就像邹忠明认为的，柔石"相当典型地体现了那一时代文人的生命形态和艺术风采"[2]。作者同时借"芙蓉镇"这一被刻意搭建起来的舞台，以萧涧秋的到来为开端，以他的离去为结局，从而在整体上使得这"芙蓉镇"成为萧涧秋和陶岚的个人精神史的象征性外化。21 世纪，我们再读柔石，就不禁要反思，"'纪念'之意义是什么？"[3]通过对《二月》青年形象进行解读，我们可以以当下的视角来重新认识柔石，在正视传统研究中不足之处的同时，深化对柔石文学思想的认识。

参考文献

［1］宋琼英：《从柔石文本解读左翼青年作家的心路历程》，《求索》

[1]　杨晓莉：《〈二月〉的思想内涵》，《大连大学学报》1995 年第 4 期，第 454–460 页。

[2]　邹忠民：《回眸柔石　温故〈二月〉》，《创作评谭》2018 年第 1 期，第 4–11 页。

[3]　崔乃琳：《未完成的再纪念——柔石研究综述》，《上海鲁迅研究》2022 年第 1 期，第 255–280 页。

2008 年第 12 期，第 185–187 页。

［2］郭秀媚：《逃离春天——柔石〈二月〉人物谈》，《上海鲁迅研究》2002 年第 1 期，第 67–74 页。

［3］陈学超：《谈〈二月〉的时代背景和创作意图》，《锦州师范学院学报（哲学社会科学版）》1980 年第 2 期，第 55–58 页。

［4］柔石：《二月》，广州：花城出版社，2009 年。

［5］陈骏涛、杨世伟、王信：《关于〈二月〉的再评价》，《文学评论》1978 年第 6 期，第 58–68 页。

［6］陆文采：《论新女性陶岚》，《辽宁师范大学学报》1988 年第 1 期，第 37–41、74 页。

［7］杨晓莉：《〈二月〉的思想内涵》，《大连大学学报》1995 年第 4 期，第 454–460 页。

［8］邹忠民：《回眸柔石 温故〈二月〉》，《创作评谭》2018 年第 1 期，第 4–11 页。

［9］崔乃琳：《未完成的再纪念——柔石研究综述》，《上海鲁迅研究》2022 年第 1 期，第 255–280 页。

教师点评

标题简明扼要，重点突出。文章标题《冲突与纠葛：萧涧秋、陶岚形象解读》，表明文章要从萧涧秋、陶岚两个人物形象分析其中的冲突与纠葛。首段"正是对这几个主要角色之间的爱恨纠葛进行叙述""借塑造小说中的这些人物形象""影射当时的社会之中青年人所处的一种彷徨立场与忧伤心态"这些语句对标题予以解释，并提示下文。

文章一总三分，条理清晰。文章以萧涧秋与陶岚两位主人公的人物形象分析和形象对比为分论点和小标题，三个分论点依次展开，条理清晰。

内容详略得当，比较丰富。从萧涧秋身上的战士与青年的心态冲突来刻画主人公人物形象，论证"以人道主义为武器的个人奋斗的道路是走不通的"。从陶岚浪漫的个人主义来分析她与萧涧秋的爱情悲剧原因，但也肯定了陶岚形象的积极意义。最后更是通过两人形象的对比，展现了当时社会中知识青年的多样性和他们内心的冲突，体现了知识青年的身份困境与思想转型。

（点评人：张玉妹）

人物之深明，艺术之精妙

——丁玲《太阳照在桑干河上》读后感

张 燕

丁玲在毛主席文艺方针的指导下，以及党和人民的指引下，在革命根据地的熏陶下，艺术地再现了当时中国农村反封建土地制度的伟大斗争。《太阳照在桑干河上》不仅具有极强的革命性和真实性，而且呈现了个性鲜明的各类人物。通过这些人物形象，观众不仅能够更深刻地理解农村革命和阶级斗争，而且能够深入思考历史和现实的联系。作品在思想和艺术方面都取得了重要成就，是中国革命文学的杰出代表之一。

一、人物形象深刻鲜明

在《太阳照在桑干河上》中，人物数量高达 26 个，其中既有积极参与革命的"向上"人物，如杨亮、张裕民、程仁等，也有农村革命的主要对象——地主、富农，如钱文贵、李子俊、江世荣等。除此之外，女性形象在小说中也占据很大的比例，如妇联会主任董桂花、钱文贵侄女黑妮、妇联会副主任周月英等。虽然人物形象繁多、人物关系错综复杂，但在作品中每个人物都被刻画得十分立体生动、特色鲜明，这充分展现了丁玲深厚的写作功力。这些形象的丰富和细腻，为读者提供了深入探索当时农村阶级斗争的视角，同时也展现出作者丰富多样的思想深度与严谨的艺术水准。

（一）新型的农民形象

对于广大的农民阶层，主要呈现的是土改前后其思想挣扎与转变，着重讨论了农民们的"变天思想"。他们认为"少出头总是好的，咱们百事要留个后路，穷就穷一点，都是前生注定的"[1]。作为一部描写农村革命的小说，很难避免农民形象的塑造，在《太阳照在桑干河上》中的农民形象却不同于之前，在作品中丁玲塑造了一系列新型的农民形象，主要以张裕民和程仁为代表。在丁玲笔下，张裕民不是毫无缺点的英雄，程仁也不是了不起的农会主席，他们都是在革命斗争的过程中逐渐成为了不起的人。他们的成长过程不是一眨眼的，但他们仍旧是土地改革初期走在最前方的人，是当时不可多得的人。在小说中，张裕民是暖水屯的第一个共产党员，丁玲着重刻画了他沉着老练、忠心耿耿的品质。虽然他身上也有缺点——在斗地主期间有一段时间思想模糊有退却心理，但是一旦思想明确之后他大公无私、敢于冲锋的特质便显现出来了。正是由于这些特质，张裕民在群众中有威信，在干部群体中有号召力。就程仁而言，他从小便受到地主的剥削，长工出身的他为人淳朴憨厚，对地主阶级有较深的仇恨。即使在革命过程中他也曾有过矛盾和迷茫，但最终他还是坚守住了自己的立场，坚决与广大群众站在一起。程仁和张裕民本质上都是农民，具有农民最朴实的真心和决心，在革命过程中他们走在了最前面，有着革命者的执着和勇敢，这种既是农民也是革命者的形象使张裕民和程仁给读者留下了深刻的印象。

（二）立体复杂的人物形象

浏览作品目录时不难发现，丁玲在创作时对人物形象的塑造是立体的、深刻的，许多重要人物都单列出来进行刻画，如"访董桂花""文采同志"；阅读作品内容时我们都会被人物之间的复杂关系所吸引，被这个错综复杂的关系网所震撼。丁玲在创作时并不是简单地表现农民和地主之间的矛盾，她从真实的生活出发，循着农村生活的脉络，将农村中的封建关系和矛盾冲突生动地呈

---

[1]　张钰：《〈太阳照在桑干河上〉的人物形象塑造》，《文学教育（上）》2019年第3期，第46—47页。

现出来。丁玲将每个人物置于这张巨大的人物关系网中，使每个人物之间产生了联系、对比，但每个人物又不失活力和特色。在小说中钱文贵是人人痛恨的地主，但是他的亲哥哥钱文富却是一个老实的农民，他的堂弟钱文虎又是村工会的主任；侯忠全是侯殿魁的佃户，受到了沉重的压榨和剥削，但是他和侯殿魁又是堂叔侄的关系。这样复杂的人物关系正是农村生活里的真实状态，在创作中丁玲并没有受到框架的束缚，她以其精到的艺术素养编织了一张庞大的关系网，塑造了一系列生动形象的人物。

二、文体艺术精妙绝伦

《太阳照在桑干河上》在我国现代文学史上具有重要地位，它在思想和艺术上的伟大成就为后世的文学作品创作提供了范本。作品真实地再现了当时农村生活的复杂性，在深度、广度上突出了农村阶级斗争题材这一特性。

（一）真实性

《太阳照在桑干河上》描写了当时的农村革命形势，以及农民为了改变自己的命运而进行的斗争。它通过对土改等重大历史事件的真实刻画，给人留下了深刻的印象，成为我国革命文学的经典之作，也受到了广泛的赞誉并产生较大影响。在作品中无论是对农村现实环境的描写、复杂人物的刻画，还是不同阶级在斗争时的矛盾冲突，都无一不具有真实性。小说中所体现的阶级关系并不是简单化的，而是保持了真实生活所特有的复杂状态。复杂的人物阶级关系使整个土地改革内部充满了矛盾和性格的差异，正是因此，《太阳照在桑干河上》也被称为"历史真实的一面镜子"。在真实性这一特征中，主要表现为再现了错综复杂的农村社会，突出了历史变革中农民的土地意识。《太阳照在桑干河上》中的暖水屯是一个有两百多户人的村庄，村民生活在一个以宗法关系为主要特征的乡村社会中，他们具有浓重的情面观念、宗族观念和宗法意识。"大家都是一个村子长大的，不是亲戚就是邻居"，"不是大伯子就是小叔子，各有各的藤藤绊绊"。"这种由血缘构成的家族乃至宗族关系，由地缘构成的邻里关系，以及由血缘、地缘共同构成的宗族关系，形成暖水屯地方共同社会宗法关系网络。"[1] 以小见大，在这样关系复杂的村子里想要开展革命工作就不可避免地有矛盾冲突，亲戚关系、邻里关系导致斗争工作不好开展、干部工作难以实施，这些都真实地表现了当时中国农村土地改革的艰难。除了再现复杂的农村社会之外，突出表现农民的土地意识也是小说真实性的一大体现。在作品中面对土地改革时，农民的摇摆立场和意识的不坚定也是当时中国农民面对土地改革时的真实反应。在面对"耕者有其田"的政策时，任国忠便展现了他的态度："是呀！嗯，共产党总是说为穷人，为人民，这也不过只是些好听的名词……我说，如今又是武人世界，穿长褂子的人吃不开了。"土地对于农民而言是他们一生的追求，是他们幸福、痛苦的源头。丁玲通过描写农民在面对土地、面对土地改革时的斗争心理，再现了真实的农民形象并引发共鸣，也为作品内容的真实性添砖加瓦。

（二）革命性

1942 年 5 月，延安文艺座谈会召开。在这次会议的感染下，丁玲 6 月 15 日发表了《关于立场问题我见》，对毛主席的讲话予以积极响应。[2]《太阳照在桑干河上》描写的是《五四指示》发表后的华北农村的土地改革斗争，真实生动地反映了农村尖锐复杂的阶级斗争，展现了中国人民在中国共产党的领导下逐渐走向光明的未来。小说所描写的土地改革运动是我国历史上伟大的革命运动，它不仅是抗日战争结束后中国共产党领导人民群众还击国民党反动派的重要步骤，也是新民主主义革命过程中必须完成的一项重要任务。《太阳照在桑干河上》紧跟中国共产党的步伐，以太阳和桑干河为隐喻，表达了中国人民在中国共产党的指引下终将走向光明的未来，具有强烈的时代性和革命性，作为农村阶级斗争题材的作品，其产生的影响不局限于文学领域，更有革命领域。《太阳照在桑干河上》曾获得毛泽东的好评，而丁玲在创作时也说："因为那时我总是想着毛主席，想着这本书是为他写的，我不愿辜负他对我的希望

---

[1]　王格林：《重大题材和历史深度——土地改革小说〈太阳照在桑干河上〉和〈暴风骤雨〉》，青岛大学硕士论文，2017 年。

[2]　张钰：《〈太阳照在桑干河上〉的人物形象塑造》，《文学教育（上）》2019 年第 3 期，第 46—47 页。

和鼓励。"由此可见，这部作品不仅承载着文学创作者的热忱，还有革命工作者的热切期盼，这部作品既具有文学性，更具有革命性。

结　语

《太阳照在桑干河上》是丁玲文学创作生涯中的重要收获，也是延安文艺座谈会以来我国长篇小说取得的突出成就。作品在人物形象和思想深度上都表现出了其优秀之处，充分反映了土地改革斗争的实质和意义。在艺术成就上，丁玲成功地标明了延安文艺座谈会以后达到的新高度。作品中人物形象刻画生动、思想深刻，情节紧凑、情感真挚，具有巨大的感召力和思想性。它是中国现代文学中的一座丰碑，对中国现代文学既有深远的影响，也是文学史上的一件宝贵财富。

参考文献

［1］张钰：《〈太阳照在桑干河上〉的人物形象塑造》，《文学教育（上）》2019 年第 3 期，第 46-47 页。

［2］王格林：《重大题材和历史深度——土地改革小说〈太阳照在桑干河上〉和〈暴风骤雨〉》，青岛大学硕士论文，2017 年。

教师点评

文章思路清晰，标题鲜明，论证清晰。文章标题巧妙揭示文章主要内容——描写农村革命的小说《太阳照在桑干河上》的人物塑造和艺术成就。行文中，从张裕民和程仁入手，分析新型农民形象，展现他们的缺点与优点，肯定他们在革命中的逐渐成长，展现了革命者的执着和勇敢。文章紧扣真实性和革命性，论证小说的文体艺术之精妙绝伦。

文章试图通过列举钱文贵、钱文富、钱文虎之间的关系和侯忠全、侯殿魁之间的关系，展现小说中复杂的人物关系，证明人物形象的立体复杂，论证稍显简单。人物形象的立体复杂不仅是人际关系，更多的应该体现在人物自身上，例如身为地主的钱文贵发家快速但占地并不多，富有威慑力却无明面上的人命债。他是地主却还能紧跟革命政府的步伐，是一个让村民又恨又怕的人物。另外，个别地方标点短句缺乏。

（点评人：张玉妹）

爱国赤子心，扎根人民间

——《臧克家诗选》读后感

何丽娟

臧克家自 1933 年发表处女诗集《烙印》和《罪恶的黑手》开始，便坚持现实主义诗歌创作，始终与时代同步，与人民同心，在不同阶段从多方面揭示中国当下的国情，关注人民的凄苦生活，抨击荒淫无为的当政者，歌颂革命浪漫主义的抗战胜利，为社会主义建设事业而歌唱。

一、现实主义的黑暗

抗战前，诗人的创作受现实影响而不断转变。求学时期，憧憬未来，生活无限美好，《默静在晚林中》饱含着诗人对生活的情趣，美好平静的大学生活使常人眼中的萧瑟秋景也"歌舞着幽美的情调"，诗人"陶醉在自然美妙的怀抱中，默默地赞颂着人生至境"。《狂风暴雨之夜》尽显青年的无畏与轻狂，"狂风，吹吧！吹倒荒凉人生的支柱。暴雨，打吧！打破墟墓的幽灵之门"，以引领者的姿态呼吁"朋友们，努力吧，暖和的太阳会普照我们的生之前程"。《农家的夏晚》中"破蓑衣上坐着大人们""小孩子仰脸看天空"，宁静祥和的农村夏晚是诗人心中永恒的平静与温暖，诗人以凝练生动的笔法勾勒出现实的乌托邦。

随着社会矛盾不断升级，民众生活负担加重，当政者的荒淫无为致使平静美好不再，广大劳动人民在天灾人祸中艰难求生。《难民》的"黑夜爬过了古镇的围墙"，他们拖着"沉重的影子""铁力的疲倦"与难忍的饥饿来回折磨着他们，满怀期望长途跋涉的结果却是"年头不对，不敢留生人在镇上"，诗人以写实的笔触展现出 20 世纪 30 年代中国农村衰败的缩影，农村阶级矛盾尖锐，经济萧条，农民食不果腹，"一个少女换不到一顿饭吃，人肉和猪肉一样上了市"（《天火》）。《答客问》以乡下客的口吻，吐露乡村在饥荒、水灾、兵患的三重压力下平静失衡、农民破产的悲戚现实，乡村不复平静，人们"强撑住万斤的眼皮，把心和耳朵连起，机警地听狗的动静"（《村夜》），为了孩子得以生存，强装残忍叫喊"去！给我赶快收起眼泪，娘的巴掌是无情的"将孩子卖去做工；可即便是做工勉强维持生计，也难逃无良的资本家偷工减料致使"八百条性命，不当八百只蚂蚁，不见一滴鲜血，清水窒死了黑的呼吸！"（《吊八百死者》）。

在这般沉重窒息的现实面前，诗人仍高度赞扬劳动人民的乐观豁达与坚韧不屈，劳动人民直视如鞭影一般飘来的被欺压的悲惨的命运，如老马一般"总得叫大车装个够，它横竖不说一句话""有泪只往心里咽"（《老马》），坚守中国劳动人民勤劳与坚忍的品格，以不屈的灵魂和坚挺的脊梁向不公与苦难发起抗争——无论是当下麻痹实则潜力无比，有望"捣碎这黑暗的囚牢"（《炭鬼》）的炭鬼，还是丈夫逝去后"果敢咬住牙根：'什么都由我承当'"（《当炉女》）的当炉女，还是"爬起来，抖一下，涌一身新的力量"（《歇午工》）的歇午工，当千千万万的劳动人民凝聚起来，"那时火花在那平原上灼"，"奇怪的天火"（《天火》）必将烧尽罪恶与虚伪，燃尽黑暗与压迫，换得一片天光。

二、民族解放的号角

全面抗战爆发后，诗人作为文艺工作者带笔从戎，他愤恨敌人的残暴侵略，鄙夷国民党的不抵抗政策，他以不输农民群体的热情，亲历战争一线的斗争生活，他以身作则，决心毅然，"我甘愿掷上这条身子，掷上一切，去赢最后胜利的 / 那一份光荣"（《换上了戎装》），他呼吁学者投身现实斗争，呼吁诗人高歌战歌，呼吁情侣响应战神的恋曲，呼吁工人、农民守护祖国，呼吁"中华的好男儿！我们要下上所有的生命，和敌人赌这次最后的输赢！"（《我们要抗战》）。他欢呼"炮口在笑，壮士在高歌"（《兵车向前方开》）的兵车一路向前，他歌颂"一面国旗飘起了青天"（《国旗飘在鸦雀尖》）的鸦雀尖七勇士，他称赞"农民钢铁的脸，钢铁的话，钢铁的灵魂，钢铁的双肩"（《钢铁的灵魂》）……诗人始终坚信伟大的劳动人民的力量，秉持人民立场，以自己的笔书写记录动人的画面，吹响激励人心的冲锋号，于是，"大家一个口，一个心，一个声响""追着我们的歌声——一团火的救亡热情，追一团火的救亡热情"（《伟大的交响》）。人民的声音震耳欲聋，满天星凝聚为一团火，战斗的号角已然吹响，诗人始终心系民族安危与国家未来，与人民同呼吸共命运，以悲怆慷慨的现实与喷薄而出的爱国热情激励人民不断前进，保卫祖国。

对外抗战结束后，国民党荒淫无为的当政方式狠狠刺痛了诗人的心，诗人以笔为刃，戳破虚伪与卑鄙，讽刺"政治犯在狱里，自由在枷锁里，难民在街头上"（《胜利风》）的黑暗现实，他"掩起耳朵来，不听你们大睁着眼睛说的瞎话"（《枪筒子还在发烧》），抨击国民党反动派不顾人民的意愿发动对解放区的进攻，他以人民的立场向被腐蚀的国民党领导团体发出诘问"人民／用最刻薄的话／骂他们，用白眼珠子／看他们，上给他们一个尊号'重庆人'"，《"警员"向老百姓说》《谢谢了，"国大代表们"》《"大赦"》等诗作则以同样凝练现实的笔法揭露讽刺了虚伪的官员政要的丑恶嘴脸，以一针见血的笔触撕开繁华表象，直指虚荣背后的黑暗，凸显战争时期物价飞升、民不聊生的现实，"多数人叫苦，穷愁，一步一步逼到了生命的尽头；少数人欣喜，狂欢，一个黄金梦实现在白天"（《飞》）。诗人以斗士的姿态，抨击黑暗虚伪的现实，为人民发声，为国家和民族的未来谋求光明坦途。

三、胜利的春歌

中华人民共和国成立后，臧克家将满腔爱国热血化为了对社会主义建设事业的高度礼赞和对劳动人民及全心全意为人民服务的无尽歌颂，《我们终于得到了它》《我爱新北京》等诗抒发了诗人对新中国焕新颜的强烈喜悦及高度的民族自豪感，饱含诗人对新中国未来建设的无尽期待，那即是"一条光明大道引向未来"（《我们终于得到了它》）。《毛主席戴上了红领巾》《毛主席画像》延续了《毛泽东，你是一颗大星》的对领导者全心全意为人民服务的高度礼赞，"群众生活心头挂，您把全国当做家"（《毛主席画像》）以更加凝练的语言表达了诗人对毛主席的无限爱戴。《亲人回到了我们眼前》《海防线上》等组诗则表达了诗人对志愿军及边防将士的敬佩和对国家国防力量提升的自豪。极为著名的《有的人》创作于鲁迅逝世13周年之际，诗人以极为凝练朴实的语言对比了鲁迅这样"俯首甘为孺子牛"的人民公仆形象和压迫人民的对立者形象，字字珠玑，情谊隽永，"骑在人民头上的，人民把他摔垮；给人民作牛作马的，人民永远记住他"（《有的人》）更是突出表现了诗人的人民立场，成为鉴证人和政党性质的"试金石"。

诗人晚期的作品则多为游历山川所作的对祖国大好河山的赞美和对旧友或领导者的怀念与祭奠。《泪》祭奠周总理，"泪是丰碑，泪是誓言，泪是动力，泪是火焰！"（《泪》）以凝练的语言和强大的概括力量，于悲痛悼念中写出了人民的爱憎，愤恨于"四人帮"当道的无理；《瞻仰遗容》和《哭郭老》分别祭奠毛主席和郭沫若先生，前者以短诗的凝练，寥寥几笔即刻画出人民对毛主席逝去的不舍，后者则以抒情长诗的形式回忆了与郭老相处的点滴，年年月月细数功绩，悲戚悼念现于眼前。《海滨觅小诗》《长城》《四亿年前的"海百合"》等诗作则于歌颂祖国大好河山中表达诗人对新中国光明未来的无限礼赞。

总　结

在诗人长达七十年的诗歌创作生涯中，始终立足民间立场，他坚信"一步比一步接近了群众，你的人，也一步比一步高大"（《播鼓的诗人》），将笔尖对准苦难中挣扎的国家和人民，以斗士的姿态、精妙的构思、鲜活的语言刻画了各阶段的国情现实，展现了顽强不屈的革命意志和乐观豁达的人生态度以及拳拳爱国心。

参考文献

［1］臧克家：《臧克家诗选新编》，北京：人民文学出版社，2019年。

［2］孙基林：《臧克家笔下的乡村意象》，《文史哲》2005年第5期，第27-30页。

［3］刘丽娜：《臧克家的中国式题材——论臧克家建国前的诗歌创作》，《中国矿业大学学报（社会科学版）》2005年第1期，第93-96页。

［4］秦弓：《臧克家与正面战场》，《山东社会科学》2011年第8期，第77-86页。

［5］吕进：《臧克家诗论的人文精神与科学精神》，《山东大学学报（哲学社会科学版）》2005年第5期，第4-7页。

教师点评

论文以时间为序，通过品鉴《臧克家诗选》重点梳理了臧克家不同时期诗歌创作的主题及特点，全文大量引用原文，可见作者对文本熟悉程度之深，如若能就一两篇经典诗作进行更加细致的解读，从文本中窥见诗人情思，应当会生成一些新的独创见解。论文分为三个部分，从主题角度解读臧克家的诗作特点，若是呈并列式，内容上第一部分"现实主义的黑暗"与第二部分"民族解放的号角"则有所交叉；若以时间为序，第一部分"现实主义的黑暗"与后文的逻辑关系还需调整，因此论文结构与行文思路还需斟酌。

（点评人：熊　敏）

论夏衍《包身工》两种文本增删处对作品表现的影响

——以人教版高中语文必修一《包身工》及 1959 年《夏衍选集》版《包身工》为例

贲婧怡

一、人教版高中语文教材对《包身工》原文删改内容的类别

（一）删减内容包含大量对包身工所处环境的具体描写

1959 年人民文学出版社出版的《夏衍选集》中，《包身工》一文的字数已有一万字左右，但当前正在使用的人教版高中语文必修教材中所收录的《包身工》，在原著的基础上进行了一定篇幅的删减。删减的内容可以归为两类，其中一类包含了大量对包身工生活以及工作环境的具体描写。夏衍在文章的开端对"杨树浦福临路东洋纱厂工房"进行了翔实的描写，但教材却针对这一部分描写的内容进行了一定的删减。

> "东洋厂家将这些红砖墙围着的工房以每月五元的代价租给'带工'，'带工'就在这鸽子笼一般的'洋式'楼房里装进三十几部没有固定车脚的活动机器……这些春联贴在这种地方，好象是在对别人骄傲，又象是在对自己讽刺。"[1]

---

[1] 夏衍：《夏衍选集》，北京：人民文学出版社，1980 年，第 789–790 页。

此处删减的地方具体描绘了包身工工房的真实场景，在备受压迫与欺凌的地方，门上却贴满了红纸春联，春联所写的"积德前程远""存仁后步宽"，与带工者每日对包身工所施的暴行形成了鲜明的对比。包身工也是人，但生活的地方却如"鸽子笼"一般，此类描写恰如其分地对应了开篇"蜂房般的格子铺里的生物已经在蠕动了"的描述。无论是"蜂房""蠕动""猪猡"还是"鸽子笼"，包身工自始至终都没能被当作一个"人"来看待。帕斯卡尔曾说："人只不过是一根苇草，是自然界最脆弱的东西；但他是一根能思想的苇草。"[1]可在帝国主义殖民者的阴影以及勾结腐败政府的资本家的压迫下，"包身工已经不是一个真正的人——他们没有思想，没有尊严，有的只是在工头的吆喝之下作出直觉性反应的无脑生物。既然如此，那么让包身工生活在格子铺里，哪怕格子铺跟蜂房一样，也就顺理成章了"[2]。

教材选文除了对原著开头东洋纱厂工房的描写进行了删减，针对"音响""尘埃""湿气"这三大威胁纱厂工人的具体情形也进行大量的删改，此处是对原文删减最为连续的一部分，共删减了三段，均是对纱厂工人恶劣做工环境的描写。

> "到杨树浦去的电车经过齐齐哈尔路的时候，你就可以听到一种'沙沙'的急雨和'隆隆'的雷声混合在一起的声音。一进厂，猛烈的骚音，就会消灭——不，麻痹了你的听觉……"[3]

> "尘埃，那种使人难受的程度，更在意料之外了……纱厂女工没有一个有健康的颜色，做十二小时的工，据调查每人平均要吸入零点一五克的花絮！"[4]

> "湿气的压迫，也是纱厂工人——尤其是织布间工人最大的威胁。她

---

[1] 帕斯卡尔：《思想录》，北京：商务印书馆，1985 年，第 157–159 页。

[2] 王兴业：《〈包身工〉的标本意义及创新解读》，《语文教学与研究（下半月）》2022 年第 11 期，第 28–29 页。

[3] 夏衍：《夏衍选集》，北京：人民文学出版社，1980 年，第 795 页。

[4] 夏衍：《夏衍选集》，北京：人民文学出版社，1980 年，第 795 页。

们每天过着黄霉，每天接触着一种饱和着水蒸气的热气……身上有一点被蚊虱咬开或者机器碰伤而破皮的时候，很快地就会引起溃烂。"[1]

教材中删去的这一部分是对包身工严苛工作环境生动且真实的描写，夏衍描述了包身工所处的非人般的工作环境，其恶劣程度甚至不如街上的乞丐。"那总比现在好啊，即使在街上讨饭……她们饿着肚子或者害着病赶生活的时候，真的是在羡慕讨饭的呢！"[2]在撰写了《包身工》后，夏衍所著的《"包身工"余话》一文中也进一步加深了包身工凄惨处境的描写。这并不是夏衍杜撰而来，而是通过艰难的实地探访，以及与真实做工的女工冯先生、杏弟等人进行长时间的交流访谈写下的。但在人教版教材的收录中却对这部分重要内容进行了删减，与原文相比而言，删减版的《包身工》缺少了较多针对包身工生活环境、工作条件的描写性文字，这一缺失无论是从文学作品的解读方面还是中学语文教学的角度来看，都是不容忽视的。

（二）删减内容包含技术性较强的说理性文字

《包身工》首先发表于《光明》杂志，中华人民共和国成立后出于"从'新旧社会对比'方面来做些教育工作"[3]的需要，在《中国工人》等报刊也有发表过。其中《中国工人》的编委成员之一王火提出，内容的删改取决于受众的接受程度与文化认知水平。由于该报刊的读者群多是北方工人，因此编辑首先考虑到对《包身工》中不易懂的上海话改为读者可以接受的普通话。其次从节约篇幅、通俗易懂等方面出发，将富有说理意味，一般读者较难理解的文字进行了删减。这一部分文字实际上是具有意蕴深厚的价值的，但考虑到刊物的读者受众，只能尽可能地保留大致的原文内容。

而在人教版高中语文必修课本中，教材编写组对《包身工》原文的删减与《中国工人》有异同。由于高中生已经掌握了一定水平的认知鉴赏能力，以

---

[1]　夏衍：《夏衍选集》，北京：人民文学出版社，1980 年，第 796 页。
[2]　夏衍：《夏衍选集》，北京：人民文学出版社，1980 年，第 810 页。
[3]　王火：《夏衍〈包身工〉的三种文本》，《中国现代文学研究丛刊》2015 年第 11 期，第 166–169 页。

及考虑到应试知识的积累，教材没有将原文中"猪猡""脚面""揩地板""选个""做了烂污生活"等上海话改为普通话，但和《中国工人》的相似之处却是依据删减了包含较强说理性与哲理内涵的片段。

> "此外，产业工人的'流动性'，这是近代工业经营最嫌恶的条件，但是，他们是决不肯追寻造成'流动性'的根源的。"[1]
> "人类的身体构造，有时候觉得确实有一点神奇。长得结实肥胖的往往会象折断一根麻梗一般的很快的死亡，而象芦柴棒一般的却偏能一天一天地磨难下去……直到榨完了残留在她皮骨里的最后的一滴血汗为止。"[2]

上述两段删减的段落，结合原文上下文语境，是典型的富含说理意味的文字，这些看似生涩难懂的段落实则是对包身工这一残忍的奴隶式的雇佣制度的深层描写，一个畸形的制度却能够牢牢地扎根当时的社会并且得到迅速、蓬勃的发展，这是需要人们对此进行深度挖掘以及思考的。但教材对这一部分的文字进行了一定的删减，不管是出于篇幅还是学生鉴赏水平限制的原因，从研究作家作品的角度来看，对说理内容的删减容易造成学生理解困难。

二、《包身工》报告文学的基本特征受到影响

教材对原著内容的删减损害了《包身工》的纪实性。《包身工》在《光明》一刊发表后产生了强烈的社会影响，被当时确立为报告文学的"标本"。虽然夏衍的这一作品在当前学界已经完成了经典化的论证，但是在文章发表之初也曾受到茅盾的两次贬抑，学界针对茅盾对《包身工》一文提出的四点意见进行了客观辩证的看待。郭志云提出茅盾因为"对小说文体艺术条件的过分热衷"，在对《包身工》一文进行评价时"进行了错误批判"[3]；张小龙认为"公允地说，

---

[1] 夏衍：《夏衍选集》，北京：人民文学出版社，1980 年，第 791 页。

[2] 夏衍：《夏衍选集》，北京：人民文学出版社，1980 年，第 800 页。

[3] 郭志云：《论茅盾与中国现代报告文学》，《荆楚理工学院学报》2021 年第 36 卷第 4 期，第 5-10 页。

茅盾对夏衍所提出的四点批评，并不完全妥当"，茅盾认为《包身工》是一种"论文式的'报告文学'"，借助的"只是旁观者的感受"。这一批评对《包身工》报告文学的纪实性进行了质疑，纪实性是报告文学的基本特征，但实际上夏衍无论是在收集材料的准备阶段还是在文章的撰写上，均贯彻了报告文学的纪实性这一基本特征。

在材料的收集方面，夏衍接受报社采访时表示在20世纪20年代后期就已经开始着手搜集包身工的材料，直至1936年才完成，前后历时十年之久。[1]在《从〈包身工〉引起的回忆》（现已重命名为《回忆与感想》）一文中，夏衍详细描述了自己隐秘地探访包身工工房的历程。

> "为了突破这种封锁，我得到杏弟的帮助，混进去过两三次，但是在这以后，就被带工头雇用的'下手'们盯住了……为了要在早上五点钟以前赶到杨树浦，就得半夜三点多钟起身，走十几里路，才能看到她们上班的情景。这样，我从四月初到六月，足足做了两个多月的'夜工'，才比较详细地观察到了一些她们的日常生活。"[2]

且在《"包身工"余话》一文中，夏衍详细记述了帮助他搜集资料、带他"视察"福临路东洋纱厂的冯先生与杏弟之间的交流。正是因为冯先生将夏衍化身为在水电公司办事的同乡"爷叔"，才使夏衍具备了撰写《包身工》的现实条件。茅盾批评夏衍的《包身工》不如宋之的的《一九三六年春在太原》，是因为他认为宋是亲身经历过，但结合夏衍所述的创作历程，《包身工》报告文学题材的纪实性也是毋庸置疑的。

夏衍将这一纪实性贯穿在文章中，最重要的表现就是对包身工所处的福临路东洋纱厂工房以及纱厂的做工环境进行了翔实、细致的描述。但教材选文却对这一部分进行了删减。夏衍将包身工描述成"罐装劳动力"，正是因为他们

---

[1]　张小龙：《〈包身工〉：作为经典之建构与解构》，《中国现代文学研究丛刊》2012年第12期，第35-43页。

[2]　夏衍：《从〈包身工〉引起的回忆》，《中国工人》1959年。

所受到的日复一日的非人般的压榨。伴随着机器的改良与进步，包身工们反而在此基础上受到了更为猛烈的折磨，通过一系列翔实的数字，夏衍为读者展示了真实可见的被榨取价值。

> "细纱间从前每人管三十木管的（每木管八个锭子），现在改管一百木管了；布机间从前每人管五部布机，现在改管二十乃至三十部了……在包身工，工钱的多少，和她'本身'无涉，那么当然这剥削就上在带工头的账上了。"[1]

教材对这部分文字进行了删减，不只是这一部分的描写，包括上文中"音响""尘埃""湿气"这三大威胁纱厂工人的具体情形，人教版的教材也没有进行收录。虽然教材会因为篇幅的限制而对原文进行一定的取舍，但从对《包身工》一文整体的鉴赏来看，删减的内容对报告文学的纪实性具有一定的损害。"真实性是报告文学的立身之本，文体的其他特征和文体价值均基于真实性这一基本前提。"[2]

因此教材对《包身工》原文的删减，影响了其报告文学文体特征的纪实性。且《包身工》被人教版高中语文教材收录于必修一第四单元，该单元的学习目标是学习新闻和报告文学。报告文学脱胎于新闻，虽然与正式的新闻依旧有不同之处，但依旧保有新闻的特征，因此教材删减了夏衍对包身工生活环境以及受到殖民者压榨金额的具体纪实描写，不易突出报告文学的基本特性，对学生在这一类文本的学习也造成了间接的影响。教师在对这篇课文进行教学时，可以将教材对原著删减的文字作为补充材料，从而进一步加深学生对于报告文学纪实性、社会性等基本特征的认识体会。

---

[1]　夏衍：《夏衍选集》，北京：人民文学出版社，1980年，第798–799页。

[2]　黄菲蒂：《时代语境与百年中国报告文学主题话语嬗变》，湖南师范大学博士论文，2020年。

教师点评

  《包身工》是夏衍于 1935 年创作的一篇报告文学作品，真实客观地反映了上海纺织厂里包身工的情况。正是《包身工》的出现，中国文学史上出现了报告文学。

  本文主标题为《论夏衍〈包身工〉》两种文本增删处对作品表现的影响》，作者列举并分析了人教版教材和其他不同版本的增删情况，同时证明删减了环境描写之后，对文章报告文学的题材有所影响。但本文行文逻辑略有混乱，段与段之间、上下文之间衔接不紧密，语言逻辑不严谨，给人"说完了又说""车轱辘话"的感觉，有凑字数嫌疑。新课改之后，人教版（也叫统编版教材）是通用教材，《包身工》一文在选择性必修中册第二单元第 7 课，并非作者副标题中的人教版高中语文必修一。统编版教材共五册书，分别为"必修上下"两册，"选择性必修上中下"三册，并无"一二三"册的叫法。其次，《包身工》所在的第二单元中的单元导读中明确提出"了解纪实作品与虚构作品各自的特点和表现手法"，且单元研习任务二中，肯定了《包身工》作为纪实文学的真实性。因此本文的第二部分内容说"教材版本影响了报告文学的基本特征"这一观点欠妥。报告文学的特点是真实、艺术加工、形象性、抒情性。教材选文删除了一些对包身工居住环境的描写，并不会直接影响报告文学的基本特征。

（点评人：高 冉）

唱响青春的赞歌

——《家》读后感

  《家》讲述的是 20 世纪 20 年代初期四川成都的一个封建大家庭里发生的故事，18 岁的主人公觉民和弟弟觉慧都是热衷于新思想的新青年，共同就读于新学堂，两兄弟的大哥觉新是高家的长房长孙，曾梦想到国外深造，无奈接受了父亲以抓阄方式选定的妻子——瑞珏，放弃了与梅表妹的爱情，但他在内心却无法忘却她。不到一年，父亲去世，觉新挑起了家庭的重担。梅表妹嫁人后，不到一年就守了寡，回到娘家，不久以后抑郁而亡。觉民逐渐与琴表妹相爱，觉慧也有了心上人——一起长大的丫鬟鸣凤，他们把觉新的悲剧看在眼里，批评他的"作揖主义"，却也同情他的遭遇，联想自己的未来。有一天夜里，鸣凤找到觉慧，原来是家族的权威——高老太爷第二天就要将她送给冯乐山作小妾，毫不知情、埋头赶稿的觉慧没有察觉到她的来意，鸣凤欲言又止，在觉民回来时离开了。觉慧这才从觉民口中得知鸣凤嫁人的事情，再寻她已经不见了。觉慧一夜在心中做着激烈的心理斗争，最终将她放弃了。第二天放学后他听见了鸣凤投湖自尽的消息，悲痛自责。

  不久后高老太爷为觉民也置办好了婚事，觉民不愿成为第二个像觉新那样的傀儡，也不愿琴表妹经历梅表姐那样悲惨的遭遇，觉慧又因鸣凤的悲剧，凝结了对家庭更深的愤恨，于是毅然帮助觉民逃婚。无论家里的人，包括觉新如何对觉慧软硬兼施，要求他说出觉民的下落，他都决不妥协，直到高老太爷因为五房克定在外面讨小老婆的事大发雷霆以至于病倒，濒死前才放弃了对觉民婚事的执念，觉民的抗婚最终取得了胜利。不久以后瑞珏生产的日子快到了，陈姨太和家里的人以"血光之灾"为由要求她去城外生育，大家都因担心背上不孝的骂名要求觉新照办。在觉民、觉慧强烈的反对下，觉新依然没有选择反抗，最终瑞珏在阴暗潮湿的小屋里难产而死。因为礼教制约，觉新倒在门口，都不能见到心爱的妻子的最后一面。至此，觉慧对这个家庭的一切已经忍无可忍，他决定出走，遭到了家里人的一致反对，最终觉新决定帮助他逃走，小说在觉慧渐行渐远的小船中结束了。

《家》极力控诉了封建大家庭的罪恶腐朽，详细地揭露了封建礼教怎样对生命进行摧残，怎样"吃人"的事实，同时歌颂了青年一代的觉醒与反抗。想到青春，我们联想到的是朝气蓬勃、充满活力、热情奔放，是无限的可能与希望，它是人一生中最灿烂美好的黄金时段。可是《家》中的少男少女，无论是少爷小姐还是丫鬟佣人，都无法完整地享有自己的青春，他们没有任何自由可言。

他们的一生注定要在封建家庭的支配下生活。封建家长之权可以说是无限大，儿女生活的方方面面都属于他管辖的范围。结果，吃人封建礼教之下，很多人成为封建制度的牺牲者或者成为重压之下一个扭曲、变形的"人"，就像是被重物压制着生长的瓜果，虽然还是那一类物种，可是已经遭受了压迫、经受了摧残，不复原本的美丽。他们虽有青春，却如同这变形的瓜果，无法拥有青春的美好。

其中最让人唏嘘的当属觉新了。觉新具有双重人格特征，是一位新与旧、正确与错误、前进与倒退的矛盾统一体。他的身上体现着新旧社会交替的鲜明时代特征，就像是剪掉长辫、穿着长衫的人一样。他作为高家的长房长孙，相比于弟弟们而言所受到的束缚是更甚一步的，他从小在封建家长的教诲和伦理道德的约束中长大，青年时期又受到"五四"新思想的影响与鼓舞，与弟弟一起阅读五四时期的进步刊物。他的内心深处，不仅十分明了地知道对与错、黑与白的界限，清楚摧毁他的幸福、阻碍他的理想的是封建社会，但他又没有足够的勇气站起来毫无顾忌地反抗。他只得将"作揖主义"和"不抵抗主义"作为对抗生活的武器。"他极力避免跟她们冲突，他在可能的范围内极力敷衍她们，他对她们非常恭敬……他牺牲了一部分的时间去讨她们的欢心，只是为了想过几天安静的生活。"他将真实的自我深深隐藏，家庭的事情永远大于他个人的事情，不知不觉间真实的自己便被他抛之脑后，在很多事情中扮演着封建大家长，成为封建制度的帮凶。

面对父亲以抓阄方式决定的结婚对象——瑞珏时，他虽然心有不满却没有反抗，默默地放弃了他心爱的梅表妹。温婉贤淑的瑞珏为觉新黯淡的生活带来了一束光。可是好景不长，瑞珏因难产而与世长辞。觉新本可以大胆动用自己的"权威"，避免瑞珏到阴暗潮湿的城外小屋去生产，本可以不顾一切地推开那扇木门，去见瑞珏最后一面。但是作为长房长孙的觉新身上有太多双眼睛，他没办法像觉慧那样自由，可以不顾一切地去做自己想做的事。可是，觉新是清醒的，虽然这无法冲破的坚固牢笼时时让他痛彻心扉、苦不堪言，但他已然明白总有人会首先冲破这些束缚，"你们看着吧，这个家里头并不全是像我这样服从的人！"所以，在结局他会帮助觉慧逃离高家也不足为怪了。

与觉新的懦弱、逆来顺受相比，觉慧就要反叛得多了。觉慧是高家的第三个孩子，是一个疾恶如仇、敢于反抗封建传统道德的新青年。家中的许多事情他都不敢苟同，总是与这个家格格不入，如祖父为觉新、觉民安排的包办婚姻，在他眼中这是违反了人权与个人意志的，应该摒弃这种不自由的婚姻。但是觉慧的反抗是不彻底的，假如他更加坚定，鸣凤的悲剧也许可以避免，但生长在那样的环境下，在灾难未必到来的情况，难以察觉、下意识地回避、不作为是可以理解的。"'矛盾，矛盾……'他口中不住地念着，他知道不仅祖父是矛盾的，不仅大哥是矛盾的，现在连他自己也是矛盾的了。"他察觉到自己的矛盾心理后，虽然他没有彻底解决自己的矛盾，但是他仍在不断为自己心中的那份理想进行积极的尝试。他不局限于儿女私情，"他更明白人生的意义不是那么简单，那个少女的一对眼睛跟广大的世界比起来，却是太渺小了"。他明白当前的社会百废待兴，服务社会、关心社会动向与民生问题，是当时中国青年的头等大事，于是在鸣凤和事业之间，他选择了热情地参与社会活动。

在鸣凤的爱情悲剧里，觉慧负有不可推卸的责任，他没能兑现自己的诺言，他说："也许是别的东西迷了我的眼睛，我把她牺牲了。"在觉慧对家越来越激荡的恨意里，对革命越来越激荡的热情里，他对鸣凤的爱被冲淡了。他将天平倾向了事业一侧，这也难怪鸣凤在投湖之前去寻觉慧倾诉苦楚，他没空理会她了。或者说鸣凤的爱只是他在孤立无援、痛苦难捱的家中唯一的慰藉，他贪恋着鸣凤带给他的温暖，可一旦他走出家门，走向更加广阔的天地，鸣凤就被他抛之脑后。他一直都知道鸣凤的思想同这个大家庭一样落后，恋爱早期，在小花园交谈时就忍不住指出过："这就叫作，做奴隶的人永远没有办法……"在后半情节中，觉慧的心里，鸣凤处在这个封建家庭中，她与家并之成为"异己"，即使她是受害者，那也是作为其中的一部分。"有两样东西在背后支持他的这个决定：那就是有进步思想的年轻人的献身热诚和小资产阶级的自尊心。"觉慧没有意识到自己身上消退不下的阶级思想，他时常将生长在富家的琴与鸣凤作比较，假使鸣凤是像琴那样的非奴婢身份，又有着像琴那样的进步思想，他和鸣凤的结局会不会像觉民和琴那样光明呢？觉慧脱离生活把自己停留在制造理想乌托邦概念的层面上，鸣凤就成为"进步理念"的牺牲品，觉慧也痛苦地意识到自己也是"吃人"的，但他始终没有发现是自己的"进步理念"害了鸣凤，而归结于从小在这个家里长大的自己已经不可避免地染上他所厌恶的品性，归结于个人会被他人渗透的必然性，他因此更加恨社会，恨吃人的家和自己，他和家割裂的欲望越来越强烈，"这个家我不能够再住下去！"由于厌弃，无力去改变根深蒂固的封建家庭，他选择了出走，这既是一种逃避，更是一种新起点，是一种对他珍爱的正确进步的理想的一种保全与发扬。

随着封建体制的式微，新的文化思想仍未完全成熟的时候，巴金的《家》不仅展现了封建家族的覆灭，更深入挖掘了其历史背景和文化内涵。在这个新旧之交的历史背景下，细腻地刻画出了一个个具有代表性的人物形象：勇敢叛逆却又有些无奈的觉慧、清醒却又饱受煎熬的觉新……一个个鲜活的人物激荡起一首首青春的歌谣。巴金在《家》的后记中写道："我始终记住：青春是美丽的东西。而且它一直是我的鼓舞的泉源。"虽然这是一个悲剧，但只要你翻开《家》或许也能产生和巴金一样对青春的感受。

参考文献

[1] 张静：《巴金小说〈家〉中的家文化探究》，《兰州教育学院学报》2016年第32卷第1期，第24-25，28页。

[2] 黄长华：《巴金小说叙事研究》，福建师范大学博士论文，2011年。

[3] 肖雪艳：《试论巴金〈家〉的艺术特色》，《现代语文（文学研究）》2010年第5期，第78-79页。

[4] 刘海洲：《"家"的解构与重建——巴金家庭题材小说的现代性追求》，《成都大学学报（社会科学版）》2009年第5期，第67-70页。

[5] 严丽珍：《论巴金小说中的人物形象》，复旦大学博士论文，2008年。

[6] 王明科：《论巴金小说的家族文化反思》，《曲靖师范学院学报》2005年第4期，第18-22页。

[7] 杜秀华：《巴金的家庭小说及其影响》，《辽宁师范大学学报》1998年第4期，第56-59页。

[8] 袁慧生：《谈巴金小说〈家〉的人物塑造》，《天津党校学刊》1994年第1期，第44-47页。

教师点评

　　《家》是作家巴金的"激流三部曲"中的第一部，也是巴金最为畅销的作品之一，作为新文学的得力之作，它在中国现代文学史上具有重要地位。整部小说以觉新、觉民、觉慧三兄弟的爱情和婚姻纠葛作为情节发展的主要线索，全面展现了一个封建大家族的衰亡过程。青春，不只是一个特定的年龄，而是不论处于什么年纪，内心都依然保持着少年一般不畏强权的勇气与进取的决心。龚雪在《唱响青春的赞歌——〈家〉读后感》中叙述了《家》以高老太爷为代表的封建礼教对生命的摧残，表达对书中以觉慧为代表的青年一代觉醒与反抗的赞赏。从读者的角度来看，"五四"以后的人们尤其是青年，追求理想、自由、解放，他们力求摆脱束缚，奔向新的生活。巴金的《家》满足了当时青年对时代精神批判的需要，书中丰富饱满的人物启发青年对照自身，反思各种悲剧发生的根本原因，思考自身和民族未来的发展之路。毫无疑问，《家》是一个悲剧故事，但这悲剧背后却带着希望的曙光。故事的结尾，觉慧在哥哥的帮助下毅然离开了腐朽没落的高家，勇敢地出走，拥抱光明。觉慧的出走激励着几代青年勇敢地与强权抗争，鼓舞读者冲破桎梏，用双手创造自己的幸福。

（点评人：马振凤）

思辨阅读，合理归因

——老舍《骆驼祥子》读后感

杨润培

　　学界对老舍《骆驼祥子》一书中主人公祥子悲剧性命运的原因一直保持着较高的讨论度，本文对学界现有的、接受度较高的一些观点进行分析，归纳探究其合理性的同时也针对其中的不足之处进行总结归纳，以更加客观的视角归纳祥子悲剧性命运的原因，为中学教师执教《骆驼祥子》提供参考。

一、现有观点理论阐释

　　目前学界针对祥子悲剧性命运的分析主要集中在以下几个方面：混乱的社会背景；压抑的劳动环境；复杂的人际关系；个人性格的缺陷。这是最直观，同时也是接受程度最高的几种观点。结合文本，在剖析阐释以上四种观点的前提下，探究对解释祥子悲剧命运原因的分析，是本文的主要构架思路。

（一）混乱社会背景影响

　　读《骆驼祥子》，首先应该知道故事发生的背景，该书主要讲述了20世纪20年代发生在旧中国北平城里的一名普通人力车夫祥子的故事。此时的北平，正处于北洋军阀统治之下，中国的社会性质也依旧是半殖民地半封建社会。此时，中国社会底层劳苦大众的悲剧命运是具有共通性的。为了抢夺利益，几派军阀势力相互斗争，战乱不断，社会动荡导致的直接结果就是人民生活困苦。我们常以"三起三落"概括《骆驼祥子》一书的情节发展，"三起三落"中的第一落即是祥子被抢掠的乱兵抓去做苦力，短暂失去自由的同时，也失去了自己的傍身希望——省吃俭用三年赚来的第一辆黄包车。

祥子的悲剧命运，反映了 20 世纪 20 年代中国破产农民在"市民化"的过程中的沉沦，因而悲剧的原因包含着更为深刻的时代因素。老舍为《骆驼祥子》创设战乱的社会背景，主要目的是以最直接的方式展示社会的黑暗。混乱的背景是社会黑暗的直接前提，同时也为造成悲剧的细节化因素的出现提供了可能性。

（二）压抑劳动环境推动

马克思曾说："人的本质不是单个人所固有的抽象物，在其现实性上，它是一切社会关系的总和。"不论是人和车场、杨宅的工作经历还是同为车夫的家里有五个孩子的"高个子"、老马、二强子的生活状态，这些内容，有机组成了祥子劳动环境的一部分。

劳动场所的压抑以及部分同行的生活缩影，都在不同程度地动摇着祥子的理想与追求。

（三）复杂人际关系施压

复杂人际关系其实从某种程度上来讲亦是混乱社会背景的产物，在动荡的环境下，北平城底层社会鱼龙混杂，刘四的施压，虎妞的诱骗，孙侦探的欺诈，夏太太的诱骗等，为祥子本就艰难的生活又笼罩上了一层灰色。层层施压，重重打击，解释了祥子最终放弃挣扎的原因，也为尽可能真实地还原社会背景作出了贡献。

二、现有观点及教学不合理处

传统意义上，阅读者、教师以及学生，往往会将祥子遭遇的种种不幸归结于时运不济、社会的残酷，阐述半殖民地半封建社会的中国社会底层人民的悲惨现状及穷苦命运。但是这仅仅是作者想表达，或者大多数人的观点，学生被动地接受这样的观点对于他们独立阅读以及提升自己的阅读思辨能力都是没有太大意义的。

从作者角度分析，老舍的作品，一直以题旨鲜明，取材真实为特点，《骆驼祥子》的写作初心也是源于老舍听到了一个普通车夫的故事，进而加以改编创造，这才有了《骆驼祥子》一书。老舍作为人民的艺术家，对中国的劳苦百姓有很深的感情，因此在心理认同方面，我们不难推断出，作者本人也是同情"祥子"这一角色的。

在反帝反封建题旨下，老舍预设的逻辑是，这是一个让人堕落的环境，有人逼你堕落，有人诱惑你堕落，有人示范你堕落。潜台词则是：祥子在这样的环境下堕落，他的堕落是可以理解和谅解的。因为罪责在社会，罪责在他人。为了贯彻自己的逻辑，老舍处处为祥子辩护，他告诉我们他想告诉我们的，他故意省略了他不想告诉我们的。在读者可能产生怀疑的地方，老舍常常忍不住站出来为祥子辩护几句。譬如虎妞病危之际，祥子冷漠、无措，像个木头人似的。老舍忍不住痛骂，说这样的现象是"愚蠢与残忍"，但老舍生怕读者误解了他的意思，连累了祥子，紧接着写道："愚蠢与残忍是这里的一些现象；所以愚蠢，所以残忍，却另有原因。"这个"另有原因"就大有深意。那么，原因究竟在哪里呢？显然，老舍希望读者放过祥子，到其他人那里找原因，到社会上找原因。

在老舍"辩护逻辑"的操纵下，祥子以一个被凌辱者、被损害者的形象出现在读者面前，这切合了老舍进行社会批判的创作目的，这是老舍的成功之处。事实上，20世纪30年代的中国社会，国家动荡，政府腐败，社会堕落，文化衰败，大批像祥子这样的破产农民流离失所，在愚昧、贫穷和苦难中挣扎，生活在死亡与堕落的边缘。《骆驼祥子》真实地反映了社会的凋敝与民众的苦难。与那些粉饰太平、回避矛盾的作品相比，老舍的描画无疑切中时弊，具有强大的社会批判力量，让广大读者产生了强烈的共鸣。

但是，祥子值得同情与悲悯，并不等于要无视祥子的缺陷，更不能将他洗刷得干干净净。在祥子的三起三落及最后的堕落中，他自己的确有着难以撇清的责任与罪过。即使老舍将最大的同情与理解都给了祥子，即使老舍对祥子的缺陷或出面辩护打圆场，或避重就轻闪烁其词，也不能掩盖一个事实：祥子的悲剧与堕落，与其人格上与德行上的缺陷有着内在的关联。遗憾的是，绝大多数人在赞美祥子的美德时，却常常忘记了他的缺陷，结果一股脑地将罪责推给社会。

关于客观评价祥子个人性格的缺陷，可以从以下几个角度出发。

1. 个人主义精神的泛滥

关于祥子个人性格缺陷部分，学界最为著名的学说乃是"个人主义的末路鬼"，个人主义体现在，人需要有"绝对的尊严、绝对的权力和绝对的责任"[1]，祥子作为一个初到北平的农村人，这种绝对尊严的个人主义倾向在他渴望拥有一辆自己的车的执念中，被体现得淋漓尽致。祥子天真地认为"人凭自由意志去行善行恶，理应受到公道的奖惩"，但完全忽视了其他社会因素的影响，个人主义精神泛滥具体表现在祥子的单纯以及缺乏远见。《贫穷的本质》中提到："穷人不了解社会运行的规则，被桎梏在疲于奔命的模式里，只能原地踏步。"[2]

2. 内心世界的黑暗

祥子的堕落，其直接原因必然是他内心有着一颗恶的种子。这一点在祥子与小说中一众女性人物相处的过程中，通过性的有关描写被逐渐揭露出来。在祥子与虎妞的情感交流中，老舍提到"她已不是任何人，她只是个女子。他全身都热起来"。这只是关于描述祥子性欲望的开始，为后续夏太太引诱祥子奠定了基础。在祥子"晓得妇女的厉害，也晓得妇女的好处"之后，面对夏太太的诱惑，祥子则任凭黑暗的欲望席卷自己，逐步走向堕落。

在这个过程中，祥子看到了虎妞对他的欺骗与讹诈，看到了夏太太对他的诱惑，却看不到自己对虎妞的冷漠和寡情，看不到自己对夏太太下流的淫欲。这一切正是由于祥子自身性格的缺陷，是他内心阴暗面的反映。

---

[1] 黄裕生：《原罪与自由意志——论奥古斯丁的罪－责伦理学》，《浙江学报》2003年第2期，第4-14页。

[2] 班纳吉、迪弗洛：《贫穷的本质：我们为什么摆脱不了贫穷》，景芳译，北京：中信出版社，2013年。

结　语

祥子固然在某种程度上是引发读者同情的对象，这在文学或社会学意义上或有其特殊价值，但在教育的意义上，却需要教师警惕。任何人的堕落与犯罪，都有其客观的环境原因与人际原因，这是不可否定的。如何建设一个公平正义的社会，铲除罪恶的土壤，这是一个重要的命题。对于孩子来说，认识罪恶的社会根源与环境原因非常重要，对于培养孩子正确的社会观和价值观非常关键。

人要对自己负责，邪恶的社会不是堕落的原因。如果一定要教《骆驼祥子》，全面而公正地评价祥子，对于青少年是至关重要的。一味苛求祥子，是不公正的；而一味怪罪社会，则是非理性的，是更为有害的。这样的解读，不利于学生养成健康、理性的社会观。人在成长的过程中，自然要受到社会环境的各种影响，但自身的坚守才是最重要的。祥子虽然做了一次又一次的抗争，但他毕竟堕落了，他虽然值得同情与怜悯，但不应该因此而去隐晦他的缺陷。中国传统文化特别强调"富贵不能淫，贫贱不能移，威武不能屈"，强调"出淤泥而不染"，强调内心的道德信念和坚守的力量。这才是阅读《骆驼祥子》需要思辨阅读，合理归因的意义。

参考文献

［1］马克思、恩格斯：《马克思恩格斯选集》（第一卷），北京：人民出版社，1995年。

［2］黄裕生：《原罪与自由意志——论奥古斯丁的罪－责伦理学》，《浙江学报》2003年第2期，第4-14页。

［3］朱光潜：《西方美学史》，北京：商务印书馆，2011年。

［4］班纳吉、迪弗洛：《贫穷的本质》，北京：中信出版社，2013年。

［5］老舍：《骆驼祥子》，北京：人民文学出版社，2020年。

教师点评

文章从教育者的视角，概括学界现有关于《骆驼祥子》的观点及解释，客观分析其中的合理性，以对后续教育产生启示。学界普遍认为，混乱的社会背景、压抑的劳动环境、复杂的人际关系以及个人性格的缺陷是构成祥子悲剧命运的主要原因。而作者则对学界现有观点及教学过程中的不合理之处作出了进一步解释，认为祥子的失利一方面源于当时半殖民地半封建的社会性质、残酷黑暗的大环境。另一方面，也是现在教学过程中经常忽视的一点，即祥子的堕落离不开自身的性格缺陷。具体来说，作者将其归纳为个人主义精神的泛滥以及其内心世界的阴暗。

文章从学界既有结论出发，阐释现有结论的不合理之处，并提出在《骆驼祥子》的教学过程中，引导学生认识祥子堕落的社会根源虽然非常必要，但同时必须重视祥子堕落的个人主观因素，展现出作者对学术观点的考察以及突破意识，有一定的归纳能力和质疑能力。

文章启迪我们，只有对骆驼祥子的堕落进行思辨性阅读，做合理归因，才能更全面地读透祥子，看见真实的社会。

（点评人：刘泊宁）

土地与太阳

——《艾青诗选》读后感

陈叡思

艾青作为中国现代文学史上的重要诗人，在中国新诗的发展历程中起着举足轻重的作用。在其诗歌创作中，土地和太阳是贯穿诗作的中心意象，奠定了其艺术创作的地基，土地和太阳代表了其对生活独特的感受。

一、故土难离

土地作为物质资料生产的主要源泉，对老百姓有着不言而喻的作用。与土地一直有着深厚情感的艾青，在描绘土地时更是毫无保留。艾青笔下的土地与国家命运有着不可分割的关系，在其笔下苦难和不幸始终是土地的真实写照。作者笔下北方冬天的土地是荒凉的、万籁俱寂且贫瘠的，艾青在 20 世纪 40 年代前后的诗歌有对土地比较集中的书写，如《雪落在中国的土地上》（1937）、《我爱这土地》（1938）、《手推车》（1938）、《北方》（1938）、《他死在第二次》（1939）、《旷野》（1940）等，因正处战争年代，诗人对土地上的苦难生活更传达出其对国家强大、民族解放以及中国农民摆脱贫困生活的深切期盼。

艾青对土地的深厚情感，究其原因有二：一是受其童年乡村生活经历的影响；二是基于现实的触发。20 世纪 30 年代中期被捕入狱的艾青，在狱中曾拜读并翻译过比利时诗人凡尔哈伦的诗《原野》《城市》等著作，这些翻译的著作于 20 世纪 40 年代末期由上海新群出版社出版，命名为《原野与城市》。在凡尔哈伦的著作中可以找到与艾青诗作中相似的表达，这也印证了艾青的土地书写与凡尔哈伦有着异曲同工之妙。

此外，在 1938 年的一次从汉口到临汾的火车旅行中，艾青听到端木蕻良的一句"北方是悲哀"，得到启发的艾青开始边看边画，"画得最多的还是原野的晨光或沉沉的暮色"。有了灵感的艾青，在这趟旅行中创作了《乞丐》《北方》《手推车》以及《风陵渡》等诗作。时空的不断推移，给艾青在诗作上带来了更为广阔的视野，动态的参照物也奠定了艾青诗歌创作的基调。在艾青的笔下，生活在土地上的人是卑微的，在其"土地"的意象里，汇聚着作者对祖国——大地母亲最深沉的爱；爱国这一主题穿插其整个创作生涯。其中最能表现其情感的诗作是：《我爱这土地》；"假如我是一只鸟，我也应该用嘶哑的喉咙歌唱：这被暴风雨所打击着的土地，这永远汹涌着我们的悲愤的河流，这无止息地吹刮着的激怒的风，和那来自林间的无比温柔的黎明……——然后我死了，连羽毛也腐烂在土地里面。为什么我的眼里常含泪水？因为我对这土地爱得深沉……"诗中写道：即使为她痛苦到死，也不愿意离开这土地——"死了"之后连羽毛也要"腐烂在土地里面"。在这展现了一种对祖国以及民族死心塌地的情感，这种独特情感在近代中国民众心中最为突出。"土地"的意象还凝集着作者对人们生于斯、耕作于斯、死于斯的劳动者最真挚的爱，对其命运的探索与注视。艾青写道："这个无限广阔的国家的无限丰富的农村生活——无论旧的还是新的——都要求在新诗上有它的重要篇章。"

二、朝阳似火

谈及艾青诗歌中的"太阳"，就不得不提作者在 1938 年写的《向太阳》，当时的艾青刚经历了战乱后回到武汉，那时的华北作为抗日战争的主战场，作者想借《向太阳》象征光明美好的事物，用以讴歌这一伟大的时代。而这里的太阳，寓意冉冉升起的希望，象征着中国从苦难中顽强站起来，越来越好。《街上》中写道："昨夜 / 你们决不像我一样 / 被不停的风雨所追踪 / 被无止的恶梦所纠缠”，这也恰恰印证了在作者的笔下，“太阳”这个意象真正的含义是在黑暗中的希望，是期盼已久的光明。

"太阳"这一意象的产生也与当时的时代背景有着不可分割的联系，战乱中的百姓需要鼓舞与慰藉，人们到街上去！去迎接新生的太阳，这时的“太阳”便产生了这样的作用，对于爱国主义诗人来说，艾青笔下的“太阳”和他对祖国的爱高度吻合，既是爱，又是一种奋斗精神，作者本身就对黎明、光明、希望有着向往与追求，所以他才会将“太阳”这一意象的意义表现得淋漓尽致。所以此时的“太阳”是一种被赋予了特殊情感的“太阳”，诗中写道：“我看见日出 / 比所有的日出更美丽”“太阳 / 它更高了 / 它更亮了 / 它红得像血”。同时，在对“太阳”这一意象的运用中，也可以体现出作者的诗歌风格，就像太阳一样热烈，感情强烈，笔触雄浑。

1937年的《太阳》是艾青所做的第一首关于太阳的诗歌，不同于郭沫若的《太阳礼赞》，艾青的“太阳”是诞生于苦难和黑暗的，而这样所作出的“太阳”会更加光明，诗歌中无处不充斥着光明到来前的振奋，暗示了解放前那些投身战争的战士的时代思潮，也暗示了作者自己对祖国的热爱，就像太阳一样永远散发着光与热。新生，是艾青对太阳描写中永恒不变的主题，就像这首诗中写的：“于是我的心胸 / 被火焰之手撕开 / 陈腐的灵魂 / 搁弃在河畔 / 我乃有对于人类再生之确信”。在作者的眼中，太阳往往被寓意着给作家、村夫、农妇、母亲、儿子、难民、产妇、工人、技师甚至全人类输送光亮、温暖、正义、力量、美丽、欢乐、幸福、诗意的源泉。与此同时，“太阳”这一意象突显了诗人灵魂的另一面：对光明、理想、美好生活热烈不懈的追求。

三、色彩斑斓

抛开是诗人和作家这一双重身份，艾青还是一个不折不扣的画家。他擅长将那种刹那间闪现出来的画面感，加以渲染，并借以合适的诗句给书写出来。在其诗作中常常可见到色彩比较鲜亮的意象，通过色彩与意象的互相调和，进而在视觉感受上给观者营造出一种视觉冲突感，从而抒发自己内心的真情实感。

这在其意象作品中，"太阳"显得格外经典，借用金黄的色彩，给人一种象征希望之景，诗人艾青曾写道："越是具体的，越是形象的。"在抽象的诗作中将色彩融入其中，进而使诗歌在美学层面更上一层。

诗人于1932年在巴黎到马赛的路上作的那首诗《当黎明穿上了白衣》可谓是字字句句都离不开色彩，充斥着他印象派画作的特点，冷色调与暖色调中穿插着光感，"紫蓝的林子""青灰的山坡""绿的草原"是冷色调，黎明"微黄的灯光"是暖色调。在写作过程中，诗人并不是按照时间顺序来写黎明的出现，而是借助色彩的冷暖来呈现，从冷色调到暖色调，最后迎来了光，这也是黎明出现的全过程。通过这种写作手法，好似将诗人所描绘的一切从二维空间跳转到了三维空间，诗歌在这个过程也充满了流动感。有色彩后与之相对应的就应该有光，当黎明穿上了白衣，光便洒向了整个田野，这是一种希望的格调，意象中的色彩为这种格调增添上浓墨重彩的一笔。

诗人在写作过程中因受到不同时期的影响，在色彩的表达上更是异彩纷呈，处在抗战时期，艾青诗歌中的色彩变得单调，以黑白两种颜色为主，其中最能代表其心境的作品有《黎明的通知》。而在中华人民共和国成立后，远离了战争的摧残，艾青诗歌中的色彩又变得丰富起来，这期间比较典型的诗作有《鸽哨》。

充实于艾青诗歌中的色彩，不再是主观感觉的单一纪实，而是一种意象以及象征，同时滋养着诗人深沉的情感。这种色彩，在艾青的作品中主要呈现为明暗两种，因表现主题的不同而渲染出不同的色彩：在展现"土地"的意象以及主题时，诗人在色彩的选择上多用灰黄紫的色调，黯淡的色彩呈现出现实世界的沉重凄惨；而在表现"太阳"的主题时，作者又常常将其描绘为通红、浅黄、浅蓝的色调，明朗、柔和的光，充满了诗人对美好生活和灿烂光明的憧憬和向往。这就是色彩在艾青诗中的特殊象征意义。

结　语

通过对艾青作品中土地、太阳以及色彩意象及写作手法的分析，可以看出艾青在进行艺术创作时,常常借助意象的隐喻内容来传达自己内心真实的感情。

与此同时，作者在选用的过程中也较为重视细节的描写以及美学手法的运用，在诗歌创作中擅长营造一种画面色彩感，除了一般意象和色彩对诗歌内容的渲染，更为突出的是作品中的主题与意象所表达的内容应一以贯之。综上所述，无论是在学习过程中还是现实生活中，我们应该学会观察周围的事物并认真体悟，善于发现生活中的美好并积极实践。

参考文献

［1］艾青：《艾青诗选》，北京：人民日报出版社，2017 年。

［2］叶锦：《艾青年谱长编》，北京：人民文学出版社，2010 年。

［3］程光炜：《艾青传》，北京：十月文艺出版社，1999 年。

［4］王泽龙：《走向融合与开放：艾青诗歌意象艺术的探索》，《华中师范大学学报（人文社会科学版）》2007 年第 1 期，第 102-107 页。

［5］龚平：《艾青诗歌"土地""太阳"意象研究》，《佳木斯大学社会科学学报》2020 年第 38 卷第 4 期，第 103-106 页。

［6］谭天，李江才：《浅析艾青诗歌中土地意象成因及表达》，《祖国》2017 年第 9 期，第 70 页。

［7］孙中田：《色彩、意象与艾青的诗》，《吉林师范大学学报（人文社会科学版）》2003 年第 1 期，第 57-62 页。

［8］张碧：《艾青诗歌特色简评》，《陕西师范大学学报（哲学社会科学版）》2004 年第 S2 期，第 121-122 页。

［9］朱玉红：《论三十年代艾青诗歌的审美特色》，《芒种》2012 年第 8 期，第 93-94 页。

教师点评

诗歌是一种诗意语言表达的优美文学体裁，诗歌的语言是文学语言中最唯美动人的，也是极富张力和弹性的。对于诗歌的语言来说，象征和隐喻是"诗的语言"，亦是诗歌的生命。诗歌之纯美意蕴与神韵，大多源于象征与隐喻。

如果诗歌没有了象征或隐喻，便会黯然失色，失去诗歌独有的韵味和美感，失去作者所寄寓的深刻思想感情与人生哲理。

作者陈叡思在品读《艾青诗选》时，能够抓住艾青最具特色的诗歌中心意象——土地和太阳，结合诗人的创作技法，笔触细腻地分析了诗歌丰富多彩的意象色彩的独特运用，条分缕析，层层深入地解读了艾青的诗歌风格——清新诚挚、深沉忧郁、雄浑炽烈，充满力量感。正如诗人在《诗人论》中说："为什么你们永远不安？一种比什么都更强烈的爱情，在你们的胸中汹涌。"诗人的灵魂和诗作始终都透射着爱祖国、爱土地、爱人民、爱大地上的一切的强烈的爱和诗人对理想、对光明、对春天、对黎明、对生命和对火焰的不倦歌唱的热烈情怀。诗人笔下的土地和太阳等意象极富象征意蕴，让复杂情感形象化，让诗歌语言充满魅力与个性，明晰而深邃，在特定的时代语境与情境中，诉说着诗人对时代和民族的深深眷恋，凸显了诗歌的雄浑高妙，彰显了诗歌的生命张力，定格了诗人的民族情怀和爱国灵魂。

阅览了作者的读思感悟，更深入理解了艾青的诗歌，仔细回味中学语文教材中选入的《我爱这土地》和《大堰河——我的保姆》，可深入感知大堰河这个诗人的乳母不仅是大地的化身，还是中国大地上一切善良而不幸的劳动者的化身；诗人"呈给大地上一切的，我的大堰河般的保姆和她们的儿子"的爱，正如化身为一只鸟，一直歌唱，用歌唱表达被侵略的土地的屈辱感，传达民众的反抗情绪，讴歌"那来自林间的无比温柔的黎明"一样，至死不渝地深爱着生我养我的灾难深重的土地。

轻捧书卷，让我们迎着黎明旭阳的温煦，深情朗诵吟咏，感受诗人艾青对祖国最深沉、最诚挚的爱吧！

（点评人：付廷俄）

人生无处不"围城"

——论《围城》之典型性

符　怡

　　"围城"这一经典意象诞生于钱钟书的著名长篇讽刺小说《围城》。小说描写了抗战初期一群知识分子的爱情、家庭、工作等，作者重点刻画了婚姻的"围城"特质，也借方鸿渐之口道出了它不只意味着婚姻，也象征着"人生万事"。第三章中，褚慎明说英国有古语："结婚仿佛金漆的鸟笼，笼子外面的鸟想住进去，笼内的鸟想飞出来，所以结而离，离而结，没有了局。"苏文纨接着说："法国也有这么一句话。不过，不说是鸟笼，说是被围困的城堡，城外的人想冲进去，城里的人想逃出来。"而"围城"意象之经典与深刻在于它不仅是婚姻的投影，也是"人生万事"的写照，它不是方鸿渐、苏文纨、孙柔嘉等一个人或一群人的处境，而是钱钟书在序言里写的那样："我想写现代中国某一部分社会、某一类人物。写这类人，我没忘记他们是人类，只是人类，具有无毛两足动物的基本根性。"

　　《围城》的典型性首先体现在它塑造了四位爱情方面极具代表性的女子，几乎涵盖了从恋爱到婚姻过程中可能遇到的伴侣类型。由此，方鸿渐陷入"围城"的过程可分为四个阶段，读者往往能在他的经历里看见自己的影子。从旅途中偶遇的鲍小姐，到最终的妻子孙柔嘉，方鸿渐前后共有四次情感经历，所遇的四位女子，伴随的心态的改变，也十分具有典型性。此外，《围城》所写并不局限于爱情，还涉及教育、事业、家庭等方面，主人公在这些人生环节上的遭遇具有极大的普遍概括性和高度的本体象征性。

一、人物形象的典型性

（一）萌芽期与徘徊期

方鸿渐情感线的开端和启蒙发生在前往上海的行船上偶遇的"朱古力糖"鲍小姐身上。在此之前，二十七岁的他没有任何恋爱经历，只是在读高中时，便随家里主订了婚，而"未婚妻并没见面，只瞻仰过一张半身照相，也漠不关心"，可见，当时的方鸿渐对爱情一无所知，一窍不通，尚处于原始的、空白的状态。但是，进入大学后的方鸿渐同普通青年一样，对爱情产生了美好的憧憬和向往，只是迫于父亲的威严，不敢违命。短暂旅途中鲍小姐的出现，点燃了方鸿渐欲望与宣泄情感的火苗。这一时期，他面对性格热情的鲍小姐，萌生的是性的欲望；而这场由鲍小姐主导的爱情，不过是一次逢场作戏、排解寂寞的"游戏"罢了。方遯翁写给儿子的信中说道："汝睹色起意，见异思迁；汝托词悲秋，吾知汝实为怀春"，的确是方鸿渐此时的内心写照，他也自作聪明地认为"世间哪有恋爱？压根儿是生殖冲动"。他并不爱她，书中写道："好像一切没恋爱过的男人，方鸿渐把'爱'字看得太尊贵和严重，不肯随便应用在女人身上；他只觉得自己要鲍小姐，并不爱她……"所以，当要面对与鲍小姐"永别"时，方鸿渐是谈不上痛苦和不舍的，有的只是对鲍小姐突然改变态度而感到的"失望、遭欺骗的情欲、被损伤的骄傲"。这也反映出此时方鸿渐作为一个不谙世事的青年学生，在这场爱情游戏中，萌发了本能的性冲动以及伴随性欲而来的占有欲和嫉妒心理。而鲍小姐，作为情欲启蒙一般的存在，代表的正是那类极具诱惑的、危险又迷人的、放纵自我的女子。

后来方鸿渐感情进入一个"徘徊期"，即他与苏文纨的情感故事。苏文纨一开始就对方鸿渐有好感，但方鸿渐始终没有真正爱上苏文纨，然而面对苏小姐的亲近及其美貌、才华、温柔又俏皮等对他的吸引，方鸿渐没有果断地拒绝，甚至在苏小姐索吻时，他"没法回避，回脸吻她"。方鸿渐的犹豫、怯懦、后悔，在苏小姐看来以为是他的纯情和羞涩，愈加期待方鸿渐的告白和求婚。在这种感情的不对应和误解中，方鸿渐担心这一吻之后苏文纨会提出结婚的要求，他告诉了她真相，苏文纨当然大怒，两人的爱情也就没有了后文。这一时期，方鸿渐面对苏文纨这样一个有很多追求者的富贵小姐的喜欢，是有些不知所措的，自己也认不清自己的态度。在苏文纨贴心地帮他洗手帕、在月色下吻他等许多瞬间，或许方鸿渐是有动心的。但这种动心转瞬即逝，紧随其后的悔恨、担忧、无奈才是占据主导的心理。苏文纨这样的女子，优越、瞩目、骄傲、聪明，但是有心计、虚荣、矫情，喜欢她的人很喜欢，例如赵辛楣，但不喜欢她的人怎么样也不喜欢，就像方鸿渐。她很享受被人追捧的感觉，喜欢看别人为她争风吃醋，而自己并不明确表态。苏文纨最后没有选择方鸿渐，也没有选择爱慕她多年的赵辛楣，而是选择了既无长相也无才华的曹元朗，除了家世与学历，苏文纨看中了曹元朗对她的崇拜，这极大地满足了苏文纨的心理需求。所以，其实苏文纨内心也是飘忽不定的，她并没有明确地爱某一个人，而是骄傲地爱着被许多人爱的自己，方鸿渐徘徊在这种进退两难、不知所措的境地，想要全身而退，却越陷越深。

（二）爆发期与冷却期

方鸿渐在与苏文纨的表妹唐晓芙相遇后一见钟情，情感进入"爆发期"，他的热烈爱恋有了具体的寄托者。唐晓芙聪明漂亮、率真可爱，但她在没有打算和方鸿渐恋爱的时候爱上了方鸿渐，而这次爱情与她所想大相径庭，"我爱的人，我要能够占领他整个生命。他在碰见我以前，没有过去，留着空白等待我——"，当她对方鸿渐说出这句话时，粉碎的是对方鸿渐的美好幻想，也是自己的少女情怀。杨绛女士在后记里说唐小姐是钱钟书所偏爱的一个人物，"不愿把她嫁给方鸿渐"。这样一个被作者偏爱的女子，用曹元朗的男傧相的话来描述就是"That girl is forget-me-not and touch-me-not in one, a red rose which has somehow turned into the blue flower." 是一个让人忘不掉却无法拥有，一朵耀眼的玫瑰，亦是"只可远观，不可亵玩"的爱情理想。方鸿渐对唐晓芙的爱更是炽热的、真诚的，且两人关系破裂后方鸿渐的痛苦前所未有："他个人的天地忽然从世人公共生活的天地里分出来，宛如与活人幽明隔绝的孤鬼，瞧着阳世的乐事，自己插不进，瞧着阳世的太阳，自己晒不到。"此后，方鸿渐进入相对漫长的"自愈期"，在前往三闾大学的旅途中强迫自己分散注意力，抑制痛苦。且不同于其他几个阶段几乎次次感情都是"无缝衔接"，方鸿渐在与唐晓芙分手后，进入了一段"空窗期"，这也可见这段感情的刻骨铭心。唐晓芙不嫁方鸿渐，避免了张爱玲的两朵玫瑰的宿命，红玫瑰没有变成墙上的蚊子血，白玫瑰也没变成衣襟前的饭粒子；也让叔本华的两种悲剧只进行了第一种，得不到的固然有遗憾，得到后再失望未免就太幻灭，而他与孙柔嘉的情感故事则走向了第二种。

最后，方鸿渐的感情趋于"平淡期"和"妥协期"。他最终和孙柔嘉结婚了，他其实是迷迷糊糊地陷入了孙柔嘉建的围城。他对孙柔嘉，说不上爱，或许是疲于应付流言，或许是出于对孙柔嘉的怜惜和责任感。而作出订婚的决定，竟然是在和人赌气顶嘴时脱口而出的。没有深厚的感情基础，没有深思熟虑的细想，甚至对自己的未婚妻也并不了解，这样草率的婚姻，注定是脆弱而一地鸡毛的。婚后两人偶有快乐时光，大多数时间都在争吵、冷战，矛盾愈演愈烈。方鸿渐在这段婚姻中是相当痛苦和无奈的，反复逃离，反复妥协。而孙柔嘉的"聪明"之处在于，她喜欢方鸿渐，就通过示弱、伪装、暗示、引诱，一步步将方鸿渐拉入自己的设计中，与她结婚，两人自始至终也没有明确而坚定地表达过心意。但孙柔嘉在结婚前后的形象差异巨大，这也是"围城"的一个显著特征：不仅让人体会到事物本身的两面性，主人公在进入围城前后呈现出的状态也可能是迥异的。方、孙二人其实彼此并不了解，这是酿成婚姻悲剧的一大原因。方鸿渐以为他娶的是单纯的、温柔的、脆弱的、普普通通的孙柔嘉，两人能过上平淡幸福的日子。然而婚后的孙柔嘉"性情大变"，颇有咄咄逼人、胡搅蛮缠之态，从许多细节能看出她是一个精打细算、有心计、比较物质和现实的女性，但是也不难看出，她的确是爱鸿渐的。那么为什么孙柔嘉前后会呈现这么大的形象差异？笔者认为可能是因为方鸿渐也不是当初她以为她嫁的那个人。婚后的生活迅速暴露出方鸿渐的无能、不成熟、没有主见等缺点，而婚前她只看到了他在旅途中表现出的正直、善良、幽默有趣和良好的家庭背景。孙柔嘉当初"千方百计想嫁给方鸿渐"，到头来是把自己拉入了围城。孙柔嘉代表的正是那一类想好好过日子，但面对生活的鸡毛蒜皮和理想与现实的巨大落差时却变得不再温柔甜美，甚至尖酸刻薄的女性。夫妇二人互相埋怨、彼此折磨，又无可奈何。婚姻就像一个放大镜，伴侣的缺点被无限放大，而曾经吸引彼此的那些特质都被现实生活的琐碎磨平，变得黯淡无光。

每一个人都可能是方鸿渐，也可能是这四位女性中的一位，甚至是几位。《围城》所探讨的婚恋问题具有永恒价值和普遍意义，时至今日，人们也仍在探寻婚姻的意义。如果爱情进入婚姻便会落俗，那么为什么还要趋之若鹜地踏进围城？我想，《围城》的目的并不是让我们恐惧和质疑婚姻，而是让我们看清它的真实面貌后，更加清醒、理性地面对它和决定是否选择它。

二、"围城"意象的现代性

温儒敏曾评价《围城》："这部小说的真正魅力似乎主要不在阅读过程，而在读完整本之后才产生。读完全书，再将主人公方鸿渐所有的经历简化一下，那无非就是，他不断地渴求冲出'围城'，然而冲出之后又总是落入另一座'围城'，就这样，出城，等于又进城；再出城，又再进城……永无止境。"[1]方鸿渐永远不满足、不安分，始终想要摆脱生活的困境，却发现处处是困境，人生无处不是围城。《围城》的典型性还体现在它通过重点讲述主人公方鸿渐的故事，却道出了几乎每一个现代人都无可逃避的现实因素与困境，创造出了一个极具现代意义的"围城"意象。

"留学生方鸿渐的人生旅途或人生冒险却是一个逐渐失败以至于全部人生价值彻底破坏的过程。"[2]在《围城》中，前文所述的"爱情"只是他人生经历中比较显著的一环，除此之外还有教育、事业、家庭，并且这几个方面都是交融在一起的，显而易见，方鸿渐故事里的这些元素，也是每一个现代人一生中最基本的元素。《围城》全书层次清晰而又生动地展现了这最基本的人生四大阶段和人生支柱是如何必然地在方鸿渐这个典型的现代人身上逐步破灭以

---

[1]　温儒敏：《〈围城〉的三层意蕴》，《中国现代文学研究丛刊》1989 年第 1 期，第 156–163 页。

[2]　解志熙：《人生的困境与存在的勇气——论〈围城〉的现代性》，《文学评论》1989 年第 5 期，第 74–78 页。

至于彻底崩溃的。就情节而言，小说第一章和第二章主要讲述方鸿渐留学返乡的旅程，过程中穿插着他以往的大学生活，深刻地揭示了现代教育的危机及其破产的必然性：一方面，它并不能授予人赖以生存的本领与学识；另一方面，它无形地消解读书人的理性、理想和信仰。第三章和第四章则回到上海城，聚焦在几个城市知识分子身上，讲述他们在爱情中的追逐与幻灭。"作者之所以如此精细地描绘这几个知识分子在情场上的种种喜剧性遭遇、焦虑和困境以及难以预料的错失，难以打破的心理隔阂，难以沟通的情愫，难以把握的命运，实际上不仅是要以此揭示现代人在灵肉两面难以统一的矛盾困境，更重要的命意是想以此对诸如人心是否可以沟通，理性是否可以把握生活，人是否可以主宰自己的命运以及情欲本身的价值（它到底是快乐之源还是痛苦之源）和个性自由本身的意义等人生的根本问题提出质疑。"从第五章至第七章主要以三闾大学为故事发生地，描写的困境逐渐转向方鸿渐工作和社交方面的不顺，从而展现了人与社会的对立、人与工作难以兼容的异己性这种现代人普遍的存在状况和生存危机。面对接二连三的打击和碰壁，方鸿渐只好"退避三舍"，企图从婚姻和家庭中寻求一丝庇护和安慰。然而，旧式大家庭模式早已与方鸿渐的观念背道而驰——"一向和家庭习而相忘，不觉得它藏有多少仇嫉卑鄙"的方鸿渐在重回上海之后，"现在为了柔嘉，稍能从局外人的立场来观察，才恍然明白这几年来兄弟姊娌甚至父子之间的真情实相，自己有如蒙在鼓里"。因此，他渴望建立温馨幸福的小家庭，却打开了新的战场——小说第八、九章就主要讲述他与孙柔嘉组建家庭并遭遇新的痛苦的故事。这最后两章不仅呈现出主人公与原生家庭的疏远和逃离，也在日常鸡毛蒜皮小事中道出了他与孙柔嘉小家庭必然走向崩溃解体的趋势，并且从根本上对现代婚姻的生存方式及意义提出了质疑。诚如方鸿渐所发出的感慨："现在想想结婚以前把恋爱看得那样郑重，真是幼稚。老实说，不管你跟谁结婚，结婚以后，你总发现你娶的不是原来的人，换了另外一个。早知道这样，结婚以前那种追求、恋爱等等，全可以省掉。谈恋爱的时候，双方本相全收敛起来，到结婚还没有彼此认清，倒是老式婚姻干脆，索性结婚以前，谁也不认得谁。"这不仅是方鸿渐的个人经验，也如他自己所说是"泛论"。

至此，方鸿渐的人生四部曲以全部失败和完全的幻灭而告终。主人公所经历的遭遇，完全揭示了现代人生存的危机和现代文明带来的困境。"我以为，《围城》创作的一个重要特征是塑造了方鸿渐这个近似于西方现代作品里反英雄的人物。所谓反英雄（Anti-Hero），并非反派角色，而是指那些从西洋传统英雄的高度跌落下来，成为嘲弄反衬前者的一类'哭笑不得变种'。"[1]也正是因为钱钟书并没有给方鸿渐的人生经历赋予任何崇高伟大的价值追求，而只是生动详细地展现前文所述的教育、爱情、事业、家庭这四个环节在一个普通现代人身上的体现，因此使得主人公的经历具有极大的普遍概括性和高度的本体象征性，《围城》也因而不但成了整个现代人生的反映，并且也成了整个人类状况的写照。在这一点上，惯于胡扯的方鸿渐本人倒说对头了：《围城》并不仅仅是他和孙柔嘉"两个人的故事"，而确乎是牵扯到"整个人类"的。

结　语

王卫平指出："正是以对人生的怀疑、否定为前提，《围城》对现存的一切，政治、经济、外交、文化、伦理、道德、哲学、宗教等进行全面的、毫无保留的嘲弄。这也和西方现代主义文学的全面反击社会不谋而合，最终将矛头指向人的存在本身。诚如小说的结尾，作品对'人生的讽刺与感伤'是'深于一切语言，一切啼笑'的。这种贯穿到底的人生嘲弄也是中国现代其他作品所不多见的。从这个意义上说，《围城》是本世纪中国屈指可数的最前沿的小说。"[2]《围城》内蕴广大，具有极强的可解读性。其主题的典型性，也正是小说的经典和魅力所在之一。

参考文献

[1] 钱钟书：《围城》，北京：人民文学出版社，2017年。

[1]　赵一凡：《〈围城〉的隐喻及主题》，《读书》1991年第5期，第33—41页。

[2]　王卫平：《东方睿智学人——钱钟书的独特个性与魅力》，石家庄：河北教育出版社，1997年，第80—81页。

　　［2］杨绛.《记钱钟书与〈围城〉》，长沙：湖南人民出版社，1986年。

　　［3］温儒敏：《〈围城〉的三层意蕴》，《中国现代文学研究丛刊》1989年第1期，第156-163页。

　　［4］解志熙：《人生的困境与存在的勇气——论〈围城〉的现代性》，《文学评论》1989年第5期，第74-78页。

　　［5］赵一凡：《〈围城〉的隐喻及主题》，《读书》1991年第5期，第33-41页。

　　［6］王卫平：《东方睿智学人——钱钟书的独特个性与魅力》，石家庄：河北教育出版社，1997年。

教师点评

　　文章紧紧围绕"围城"二字展开，思路清晰，内容集中，材料翔实。作者以《围城》中主要人物方鸿渐的爱情为线索，将他与鲍小姐、苏文纨、唐晓芙、孙柔嘉四位女性之间的感情划分为萌芽、徘徊、爆发、冷却四个阶段，并且详细分析了每个阶段男女双方的心理。历经这四个阶段的梳理分析，作者向我们展示了方鸿渐是怎样在不断地走出"困境"而又进入了另一个"困境"的循环中最终彻底崩溃的。

　　在解读完《围城》里主要人物方鸿渐的"婚姻围城"后，作者放大视野，探寻"围城"意象的现代性。不仅是"婚姻围城"，也许还有"事业围城""职业围城"等。点明"围城"不过是现代生存困境的缩影，人生无处不是围城，同样，身处围城的又何止方鸿渐一人。可见作者对《围城》有一定深度的思考。

　　作为钱钟书唯一一部长篇讽刺小说，《围城》除了作者探讨挖掘的主题多元外，其特色鲜明的讽刺艺术也值得读者细细品味。

（点评人：张　艳）

站稳民间立场，发扬民间文化

——《赵树理选集》读后感

冉 杏

前 言

在谈到现当代文学时，必然绕不开赵树理，他是"山药蛋派"的代表作家，是还未成名就已经成熟了的作家。受特定时代的影响，赵树理的作品不可避免地具有较为浓厚的政治色彩，但他能做到不说教、去美饰，并以人民特别是广大农民群众喜闻乐见的形式展现那段历史。《赵树理选集》也因其真实的历史背景和富有趣味的叙述手法而具有重大的现实意义和审美价值。

阅读《赵树理选集》，不难发现，其中所有的内容都和农民生活、乡村文化有关，这是因为赵树理是站在民间立场进行文学创作的。因为要同时和农民以及知识分子说话，所以赵树理既向中国民间文艺的传统学习，又适应时代的要求在其作品中加入现代性的内容。同时，赵树理特别注重照顾群众的习惯，无论是写作的主题还是文章的语言和故事结构，他都进行了精心的选择和安排，力求让群众读得懂、喜欢读，因此创造出了很多脍炙人口、深受广大农民群众喜爱的名篇，《赵树理选集》就是这些经典作品的集合。

因此，阅读这本书，不仅可以帮助我们了解从新民主主义革命到社会主义革命和建设时期中国农村的真实图景和农民的精神面貌，而且有利于我们加深对民间文化的理解，促使更多人自觉地传承民间文化和中华优秀传统文化。

一、赵树理的民间立场

与当时主流知识分子不同的是，赵树理是农民出身，他生于民间长于民间，因此在文学创作中他自觉地与农民对话，为农民作传。但由于接受过系统的学校教育，所以他也不是一个纯粹的民间艺人。身份的双重性使他形成了独特的文学立场——民间立场，也就是说他站在农民日常生存利益特别是物质生存利益的立场上，应对着时代和社会的各种变化，并在这各种变化中体味着人生滋味，表现着在这种变化中的农民在原有生存形态上形成的价值观念的变迁。

赵树理的民间立场在文学创作中具体表现为其作品几乎全部都是以乡村为背景，描写农民生活的。在 1958 年版《赵树理选集》的序文中，赵树理就坦言，自己的写作材料都是"拾来的"，因为在群众中工作和生活，所以写作材料也是从群众中取得的，甚至作品中的许多人物还是以自己身边的人为原型，比如《小二黑结婚》中的二诸葛是他父亲的缩影，兴旺、金旺是他工作地区的旧渣滓；《李有才板话》中老字辈和小字辈的人物就是他的邻里；《李家庄的变迁》中被六老爷的"八当十"高利贷逼破产的人正是他的叔父。这些人物因为真实而立体丰满、有血有肉，好像是直接从农村走到了读者面前，一言一行都带着历史沉淀的民间气息。其作品主题也是他在做群众工作的过程中得来的，遇到了一定要解决可无法轻易解决的问题时，赵树理会选择诉诸笔端，以期指导现实，如《李有才板话》就揭露了青年干部被表面上的工作成绩所迷惑的问题，《地板》提出了农村习惯性误以为出租土地不是剥削的错误思想。

有人说赵树理的民间形式缺乏现代性，如果从语言层面来看，这样说无可厚非，但如果从思想和精神层面来看，这就不够严谨了，因为赵树理通过将民俗精神灌注到自己的作品之中，打破了文艺作品与农民之间的隔阂，助推了民俗小说向前发展，也在一定程度上启蒙了农民读者。赵树理采用民间传统的形式来表达对西方现代性的不满，更展现了他文学创作的民间立场。

二、鲜活的农民形象

拥有一系列鲜活的农民形象是赵树理作品区别于其他作家作品的鲜明特

征。他基于对农民的了解，用农民的眼睛来观察乡土世界，以农民的心灵来感受时代变迁，由此创造出来的作品既不同于反映知识分子生活的"五四"新文学，也不同于俯视农村生活的乡土小说。在再现我国农村从新民主主义革命到社会主义革命和建设时期发生的变化时，赵树理塑造了以下三类典型的农民形象。第一类是干部和先进农民形象，如潘永福、杨小四、孟祥英等，他们不仅自己接受了新思想的洗礼，还联合其他人一起和旧势力作斗争，他们乐观、机智、认真，展现了新农民的风貌，也象征着农村建设和发展的光明前景，是赵树理作品的主人公。第二类是跟随干部和先进农民前进脚步的普通农民，如冷元、铁锁、小娥等，他们向往美好生活，所以易于接受新思想，他们是建设新农村的中坚力量。第三类是反动势力和落后农民形象，如阎恒元、二诸葛、小喜等，他们或制造农民内部矛盾，或封建愚昧、思想落后，是阻碍新农村发展的绊脚石。

赵树理还塑造了很多独属于乡间的角色，如童养媳、"神仙"（阴阳先生）、贩金丹等，表现出民间对生命和繁衍的追崇。在称呼上，老嫂子、后生、本家小叔子等，显示出农村社会对尊卑长幼关系的继承。在人物性格和思维特征上，农民群众所信奉的生辰八字、命理气运，反映了中国民俗和社会心态。在塑造人物形象时，赵树理给很多人物都赐予了绰号，如"小腿疼"和"吃不饱"，这形象地揭示了二人自私自利、偷奸耍滑的特点，他结合人物的外在形象和内在心理给人物冠以名号，使其更有记忆点，也使读者对人物性格一目了然。这些绰号都具有浓厚的乡土气息，符合人物身份，符合农民读者的审美习惯，也符合民间文学朴素、写实的特点。

在塑造人物时，赵树理总是将人物置身于生活场景之中，从夫妻间的争执写到青年男女的爱恋，从生产劳动写到政治会议，只要是日常生活中会发生的事情，都能在他的作品中找到。在勾画人物性格神态时，他还格外重视具体的细节描写，使人物自然地融入文章之中，推动情节的发展。例如在塑造《李有才板话》中老秦这一形象时，他就通过老秦对老杨同志态度的变化，生动地揭示了老秦这一类贫穷而可怜的农民在长期的封建压迫下形成的奴隶式势力观念和作揖哲学。

三、贴近生活的语言

　　既然广大人民群众是赵树理"文摊"作品的主要接受对象，那确保他们能读懂就是首要的问题，因此，赵树理格外注意语言的使用，担心他们看不惯生字眼儿，就用更顺当的来替换，比如把"然而"换成"可是"，把"所以"换成"因此"；怕他们无法完整地理解长句子，就把语言变得更简练，比如把"鸡在叫"改成"鸡叫"，把"狗在咬"换成"狗咬"，赵树理语言最大的特色就是来源于百姓的日常口语。另外，他灵活运用方言、俗语，以增进和读者的感情，使读者得到更多的共鸣，实现通俗化的民间意义。他常用的方言可以分为三类，一类是描写农村生产生活的名词，一类是用来增强气氛的动词、形容词，一类是与普通话意思相同但用字不同的词。同时，他也细心地为外乡读者考虑，选用的多是一些典型的北方方言，通俗易懂，例如"晌午""打哈哈"等，和日常生活联系密切，容易被理解。在使用俗语时赵树理同样谨慎，根据表达的需求对其进行加工改造，达到了一般书面语言无法实现的艺术效果。

　　满足听得懂这个基本要求之后，还要做到让人愿意听，为此，赵树理为不同的人物设计了不同的词语、语调和表达方式，做到了既有个性，又贴合人物身份。比如《锻炼锻炼》中官僚作风的王聚海就总是装腔作势地指点"锻炼锻炼"，如《实干家潘永福》中的潘永福从来不拿官腔。在描写人物时，赵树理就像是在用地道的农家语言向邻居介绍熟人一样，娓娓道来，再加上一些农民日常口语中自然流露出的词语。对于故事的结构，赵树理同样照顾群众的习惯，能做到增强故事性、保持连贯性。另外，赵树理的文学语言生动形象且幽默风趣，所以即使是在讨论一些严肃的话题时，氛围也是轻松的，能够吸引想要在文学作品中得到放松的农民群众。最后，赵树理作品的语言具有鲜明的节奏感，因为他采纳了带有节奏韵律的评书等民间艺术形式，这在《李有才板话》中表现得尤其明显，而且他还善于通过利用叠词等手法来造成文章的抑扬顿挫，利用对仗等修辞手法来使句子节奏短促有力。

四、民间性的叙事模式

在进行文学创作时，赵树理采用的手法也是群众易于接受的。他在继承文学传统的基础上，批判性地吸取了各种民间文艺形式。他改造了以说唱文学为基础的传统小说，创造了一种名为评书体的现代小说形式，这种形式既为广大农民朋友所接受，又真实地反映了现代生活的面貌和气象，具有较高的民间性。在叙述视角上，赵树理主要采用了第三人称的全知全能叙述角度，包括叙述者显身不介入和叙述者不显身不介入两种方式。前者是指叙述者类似于传统的说书人，在故事中担任角色，与读者构成"我说你听"的模式，对故事的所有要素无所不知，如《登记》《孟祥英翻身》，一个是叙述者自称"我"，一个是在故事中加入主观色彩。后者是指隐去说书人角色，作者借作品中某个人物的身份视角进行讲述，使叙述更真切、更贴近读者，也是对传统说书艺术的革新和改造。

作品中对人物出场下场的交代和故事的头尾衔接十分重视，结尾特别利索，在渲染景物气氛时也不脱离故事的叙述，这是对我国传统评书和章回小说形式的继承和改造。具体表现为他总能用一个人或一件事巧妙地连接所有场景、人物和事件，使文章自然展开，如《李有才板话》中就以李有才的板话来说明其他人物的事情，使主旨在快板声中得以展现。另外，赵树理还喜欢在讲述时开门见山，如《福贵》中的第一句就是"福贵这个人，比村里的狗屎还臭"，开篇就指定了讲述对象。这种简洁又明确的开头能够一下子就吸引农民读者的兴趣。其次，赵树理善于将宏大的主题融入平凡的生活场景之中，除了同样可以吸引农民读者，还可以起到以小见大的作用。总之，结构上的这种特征照顾了群众长久以来形成的欣赏习惯。

结　语

赵树理站在民间立场，以自己的独特体验和文化视角对广大农村和农民的生活给予了极大的关注，表现出立足民间道德的视角以及独特的悲悯情怀，并自觉地继承和发扬了民间文化。《赵树理选集》作为其代表作的合集，真正站在农民的立场上，为农民说话，在文学史上具有独特价值。

参考文献

［1］赵树理：《赵树理全集》，北京：人民文学出版社，2002年。

［2］魏家文：《民间文化立场与赵树理的小说创作》，《山西大学学报（哲学社会科学版）》2004年第4期，第22—25页。

教师点评

赵树理是现当代文学中"山药蛋派"的代表作家，其代表作品主要收录在《赵树理选集》中，其中《小二黑结婚》《李有才板话》等被改编为多种艺术形式。赵树理用温和的笔触书写农民形象，既指出了农民需要破除身上的陈旧观念，又写出了农村变革的艰难和希望所在。

本文作者从"民间立场""农民形象""语言""叙事模式"四个方面解读文本。出身农民之家的赵树理，站在民间立场，以自己的独特体验对农民的生活给予关注，塑造了三类典型的农民形象，因此其语言来源于百姓的日常口语，并且要让广大农民群众读懂并且愿意听，具有直接、生动、幽默的特点。叙事模式方面，赵树理扬弃了传统小说章回体的程式化的框架，又借鉴了传统说书的手法，使故事环环相扣，在描写与叙事的关系上，吸取传统评书式小说的手法，注意小说的故事性与讲述性，其目的也是让"不识字的农民能听得懂"。

选集中《小二黑结婚》曾载入初中语文课本，是耳熟能详的好文章。虽然因时代变化，教材中删去了，但依然是中小学阅读指导目录中的推荐书目，可以帮助读者了解新一代农民思想的进步与变化。

（点评人：张楠楠）

太阳落山红艳艳

——李季《王贵与李香香》读后感

　　"'羊肚子手巾包冰糖 / 虽然人穷好心肠',一种此前未有的民歌从他的笔端开始,在三边百姓中流传开来,深深打动了他们的心,让他们感受到人间真情。"[1] 并且它在《解放日报》的三天连载引发了全国解放区文学界的轩然大波。该作品即作家李季的代表诗作《王贵与李香香》。作家李季的代表作品《王贵与李香香》作为延安文艺创作的典型代表,其向民间采风的创作倾向、农民群众的人物塑造、"革命加恋爱"的主题模式、陕北民歌的口语形式,体现出文艺民族化、大众化的创作倾向。作家协会主席铁凝曾在李季百年诞辰纪念座谈会上,赞叹李季的创作如同一首灵动奔放的信天游调子,响荡在中国当代文学探索民族样式的大道上。本文以延安文艺的发展进程为探索基石,尝试从《王贵与李香香》的思想导向、人物塑造、主题模式、民歌形式等角度解析其民族化、大众化之路,希冀能为当代文艺创作提供些许思路借鉴。

　　文艺大众化是中国现代文学的重要发展趋势之一,也是文艺创作的原则要求与目标指向。从中国近代晚清时期倡导"我手写我口"的"诗界革命",再到五四新文学所提倡的"人的文学","五四"文学革命抛掷了包括文言文在内的中国古典文学体式,倡导白话文写作,其中最重要的导向就是与大众接轨,

---

[1]　张恩杰:《〈王贵与李香香〉作者李季百年寿辰　铁凝:学习他坚持探索新诗的民族形式》,《北京青年报》,2022年9月27日。

但是此时它并未得到与民众结合的效果。因此，寻找顺应社会快速变化、紧贴社会现实脉搏、扎根群众文学模式与主题思想，是这一阶段文学革命的内生诉求。在此阶段不断涌现的"问题小说""乡土小说"等文学体裁把视野投向大众，希望通过创作与时代社会密切结合。

一、延安文艺大众化的发展进程

20 世纪 30 年代，中国左翼作家联盟正式成立。这一时期，《中国无产阶级革命文学的新任务——一九三一年十一月中国左翼作家联盟执行委员会的决议》发行，该决议将"文学的大众化"制定为此次文学革命的首要纲领，提出了"在创作、批评，和目前其他诸问题，乃至组织问题，今后必须执行彻底的正确的大众化"。

20 世纪 40 年代，毛泽东在延安发表了《在延安文艺座谈会上的讲话》，这一讲话在中国现代文艺大众化进程中具有划时代的重要地位，它十分准确地回应了革命的文艺"为群众"和"如何为群众"的问题，并提出"工人、农民、兵士和城市小资产阶级……是中华民族的最大部分，就是最广大的人民大众"，在此基础上大力倡导广大文艺工作者的思想信仰与工农群众密切联系，"只有这样，我们才能有真正为工农兵的文艺，真正无产阶级的文艺"。随着延安文艺与工农兵的融合，中国现代文艺展现出新的风貌，呈现出与时代相连，为工农兵服务、为群众服务的大众化创作倾向。

二、《王贵与李香香》的民族化、大众化之路

《在延安文艺座谈会上的讲话》深刻影响了 20 世纪 40 年代以来的文学创作轨迹，文艺界逐渐涌现了一大批贴近群众的优质文学作品，这些作品在助力民族解放与独立、推进社会主义建设的进程中发挥了无可替代的重要作用。而身为当时陕北三边地区的文艺工作者，李季积极响应《在延安文艺座谈会上的讲话》的精神与号召，创作出一大批脍炙人口的作品，其中最具代表性的作品就是叙事长诗《王贵与李香香》。该篇作品无疑代表了文艺创作的新导向，走

出了一条不同于前时代的现代文学民族化、大众化之路。

李季是如何开辟出一条别开生面的与人民同行的道路的呢？笔者认为具体体现在以下四方面：

（一）向民间采风的创作倾向

《王贵与李香香》反映了国共内战阶段陕北人民在中国共产党的领导下所进行的一系列尖锐而曲折的斗争故事。而这一故事并不是作者虚构的，而是在真实背景、真实人物原型与事件的基础上加以艺术改编而形成的。

20世纪40年代，李季在陕北三边地区担任小学教员及其他基层工作时，曾经扎根民众现实生活，有意搜集民间故事，《王贵与李香香》则是他在靖边听到死羊湾村的奇女子张青的故事之后的文学创作。李香香的原型是广阳湾村的张青，她在5岁时被家人许配夫家，18岁时不顾封建糟粕，主动追求个人幸福，热情地参与革命事业，并找到了相伴一生的伴侣，在广阳湾人心中，憨态质朴、老实忠厚的西北青年王贵，在现实中其实是两个人相结合的结果，就是集当地人方秉秀与外乡地下党人林孔山特质于一身的化身。李季从这些人物、事件中取材，展现了"三边"人民走上革命的历程，展现了其向民间采风的创作倾向。

（二）农民群众的人物塑造

该作品恰当地刻画了王贵和李香香这两位富有时代气息的有血有肉的新型革命儿女的英雄形象，体现了在党的教育下觉醒了的青年一代农民的精神面貌。王贵十三岁时，目睹了父亲在地主崔二爷来催租时被残忍迫害至死的惨状，心里极尽崩溃，自身却无能为力，甚至成了地主家的奴仆。残酷艰苦的生活，也酝酿了他对地主的仇恨："别人的仇恨像座山，王贵的仇恨比天高""老牛死了换上牛不老，杀父深仇儿子要报"，这种思想也奠定了他后来奋力加入革命队伍的基础，他后来秘密地加入了共产党。在身份被发现被地主抓捕后，崔二爷对他施以酷刑，但各种刑具的折磨并没有摧残他的坚定意志。不仅如此，崔二爷还以极端洗脑的话术动摇王贵的革命情怀，但这些在王贵这个革命儿女看来都是徒劳，他不断发出"我个死了不要，紧千万个勇汉后面跟"，王贵经历过绝望的非人生活，一家受到深深的压迫，因此他深刻地认识到只有闹革命，才能拯救自己和家乡群众。

王贵的恋人李香香则是一个善恶分明的农家女儿。她不仅拥有姣好的面容，还有美好的心灵和坚韧的精神。他们二人在艰难岁月中守护着忠诚纯粹的爱恋。李香香出身深受压迫的农民家庭，所以她"由小就爱庄稼汉"，更是主动将个人爱恨与集体阶级倾向相联系。当恋人王贵被地主抓捕后，李香香不惧危险，勇敢地参加了革命事业，冒着茫茫黑夜将信送到游击队，最终共产党取得胜利，家乡的人民群众得到了极大的解放。与此同时，李香香仇恨所有非人的地主阶级，因此尽管她受到崔二爷的百般羞辱和威逼利诱，她也从未投降，面对威逼利诱也坚定不移，甚至不惜以生命为代价维护自身清白，怒骂崔二爷，"有朝一日遂了我心愿，小刀子扎你没深浅"。

故事中的王贵与李香香代表了当时文艺创作中农民形象塑造的典型范例，敢于革命、爱憎分明、忠贞坚韧成为其人物的典型范式。而这种人物形象与20世纪40年代的革命理想相契合，以劳动人民自己的思想感情和语言来表现劳动人民，突出了中国革命中农民群众的革命品质与重要地位，这样的人物塑造就为该作品走近人民群众、实现大众化提供了思想基础与群众基石。

（三）"革命加恋爱"的主题模式

"革命加恋爱"的主题模式兴盛于20世纪20年代末30年代初，代表了中国现代文学的典型创作模式，比如胡也频的《到莫斯科去》，丁玲的《韦护》，蒋光慈的《野祭》《冲出云围的月亮》，华汉的《两个女性》等作品都是这一时期的典型代表。这种创作思路代表了中国现代文学的一种新的内生潜在的创作模型，也深刻影响了之后的革命文学创作。李季作为延安时期的文艺工作者，也将这种既带有革命性、又带有民间性的思路运用到其创作中，由此《王贵与李香香》呈现出鲜明的"革命加恋爱"的文学模式。

一方面，该作品于1946年发表，这一时期爆发了第二次国内革命战争。李季选取土地革命时期的陕北农民革命为素材，通过两个青年农民形象，展现出人民群众与革命事业的紧密联系，并歌颂了农民革命的正义性与伟大成就。

另一方面，该诗作充分描述了王贵与李香香这一对恋人的爱情经历，从相爱到被迫分离再到受尽磨难最后革命胜利、迎来新生。这样曲折但结局完满的爱情故事为诗作赋予了浪漫的爱情因素，这种爱情是革命中的爱情，是革命意识形态的产物，因此王贵与李香香的爱情是同为农民阶级基础上的爱情，是"阶级兄妹"般的爱情。故事的革命性贴合时代背景与农民革命的现实，故事中的恋爱因素也顺应了中国文学传统中的世俗一脉，这二者统一于民歌形式的创作中，促进了文艺真正走近底层人民、创作出人民群众喜闻乐见的文学作品。

（四）陕北口语的民歌形式

在长诗的创作中，李季运用"信天游"的民歌形式，将两行为一诗节、押一韵的抒情形式联结，来创作叙事式的长诗，并在此基础上大量采用比、兴手法，或者截取采用"信天游"原句，进行润色新创，这些与当地民众的现实生活斗争牢牢挂钩，生动形象，自然朴质，成功地展现了地域特色与人事面貌。比如"山丹丹开花红姣姣，香香人材长得好。一对大眼水汪汪，就象那露水珠在草上淌"借用陕北民间口语，将陕北地区的植物山丹丹与李香香比兴，人物的美丽勤劳自然而然地寓于读者眼前；又如"一颗脑袋象个山药蛋，两颗鼠眼笑成一条线。张开嘴了见大黄牙，顺手把香香捏了一把"一句也是使用了山药蛋等地方事物，运用比兴手法，描绘了崔二爷低俗、卑鄙、丑陋的地主阶级形象。李季从陕北口语中截取语言材料，采用当地由来已久的民歌形式，这些形式上的借用、加工、创新既根植于人民群众现实生活的土壤，又得到人民群众的支持，为文艺大众化提供了充足的养料。

三、延安文艺大众化探索于当代文艺创作之启示

周而复曾激情洋溢地赞叹该作品"是一颗光辉夺目的星星，从西北高原上出现，它照耀着今天和明天的文坛"。这样的评价貌似证明着该作品不仅是延安文艺范畴中长篇叙事诗的出色杰作，而且是中国新时代诗歌发展历程中另一次的显著跃进，该诗作将显著的时代特色、厚重的革命底蕴与朴质的民歌范式融合交互，为中国新时代诗歌乃至当代文学的大众化、民歌化和民族化发展奠

定了坚实的文学创作基础。

改革开放以来，逐渐繁荣的市场经济也带来了西方文化的冲击，中国当代文艺创作如何在新时代的洪流中避免外来文学的全面侵蚀，如何坚持中国文学底色？在 21 世纪的当代，文艺为人民服务的方针仍然具有重要意义。《王贵与李香香》则为我们提供了一个可供参考的路径——从民间汲取营养，扎根于民众现实生活的土壤。

结　语

中国当代的文艺创作只有坚持扎根现实，坚持密切联系群众，坚持不断向内向外寻求诗歌及当代文艺的民族形式，将"大众化"作为文学创作的自觉导向，以源远流长的中华优秀传统文化为素材资源，以不断发展丰富的民众现实生活为基石，汲取养分，实现民族性与时代性的共通交融，不断开拓文学新境界，才有可能创造出人民群众喜闻乐见的文学形式，共同推进当代中国文学向上向好发展。

参考文献

［1］张器友，王宗法编：《李季研究专集》，福建：海峡文艺出版社，1986 年。

［2］艾淑萍：《开拓创新，独树一帜——试论〈王贵与李香香〉的开创意义》，《自贡师专学报》1992 年第 2 期，第 33-35，29 页。

［3］姚灿：《〈王贵与李香香〉中"信天游"的成功运用》，《天中学刊（驻马店师专学报）》1995 年第 4 期，第 55-56 页。

［4］高俊林：《新诗民歌化、大众化试验的一个范例及得失谈——李季〈王贵与李香香〉一诗的重新解读》，《文艺理论与批评》2006 年第 4 期，第 94-97 页。

［5］颜同林：《陕北方言和〈王贵与李香香〉》，《文艺理论与批评》2008 年第 3 期，第 80-82 页。

［6］张永东、汪洁：《论延安文艺代表作品的经典化历程——以〈王贵与李香香〉为例》，《延安大学学报（社会科学版）》2012年第6期，第57-61页。

［7］吴昊：《〈王贵与李香香〉的诞生及其经典化过程》，《文艺争鸣》2021年第7期，第164-170页。

教师点评

《王贵与李香香》是解放区文学叙事诗创作中的一座高峰，通过诗歌的形式，讲述了两个革命青年的纯真爱情故事，具有很强的抒情性、革命性与浓厚的地域特点。

八年级下册语文课本中的诗歌《回延安》与该诗在体例与抒情方式等方面具有一定相似性：两首诗歌中都出现了陕北地区具有代表性的"白羊肚巾""糜子"等意象，都采用了"香香从小就爱庄稼汉""合不着眼睛我想妹妹""咱们闹革命，革命也是为了咱！"等直白的抒情性话语表达诗人浓烈的情绪与热烈的革命情感。当代中学生对延安历史和信天游民歌形式较为陌生，也较少接触质朴的诗歌语言。要想使学生更透彻地理解这首诗，需要建立在其对诗歌的写作背景和作品体例有一定了解的前提之下，因此可将《王贵与李香香》作为课前预习的背景知识材料，也可以在课后作为类文本进行延伸对比阅读。

本篇论文则从革命加爱情的写作模式、延安文艺的发展、为人民的文艺等角度出发，介绍了本诗的艺术特色和发展模式，为语文教学提供了较为完整的背景，使学生能够更好地体味信天游直白、热烈、真挚的抒情方式，理解诗歌背后蕴含的情感与革命追求。

（点评人：蒲纾尧）

他救与自救

——贺敬之、丁毅《白毛女》读后感

吴秋梅

他救是公正的司法、理想的政府、独立的国家，是人民维护自身合法利益的最后保障；而自救是冷静的思考、理智的判断和果敢的行动，是保护自己的最佳手段。通观全文，《白毛女》的悲剧由多方面因素造成，但归根到底是他救的无望和自救的无力。在他救中，无可依靠的司法、贪污腐败的政府和内忧外患的国情都使喜儿一众普通百姓的合法权利沦为虚妄；在自救中，杨白劳的软弱、赵老汉的顺从和喜儿的冲动，一步步将喜儿推向了"白毛女"的悲惨境遇。

一、他救的无望

（一）无可依靠的司法

对于普通百姓而言，当面对不公时首先想到的便是找官府申冤，文中多处提到了代表司法的官府，其中主要表现官府不可依靠的地方有两处，一是杨白劳在被强按手印的时候，二是众人发现杨白劳尸体及其文书的时候，无论是杨白劳还是发现尸体的众人，几乎都在第一时间想到了要去告官，从杨白劳的"找个说理的地方去"，到王大春和大锁的"往上告"，哪怕已经是在社会如此黑暗的情况下，在人们心中还是会首先想到去官府告官。但可悲的是，在当时的社会环境下，黄世仁这样的大地主与官府互相勾结，他们对司法维护正义的期望被迅速打破，黑白颠倒的世界中寻求公平成为一种奢望。

（二）贪污腐败的政府

在喜儿生活的年代里，所谓的政府更像是一个个中饱私囊的利益集团，他们的眼中完全没有所谓的百姓和人民，只有大把大把的钞票和金条，他们只会保护那些让他们有利可图的群体。因此，从内部来说，他们和黄世仁这样的地主狼狈为奸，共同欺压百姓；从外部来说，他们又勾结外来势力，卖国求荣。可以说，正是因为有这样的政府存在，才让黄世仁的嚣张得以存在，也让喜儿的悲惨遭遇成为一种必然结果。

（三）风雨飘摇的国家

白毛女的故事发生在中国饱受列强侵略的时期，这样的故事背景下，喜儿的出生便成为这场悲剧的开始。1931年日本制造了"九一八事变"，以武力侵占我国东北三省，标志着中国抗日战争就此开始，中日民族矛盾迅速上升为国家主要矛盾。到故事背景发生的1934年，日本正虎视眈眈地觊觎着河北这片历史悠久的土地。在文中也有对此社会背景的暗示，例如在大年三十赵老汉对红军杀财主、放粮地短暂的回忆；大春和大锁捶打穆仁智后，赵老汉让大春往西北上找活路等，这些描述都间接反映了那个风雨飘摇的时代，国家命运岌岌可危的状态。因此，归根结底正是由于外敌入侵，国家的独立和自由尚且无法得到保证，普通百姓的合法权益更是无从说起。

对于个人而言，"他救"主要是指负责的政府和严明的法律，在中国几千年儒家思想的控制下，民众一方面受到封建制度的重压，专制政治和等级制度对民众的权利进行了极为苛刻的限制，民众的自我意识近乎萎缩；另一方面，在上下隶属的纲常伦理关系中，权利更多属于在群体中居于伦理关系上位的人，而个人的作用进一步被忽视和掩盖，也正因如此，在中国民众心中有着极为强烈的"清官情结"，他们更倾向于将个人的权益得失与清官贤吏相联系。所以说，公正严明的法律在一个社会系统中居于最高地位并拥有最高的权威。近年来，我们国家大力提倡建设法治社会，其重要原因便在于能够更好地保障广大人民群众的合法利益，实现国家的长治久安。

二、自救的无力

（一）杨白劳的软弱

杨白劳作为喜儿的父亲，理应是最能保护喜儿的人，但实际情况却不是这样。在已经被强按手印签下文书的情况下，他出于对喜儿和亡妻的愧疚和自责，在回家后选择了对喜儿和其他人进行隐瞒。从前文黄世仁对穆仁智的吩咐"明儿一早多带几个人去……那咱们可就落个人财两空啦"，可以看出如果当天晚上杨白劳选择带喜儿逃跑，或是跟王大婶和王大春商量，让王大春带着喜儿逃跑，完全有可能避免这场悲剧的发生，此是其一。再者，选择隐瞒实情的杨白劳在和众人欢度除夕之后感到更为难受和痛苦，想要通过自杀的方式来进行反抗，但在"杀不了穷汉，当不了富汉"的黄世仁心中，杨白劳不过是众多佃户中的一个，杨白劳的死不但不会对黄世仁有任何威胁的作用，反而让喜儿失去了唯一的亲人，从而陷入了孤立无援的状态，只得被拉去黄家受苦受难，此是其二。从以上两点可以看出，喜儿的悲剧有很大一部分是由杨白劳的软弱所致。

（二）赵老汉的顺从

赵老汉乐于助人却也惯于逆来顺受，他在文中着墨不多，却总是出现在关键地方。他是杨白劳在被强按手印内心抑郁时第一个遇见的人，杨白劳只将去黄世仁家的事说了一半，赵老汉就评价道"咱们死了没什么，可不能害了孩子！"这无疑是在给正在自责内疚的杨白劳以伤害，让杨白劳萌生了自杀的念头；赵老汉同样也是在发现杨白劳尸体后提出解决措施的人，让喜儿送他爹入土为安后就跟着穆仁智走了。从他为数不多的发言中，我们可以看到赵老汉对穷人的悲惨生活抱着"世道如此"的态度，而对像黄世仁这种穷凶极恶的地主，他虽然愤恨，但也没想过自己能做什么，而是依靠红军"九九归一"，将黄家的气数冲尽。可以说，赵老汉的想法是那个时代无数穷苦百姓的真实想法，虽然对自己悲惨的命运感到无尽的悲哀，但从未想过要依靠自己的力量去挣脱这种生活，更无法让后人摆脱这种命运循环。

（三）喜儿的冲动

喜儿是《白毛女》故事中的主人公，也是最具悲剧色彩的人物。她本来有着疼爱她的父亲和青梅竹马的婚约，日子虽然清苦但也有着自己小小的幸福，然而这一切都在大年三十这天被彻底摧毁，随之而来的是长达多年的凄惨生活。喜儿在黄家累死累活，还被黄世仁玷污，种种委屈和苦难使得这个最初天真烂漫的女孩子逐渐绝望，当张二婶告诉她黄家是假意将她送回王大婶家时，她没有等二婶子再找机会跟她"合计合计"，而是直接找黄世仁进行对峙，这一行为直接将黄母激怒，如若不是张二婶的搭救，恐怕当晚就会被人贩子送走。与此同时，喜儿也是全文中最具反抗色彩的人物，她虽是个弱女子，但当她发现黄世仁和穆仁智害怕自己的时候，她没有像当初一样逃跑，而是直接对二人进行反扑，正是她的反抗才让曾经欺侮她的人感到恐惧。

从个人角度来说，在他救无望的情况下，自救或许才是对自己的最大保护，每个人都是自己人生的第一负责人。而在当下，这种以"自我"为支撑的主体意识萎缩情况仍屡见不鲜，更有甚者则形成了"巨婴"心理，作为新时代中的公民，应树立起对自己负责的主体意识和责任意识。

结　语

《白毛女》以其思想上和艺术上的高度成就，在抗战及中华人民共和国成立之后起到了巨大的宣传作用，为团结广大群众奋力抗敌、共同建设新中国起到了莫大的推动作用，以其高度的艺术成就成为中国非物质文化遗产中的瑰宝。在今天这个时代重温这部经典，我们在感慨"旧社会把人变成鬼，新社会把鬼变成人"的同时，更应该看到，像杨白劳和赵老汉这样软弱顺从的人是没有办法对苦难命运进行改变的，幸福生活都是靠干出来的。

参考文献

［1］杨健斌:《透析"清官情结"》,《人文杂志》2001 年第 5 期,第 149—151 页。

教师点评

论文主体分为"他救的无望""自救的无力"两个部分,每部分用小标题的方式表明本章论述重点及观点,展现作者的行文思路,论据较为翔实,思路比较清晰,语言也很流畅。论文的首段与结语对论文的研究方向、研究成果也有所概括。不过两个部分的"小结"没有必要成为小标题,直接单独成段进行总结归纳即可。并且第二部分小结中的现实意义可以调整顺序放在结语部分,若从文本内容探讨直接跨越至现实意义有些许的生硬,这样的过渡升华,与全文风格不太相融。

（点评人：熊　敏）

土改历史的"具象化"书写

——周立波《暴风骤雨》读后感

符红丽

周立波是中国现代杰出的作家和翻译家，他的作品深受欢迎，与同时期的著名作家赵树理并称为"南周北赵"，代表作有《山乡巨变》《暴风骤雨》等。

周立波早期创作中欧化痕迹比较明显，毛泽东《在延安文艺座谈会上的讲话》成为他文艺创作道路上的重要转折点。此后，周立波积极响应党的文艺方针，积极推进革命文学的发展，努力将其创作与工人阶级和农民阶级联系起来。他积极参与革命，体察百姓生活，运用当地的方言和土语来表达自己的思想，创作风格发生转变。由于他自身的经历，他的文学创作以农村题材为主。

1946年，周立波为了贯彻"建立巩固的东北根据地"方针，随军转战到东北，参与了当地的土地改革运动。周立波深切体会到了土地改革的艰辛，并将自己的经历融入《暴风骤雨》中，使其成为解放区新文艺的代表性作品之一。该书生动形象地展现了东北农村的革命斗争，揭示了中国农村几千年来挣脱社会束缚的历程以及发生的巨大变化。

该书共分为两部，第一部写的是从1946年中共中央发布"五四指示"到1947年全国土地会议前这段时间东北农村的土改运动；第二部写的是1947年10月《中国土地法大纲》颁布以后，东北农村土改运动的进一步深入。

一、土改进行的艰难

在中国农村，封建生产关系在中国是几千年的桎梏，深深地束缚着人们。解放战争期间中国共产党开始在自己的解放区进行土改斗争，但要冲破这几千年来的制约是不容易的，首要解决的就是要有一批带头人。

在《暴风骤雨》这部小说中，土改的开始是艰难的，首先就是要将人民群众发动起来。如何唤醒劳动人民呢？刘胜主张直接开会，结果很明显大家心口不一，不敢主动反抗地主的剥削与压迫。事实证明，只能先从被压迫最深的贫雇农开始进行政治动员。与贫雇农进行单独交谈，认真倾听贫雇农的哭诉，发现与培养土改的积极分子，逐渐形成以点带面、波浪式扩充，以此冲击封建传统，逐步解放农村生产劳动力与生产关系。

小说的开篇就是工作队坐马车进入元茂屯的场景，"他们通共十五个，坐得挺挤。有的穿灰布军装，有的穿青布小衫……他们是八路军的哪一部分？来干啥的？赶车的都不明白"[1]。这段话交代了中国共产党革命力量在元茂屯的出场。而"赶车的都不明白"，也暗示着元茂屯的群众对这支革命力量的陌生。由此，也埋下了一个伏笔，即工作队的土改工作进展势必不会太过顺利，定是坎坷困难的。

在元茂屯，大多数农民都有着传统的道德观，缺少反抗的意愿。对于贫苦的生活现状，他们选择了认命。这个地方的农民是被剥削压迫怕了的，不仅受到了日本人的伤害，同时以韩老六为主的地主一派更是残忍对待他们。韩老六的身上不知背负了多少冤债，多少人命，还有胡子与当地大粮户相互勾结进行压迫。种种欺压之下，也造就了元茂屯农民接受奴役的精神状态。所以在刘胜开大会进行动员之时，大家嘴上说着赞成，但问到谁是屯子里的"大肚子"时，却没人吭声，还一个接一个地找理由溜走。如此看来，动员农民投身土改、斗争地主并非易事，而这种情况，萧队长也是早就预知到了。"中国社会复杂得很。中国老百姓，特别是住在分散的农村，过去长期遭受封建压迫的农民，常常要在你跟他们混熟以后，跟你有了感情，随便唠嗑时，才会相信你，才会透

---

[1]　周立波：《暴风骤雨》，北京：人民文学出版社，1956年，第4页。

露他们的心事，说出掏心肺腑的话来。"[1]开大会这条路走不通，因此就只有选择先交朋友这条道路了。

工作队的小王通过交朋友的方式第一个唤醒的便是赵玉林。赵玉林在第一部中作为主要的带头人之一，作出了许多功绩，在土改斗争中功不可没。在工作队的努力和赵玉林等人的带头下，农会成立，开始慢慢斗争元茂屯的"大肚子"的代表——韩老六。斗争韩老六的过程也是不容易的。韩老六非常狡猾，从工作队来之际，他便开始把自己的家产秘密地运往外屯，并且想着收买巴结萧队长、赵玉林等人，手段十分多样。除了地主自身的狡猾和群众的不积极，还有农会内部成员带来的危险。韩老六为了打听农会和工作队内部的消息，对杨老疙疸采用威迫、利诱等种种办法，企图收买杨老疙疸做他的腿子，而杨老疙疸更在这一声声的"杨主任"之中迷失了自我。但韩老六的算盘并没有成功，被农会和工作队及时识破了。最后，在导火索鞭打小猪倌之事暴露之下，韩老六彻底被斗争下台了，韩家这棵元茂屯最坏的大树也终于被砍倒了。

韩家倒下之后，土改的任务仍然十分艰难。首先就是韩老六的兄弟韩老七，这个大胡子来为他的哥哥报仇，最后虽然成功被解决了，但农会也损失惨重，赵玉林，赵主任，这位积极投身土改的重要代表也在这场斗争中失去了生命。

但土改还在继续，元茂屯不断地冒出新的矛盾与问题。第二部中先是张富英出现了复辟地主形式的情况，接着是与杜善人、唐抓子等人的斗争，最后是韩老五。不过在贫雇农团的斗争之下，这些反动势力都被逐一击破。

元茂屯土改的过程是艰难的，在此过程中遇到了来自多方势力的侵扰，但在农会与贫雇农团坚定立场与深重打击下，这些土改的斗争对象最后都被一一瓦解，每户农家都获得了土地，农民真正成为土地的主人。

二、政策与艺术的结合

《暴风骤雨》是对东北农村元茂屯这一地方的土改斗争的真实书写，反映了周立波在参与土地改革运动时的经历。作品中的人物大都有着生活原型，但这些真实书写离不开周立波对当时的土地政策的深入理解和对党的方针政策的

---

[1]   周立波：《暴风骤雨》，北京：人民文学出版社，1956年，第34页。

认真学习。

根据当时的文学理念，文艺应该以服务于政治为宗旨，以实现党的目标。周立波在主题思想、人物塑造、语言和结构的设计中都严格遵循了这一创作要求。周立波说作者的任务就是如何把党的"政策思想和艺术形象统一起来"[1]，《暴风骤雨》就致力于这样的结合。周立波在开始写作之前，不仅要将自己的见闻和经历反复思考，还要研究中共中央关于土地改革的文件，并且要反复阅读报刊上发表的相关报道，以便将这些政策融入自己的文学作品中，以满足当时文学创作的要求。

除了将自己的所见所闻在头脑中温习一遍，他还翻阅与研读中共中央关于土改运动的相关文件，反复阅读报刊上刊登的相关报道等，将政策贯彻到自己的写作之中去，符合当时文学创作的要求。服务于政治的需要，我们可以看到其中的大多数人物都有着自己角色的明确分工。赵玉林、郭全海等人，主要塑造了他们的投身土改、无畏无惧的光辉形象，而对于这一类人，他们几乎没有什么阴暗面。就算是中农刘德胜，他的一个黑点也是因为害怕、胆小而选择中立，并非直接倒向地主一方。而对于韩老六等人，则是极尽笔触描写其之极恶。这些比较单一化的人物形象的塑造都是服务于政治的需要。

还有整个元茂屯的土改运动，虽然过程中出现了各种难题，但每次都能化险为夷，最后成功推翻地主，摆脱传统的封建生产关系，得到土地的解放。整本书读来有一种土改斗争运动之顺畅感，没有太多悲的色彩，就算有人牺牲，那也是壮烈的、光荣的。这些皆源于政治化、党性化。在政策与党的方针之下，用艺术的手法加以渲染，塑造了一个个真实、可感又鲜活的人物，体现出土改运动的重大意义。

结　语

《暴风骤雨》叙述了东北元茂屯这个地方的土改斗争全貌，是作者根据自己的亲身经历与体验写成的，是真实的。以元茂屯的土改放眼到中国各解放区

---

[1]　周立波：《关于写作》，《文艺报》，1950 年 6 月 25 日。

的土改运动，《暴风骤雨》是对土改运动的"具象化"书写，同时也是政策与党性和艺术相结合的优秀作品。

参考文献

［1］周立波：《暴风骤雨》，北京：人民文学出版社，1956 年。

［2］雷鸣：《土改历史的"具身化"书写——重读周立波〈暴风骤雨〉的一种视角》，《中国当代文化研究》2023 年第 1 期，第 37-44 页。

［3］袁盛勇：《致力于政策和艺术的结合——重读周立波经典小说〈暴风骤雨〉》，《渤海大学学报（哲学社会科学版）》2019 年第 41 卷第 1 期，第 1-5 页。

教师点评

本篇论文从《暴风骤雨》的文本出发，对小说的情节内容进行了梳理，概括了主要人物的经历与命运。这也是周立波进行写作时的特点：没有简单粗暴地重述时代发展历程，而是将写作的重心落在了主要人物形象的塑造上，在驳杂、巨变的现实中，找到了个体存在与现实的关联。

论文的第二部分则简述了《暴风骤雨》的时代特征，阐述了作品本身与政策和作者真实经历的关联。《暴风骤雨》一书聚焦土地改革运动，采用第三人称全知叙述视角，为读者描绘了东北地区在土改期间波澜壮阔的革命斗争画卷，是作者根据自己的亲身经历改写而成的，体现了政策与艺术的紧密结合，展现了历史的文本化过程，具有鲜明的时代特征。理解《暴风骤雨》不仅需要深入文本进行分析，还需要结合当时的时代，理解土地改革运动的性质。

对于学生而言，这段历史仅存在于历史课本中，是遥远陌生的记忆。采用历史＋文本的教学模式可使学生更容易走入文本世界，体悟与理解作者的写作意图，从而感知当时的时代生活与革命热情。

（点评人：蒲纾尧）

普通人民的浪漫和英雄主义

——《白洋淀纪事》读后感

宋树鸣

一、引言

孙犁是现当代著名小说家、散文家，被誉为"荷花淀派"的创始人。"荷花淀派"的作品往往充满乐观主义精神，淳朴清新，刻画逼真，心理描写细腻，抒情手法丰富，充满诗意和浪漫。"荷花淀派"这个流派名字，也是源于《白洋淀纪事》这本小说散文集里的名篇——荷花淀。《白洋淀纪事》以明媚如画的白洋淀风景为故事环境，用充满浪漫和诗意的笔调描绘了抗日战争时期居住在白洋淀的普通民众对幸福安宁生活的向往，其中也诞生出了一批为了幸福安宁生活而奋斗的普通人民的英雄。本读后感从三个角度对《白洋淀纪事》进行分析，进而探讨孙犁先生赋予普通人民的浪漫和他心中的英雄主义。

二、诗意、浪漫的刻画

《白洋淀纪事》里充满诗意的画面和浪漫的情节刻画无疑是这本小说散文集最突出亮眼的地方之一。与同时期描写农村的乡土小说不同，《白洋淀纪事》一经问世就引起了社会的广泛反响，孙犁先生把自己对故乡的爱融合在风景、民俗、民情上，也融合在普通人民英勇抗日的伟大身姿上。我们无处不能感受到他在革命现实的条件下，刻画的浪漫主义诗篇，他的浪漫主义腔调贯穿全文，每一处环境描写都散发着浓郁的乡土气息。

　　例如《芦花荡》开头的描写，"夜晚，敌人从炮楼的小窗子里，呆望着这阴森黑暗的大苇塘。天空的星星也像浸在水里，而且要滴落下来的样子。到这样深夜，苇塘里才有水鸟飞动和唱歌的声音，白天它们是紧紧藏到窠里躲避炮火去了。苇子还是那么狠狠地往上钻，目标好像就是天上。"[1]孙犁先生把苇塘、星空、水鸟和芦苇凝聚在一起，产生了极其丰富的情感表达。天空的星星也像浸在水里，这里是运用了比拟的修辞手法，而且快要滴落，这里的滴落更是使一幅静态的湖面星光图变得活灵活现、生动无比；水鸟的唱歌和芦子的生长也让孙犁先生抓住，一个巧妙的拟人使水鸟和芦子仿佛被赋予了灵魂。在敌军监视的苇塘中，原本静谧甚至阴森严肃的场景在孙犁先生的笔下不仅感受不到恐惧，反而会产生一种对苇塘美好景象的喜欢和向往，一黑一白的对比，加上各种修辞手法巧妙地运用，使整个画面诗意感极强。

　　作为中国当代诗体小说的代表，《白洋淀纪事》不仅在手法上运用了大量形式丰富的修辞，更是在每种景物上都倾诉了作者自己独特的见解和感情。例如白洋淀的芦花、荷花淀的苇子，在作者笔下的它们已不再是单纯的景物，而是人民的缩影，是胜利的结果，"鲜嫩的芦花，一片展开的紫色的丝绒，正在迎风飘撒"[2]，以代表性的景物作为散文、小说的结尾，留下大片的留白，给人以无穷的联想空间。除了景物，在人物的刻画上孙犁先生也是充满诗意，例如在作品《"藏"》中，"她纺线，纺车像疯了似的转；她织布，挺拍乱响，梭飞的像流星；她做饭，切菜刀案板一齐响。走起路来，两只手甩起，像扫过平原的一股小旋风"[3]。这里对巧媳妇的描写，有一种传奇小说人物刻画的感觉，每个动作都独具设计感和节奏感。

　　《白洋淀纪事》不为描绘风景而写景，也不为刻意抒情而塑造人物，它以真实的背景为底色，通过写景来塑造时代条件和烘托人物特点，真正做到了情与景相生。不愧是"诗中的小说，小说中的诗"。

---

[1]　孙犁：《白洋淀纪事》，北京：中国青年出版社，1978 年，第 245 页。

[2]　孙犁：《白洋淀纪事》，北京：中国青年出版社，1978 年，第 251 页。

[3]　孙犁：《白洋淀纪事》，北京：中国青年出版社，1978 年，第 209 页。

三、时代、人民的英雄

《白洋淀纪事》的人物形象逼真且细腻，独具特点。孙犁不仅塑造了一大批为了幸福安宁生活而奋斗的普通人民的英雄，对女性角色的刻画同样充满特色。孙犁善于用谈笑风生的态度来描摹风云莫测的世界，在他的笔下，他所关注的都是一些名不见经传的小人物，都是在抗日战争的大背景下为了民族生存、解放，为了生活幸福、安宁而默默奉献的普通人。孙犁对普通人的描写超脱了他们个体的局限，扩大到了整个时代上，赋予了他们时代的意义和价值。在孙犁的笔下，他们不再是普通的农民、渔夫，而是时代和人民的英雄。

例如《芦花荡》中的老头子。"撑船的是一个将近六十岁的老头子，船是一只尖尖的小船。老头子只穿一条兰色的破旧短裤，站在船尾巴上，手里拿着一根竹篙。老头子浑身没有多少肉，干瘦得像老了的鱼鹰。可是那晒得干黑的脸，短短的花白胡子却特别精神，那一对深陷的眼睛却特别明亮。很少见到这样尖利明亮的眼睛，除非是在白洋淀上。"[1]看似无关紧要的老头子每天晚上在水里出入，他是抗战负责河内交通运输的重要一环，是一位名副其实的战争时代水上交通员。文章的高潮部分，老头子举起蒿来敲打鬼子们的脑袋，一个干瘦的老头，孤身一人将鬼子们玩弄于手掌中。再比如《荷花淀》中的水生[2]，他是众多抗日人民的一个缩影。水生为了抗日奉献了自己的一切，不顾个人生死，同样有着一种乐观向上的革命精神，一种舍己为人的英雄主义。

《白洋淀纪事》中关于青年女性的塑造独具特色，文章所塑造的女性形象，既有传统的善良，也有独特的时代风格。在绘声绘色的描写中体现出中国劳动妇女的聪颖与坚毅。置身于革命战争中的劳动女性所表现的坚韧品格，丝毫不弱于任何人。如在《吴召儿》[3]里，孙犁描绘了一个在山地的女孩儿吴召儿，她是一名女自卫队员，她不仅勇敢果断，而且机智聪明。在进行反"扫荡"斗争时，她为干部和乡亲作向导，翻山越岭，爬到山顶她的姑姑家。当敌人搜山

---

[1]　孙犁：《白洋淀纪事》，北京：中国青年出版社，1978 年，第 245-246 页。

[2]　孙犁：《白洋淀纪事》，北京：中国青年出版社，1978 年，第 252-260 页。

[3]　孙犁：《白洋淀纪事》，北京：中国青年出版社，1978 年，第 54-64 页。

的时候，她让大家都转移到安全的地方，而她却一个人截击敌人，拿着一颗手榴弹。当她的手榴弹爆炸声响彻山谷，人们都为她欢呼。这样的坚强无畏，不怕牺牲，富于革命斗争精神的女性角色，在孙犁的笔下数不胜数。

四、不变、永恒的乡土

细看孙犁的《白洋淀纪事》，我们不难发现他的小说往往以写农村生活为主，具有浓厚的乡土气息，体现了对故乡人民深厚的感情。他写了白洋淀人民普通的生活和不普通的战斗。语言风格质朴却浪漫，让人感到别具一格的清新优美，于淳朴中蕴含着浓浓诗意。孙犁先生把自己对故乡的眷恋之情深入融合在他的作品当中，正所谓一方水土养一方人，孙犁对白洋淀的一草一木都倾尽情感，每一幅画面都是真情流露。

在孙犁的影响下，"荷花淀派"的乡土文学作品往往既具有传统乡土美德的传承，也具有时代意识形态的特色。他们秉持京派乡土小说抒情的传统，在诗化和散文化中大放异彩，意境清新明丽，艺术风格优美、婉约。

孙犁描写的抗战作品没有用大量篇幅去记录详细的战争场面，但他叙写的普通人民对战士的关怀和支持，却把真实淳朴的军民鱼水情展露出来。例如在小说《邢兰》[1]中，"我"被关住在鲜姜台，寒冬凛冽，"我"手指冻得红肿僵硬，房子的主人邢兰知道"我"冷，在物质条件极其艰难的情况下，依然每天为"我"生火取暖，然后默默退去。邢兰说："我知道冷了是难受的。"这些朴实的话语充满了真诚，让人感受到冰冷空气中的缕缕暖意。再比如《山地回忆》中的洗菜姑娘，她见"我"的脚掌冻得发黑却没穿袜子，爽快地拿出她积攒了半年钱买下的白布，用好几天时间为我缝制了一双厚厚的新袜。"保你穿三年，能打败日本不？"[2]洗菜姑娘的话不仅温暖人心，更寄寓着她对抗战胜利的希望和信心。

孙犁对乡土的述说还体现在对故乡环境的刻画和对妇女生活的描绘上，例

---

[1] 孙犁：《白洋淀纪事》，北京：中国青年出版社，1978年，第320—326页。

[2] 孙犁：《白洋淀纪事》，北京：中国青年出版社，1978年，第51页。

如小说《嵩儿梁》中非常经典的环境描写："山顶上，常常看见有一种叫雪风吹干了的黄白色的菊花形的小花，香气很是浓烈，主任的丈夫采了放在衣袋里，说是可以当茶叶喝。薄薄的雪上，也有粗大的野兽走过的脚印。它们深夜在这山顶上行走，黄昏和黎明，向着山下号叫，这只配是老虎、豹。在这里，可以看见无数的、像嵩儿梁那样小小的村庄，像一片片的落叶，粘在各个山的向阳处。可以看见台顶远处大寺院的粉墙琉璃，可以看见川里的河流，河流两岸平坦的稻田，和地主们青楼瓦舍的庄院。"[1] 这种格外淡雅清新的画风似乎与抗日战争的大背景不同，给人以世外桃源的惊喜，但这一切的环境又能巧妙地和战争融合。当敌人破坏了这样的美好，便赋予了平日里普通村民奋起抵抗的理由，他们要保护自己的家园，他们要维护这片美好。《齐满花》里对妇女的描写也同样极具代表性："大娘经常教导儿媳妇的是勤俭，满花也很能干，家里地里的活儿全不辞辛苦。她帮着大伯改畦上粪，瓜菜熟了，大伯身体不好，她替大伯挑到集上去。做饭前，我看到过她从井里打水，那真是利索着哩！"[2] 孙犁对妇女劳动生动的刻画也是《白洋淀纪事》中乡土气息传达的重要方式，他笔下的劳动妇女不仅勤劳淳朴，更是大力支持抗战事业，是不可缺少的"英雄"组成部分。

五、结语

"这里的英雄事迹很多，不能一一记述。每一片苇塘，都有英雄的传说。"[3] 孙犁这样说。白洋淀的故事绝非一本纪事能够书写完整的，中国的抗日战争也绝非三言两语能够完整表达，但是每一个普通的劳动人民，都在用他们自己的方式回应祖国的需要，孙犁充满诗意的笔调也赋予了他们每个人不同的浪漫故事，每一个为了幸福安宁生活而奋斗的普通人民，也都是英雄主义的体现。

---

[1]　孙犁：《白洋淀纪事》，北京：中国青年出版社，1978年，第148-149页。

[2]　孙犁：《白洋淀纪事》，北京：中国青年出版社，1978年，第341页。

[3]　孙犁：《白洋淀纪事》，北京：中国青年出版社，1978年，第392页。

参考文献

［1］孙犁：《白洋淀纪事》，北京：中国青年出版社，1978年。

教师点评

《白洋淀纪事》是描写抗日战争时期白洋淀人民英勇抗日，与当地地主恶势力斗争的小说散文集，也是作者孙犁的第一部比较完整的小说、散文选集。作者用浪漫的文字表现了身处战争中的人们对幸福和安宁的向往。

本文作者从作品风格、人物塑造、主题情感三个方面解读文本。作品风格方面，文中的修辞及环境描写都体现了作者浪漫主义的笔法风格，被称为"诗体小说"；人物塑造方面，文中都是为幸福安宁生活而奋斗的小人物，尤其是作者笔下的女性角色，既有传统的善良，又有独特的时代风格；主题情感方面，文章体现了作者对故土的眷恋之情，对故乡人民深厚的感情，以及对淳朴的军民鱼水情的赞美。

《白洋淀纪事》是部编版七年级课外阅读推荐书目。茅盾曾评价道："他是用谈笑从容的态度来描摹风云变幻的，好处在于虽多风趣而不落轻佻。"这本书对于初中生来说，易读易懂，学生在轻松阅读中体会朴素浪漫的语言表现出的白洋淀人民在战争中乐观生活、积极抗战的精神。

（点评人：张楠楠）

由淡而浓，栩栩如生

——茹志鹃《茹志鹃小说选》读后感

项明媚

茹志鹃是当代著名女作家之一，她的创作以短篇小说见长，大致可以分为前后两个时期，前期作品主要发表于 20 世纪五六十年代，包括《百合花》《高高的白杨树》《静静的产院》《三走严庄》等，这些作品典型地体现了革命理想与美好人性的交织；后期创作则集中在"文革"之后到 20 世纪 80 年代前期，代表作品有《剪辑错了的故事》《草原上的小路》《家务事》等，后期小说较前期小说对理想与现实、过去与现在有了更深刻的思考与表现。如果说前期小说是一首田园牧歌，清新俊逸、沁人心脾，那后期小说大概是一曲静夜箫声，韵味悠长、回味无穷。

茹志鹃的小说有一个鲜明的特点，即小说中的人物多是小人物。无论是描写战争年代的作品还是描写社会主义生活的作品，小说的主人公往往是日常生活中的普通人物，比如通讯员、炊事员、家庭主妇、护士等，小说很少描写传奇的英雄人物，也很少表现宏大的主题，正所谓"取材于战争生活而不写战争场面，涉及重大题材而不写重大事件"[1]，这也是茹志鹃的小说与同时期其他作家作品的不同之处，"好似在磅礴的大海大江之旁旁逸出的一股涓涓溪流，给壮美之风劲吹的文坛带来了清新俊美之风"[2]，难怪洪子诚在《中国当代

---

[1]　王长中：《女性自我的追寻者——论茹志娟的小说选创作》，《佳木斯大学社会科学学报》2001 年第 2 期，第 41-45 页。

[2]　周春英：《形式革命的先锋——茹志娟小说的文体变革和叙事技巧研究》，《宁波广播电视大学学报》2007 年第 3 期，第 21-23，35 页。

文学史》中，将茹志鹃的小说称为"革命的'另类'记忆"，吴投文则将其归纳为"战争诗化小说"。

正是因为茹志鹃放弃了宏大主题的表现，而将关注点落在一个个具体的人物身上，使得其作品中的人物鲜活真实，栩栩如生。茅盾在评价《百合花》时曾说："它的人物描写，也有特点；人物形象是由淡而浓，好比一个人迎面而来，愈近愈看得清，最后，不但让我们看清了他的外表，也看到了他的内心。"[1] 小说人物之所以"由淡而浓"、栩栩如生，主要在于茹志鹃写作时独特的女性视角，注重细节描写以及对人物心理的把握。

一、独特细致的女性视角

茹志鹃的小说大多都以女性第一人称视角"我"进行观察叙事。

《高高的白杨树》中，"我"是一名见习护士，通过"我"的视角来叙述"大姐"张爱珍、养兔子的"小爱珍"以及小凤儿和蒋月珍的故事；《三走严庄》写"我"三次见到"收黎子"，她从关心土改但不敢像男人一样当家作主的妇女，到拿起枪支与地主正面对抗的坚强女性，再到过前线、送粮食的女民工队长，"我"是"收黎子"成长之路的见证人。《家务事》《儿女情》也同样采用了女性第一人称的视角进行叙述。

将女性第一人称视角运用得最为成功的当属《百合花》。尽管小说主要写的是新媳妇与通讯员之间纯洁真挚的感情，但"我"是通讯员与新媳妇之间穿针引线、必不可缺的一个人物。通过"我"对他们的观察、与他们的交流，新媳妇和通讯员的形象才跃然于纸上，小说的主旨才得以体现。"我"是一名文工团的女同志，在部队发起总攻之前要去支援前线，小说的开端便是小通讯员送"我"到前沿包扎所，透过"我"的眼睛，通讯员的外貌展现在读者眼前："现在从背后看去，只看到他是高挑挑的个子，块头不大，但从他那副厚实实的肩膀看来，是个挺棒的小伙儿，他穿了一身洗淡了的黄军装，绑腿直打到膝盖上。"[2] 以女性视角写出了通讯员的年轻健壮。后来"我"主动与通讯员

---

[1] 茅盾：《谈最近的短篇小说》，《人民文学》1958 年第 6 期，第 4-8 页。

[2] 茹志鹃：《百合花：茹志鹃小说选》，北京：人民文学出版社，2021 年，第 14 页。

交流，"我"打趣他有没有娶媳妇，通讯员"飞红了脸，更加忸怩起来，两只手不停地数摸着腰带上的扣眼。半晌他才低下了头，憨憨地笑了一下，摇了摇头"[1]。通讯员的羞涩、憨厚在女性视角下也显得更加可亲可爱。新媳妇出场时的外貌也是透过"我"的视角展现出来的，在与新媳妇的接触过程中，"我"看到了新媳妇从最初面对通讯员借被子觉得好笑，到在包扎所护理伤员时的又羞又怕，再到通讯员牺牲时，她为通讯员擦拭身体、缝补破洞、献出被子的虔诚庄严，层层递进的情感让读者看到新媳妇那颗善良美好、纯洁高尚的心灵，也正是如此，小说所歌颂的人性美、人情美才得以表现出来。

除此之外，茹志鹃独特的女性视角还表现在常常以女性角色作为小说的主要人物。比如《春暖时节》中的妻子静兰，静兰原本是一个忙于家务的女人，丈夫因工作在家庭生活中变得冷淡，在一次偶然的机会下，投身于社会主义建设，竟然从此恢复了丈夫对她的温柔和爱意；《草原上的小路》写的是小苔如何在特殊的历史节点下认清自己内心，选择人生道路的故事；还有《静静的产院》里的谭婶婶、《儿女情》中的田井等等。

茹志鹃以其独特而细致的女性视角，把写作的目光投射到一个个普通人物尤其是女性人物身上，以人道主义情怀关注每个人的生命价值，显示出茹志鹃作为女性作家的独特性。[2]

二、生动传神的细节刻画

茹志鹃对细节的精心刻画是小说人物"活起来"的一大法宝。

《剪辑错了的故事》中，老寿三次伸出大拇指和食指，在胸前做了一个"八"字，将老寿对老百姓一天只剩八两口粮的担忧生动传神地表现出来。为了完成"大跃进"下粮食的生产指标，甘书记决定将老寿精心呵护、即将结果的梨园砍掉，用来种麦子，老寿得知后，"坐在窝棚前的地上，抱着膝盖，摇晃着身子，嘴里喃喃着什么，像傻了一样"[3]，社员们将其哄回家之后，"老寿又

---

[1]　茹志鹃：《百合花：茹志鹃小说选》，北京：人民文学出版社，2021 年，第 15 页。

[2]　卢伟：《茹志娟小说的女性化特色》，《成都师专学报》2000 年第 3 期，第 49—51、54 页。

[3]　茹志鹃：《百合花：茹志鹃小说选》，北京：人民文学出版社，2021 年，第 147 页。

摇摇晃晃地走回来，重又坐在窝棚前的地上，抱着膝盖，摇晃着身子，眼睁睁地看着那汽灯抬来了，锯子斧子搬来了……"[1]这一段对老寿动作、神态的细致描写让读者看到了一位老党员面对时代乱象时的无能为力和自我怀疑。

《百合花》中也多次体现了细节的巧妙运用。初次见到小通讯员时，他肩上的步枪筒里插着几根树枝，离开包扎所时，"我"又看见"他背的枪筒里不知什么时候又多了一枝野菊花，跟那些树枝一起，在他耳边抖抖地颤动着"[2]。几根树枝和一枝野菊花的细节给小通讯员增添了几分活力与生趣。小通讯员衣服上的破洞在小说中反复出现，通讯员因为向新媳妇借被子慌张得想逃离而导致衣服被撕开一个口子，后来，新媳妇通过破洞认出了牺牲的通讯员，并一针一针地、细细地、密密地缝着那个破洞，作者不厌其烦地反复渲染小通讯员衣服上的破洞，一步一步将小说推向高潮，使通讯员和新媳妇美好高尚的形象一点一点深入读者心中。

还有《同志之间》里，因部队要求减重前行，小周为带上老朱的衣物而放弃自己的被单、衬衣、新军衣，甚至连他最心爱的歌本也扔在地上，老张又背着小周悄悄将他的歌本和新军衣放到自己背包中。这样一个小小的细节让我们看到了战争背景下人与人之间的互相爱护、互相关心。

生动传神的细节刻画让我们看到茹志鹃在塑造小说人物时的独具匠心，她笔下的人物总是在不经意间触动着读者的心灵。

三、细腻真实的心理描写

茹志鹃写人物还有一大特点，那便是尊重人物的感情，对人物的心理进行细腻、真实的描写，尤其是在对女性心理的刻画上，"她总能把笔触伸入到女性内心深处最隐秘的角落，以展示人物广阔的精神世界并见出人物性格的发展或性格的各个侧面"。[3]

《静静的产院》中谭婶婶的内心活动几乎贯穿整个小说。刚解放时，谭婶

[1]　茹志鹃：《百合花：茹志鹃小说选》，北京：人民文学出版社，2021 年，第 147 页。
[2]　茹志鹃：《百合花：茹志鹃小说选》，北京：人民文学出版社，2021 年，，第 18 页。
[3]　朱刘霞：《试论茹志娟小说中的女性视角》，《作家》2009 年第 24 期，第 12-13 页。

婶最早学习并推广新法接生，与旧的接生婆进行斗争，那时候的她，内心是多么坚定，多么有决心、有魄力。等到人民公社成立以后，建立了产院，谭婶婶既兴奋又自豪，对一切都感到十分满意。后来，面对更年轻更先进的荷妹，谭婶婶既不解又不满。她不理解为什么产院刚刚装上电灯荷妹就能理所应当地打开，她不明白荷妹为何着急做土造自来水，她也不喜欢荷妹带着产妇做产后体操。荷妹所做的一切在谭婶婶眼里都显得那么扎眼，她为自己的落后感到恐慌，感到生气。最终，谭婶婶以平和的心态面对了这一切，并鼓起勇气主动向荷妹学习如何为产妇做手术。作者将谭婶婶的心理巧妙地刻画出来，谭婶婶心理的变化也反映了其自我意识的变化和工作能力的提高。

《春暖时节》中静兰因为满足于小家庭生活，与丈夫明发之间似乎隔了一道无形的"墙"，她对丈夫的冷淡感到难过、委屈，她怀念从前与明发甜蜜幸福的生活，她不明白明发为什么会变成这样。一次偶然的机会，静兰主动承担起了一项对生产活动极为重要的工作，她忙上忙下，全身心地投入这项工作，没想到丈夫不仅帮她完成了工作，还恢复了对她的疼爱。由于一起为社会主义建设而努力，他们夫妻二人之间的那道"墙"已经完全消失，静兰激动、震撼又幸福。

茹志鹃小说的心理描写不仅细腻而真实，还能"把社会生活对他们的触动、引发，乃至引起内心斗争，从而精神得以解放、升腾的过程，惟妙惟肖地勾勒出来"[1]，这也是茹志鹃小说心理艺术最为重要的成就。

茅盾曾评价茹志鹃的小说："人物虽寥寥数笔，仍是个活人。"茹志鹃总是以最细腻的描写、最真挚的情感塑造着人物，打动着读者。

参考文献

［1］王长中：《女性自我的追寻者——论茹志娟的小说创作》，《佳木斯大学社会科学学报》2001 年第 2 期，第 41-45 页。

［2］周春英：《形式革命的先锋——茹志娟小说的文体变革和叙事技巧

---

[1]　韩自波：《茹志娟的创作个性评析》，《四川理工学院学报（社会科学版）》2010 年第 25 卷第 6 期，第 88-92 页。

研究》，《宁波广播电视大学学报》2007年第3期，第21-23，35页。

　　[3]茅盾：《谈最近的短篇小说》，《人民文学》1958年第6期，第4-8页。

　　[4]卢伟：《茹志鹃小说的女性化特色》，《成都师专学报》2000年第3期，第49-51，54页。

　　[5]朱刘霞：《试论茹志鹃小说中的女性视角》，《作家》2009年第24期，第12-13页。

　　[6]韩自波：《茹志娟的创作个性评析》，《四川理工学院学报（社会科学版）》2010年第25卷第6期，第88-92页。

教师点评

　　茹志鹃以女性视角写了多篇战争题材的优秀小说，她总能捕捉到人物内心细腻的情感。在《我写〈百合花〉的经过》中，她提到"战争使人不能有长谈的机会，但是战争却能让人深交。有时仅几十分钟，几分钟，甚至只来得及瞥一眼，便一闪而过，然而人与人之间，就在这个刹那里，便能够肝胆相照，生死与共"。这就是作者对战争小说应该表现的美好人性的特有理解，由此，她创作出了这篇"清新、俊逸（茅盾语）"的"战争诗化小说"。

　　项明媚认为茹志鹃小说的主要特点是"由淡而浓、栩栩如生"，这是准确而深刻的。茹志鹃小说并不以曲折的情节取胜，而是以特有的女性视角观照日常生活，以更多生动的细节描写和细腻的心理描写，散文化、抒情化地营造出理想的、柔和的叙事空间，以突出对美好人性、情感、理想的强烈向往，这正是由淡而浓，是对战争题材小说的一大突破。

　　茹志鹃的短篇小说《百合花》入选部编版高中语文教材必修上册第一单元，单元的主题是"青春的价值"。该篇小说选材讲究，构思巧妙，心理描写与细节描写细腻丰富，以被子为线索，以百合花象征人物美好心灵，重在表现青年人圣洁、纯真的情感。教师要引导学生从语言、形象、叙事、情感等角度体会小说特点，思考青春的价值。

（点评人：米　禧）

历史车轮下的生命颂歌

——柳青《创业史》读后感

张宜帆

在无数人争名逐利的世界里，有人放弃九级干部的头衔和北京优渥的生活，毅然决然地奔向农村的广阔天地；在喧嚣浮躁的时代里，有人却选择在偏远的乡村一隅静默地思索与写作，这个人，正是《创业史》的作者——柳青。为了写出一部反映农村巨大变化的小说，36岁的柳青怀着创作的使命与激情来到了陕西的皇甫村，并在此扎根了14年。《创业史》耗费了柳青巨大的心血，这不仅仅是一部文学作品，其中丰富的农村生活细节，细腻的农民思想情感，让这部长篇小说更像是一部独属于那个时代、那段历史的"纸上纪录片"。

一、历史背景和人物特色

1952年的中国，正处于一个翻天覆地的时期，农村更是经历着深刻的变化。在此之前，中国共产党领导的土地革命，彻底摧毁了两千多年以来统治着我国农村的封建土地制度，打倒了地主阶级，将土地还给了农民，由此实现了广大农民"耕者有其田"的梦想。但是即便大部分贫雇农"翻了身"，得到了土地，其一贫如洗的状况还是很难在短时间内彻底改变，这是因为他们还缺乏基础的农业生产资料，农具、耕畜、劳动资金比较匮乏，有些家庭甚至连劳动力都十分紧张，因此，光靠一家一户的单干很难实现有效的改善，也无法改变贫穷的命运，贫困农民依旧面临着巨大的生产生活压力和重新失掉土地的危险，农村阶层分化问题依然存在。在这种局势下，农业生产互助组应运而生。互助组可以说是农业社会主义改造的开始，是将贫下中农有限的农业生产资料以组的形式组织起来投入合作生产，让其得到充分合理的运用，提高生产效率，进而帮助贫困农民解决实际困难。但是，任何新事物的出现都有一个被接受的过程，其成长不可能一帆风顺，而新事物在经历实践检验的过程中往往面临着诸多艰难挑战。面对互助组这样一种新的社会主义生产形式，农民难免会有猜忌与怀疑，小说一开始便用生动的笔触写出了农民对互助组的不信任。

小说故事发生的地点是陕北下堡村的蛤蟆滩，第一章开头就讲到蛤蟆滩里的富裕中农郭世富盖新瓦房。这在村里是一件非常热闹的事，鞭炮声、吆喝声在官渠岸的小巷里响起，许多人前去帮忙和看热闹。梁生宝的继父梁三老汉也凑近去仰起戴旧毡帽的头看着，和村里人一同羡慕着新房。就在大伙看着郭世富盖新房的时候，一个爱开玩笑的小伙子突然对毫不起眼的梁三老汉做起了恶作剧，他伸手一把抓走了梁三老汉的旧毡帽，大声地在人群面前对梁生宝不创业发家、还拉着全村最穷的贫困户闹互助组的事情冷嘲热讽，一下子就吸引了所有人的注意，梁三老汉为此羞红了脸。人们对这件事议论纷纷，但是几乎一致都认为：梁生宝不自量力，等碰破了脑袋以后，他才知道铁是铁，石头是石头。[1] 从大伙的嘲弄和议论中不难看出，当地的农民最开始对搞互助组这件事并不看好，甚至连梁生宝的继父梁三老汉也认为梁生宝办工作如此积极，甚至盖过了创立家业的劲头，实在是"迷失了庄稼人过光景的正路"[2]。但如果我们耐心看完整部小说，会发现从开头至结尾，农村的形势有了很大的转折，农民的思想情感发生了很大的变化，这一点在梁三老汉身上表现得尤为明显。小说开头曾提到："梁三老汉在地多的和能干的人面前，有一种难以克制的自卑感。"[3] 这种自卑感源于他在与他人比较家业大小时的失败，这是基于旧中国农民典型的狭隘小生产者观念所产生的，梁三老汉一开始坚定的创立家业的理想就与文中"创国家大业"存在着冲突，也因此体现了其国家主人翁意识

---

[1]　柳青：《创业史》，北京：人民文学出版社，2009 年，第 40 页。

[2]　柳青：《创业史》，北京：人民文学出版社，2009 年，第 23 页。

[3]　柳青：《创业史》，北京：人民文学出版社，2009 年，第 40 页。

的缺乏。但在文中，柳青将这位角色塑造得非常真诚，我们从书中农业技术员韩培生对老汉的态度可以看出："韩培生说不出的喜欢这个老汉的天真。可以说，老汉的心和孩子的心一般纯洁，只不过几十年的旧思想，在他的头脑里凝固起来了，一时化不开而已。韩培生相信欢喜的话：老汉心里关心互助组的事情，有几次，黄昏的时候，农技员发现生宝的继父不在草棚院，他出街门去看，老汉独自一个人，秘密去看互助组的'扁蒲秧'。生宝他妈告诉农技员：土改的时候，对分得的土地，也是这神气。韩培生一下就理解了梁三老汉的心情。"[1] 而在结尾，梁生宝互助组实现了丰产，完成了统购工作，取得了实实在在的成功，接着便成立了当地第一个农业生产合作社——灯塔合作社，为农村带来了翻天覆地的变化。梁三老汉穿上了梦想中的崭新棉衣，在打油时被排队的庄稼人认出是梁生宝他爹，最后，他"提了一斤豆油，庄严地走过庄稼人群。一辈子生活的奴隶，现在终于带着生活主人的神气了。他知道蛤蟆滩以后的事儿不会少的，但最替儿子担心骇怕的时期已经过去了"[2]。国家主人翁意识在这样一位一辈子埋首土地的老农民的心里渐渐涌现，而让农民树立对党和国家的信任，重拾生活的信心的关键人物，就是小说中的典型英雄角色梁生宝。

二、生命本色及其时代价值

张丽军教授在讨论《创业史》为什么这样"红"的问题时就提到："《创业史》之所以这样红，在于它塑造了一个立志走互助合作、共同富裕道路，进行社会主义新道路建设的探索者、实践者、先行者形象。"[3] 而这个关键的人物形象就是梁生宝。梁生宝这一角色历来收获了很多讨论，有学者对其赞誉有加，认为梁生宝是一个先进的、有着高尚精神境界的理想农民形象，但也有学者从创作的角度对其进行批判，认为这一角色太过理想化，因而显得片面，1963 年严家炎教授就梁生宝形象发表看法，认为"梁生宝这类英雄形象虽也不乏若干生动描写、显得可敬可爱，但却总令人有墨穷气短，精神状态刻画嫌

---

[1] 柳青：《创业史》，北京：人民文学出版社，2009 年，第 364-365 页。

[2] 柳青：《创业史》，北京：人民文学出版社，2009 年，第 40 页，第 433 页。

[3] 张丽军：《〈创业史〉为什么这样"红"》，《南方文坛》2021 年第 5 期，第 70-77 页。

浅、欲显高大而反失之平面的感觉。"[1]这类观点或多或少都影响着后代对于梁生宝这一角色的评价。我初读《创业史》时也有这样的感受，梁生宝在书中是一个近乎"圣贤"的人物，甚至可以将他视作一个先进的、崇高的英雄符号，为了追求理想，他压抑着个人的欲望，可以抛弃爱情，如果需要，甚至可以舍弃自己的生命。但是，在更加深入地思考后，我认为，这类人物的塑造，尽管在创作上有流于平面的不足，但是在小说相对宏大的历史叙事下，梁生宝正彰显着时代英雄的生命本色，其突出的正是文学的社会功能和现实意义。在书中，尽管梁生宝只是一个农民，但他对中国共产党的信任、对集体共同理想的追求，使其不惜舍弃小我，也因此成为中国共产党指引下不断发展的社会主义新人代表，为乡村的发展作出了巨大的贡献。但是我们知道，小我与大我，家庭与国家之间总是一个矛盾的两面，过多地强调自我牺牲，将会导向压抑人性的非人道主义，实际上是不利于人的发展的，那么当今社会，物质条件得到了极大的发展，人们开始追求自我满足，并对传统的道德说教带有抵触情绪，我不禁思考，梁生宝这一角色在当下的意义又是什么呢？

毫无疑问，梁生宝的出现是有其历史背景的，所谓"时势造英雄"，书中聚焦的那个时代，正如前文所述，农村整体物质水平低下，同时面临阶层分化的危机，生产水平落后的贫雇农需要组织生产才能度过艰难的时期，年轻有理想的梁生宝跟随党的指引，发展互助组，改变了那一代农民的命运，当我们觉得梁生宝这一角色过于理想化、脸谱化时，可能也是因为我们还不能真正理解那个时代下，一位共产党人对社会主义理想至真至诚的追求。在当下，我们的物质水平有了很大的提升，再也不用忍饥挨饿，追求生活品质和个人享受无可厚非，但我们需要警惕的是利己主义的泛滥。柳青曾写过一幅字："襟怀纳百川，志越万仞山，目极千年事，心地一平原"，柳青海纳百川的襟怀成就了《创业史》，让我们能如此细致地了解那个年代的困境与希望，也让我们知道何谓"胸中怀大义，笔下有乾坤"，这样的大爱与襟怀通过人物梁生宝表现了出来，这无论在哪个时代都是熠熠生辉的。

---

[1]　严家炎：《关于梁生宝形象》，《文学评论》1963 年第 3 期，第 13—22 页。

结　语

历史车轮滚滚向前，对他人的爱、对深陷苦难的人群的关怀是每个时代最温暖的底色。尽管现实中的我们同样面临许多桎梏，也会有无能为力的时候，但百善论心不论迹，成长过程中，有理想、肯奋斗，以博大襟怀行走在历史大道上，渺小的人物也能奏响属于时代的生命颂歌。

参考文献

［1］柳青：《创业史》，北京：人民文学出版社，2009 年。

［2］张丽军：《〈创业史〉为什么这样"红"》，《南方文坛》2021 年第 5 期，第 70-77 页。

［3］严家炎：《关于梁生宝形象》，《文学评论》1963 年第 3 期，第 13-22 页。

教师点评

论文重点从"历史背景和人物特色""生命本色及其时代价值"两个方面探讨柳青《创业史》的读后感想，建议在论文的开篇与结尾强调本文的研究方向、写作意图以及研究成果，让读者一目了然。"历史背景和人物特色"这一部分中人物特色选取梁三老汉作为范例进行了细致的分析，从结构上来说可以先阐明本段的讨论重点，再另起一段单独讨论梁三老汉，最后进行归纳总结，并且从一个人物形象得出本书的人物特色还不具说服力，何不多举几个较为典型的人物，进行对比分析，以使文章论证更为严谨。"生命本色及其时代价值"这一部分偏重讨论典型人物梁生宝形象的时代价值，同样地，其他重要人物也应有其时代价值，具备讨论的意义，以偏概全会使文章过于浅显，流于形式；这一部分关于"生命本色"的论述一笔带过，较为模糊，让人不知所云。从论文形式上来看，某些段落过长，还需再调整。

（点评人：熊　敏）

《红岩》当代价值与启示

——《红岩》读后感

　　《红岩》作为一部经典的文学作品，以动人的革命故事激励人们，以崇高的革命理想鼓舞人心，以神圣的革命信念塑造人物形象。作品在构建新时代文化自信，延续红色血脉等方面发挥着积极的作用。需要注意的是，并非所有革命历史题材的小说都能有效调动新时代主体的接受热情。简言之，重新解读《红岩》中党员们的神圣信念和崇高精神，从新时代社会主义主体性的角度来审视，是构建《红岩》作为新时代经典作品的价值基础。或者说，《红岩》作为新时代的经典作品，其内在包含着深刻的思想性和精神性。通过现代化视角重新挖掘和关注《红岩》中人物主体的精神面貌，梳理和归纳他们以何种革命逻辑来释放自身的生命潜能。首先，《红岩》中共产党员的神圣信念是基于历史理性和主体自觉的合力构建的，而非虚无主义的狂热与冲动。共产党员通过纪律严明、分工清晰的组织生活和集体斗争，将对共产主义的神圣信仰转化为坚定的信念，支撑主体克服困难、持续斗争。其中，共产党员的历史理性来源于对毛泽东讲话的学习和理解。毛泽东在 1947 年 12 月 25 日发表的著名讲话《目前形势和我们的任务》成为文本的重要线索和历史基调。这篇讲话明确了当时的局势和光明未来，不仅指导了狱中党员的斗争路线和方法，而且包含了"我们是完全能够穿越任何障碍、战胜任何困难的，我们的力量是无敌的"[1]等类

---

[1]　罗广斌、杨益言：《创作的过程，学习的过程———略谈《红岩》的写作》，《中国青年报》，1963年 5 月 13 日。

408　汉语言文学师范专业经典名著选读

似表述。这种直接源于革命领袖对共产主义事业的极度自信，无疑极大地鼓舞了在狱中被困的党员们与敌人战斗到最后一刻的决心与信念。

其次，《红岩》展现的崇高精神并非戏剧化的表演，而是源自日常生活的高尚品格。党员们在日复一日的相处中，凭借共同的理想形成一种超越血缘、地域和文化的崇高情感。他们相互牺牲、相互依靠，在敌人心脏中创造了一片纯净的革命圣地。张旭东从黑格尔奴隶/主人的范畴中得出结论："在创造历史的过程中，人不仅是客观真理的奴隶，也不仅是功利主义理性的仆从，而是在某些根本问题上，面对强权蔑视甚至直面死亡，为了自身的荣誉、骄傲、归属感、集体认同等无法量化的价值而战斗，将这种看似不切实际的行动视为实现最高意义的体现。"[1] 这种持续追求"不可能"的精神，使得主体在生命即将消逝之际迸发出无法想象的、独特于人类的对崇高之美的追求。《红岩》的崇高精神不仅仅体现在个人英雄主义式的牺牲精神上，党员之间的心手相护、相互奉献的革命友谊更让人动容。在文本中，革命伦理不仅推动了政治斗争的展开，还组织了大量生活细节，监狱中的一罐奶粉、一块碎布、一针一线，都成为展示党员情感化理性的重要象征。吃喝拉撒、斗争学习有序地统一于高度自觉和充分理解的次序之中。他们的联系正是基于对崇高的共产主义理想的共同信仰，而无条件的信任基于对其真实性的认证和界定。刘思扬初到白公馆时，成岗并未将其视为同志。然而，一旦收到齐晓轩的正式认证，刘思扬与成岗之间的革命友谊迅速升温，从先前的怀疑转为无条件的信任和欣赏。在党员的精神世界中，党既是神圣、不可亵渎的宇宙观和价值观凝聚体，同样也是饱满且充满现实转化力的膜拜对象。共产主义信仰与韦伯所提出的加尔文教义取消信仰中神秘化、感情化的元素不同。同志间世俗化的友爱互助与对神圣共产主义事业的衷心热爱相互成就。党并不是拒人于千里之外、脱离人性、空疏化的神圣符号，而是与人情、人性紧密相连的稳定结构。渣滓洞与白公馆中有限的物资大多依靠特务的有限供应与特殊渠道供给，然而，物质条件的紧张并没有阻碍崇高精神的真诚沟通，患难见真情的故事每天都在渣滓洞上演，主体也并未

---

[1]　张旭东：《全球化时代下的文化认同》，上海：上海人民出版社，2021 年。

在每日都可称"患难"的生活之中，放弃对真情的坚守与自省。

《红岩》文本中蕴含的神圣信念和崇高精神是其内在特质，在新时代需要重新激发出来。为了在新的文化和文艺秩序中得到合理的定位，必须首先运用新时代社会主义文艺理论对其进行解读。其次，需要找到一条适合实践的有效路径，灵活地发挥《红岩》中红色元素的鼓舞和激励作用，进一步助力建设红色文化在新时代的正确认同。习近平总书记在一系列重要讲话中更新了马克思主义文艺理论，新时代的文艺经典化工作应该围绕这一理论展开。《红岩》在"人民"政治内涵得到新的阐释下展现了其经典性。习近平总书记丰富和发展了新时代"人民"的内涵，将"拥护祖国统一的爱国者"扩大为"拥护祖国统一和致力于中华民族伟大复兴的爱国者"[1]，明确了为中华民族伟大复兴服务的统一的"人民"范畴，因此文艺服务的对象也得到了更新，选取文学经典的对象也有了新的时代关注点。习近平总书记在中国文联第十一次全国代表大会和中国作协第十次全国代表大会上指出"文化是民族的精神命脉，文艺是时代的号角"[2]。因此，作为奏响时代前奏的文学作品，必须在充分理解历史主体新内涵的基础上，准确地传达精神的节奏和文化的调子。因此，重新构建新旧文学经典的谱系首先需要解决两个问题：新时代的国家需要怎样的人民，或者说什么样的人具备真正的人民品质。显然，为中华民族谋复兴的主动性成为构建人民内涵的关键。《红岩》是否记录了中华民族伟大复兴的历史进程，是否体现了能够助力中华民族伟大复兴的精神品质，是检验其是否符合新时代马克思主义文艺观中"人民性"的重要标准。鉴于新创作的文艺作品应为致力于中华民族伟大复兴的爱国者服务，因此《红岩》这样已完成的文艺作品需要找到与中华民族伟大复兴历史进程相契合的结构要素。《红岩》曾被誉为革命教科书，在新时代的语义矩阵中，它以艺术化的方式诠释了近代以来为中华民族伟大复兴事业英勇牺牲的仁人志士的高亢凯歌，深刻诠释了革命者对中国共产党引领中华民族走向复兴的神圣信念，以及革命先烈对社会主义社会美好前

[1]　吕文明：《从"人民性"到"以人民为中心"：两次文艺座谈会讲话的核心论题》，《山东社会科学》2021年第11期，第19–25、43页。

[2]　习近平：《在中国文联十一大、中国作协十大开幕式上的讲话》，北京：人民出版社，2021年。

景的坚定信心。《红岩》对培养中华民族伟大复兴的人格养成具有良好的教育和指导作用。对人民范畴的全新阐释为《红岩》经典再塑提供了创新发展的平台。《红岩》的创作起始简单，但最终呈现巨大的成就，中华民族伟大复兴在中国新文学的发展脉络中也有明显的痕迹。《红岩》描绘了中国共产党带领中国人民即将夺取解放战争胜利的敌后战场，而这场战役的关键在于共产党员们对神圣信念的坚持和崇高精神的发扬。民族复兴的伟大事业不仅需要流血牺牲，更需要超越时空的高尚人格与乐观精神。江姐、许云峰、刘思扬等人甘愿牺牲自我，为战友铺就通向革命胜利的光明道路。构建民族命运共同体的精神建设需要超越个人功利主义，具备大公无私的高尚品质。《红岩》树立的革命模范正是新时代致力于中华民族伟大复兴的爱国者们追求和效仿的对象。这些品质不仅源于优秀的传统文化和劳动人民的智慧，更融入了社会主义伟大实践，是指向着无限可能的、永恒的宝贵精神财富。

《红岩》所蕴含的神圣信念与崇高精神，正是它能够持续成为经典之作的黄金密码。这种信念和精神深深地触动着读者的内心，使他们对这部小说产生了强烈的共鸣和情感共振。正是因为这种深刻的感受，使《红岩》在当代仍然能够保持其经典的地位，并且成为批评者和读者必须积极维护的重要文化遗产。

《红岩》在 2020 年成为中国图书零售市场虚构类图书销售冠军，这再次证明了它的吸引力和影响力。这个销量回暖的趋势不仅仅是大众对文学作品的热情所致，更重要的是批评者们在重新审视《红岩》时所运用的新时代马克思主义文艺观和文艺理论，为小说注入了当代的内涵，使它在当下社会背景下仍然具有强烈的现实意义。

《红岩》的经典性再阐发有助于红色文化更好地参与社会主义文化自信建设。作为一部承载着革命精神和社会主义理想的文学作品，《红岩》在表达红色文化的同时，也传递出了中国特色社会主义核心价值观。通过对小说的深入解读和讨论，我们可以更好地理解和把握红色文化的内涵，进而加强对社会主义文化的自信，推动社会主义核心价值观在社会中的广泛传播和深入人心。

此外，《红岩》的再阐发还有助于凝聚共识，培育拥有社会主义文化自觉的实践主体。作为一部关于青年学生在革命年代奋发向前的故事，它传递出了对于理想信念和个人责任的追求。通过阅读和研究《红岩》，人们可以从中获得启迪和教益，进一步增强个人的社会主义意识和价值观念。这种价值观念的培养将促使个体积极参与社会实践，为社会主义事业的发展作出巨大贡献。

参考文献

［1］罗广斌、杨益言：《创作的过程，学习的过程———略谈《红岩》的写作》，《中国青年报》，1963 年 5 月 13 日。

［2］张旭东：《全球化时代下的文化认同》，上海：上海人民出版社，2021 年。

［3］吕文明：《从"人民性"到"以人民为中心"：两次文艺座谈会讲话的核心论题》，《山东社会科学》2021 年第 11 期，第 19-25、43 页。

［4］习近平：《在中国文联十一大、中国作协十大开幕式上的讲话》，北京：人民出版社，2021 年。

教师点评

本文作者通过挖掘《红岩》中动人的革命故事、极具信念感的人物形象、鼓舞人心的革命理想和革命精神，寻找其构建新时代文化自信、延续红色血脉的积极因素。

文章认为，《红岩》中共产党员的神圣信念是基于历史理性和主体自觉的合力建构的，而非虚无主义的狂热与冲动。同时，《红岩》中展现的崇高精神并非戏剧化表演，而是源自日常生活的高尚品格。基于以上两点，作者提出《红岩》中蕴含的神圣信念和崇高精神是内在特质，而这一特质需要在新时代重新激发出来。

紧接着，作者提出，在今天，我们需要运用新时代社会主义文艺理论对《红岩》进行重新解读，同时找到一条适合实践的有效路径。作者结合习近平总书记系列重要讲话精神以及《红岩》在现代社会的读者认同分析了《红岩》的内在价值，提出《红岩》的经典性再阐发有助于红色文化更好地参与社会主义文化自信建设，凝聚共识，培育拥有社会主义文化自觉的实践主体。

文章结合实际，讨论经典著作《红岩》的当代价值，对经典焕发新光有一定的启示意义。

（点评人：刘泊宁）

"文学四要素"与杨沫的《青春之歌》

——杨沫《青春之歌》读后感

熊晨竹

美国学者 M.H. 艾布拉姆斯在其作品《镜与灯——浪漫主义文论及批评传统》中提到："每一个艺术品总要涉及四个要点……任何像样的理论多少都考虑到了所有这四个要素。"[1] 其中，被他反复提及的四个要素，即世界、生产者、作品和欣赏者，这四者相互渗透、相互依存、相互作用，共同构成了完整的文学活动。而作为"十七年"文学中唯一一部描写知识分子题材的作品，"是历史，也是躁动着痛苦着却也希冀着的青春的诗篇"[2] 的《青春之歌》，也可以循此方式，展开这幅红色叙事中的别样画卷。

一、世界

艺术来源于生活，文学也是如此。世界是反映社会生活与现实的客观存在，不仅是作品所反映和再现的对象，更是作者和读者赖以生存的环境。《青春之歌》创作于 20 世纪 50 年代，是在那一时期广阔的红色叙事中，第一部描写学生运动，着力塑造革命知识分子形象的长篇小说。彼时，历经 14 年抗日战争和 4 年的解放战争的中华人民共和国在中国共产党的领导下成立了，并初步

---

[1]　M.H. 艾布拉姆斯：《镜与灯：浪漫主义文论及批评传统》，郦稚牛、张照进、童庆生译，北京：北京大学出版社，2004 年，第 4-5 页。

[2]　王蒙：《中国新文学大系（1949—1976）：长篇小说卷三》，上海：上海文艺出版社，1997 年，第 1 页。

实现了我国社会主义的基本改造，带领国民进入了一个历史的新纪元。第一届文代会的召开，更是给新中国的文学发展明确了目标，"为政治服务""革命性""社会主义现实主义""工农兵英雄人物"等成了这一时期中国文艺创作的核心主题，无数在抗日战争中牺牲的英勇战士也成了这一时期写作的主要对象，他们或是褪下衣袖壮烈殉国的县长，或是在敌人监狱中忠贞不屈的妇救会干部，或是毅然将筷子插入耳中撞墙而死的组织部副部长，或是从国外回来支援国家的青年……这一个个身影，不时浮现在亲身经历了血与泪的抗日生活的杨沫眼前，给了她强大的精神支撑，在病痛中写下了《青春之歌》，但给她一记打击的是，因为在书中没有充分分析和批判主人公林道静的小资产阶级意识，对"左"倾机会主义的揭露程度也较为浅层，在写完之际，《青春之歌》曾惨遭否定。

幸运的是，1956年，毛主席提出了"双百"方针，即艺术上百花齐放，学术上百家争鸣。"双百"方针的出台使出版氛围变得轻松了一些，给予了曾被专家否定的《青春之歌》出版的新希望。为了落实毛主席的新政策，书稿进行了部分修改，几经周折后，终于在1958年出版。

二、生产者（作者）

作者是文学创作的主体，作品是作者在特定的时代背景下亲手选择的孩子，是作者呕心沥血，或机缘巧合，或百炼成钢诞生出来的，作者通过作品将自身的独特体验与感受传递给读者。因此，作品的主题就与作家的创作意图、个人思想状况有着不可分割的联系。1951年，杨沫的神经性疼痛突然发作，她不得不静下心来休息养病，而在这段孤独寂寞的日子里，冀中十分区的硝烟弥漫，总是让她想起那些为国家抛头颅洒热血的战友，为了不使他们的身影悄然消失在时间里，杨沫暗下决心，要用自己的笔，让他们永远活在作品之中。就像《钢铁是怎样炼成的》中的保尔·柯察金一样，即使身患重病也要坚持写作，杨沫也在疾病缠身的情况下动起笔来。但在写作过程中，她也经历了屡次碰壁，因为在很多事情上她的体验并不够深入，一些基本的材料也并不全面，如此写作，不免有些吃力。所幸，去北戴河休养和农村整改的经历再度带给了她新的灵感，使她结合自身体验，在 1955 年完成了《青春之歌》。

很多人说，这是杨沫的半自传体小说，它站立在"九一八事变"到"一二·九运动"的背景之上，通过主人公林道静的成长，构筑了革命历史的经典叙事，也描绘了几笔杨沫的现实生活。如林道静一般，杨沫在 17 岁时抗婚离家出走，后因接触到了一些进步青年和进步书籍，而产生了加入革命队伍的想法。到了 1936 年，她如愿加入了中国共产党，后又奔赴冀中，以不同方式参与到了抗日游击战争之中，亲身感受到了战争的血泪。故事中的"余永泽""江华""卢嘉川"等人，也曾以其他的姓名在她的生命里留下痕迹。林道静在爱情道路上最先遇见的"诗人骑士"余永泽，便是杨沫的第一任丈夫张中行，他在杨沫离家出走后给予了她不少的帮助，两人在北京相爱并同居，但面对国家危亡，两人却有着不同的态度，因此生出了分歧。此后，林道静在革命事业中遇到给她无限启发的江华，即杨沫的第二任丈夫马建民，长期以来他都在进行党的工作，对党的事业充满信心，坚信共产主义，在革命上给杨沫提供了很多帮助与指引。而在卢嘉川身上，则是更多杨沫曾见过的闪着光的共产党员的身影，他领导学生运动的事迹主要来自北平政法大学的学生陆万美，情感经历则取材于路扬，他与杨沫曾在十分区有过一段罗曼蒂克的友谊，但因为种种原因，两人最终无法在一起。

当然，小说作为对现实世界的艺术再现，在原型人物的基础上，也一定有全新的、主观性的、创造性的加工。例如，文中的余永泽与现实中的张中行，其实也有着很大的差别。现实中的张中行有着中国文人的正直，他博览群书，学识渊博，虽然不接近共产党，但对国民党也心有不满。尽管杨沫在《青春之歌》中对以他为原型的余永泽进行了一定的丑化，甚至让他因此背上了落后分子的帽子，但他对杨沫的评价却始终是肯定、正面的，没有指责过杨沫一句，并不完全等同于小说中的余永泽。

三、作品

作品是这四者的中心，它搭建起了世界、作者与读者之间的联系，既是作者创作的成果，也是读者阅读的对象，更是对现实世界的反映。《青春之歌》通过"革命＋恋爱"的模式，将林道静的爱情经历与革命成长融合成了一体。林道静与四个男人的爱情故事，成为现代中国知识分子政治道路的一种寓言式的呈现：胡梦安、余永泽、卢嘉川和江华，分别代表着国民党、自由主义知识分子、共产党等政治力量，林道静在他们之间的抉择便成为"知识分子"对现代中国政治力量选择的象征[1]。她从一个地主家庭的女儿到一个中共党员的蜕变，展现了一个个人主义者的知识分子变成无产阶级革命战士的过程[2]，表现出了共产党在中国革命中的领导作用，也表明了资产阶级以及小资产阶级知识分子只有在共产党的领导下，经历追求、考验和改造，投身于党，献身于人民，才会有真正的生存与出路。同时，通过卢嘉川、江华、林红等形象，也彰显出党的儿女忠心耿耿、艰苦斗争、宁死不屈的优秀品质。

在小说中，林道静始终是一个被启蒙的对象。首先，是因为忍受不了成为胡梦安的女人的现实压迫，使她产生了要为了自己而活，离开地主家庭的想法；其次，是被余永泽用小资产阶级的文化和生活情调吸引，拥有了自己的二次生命；再次，是在"精神导师"般的卢嘉川的影响下，获得了革命的思想，寻找到了坚定的精神信仰；最后，是被"人生导师"江华在实践中不断培养，使她完成了身心全方位的脱胎换骨。杨沫通过叙述林道静在爱情与精神两方面的双重进化，否定了《伤逝》中涓生与子君的爱情悲剧，显示出此时期女性与政治不可分离的关系模式。同时，通过描写不同思想的北大学生的接连出现，在暗中寓示了五四以后中国知识分子的分化，而林道静的选择，也鲜明地表达了杨沫本人的态度，即中国的知识分子应该走向革命的道路。

四、欣赏者（读者）

读者是文学接受的主体，通过阅读作品而与作者产生共鸣。但往往读者在鉴赏作品时会根据自己的生活经历、情感体验以及自我的想象"再创造"其中

---

[1] 贺桂梅：《"可见的女性"如何可能：以〈青春之歌〉为中心》，《中国现代文学研究丛刊》2010年第3期，第1—15页。

[2] 杨沫：《杨沫文集（第5卷）》，北京：北京十月文艺出版社，1993年，第405页。

的艺术形象，从自我的视角对作品进行主观评价，因而一部作品在不同时代、不同地区的不同读者的手中，会产生不同的理解，这也就是所谓的"一千个读者心中有一千个哈姆雷特"。《青春之歌》一经出版便成为畅销书，影响程度甚至远达海外。大量读者的出现也带来了不同的意见。1959 年，一名工人代表首先给出了批驳的声音，他们认为："书里充满了小资产阶级情调，作者是站在小资产阶级立场上，把自己的作品当做小资产阶级的自我表现来进行创作的""没有很好地描写工农群众，没有描写知识分子和工农的结合""没有认真地实际地描写知识分子被改造的过程，没有揭示人物灵魂深处的变化""地主阶级的烙印没有（带给林道静）受到应有的批判"[1]。在表现小资产阶级情调的林道静和作为革命者的林道静之间，艺术落差是很明显的。继而刘茵也表明："卢嘉川在宣传革命真理的时候，与一个美丽活泼热情的有夫之妇产生爱情，是不道德的。林道静在卢嘉川时期心里并非想着党，想着工作，更多的是纠缠在个人的感情之中。"不同于这些声音，以茅盾为代表的文学家，明确指出《青春之歌》"是一部有一定教育意义的优秀作品"。他们认为林道静这个人物是真实的。虽然不免有一些缺点的存在，但瑕不掩瑜，并不同意《青春之歌》的缺点多于优点的说法，也不同意那些说作者动机不好的观点，《青春之歌》的地位和重要性仍然是不可否认的。

当正负两方面的评价都呈现在了杨沫的面前时，她却不过多地为自己反驳，因为在她看来，作品的好坏应由读者来定，当它被完整地创作出来，走进读者的视野之后，它便不再只属于她，并且她认为在批判的声音中，是存在着正确的成分的。在某些方面她确实有所疏忽，因此她删去了一些表现小资产阶级的描写细节，补写了林道静在农村的章节。虽然仍有一部分人不满意这样的修改，但杨沫在此后的再版中，始终都坚持着自己的意见，她认为《青春之歌》是那个时代的产物，不能用时时更新的现在的视角去衡量当时的作家和作品，更不能为了取悦后代的读者而随意删改。

综上，《青春之歌》的完整呈现离不开世界、作者、作品和读者任何一方，

---

[1]　马波：《杨沫与〈青春之歌〉（下）》，《百年潮》2005 年第 5 期，第 35—41、1 页。

正是因为有这四者的存在，杨沫才能通过林道静在小资产阶级道路与革命道路之间的选择，给读者传递她的思想给读者，从而引发双方的共鸣。

参考文献

［1］M.H.艾布拉姆斯：《镜与灯：浪漫主义文论及批评传统》，郦稚牛、张照进、童庆生译，北京：北京大学出版社，2004年。

［2］王蒙：《中国新文学大系（1949—1976）：长篇小说卷三》，上海：上海文艺出版社，1997年。

［3］贺桂梅：《"可见的女性"如何可能：以〈青春之歌〉为中心》，《中国现代文学研究丛刊》2010年第3期，第1—15页。

［4］杨沫：《杨沫文集（第5卷）》，北京：北京十月文艺出版社，1993年。

［5］马波：《杨沫与〈青春之歌〉（下）》，《百年潮》2005年第5期35—41、1页。

［6］马波：《杨沫与〈青春之歌〉（上）》，《百年潮》，2005年第4期，第41—46页.

［7］陈淑梅：《影响与迎合：革命文学规范下的"自叙传"写作——基于〈青春之歌〉与〈母亲杨沫〉的对照分析》，《中山大学学报（社会科学版）》2013年第3期，第36—44页。

［8］李先慧：《〈青春之歌〉在世界的传播与接受》，北京外国语大学硕士论文，2017年。

教师点评

本文借助著名文论作品《镜与灯——浪漫主义文论及批评传统》中的四要素"世界""生产者""作品""欣赏者"对杨沫的《青春之歌》进行评论。

文章分析了《青春之歌》的创作背景和作者的个人经历，详细梳理了新中国诞生、社会主义改造以及第一届文代会召开等历史事件与杨沫十七岁抗婚离家出走，加入革命队伍，奔赴冀中参与抗日游击战的人生经历，总结《青春之歌》"革命＋恋爱"的叙述模式，点明作品中"林道静与四个男人之间的爱情故事，是现代中国知识分子政治道路的一种寓言式的呈现，林道静在他们之间的抉择是'知识分子'对现代中国政治力量选择的象征"这一深刻命题。同时，作者还讨论了《青春之歌》的读者接受问题，论述在《青春之歌》出版后所遭受的褒奖与质疑，以及基于这些评价的作者再创作。

本文在文学理论的指导下，对杨沫的《青春之歌》进行了全方位的综合探讨，文章内容充实，体系完整。但值得注意的是，文学理论作为文学评论的助手，应当辅助文章的评论，而非作为文章的框架结构文章，否则有嵌套之嫌。

（点评人：刘泊宁）

民风乡情应犹在，只是山乡改

——周立波《山乡巨变》读后感

轰轰烈烈的国民经济恢复时期接近尾声，在农业合作化运动兴起的疾风骤雨中，以周立波为代表的一批作家意识到"十七年文学"里政治对文学进行宏大叙事要求背后的细小盲点，并在文学创作中力求改变。在周立波的长篇小说《山乡巨变》中，他以湖南益阳县清溪乡的农业合作化过程为素材，用自然清新的笔调书写益阳方言、湘中民俗和农业合作化运动，将剧烈的社会变革融入湖南益阳别具一格的民俗乡情，建构出与众不同的审美空间，更在重大的社会题材和文本的缝隙间织入农业合作化运动中农民群体独特而多元的肌理和话语，从而突破了革命功利主义的话语边界，使文中的农民和干部形象摆脱以往扁平化、脸谱化的尴尬境地，真正意义上地从边缘向文学舞台中心迈进。

一、乡土难离：益阳方言的自然书写与湘中民俗的文本再现

作为一名参加革命多年的党员作家，周立波为了写好《山乡巨变》，于1954年回到老家湖南益阳考察农业合作化运动，并在1955年秋响应中央号召，举家从北京迁到益阳县落户，以满腔的热情投入农业合作化运动。生动的乡村生活画卷、亲切的益阳方言、可敬可爱的乡村干部和农民们的面孔反复在他的思绪里翻飞，最终化为了《山乡巨变》字里行间的乡音乡情。正因此，虽然《山乡巨变》所表现出的社会变革的历史趋向、阶级对立的人物设计和风云浩荡的

史诗情结等鲜明的时代色彩不容忽视，但初读文本，最引人注目的应属作者贴近民间生活的语言策略，即文本中自由洋溢的湖南益阳方言以及湘中民俗的文本再现。

（一）益阳方言的自然书写

这些益阳方言的书写表现在一些特有的方言用语上，如小说中刘雨生问符贱庚受了秋丝瓜什么挑唆时，符贱庚答道："你是说秋丝瓜么？他教我扎你的气门子，要我讲你连堂客都团结不好。""扎气门子"在益阳方言里指说使人伤心或难堪的话语；而在《捉怪》这一章中，刘雨生将关于"精怪"的猜想告诉邓秀梅和李月辉时，李月辉这样开玩笑道："你要冲锣，我替你请司公子去。"[1] 这里的"冲锣"应指与之音近的"充傩"，长沙人有病时往往请巫师祀神除殃，终夜金鼓之声不绝。将要结束时便宰豚，名为"充傩"；而"司公子"则是湖南益阳方言里"巫师"的意思。《说文解字·巫部》言："觋，能斋肃事神明也。"[2] 益阳方言里"觋"和"司"音近，因而称为"司公子"。除此之外，"墨水"（即女子姿色）、"弹弦"（即谈话）、"退财折星数"（既丧失钱财也躲避了灾祸）等特有的益阳方言用语在文本中不胜枚举，带来了浓烈的乡村生活气息，为小说增添了一抹益阳地域色彩。

（二）湘中民俗的文本再现

方言口语和民间风俗在日常生活中密切相关（民间风俗是具有民族集体记忆的历史符号），因此《山乡巨变》在对益阳方言进行自然书写的同时也为浪漫瑰丽的湘中民俗做了绝佳的文本再现。

有别于《暴风骤雨》时代风云中的厉声长啸，周立波在将笔端流注于益阳这片故乡的画卷前，审美观照不免会飞舞着对故土民俗缠绵的眷恋，这份眷恋详略有致、星星点点地散缀在宏大叙事的文本缝隙之中，成为人物口中"狐精

---

[1]　周立波：《山乡巨变（上）》，北京：人民文学出版社，1959年，第65、320页。

[2]　许慎：《说文解字》，北京：中华书局，1963年，第100页。

做饭""深山鬼火""水莽藤鬼[1]索命"等乡村文化想象。除此之外，当地"送礼""闹房""哭丧""封财门"[2]等婚丧嫁娶的民俗也是文本重点勾勒的对象，如湘中的"哭嫁"民俗："'那为什么上轿要哭嫁呢？'盛淑君问。'那要看是哪一个人哭了。'盛佳秀说，'有真哭，也有猫儿哭老鼠。娘哭三声抱上轿，爸哭三声关轿门，哥哭三声亲姐妹，嫂哭三声搅家精。'"[3]

方言和民俗作为民间文学形态贯通了民众的生活现实，在政治意识形态的改造中坚强地表达自身的生存意志。知识分子既身处权力中心之外，便不必因政治意识形态单一的价值取向作茧自缚，而可以立足民间立场，在文本创作中建立多元的价值体系。周立波在创作中显然关注到了乡村这一客体的存在，并摒弃了部分文人浮于表层地讴歌政治这一急功近利的心态，选择采取平等而非"一刀切"的霸权态度与故乡益阳进行心灵交流，从而用益阳的民间文化碎片拼凑出一个稳定而唯美的自然文化空间，成为"十七年"红色名著中不灭的光亮。

二、乡人千面：农业合作化运动中边缘人物的生命律动

周立波在《山乡巨变》中通过对立体多元的农民和乡村干部形象进行塑造，以如椽之笔赋予益阳山乡灵魂。积极办社的年轻党员陈大春、稳重严谨的乡农会主席李月辉、勤劳固执的农民陈先晋、投机吝啬的富裕中农王菊生等栩栩如生的主要人物身上或多或少地承载着一定的工具性，即作为不同意识形态的象征。他们不仅在文中留下浓墨重彩的一笔，更为中国当代文学的人物画廊增光添彩。但作者在塑造这些人物推动情节的同时也将温情的目光投向了张桂贞等农业合作化运动中的边缘人物，饱含对故乡原始民风里人性美的尊重和欣赏。

张桂贞在《山乡巨变》的人物谱系里是极另类的存在，这个"只图享福的，小巧精致的女子"[4]区别于陈雪春、盛淑君等能顶半边天的新女性，在清溪

---

[1] 《聊斋志异》中的一种鬼，因吃了有毒的水莽草而死去，这种水莽草（雷公藤，别名断肠草、水莽草、水莽藤）是剧毒之物，变成水莽鬼的鬼，因为不能转生，所以会一直寻找替身，用水莽草下毒，将人毒死。

[2] 旧俗农历正月初一交子时烧香敬神，燃放鞭炮迎春之后，将大门关闭，称为封财门。

[3] 周立波：《山乡巨变（续篇）》，北京：作家出版社，1960年，第91页。

[4] 周立波：《山乡巨变》，北京：人民文学出版社，1959年，第56页。

乡浩浩荡荡的变革风云下仿佛一朵柔弱传统的娇花。她无法忍受身为清溪乡合作化运动领导者的丈夫刘雨生"全然不问家里的冷暖，时常整天不落屋，柴不砍，水也不挑了"[1]，在无力劝说丈夫的情况下烦心日起，最终改嫁给品质远不如刘雨生的符贱庚，在一段时间内给刘雨生带来了巨大的精神痛苦。刘张二人婚变在一定程度上象征着益阳清溪乡在农业合作化运动下的巨变，这种和风细雨式的家庭内部矛盾情理上并非不可调和，但从阶级斗争的视角看，张桂贞作为祭坛上的祭品，必须因自己落后的思想觉悟而顺应革命的浪潮扮演一种无意识地反抗革命的女性形象，最终承受"被驱逐"的命运并逐步淡出文本。值得注意的是，作者并未站在政治高地对这样一个边缘人物进行谴责，相反，张桂贞身上寄托着他委婉的道德讽刺和善意的同情，"我要抱住老人家的灵牌子，告诉老人家，她女儿的命好苦呵"[2]的哀哭和"工作，工作，他要不要吃饭？家里经常没得米下锅"的辛酸自陈，当人最自然的身体感知和最正当的家庭生活需求成为被矫正、被规训的对象，作者对张桂贞隐忍的共情也在宣扬革命真理的文本缝隙间悄然流淌[3]。

离婚后，张桂贞并未在清溪乡的文学空间里消失，相反，尽管后来的合作化运动成功规训了她，使她"晒得黑皮黑草，手指粗粗大大的，像个劳动妇女了"，但她仍然保留着娇柔爱美的女性色彩，"穿得比较地精致，身上的青衣特别地素净"[4]。作者对张桂贞这个边缘人物的书写看似无关紧要，实则以巧妙的姿态规避了左翼文学对人物的扁平化，深度开掘了人性的复杂性和人物命运的多维性。在革命这个轰轰喘息的庞然大物面前，被边缘化的渺小个体试图凭借其浑然本色的生活真实和艺术力量与政治意识形态相抗衡，不论是否成功，他们作为艺术现实和生活现实交织的边界，身上始终闪烁着人性的本真光芒，其功过是非也为文本留下了更多重的阐释空间。

---

[1]　周立波：《山乡巨变》，北京：人民文学出版社，1959 年，第 56 页。

[2]　周立波：《山乡巨变》，北京：人民文学出版社，1959 年，第 60，61 页。

[3]　刘军茹：《中国新时期小说中的感官建构（1976—1985）》，北京：五洲传播出版社，2020 年，第 148 页。

[4]　周立波：《山乡巨变（续篇）》，北京：作家出版社，1960 年，第 80 页。

三、乡村振兴：革命激情浪潮中对农业合作化进程的温和审视

从人民的观点回顾历史，20 世纪 50 年代并非田园牧歌式的乌托邦，在全国劳动人民欣欣向荣的建设之中，近乎盲目的理想主义和乐观主义遮掩了地表下暗潮涌动的时代洪流：人们对极"左"政策路线的警惕太少了。在益阳先后担任了乡互助合作委员会副主任、乡党委副书记等基层领导职务的周立波在工作生活中明显注意到了这一危机，在《山乡巨变》的创作过程中，他在作为变革的报春之燕的同时也借李月辉之口对农业集体化发展过快的现状做出了理性思考，"社会主义是好路，也是长路，中央规定十五年，急什么呢？还有十二年，从容干好事，性急出岔子，三条路走中间一条，最稳当了"，现在应当走的是不"左"不右的党的总路线。[1]

区别于《暴风骤雨》中天翻地覆的阶级斗争，《山乡巨变》更多是将阶级斗争的场景融入家长里短的日常生活和清新别致的民俗乡情中，这种似乎少了些许阳刚气的笔法使《山乡巨变》在革命激情翻腾的当时备受争议。事实上，从《暴风骤雨》到《山乡巨变》，转变的背后是游子还乡时自觉将民风乡情作为重要审美对象，真正从当地风俗和人性的角度去温情审视农业合作化运动中人们的命运，真正去理解农民们的切身诉求，真正去深入思考农民"落后"思想背后的深层原因。农业合作化运动究竟能给农民带来什么样的实际利益？二元对立的阶级斗争思想是否应该继续指导以发展生产为主要任务的农业合作化运动？如以王菊生为代表的副业收益强于农业劳作的富裕中农的"单干"是否能成为乡村发展的新出路？革命运动和人性不可调和的冲突又当如何解决？这些都是《山乡巨变》带给我们的历史之问。

从完全紧跟党的领导，到坚持党领导的同时不乏深思，周立波作为知识分子的态度转变或许令人费解，但这种转变正象征着民间文化形态和政治意识形态之间藕断丝连、富有张力的关系。当我们把眼光放在民间的文化土壤上，放到充满民风乡情的具象生活中，或许就不难理解周立波的洞察力和深刻性——

---

[1]　聂德虎：《文学中的共产党员形象》，武汉：武汉大学出版社，1995 年，第 68 页。

山乡巨变，就发生在民间文化的呼吸之间，就发生在人类原始的人性紧紧拥抱生命的过程之间，就发生在民风乡情对自然真善美的追求之间。民风乡情应犹在，只是山乡改。

参考文献：

［1］周立波：《山乡巨变》，北京：人民文学出版社，1959年。

［2］许慎：《说文解字》，北京：中华书局，1963年。

［3］周立波：《山乡巨变（续篇）》，北京：作家出版社，1960年。

［4］刘军茹：《中国新时期小说中的感官建构（1976—1985）》，北京：五洲传播出版社，2020年。

［5］聂德虎：《文学中的共产党员形象》，武汉：武汉大学出版社，1995年。

教师点评

《山乡巨变》是周立波创作的反映乡村在农业合作化运动进程中发生巨变的具有纪实性质的长篇小说。他参与土地改革，曾写作《暴风骤雨》，他以丰富的生活经历和广泛深刻的观察力塑造了一批活灵活现的农民、党团干部等形象，情节衔接自然，展现了合作化运动前后农民精神面貌和社会风貌的巨大变化，环境描写清新淡雅，保留了乡土文学的典雅性和田园韵味，同时也成为反映时代变化的经典之作。周立波曾说，自己是受到了毛泽东同志《在延安文艺座谈会上的讲话》精神的影响："我们的文艺工作者需要做自己的文艺工作，但是这个了解人熟悉人的工作却是第一位的工作。"他深信只有深入群众、体验生活才能写出富有时代气息的作品。周立波以乡村中平淡、琐碎的日常小事反映和刻画了宏大小说题材背后农村变革的真实面貌。

时蕴嘉这篇读书心得从作品所表现的方言民俗、乡村文化、边缘人物和对农业合作化进程的审视几个方面进行分析，认为作品于重大社会问题题材中贴近农民群众真实生活，塑造了典型丰满的人物形象，于时代变革的洪流中，以人性的温情思考农民真实的诉求和解决之道，是反映中国农村变革的优秀著作。评价准确，有一定深度。

（点评人：米　禧）

"流动的红色基因"

——《王蒙选集》读后感

高梦竹

　　从 1979 年开始，王蒙先后创作了《布礼》《夜的眼》《海的梦》《春之声》《蝴蝶》《风筝飘带》《杂色》六部意识流小说。作者借鉴西方意识流小说创作方式，运用独特的叙述视角，充分调动人物心理，形成了独具东方特色的"意识流"小说。在题材方面，作者结合生活经历和时代背景，反映了 20 世纪 40 年代以来新中国成立和发展过程中的历史现状，无论是从人物塑造还是内容呈现上，都表现出丰富的时代特征，体现了红色革命意识。

　　"革"即去除革新之意，"革命"指更深程度更彻底的改革。一方面体现在政体或国家政权的改变；在社会稳定的前提下，革命是一种反思和组织机构改革调整；同时，对于个人而言，革命指人接受思想上的洗礼在行动上逐渐成长成熟。革命，既是展现的一个个真实案例和故事，同时也是引起后人反思的重要方式。王蒙在意识流小说创作中，通过以人物心理表现的"思想的流动"为中心，构建了动态的历史变革，展示了特定历史时期下人民的思想变化，在揭露、重塑之中，体现了深刻的革命精神，贯穿着鲜明的理想主义精神及强烈的自省意识，在当下有很强的现实意义。

一、社会的巨大变革

（一）政体、政治方向革命

20世纪40年代，我国经历抗日战争和第二次国共内战，人民争取主权、保家卫国的革命意识深入人心。这种革命心理既有对共产党带领人民取得解放的自豪，对共产党和祖国的拥护和崇拜，同时也有强烈的捍卫意识、面对分裂恶势力的抵抗。《布礼》的主人公钟亦成是中华人民共和国成立前参与地下党的老革命，在他心中人民革命不仅是一种能够获得美好生活的途径，更是一种信仰。

新中国成立三十多年来，我国逐步调整经济基础，使之与我国政体相适应，在此过程中产生了一定的革新方式。当他因一首儿童杂志上的诗歌被认定为反动分子受到青年红卫兵的拷打时，他没有埋怨也没有反抗，而是高度赞扬了青年的历史使命和其在革命中的意义，"哪一个十七岁的青年不想用炸弹和雷管去掉旧生活的基础，不想用鲜红的旗帜、火热的诗篇和袖标去建立一个光明的、正义的、摆脱了一切历史的污垢和人类弱点的新世界"。在20世纪80年代终于恢复党籍后，他并没有过分激动，而是和妻子凌雪平淡坦然地接受了一切，这是在革命信仰下对革命中出现不合理问题的包容，面对祖国革新发展，个人的命运只是一小步，在这种革命精神的指引下，钟亦成伴随祖国不断试错。"布尔什维克的敬礼，康姆尼斯特——共产党人的敬礼！"这是老革命家的信仰，对党的极度忠诚信任，同时也是对青年人革新、创造更好世界的美好愿景。

（二）生活方式的转机

20世纪七八十年代，社会文化逐渐多元开放，一方面展现了我国人民生活水平逐渐提升，呈现出一片向好的局面，另一方面也是对革命精神的另一种考验。《春之声》是王蒙意识流小说创作后期作品，文章描写工程物理学家岳之峰回家探亲途中挤闷罐子的所见所感，落后与先进、愚昧与科学、封闭与开放，作品通过主人公发散式的联想展现出二元对立的关系，社会在拨乱反正和改革开放后进入重要的历史转折时期，呈现出一种特有的"春天的旋律"。[1]《布礼》的时间跨度更大，用钟亦成思想的流动展示了新中国成立三十多年来的发展。当老革命面对更加开放多元的文化和更自由的生活方式，穿着"特利灵短袖、快巴的确良喇叭裤"的灰色影子提出了一种"到头来都是一场空"的价值观念，[2]但是钟亦成依旧坚定地相信革命的力量，相信党的领导，他在面对社会转变的同时依旧保持对党的包容与忠诚。

二、机构内部革命

（一）揭露官场现状

王蒙原任文化部部长，对党政机关工作中出现的现象进行了深刻剖析揭露。《布礼》中区委书记老魏，在听到钟亦成仅仅因为四句儿童诗而遭受政治批判后，没有当场对问题提出质疑，而是像"应激反应"一样马上告诉下级不要着急，先缓一缓。可以说这是老魏的一种老成，但另一方面也说明了这是对工作过分麻木没有激情，遇到问题不想第一时间解决，而是拖延着事情走向。老魏在去世前，向钟亦成吐露了自己一生中的遗憾：为了自己的乌纱帽没有为钟亦成正名，变相毁了钟亦成本该享受荣光的一生。宋明的形象塑造，也十分具有现实意义。年龄不大却被工作压得过分老成，工作为生活让路，日子没了人情味，为了工作失去妻子家庭，一件件具体的事件变成了备忘录中接踵而至的符号，工作中把简单的问题复杂化，重心出现偏移，不是处理人民和阶级矛盾，而是被琐碎繁杂的工作流程和报告束缚住了手脚和心灵这个现象值得反思：一是许多工作流程是否可以精简，繁琐的流程不仅为行政人员增加负担，同时也不便利人民群众；二是机关单位也需要人文关怀，面对一个个冷漠的文件和数字都会产生麻木心态，这也是官场麻木怠政出现的原因之一。就像《组织部来了个年轻人》中的刘世吾形象，他是官僚主义的化身，但是他也并不是生来就如此麻木，当他看到林震那股冲劲后仿佛看到当年的自己，一件件、一桩桩事

---

[1]　谭楚良：《中国现代派文学史论》，北京：学林出版社，1996 年，第 370 页。

[2]　李瑞：《王蒙意识流小说意象分析》，《职大学报》2017 年第 1 期，第 62–64 页。

情压在他身上，他便不再是当年的"愣头青"，而变得成熟甚至圆滑。到底是什么造成了这种典型的出现，这个问题值得反思。

（二）雏凤新于老凤声

组织机构中的"雏凤"更是一种初心的回归，青年人身上特有的无畏与勇敢、单纯与坚定是任何时代都需要的勇立潮头的新鲜血液。钟亦成面对红卫兵没有指责，而是站在同理心角度鼓励青年一代进行社会革新。"布礼"是中华人民共和国成立前能够在任何场合大声喊出的光荣信仰，是共产党人崇高的理想，而到了20世纪60年代，被误认为是反动分子，不敢高声说话。可悲的是不同时代拥有同样理想的人没有齐头并进去发展更美好的祖国，而是进行"内斗"；但同时我们也可以看到，一浪推翻一浪，他们在用自己的方式进行革命，他们都代表了一个时代的希望。《海的梦》主要描绘了主人公面对大海的心灵感受，广阔又深邃的大海象征着自己的人生，最终感受到海的力量，有了面对新生活的信心和勇气。这是一种个体力量对组织发展方向的革新，就像林震冲破官僚主义束缚，最终把面粉厂问题公之于众，达到了留正气，革旧貌的效果。

三、个人思想革命

（一）灵活的"流动"思想

王蒙的"意识流"小说创作打破了以往以故事情节为叙事顺序的写作结构，而是以人物心理为中心，以思想流动和回忆的形式重塑情节。和西方意识流不同，王蒙的"东方意识流"是建立在特定背景和特定情节上的，在主旨和情感表达上更加鲜明，这种意识的流动，多层次多角度的叙述也表明了人物内心思想的波动，这种思想的"天马行空"实际上是主人公情感混乱迷离的表现。《布礼》中钟亦成在现实与思绪中的反复横跳，凌乱的逻辑是当时内心惶恐的反应，也体现出时代对人心灵的影响，这种直击内心的描写也让作品更能够打动读者，这种"红色基因"能够更深入地植入人物和读者心中。

作者通过叙述视角的灵活切换来表达更深刻的"流动"背后的意蕴：

我请求判我的罪。

你是无罪的。

不。那有轨电车的叮当声，便是海云的青春和生命的挽歌，从她找到我的办公室的那一天起，便注定了她的灭亡。

是她找的你。是她爱的你。你曾经给她带来幸福。

我更给她毁灭。……（《蝴蝶》）

这段文字塑造了两个对立的叙述视角：张思远和他的灵魂。第一人称表现自己直面内心，谴责自己的罪过；另一方面，灵魂在为自己开脱，她的死亡不由你负责，是命运注定的安排。这种"你我"交错的表现形式生动展现了内心的挣扎与纠结，作者用简单的人称变换便让人物内心矛盾跃然纸上，使情节更为跌宕深入，思想流动中展现主人公的挣扎成长与自我革新。

（二）辩证的自我否定

王蒙意识小说中的自我呢喃，与心灵的交流，是一种自我寻找和自我革新。《蝴蝶》中的张思远，从八路军指导员转变为机关干部，阶级斗争的弦越绷越紧，但是离人民越来越远，机关楼、监狱、农村这些生活地点在变，但是他一直在寻找自己的根，这个根就是人民。[1] 这是一种警示与反思，张思远是一个善于自省的干部，他在高处也不忘寻找最真实的价值，也是革命精神中"一切源于人民"的本质体现。《风筝飘带》将情感寄予飘带，塑造了青年的思想成长史，从充满理想到遭受打击，一次革命可能是一种冲动，但是理性思考过后再次投身革命说明素素对世界的看法不再单纯，她带着一份稳重和青年特有的激情重新投入理想之中，又多了几分现实主义的意味。

王蒙"意识流"小说中的辩证否定，不仅是个别人物的思想成长录，更是建设时期三十多年来的缩影。作品颠覆了那个时代"伤痕文学"对故事完整性

---

[1]　陈文婷：《双重叙事策略下的"知识分子"身份建构——以〈蝴蝶〉为中心的考察》，《河南大学学报（社会科学版）》2022 第 62 卷第 4 期，第 92—97、155 页。

和形象连续性的期待，"我"不是身世控诉的抒情者，而是身世沉浮的观察者。作者也希望通过"流动"的思想展现革命思想的坚定，对当下也有着重要的警示和教育意义。

参考文献

［1］陈文婷：《双重叙事策略下的"知识分子"身份建构——以〈蝴蝶〉为中心的考察》，《河南大学学报（社会科学版）》2022年第62卷第4期，第92-97、155页。

［2］谭楚良：《中国现代派文学史论》，北京：学林出版社，1996年。

［3］段崇轩：《中国当代短篇小说十五家》，太原：北岳文艺出版社，2020年。

［4］李瑞：《王蒙意识流小说意象分析》，《职大学报》2017年第1期，第62-64页。

［5］曹炜初：《曹炜初早期语言研究论集：1984—1994年》，广州：暨南大学出版社，2017年。

［6］栾梅健：《纯与俗的变奏》：济南：山东友谊出版社，2006年。

教师点评

中学语文教学的篇章选择较为分散，学生大多缺乏文学史的整体思维与意识，对中国文学的发展流变过程感到陌生。在日常教学与课外阅读过程中，教师可采用"文学史＋重点人物介绍＋经典篇章选读"的方法培养学生的史学框架思维。

20世纪50年代至80年代是中国社会的时代巨变期，政治、经济、文化等各方面都处于变革与转型之中。王蒙的作品是时代烙印与个人意志相融合的产物，呈现出坚定的革命信仰。王蒙用充满热情的笔触刻画了新旧交替时代人们特有的精神风貌，塑造出了郑波、杨蔷云等一系列具有强烈的政治意识和倾向的主人公。与此同时，王蒙的作品不是盲目乐观的，而是利用主人公的所思所想，对自我对社会进行反思，对不符合理想状态的现象进行批判与揭露。

除作品主题与内容外，"意识流"的表达形式也是王蒙作品的一个重要特征。本篇论文比较了王蒙的作品与西方意识流的区别，将"革命"分为了社会变革、机构内部改革与个人思想革命三个板块。在论述个人思想革命时，作者关注到了王蒙意识流写作的特点，聚焦于小说中的"自我呢喃"，作者也正是采用这种双声语的模式完成了主人公的自我心灵交流。

（点评人：蒲纾尧）

乡土底色下的璀璨生命

——高晓声《高晓声小说选》读后感

兰　茜

　　"三农"问题始终是中国历史上的核心问题。占据中国人口最多数的农民在几千年的历史画卷里曾发出改天换地的呼喊，留下轰轰烈烈的壮举。作为最深厚、最韧性的力量，在时代的风雨中生生不息，发展壮大，绘出中国千年基业的底色。千千万万的农民祖祖辈辈地传承，一步一步将中国的土地踩实踩厚，用血汗浇筑历史之块垒。作为最庞大、最底层的力量，如涓流般穿透无数巨石，有时沸腾，从未静止。

　　五四以来，农民和他们的生存空间受到作家广泛关注，作家视角下的乡村，或如鲁迅所写之破败，或如废名所写之纯净，或如柳青所写之昂扬。不同的作家从不同视域剖析中国农村和农民的复杂性，给出自己对农民"国民性"的认识。其中，高晓声对乡土文化的反映和农民形象的塑造既有一定的独特性，也有其视角和时代的局限性。

一、"人性"的普适性

　　从"五四"以来，精英作家们与真正的农村、农民隔着不可逾越的厚障壁，农村与农民只在文学中承担某种理念表达的工具。一是将乡村放在城市的对立面，强调不被现代物质文明所污染的乡村的纯净与本真，以此来达成作者对逃避现实世界、构造精神上的"世外桃源"的目的。另一种描写则是把乡村置于民主文明的对立面，极尽可能地渲染乡村的封建性和农民的落后性，以达到启蒙的目的。五四精英们所宣扬的"人权"与民主只限于城市知识分子的自由与个性，处于底层的农民的"人权"鲜少得到切实的关注。言论自由与政治民主是"人权"的主要内容，农民的温饱、识字、婚恋自由、人格自尊等亟需解决的现实问题却不被纳入"人的生活"的范畴。高晓声能在一定程度上深入农村和农民，表现他们为实现"人的生活"的斗争，具有可观的价值意义。

婚恋不自主作为代际相传的魔咒萦绕整个封建王朝，剥夺人自由、幸福的权利。20 世纪二三十年代起，城市的青年人开始追求婚恋自主，中华人民共和国成立后正式重写婚姻法，直到 50 年代婚恋自主的风才吹到广大农村地区。围绕这个命题，高晓声塑造了"翠兰"这一开明、进步、淳朴、直率的农村姑娘形象。面对父亲自作主张为自己定下的婚约，她坦率地与自己的"未婚夫"面对面提出"解约"。她理智而通透地分析婚恋自主与所谓"孝道"之间的联系，思量得清楚明白，不受伪命题的"孝道"的绑架，"自己主张不拿拿稳，不害了一生？现在一糊涂，将来怨爹，爹就好过？这就算是爱爹？"[1] 高晓声用地道的、民间的语言将一个农村姑娘的真实心理了然地展现出来，在对"翠兰"的心理剖析中回应婚恋自主对农村青年人面貌改变的重要意义。

这是高晓声对农村妇女婚恋自由的初步书写，将"翠兰"与后作《捡珍珠》的"刘新华"、《水东流》的"淑英"相比，可以明显看出后者在婚恋上更为自觉、主动的姿态。

二、柔性的底层生存姿态

高晓声笔下的乡土世界主要聚焦于底层百姓，但因特殊的时代条件，中国乡村在一段时间内出现过一批与乡村格格不入的人群——下乡知识分子。知识分子下乡或主动或被动，他们的到来必然搅乱乡村的平静的湖水。高晓声在 1957 年因探求者文学社团被打为"右派"，直到 1979 年才平反复出。他在"劳动改造"中切身接触了一大批真实的农民群众，对他们的生活的了解成为他后

---

[1] 高晓声：《解约》，选自《高晓声小说选》，南京：江苏文艺出版社，2009 年，第 2 页。

来文学创作的重要素材。同时他也接触了不少与他有相同遭遇的知识分子，顺势表达了知识分子在时代洪流中幽微难明的心理。

在《钱包》里，高晓声描写了为了生活拼尽全力的底层百姓，为了获得一个谣传中警察局局长掉在河里的皮包，在春寒料峭的时节里泡在冰冷的河水里寻找，因为现实的境况是"你不想妨碍别人，别人却偏来妨碍你，抢走你的米，逼走你的钱，叫你累得晕倒在田里也吃不上粥，叫你除了劳动所得之外不得不另外设法谋生"[1]。这里出现了劳动致富的悖论：人们以为只要辛勤地劳动就可以过上轻松的生活，而现实却残忍地打破他们卑微的要求和希望。在黑暗能吞噬光明的日子里，靠着并不真切的希望和幻想活着，以卑微却顽强的生命力撑下去，撑到希望中光明降临的一天。

除了土生土长的农民，流落乡村的知识分子仍然有这样一套底层生活智慧，帮助他们捱过混乱疯狂的年代以及那些疯狂留给他们的永不磨灭的创伤。邻居老方在"文化大革命"中身体被搞垮了，平反后在中学教书，迫切地燃烧自己余下的生命，想把"文革"中失去的时光补回来。"人民总是乐观的，对前途充满信心，自古以来，坏人从来就有。"[2]再大的折磨也会在事后释然，继续以老黄牛的姿态悠然却坚定地往前走。

三、平淡而自然的写作风格

作家的叙事姿态总是与他对写作对象的情感姿态相联系的。高晓声在他笔下的农民身上倾注了同情与理解，与这种同理心相适应，作品在叙事上显得平淡而自然、舒缓而亲切。在情节发展中，高晓声倾向于让故事自然倾泻，让人物经历自然而然地发展。

在人物塑造和心理刻画上，高晓声采取了大量白描手法。五四以来，在人物刻画上将白描手法运用得最为娴熟的作家当属鲁迅。"有真意，去粉饰，少做作，勿卖弄而已。"[3]这是鲁迅对白描的解释。鲁迅贯彻他的冷峻风格，

---

[1]　高晓声：《钱包》，选自《高晓声小说选》，南京：江苏文艺出版社，2009 年，第 82 页。

[2]　高晓声：《我的两位邻居》，选自《高晓声小说选》，南京：江苏文艺出版社，2009 年，第 69 页。

[3]　鲁迅：《作文秘诀》，选自《鲁迅全集（第四卷）》，北京：人民文学出版社，1963 年，第 474 页。

利用白描一针见血、直达人心地解剖人物，使他们人性的卑劣无处遁形。但高晓声的白描"客观冷静中饱含着对人物苦难命运的深深同情，他的白描是有情感的、有温度的"[1]。他用白描去书写苦难对人们肉体上、精神上的折磨和摧残。

李顺大土改后立下造屋的志愿，从开始的干劲十足，"他觉得浑身的劲倒比天还大，一铁耙把地球锄一个对穿洞也容易，何愁造不成三间屋！"[2]到经历一次又一次的失败才艰难完成，却因送礼一事变得灵魂不得安宁，夜不能寐，无颜面对老书记。作家站在苦难的亲历者的视角描写苦难，是作家与笔下人物的感同身受。

四、笑中含泪的剖析

高晓声对底层苦难的态度具有两面性，同情与批判并存，他的苦难书写呈现出双重审美趣味。他笔下的苦难往往"笑中含泪"，在他幽默的调侃笔法下隐含着对受难原因的批评与警醒。[3]

（一）道德观崩塌下农民心理的挣扎

高晓声在剖析农村、农民的复杂性中，一方面展现了农民对诸如踏实、勤劳、端正等自己世辈相传的处世之道的坚守，一方面也不避讳地直书这种价值观在践行过程中逐步演变成根深蒂固的保守性，又进一步地揭示在面对现实的利益纠葛与冲突时，农民对这类传统优秀品质的态度从坚守到放弃的过程。高晓声深入到乡土文化里实用性的一套原则和农村运行机制中去思考农民的历史性与现实感。如《拣珍珠》里写李大嫂拒绝国明的舅舅要给干部送礼时的义正词严："吃亏只要在理，沾光我们不要"，"讨得来的欢喜我们也不要"，"说情、请客、送礼我不会，也想不出今朝怎会有这种事"[4]。李大嫂信奉端正

---

[1] 马晓：《论高晓声小说中的苦难书写》，南京师范大学硕士论文，2015年。

[2] 高晓声：《李顺大造屋》，选自《高晓声小说选》，南京：江苏文艺出版社，2009年，第29页。

[3] 马晓：《论高晓声小说中的苦难书写》，南京师范大学硕士论文，2015年。

[4] 高晓声：《拣珍珠》，选自《高晓声小说选》，南京：江苏文艺出版社，2009年，第53页。

为人等朴素的道德观，然而在儿子国明说定的对象想退婚时，她也反常地责怪儿子："我晓得你没用，你不会讨人家欢喜。"李顺大经历重重的造屋阻碍后，本以为要守得云开见月明的时候，又发现必须送礼给砖厂才能拿到材料。当李顺大终于学会接受暗示，送礼拿到砖头后，他却一点也不轻松。李大嫂与李顺大反映的都是农民在现实面前不得不妥协时的挣扎与无奈。李顺大虽然学会送礼，但始终为自己腐蚀别人而内疚自责。

（二）承受生命苦痛之隐忍

中国农民是最温顺的农民，在水深火热的时代里他们可以揭竿而起，那是对绝望生活的绝地反击，反击之后立马又变得温和起来。他们豁出性命之所求不过温饱，他们的血液里流淌着最中庸平和的气质。高晓声的"陈奂生"系列把人物塑造得活灵活现，用真实朴素的细节来描绘农民的性格与命运。如《包产》中的陈奂生，"打了他之后马上替他拍拍背，他立刻就不怨；骂他的时候只要态度好一点，他就认为你是好心，而不抱怨"[1]。陈奂生代表了农民的一种典型性格：隐忍不发，盲目承受。在高晓声看来，农民性格的软弱保守、墨守成规是造成他们苦难的重要内因，作者在这种揭露中发出农民觉醒的警示。

被打击下乡的知识分子也同样具有温顺的性格。李稼夫自知在当时的政策条件下，知识分子出身会给自己带来麻烦，便想要努力表现，表明自己对政权的态度。时代却没有给他这样的机会，"他既被当做'走资派'用人不当的证据，又被当做凡重用了他这样的人就是'走资派'的证据"，于是他被木然地送到村庄。尽管顶着"反动学术权威"的身份，他也认为生活没有结束，他马上热火朝天地投入到当地的百姓中，把自己放入这个广阔天地的脉动中。

农民和知识分子共同构成了高晓声笔下的"乡村"世界，这也恰好对应了他自身的双重身份。[2]因此他的书写中既有站在农民立场表达的对农民的理解和同情，也有站在知识分子立场对农民的凝视。生活上与底层隔绝，感情上本能地不愿为底层说话，可以说这位曾经的农民作家已经彻底地离开了农

---

[1]　高晓声：《包产》，选自《高晓声小说选》，南京：江苏文艺出版社，2009年，第321页。

[2]　钟颖慧：《高晓声小说中的"乡村"书写》，南京师范大学硕士论文，2015年。

民。[1]

结　语

高晓声真实的农村生活经历使得他对农民的书写真切而深情，但他本身的知识分子身份也抽离他与农民的真实距离，因此他无法真正成为农民的代言人。他的乡土世界深入地剖析农民的人性与底层的生活，也带着知识分子的疏离。

参考文献

［1］高晓声：《高晓声小说选》，南京：江苏文艺出版社，2009 年。

［2］鲁迅：《作文秘诀》，选自《鲁迅全集（第四卷）》，北京：人民文学出版社，2005 年。

［3］马晓：《论高晓声小说中的苦难书写》，南京师范大学硕士论文，2015 年。

［4］钟颖慧：《高晓声小说中的"乡村"书写》，南京师范大学硕士论文，2015 年。

［5］苗点：《时代的沉浮——新时期以来有关高晓声的评论探究》，河南师范大学硕士论文，2014 年。

教师点评

作家高晓声于 20 世纪 50 年代开始写作，后遭遇挫折，历经苦难。他曾多年务农，参加生产劳动，观察农民生活，也曾在中学任教、在工厂做工。他的作品塑造了追求婚恋自主的女性、拼尽全力却依然饱受摧残的农民和命运曲折的下乡知识分子，对农民的矛盾心理描写细腻，对乡土文化理解深刻，擅长在农民的日常生活中揭示重大社会问题，并试图探索农民悲剧命运的根源，成为 80 年代农民问题反思小说的代表。

---

[1]　苗点：《时代的沉浮——新时期以来有关高晓声的评论探究》，新乡：河南师范大学硕士论文，2014 年。

兰茜这篇读后感分析了高晓声作品对农民形象的塑造和其所反映的乡土文化的独特性及局限性，总结了其作品运用白描手法、平淡自然的创作风格，表现了其作品对农民在历史发展中所受苦难的同情和其对农村变革中农民国民性的批判，有一定价值。

高晓声的寓言《摆渡》被选入多个版本的教材，如2000年人教版初中语文教材第二册、马来西亚华文独立中学初三年级的《华文》教材，影响深远。《摆渡》是高晓声《七九小说集》的前言。该寓言短小精悍，构思巧妙，引人深思。教师应引导学生感受作品所表达的"创作须付出真情实意，方能到达精神世界彼岸"的寓意。

（点评人：米　禧）

天真明澈，温热可亲

——汪曾祺《汪曾祺短篇小说选》读后感

余春菲

在《受戒》的重印后记里，汪曾祺说："我觉得我还是个挺可爱的人，因为我比较真诚。"[1]实质上这也是我在阅读汪曾祺作品后的直观感受，他醉心于家乡高邮的风俗人情，以温热的笔触描写普通百姓简单质朴的生活，以清新生动的语言绘出苏北水乡的自然人文之美，使日常生活审美化，展现了充满古典韵味的名士风格。他笔下的人物棱角分明，特点突出，朴素平淡的文字里蕴藏着亲切动人的情感，体现出其独特的审美艺术。近年来，虽然各大出版社热衷于营销汪曾祺的"吃货"人设，《人间有味》等侧重于描写饮食的散文热度居高不下，但细读《汪曾祺短篇小说选》后，读者获得的审美体验实际上是更加丰富而且深刻的。

汪曾祺在小说中以温厚平淡的文笔回忆故乡，关注生活中普通简单的人物和事件，语言平实朴素而又优美含蓄，自有情致，为我们描绘了一个充满浓郁地域色彩和诗情画意的乡土世界，含不尽之意于言外，韵味无穷。汪曾祺总结自己的小说思想为"一部分作品的情感是忧伤的……一部分作品则有一种内在的快乐……一部分作品则由于对命运的无可奈何转化出一种常带有苦味的嘲谑……在有的作品里这三者是混合在一起的，比较复杂"[2]。在《受戒》的

---

[1]　汪曾祺：《汪曾祺全集10：谈艺卷》，北京：人民文学出版社，2019年，134页。

[2]　汪曾祺：《汪曾祺自选集》，北京：三联书店，2002年，第301页。

重印后记里，他又再次提起"重读一些我的作品，发现：我是很悲哀的。我觉得，悲哀是美的。当然，在我的作品里可以发现对生活的欣喜。弘一法师临终的偈语：'悲欣交集'，我觉得，我对这样的心境，是可以领悟的"[1]。汪曾祺的创作不仅展现了清澈开阔、生机勃勃的水乡风景世界，赋予了普通百姓以美好健康的人性和诗意盎然的生命形态，也包含了"直面人生之冷酷、人生之荒寒，正视苦难、悲悯天下的美学气质"[2]。温厚平淡的语言，清淡却有味的情节，热气腾腾的生活往事，悠闲而精细的技巧，构成了充满民俗美、人情美、悲剧美的小说作品，如小火慢炖，有滋有味。

在《汪曾祺短篇小说选》中，有的篇目"写得很天真，很古老很愚钝地讲一个闲来无事的故事"（王安忆《汪老讲故事》），比如："那两个老人是谁？"（《鸡鸭名家》），"我在七里茶坊住过几天"（《七里茶坊》），闲远古淡，娓娓道来，犹如闲坐谈天。有些情节很淡，叙述生活种种，题材通常是细小琐屑的，如《如意楼与得意楼》，好似只是在介绍菜单；《羊舍一夕》又名《四个孩子和一个夜晚》，萧散自然的语言亲切地讲述了四个孩子的故事，温情满满。有的充满民俗文化和地方色彩，有趣味，也有滋味。比如《故人往事》，写车匠，写收字纸的老人，那些渐渐逝去的记忆和符号；《求雨》则运用了民间的口头文学，亲切之中有闲适的感觉。有些口吻揶揄，带了些嘲弄，写小人物，并不尖锐，有几分悲悯。比如《八千岁》，吝啬的店主最终也豪气地叫了碗三鲜面。

最特别也最令我印象深刻的是那些描写悲哀的篇目，有的写得极美，有的悲惨凄切，不堪卒读。比如《晚饭花》，"在浓绿浓绿的叶子和纷纷乱乱的红花之前，坐着一个王玉英"构成了李小龙的黄昏，而结尾"这世界上再也没有原来的王玉英了"，凄清婉转，感慨无边；《徙》一篇，"辛夸高岭桂，未徙北溟鹏"，那个战乱的时代，没有他们飞翔的天空，这是小人物在大时代下不能破解的人生困境；《八月骄阳》一篇，写老舍先生投湖一事，平静的叙述中

[1] 汪曾祺：《汪曾祺全集 10：谈艺卷》，北京：人民文学出版社，2019 年 1 月，134 页。

[2] 摩罗：《悲剧意识的压抑与觉醒》，《当代作家评论》1997 年第 5 期，第 3—13 页。

凝注了无限的悲怆与沉痛；《虐猫》一篇，大约九百字，语气仍是那样寻常，写小孩纯洁无瑕的性格是如何被扭曲、被摧毁的，反映出"文化大革命"对人性的破坏，不仅是大人，小孩也非常残忍；《天鹅之死》，写芭蕾舞演员和天鹅的悲剧，'传达出一种对"文化大革命"之后许多人失去爱美之心而产生的深深的悲哀。伤痕文学时期，汪曾祺那以故乡往事为题材的散文化的小说在文坛上无疑是具有异质性的，相较于大多数倾诉苦痛记忆的作品，汪曾祺的小说在艺术上的创新和探索是出众的，他在对残酷现实的直面和自身境遇的伤怀的同时，也深入挖掘中国传统文化的内涵，注重文学文体本身，以文学的思维写作，传递出诗性美和人情美，独树一帜。

　　《汪曾祺短篇小说选》内容丰富，文笔秀美，恰如汪曾祺自己所言："人间送小温"[1]，他深感现代社会生活的喧嚣和紧张，以充满温情的笔调使读者产生了对宁静闲适生活的向往，以及对心灵净化和升华的追求。最有代表性的一篇便是《受戒》，汪曾祺说自己"写的是四十三年前的一个梦，那篇小说的生活，是四十三年前接触到的"[2]，诚然，《受戒》的故事如梦一般美好，只有最纯真的少女，简单的生活以及纯美的爱情，不仅蕴藏着丰富的生态美意蕴，而且充满着桃源牧歌的理想，风土人情与健康美丽的人性交相辉映，体现了人与自然、佛性与俗世人性的和谐。在《受戒》中，汪曾祺以大量的笔墨描写了庵赵庄一带的风土人情，介绍了两处地名的由来、和尚教授念经的方式、受戒的仪式以及各方面的习俗等，传递出浓浓的烟火气息。一方面，汪曾祺对人物的描摹是细致精巧的，"小英子这天穿了一件细白夏布上衣，下边是黑洋纱的裤子，赤脚穿了一双龙须草的细草鞋，头上一边插着一朵栀子花，一边插着一朵石榴花"……何其清丽，宛若脱水芙蓉。另一方面，他对独特风物景致的描绘唯美而清新，笔触俊逸自然、凝练圆融，点染着漫漫画卷，如对荸荠庵和英子家周围的生活环境的描写："房檐下一边种着一棵石榴树，一边种着一棵栀子花，都齐房檐高了。夏天开了花，一红一白，好看得很。栀子花香得冲

---

[1]　汪曾祺：《汪曾祺全集10：谈艺卷》，北京：人民文学出版社，2019 年，第 379 页。

[2]　汪曾祺：《汪曾祺全集10：谈艺卷》，北京：人民文学出版社，2019 年，第 83 页。

鼻子，顺风的时候，在荸荠庵都闻得见。"充满了生命活力，展现了一个质朴明净、生机盎然的水乡世界，带给人质朴简单、和谐统一的美感体验，表现出一种对自然淳朴的健康人性美。

在《人间送小温》中，汪曾祺曾这样写道："作家应该给人间送一点温暖，哪怕是很小的一点。作家应该引发读者对生活的信心，使读者感到生活是美好的，有希望的，从而提高读者的精神素质，使自己更崇高，更优秀，更美。"[1]所以即便是我提到的那些充满悲哀之美的作品，也淡淡地传递着希望与爱，体现着悲悯天下的民间关怀情结，表达着对小人物的深切关怀和同情，温热动人，展现了一位"中国式的抒情人道主义者"对人性的赞美。《大淖记事》中，刘号长为害一方，强奸民女，殴打锡匠，强权之下，锡匠们奋起反抗，开会、递呈子、游行、顶香请愿，争取到了大茶馆会谈，最后逼迫刘号长调离此地，这些细节的叙述仅仅是简单的叙事，体现出一种平民的叙事视角，同时也颂扬小人物善良的人性光彩，呈现出世俗人生的诗意境界。《珠子灯》中，在节妇死后锁起来的房间里时常听见散线的玻璃珠子滴滴答答落在地板上的声音的细节，写封建贞操观念的零落，纵使故事的结局是孤独老死，但仍给了读者一份希望。《复仇》中，这是一个由"复仇"转向"弃仇"的过程，复仇者最终放下了复仇使命，与和尚一起开凿山壁中这个结局无疑具有涤荡人心的力量体现着儒家"仁心"和"恕道"的精神内核。对于儒家仁学思想，汪曾祺曾说："我不是从道理上，而是从感情上接受儒家思想的。我认为儒家是讲人情的，是一种富于人情味的思想。"[2]这些温情脉脉的作品也诚如他所言，传递出一种带有朴素信念的诗意，从芸芸众生的苦难和不幸上轻轻抚过，绽放出温暖与希望。

"温暖的篝火在燃烧，作家应该往火里投进几束薪柴。"[3]汪曾祺以圆融自然、温厚平淡的笔墨塑造了健康美好的水乡世界，深入挖掘普通民众的人性之美，为现代读者提供了一座可以休憩的精神花园，淡远的心境蕴含着含蓄

---

[1]　汪曾祺：《汪曾祺全集 10：谈艺卷》，北京：人民文学出版社，2019 年，第 379 页。

[2]　汪曾祺：《汪曾祺全集 9：谈艺卷》，北京：人民文学出版社，2019 年，第 329 页。

[3]　汪曾祺：《汪曾祺全集 9：谈艺卷》，北京：人民文学出版社，2019 年，第 440 页。

隽永的美学意蕴，构成了文学长河里清澈明朗的一脉。

参考文献

［1］汪曾祺：《汪曾祺自选集》，北京：三联书店，2002 年。

［2］汪曾祺：《汪曾祺全集10：谈艺卷》，北京：人民文学出版社，2019 年。

［3］摩罗：《悲剧意识的压抑与觉醒》，《当代作家评论》1997 年第 5 期，第 3-13 页。

［4］汪曾祺：《汪曾祺小说精选》，武汉：长江文艺出版社，2019.

［5］许哲煊：《恬淡画境融笔墨——浅评汪曾祺〈复仇〉》，《青春岁月》2021 年第 5 期，第 41 页。

［6］汪曾祺：《汪曾祺全集 9：谈艺卷》，北京：人民文学出版社，2019 年。

教师点评

论文简单概述了《汪曾祺短篇小说选》天真明澈、温热可亲的艺术风格，整体行文比较随性，类似散文，不拘一格，有散文优美的语言，却无散文"神聚"的特点，行文思路比较散漫。

（点评人：熊　敏）

柏拉图式的爱情悲歌

——张洁《爱，是不能忘记的》读后感

高信凯

想要读懂这一篇小说，首先要明确书中展现出的两对矛盾，作者借此设置了一个理想化的世界，使崇高的"精神之恋"更为凸显。

一、婚姻与爱情的矛盾

在姗姗问起自己的父亲时，钟雨羞涩地提到，自己年轻时由于幼稚、轻信，嫁给了一个"公子"，终于因无爱而离异；正当她在孤独中生活并独立抚养自己的女儿时，在她面前出现了一位"白发生得堂皇而又气派"的老干部，并深深地爱上了他。[1]她最终将这份"精神之恋"延续到自己生命的尽头。

另一边，老干部在做地下党工作时，一位老工人因为掩护他而牺牲，留下了自己无依无靠的妻女。他出于道德的考虑，义无反顾地娶了老工人的女儿，结婚生子，赡养一家人。但也正是因为走进了婚姻的"围城"，而无法与深爱着的钟雨走到一起。

恩格斯曾经说过："只有以爱情为基础的婚姻才是合乎道德的。"在我们的生活中，真正以爱情为基础的婚姻有多少呢？而权衡利害的婚姻却随处可见。在《家庭、私有制和国家的起源》这部书中，恩格斯断言，在消灭了资本主义

---

[1]　赵福生：《现代知识女性的心理踪迹——丁玲和张洁的小说比较》，《当代作家评论》1989年第6期，第4—11页。

生产和它所造成的财产关系，从而把婚姻中一切经济考虑消除后，建立在真正的爱情基础上的婚姻正是最牢靠的婚姻。

钟雨与老干部之间可望而不可即，心中始终惦念，却最终难以付诸行动，老干部的婚姻成为横亘在两人之间深深的沟壑，将有情人永远分割。老干部和妻子的婚姻没有爱情的基底，只是出于道义、责任、阶级情谊和对逝者的感念，他想通过这种形式顺理成章地照顾救命恩人的后代，以此来慰藉自己的心灵。

老干部在遇见自己的真爱之前，甚至会庆幸自己的这种婚姻形式：“谢天谢地，我虽然不是因为爱情而结婚，可是我们生活得和睦、融洽，就像一个人的左膀右臂。”[1] 在他看来，因为自己和妻子没有爱情的基底，所以更像并肩作战的同志，只是一起搭伙过日子，因此也免除了普通夫妻因为“爱”而徒增的烦恼。但当他见到钟雨后，才发现自己这些年都错了，原来自己也会真正爱上一个人，原来自己也渴望“爱情”，可惜，因为自己已经作出的决定，让这一切都无法再实现，只能将深情埋在心底，各自远去。

钟雨同样如此，她年轻时懵懂无知，与一位公子哥儿似的人物结婚生子，却在女儿还很小的时候便分了手，因为她感觉到彼此之间已经没有了爱意。可是婚姻的苦果已经酿成，即使两人再也不见，身边的姗姗也会时刻提醒自己，曾经有过这样一段鲁莽的经历。

二人皆是如此，被命运开了一个大大的玩笑，正如钟雨在笔记本中写道：“为什么生活总是让人经过艰辛的跋涉之后才把你追求一生的梦想展现在你的眼前？而这梦想因为当初闭着眼走路，不但在岔路上错过了，而且这中间还隔着许多不可逾越的沟壑。”两人都在早年尚存懵懂之时，草草地决定了自身的人生大事，不曾考虑过“爱情”的含义，到如今只能相看泪眼不胜愁了。

作者在小说最后借姗姗之口向读者们发出呼告：“别管人家的闲事吧，让我们耐心地等待着，等着那呼唤我们的人，即使等不到也不要糊里糊涂地结婚！不要担心这么一来独身生活会成为一种可怕的灾难。要知道，这兴许正是社会生活在文化、教养、趣味等等方面进化的一种表现！”

---

[1]　张洁：《爱，是不能忘记的》，《北京文学》1979 年第 11 期。

现如今，随着经济发展水平的提高，人们果然越来越重视"结婚"这件事了，从前的我们被世俗所谓的"男大当婚，女大当嫁"所束缚，到了适婚年龄便草草决定自己的人生大事，大多数人像老干部一样和自己并不爱的另一半糊糊涂涂地过完一生，一小部分人因为和配偶实在是无法共同生活而分手，能从心底深深爱着对方的情况少之又少。随着独立意识的觉醒，现代人开始考虑这种婚恋态度的合理性，最终正如张洁在本篇小说中所期许的那样，生发出更为科学的婚恋方式。

家庭的不幸来源于何处？答案是确定的，那便是婚姻与恋爱的割裂。随着"饮食男女"时代的结束，二者正在逐渐统一，总有一天，"互相呼唤的人"会互相应答，达到"灵"与"肉"的统一。

二、理想与现实的矛盾

纵观全文，钟雨和老干部之间的爱情已然超越了婚姻、法律的制约，也超越了道德、文化的束缚，甚至不受承载生命的肉体的局限，作为一种精神直到永恒。但回归现实，他们两人一生在一起的时间尚不足二十四小时，手也未曾牵过。这样的表述将理想与现实的巨大鸿沟展现得淋漓尽致。[1]

由于我们在上一专题中讨论过的原因，钟雨与老干部两人因为世俗道德伦理的约束，而无法共同走进婚姻的殿堂，他们是那样热烈地爱着彼此，即使多年未见，即使生死相隔。但他们并没有做出过分的行为，他们将人的二象性之一的"肉"尽数分离，仅仅保留"灵"这一属性，并且在此基础上成就了极高的"精神之恋"。

反观现实，作为人的我们常常无法逃脱"肉"的诱惑，即使明知不可为却为之，便产生了诸如"潘金莲"一类的淫靡之事，虽然情有可原，但终归有失伦理。而作者笔下的钟雨无疑是另类的，她那份悖逆文明性道德的婚外恋诚然越出了将爱兑现的能力极限，也无法在时间与空间的迁徙中忘却，但她并没有因此而僭越伦理，而是选择了在幻觉与物恋中深化与强化，以至于使一套《契

---

[1]   周晖：《爱到无字——张洁真爱理想的建构与解构》，《文学评论》2000 年第 6 期，第 61-66 页。

诃夫小说选》获得了不同寻常的教人系恋的力量。[1]钟雨以物恋方式激发或替代情爱的积欲和解欲的过程，升华了爱而不得的忧伤，将精神之恋推向了更高的境地，最终超越了伦理，超越了生死。

当然，我们在感叹于此种凄美爱情的同时，也应意识到其带有浓厚的理想主义色彩，它虽然具有永恒的艺术魅力，却缺少现实的生命力感。据前文所说，张洁之所以写这篇小说，是"想用文艺形式表达出我读恩格斯的著作《家庭、私有制和国家的起源》一书的体会"，她用极具抒情性的语言讲好了这个故事，但在小说的最后，她却借姗姗之口发出了"让我们等待着"的呼吁，对老干部的婚姻表示了事实上的否定，这无疑是把理想与现实割裂开来，将复杂矛盾简单化了。[2]

理想与现实之间的矛盾绝不是一味地等待便可以解决的，有时候，我们个人的力量无法冲破现实的牢笼，理想变得遥不可及，这种悲剧至少在现代社会还是普遍存在的，我们现在无法彻底解决。因此，我们不能一味地否定像老干部一样的婚姻，这种婚姻的存在如今仍旧具有一定的合理性。我们应当承认现实，在现实的基础上追逐理想，最终达到理想与现实的和谐统一。

在 20 世纪 80 年代初"人"的问题为主潮的背景下，张洁通过描绘这样一个柏拉图式的精神之恋，展现了作者本人对于爱情这一人们丧失已久的精神生活的呼唤，文中的女主人公钟雨，更是相当程度上表现为张洁梦幻式的自我镜像，那刻骨铭心的"不能忘记"的爱情，却绝不悖逆于社会的伦理道德规范，被她的生花妙笔渲染得那般神圣，那般纯洁，那般高贵，那般超凡脱俗。[3]

结　语

脚踩泥泞，并不妨碍我们仰望星空。或许在不久的将来，我们便能勘破复杂的人物关系，使爱情与婚姻相互协调，将理想与现实和谐统一。我们人类也正是在这样的一次次思想革新中完善自身，走出更加美好的前程。

[1]　王绯：《张洁：转型与世界感——一种文学年龄的断想》，《文学评论》1989 年第 5 期，第 117-124 页。

[2]　唐晓渡、王光明：《论张洁》，《文学评论》1985 年第 1 期，第 33-43 页。

[3]　吕智敏：《张洁：告别乌托邦的话语世界》，《中国文化研究》2001 年第 4 期，第 149-158、3 页。

参考文献

［1］赵福生：《现代知识女性的心理踪迹——丁玲和张洁的小说比较》，《当代作家评论》1989 年第 6 期，第 4-11 页。

［2］张洁：《爱，是不能忘记的》，《北京文学》1979 年第 11 期。

［3］周晔：《爱到无字——张洁真爱理想的建构与解构》，《文学评论》2000 年第 6 期，第 61-66 页。

［4］王绯：《张洁：转型与世界感——一种文学年龄的断想》，《文学评论》1989 年第 5 期，第 117-124 页。

［5］唐晓渡、王光明：《论张洁》，《文学评论》1985 年第 1 期，第 33-43 页。

［6］吕智敏：《张洁：告别乌托邦的话语世界》，《中国文化研究》2001 年第 4 期，第 149-158，3 页。

教师点评

本文有以下特点：

首先，中心突出，内容丰富。全文围绕"柏拉图式的爱情悲歌"这一中心展开，紧扣两对矛盾论述，并适当引用恩格斯名言和经典著作《家庭、私有制和国家的起源》加强论证，将个体情感的困境转向现代社会问题的探讨，内容充实，指出婚姻与恋爱的割裂是家庭不幸的来源，而一味地等待并不能解决理想与现实的矛盾，具有一定的深度。

其次，构思巧妙，语言简洁流畅。全文以婚姻与爱情、理想与现实的两种矛盾为主线构思，结构清晰，说理缜密。文章展现了钟雨和老干部两人之间的克制的爱情，恰当地把个体与国家等元素巧妙地关联在一起，立意深刻。

当然，文中的第三段与上下文衔接不够理想，文中的个别语句表达也不够准确，还有几处标点符号使用不当，但瑕不掩瑜，仍不失为一篇成熟的论文。

（点评人：张玉妹）

跨越时空　生生不息

——贺敬之《贺敬之诗选》读后感

张　悦

　　贺敬之，"十七年"诗歌创作的代表诗人之一，以政治抒情诗的创作而闻名。文学史家对贺敬之的创作进行了充分肯定："他各个时期那些代表性作品，那些脍炙人口的诗句，因为典型地表达了人民情绪和民族精神，所以在亿万人中激起了经久不衰的接受热情，成为生活和工作中的精神食粮。"[1]如果将贺敬之的诗歌放在整个文学历史长河中，在人类文明发展史的尺度下进行全方位的审视，会发现他的诗歌不仅在艺术上不断突破，还在思想上求善求美，在内容上记录人民情绪、表达民族精神，而正是这些构造了贺敬之诗歌的经典性。

　　伊塔洛·卡尔维诺在《为什么读经典》中提出过自己关于经典作品的看法，她认为："经典是那些你经常听人家说'我正在重读……'而不是'我正在读……'的书。"[2]而经典之所以被读者反复阅读，是因为经典的作品往往能够写出人类共通的人性心理结构和共同美，引发读者共鸣。这意味着，经典作品能够在不同时代被不同的读者读出不同的意义和感受。在当代的文化和社会语境下，重读《贺敬之诗选》，依旧会有新的发现。

　　贺敬之的诗歌具有现在和过去两种时间状态。贺敬之19世纪40年代之前的诗歌创作大多处于"现在"这个时间状态。在这种状态里，诗人以叙述者的

---

[1]　张器友：《读贺敬之》，北京：红旗出版社，2020年，第202页。

[2]　卡尔维诺：《为什么读经典》，黄灿然、李桂蜜译，南京：译林出版社，2016年，第1页。

身份用诗歌记录所闻所见，比如《弟弟的死》《五婶子的陌路》《牛》，记叙的内容是被压迫、被剥削人民的悲惨生活。贺敬之在一九四一年创作的《牛》，以小孩的视角讲述了赵大黑子将小黄牛带走的全过程。小黄牛是去年从集市上买回来的，一家人在以后的日子都要靠着这头小黄牛生存，然而，小黄牛还没有长大，收账的赵大黑子用铁棍把一家人打倒，拉着小黄牛走了。到了冬天，没有柴火和粮食，爹娘在雪花飘落的地方哭泣。正如贺敬之在诗中发问："在雪花飘落到的地方，谁会不哭呢？"诗人在诗歌中重现了被剥削人民的悲惨生活。

　　同样，诗人也是抒情主人公，用诗歌抒发情感，比如《自己的催眠》《生活》《十月》。"而且我说／明天／朝阳来呼唤着我们／她的光／一定很润，很浓呢。"[1] 诗人对革命充满信心，他相信明天的天空一定很蓝，明天的朝阳一定很亮，明天的日子一定很好。"会议上／他扬着／手臂的森林／站在／掌声里／一个音响：'劳动英雄！'"丰收的十月，诗人伸开双臂，拥抱收获。他歌颂劳动的英雄，播种的劳动英雄，带来光明的劳动英雄。然而，在大量阅读同类诗歌后会发现，诗人叙述的内容和抒发的情感颇为相似，主要抒发了诗人对剥削阶级的揭露和批判，对人民的同情和怜悯，以及对光明的坚信，坚信党会带领人民走出被压迫、被剥削的苦难生活。

　　这一时态下，诗人记录了光明出现之前人民的生存困境，通过诗歌表达了人民普遍的情绪，同时见证了党在取得革命胜利之前的艰苦工作，体现了民族坚忍不拔的精神。

　　过去则是对往昔的回忆，饱含着诗人深深的思念。而诗人回忆的对象主要是延安，他将延安称为"母亲"，那个给予贺敬之生命之泉的地方。贺敬之在《回延安》里记录了重回延安的情景。他重新踏上延安的土地，因为激动，心口在怦怦地跳，他手里紧紧抓住黄土，放在心口，仿佛这样他就与这片土地成为一体。他说，"灰尘呀莫把我眼睛挡住了"，他要仔细地看看母亲——延安。这片土地上曾经孕育了民族的希望，"杨家岭的红旗啊高高地飘，革命万里起

---

[1]　贺敬之：《贺敬之诗选》，北京：人民文学出版社，2004 年，第 30 页。

高潮！"如今，十年革命大发展，毛主席登上了天安门！这首诗生动热烈地表达了诗人对延安人民的深厚感情，歌颂了延安人民对中国革命事业的巨大支持和积极贡献。

过去除了是对往昔的回忆，还有诗人见证沧桑巨变后的感叹。贺敬之在《回延安》《放声歌唱》《十年颂歌》等诗歌里回顾了党带领人民奋斗的艰苦历程，同时描绘了解放战争取得胜利后，尤其是中华人民共和国成立后欣欣向荣的幸福生活。

"为什么 / 那被出卖了的童养媳 / 今天 / 会神采飞扬地 / 驾驶着 / 她的拖拉机? / 怎么会 / 在村头的树荫下，/ 那少年漂泊者 / 和省委书记 / 一起 / 讨论着 / 关于诗的问题?"[1]（《放声歌唱》）

人们的生活发生了翻天覆地的变化，童养媳开上拖拉机，开启属于她的新生活。少年漂泊者不再流浪，他看到的世界不再是灰色，而是五彩斑斓的充满光和希望的新世界，这些光与希望成为他的诗意。正如诗人写的那样，我们祖国的大地上万花盛开，我们祖国的天空光华灿烂，生活的浪花在滚滚地沸腾，我们在如花似锦的道路上一程又一程地前进。

贺敬之 1924 年出生在山东省的一个贫农家里，出生在动荡不安的时代，正如诗人在诗里写的那样："自传的第一页：时代 + 灾难 + 母亲，这，我就生长起来。"[2]他见过腥风血雨，也见过国泰民安，他见证了新中国从落后到富强。侵略战争、解放战争以及开国大典对于 21 世纪的青年人而言，是一个又一个的故事，而贺敬之是故事里的人。这些故事对他而言，承载着千丝万缕的感情。在风雨飘零的旧中国生活过的他，更能体会新中国成立的不易，正是这种真切的感受，成为他歌颂祖国、歌颂党、歌颂英雄的原因。

贺敬之非常重视文艺作品思想内容，同时对诗歌形式的创新也有很强的探索意识。延安时期，他钻研学习过马雅可夫斯基的楼梯式诗歌形式，也学习过民歌体诗歌形式。重读贺敬之诗歌，最直观的感受就是贺敬之的"楼梯式"诗歌。

当语言形式从文言切换到白话以后，古体诗的格式被放弃，新诗要找到一

---

[1]　贺敬之：《贺敬之诗选》，北京：人民文学出版社，2004 年，第 252 页。
[2]　贺敬之：《贺敬之诗选》，北京：人民文学出版社，2004 年，第 57 页。

个合适的规则和格式,经过不断的探索,发现"楼梯诗"最符合新诗创作的需求。

新诗没有用严格的体式束缚自己,但又不是完全没有节奏和格律。而楼梯诗的包容性很强,既可以容纳各种内容,也能满足诗歌对韵律最基本的要求。这样看来,楼梯诗对于新诗而言,是一个比较合适的形式。

啊!这就是
　　我们的
　　　　党!
就是这样,
　　我们六亿五千万人的
　　　　革命大军
　　　　　　在前进,
就是这样,
　　用我们的双手
　　　　在实现
　　　　　　我们的理想![1]

贺敬之对马雅可夫斯基的"楼梯式"的创造性运用,通过对词句的排列,将激动、喜悦的感情流畅地表达出来。贺敬之在移用马雅可夫斯基的"楼梯式"的时候,"尽量地注意到了中国语言的习惯……实在不敢'生硬地模仿',主观上倒极想创造性地学习"[2]。他在楼梯式的节奏中又创新性地加入了部分中国传统诗歌的音韵和语言习惯,长句自然断开而呈阶梯式排列,句尾押韵,韵律和谐,雅致不减,彰显着中国传统诗歌的风格特征。

与其说打动读者的是贺敬之诗歌的内容,不如说是诗歌里蕴藏着的深沉而丰富的情感,以及不断探索、学习和创作的精神,而情感和精神又是生生不息的。一位诗人,热爱诗歌,热爱世界,他是诗人里的史学家,用诗歌记录时代变迁。而他确确实实是一位诗人,他在汲取古今中外各种文学艺术里的精华,

---

[1]　贺敬之:《贺敬之诗选》,北京:人民文学出版社,2004年,第303页。

[2]　郭小川:《谈诗》,上海:上海文艺出版社,1978年,第103页。

来滋养自己的诗歌创作，并不断突破，创作出令人眼前一亮的诗歌。

经典的作品从来不被定义，重读《贺敬之诗选》，在字里行间感受诗人真挚的情感，深刻的思考，不断创新的品质。在阅读诗歌时，寻找打动心灵的智慧之光。

参考文献

[1] 张器友：《读贺敬之》，北京：红旗出版社，2020年。

[2] 伊塔洛卡尔维诺：《为什么读经典》，黄灿然、李桂蜜译，南京：译林出版社，2016年。

[3] 贺敬之：《贺敬之诗选》，北京：人民文学出版社，2004年。

[4] 郭小川：《谈诗》，上海：上海文艺出版社，1978年。

教师点评

本文探讨贺敬之诗歌的经典性。作者分别从贺敬之诗歌的抒情性、诗歌的两种不同时态，贺敬之本人的故事性以及其诗歌的格式和韵律等方面分析贺敬之诗歌的跨越时空、生生不息的原因。

文章着重论述了贺敬之诗歌的两种不同时态，作者将贺敬之的诗歌分为现在时和过去时，归纳贺敬之现在时态的诗歌，主要记录光明前人民的生存困境，见证取得胜利前的艰苦工作，抒发对剥削阶级的揭露和批判、对人民的深切同情与怜悯，歌颂党的英明领导；而过去时态的诗歌则是诗人对党带领人民艰苦奋斗的历程的回顾，展现出诗人对延安人民的深厚感情，表达了诗人对延安故地的思念之情。作者将贺敬之诗歌以现在和过去两种不同时态进行区分，归纳不同时间状态下贺敬之诗歌中情感与内容的不同特点，表现出作者对贺敬之诗歌的熟稔。

除此之外，作者还通过梳理贺敬之的人生经历，总结其作为"生长在故事里的人"，有其独特的写作视角和立场。不仅如此，作者还关注到贺敬之诗歌的楼梯式格式，分析新诗体因没有严格的格式约束，更有利于内容的书写和情感的表达。

　　总而言之，文章完整全面，较为概括地讨论了贺敬之诗歌的经典之处。

　　　　　　　　　　　　　　　　　　　　　　（点评人：刘泊宁）

从"新辞赋体"的形成探究郭小川诗歌创作的双重文化心理

周　怡

郭小川是孕育在建国之交、以政治抒情诗见长的诗人。他成功探索出"新辞赋体"的诗歌形式并借此奠定了在文学史上的地位。这一新诗歌形式的发展成熟，聚焦在 20 世纪 60 年代前后，同时预示着郭小川的创作转向和历史的时代变化。因此，有学者认为"新辞赋体"是郭小川诗歌创作巅峰的信号，或认为它只是郭小川诗歌创作因受时代局限而不具有高度独立性的佐证。走近诗歌，关于现实主义与浪漫主义、叙事与抒情、悲与喜的种种矛盾常常成为我们解读郭小川作品的切入点——这说明郭诗中的古典性与时代性特征往往难以忽略。从"新辞赋体"的形成来看，郭小川善于将两个特征进行调和、搭配，在战争文化心理的持续影响和民族文化心理的不断反思当中创作出了许多经典作品。

一、战争文化心理下的时代阵痛

青年时期的郭小川怀揣着满腔激情投入到革命运动中，专注于研习马列文艺理论的他以《投入火热的斗争》一诗获得一众青年的喜爱。这首诗以"楼梯体"的形式书写，洋溢着巨大的、对青年人的赞美与关爱（节选）：

> 这时，在一万公尺以上的高空，
> 　敌人的飞机
> 　　有时会

　　　　　忽然掠过，

而带着凶器和电台的特务匪徒

在黑夜中

　　　暗暗降落。[1]

　　前四句通过层层递落的分布形式照应敌人飞机带有侵略性质的低掠，后三句则没有完全沿袭前四个句子的排布方式，将"凶器"和"黑暗"两字词作对应排列的处理，一来揭露反动分子黑暗、邪恶的本质，二来引发语义联想，用黑暗为幕布衬出凶器的锃亮，暗示敌人阴谋终会被揭露的必然性。整体而言，通过对诗歌这一小段形式与内容统一性的分析，读者能切身体验到"暗暗降落"的压迫感与危机感，进而抒发出：

　　　斗争

　　　这就是

　　　　生命

　　　这就是

　　　　最富有的

　　　　　人生。[2]

　　正如"郭小川主张：'诗必须是美的。'……郭小川一贯坚持美是内容和形式的统一。他的美学原则是：内容决定形式，但形式可以反过来影响内容"[3]，不难想象，他满溢的深情正依靠诗歌形式与内容的统一得以宣泄而出。

　　"楼梯体"式的政治抒情诗经由苏联方面传入，在当时的诗坛已屡见不鲜，但郭小川对"斗争""同志"所寄寓的情感在革命时期便早已根植。创作于1941 年 7 月的《草鞋》主要运用的是象征手法（节选）：

[1]　　郭小川：《郭小川诗选》，北京：人民文学出版社，1985 年，第 46-47 页。

[2]　　郭小川：《郭小川诗选》，北京：人民文学出版社，1985 年，第 48 页。

[3]　　吴欢章：《新时代歌手——论贺敬之、郭小川、闻捷的诗》，银川：宁夏人民出版社，1987 年，第 86 页。

预备号刚刚落音，
我就换上我的草鞋
跑步，钻到我的同志之群去了。

班长说：
"你的草鞋真漂亮……"
我涨红了脸，低下头……
而出发的号音正响起来，
我就淹没在一条草绿色的
无数的人群的河流里
冲走了。
……而我发现
我的同志们都穿的是草鞋，
我是多么地快活呀，
他们的好象比我的更美丽。[1]

其中的"草鞋"象征的是什么，从诗歌的每个角落几乎都能得出一个答案，它可以是"我"，是"同志"，或者是象征着时代的号召、伟大的领导和通往光明未来的道路。但细究起来，这里的"我"的主体性是缺失的，从开始的草鞋从属于"我"，到后来淹没在草绿色的河流里被冲走之后，草鞋从属于"我的同志们"，形成"我－草鞋－同志们"的关系链；"他们的好象比我的更美丽"则巧妙地利用人物视角的转换，将从属于"我"的草鞋消解，而凸显出除"我"之外的"美"。因此，这里的"草鞋"寄寓的是诗人的集体主义革命理想，也反映了郭小川激情、浪漫、理想主义的一面。

一直到 1956 年《闪耀吧，青春的火光》中"我几乎计算不出／我自己／究竟是中年还是青年"[2]，将"自己"让渡给国家，排除旁观者、饶舌的人、见风使舵的人、自私自利的人，甚至排除自己，因为"英雄的意志／谁也不能

---

[1] 郭小川：《郭小川诗选》，北京：人民文学出版社，1985 年，第 27 页。

[2] 郭小川：《郭小川诗选》，北京：人民文学出版社，1985 年，第 78 页。

阻挡"[1]。这时候他的理想又凝缩为青春、凝缩为生命力、凝缩为鼓励和愿景。同年创作完成的《向困难进军》也同样也使用了以战争为主题的语言轴，表达了时人，尤其是青年人对英雄主义精神、奋斗精神、乐观精神的价值判断和选择。

但郭小川很快便有了创作内容转向的迹象，其中尤以他的长篇叙事诗《一个和八个》为代表。《一个与八个》取材自真实的事件与见闻，无独有偶，郭小川的妻子杜惠也在延安整风运动中蒙受冤屈，这种种促使着郭小川直面"坚定的革命家的悲剧"；借由"双百"方针正值推行为其营造了暂为宽松的创作氛围，郭小川创造了几乎十全十美的革命者形象——王金，辅以威压、屈枉人的上级组织，叙述了这位革命者始终以金子般的品格感染、教化另外几位犯人，为革命、为组织、为大众献出了最赤诚的心并战斗至死的始末。而这篇极具人性力量的诗作遭遇的批判和指责，也给郭小川的创作道路乃至生活留下了抹不去的阴影。

郭小川的"叛逃"实际上是对战争遗留下的文化心理的一场反思，即使他自己也已在这样的思维方式中"斗争"多年，也即战时的极端状态在当代文化建构中留下的——历史的二分法。就像郭小川诗歌中"带着凶器和电台的特务匪徒"，以及旁观者、饶舌的人、见风使舵的人、自私自利的人等等，与"同志""英雄"等显然是泾渭分明的两个话语系统，"这种历史二分法在当时许多艺术作品的主题结构中都表现出来，使矛盾的解决最终总是有赖于历史的大变更，'光明的尾巴'的雷同模式由此而来。"[2]极端的对抗一方面能促进政治变革，使文学发挥宣传作用，另一方面也在损害文学的本质，让作者与读者都丧失主体性。其最直接的后果就是英雄主义模式的高扬，文艺作品"这种英雄主义和乐观主义基调的间接后果，是社会主义悲剧的被取消……个体的悲剧性遭遇总是能够溶化到历史的喜剧性结论中去"[3]，从这点出发，王金这个人物形象则完全踩中了时代的痛点。

1956 年 8 月，也即《一个与八个》遭到批判而改稿前的一小段时间，郭

---

[1]　郭小川：《郭小川诗选》，北京：人民文学出版社，1985 年，第 83 页。

[2]　陈思和：《中国当代文学关键词十讲》，上海：复旦大学出版社，2002 年，第 21 页。

[3]　陈思和：《中国当代文学关键词十讲》，上海：复旦大学出版社，2002 年，第 25 页。

小川还创作了一首抒情诗《山中》（节选）：

是我眷恋那残忍的战斗吗？

不，在战争中我每天都盼望着胜利。

是我不喜欢这和平的国土吗？

不，我喜欢，我爱，我感激。

是我讨厌这山中的景色吗？

不，初来的时候我也有很好的兴致。

只是我永远永远也不能忘记

我曾经而且今天还是一个战士。[1]

在这一段中郭小川仍极力地表明自己是一个"战士"，并不因为恋战而喜爱斗争，也并无意去指责上层的方针制度，所以不会因他人一时的攻讦造成的困境就动摇自己的理想。这时候的郭小川，已经从为革命理想、建设理想而歌，转向到为人性理想而歌。

二、民族文化心理下的文学探索

1959 年多次的整风会议和党内批评令郭小川惊惧不已，除了《一个和八个》被重提外仍有不少作品使他面临清算危机，其中最著名的属诗歌《望星空》。《望星空》制造了"天上"和"人间"两个对立的场域，前半段抒发了诗人心中无限的迷茫、彷徨、抑郁和沉思，但也远远称不上绝望和痛苦："生命是珍贵的，为了赞颂战斗的人生，我写下成册的诗章；可是在人生的路途上，又有多少机缘，向星空了望！"[2]诗人少见地流露出了对"战斗的人生"的消极情绪；然而这种悲伤色彩又很快被抹去："此刻我才明白：刚才是我望星空，而不是星空向我了望。我们生活着，而没有生命的宇宙，既不生活也不死亡。我们思索着，而不会思索的穹隆，总是露出呆相。星空哟，面对着你，我

---

[1]　郭小川：《郭小川诗选》，北京：人民文学出版社，1985 年，第 88–89 页。

[2]　郭小川：《郭小川诗选》，北京：人民文学出版社，1985 年，第 135–136 页。

有资格挺起胸膛。"[1]尽管诗人试图驱散心中的疑虑和动摇，却只能采取"精神胜利式"的语言，去描绘一个冷漠的、极度客观的、无价值的"宇宙"意象，反而暴露出更深层的内心空缺和情感干涸状态。

这年之后，暂时得到信任的郭小川逐渐淡出体制，在文坛气氛日益紧张之时得以周游全国，寻找更加切合时代的创作材料，重新拓宽自己的写作空间。这个时期素来被称为郭小川新诗形式探索的黄金期，《厦门风姿》《甘蔗林——青纱帐》《乡村大道》《茫茫大海中的一个小岛》《祝酒歌》等优秀诗篇陆续写成，才华横溢的诗人郭小川携"新辞赋体"再度走入大众视野。

原创作于1961年的《厦门风姿》经过多次改稿最终赶在《在延安文艺座谈会上的讲话》发表二十周年之际完成，这也是令郭小川感到满意的作品之一。诗歌共有五章，每章用韵基本一致，每节又以四行整齐排布。以第二章的节选为例：

> 真象海底一般的奥妙啊，真象龙宫一般的晶莹，
> 那高楼、那广厦，都仿佛是由多彩的珊瑚所砌成；
> 真象山林一般的幽美啊，真象仙境一般的明静，
> 那长街、那小巷，都好象掩映在祥云瑞气之中。
>
> 可不在深暗的海底呀，可不是虚构的龙宫，
> 看，凤凰木开花红了一城，木棉树开花红了半空；
> 可不在僻远的山林呀，可不是假想的仙境，
> 听，鹭江唱歌唱亮了渔火，南海唱歌唱落了繁星。[2]

从形式的角度来看，"新辞赋体"与"楼梯体"全然不同。此诗一行中常用"半逗律"义顿的方法将长句切割、重组为具有递进性质或强调性质的短句，如"那高楼""那广厦""那长街""那小巷"的视角变换，又如"看""听"

---

[1]　郭小川：《郭小川诗选》，北京：人民文学出版社，1985年，第138-139页。

[2]　郭小川：《郭小川诗选》，北京：人民文学出版社，1985年，第177页。

对后句的强制标注，在行内形成了错落有致、感官层叠的艺术效果。再推到整节来看，整饬的对偶句式与长短句间开排列，构成了行与行间新的长短节奏。最后浏览全诗，与"楼梯体"诗歌相比，此诗没有复杂的句式排列与任意挥洒的激情，而是缓慢地展开铺陈，有节奏地进行排比，每一节都构成一份块状聚落，通过节与节之间叙事的统一、前后的照应、韵脚的相押串联而成，似乎组成了一首流动的乐曲。

诗人其他的"新辞赋体"诗大多也是以二行、四行一节为基础进行创作，除了形式与中国古代诗词歌赋中的整体性、均衡性、对称性审美相仿，诗歌的内容也有与之相合的部分。就如节选中的"龙宫""祥云""渔火"等意象取自古典诗词，达到加重历史厚重感的效果，与伤怀厦门的殖民历史、借赞美厦门回忆峥嵘战斗岁月、歌咏祖国建设新成果的诗歌主题是不谋而合的。

从"楼梯体"到"民歌体""新辞赋"，郭小川的探索不仅止步于政策的号召，他认为一个诗作者一定要有独特的风格。秉持着这样的理念，我们依旧能在新辞赋体诗中看到郭小川诗歌创作中形式与内容相统一的审美追求，以及挖掘古典诗歌形式上的对称性、音乐性等。值得注意的是，这样对诗歌形式的不懈探索与深挖使他长期浸润在古典文学的审美样式中，压抑的主体性在中国文学民族性的复显中找到出口，进而表现为他对诗歌语言内容的不同表达。

这一变化可以从他几首关于"秋"的诗歌中窥见。创作于1962年秋天的三首《秋歌》是二行式的"新辞赋体"诗，记录了诗人从迎来秋天、与秋共谈再到送别秋天的三个阶段。

《秋歌》之一写道："呵，秋云、秋水、秋天的明月，哪一样不曾印上我们的心血！呵，秋花、秋实、秋天的红叶，哪一样不曾浸透我们的汗液！"[1]这两节的第一句都运用古典意象绘画了空中与大地秋意浓浓之景，此外，还有使用了互文相释的方式，让明月与汗液，红叶与心血隔节对应，形成血与汗与秋融为一体难以分割之势。而这三首《秋歌》基本是将"秋"进行对象化的处理，像《秋歌》之三的末节："哦，秋天！明年可要多在这儿留一留，我们款待你，

---

[1]　郭小川：《郭小川诗选》，北京：人民文学出版社，1985年，第205页。

用我们新酿的美酒", 与前面渲染的古典韵味难免会有割裂感, 使诗歌格调在末尾处有所下降, 同时期创作的叙事诗《秋日谈心》则利用对话推进, 结尾处"只有明丽的秋阳呵, 还安详地在天空守候"[1], 则从写景的角度赋予了"秋阳"一定象征意义, 但与他早期创作的《草鞋》所蕴含的象征义相比在主题表达上仍稍显匮乏。

真正说到郭小川"新辞赋体"的成熟之作, 创作于1970年的《团泊洼的秋天》可以称得上是其中之一。饱经沧桑的诗人此时仍处在隔离审查期间, 借此诗重申自己"战士"的坚定信念, 始终不放弃自己的人生理想: "请听听吧, 这就是战士一句句从心中掏出的话, 团泊洼, 团泊洼, 你真是那样静静的吗?"重提"战士""战斗"的郭小川此时缺少了早年的意气风发, 而面向对象化的团泊洼反复叩问, 制造了喷薄不出又情泻于内的矛盾。

这种复杂的情感表达很大程度上是依托于诗人对"新辞赋体"的深刻理解与熟悉运用上。诗人利用较大的篇幅去渲染团泊洼的"静", 例如"蝉声消退了, 多嘴的麻雀已不在房顶上吱喳, 蛙声停息了, 野性的独流减河也不再喧哗。大雁即将南去, 水上默默浮动着的白净的野鸭; 秋凉刚刚在这里落脚, 暑热还藏在好客的人家。"两节, 并没有刻意地利用古典语词来使环境变得厚重, 接续前文的"向日葵""庄稼""芦苇""野花"并不觉突兀, 反而让这些动物意象与"秋凉""暑热"搭配在一起搭建出平淡的、生活化的意境, 达到了审美效果上的融通, "多嘴的麻雀""野性的独流"也为他急转直下的慷慨之言张本。

《团泊洼的秋天》能被称为"新辞赋体"的成熟之作, 是因为他回归了中国传统诗学的本质性讨论当中。兴观群怨以为诗, 在最早的诗中六义中, "赋比兴"是诗的三种写作方法。赋是直接诉说情事, 兴是由物及心的感动与抒情, 而比是由心及物的感动与修辞。到了《文心雕龙》所讲的"赋"已与最早的六义相去甚远了, "这是赋与诗的一个重要分别。赋要铺陈, 而铺陈的时候, 不是感发的情志了, 只是写这个物。不再是从物感发到情志, 而是借着这个物来

---

[1]　郭小川:《郭小川诗选》, 北京: 人民文学出版社, 1985年, 第217页。

写我们自己的志。"[1]从《草鞋》到《厦门风姿》再到三首《秋歌》，通过对"物"进行对象化处理来表情达意是诗人逐步形成的"创作舒适区"，也是典型的"赋"的文体特点。而在《团泊洼的秋天》中前六节通过细腻绵密的关于秋景的细描，紧接着大量抒情性文字一泻而出，情感轰鸣激荡，与这六节起兴的铺垫息息相关。

结　语

尽管我们称这些诗的形式为"新辞赋体"，但郭小川依旧循着"辞赋"回归到了诗歌本源。"新辞赋体"的形成伴随着诗歌内容上的噤声，但诗人抓住了诗歌形式上的呼唤。或许他曾有过对"战斗"的迷茫，但他对美好人性的追求、对时代创新精神的追求和这样的"战斗"却不曾停歇。这种对崇高与美的追求与抒情正贯穿了中华优秀传统文化的始终，给他文学创作道路上压抑的独立性与主体性以情感支撑。即使常年经历着战争文化心理下的时代阵痛，他也用自己的创作实践证明当代诗人在中国古典文学民族性的继承、发展与创新之路上道阻且长。

参考文献

［1］郭小川：《郭小川诗选》，北京：人民文学出版社，1985年。

［2］吴欢章：《新时代歌手——论贺敬之、郭小川、闻捷的诗》，银川：宁夏人民出版社，1987年。

［3］王庆生、樊星：《新中国文学民族性的回顾与思考》，《文学评论》1999年第4期，第27-35页。

［4］邵燕祥、钱理群：《走近真实的郭小川——〈郭小川全集〉出版座谈会纪实》，《社会科学论坛》2000年第3期，第30-35页。

［5］陈思和：《中国当代文学关键词十讲》，上海：复旦大学出版社，2002年。

---

[1]　叶嘉莹：《唐宋词十七讲》，北京：北京大学出版社，2007年，第429页。

［6］叶嘉莹：《唐宋词十七讲》，北京：北京大学出版社，2007年。

［7］洪子诚：《当代中国文学的艺术问题》，北京：北京大学出版社，2010年。

［8］符杰祥、张尔兼：《从"多余的诗"到"多余的人"——重识〈一个和八个〉诗案与郭小川的诗学命运》，《文艺争鸣》2012年第6期，第64-69页。

［9］朱迪敏：《郭小川50～60年代诗歌研究》，华中师范大学硕士论文，2012年。

［10］北塔：《香烟与安眠药的交互作用：论郭小川的死与诗》，《西部（新文学）（上）》2014年第6期，第129-134页。

［11］许洪颜：《郭小川诗体流变新探》，重庆师范大学硕士论文，2015年。

［12］王楚君：《1950年代郭小川心态考论》，天津师范大学硕士论文，2019年。

［13］张慧燕：《"十七年"政治抒情诗对称形式研究——以郭小川、贺敬之为例》，扬州大学硕士论文，2022年。

教师点评

布封说"风格即人"，文章风格实质上是作者精神面貌的一种体现，诗歌当然也不例外。诗人所处的时代以及个人的成长经历都与其作品的精神内核息息相关。由此，我们探讨郭小川诗体的流变，不难发现这些变化既有诗人自身的苦苦求索，也有时代洪流的推波助澜。

本文作者以郭小川的"新辞赋体"诗歌的形成路径为线索，探析了其诗体流变的影响因素，思路清晰，举证翔实。作者认为郭小川正是在战争文化心理的持续影响和民族文化心理的不断反思当中创作出了许多经典作品。这种见解是较为深刻的。

联系其生平来看，1919年出生的郭小川是在中国革命浪潮中成长起来的青年，是以"党的文艺战士"为前提的诗人，时代主流话语和战争文化心理影响着他的诗歌创作。如果说战争文化心理影响是时代赋予的底色，那么对民族文化心理不断地追寻、思索，可以说是郭小川"新辞赋体"诗歌形成的重要因素。随着对古典诗词的进一步钻研，他逐渐以古典诗歌中吟唱咏叹的韵律来抒发心中革命乐观主义情怀，以及自己的生命感悟。

因此，郭小川前期诗歌中饱满的、迸发的战斗意气，随着他对诗歌的理解，对文艺的追寻，尤其是对古典诗词的钻研，让他的诗歌逐渐在磅礴喷发的战斗意气中又充满曲折沉郁的心曲。

（点评人：张　艳）

情愫与哲思齐飞

——舒婷《双桅船》读后感

唐心悦

作为朦胧诗派的代表人物，舒婷在诗集《双桅船》中以含蓄隽永、柔婉细腻的笔触营造了清新幽雅的审美意境。本文着重选取《致大海》《海滨晨曲》《致橡树》《双桅船》四首诗歌，在语言之美的表象之下，阐述舒婷在主体性的意象选择、高涨的自我意识、闪烁的理想主义光芒三方面的艺术成就，着眼于其诗歌中幽微柔媚的情愫和独立思考的锋芒，探讨舒婷作为人的现代意识的觉醒的可贵思想价值。

一、主体性的意象选择

罗兰巴特在《S/Z》中提出了五种符码，包括布局符码、艺术符码、文化符码、阐释符码、象征符码。其中象征符码主要是指文本中反复出现的模型，其内涵在于所指永远游荡、缺失、不在场，能指是一个链条，指向很多不同的所指。

"诗人以直接感官直接感受审美客体，按照事物的形态、色彩、音响、气味等外在因素，由诗人主体审美情感来构成审美意象，形成了意象的随意性和泛指性。"舒婷笔下的意象规避了公式化的弊端，而完全随诗人主体性情感而律动，绝不单单以一个呆板的、一对多的符号出现。比如大海这个意象就具有意蕴的多重性。在《致大海》中，舒婷将大海比作变幻的生活，被人称颂也遭人唾弃。它之中的"漩涡眨着危险的眼，暴风张开贪婪的口"，吞噬了无数纯洁的梦想。而这海也是狡黠的，"佯装的咆哮，虚伪的平静"更是透露出诗人蔑视的情感。而这样一个作为"毁灭者""压迫者"的大海形象，在《海滨晨曲》中又改头换面了。舒婷在《海滨晨曲》中将"我"与大海的关系喻作母女关系，"我"从大海身上得出力量，汲取战斗精神与勇气，甚至是体悟人生哲思。"而又退下，退下是为了聚集力量，迸出更凶猛的怒吼"，"让你的飓风把我炼成你的歌喉，让你的狂涛把我塑成你的性格，我决不犹豫，决不后退，决不发抖"，大海变毁灭者为塑造者，在《海滨晨曲》中的"我"，相比之下，显然有更高昂、更积极的精神面貌，这精神面貌的转换影响了作者赋予大海这一意象的情感，大海的飓风、狂涛不再是纯粹片面的破坏，反而变成了一种成全，成全人在逆境中磨炼出的强大而坚毅的品行。正因如此，她的文本有了更加宽广的阐释空间，真正称得上是"可写性文本"。

二、高涨的自我意识

在《致橡树》一诗中，舒婷在开篇便运用了一连串的否定。"绝不像攀援的凌霄花""绝不学痴情的鸟儿""也不止像泉源"，借此否定了在爱情中一味依附仰仗、无谓付出、委曲求全的不平等关系，紧接着表明态度"作为树的形象和你站在一起"，"铜枝铁干"和"红硕花朵"更是势均力敌的关系，分担苦难也共享美好。结合诗歌史的背景来看，中国古代爱情诗中的女性往往都呈现思妇、怨妇的形象，依附于男性，很少强调其作为人的独立的价值，总而言之创作始终处于男权社会话语体系下。不管是"女之耽兮，不可说也"，还是"才下眉头，却上心头"，抑或是"闺中少妇不知愁，春日凝妆上翠楼"，弃妇、思妇、怨妇的形象层出不穷。因而舒婷的诗歌才更显现出女性独立自尊、自立自为的宝贵性。往更深一层次说，这也是作为人的现代意识的觉醒，是女性作为"人"的独立性地位，是女性作为"人"的价值和尊严得以确认。以热恋女子的口吻大声宣告与男性分庭抗礼，代表着女性自我意识的觉醒、对男权话语的反叛；以个体情感为起点与旨归，并对这一主题加以浓墨重彩的渲染，则是对浩劫期间"集体无小事，个人无大事"之类舆论宣传的叛逆与反抗。[1]

在《双桅船》一诗里，作者通过将"船""雾""风""岸""风暴""灯"等象征性意象融入一幅充满活力的图像中，呈现出一幅生命力盎然的图景。在这图景背后，更深层次地暗藏了舒婷的内心世界，她真挚的情感和思想。"岸"暗喻女子的爱情归宿，"风"是特定时代的紧迫感给作为"船"的诗人的动力，在大雾弥漫的迷蒙处境中，爱短暂而飘零，流露出温柔的忧伤和柔和的坚毅。"风暴"象征着诗人与同时代的人共同经历的不平常的年代风云，"灯"则与光明信念紧密相连，在历经重复的苦楚之后，诗人实现了自我超越："不怕天涯海角 / 岂在朝朝夕夕 / 你在我的航班上 / 我在你的视野里"。这首诗的末尾，深深地打动着每一个读者，它的意义不仅仅是一段美好的回忆，更是一种深刻的体会，一种永恒的智慧，一种永不言弃的坚守。如果爱情能够如同鸟儿一样在一起，并且能够牢牢地扎根，那将会是一件美妙的事！然而，这一切都必须经历一个漫漫的旅途，就如同一颗种子，从萌芽到苗壮，再到绽放，最后收获。恋爱双方一起勇敢追寻，即使是被大雨淋湿翅膀，无妨；即使是被大风吹散距离，也无妨。当两颗心深深地吸引住对方时，就算距离遥不可及，它们仍然会像两颗星星，就算遭遇到狂风暴雨，但仍会有一道光芒照耀，让两颗心灵重新团聚。当我望向延绵的海岸，我感受到"明天，我们将在另一个纬度相遇"所承载的深情与温暖，它不仅给予我无尽的思念与悲伤，更给予我无限的希望与激励。

在《致橡树》中，舒婷选择了以"木棉"这个意象自喻，一改女性的柔弱形象，呈现出硬朗阳光、充满生机与力量的一面，与作为"橡树"的男性形象相配。"爱——不仅爱你伟岸的身躯，也爱你坚持的位置，足下的土地"，这是对彼此事业、理想的支持。爱不是绝对占有，它超越了生理的冲动，落实到对灵魂的互通互补、互敬互爱上。这便是"伟大坚贞"的感情。

而在《双桅船》中的"船只"意象，同样塑造了坚韧顽强的女性形象。情投意合是爱情开始的前提，但与无谓付出、一味依附不同的是，两个人若是能

---

[1] 徐秀明：《文本细读与接受诗学——舒婷〈致橡树〉的深层意蕴与历史语境》，《济宁学院学报》2021年第6期，第59-64页。

够尊重彼此独立的人格，彼此扶持、互敬互爱，才能让爱情这块宝石更经得起打磨，更流光溢彩。比如舒婷《致橡树》中"仿佛永远分离，却又终身相依"和《双桅船》中"不怕天涯海角，岂在朝朝夕夕"又形成了呼应。舒婷并不弘扬痴情男女"合二为一"的苛求，距离能够产生美，也能在亲密关系中使恋爱双方保持各自的独立人格，男女双方相互欣赏、留有自由的余地，才能相恋长久，在彼此的航程上互相鼓励，坚守双方的理想和追求，这也是人"自我意识"觉醒、"自我价值"体认的映照。也正是这样，舒婷的诗歌才在灵气与浪漫的抒情背后蕴含着温馨的抚慰和独立思考的锋芒。

三、闪烁的理想主义光芒

1969 年，舒婷在"上山下乡"洪流中插队到闽西山区，为时代政治风暴席卷的一代人，在风暴退去后跌落到现实的低谷，开始冷静地反思。同时期的顾城在《爱我吧，海》《弧线》等诗歌中都有大海的意象，辽远、包容、宁静的海是顾城的精神家园，是他的理想港湾，他在其中找寻心灵的慰藉。"如果大地早已冰封，就让我们面对着暖流，走向海；如果礁石是我们未来的形象，就让我们面对着海，走向落日"，这是北岛的抒情表达。从一代岁月里走出来的一代人，再回首时做出了相同的反思和觉悟，但又寄情于诗歌，展示出了迥乎不同的审美取向。北岛诗中流露出的是希望和信仰，朝向如海般广阔的未来"静静的航行"。

而舒婷笔下的"大海"意象，更具浪漫、自由、变幻等审美特征。《致大海》中的舒婷扮演着一个处于人生困境而不甘堕落的青年歌者形象。她不断自勉和勉励他人，固然生活如大海变幻莫测，也悄无声息地吞噬掉了许多记忆与梦想，仍应葆有积极向上的心理品质——"也还有些勇敢的人，如暴风雨中疾飞的海燕""这个世界有沉沦的痛苦，也有苏醒的欢欣"。这些诗句始终以乐观的精神面貌，慰藉着那些处于困境中的人们，不管当前经历着什么，要明白这个世界本身就是有很多维度的，喜怒哀乐每天都在各处上演，或许熬过被海水吞噬、于漩涡中挣扎沉沦的痛苦，终将迎来拨开云雾的欢欣。不管自身境遇如何，舒婷始终以一种积极乐观的心态勉励人们，极富知识分子的使命感。

参考文献

［1］舒婷：《双桅船》，上海：上海文艺出版社，1982年。

［2］徐秀明：《文本细读与接受诗学——舒婷〈致橡树〉的深层意蕴与历史语境》，《济宁学院学报》2021年第6期，第59-64页。

教师点评

条理清晰，层次分明。文章通过各种意象分析，来体现诗歌中幽微柔媚的情愫和独立思考的锋芒。通过《致大海》和《海滨晨曲》中的大海，来论述作品的阐释空间宽广，可谓"可写性文本"；以《致橡树》中的"木棉"和《双桅船》中的"船只"等意象为例，对比中国古代爱情诗中的女性，展现舒婷诗歌中"女性独立自尊、自立自为的宝贵性"，突出了作品的文学意义——人的现代意识的觉醒，证明了舒婷诗歌"在灵气与浪漫的抒情背后蕴含着温馨的抚慰和独立思考的锋芒"。最后更是通过与同时期的顾城和北岛诗歌的对比，体现舒婷笔下的意象，更具浪漫、自由、变幻等审美特征，肯定了舒婷诗歌的鼓励作用。

"诗人以直接感官直接感受审美客体，按照事物的形态、色彩、音响、气味等外在因素，由诗人主体审美情感来构成审美意象，形成了意象的随意性和泛指性。"没有指出来自何处。另外，全文最后再来一段结语会更好。

（点评人：张玉妹）

刘白羽散文作品的文化价值解读

——《刘白羽散文选》读后感

孟春雨

本文以刘白羽的《刘白羽散文选》为研究对象，从现代散文的本土化角度进行分析，探讨刘白羽的散文创作如何传承和发扬中国传统文化，以及如何借鉴西方文学理论，为中国现代散文的发展提供了独特的视角和贡献。本文将从三个方面展开论述：一是刘白羽散文的现代性特征，二是刘白羽散文的民族性和地方性特征，三是刘白羽散文的思想性和审美价值，同时结合《刘白羽散文选》中的具体内容进行分析。

一、刘白羽散文的现代性特征

（一）形式的自由与创新

刘白羽的散文创作追求形式的自由与创新，摒弃了古典散文的烦琐和累赘，注重语言的简练和鲜活。他的散文文体简练、语言生动、形式多样，常采用散文、随笔、小品等形式，展示了现代散文的特点。例如，在《赞美稻草人》一文中，他以稻草人为主题，通过独特的视角、形象的描写和细腻的情感，颂扬了敬业、奉献精神。在《人的名字》一文中，他通过对人名的探究，探讨了人的身份认同和社会关系的问题。在《地球上的太阳》中，他采用了一种独特的写作方式，以地球上的太阳为主线，通过对太阳、自然、人类、社会等方面的描写和思考，展现了自然和人类之间的关系，探究了人类生存的意义和价值。这种写作方式不仅让读者感受到了大自然的美丽和力量，还让读者深刻认识到人类与自然的联系和依存关系。

（二）主题的个人化与现实关怀

刘白羽的散文主题个人化、现实关怀，以个人的感悟为出发点，关注现实生活中的人与事。例如，在《雨夜》一文中，他以雨夜为主题，通过记叙自己在雨夜中的所见所感，表现了对生活琐事的关注和对人性的思考。在《春日散步》一文中，他以散步为主题，抒发了对自然的热爱和对生命的感悟，同时也反映了现代都市人对自然的渴求。

此外，在刘白羽的散文作品中，他还关注了社会现实中的一些问题。例如，在《一家三口》一文中，他通过对一个普通家庭的描写，表现了家庭成员之间的相互依赖、关爱和支持，反映了当代都市人对家庭的关注和重视。在《人的名字》一文中，他探讨了人的身份认同和社会关系的问题，反映了当代社会中人际关系的复杂性和多层次性。

总的来说，刘白羽的散文作品具有现代性的特点，不仅注重形式的自由与创新，同时也关注个人感受和社会现实中的问题，展现了他对生命和社会的关注和思考。这种个人化的探究方式，为读者提供了一种新的思维视角，也使他的作品更加具有亲和力和感染力。

二、刘白羽散文的民族性和地方性特征

（一）民族性

刘白羽的散文作品在民族性方面表现出了深厚的传统文化传承和弘扬。他在散文中挖掘了民间的故事、传说和历史典故，以及中国传统文化中的山水情怀、生活理念等，赋予了作品深刻的民族性。

在他的散文作品中，他通过对中国传统文化的传承和弘扬，展现了中华民族的传统美学和文化价值观。例如，在《古渡》一文中，他通过对古渡风景的

描绘，展现了中华民族传统文化中的山水情怀，对古渡的赞美彰显了民族的自豪感。在《荷塘月色》一文中，他以荷塘为背景，通过对荷花的描绘，展示了中国文化中的意境和哲学思想，体现了民族文化的特征。

此外，在刘白羽的散文作品中，他还关注了中国传统文化中的生活理念和人文关怀。例如，在《世态炎凉》一文中，他通过对城市中人们的生活状态的描写，反映了当代都市人对传统生活方式的追求和思考，这种追求也体现了中华民族的文化传统。在《山村三月》一文中，他通过对山村生活的描绘，表现出对人文关怀的关注，体现了中华民族的传统文化中对人类生活的关注和关爱。

总的来说，刘白羽的散文作品具有深厚的民族性，展现了中国传统文化的丰富内涵和价值观。他的作品通过对传统文化的传承和弘扬，以及对生活理念和人文关怀的关注，表现出对中华民族文化的自信和自豪，具有重要的文化价值和意义。

（二）地方性

刘白羽的散文作品在地方性方面表现出了对地方文化的关注和挖掘。他不仅描绘了大自然的美景，还通过对身边的人和事的描写，展现了各地的风土人情和民俗文化，赋予了作品深刻的地方性。

在他的散文作品中，他通过对地方文化的挖掘和表现，展现了地方文化的独特魅力和人文风情。例如，在《别样的新年》一文中，这篇文章以南方的传统年俗为背景，生动地描绘了家家户户的欢庆场面，展示了南方地区独特的节日氛围和人文风情。在文中，刘白羽用写实的手法，描绘了新年期间南方人家的种种仪式和习俗，如贴春联、放鞭炮、拜年等。他不仅展现了南方地区独特的节日氛围，还通过对人们的生活细节的描写，展现了家庭、邻里之间的亲情和友情，赋予了作品深刻的地方性。此外，他还通过对南方传统年菜的描绘，展示了南方地区的风味美食，进一步体现了地方文化的独特魅力。在《老街小巷》一文中，他以老街小巷为背景，生动地描绘了南方城市的历史和文化底蕴，表达了对城市文化的热爱和关注。

此外，在刘白羽的散文作品中，他还关注了地方文化中的人文关怀和生活理念。例如，在《农家小院》一文中，这篇文章以农家小院为背景，展示了农村生活的简朴和自然，反映了中国传统文化中对自然的敬畏和人与自然的和谐关系。在文中，刘白羽用清新的笔触，描绘了小院中的自然风光和生活细节，如花草树木、果蔬菜园、家禽牲畜等。他通过对这些细节的描写，展现了农村生活的简朴和自然，表达了对自然的敬畏和对生命的感悟，赋予了作品深刻的地方性。同时，他还通过对小院主人的描写，展现了农村人民的勤劳和朴实，赋予了作品更丰富的内涵。在《春日散步》一文中，他以散步为主题，抒发了对自然的热爱和对生命的感悟，同时也反映了现代都市人对自然的渴求。

三、刘白羽散文的思想性和审美价值

（一）思想性

刘白羽的散文作品具有深刻的思想性，他关注人性、自然、社会等方面的问题，对生命和社会进行了深刻的思考和探究。他的散文作品中包含了对人性、人生、社会等方面的思考，表达了对人生和社会的关注和思考。例如，在《寻找真正的自我》一文中，他探讨了现代人的个性认同和自我实现问题，表达了对当代人的关注和思考。在《寻找生活的意义》一文中，他探讨了生活的意义和价值，表达了对生命的尊重和对社会的期望。

（二）审美价值

刘白羽的散文作品具有高度的审美价值，他注重语言的表现力和艺术性，通过对细节的描绘和把握，展现了独特的审美效果。他的散文作品中含有丰富的艺术元素，如意境、意象、比喻、对偶等，以及精湛的语言技巧，如音韵、节奏、押韵等，呈现出独特的审美效果。例如，在《清江夜泊》一文中，他通过对江水、船影、蛙声的描绘，展现了江南水乡的幽雅和诗意，营造出一种宁静、美好的意境。在《小草》一文中，他通过对小草的描绘，展现了生命的顽强和生生不息的精神，呈现出一种生命力和美感。

四、结论

刘白羽的散文作品在现代散文发展史上具有重要的地位和价值，他的散文作品具有现代性、民族性、地方性、思想性和审美价值等方面的特征，展现了中国传统文化和现代文学的融合和发展。他的散文作品对于传承和发扬中国传统文化，挖掘地方文化独特魅力，推动现代散文的发展，具有重要的启示和借鉴意义。

参考文献

［1］佘树森：《当代散文之艺术嬗变》，《北京大学学报（哲学社会科学版）》1989年第5期，第3-14页。

［2］赵锡钧：《刘白羽散文创作新论》，《阴山学刊》1995年第1期，第47-51页。

［3］何宗文：《舒展自如 雄浑流畅——刘白羽散文的结构艺术》，《河南师范大学学报（哲学社会科学版）》1993年第2期，第45-47页。

［4］李益长：《刘白羽晚年散文研究》，福建师范大学硕士论文，2007年。

教师点评

刘白羽作为中国当代散文大家，他的作品以丰富细腻的情感表达见长。他的散文语言简洁、叙述流畅、情感复杂、真实细腻、思考深入。他对人性、生命、社会独到的看法引发了众多读者的共鸣，《刘白羽散文选》展现了他的散文作品独特的魅力。

本文的主标题是《刘白羽散文作品的文化价值解读》，但内容侧重点为刘白羽散文的特征，"文化价值"与"特征"二词在内容上有相互覆盖性，但也有本质区别。"文化价值"侧重于文化成果的呈现，而"特征"则倾向于特点、特质的体现，因此本文有跑题的嫌疑。

但值得肯定的是本文作者系统全面地概括了刘白羽散文的特征：现代性、

民族性、地方性、思想性、审美性。这为初读《刘白羽散文选》者提供了实用的导读价值，也为读者展现了刘白羽散文的魅力。

　　散文阅读一直是高中生高考的难点，"读不懂""写不出"是常见问题。本文概括性的解读有助于高中生系统地了解刘白羽。

（点评人：高　冉）

从"兴"入手，以文化诗

——《杨朔散文集》读后感

郝　钦

杨朔是中国当代散文三大家之一，其作品具有深刻的哲理、深邃的意境与诗化的语言。他在散文方面作出的贡献尤为突出，尤其是力求转变，不断钻研后提出了"诗化"散文的主张。但"诗化"并不只是"兴"，也不能将其局限在"兴"的探讨中，而是应该从"兴"入手，发掘杨朔散文中关注生命、关注万物的部分。

一、"兴"的涵义

在可考史料中，"兴"最早可追溯到《周礼》和《毛传》。《周礼》中说："教六诗：曰风，曰赋，曰比，曰兴，曰雅，曰颂。"[1]后来《毛诗序》把六诗称为六义，"兴"也就此归于六义之一。再到朱熹又在《诗集传》中提到："兴者，先言他物以引起所咏之词也。"[2]这也是我们目前普遍接触和接受的版本。

"兴"常常与比一起行动，《诗经》中的比兴手法也给人留下了深刻印象。但这里需要区分二者，通俗地说，比是比喻，兴为寄托，兴在表现上常常比"比"更加曲折幽隐。郑玄也曾对二者进行过解释："比"是"见今之失，不敢斥言，

---

[1]　孙诒让：《周礼正义》，北京：中华书局，2015 年，第 2219 页。

[2]　朱熹：《诗集传》，北京：中华书局，2011 年，第 2 页。

取比类以言之"。"兴"是"见今之美，嫌于媚谀，取善事以喻劝之"[1]。

从分类上看，兴又分起兴和寄托两种：先写一个事物（如写景）用来引起某种思想感情，放在开头，具有发端的作用，就是起兴；用这个事物寄托某种思想感情，便是寄托。

通过上文的解释，我们可以将"兴"理解为一个先立象后言意的过程，同时更重要的是，"兴"是人的情感在自然景物中的渗透混一。"兴"因人而起，以物为载，以人而归。例如李白耳熟能详的《静夜思》："床前明月光，疑是地上霜。举头望明月，低头思故乡。"

二、"兴"在散文中的体现

《杨朔散文集》里的兴的应用主要分为内容和主题两方面的探讨，通过散文集中的几篇作品总结出共同的规律。

（一）在内容方面

杨朔最著名的散文是《荔枝蜜》《香山红叶》等，这些文章都出现了"兴"的痕迹。《荔枝蜜》的题目可能大部分读者会认为主要介绍对象是荔枝蜜，但其实不然，作者是先从蜜蜂起手，又介绍了荔枝，铺垫完毕后才引到了荔枝蜜，它的篇幅只占很小一部分，再往后便是"我"与养蜂人老梁一起探讨蜜蜂。从头至尾形成了一个闭环，也算首尾呼应了。言归正传，在这篇文章里，正是通过蜜蜂起兴，作者先是说了蜜蜂是画家的爱物，自己觉得画家画的其他花鸟鱼虫都算讨喜，却因为小时候被蜜蜂蜇过的事迹和大人讲的蜜蜂蜇人会耗尽生命的事情而对蜜蜂喜欢不起来。视角转到自己泡温泉时看到荔枝树，自己也因此联想到荔枝。可惜当时四月并不是吃荔枝的好季节，只有那荔枝蜜还算应季。兜兜转转，从荔枝蜜又转到了蜜蜂采蜜上。自己因为喜欢喝荔枝蜜又起了去看看蜜蜂的想法。通过和老梁的交谈，"我"知道了蜜蜂最爱劳动，酿得多，吃得少，它们的寿命也很短，在寿命将尽的时候都会悄悄地死在外面。

---

[1]　孙诒让：《周礼正义》，北京：中华书局，2015年，第2219—2220页。

《香山红叶》也是杨朔的著名作品，其中也运用了"比"的手法。从内容上看，文章开头便点出了主要物象——香山红叶。"我"很早就听说过它的美名，也很乐意去一睹其全貌。在去看香山红叶的那天我们找了一位住在西山脚下，做过四十年向导的老向导。在出发之前，我们在小饭馆里听老向导讲了一些关于香山的介绍。虽然知晓了现在还不是红叶完全红透的时节，但所幸南面向阳一带有红的了。我们跟着老向导顺着南坡上山，一路看到了香山的风景，也知晓了其妙处。遮天蔽日的树荫使三伏天的香山也是凉爽清净的好去处。老向导还讲述了关于"聚宝盆"和"梦赶泉"的乡村野话，这也从侧面表现出了香山的好。正是因为它有水、有脉、有苗、有独特的风光，所以人们给它赋予了神秘色彩，认为这是大自然的馈赠，是带有神话特质的。这里或许没有直接描写香山红叶，和红叶似乎也没有一点关系，但其实都是对后文的铺垫。后文中我们上了半山亭，看到了更广阔的景象，苍茫的河北大平原和烟树深处的北京城似乎把红叶的风光抢走了。可惜那红叶还没红透，都是半黄半红的。"我"靠近它闻了闻发现是香的，而做了四十年向导的老人这时才发现红树的叶子是香的。接下来便是大段的"我"的心理描写，"我"感慨过去的老向导因心里苦而闻不到叶子香，而如今的老向导心里轻松，脚步轻松、爬山不喘，所以才能闻到这叶子香。接下来点明这天是重阳第二日更是运用了"比"的表现手法，重阳登高，重阳又称"老人节"，而我们与这么一位老人一起登高，老人又已十年未来此地，故地重游再重逢，心境改变，倒是与重阳相呼应。

（二）在主题方面

兴在主题上的体现往往是赞颂美好的事物，表现作者对理想境界和美好事物的追求，偶尔也会用来讽刺丑恶事物，抨击黑暗现象。

从《荔枝蜜》看，作者描写蜜蜂从不被待见到最后的歌颂喜爱，是思想的转变，也是了解本质后的转变，也因此升华了感情。题目为《荔枝蜜》，但最后只落到了蜜上，是蜜蜂的蜜，也是蜂蜜的蜜。蜜蜂是辛苦的，它一年四季都在劳动，整日整夜不辞辛苦；蜜蜂是奉献的，它不计较最后分得的蜂蜜多少；酿的蜜多吃的蜜少；蜜蜂是懂事的，它活到限数便自己离开，不加重养蜂员打扫的工作。正是如此高尚的蜜蜂酿造出了如此甜的蜜。作者赞扬蜜蜂，但同时也借蜜蜂赞扬辛勤耕种的农民，他们用劳动建设自己的生活，为我们提供粮食，他们并不是什么大人物，只是普通的平凡人，却在做着不平凡的事，他们如同蜜蜂般渺小又高尚！结合杨朔创作的时代背景，这也是借此寄情社会主义建设者的高尚情操。最后结尾也是值得细品的，"这黑夜，我做了个奇怪的梦，梦见自己变成一只小蜜蜂"。作者以蜜蜂自比其实也是一种美好的愿望，激励自己在未来的日子里要像蜜蜂一样勤劳且奉献。

从《香山红叶》看，表面上是对香山红叶的赞美，对大自然风光的喜爱，实际上作者是运用寄托，用红叶寄托对人生的感慨。结尾处写"我却摘到一片更可贵的红叶"，这里的红叶就是作者以"比"而寄托的真实感情，这不仅是指自己发现老向导经历风吹雨打后获得治愈，热爱生活，同时也是对人生心境发生变化的感慨。老向导本是饱经风霜的，也正是因为经历了许多痛苦，致使在香山当了四十年向导的他从未发现叶子的香，是因为他鼻子有问题吗？不尽然，因为他从未闻过红树的叶子，当时的他的心是沉重劳累的，没有心情去闻叶子的气味，就好像吃不饱饭的乞丐又怎么会去追求高雅的艺术呢？而现在的他早已看淡了风雨，内心不再压抑，而是轻松自然，因此比我们这些年轻人爬起山来更顺更快，也愿意嗅嗅那叶子，闻到香味，即"越到老秋，脸红得可爱"。

三、"兴"对散文诗化的作用

杨朔的散文以诗化闻名，虽其散文的诗化主要体现在用字炼词上，文风洗练，清新秀逸，但其散文的诗化也离不开"兴"的作用。诗化散文顾名思义就是将写诗的手法或语言附着到散文中，让人在阅读散文时有着读诗的绵延之感。其中最鲜明的便是以兴来化诗。"兴"自古以来都是大多应用于诗歌，而杨朔将其应用到散文中无疑是一个创举，也因此开了诗化散文的先河。

（一）交代背景，渲染气氛

因为"兴"是听到和看到外物的景象，引起的一种感动，是由物及心的，所以"兴"又有交代背景，渲染气氛的作用。如在《荔枝蜜》中"兴"体现在先言蜜蜂上，交代了我与蜜蜂的过节这一背景，又通过一系列铺垫引到我找养蜂人上，这里发生了我对蜜蜂感情的大转变，与开头的气氛基调发生矛盾，但又更显"我"此时对蜜蜂的喜欢，达到了增强此时气氛的作用。在《香山红叶》中亦然。先言香山红叶，交代了香山红叶著名与此时时节不到，红叶未完全成熟的背景。这一背景很好地为后文重点由红叶到感情的转变做下铺垫，同时也起到了渲染气氛的作用。

（二）借景抒情，创造意境

"兴"这一象征表现手法最明确的体现就是借景抒情与托物言志，而这些都很好地为杨朔的散文本身提供了超然的意境。如《香山红叶》中，如果没有"兴"的运用，那么这篇文章只会是一篇赞美大自然风光的游记散文，而没有其深层次的对人生的感悟。正是红叶所寄托的深层次感情使文章的意境更上一台阶，带上了一层朦胧之感。同时这种由咏物到寄托的跳跃打破了时间和空间上的限制，也体现了散文诗化的特点。

参考文献

［1］姜艳、吴周文：《诗化：散文审美范畴的一个视角——以毛泽东对杨朔的"点评"为个案考察》，《文艺争鸣》2016 年第 10 期，第 111-116 页。

［2］黄惠群：《简论杨朔散文的语言色彩》，《考试周刊》2012 年第 62 期，第 23-24 页。

［3］耿庆伟：《朱自清杨朔"诗化散文"的比较分析》，《怀化学院学报》2012 年第 7 期，第 70-73 页。

［4］陈绪清：《"杨朔散文模式"再解读——"十七年"散文研究的一个重要命题》，《云梦学刊》2009 年第 6 期，第 77-80、140 页。

［5］刘晓鑫，汪剑豪：《杨朔诗化散文的内核：小说化叙事》，《江西社会科学》2007 年第 7 期，第 119-123 页。

［6］古吴：《浅谈杨朔散文的比兴运用》，《宁德师专学报（哲学社会科学版）》1998 年第 1 期，第 54-56、84 页。

[7] 黎少华：《托物言志，诗意盎然——论杨朔后期散文中比兴的运用》，《广西师范大学学报（哲学社会科学版）》1982年第4期，第12-18页。

教师点评

文本的解读需要读者找寻一把钥匙，去打开文本的密钥，与作者对话，体悟文本背后的匠心与兴发之意蕴。

作者郝钦独具慧眼，觅寻到解读《杨朔散文集》的金钥匙——"兴"。他从"兴"入手，溯源名家注解，多角度理解"兴"的含义，进而从内容与主题上，具言杨朔极富有代表性的作品《荔枝蜜》与《香山红叶》的"兴"体现，选例典型，以点带面，强调升华"兴"之于散文诗化的作用，再次凸显以文化诗中"兴"之"起兴"与"寄托"的艺术技法。这既是解读以杨朔散文为代表的诗化散文文本的突破口，又是解构这类诗化散文创作与应用的技巧与途径。

作者郝钦在阐述《荔枝蜜》与《香山红叶》的内容和主题上的"兴"体现时，语言力求唯美诗化，文本解读深细绵长，再现杨朔文辞下的深邃锦绣的意境与真挚深沉的诗心，让人读之如痴似迷，趣味倍增，回味无穷。作者亦可"更上一层楼"——从"兴"入文，紧扣"兴含比体，比无兴博；兴含附理，无比兴宏；深远兴之广，清浅比之限"之理，以"读者"为抓手，以自我所读所感之构思切入文本解读，借助诗歌知人论世的解读方法，结合杨朔生平和创作时代背景，紧扣文中具有兴发意蕴或象征意义的统摄情景的关键词句，如《荔枝蜜》中"蜜蜂是在酿蜜，又是在酿造生活；不是为自己，而是在为人类酿造最甜的生活"，深究细品，即可感受荔枝林外田野上农民"正用劳力建设自己的生活，实际也是在酿蜜——为自己，为别人，也为后世子孙酿造着生活的蜜"那种千万普通劳动者建设美好生活的昂扬精神，进而见出诗化散文象兴意发的思想境界，感受杨朔以诗心感受生活、表现生活的浓情与哲理。

诗文相通，以文化诗。"真正的诗之美在于兴，真正的诗之义在于兴。"文亦如此，不悟兴，就无法欣赏美，涵泳义。

（点评人：付廷俄）

联想世界，收放我思

——《长河浪花集》读后感

冯俊杰

秦牧是我国当代文坛上的一棵繁花树。自 20 世纪 40 年代中期他拿起杂文这个文艺的轻武器登上文坛起，他的文学活动和理论研究便涉及小说、剧本、散文、文学理论等多个领域，其中以散文创作成就最大。秦牧的散文风格独树一帜，知识丰富、言近旨远、情文并茂，素来有"散文一绝"之称。其散文自选集《长河浪花集》更是这"绝色"中的绝色，既清新幽香，有深邃的情思，又开阔宏奇，有澎湃的情怀，是文学史上不可多得的熔渊博知识性、深邃思想性、浓郁趣味性于一炉的佳作。《长河浪花集》何以能兼具知识、思想与趣味，呈现出如此多姿而自然的文学韵味，笔者以为毫无拘束的联想是其中最为重要的因素。联想的广阔、瑰丽、壮美，让秦牧的散文真正插上自由的翅膀，在世界的长河上，在思想的浪花里，灵动地飞舞。

一、联想串起广阔天地的珍珠

秦牧曾在《海阔天空的散文领域》中说："我们应该有内容异常广泛的散文。"[1]那时他感到散文创作逐渐单一化和模式化，故而提出"要有意拓宽涉猎面，把笔触伸向生活的各个领域，以便读者透过作品接触大千世界林林总总的事物"这一文学主张。秦牧也在自己的实践中很好地落实了这一文学追求。

---

[1] 秦牧：《花城》，广州：花城出版社，1982 年，第 186 页。

他的每一篇文章都是多姿的，"占有丰富的生活知识的材料"[1]，表现出强烈的新鲜感和广博感。但是知识量过大，文章往往会显得离散杂乱，体现出"掉书袋"的傲慢。可秦牧的散文却很好地规避了这样的现象，在散文写作过程中，他总能"用一根思想的线去串起生活的珍珠"[2]。他擅长从生活中择取尖端事物，并以此为基点进行思维的发散，联想出一个又一个有价值且彼此牵连的故事，有序地将自己的思考与感悟阐发出来。

《榕树的美髯》便是一篇事例丰富且逻辑流畅的文章。在木棉、石栗、椰树等南方令人向往的树群中，秦牧首先选取了榕树作为南方的代表，他从榕树的广泛分布，想到它与南方生活紧密的联系，又从榕树的独特状貌，想到它的人格化品质，再从榕树的生长作用，想到它参与构建的回忆与历史。在他的笔下，榕树的各方面特征突出，与人、与我们的道德品质，与社会生活以及民族历史紧密联系在一起，是真正的联想开阔，立意深远。《土地》也是一篇联想丰富自然的文章。秦牧望着莽莽苍苍的大地，由土地而联想起两千六百多年前公子重耳跪受农民土块的故事，也借此阐释了泥土之于国家、之于人民的重要意义，再由这意义联想到几个世纪前破产的中国农民携"乡井土"赴海外谋生、无数劳动者为保卫每一寸中国土地不受侵犯而连绵不断地战斗、人民战士守着荒凉的海岛在其上开辟丰富的景色与生活，又由这一开辟联想到革命斗争胜利后，在党的领导下，中国人民团结、勤劳、奋斗，让每一寸土地发挥出巨大潜能，让生活一天天美好。秦牧写土地，但不只写土地，由小而见大，由浅而入深，环环相扣，思想深邃。

无论是横向的开阔，还是纵向的深入，都离不开知识的丰富，更离不开联想的贯穿。联想让知识有了依托，让散文有了层次，让读者能在历史、地理、生物等多个领域里遨游而不至于失去了方向。广博的知识与瑰丽的联想相辅相成，这是秦牧的散文能够"散"而不乱，拥有强烈可读性和吸引力的重要原因。

[1] 秦牧：《长街灯语》，天津：百花文艺出版社，1979年，第238页。

[2] 秦牧：《艺海拾贝》，上海：上海文艺出版社，1978年，第10页。

二、联想层层揭示生活的哲理

秦牧认为散文创作有三大要素："思想、生活、技巧"[1]，其中"思想是统帅，是灵魂。没有正确的政治思想，就象没有灵魂一样"[2]。而秦牧之所以如此强调思想性，则是因为只有散文有了崇高而健康的思想，才能充分发挥功效，"满足读者的知识要求"，"给人以思想的启迪、美的感受、情操的陶冶"[3]。因此秦牧常常寓人生的哲理和情思以及社会的真善美品质于叙事抒情中，以让散文内涵足够丰厚，思想足够深邃。但如果只是简单地将生活的深刻哲思与人物的典型品质摆在读者面前，散文的思想教育功能仍是难以达成的，所以秦牧常以生活中熟悉的平凡的事物为切口，肆意联想，层层深入，娓娓道来，让读者能够在真切的事例中，在顺畅的思维上，在亲切的语言里，自然产生对自我生活的回视与反思，收获审美与思维双重维度上的满足。

《菱角的喜剧》便是一篇以微知著、联想深刻的文章。秦牧因童年的记忆一直以为"菱角是有两个角的"，但在不同地区看到角数不同的菱角后，才惊讶发现菱角是多样的。这本是一件生活小事，但秦牧敏锐地从"菱角家族"，菱肉相似，菱壳的勾儿数目不同的现象发现了"同中有异"生活的道理。他还由此联想到生物上、化学上、物理上、医学上的"同中有异"，看到了世间万事万物的复杂性与多样性。他提示读者要以辩证法的观点去分析事物，掌握一般性和特殊性，不要陷入"简单化绝对化的思维方法"的圈套。《面包和盐》也是一篇有趣而带有警世意义的文章。秦牧从各个国家、各个民族赠礼的习俗写起，发现最平凡的礼物往往是最尊贵的，由此他联想到各种平凡的事物，将目光伸向了更广阔的生活，而最终得出"沙粒构成了山，水滴汇成了海，平凡孕育了伟大"的深刻结论，启示读者要劳动，"在平凡的岗位上也可以创造出惊天动地的事业"。

由叙事而生出联想，由联想而凝聚成结论，联想就像一座桥梁，跨越了生活与哲理，让读者的思想实现了感性到理性的过渡，让丰富的知识展现与道理

---

[1]　秦牧：《访龙的家乡》，长沙：湖南人民出版社，1985年，第281页。

[2]　秦牧：《秦牧散文选》，北京：人民文学出版社，1987年，第489页。

[3]　秦牧：《艺海拾贝》，上海：上海文艺出版社，1978年，第74页。

揭示不再是简单的贴标签和生硬的说教，也让散文更散发出情与理交融的光辉，更承担起对"社会进步有益"的责任。

三、联想带来促膝谈心的亲切

秦牧在文章中反复提及，他要保持自己独特的表达方式，要"寓思想教育于谈天说地中"，要"在谈天说地中潜移默化"。所以秦牧的散文整体风格是生动活泼、率真随和的，读他的文字就像同一位老朋友"林中散步"或者"灯下谈心"[1]，亲切而松弛。而这种轻松的感觉则主要源于秦牧独特的叙述姿态与叙述方法。在散文创作中，秦牧总是"把心交给读者"，不虚情假意，躲躲闪闪，不摆姿态，正襟危坐，只一心将自己的真实感受、真知灼见诚恳地交付，且在"交付"的过程中，也特别注意读者的感受，常用群众口语和古今警语，也常用譬喻与排比，时时妙语连连，妙趣横生。联想当然也在其中发挥了很大的作用。作为一种思维方式，联想是作者创作心理的外显，总能将作者与读者的思想拉到同等、同频状态，作为一种表现方法，它则帮助各种有趣材料、各种新奇想法有序分布，让读者在沉浸式阅读中不失"对话"的亲切感，也不失思维碰撞的新鲜感。

例如在《深情注视壁上人……》中，秦牧从一张挂在壁上的合照写起，由此联想到朱德委员长的音容笑貌、延安人民对朱德的印象、外国友人与朱德的友好交往以及自己与朱德相见，事例亲切，情感流畅，让读者感到自己不是在仰望一位遥不可及的伟人，只是在与一位朋友共同回忆一位平易近人且无私奉献的老者。又如在《花城》里，秦牧从广州年宵花市写起，联想到农历过年的各种风俗、花市的变迁、花卉的品种等相关事情，这让读者仿佛就在花市的现场，一边欣赏这凝聚四时的美艳，一边听作者补充其中的文化习俗与历史故事，收获满满。再如在《社稷坛抒情》中，秦牧由社稷坛五色的泥土联想到它所代表的大地和其上胼手胝足的劳动者，联想到五行与世界万物，这样巨大的思维跨越让读者也不免产生无尽的思考，仿佛也聆听到千古以前屈原的吟唱，了解

---

[1]　秦牧：《花城》，广州：花城出版社，1982年，第196页。

到古代思想家看世界的方式。

联想是一种辅助方式，它让读者以一种更轻松自由的状态进入到作者的谈天说地中去，去感受历史的壮阔、生活的精妙、思想的惊艳，并在趣味阐发中、娓娓道来中，完成真善美的洗礼。联想让秦牧的真心与责任更加凸显和可贵。

结　语

秦牧的联想宽广，像一只强有力的羽翼，带人游览天上地下，穿梭古今中外；秦牧的联想深邃，像一个坚硬的钻头，常常"钻"破事物的表面，挖掘出它与人、与民族历史文化、与世间万物更深层次的联系。也正因为秦牧的联想广而深，秦牧散文的"物、理、趣"得以缀合，广泛的知识因趣而新奇，无限的趣味因理而高尚，深刻的哲理依物与趣而存在；秦牧散文的"情、志、理"也得以结合，对激越的爱生活爱祖国恨恶势力的高尚情感的抒发、对劳动人民辛勤奋斗助力社会主义建设的期盼的表达、对人生百事与世间万物的哲理的揭示，在思维发散间，在写物记趣时，达成了融合与喷发。秦牧散文的联想从不脱离知识、情、趣、理，知识性、思想性、趣味性也就自然而然在秦牧的散文中实现了高度统一。

参考文献

［1］秦牧：《长河浪花集》，北京：人民文学出版社，1978 年。

［2］张振金：《秦牧的散文艺术》，广州：暨南大学出版社，1990 年。

［3］陈光芜：《秦牧散文艺术论纲》，西南师范大学硕士论文，2001 年。

［4］陈海：《瑰丽的思想翅膀——谈秦牧散文的联想美（秦牧散文研究之三）》，《韶关师专学报》1986 年第 1 期，第 31-35 页。

［5］黄汉忠，戈凡：《论秦牧散文的艺术风格》，《文学评论》1981 年第 1 期，第 90-101 页。

［6］刘景清：《知识的长河 思想的浪花——评秦牧的散文集〈长河浪花集〉》，《齐鲁学刊》1980 年第 1 期，第 66-70 页。

教师点评

秦牧的散文在当代文坛独具地位。他的散文题材广泛，知识丰富，跨越时空，讲古论今，具有深厚的知识性和趣味性；语言流畅讲究，文笔游走灵活，言近旨远，富有浓厚哲理意蕴；情感自然流露，情文并茂；思路开阔，联想丰富，奇妙深广，象意无穷，熔现实与历史于一炉，具有历史的纵深感和现实的广博感；格调高昂，立意深刻，寓共产主义思想教育于闲谈趣闻之中，歌颂赞美祖国和人民，宣扬真善美，鞭挞假恶丑……

作者冯俊杰善于抓住秦牧散文的主要特色，从联想这一视角入手，立意《联想世界，收放我思》新颖独特，吸引读者眼球；结构严谨，分"联想串起广阔天地的珍珠""联想层层揭示生活的哲理""联想带来促膝谈心的亲切"三部分，广取细选，精心地运用材料，条分缕析，层次分明，举例翔实贴切，抽丝剥茧，分析秦牧散文中联想这一艺术手法的独特运用。加之作者精雕细琢，语言富有质感，亲切唯美，引用恰切，逻辑严密，典雅有致，深刻阐释了秦牧善用联想和想象生动形象地表达主题，使作品鲜活灵动起来的独特创作特色。

丰富的联想是运思行文的强大推动力。读了作者的深思细悟，思绪飞扬，阅读欲望直线飙升，迫不及待地想要手捧一本秦牧散文集子，跟随秦牧，展开联想和想象的翅膀，飞快地鼓动着思想和感情的双翼，在历史和生活知识的广阔领域里极目苍穹，自由地翱翔，纵横驰骋，寻起生活的珍珠，串成美丽的项链。

（点评人：付廷俄）

惊蛰一声雷，文苑春满园

——徐迟《哥德巴赫猜想》读后感

叶 瑞

在"四人帮"的造神宫殿彻底坍塌后，徐迟的《哥德巴赫猜想》无疑如沉闷神州中乍响的一声春雷，为冬蛰中的文坛吹来了生的气息。在新的历史转折期，徐迟立足于无产阶级的根本利益，紧扣时代脉搏，用诗性的语言和富有诗意的叙事风格书写了《哥德巴赫猜想》这一报告文学的里程碑之作。徐迟以诗人的气质与风格，塑造了我国社会主义建设道路中各路的英雄人杰，展示了我国科技工作者的风采和中国知识分子的风骨。《地质之光》《生命之树长青》《祁连山下》等作品也以其鲜明的艺术特色与深刻的思想魅力在报告文学的历史画卷中留下浓墨重彩的一笔。

一、报告文学：烛照社会生活，凸显时代叙事

报告文学发端于20世纪初，诞生于社会矛盾尖锐，生活复杂多变的"一战"时期。作为一种立足于新闻的现实性叙事与传统文学的生动性描写的新文体，报告文学的诞生开创了文学的新体式，并且凭借其生动、现实、批判、理性的特点迅速在世界文学发展历程中爆发了勃勃生机。

1931年，中国左翼作家联盟执行委员在《中国无产阶级革命文学的新任务》的决议中提到："现在我们必须研究并且批判地采用中国本有的大众文学，西欧的报告文学——"这是报告文学进入中国文学序列的开端。至此，报告文学

在文学性和新闻性的磨合探索中，在中国革命建设改革的历程中，不断地反映着真实又生动的社会现实，释放着自己的价值光辉。

在救亡图存的抗日战争与解放战争中，报告文学作为文学创作的"轻骑兵"，鸣金播鼓、鸿雁传书，筑造凝视国家时局的窗口，凿挖传递民族精神的通道。而在中华人民共和国成立后，报告文学又以满腔热血，高唱凯歌，热情书写国家扶摇万里蒸蒸日上的气象。《县委书记的好榜样——焦裕禄》《踏破辽河千里雪》《谁是最可爱的人》等作品，在歌颂典型人物的同时鼓舞了军民士气，也让人民大众了解到了报告文学的魅力。徐迟的《哥德巴赫猜想》如同一把芒刃出鞘，痛陈"四人帮"滔天罪行的同时开辟了改革开放时期中国文学的新道路。自此之后，《大雁情》《依傍田野的小屋》《胡杨泪》等优秀作品大量涌现，作为文学的重要力量扎入解放思想的改革浪潮之中，对中国的社会发展产生了深远影响。

读者为什么如此关注报告文学？首要的一点是，报告文学在追求真实的新闻叙事的同时又巧妙地将文学生动形象的表现手法运用到创作当中，在追求书写时效性的同时立足全局、洞察社会、反映时代、介入生活，不断寻找着属于自己的价值定位。

二、《哥德巴赫猜想》——泥泞中的明珠

（一）为知识分子正名

《哥德巴赫猜想》于1978年发表于《人民文学》。彼时，中国正处于新的历史转折时期。然而中共中央尚未作出最终批示，民众的思想还受到"两个凡是"的束缚，知识分子也依旧未摆脱"臭老九"的污名，处在既定的被改造的位置上，背负着"只专不红"的包袱。文学是时代的镜子，面对社会环境的巨变与大众思想的停滞，徐迟毅然决然地以笔为刃，拔出文学的巨剑，发出讨伐"四人帮"的檄文。他凭借自己前瞻的思想、敏锐的头脑与无尽的勇气高举科学的旗帜，书写知识分子的传奇——地质之光李四光、政治旋涡中坚守的周培源、埋首于土地的蔡希陶以及摘得数学明珠的陈景润等。徐迟塑造了这样一

批为社会主义事业，为科学奋不顾身的民族英雄，彻底改变了文艺只能歌颂工农兵的书写格局，摘掉了知识分子"白专"的帽子。

（二）为新时代奠基

《哥德巴赫猜想》的历史意义在于它始终与时代同频共振。在我国进入新的伟大历史时期之际，科学与生产力的进步成为国家发展战略的重要目标。在全国科学大会以及"四个现代化"的号召之下，提高全国人民的科学文化水平，建设强大的社会主义国家成为时代的需要。《哥德巴赫猜想》以全国人民关心的重大社会问题作为主题，书写和歌颂了社会主义建设道路中，在黑暗的政治旋涡中坚守和挺立的各个行业的知识分子与科学英雄，在思想荒芜的时代激发起民众对科学文化的向往，迎合了改革开放时期解放思想的发展方向，为社会主义新时代的潮流引源筑堤。

三、以诗情写新闻，以灵魂绘人物

毛主席说："缺乏艺术性的艺术品，无论政治上怎样进步，也是没有力量的。"报告文学既然是文学，便要讲究艺术性，而徐迟的报告文学凭借诗化的语言与鞭辟入里的思考成就了《哥德巴赫猜想》政治性与文学性的统一。

（一）浓烈的政论色彩

政论的基本特点是说服性，要求作者抓住契机，抒发观点，议论时事，得人信服。徐迟将政论文的特点融汇于报告文学的写人与叙事之中，在灵动活泼的行文与精彩绝伦的俳赋中不失时机地直抒胸臆，对世事进行批判与反思。在《哥德巴赫猜想》中，他这样写"文化大革命"：

"只见一个一个的场景，闪来闪去，风驰电掣，惊天动地。一台一台的戏剧，排演出来，喜怒哀乐，淋漓尽致；悲欢离合，动人心肺。一个一个的人物，登上场了。有的折戟沉沙，死有余辜；四大家族，红楼一梦；有的昙花一现，萎谢得好快呵。乃有青松翠柏，虽死犹生，重于泰山，浩气长存！有的是国杰豪英，人杰地灵；干将莫邪，千锤百炼；拂钟无声，削铁如泥。一页一页的历史写出来了，大是大非，终于有了无私的公论。肯定——否定——否定之否定。化妆不经久要剥落；被诬的终究要昭雪。种子播下去，就有收获的一天。播什么，收什么。"[1]

徐迟用洗练的文字，灵动而跳跃的笔触，强烈饱满的感情高度概括了那段黑暗的历史与纷繁复杂的斗争，同时又用哲学化的立场与观点对"文化大革命"进行评价，仿佛站在历史的山峰上俯瞰江流直下气势如虹，将诗意与政论的结合发挥得淋漓尽致。

（二）人物鲜明化

报告文学的生命在于真实，真实的发挥在于典型。徐迟善于从笔下的人物中寻找高光，挖掘出独属于他们的鲜明个性。坚强执着的陈景润，废寝忘食地遨游在数学的园地之中；披荆斩棘的蔡希陶，十年如一日地建设着属于中国的植物王国；"湍流"中心的周培沅，执守立场而不屈服；高瞻远瞩的李四光，在世界地质史中开创亚洲传奇。徐迟也善于用白描的手法勾勒人物的细节，从细节中"化开"人物的经历、生活与性格。在这方面，他对陈景润的描写尤为出色。徐迟写他不善言谈、身体羸弱、不宜教学，写他"小小房间，只有六平方米大小"[2]，"只有四叶暖气片的暖气上放着一只饭盒。一堆药瓶，两只暖瓶。连一只矮凳子都没有"[3]等等，短短几句话便把一个杰出知识分子的社会畸零人形象凸显了出来。在写到1973年数学所李书记与周大姐为陈景润送苹果一事时，徐迟写陈景润先是惊讶，再是推却，然后便默默收下，突然间又激动万分。"他举起了塑料袋，端详它，说，'这是水果，我吃到了水果，这是头一次。'"[4]"他飞快地进了小屋。一下子把自己反锁在里面了。"[5]一系列心理变化、动作描写与语言描写，将陈景润恶劣的环境、感激的心情充分地表现出来，这时展现在我们面前的不仅仅是一个攀登数学高峰的高级知识

---

[1]　徐迟：《哥德巴赫猜想》，北京：人民文学出版社，1978年，第65页。

[2]　徐迟：《哥德巴赫猜想》，北京：人民文学出版社，1978年，第71页。

[3]　徐迟：《哥德巴赫猜想》，北京：人民文学出版社，1978年，第72页。

[4]　徐迟：《哥德巴赫猜想》，北京：人民文学出版社，1978年，第80页。

[5]　徐迟：《哥德巴赫猜想》，北京：人民文学出版社，1978年，第80页。

分子，更是一个遭受社会迫害的悲剧人物，一个无私奉献的精神巨人。徐迟通过细节的魅力增加了人物的鲜明度、真实度、可信度，让读者更加能够与之共情。

（三）语言诗歌化

在《哥德巴赫猜想》中，有不少片段都使用诗化的语言进行铺排，诗的书写相对于散文来说在情感上更加浓烈，在表达上更加凝练，在行文上更具节奏感与音乐性，在报告文学的创作上更加能够给人以艺术的震撼。比如，《在湍流的涡漩中》他这样写：

"整个天安门广场上，红旗如林。人山人海，载歌载舞。放不尽的鞭炮，唱不尽的欢乐的歌！北京市场上，所有的酒销售一空，千家万户，螃蟹成为美味佳肴。'打倒四人帮'的口号，声震五湖四海！'四个现代化'的足音，震动小小寰球！湍流在奔腾，涡漩在翻动！一个时代结束，一个时代开了端！"[1]

排比、铺叙、抒情、议论、写景，这是无韵的诗，节奏明快流畅，文字洗练概括，描写却生动形象，将北京人民欢庆"四人帮"垮台的热烈气氛描绘得淋漓尽致，仿佛一幅浓墨重彩的油画，又仿佛一首激情澎湃的交响乐，赏之念念不忘，听之余音绕梁。徐迟喷薄的诗体化语言贯穿全篇，在慷慨激昂的同时为笔下的人物染上耀眼的弧光，诗意盎然的笔触下闪烁的是哲理的光芒，热情奔放的情感抒发背后是作者对科学的深情告白，对时代的深刻批判。

四、枯木逢春：新时期报告文学的吹哨者

在《哥德巴赫猜想》发布以前，20 世纪五六十年代便已创作了大量的报告文学作品，如《我们会见了彭德怀司令员》《为了六十一个阶级弟兄》《南京路上好八连》等。但它们的书写者多为新闻记者而非文学作者，在形态上多为文艺通讯或特写，在中国的文学序列中难以形成一支独立的力量。可以说《哥德巴赫猜想》开启了新时期报告文学创作的闸门，凭借其生动的语言，深刻的思想与入骨的批判呼唤着大量作者加入报告文学的创作，在报告文学孜孜不倦

---

[1]　徐迟：《哥德巴赫猜想》，北京：人民文学出版社，1978 年，第 142–143 页。

的文学性与现实性的探索中成就其独立性与自足性,让报告文学成为比肩诗歌、散文、小说地位的特殊文体。

在内容上,《哥德巴赫猜想》诞生于 1978 年,在中国的历史转折时期率先塑造了知识分子的典型,呼唤大众对知识,对科学,对人的价值的尊重,并且开辟了科技题材的领域,拓展了新时期的文学的宽度、厚度与深度,引领着大批富有现实性与批判性的文学涌现于中国文坛之上,开掘社会各个领域的现象与真实。可以说《哥德巴赫猜想》奠定了新时期报告文学的底调,为新时期报告文学的创作设立了规范。

《哥德巴赫猜想》是中国当代文学史上一颗耀眼的明珠,是粉碎“四人帮”法西斯专政后在人们思想中开放的“最美的思维花朵”。徐迟敢于直面现实与问题,凭借敏锐的洞察力与庄严的使命感触碰时代脉搏,与时代同频共振。

如今的中国仍然呼唤《哥德巴赫猜想》,当代中国的改革发展历程依旧需要中国作家的书写与批判,中国故事的创造与人民大众思想的聚焦依旧需要报告文学的参与和出席。

参考文献

［1］徐迟:《哥德巴赫猜想》,北京:人民文学出版社,1978 年。

［2］李静:《“科学家英雄”的诞生及其后果——论徐迟报告文学〈哥德巴赫猜想〉》,《中国现代文学研究丛刊》2020 年第 2 期,第 99-118 页。

［3］黄平:《〈哥德巴赫猜想〉与新时期的“科学”问题——再论新时期文学的起源》,《南方文坛》2016 第 3 期,第 5-13 页。

［4］周明:《春天的序曲——〈哥德巴赫猜想〉发表前后》,《百年潮》2008 年第 10 期,第 67-70 页。

［5］张炯:《报告文学的新开拓——读〈哥德巴赫猜想〉》,《文学评论》1978 年第 4 期,第 33-37 页。

教师点评

读到《哥德巴赫猜想》，脑中不由得出现数学家陈景润在昏黄的房间，沉浸于数字之间，仿佛隔绝人世的画面。这样的热爱，来源于心无旁骛和对钟爱事物的专注。这本书让读者真切地感受了"石油头"、李四光、陈景润等人纯粹、钻研、忘我的精神。

本文作者由报告文学的发端以及其进入中国文学谈起，讲到报告文学受到读者关注的首要原因是其在追求真实的新闻叙事的同时又巧妙地将文学生动形象的表现手法运用到创作当中，即报告文学的特点：兼具新闻性和文学性。接着，谈到报告文学的里程碑之作《哥德巴赫猜想》的意义，不仅为知识分子正名，而且为新时代奠基。最后，作者从政治色彩、典型人物、诗化语言三个方面解读《哥德巴赫猜想》。

中学教材中的报告文学，如《谁是最可爱的人》家喻户晓，其反映现实生活，洋溢着饱满的政治热情，把叙事、写景、议论、抒情巧妙地结合在一起，让今天的读者读之依然备受鼓舞。

（点评人：张楠楠）

单一场景中的群像经典

——老舍《茶馆》读后感

周　童

　　《茶馆》是文学大师老舍于 1956 年创作的一部话剧，是老舍创作生涯中最为重要的作品之一。《茶馆》是一部极具代表性的戏剧作品，整部话剧塑造了 50 多个各有特色的角色，这些角色在故事主人公王利发的裕泰茶馆中被连接起来，展开自身故事，展示半个世纪以来旧中国光怪陆离的社会状况，成就了一部中国话剧史上的群像经典。观众透过《茶馆》这部作品，仿佛穿越回了那个到处是束缚和悲惨的时代。本文主要讨论的是《茶馆》这部作品所呈现出的人物设计，包括"茶馆"这个单一场景公共社会作用、如何在单一场景刻画群像人物、《茶馆》主次人物上不同的处理及不同人物的安排目的。

一、"茶馆"的公共社会作用

　　《茶馆》是以裕泰茶馆老板王利发的见闻遭遇为故事主线，来展现从戊戌变法到民国乱世再到新中国成立这三个阶段的故事，而这些故事的展现场地正是在这裕泰茶馆之中，并且仅有在这裕泰茶馆之中。茶馆作为剧本中的唯一场景，是承载全故事中近 70 个人物自身命运以及整个中华民族命运变幻的舞台。反映时代变化下的社会风貌，为什么老舍偏偏选择了"茶馆"这个场景作为唯一的舞台呢？

　　老舍在《茶馆》问世后曾经谈道，自己在新社会本想多创作一些新人物，但奈何对新社会太不熟悉，却越发回忆起旧社会的旧人物；而在旧社会，"茶馆"就是一个可以容纳各种各样的旧人物的地方。"茶馆是三教九流的会面之处，可以容纳各色人物，一个大茶馆就是一个小社会……用他们生活上的变迁反映社会的变迁。"[1]茶馆是城市民间文化的特色产物，它为城市中来来往往的人提供了一个多功能的公共平台：做苦力的劳工可以在这里歇脚，城市里做各种各样职业的人在这里交流谈天，游手好闲的公子哥在这里玩乐逗鸟，甚至连谈业务的、说媒拉纤的都到这里来；茶馆提供的茶水、点心、饭菜等，能满足城市里各种各样顾客的消费需求，并且价格也不算昂贵，就算是闲来无事，市民们也愿意到此坐坐，享受茶馆里热闹的氛围。且茶馆不在"庙堂之高"，是市民们自己的发声交流空间，所以能满足普通人议论社会时政的闲趣；顾客的成分十分复杂广泛，掌握的消息也各有不同，从维新变法到学生运动，从鸦片渠道到人口拐卖。这些三教九流之人在茶馆互相交换信息后，整个社会正暗面的信息就串联了起来。从一个茶馆的小世界里，就能感觉到整个社会大世界的变迁。

二、老舍如何运用"茶馆"场景刻画群像人物

剧本创作之所以困难，是因为剧作家需要克服时空条件的限制，将一个引人入胜的故事完整地摆在观众面前。在我国传统的戏剧创作要求里，剧中事件须集中分布，从一个核心事件中展开，情节连贯，线索单一，有较强的故事性；而人物的塑造则依附于主线故事的笔墨来展开，例如我们熟知的《西厢记》《窦娥冤》等。这样紧张连贯的剧本结构搬上戏剧舞台进行呈现，再加上戏曲演员们高超的唱功和身段，即使舞美道具十分简陋，观众依旧能看得津津有味，因为"场景"并不是吸引观众最重要的因素。在新文化运动之后，我国的现代话剧发展起来，其中的名作《雷雨》《关汉卿》等，也都是从事件中的矛盾入手，展开一段连贯紧密、扣人心弦的故事；周萍、繁漪、周朴园、关汉卿、朱帘秀等一个个鲜活形象也都依附于剧本中的核心事件或核心矛盾而展开塑造。

---

[1] 刘丽：《老舍〈茶馆〉中的人物语言之我见》，《戏剧之家》2022 年第 28 期，第 32—34 页。

但老舍在《茶馆》中却直接放弃传统，选择跨越五十年的历史，截取了三个横断面，放到裕泰茶馆这个场景中。既然"茶馆"这个场景容纳了社会各色人物，那就干脆放弃整部剧的核心叙事线，转而发展短小但"多头绪"的情节，本质上就是写茶馆中的正常谈天闲聊。例如剧中出场只有一次的"吃洋教的小恶霸"马五爷，他本来在茶馆的一个角落独自喝茶，但当打手二德子准备动手打常四爷的时候，他突然发话："二德子，你威风啊！"一句话便打下去二德子的气焰，二德子忙过来请安，他又"教育"道："有什么事儿好好地说，干嘛动不动讲打？"说这个话甚至"并未立起"，可见他的威风，而常四爷请他出面评理的时候，他又丢下一句话"我还有事，再见！"仅仅三句台词，马五爷虚伪的假洋鬼子形象就生动了起来，而这一段三人对话其实在茶馆里时常发生，平平常常。老舍在三个时期的茶馆里各安排进多种多样的人物，由他们不断组成小对话，以此来塑造人物，又从他们的身份职业、人生经历、当时的社会要求等方面，来侧写整个时代的轮廓，进而反过来完善人物的塑造。

三、主次人物的不同处理及人物的安排目的

《茶馆》中 50 多个有名有姓的"旧人物"，正是因为老舍在剧本中对他们进行了生动的塑造，他们才能栩栩如生，在历史车轮滚滚中展现时代民不聊生的真实风貌，在剧情达到高潮时"埋葬这三个时代"。

（一）次要人物

老舍塑造的"你方唱罢我登场"类型的次要人物可以分为丑角和平民两种类型。他们的戏份占比都不多，却因为数量多，所以有很大的涵盖面。丑角往往耀武扬威，认为自己悟到了时代的真理，所以毫无底线地作恶；而平民正是因为还没有放弃自己的底线，在这个时代就只剩艰难的维生之路，没有希望的前途。

二德子给人当流氓打手，二德子的儿子也"子承父业"，继续给人当打手，并且还为自己的"事业"沾沾自喜；吃洋教的马五爷甘心给洋人当狗腿子，以此换来威风凛凛；宋恩子、吴祥子天天在茶馆盯梢，因为常四爷发出一句"大

清国要完"的无奈感叹，就迫不及待地抓住猎物，把常四爷举报进大牢里，即使常四爷申辩想说"我怕他完了"也无济于事，因为他们这样的人根本就不在乎大清国是不是真的要完，他们只在乎自己能出卖多少贫弱百姓的利益来使自己风光。而走正途的曲艺人邹福远、卫福喜却面临绝活失传、没有生计的困境；能办出一桌满汉全席的大厨明师傅，却沦落到典当了家伙事儿，给监狱当帮厨蒸窝窝头的下场。好人穷途末路，坏人风生水起，这就是老舍编排这些次要人物剧情想表达的实质。他们看似是小人物，代表不了整个社会，但是他们却能代表整个社会的一个角落里的悲哀与黑暗；当社会的每一个角落都充满了黑暗与悲哀，那这就是这个社会的真相。

（二）主要人物

王利发、秦仲义、常四爷是《茶馆》中贯穿性的线索人物。我们在前文提到，老舍在裕泰茶馆这个单一场景中，通过不断安排人物组成小对话，以此进行群像塑造；但这样宽度极大的塑造，很容易使剧情显得凌乱，因此老舍安排了三位主要人物对情节进行整合。

王利发，裕泰茶馆的掌柜，一个精明但心眼不坏的小生意人。在动荡不安的旧中国社会里，他每天都对人笑脸相迎，嘴里说着"和气生财"，只希望能做点安稳买卖，因此他对每个到茶馆里来的茶客都表示欢迎，不管他们是好人还是坏人；他也选择去接纳在茶馆里发生的一切事件，不管是好事还是坏事。他成为茶馆中五花八门事件的串联点。

如果说王利发的性格太过退让，那么常四爷和秦仲义的性格就倔强太多。常四爷正直善良，不愿国家和民族受尽侮辱，所以一身正气，鄙视假洋鬼子，抗击侵略者，在茶馆里看见饥饿的落难妇儿，便毫不犹豫地施舍她们一碗烂肉面。秦仲义虽然家境富裕，但一心实业救国，他认为只有那些"顶大顶大"的工厂，才能"救得了穷人"，才能"抵制外货"，才能救国。为此，他不惜变卖自己的财产、土地去办实业，只为了国家可以因此而富强。他们虽然一个呼唤道德，一个投身经济，但是殊途同归。他们都深爱着国家和民族，希望用自己的方式去救国救民，但他们的尝试都失败了。

在第三幕的剧情高潮中，年老的三位主要人物历经沧桑，聊起了这些年。王利发苦心经营、左右逢源一辈子，却什么都没有保住，茶馆最后还是要被官僚资本强行收走；常四爷一生奔走，报国无门，晚年靠卖花生米养活自己；秦仲义的实业历经战争和特务的蹂躏，终究是无以为继。三个主要人物将整个故事串联起来，让读者不至于读来无物，并且三人的结局也从守序商人、民族资本家、普通爱国民众三个方面体现走投无路的绝望。三个老人在一片悲凉中撒起纸钱，他们不仅要为自己的人生送终，也要为裕泰茶馆中众多悲哀与黑暗的故事送终，更要为那个悲哀与黑暗的时代送终。

结　语

围绕在"茶馆"这个时代社会生活的典型场所里，以社会生活的短小截面来刻画群像人物，而又以群像人物的典型特色来反映社会生活的悲惨内核，这就是跨越五十多年的《茶馆》之所以被称为经典的地方。单一的场景可以是限制人物刻画的桎梏，但在名家手中同样可以是使人物刻画出彩的奇招；而关于主次人物戏份的精心编排也体现着老舍对戏剧节奏的精准把控，既使裕泰茶馆中的众多人物围绕着"时代悲剧"的内核得到了群像塑造，又保证了这样的群像塑造不会因为沦为流水账而臃肿无聊。

参考文献

［1］老舍：《茶馆》，北京：中国友谊出版公司，2017 年。

［2］王亚绒：《小小茶馆，人生百态——谈老舍〈茶馆〉的叙事空间构建》，《语文天地》2022 年第 8 期，第 17-18 页。

［3］刘丽：《老舍〈茶馆〉中的人物语言之我见》，《戏剧之家》2022年第 28 期，第 32-34 页。

［4］李春苗：《老舍〈茶馆〉中的人物形象谱系探析》，青岛大学硕士论文，2020 年。

教师点评

中心突出，内容丰富，善于运用对比。全文围绕"单一场景中的群像经典"这一中心展开，首先，通过设问引导读者思考"茶馆"的公共社会作用：容纳各样旧人物，串联社会正暗面的信息，体现社会变迁，可谓循循善诱；又通过对比《西厢记》《窦娥冤》等传统戏剧创作和《雷雨》《关汉卿》等现代话剧表演，鲜明突出老舍《茶馆》创作的不同；最后在人物塑造上，大量列举二德子、吃洋教的马五爷、宋恩子等丑角所作的损人利己行为，与走正途的曲艺人邹福远、卫福喜、大厨明师傅穷途末路的鲜明对比，突出"好人穷途末路，坏人风生水起"的创作目的。其次，构思巧妙，立意深刻。全文以公共社会作用、小对话刻画群像人物及主次人物的处理与安排目的三个层次为主线构思，结构清晰，说理缜密，展现了"时代悲剧"的内核。全文语言流畅，能灵活运用各种句式和对比手法，增强文章的表现力。全文论述严谨，不足之处在于个别句子标点使用不当。

（点评人：张玉妹）

一首英雄的赞歌

——荷马《伊利亚特》读后感

罗振宇

盲人诗人荷马创作的《伊利亚特》集中反映了特洛伊战争，主要讲述了特洛伊人与希腊人之间的战事。

《伊利亚特》全诗 24 卷、共 15693 行，并没有一字不漏地呈现特洛伊战争的全过程，而是具体展现了特洛伊战争结束前 51 天发生的事件。

其中，包括 26 天的时间空段（无事发生）、21 天的战后埋葬以及 4 天的双方交战。

《伊利亚特》主要塑造了英雄、天神、妇女、奴隶、魔怪 5 类人物形象。其中最重要的人物形象是英雄的形象。

专横暴虐的阿伽门农、粗犷易怒的阿喀琉斯、灵敏聪颖的俄底修斯、不畏牺牲的赫克托耳等，《伊利亚特》塑造了众多鲜明的英雄形象。

本文从外形、身世、荣誉三方面来探析其英雄特点，把握其英雄形象。

一、外形出众

《伊利亚特》中的英雄外形出众。

《伊利亚特》中的英雄具有极强的男子气概，作品对阿伽门农的描述，如"一丝一毫都像一位君王""高个儿、好容貌"；作品对阿喀琉斯的描述，如"一个甾头就已甾出一枪所投的远近""像个战神的模样，雄赳赳地准备着战斗"；作品对赫克托耳的描述，如"像一头野猪或是一头狮子""在猎狗和猎人的中间横冲直撞"；作品对俄底修斯的描述，如"像一头颈上挂着铃铛以领导羊群的羊""洪亮的声音从他的胸腔里轰响出来"等。由此不难看出，《伊利亚特》中的英雄外表俊朗、身材魁梧，外形十分出众。

与此同时，古希腊人热爱参加各种体育活动，追求力量美和形体美。

体育活动是古希腊人最主要的文化活动，包括摔跤、跳高、跳远、掷铁饼、田径赛跑等。

《伊利亚特》中的第 23 卷"葬礼和竞技"主要讲述了阿喀琉斯为战死的挚友帕特洛克罗斯举办葬礼和竞技的过程。

在战车比赛、赛马比赛、拳术比赛等众多竞技活动过程中，除了能够获得诸如带把手的三脚鼎、黄金、受过训练的雌马、水壶、平底锅之类的物质性奖励，还可以展现自身壮硕的身躯和过人的勇气，也彰显着自身对力量美和形体美的追求。

由此可以推断，古希腊文化对英雄的外表和体型有一定的要求，英雄至少要有俊朗的外表和魁梧的体型。

二、身世不凡

除了具有出众的外形，《伊利亚特》中的英雄也有着不凡的身世。

《伊利亚特》中的英雄身世不凡，他们有着高贵的血统、显赫的出身以及崇高的地位。

例如，忒提斯之子阿喀琉斯出身高贵，是密耳弥多涅斯人的王珀琉斯和海洋女神忒提斯的儿子。他出生时，被母亲握住脚踵倒浸在冥河水中，造就了金刚不坏之身，全身上下除脚踵外刀枪不入；人间王阿伽门农作为阿特柔斯之子，是迈锡尼的国王，统治着众多岛屿和阿耳戈斯所有地面，并且作为希腊联军的最高统领，拥有着至高无上的地位；普里阿摩斯之子赫克托耳作为特洛亚的王子，是城邦的统帅，深受城邦民众拥护和爱戴。

同时，在具体的称呼上，一般称呼英雄为其父亲的儿子。

例如，称呼阿喀琉斯为忒提斯的儿子，称呼阿伽门农为阿特柔斯的儿子，称呼赫克托耳为普里阿摩斯之子。忒提斯是海洋女神，阿特柔斯和普里阿摩斯均是一国之王，他们都有着显耀的地方和高贵的身份。不难发现，对英雄的这些称呼意义重大，是对其高贵血统、显赫出身以及崇高地位的肯定。

除此之外，《伊利亚特》中的英雄作战时，便会道出自己的名号、家族族谱和历史以及父辈们的光辉事迹。例如，当阿喀琉斯在河流中战胜河神的后裔阿斯忒洛派俄斯后，得意洋洋地夸耀起胜利来，不禁追溯起自己的世系、父亲等，反复强调自己是克诺诺斯之子宙斯的后裔，这也从侧面反映了对其高贵血统、显赫出身以及崇高地位的肯定。

不凡的身世也成为英雄能力的一部分，类似一种隐性的附加属性。《伊利亚特》中的英雄有着高贵的血统、显赫的出身以及崇高的地位，他们高高在上，是平民心目中所敬仰与钦佩的对象。

不过，他们并不是无所受限的，和平民一样，他们同样受制于天神。

因阿伽门农的专横执拗以及战利品问题，阿喀琉斯对其不满并心生恨意，想拔出利刃暗下杀手时，被智慧女神雅典娜出面劝阻，即便心中不平也就此住手。可见，英雄并不是无所受限的，对于天神的命令，也必须听命服从。

简而言之，《伊利亚特》中的英雄是介于天神和平民之间的存在，天神对英雄构成绝对统治，而英雄又对平民构成绝对统治。

《伊利亚特》所展现的是一个秩序严明的等级社会，即个人的身份与社会地位，一出生便确定好了。要么是奴隶，要么是贵族，要么是商人、手工业者、农民等。

换而言之，贵族天生就是贵族，英雄天生就是英雄，英雄天生就具有高贵的血统、显赫的出身以及崇高的地位。

三、争取荣誉

除了具有出众的外形和不凡的身世，《伊利亚特》中的英雄最为显著的特点就是积极争取荣誉。

出众的外形和不凡的身世只是《伊利亚特》中英雄所披的物质外衣，积极追求荣誉才是《伊利亚特》中英雄的精神内核。

在古希腊的人生观和价值观中，荣誉感一直都是其中不可或缺的重要组成部分。

它是一种对外在评估的高尚的心理感觉，是人类对自己价值的理解与认可，也是一种责任和权利。在英雄眼里，追求荣誉感是至高无上的，个人的尊严和荣誉远比一切事物重要，甚至高于生命。

忒提斯之子阿喀琉斯和普里阿摩斯之子赫克托耳都用他们的死践行了这一点。

神谕说阿喀琉斯有两种命运：如果他待在家中过和平生活，就会幸福长寿；如果要上战场，虽可取得无上光荣，但却命定早死。阿喀琉斯把在战场上获取荣誉看作第一生命，因而选择了第二条道路，毅然决然地走上战场。他的马预言他的末日正在临近，他自己也清楚自己将葬身于特洛伊城下，但他依旧愤然挺身参战。

赫克托耳明知特洛伊要打败仗，城池将被摧毁掉，但仍然誓死战斗。他的妻子抱着他们的独子哀求他退出战场，可是他依然挺身而出，为自己的荣誉和尊严而战。

由此可见，《伊利亚特》中的英雄英勇无畏，积极争取荣誉，以至于为了荣誉和尊严不顾性命。

结　语

《伊利亚特》集中反映了特洛伊战争，主要讲述了特洛伊人与希腊人之间的战事塑造了英雄、天神、妇女、奴隶、魔怪5类人物形象。其中最重要的人物形象是英雄的形象。

专横暴虐的阿伽门农、粗犷易怒的阿喀琉斯、灵敏聪颖的俄底修斯、不畏牺牲的赫克托耳等，《伊利亚特》塑造了众多鲜明的英雄形象。

本文从外形、身世、荣誉三方面来探析其英雄特点，把握其英雄形象。

《伊利亚特》中的英雄外表俊朗、身材魁梧，外形十分出众。同时，也热衷参加各种体育活动，彰显着对力量美和形体美的追求。

由此可以推断，古希腊文化对英雄的外表和体型有一定的要求，英雄至少要有俊朗的外表和魁梧的体型。

除了具有出众的外形，《伊利亚特》中的英雄身世不凡，有着高贵的血统、显赫的出身以及崇高的地位。不凡的身世也成为英雄能力的一部分，类似一种隐性的附加属性。不过，他们并不是无所受限的，和平民一样，他们同样受制于天神。

除了具有出众的外形和不凡的身世，《伊利亚特》中的英雄最为显著的特点就是积极争取荣誉。

出众的外形和不凡的身世只是《伊利亚特》中英雄所披的物质外衣，积极追求荣誉才是《伊利亚特》中英雄的精神内核。在英雄眼里，追求荣誉感是至高无上的，个人的尊严和荣誉远比一切事物重要，甚至高于生命。

《伊利亚特》中的英雄都是氏族社会向奴隶制社会过渡时期的人物，都有其丰富的个性特征和时代特点，反映了古希腊人民崇高的英雄主义和集体主义精神。他们身上既体现了与部落集体命运休戚相关的高度责任感，也体现了氏族贵族和早期奴隶主的个人意识。

参考文献

［1］荷马：《伊利亚特》，石家庄：河北人民出版社，1996 年。

［2］胡真才：《一曲英雄主义的赞歌——介绍荷马史诗〈伊利亚特〉》，《外国文学》1995 年第 5 期，第 92-94 页。

［3］叶朗：《〈伊利亚特〉中英雄的典型人物形象分析》，《戏剧之家》2019 年第 32 期，第 228-229 页。

［4］马兰：《当代中国〈伊利亚特〉研究综述》，东北师范大学硕士论文，2013 年。

　　［5］刘未沫：《〈伊利亚特〉的世界——有关生命、死亡、葬礼及其竞技》，《国外文学》2014 年第 2 期，第 64-73，158 页。

　　［6］吴琼：《〈伊利亚特〉和〈罗兰之歌〉中的英雄与神灵》，北京外国语大学硕士论文，2015 年。

　　［7］罗念生：《荷马史诗〈伊利亚特〉》，《外国文学研究》1981 年第 3 期，第 35-38 页。

教师点评

　　《伊利亚特》以特洛伊战争为背景，刻画了以阿喀琉斯、赫克托耳、阿伽门农为代表的一系列英雄形象。《伊利亚特》是了解西方文化与典故的重要著作之一，也是西方叙事的典范。书中塑造的英雄不是神，而是介于天神与平民之间的"人"。他们不仅血统、体力、智力都优于普通人，更重要的是英雄们都具有统一的精神内核——对荣誉的追求。在"光荣之死"与"平庸之生"这两个选项中，所有英雄都坚定不移地选择了光荣赴死，是人类对自我价值认可与肯定的彰显。生命的尊严在一次又一次的牺牲与奉献中得到升华，主人公们也完成了从"人"到"英雄"的成长。

　　正如书中写的："千万不要让我听见人们说，英雄的血白流，它向后世一代又一代的人们提出了威风凛凛的挑战。""英雄"一词有着复杂的表现形式和深刻的内在含义，在不同的地域和时代往往有着不同的指向。简单地下定义和概念阐释很难让学生对英雄形象产生全面、完整的认识。但不同的英雄身上却也呈现出一些相似的性格表征。如《伊利亚特》中人物身上所展现的勇气和对荣誉的追求。这些共同性也成为理解英雄形象的一把钥匙。授课过程中，教师可串联古今中外的英雄故事，从而使学生更加深刻地理解英雄形象。

（点评人：蒲纾尧）

同中求异，异事有同

——《伊索寓言》读后感

徐涵怡

寓言作为一种文学体裁，本身就历史悠久，源远流长。其通过故事来揭示道理的写作方式也对后世的发展等方面产生了深远的影响。古希腊的寓言更是其中精品。《伊索寓言》作为古希腊寓言世界里的一座丰碑，其历史地位更是不可忽视的。在学校教育中，因其讲述故事通俗易懂而成为儿童教育的重要组成部分；在社会时政中暗含讽刺，巩固政治……在《伊索寓言》的三百多个故事里蕴含的典型现象是本文所探讨的主要对象。

一、《伊索寓言》中的典型手法

《伊索寓言》与我国古代的寓言有所不同，即使同为寓言这一文学样式，《伊索寓言》作为西方寓言的典型代表，显然是与中国先秦诸子的寓言大有不同的，中国的寓言以庄子成就最为出色。就以《庄子》为例，中国寓言更加注重说理，通过人物故事线的发展以达到自己说理的目的，如庖丁解牛等；对比之下，《伊索寓言》中大量采用动物作为寓言的主人公，以对话形式推动故事情节发展的写作手法也就显得尤为典型。

（一）拟人化

在《伊索寓言》中，动物构成了其作品主人公的大部分。寓言的作者们通过想象，赋予动物人的思想、活动、对话的能力，虚构出一个完整的故事，讲述自己想要表达的道理。在他们的笔下，动物按照作者个人的想法变成贪婪的或是懒惰的；变成机敏的或者是恶毒的。作者借助他们所塑造的动物人物化的形象，让动物的思考、活动、交谈、对话变成了人的世界。例如我们所熟知的《狐狸和葡萄》《农夫与蛇》，抑或是我们不太了解的《鹰和狐狸》《猫和鸡》等一系列小故事，不胜枚举。

（二）对比手法

《伊索寓言》中，作者会通过选择两个对立层面的动物形象，运用对比的手法来营造更加令人印象深刻的故事情节，让故事的最后所阐释的道理更加具有说服力，也更加易于理解。例如在《狼和小羊》中，狼和羊天然就存在着对立的关系，狼作为食物链上层的生物，天生就会吃羊。在这个寓言中，狡猾的狼会找尽冠冕堂皇的借口合理吃掉小羊，小羊作为弱势群体，更加能将狼的存心作恶披露得一干二净。再如《乌龟和兔子》，兔子天性擅长跑，而乌龟爬行速度慢也是众所周知的。两个极端再一次所产生的对比：跑得快的傲慢自大，爬得慢的坚持不懈。这无形中所形成的对比在揭示道理的同时所带来的深刻性必然不可忽视。

（三）对话形式

与中国先秦诸子的"人物寓言"有所不同，我国的寓言所揭示的道理往往是在于人物做了某件事之后所点出的主题，从而引申出哲理，而《伊索寓言》在众多的表现手法中采用了对话的形式，通过对话推动情节发展，通过对话揭示故事道理。其中，在我所阅读的此版本《伊索寓言》中，译者也将道理的揭发者或者说是经历者放在翻译题目中的首位，例如《狐狸和荆棘》中，狐狸向荆棘求救却被荆棘所害，它所揭示的道理也是谁向恶人求救谁就是傻瓜。荆棘天生就是恶人，而狐狸向其求救的做法也是愚蠢的。在《伊索寓言》里，短短几句精简的对话就生动地表达出故事情节并揭示相应道理，对话形式的优势在其作品中被彰显得淋漓尽致，"对话"自然也就成为《伊索寓言》中不可忽视的典型手法之一。

二、《伊索寓言》中的典型作用

寓言作为讲故事、说道理的一种文学样式，其最显著的作用莫过于道理对人的启发。《伊索寓言》作为寓言中的重要代表作，其作用不仅仅体现于其教育教化作用，还在史诗形成时期对史诗产生了影响，在独属于希腊的城邦政治时期，通过小故事告诫统治者治理国家之道。在希腊的奴隶社会里，在奴隶制的烙印下皆留下了属于《伊索寓言》的印记。

（一）教育教化作用

一个故事总结一个道理，通俗易懂的故事不仅有助于心智尚不成熟的儿童理解，而且对于文化水平并不高的下层人民也具有教化作用。

寓言在学校教育中的地位是不可忽视的，阿里斯托芬在其喜剧作品《鸟》中曾写过：这是因为你无知，孤陋寡闻，没有钻研过伊索。柏拉图的《斐多篇》也曾讲述过苏格拉底死前仍然在钻研或者说是研读《伊索寓言》的事迹。就此我们也可以推断出寓言这种文学样式作为一种智慧的象征，历来在学校教育、儿童教育中占有重要位置。《伊索寓言》也成为世界著名的儿童文学经典。其内容简洁明了，直接将道理剖开摆在儿童面前，在儿童成长道路上对他们的道德、智力、美育都产生了影响，例如在故事《开玩笑的牧人》（即《狼来了》）直观地教育儿童做人要诚实；在《蝙蝠、荆棘和潜水鸟》中，作者借助动植物本身具有的习性来趣味性地说明道理，在使儿童学习哲理的同时也能够具体地丰富生活常识。

但美中不足的是，《伊索寓言》中为了讲述道理而强行异化故事结果的例子对儿童的成长是不利的。在部分寓言中，强弱对比过于明显，如在《狐狸和山羊》中，山羊作为老实本分的人却因为狐狸的狡猾而遭到为难；在《猫和公鸡》中，公鸡作为对人有利的生物却仍然要遭到猫的毒手。此类故事虽然揭示了一定的道理，但是站在儿童成长的立场上也有不合适之处。同样，《天鹅》中不顾故事剧情发展，强行揭示道理的故事结局也是不符合逻辑发展的。

在儿童教育中，我们仍需要对寓言进行一定的筛选。

在《伊索寓言》中，有大量围绕神和宗教展开的或者借助神讲述道理的寓言，这些寓言中有的强调神的威严，有的强调神的庇护，有的赞美神的伟大。例如在《鹰和狐狸》中强调背信弃义的人逃不掉神的惩罚；在《撒谎的人》中借助神对撒谎的人进行惩罚，揭示不能撒谎的道理；在《好恶作剧的人》中揭示神是不可亵渎的；在《年轻人和屠户》中讲述神能洞察一切的道理……

此类故事的传播无疑是对神的最好的宣扬，神会惩罚犯错误的人，恶人一定会有恶报。神的威严随着寓言的传播让更多人熟知，对人民的教化作用也就更加明显了。

（二）讽刺时政

寓言的传播速度以及传播范围为作者发表政见、讽刺时政提供了条件。

希腊作为城邦政治国家，公民拥有选举的权利，但是其中仍然存在选举不公平的现象，导致城邦领袖没有政治才能等一系列问题，《伊索寓言》中针对城邦领袖所提出的道理比比皆是，在《海豚和白杨鱼》中，讽刺遇上动乱就以为自己是什么大人物的无足轻重的人；在《弹唱者》中讽刺某些演说家在学校还像样，搞起政治来却一窍不通；在《大鸦和狐狸》中揭示要有头脑才能做王的道理；更有《蛇的尾巴和身体》等故事揭示迎合一切的执政者是失败的。

这些故事不仅给在位的执政者以警示，也充满着对无头脑领袖的讽刺。

《穴鸟和大鸦》提出不能背弃祖国，投奔异邦；《狼和羊》说明在一个城邦中不能轻易地将自己的领袖交出去；《捕鸟人和冠雀》强调作为城邦统治者不能残暴治民。这类故事都在三言两语中平淡地提出治理国家的道理，这些寓言既是下层人民对统治者的殷切希望，也是历年来各个城邦获得的经验总结，都对国家城邦的治理提供了宝贵借鉴，放在今天来看也仍然具有研究价值。

（三）巩固希腊城邦奴隶制

古希腊奴隶制是世界历史上典型的奴隶制形式之一，古希腊有着数以百计的奴隶制城邦，城邦内的居民分公民、外邦人和奴隶三类。公民又分为贵族和平民两个等级。贵族拥有大量土地和奴隶，享有政治特权。农民与手工业者备受贵族的压迫和剥削。奴隶更是属于社会的底层。《伊索寓言》的受众多属于下层社会，其中的某些故事却反映着剥削有理，压迫有理。在《化缘僧》中强调奴仆摆脱不了奴隶的出身；《驴和种园人》中说奴仆在经历过别的主人后会怀念以前的主人；在此类故事中，奴仆是没有人权的，这类故事甚至暗示着奴隶永远是奴隶，并且应该感谢奴役自己的人的道理。同样在《驴和马》中所强调的安于贫贱显然也是针对下层人民，使其安于现状而不去捍卫自由。贵族永远不会安于贫贱。

这类对奴隶以及下层人民的"教诲"使得奴隶的奴性得以保存，奴隶制度得以巩固。

三、《伊索寓言》中的典型特征

在收录于此版《伊索寓言》的 346 个故事中，有的动物、人物形象多次出现却是不同的形象；有的故事走向相同却揭示出不一样的各种道理；有的道理极其相似，回头观望却是不同故事间所阐述的道理……这些都是《伊索寓言》中所具有的典型特征，值得一一探究。

（一）同一事物有不同形象

同一事物在不同的故事走向中被作者赋予了不同的形象特征，这一典型特征在《伊索寓言》中可以说是广泛存在的。以狐狸这一动物形象为例，在《伊索寓言》中，共有 36 个寓言中提到了狐狸这一形象。《狐狸和狮子》中通过狐狸揭示熟识能减少对事物的恐惧，塑造一个乐于探索的形象；《狐狸和豹》中狐狸机智聪明，能言善辩；《肚胀的狐狸》中狐狸因为自己的贪婪使自己陷入危险的境地；《狐狸和狗》中狐狸花言巧语掩饰自己的罪行，是狡猾的恶人形象……当然由于某些寓言传播的深刻性，例如《大鸦和狐狸》《狐狸和葡萄》，人们通过那些寓言所了解到的狐狸仅仅是狡诈的，善于欺骗的恶人形象。

不仅仅有狐狸，鹰、穴鸟、狮子等动物形象都存在此类特征。

（二）相同故事阐述不同道理

相同故事走向，相同寓言主角却是不同的道理，最为典型的例子是《野驴和狼》与《驴和狼》，同样是借助狼来拔出蹄子里的刺，一个揭示的是对坏人好不会得到回报，一个是揭示人要做自己本分的事情。从不同事物的角度去看，总结出的寓言道理就各有不同。同样在《伊索寓言》中体现这一现象的还有《天鹅》这一故事，同样是天鹅唱歌，揭示的是不同的道理。

（三）不同的故事阐述同一道理

从《鹰、穴乌和牧人》《橡树和芦苇》到《冠乌和大鸦》《蚯蚓和蟒蛇》之类的动物故事到《宙斯和阿波罗》之类的神的故事，完全不同的故事主人公和完全不同的故事发展走向，都只是揭示与强者竞争，自己会变得不幸的道理；《野山羊和牧人》《蚂蚁和蝉》也都是说明要未雨绸缪，防患于未然。此类不同故事阐述同一道理的寓言比比皆是，同一道理反复强调多次也可以看出其道理的重要性。

相比其他寓言，《伊索寓言》传播范围广，揭示的道理被广泛引用。其在艺术手法上有其特殊性，对话、拟人等艺术手法都运用到炉火纯青的地步；其在意义作用上不仅仅是用于思考哲学问题，它落在实处，真真切切从广大下层人民的视角出发，关心城邦政治，关心国家治理；《伊索寓言》中的典型表现都是其独特的艺术瑰宝，虽然其中仍然存在某些"陈词滥调"，需要现在的我们取其精华而学习，但是其总体来说，仍然是寓言史上的明珠。

参考文献

［1］《伊索寓言》，罗念生、王焕文、陈洪文等译，北京：人民文学出版社，1981年。

［2］张群、凌茜：《古希腊〈伊索寓言〉与先秦诸子寓言之比较》，《沙洋师范高等专科学校学报》2009年第10卷第1期，第31-32页。

［3］潘妤：《伊索寓言的表现手法窥探》，《名作欣赏》2013年第35期，

第 150-152 页。

[4] 高鸣乡《〈伊索寓言〉表现手法的应用分析》,《青年时代》2016 年第 24 期, 第 3 页。

[5] 赵建锁:《〈伊索寓言〉的教育教学意义》,《教书育人(教师新概念)》2014 年第 3 期, 第 44-44 页。

[6] 华越:《揭示〈伊索寓言〉寓意单一化对我国中小学生价值观的影响》,《人文之友》2019 年第 23 期, 第 87 页。

[7] 高艳霞:《基于古希腊文化的〈伊索寓言〉中狐狸形象解析》,《文化创新比较研究》2018 年第 2 卷第 11 期, 第 54、56 页。

教师点评

本论文从《伊索寓言》的文体入手,与中国先秦诸子的寓言进行了简单对比,讨论了这一经典寓言故事集的写作手法、作用等方面的特征,从而找到西方寓言故事的典型性和代表性特点。

作为一种通过写故事的方法阐述道理的文体,寓言是儿童教育的重要组成部分,西方寓言经典代表《伊索寓言》更是不少孩子的阅读启蒙之作。与学龄前儿童阅读只需简单了解故事情节不同,中学生在阅读语言类文本时,不仅需要具备故事情节梳理和概括能力,更需要关注文章的写作手法,归纳和总结同类文本的异同点,促进学生思维的发展与提升。

课标认为:"教科书要能够反映当代特征和当代精神,关注现实,关注人类,了解和尊敬多元的文明。"部编版七年级上册语文《寓言四则》一课中,收录了《蚊子和狮子》《赫尔墨斯与雕像》两则伊索寓言故事,并与中国寓言《穿井得一人》《杞人忧天》相结合。在教学过程中,教师常引导学生采用对比阅读的方法,比较中西方寓言的异同点,从而使学生能够进一步理解寓言洗练的语言表达、独特的隐喻结构和深刻的寓意。

(点评人:蒲纾尧)

命定之数与人的抉择

——埃斯库罗斯《普罗米修斯》读后感

普罗米修斯的意思是"预见"，作为地母该亚（作品中与忒弥斯合为一人）的儿子与提坦神族的一员，他具有众神中最为出彩的智慧。人类的一切技艺皆传自普罗米修斯，同时他的预言能力使他对过去和未来了如指掌，他清楚知道宙斯将如何重蹈前两任神王乌拉诺斯和克洛诺斯的覆辙，也知道自己将在何时得救，对凡人伊俄的悲惨命运也一清二楚。在窃火之初，他必然能够预料自己窃火的后果，但他依旧作出了这一选择。或许也可以说，他清楚自己终将得救，因而有恃无恐，只需等待赫拉克勒斯前来射下宙斯的秃鹰，他便可得救。然则他也清楚地知道在得救之前要遭遇怎样的苦难，面对必定的现实的痛苦，不去躲避，坦然面对，这本就是对自我的超越。

一、何谓"定数"

普罗米修斯一出场，便请大地万物见证宙斯对自己的压迫与自己的不幸遭遇，但在悲叹之后，他又一转情感，显示出作为"智慧"的神的从容。"一切未来的事我预先看得清清楚楚；决不会有什么意外的灾难落到我头上。我既知道定数的力量不可抵抗，就得尽可能忍受这注定的命运。"由此，"命运"这个词语在作品中首次出现，并在接下来反复出现，贯穿作品始末。当俄刻阿诺斯的女儿们组成的歌队悲叹普罗米修斯的命运并痛斥宙斯的不守信誉时，普罗米修斯自信地宣告"别看那众神的王现在侮辱我,给我戴上结实的镣铐,他终会需要我来告诉他,一个什么新的企图会使他失去王杖和权力";俄刻阿诺斯提出向宙斯进言请求开释普罗米修斯时,普罗米修斯拒绝了他的好意,并表示"要把这眼前的命运忍受到底,直到宙斯心中息怒的时候为止";当歌队得知他为人类作出的重要贡献,安慰他脱困之后必会得到与宙斯同等的伟力时,他清醒地表示"可是全能的命运并没有注定这件事这样实现;要等我忍受了许多苦难之后,才能摆脱镣铐;因为技艺总是胜不过定数";当困厄的伊俄来到高加索悬崖前,普罗米修斯精准地描述了她漂泊的历程,并且预言她的第五代后人"乞援"的命运,以及她的第十三代后人将解救普罗米修斯本人;当赫耳墨斯前来恫吓普罗米修斯交代推翻宙斯王权的神是谁时,他对宙斯的惩戒不屑一顾,最终全剧也在宙斯的霹雳以及普罗米修斯和歌队的消失中结束。

纵观全剧,可以发现普罗米修斯是一个"全知者",而非"全能者",他能够预料到自己的命运曲折,也对宙斯和伊俄的命运了如指掌,但他除了默默忍受注定的命运之外别无他法,正如他所说"技艺胜不过定数"。他的母亲所赋予的他众神中最为杰出的智慧无法使他动摇定数分毫,他只能按照命运的安排辅佐宙斯推翻克洛诺斯,为人类窃火、传授技艺,被宙斯镇压,忍受无穷的痛苦,等待赫拉克勒斯的拯救。

普罗米修斯拥有智慧的"技艺",匠神赫淮斯托斯拥有锻造的"技艺",神王宙斯拥有政治的"技艺",然而他们都无法摆脱定数的安排:普罗米修斯无法躲避宙斯的迫害,赫淮斯托斯无法躲避违心迫害同族,宙斯也无法躲避自己将被儿子推翻。

古希腊戏剧起源于酒神祭祀,悲剧起初是祭祀的仪式。古希腊的神具有神人同形同性的特点,因而神与人一样受到定数的制约。尼采在《悲剧的诞生》中提到过埃斯库罗斯身后的正义感:一方面是勇敢"个体"的无尽痛苦,另一方面则是神性的困厄,实即一种对诸神黄昏的预感,这两个苦难世界的力量迫使双方和解,达到形而上学的统一性——所有这一切都极为强烈地让我们想起埃斯库罗斯世界观的核心和原理,它把命运看作超越诸神和人类而稳居宝座的永恒正义。[1]诸神虽高于人，但也并不处于至高无上的地位，只有命运是高高在上不可冒犯也不可抗拒的，命运的天平不会偏离分毫，即使普罗米修斯这般智术与宙斯这般伟力亦无法抗拒。

虽然命运不可抗拒，但悲剧的宿命无法消解人类的尊严感。

二、与定数的对抗

普罗米修斯作为先知能清楚自己、宙斯、伊俄的命运，在窃火之前他也必然知道这样会给人类带来的后果，但他依旧选择如此，一方面这是命定的安排，一方面则显示出人的抉择。面对注定暗而无光的道路，不躲避，不抗拒，也并不尝试去开辟新的道路，或许是无路可走，也或许是对命定之数发起的悲壮而徒劳的反击。《普罗米修斯》共有三部，完整的仅存《被缚的普罗米修斯》，另外两部《带火的普罗米修斯》与《解放了的普罗米修斯》仅有少数残篇流传，有学者推测其后普罗米修斯最终还是与宙斯达成了和解，因而宙斯默许了赫拉克勒斯解救普罗米修斯，雪莱旗帜鲜明地表示反对，"说实话，我根本反对那种软弱无力的结局，叫一位人类的捍卫者同那个人类的压迫者去和解。普罗密修斯忍受了那许多痛苦，说过了那许多激烈的言辞，如果我们认为他竟然会自食其言，向他那耀武扬威、作恶造孽的仇人低头，那么，这部寓言的道德意义可能完全丧失"[2]。

雪莱出于革命者的立场反对普罗米修斯与宙斯的和解，因而在他的《解放了的普罗密修斯》中，普罗米修斯被塑造成了爱与崇高的代表，他全然鄙视以朱庇特为代表的神王对于人类进步与理性的压迫。其实，抽去这种革命色彩，普罗米修斯与宙斯的和解也显得与人物不甚相符：作为先知，他完全清楚自己的人生轨迹，面对定数，无论他是对赫耳墨斯破口大骂，或是冷嘲热讽，或是谄媚以求宙斯宽恕，依旧会有宙斯的秃鹫早晚啄食他的肝脏，依旧会有铁链的束缚，依旧会有崖壁上的风吹日晒，直到命定之人前来将他解救。在我看来，

---

[1]　弗里德里希·尼采：《悲剧的诞生》，孙周兴译，北京：商务印书馆，2017 年，第 72—73 页。

[2]　珀西·比希·雪莱：《解放了的普罗密修斯》，邵洵美译，上海：上海译文出版社，1987 年，"原序"，第 1 页。

体现普罗米修斯对定数的对抗时，就在于他对这命运的态度，无论歌队如何哭泣，俄刻阿诺斯如何想要为他求情，赫耳墨斯如何恫吓，他都泰然处之，即使也偶尔唱出几句悲歌，但他依旧会安慰身边人。"技艺胜不过定数"，在他说出这句话时，他的智术得到了再次升华：即使定数不可阻挡，然而我看待它的态度决定了我是否能在斗争中取得胜利。

　　人类对于死亡，对于未知，往往有着莫名的惶惧，但当我们如同普罗米修斯一般清楚地知道自己今后人生的苦与乐时，又如何不让人恐惧呢？假使人人都能清楚地知道自己将在某年某天某时以某种方式死去时，越临近那时，便越感到恐惧与不安，无法与普罗米修斯的泰然处之相比。这也正是《西西弗神话》中所说的，"他每次下山时，思考的正是生存状况。可以说，洞察力既造成他的痛苦，同时也完成了他的胜利。以鄙视的态度，就没有战胜不了的命运"[1]。西西弗清楚地知道自己推石上山的结果不过是石头滚下来，他再推一次，如此周而复始，永无终局。俄狄浦斯起初顺应命运弑父娶母而不自知，但当他知晓时，便刺瞎双眼，自请流放，并坚定地宣布"尽管罹难重重，我这高龄和我这高尚的心灵却能让我断定一切皆善"[2]，无须上帝的惩罚，只有注定的命运，因而也就无所谓善与恶。西西弗的喜悦也正与俄狄浦斯同，"他的命运属于自己，他的那块巨石是自己的事"[3]，当他对痛苦熟视无睹，当普罗米修斯对他人的同情与恫吓，对命运的压迫与苦难熟视无睹时，命运虽然仍不可抗拒，但实际已经掌握于自己的手中，并可发掘出幸福的意义与自我的超越。

总　结

　　普罗米修斯作为智慧之神能预料到自己与别人的所有命运，无论是提坦神，或是神王宙斯，或是凡人，都无法抗拒至高的命运。然而普罗米修斯面对这注定的命运所采取的抗争态度，即使无法动摇命运的终局分毫，却实现了对于命运的精神胜利，显示出个体的尊严。即使高悬崖壁上千万年，历经风吹日晒，

---

[1]　加缪：《西西弗神话》，李玉民译，天津：天津人民出版社，2018 年，第 140 页。

[2]　加缪：《西西弗神话》，李玉民译，天津：天津人民出版社，2018 年，第 141 页。

[3]　加缪：《西西弗神话》，李玉民译，天津：天津人民出版社，2018 年，第 141 页。

每日忍受秃鹫啃食肝脏的巨大痛苦，但却并不以这痛苦为痛苦；他清楚自己将在何时得救，却不会为那日的逐步到来而欣喜，即命运的波澜起伏无法让他或喜或悲，接受命运的安排，不去躲避，即使哀怨也不颓丧，将天神的命运最终转换为人世的普遍遭际，自己的精神获得了与命运同等崇高的地位。

参考文献

［1］埃斯库罗斯、索福克勒斯：《罗念生全集（第2卷）：埃斯库罗斯悲剧三种、索福克勒斯悲剧四种》，罗念生译，上海：上海人民出版社，2007年。

［2］弗里德里希·尼采：《悲剧的诞生》，孙周兴译，北京：商务印书馆，2017年。

［3］珀西·比希·雪莱：《解放了的普罗密修斯》，邵洵美译，上海：上海译文出版社，1987年。

［4］加缪：《西西弗神话》，李玉民译，天津：天津人民出版社，2018年。

［5］罗晓颖：《"技艺胜不过定数"——埃斯库罗斯〈被缚的普罗米修斯〉第436-525行解读》，《国外文学》2008年第2期，第54-61页。

［6］王峰：《普罗米修斯的Bound——重读〈被缚的普罗米修斯〉》，《安徽大学学报（哲学社会科学版）》2016年第2期，第78-81页。

教师点评

论文重点从"何谓'定数'""与定数的对抗"两个方面探讨埃斯库罗斯《普罗米修斯》的读后感想，建议在论文的开篇与结尾直接点明本文的研究方向、写作意图以及研究成果，让读者一目了然。论文的主体部分也应用相应的语言表明行文思路。例如，第一部分"何谓'定数'"首段应先阐释"定数"的概念，再举例子进一步分析何为"定数"，段落与段落之间应该有过渡句或者提示语，展现作者的行文思路，而非简单的例子拼接。第二部分"与定数的对抗"同样可以调整一下论述的顺序，先引观点再举例子，最后得出结论。在结论部分不禁让人联想到《雷雨》中关于"定数"内涵的延续，以及《祝福》中祥林嫂对命运的反抗，读书不仅仅是读这一本，如果能迁移、对比着读，相信本文的感触会更深刻。

（点评人：熊　敏）

显隐交织的道德启示

——《神曲》读后感

杜 洋

  《神曲》是中世纪意大利最伟大的诗人但丁的代表作，书中共包含三部分：《地狱篇》《炼狱篇》和《天堂篇》。其中，《地狱篇》是最具数量和深度的部分，它描绘了一个有系统的地狱结构，将罪恶分为不同的层次并赋予了各种不同的惩罚方式。这些惩罚方式既符合当时宗教的正确立场，又以显性和隐性的方式指引灵魂的道德发展方向，具现了作者对人类道德迷惑的重要回答。

  其中，显性的道德惩戒是各个层次中所处的罪犯都受到了特定的严厉惩罚，使读者认识到罪恶行为所带来的后果是残酷而无情的。从这个意义上说，这是一种惧怕理论，即只有遵守德行规范才能避免这种后果。隐性的教化则是通过惩罚罪犯，让读者深层次地思考罪犯的行为是如何破坏了社会大家之间的伦理道德规范。这种内省性的道德教化既有更深的教育意义，也更符合但丁自己的宗教信仰和理念。

  总的来说，《地狱篇》既是一个超乎尘世的艺术奇迹，又是一个阐明因果报应和道德真理的道德著作。这部作品不断挑战着人类对自身的道德观念，以一种独特的方式展示了一种更加广泛的对人性的认知。

一、显性的道德惩戒

  在但丁之前，没有任何一本书籍或者记录能够具体描述出地狱的形状、结构设置，《圣经·新约》里面也只是把地狱看作是一个以永恒不灭的火焰灼烧罪人的场所，"可以说地狱是但丁结合个人学识和文学想象产生的结果"[1]。

书中深入描写了地狱场景，如运载亡灵的卡隆，亡灵们在他的深色小舟上相互挤压，稍有不如意，卡隆就会用船桨打他们；地狱判官米诺斯形貌丑陋，手持一把长鞭龇牙咆哮，负责判决亡灵；怪兽刻尔勃路斯身躯巨大，浑身都是鳞片，在地狱中，他用锐利的牙齿和利爪残酷地撕裂、吞噬亡灵，将他们的骨头当作玩具；贪婪的普鲁托以狼形在地狱中追逐亡灵，试图夺取他们的金钱和财富；愤怒的弗列居阿斯将亡灵运载到沼泽中扔进污泥受苦，让他们不断地往下坠落，直到永远的失落。"所有这些鬼卒包括魔王在这里都失去了丰富的个性，它们象征人在失去道德后的兽性化，而阻挠人类自由的正是人类自身的罪恶。"[2]在地狱之旅中，很少有人能撇开自己的罪恶而处于纯真的状态，因此，每个灵魂的归宿都是合理的。

但同时，但丁也描写了一些人在环境中的变化。这些变化表明，罪恶的惩罚固然重要，不过修复罪恶——接受错误，并寻求改变更是重要，这是人死后的求善之路。而要想从地狱进入天堂，就必须经过净罪这一仪式。炼狱作为净罪的场所，它的救赎意味是最浓厚的。

地狱的入口是宽阔平原，炼狱的入口却是狭窄难行；地狱的惩罚是肉体受刑，炼狱的惩罚则是精神拷问，足可见忏悔要做到纯粹、彻底是艰难的。不过只有经历这种苦痛，灵魂才能获得前往幸福天堂的门票，这一过程被但丁形容为是人对上帝的"还债"[3]。"就像骄傲之灵魂要背负沉重的石块低下头颅，忌妒之灵魂要缝上眼皮受马鞭鞭打，愤怒者被黑烟熏得睁不开眼，怠惰者被要求飞速奔跑，贪婪者要通过哭泣将罪恶之冰融化，贪食者要遭受饥渴之苦，贪色者遭受火焰灼烧。"[4]在精神折磨结束后，人将会来到炼狱到天堂的关口

[1] 尤红娟：《论〈神曲·地狱篇〉中的象征意蕴》，《西安文理学院学报（社会科学版）》2014年第17卷第6期，第27-30、45页。

[2] 尤红娟：《论〈神曲·地狱篇〉中的象征意蕴》，《西安文理学院学报（社会科学版）》2014年第17卷第6期，第27-30、45页。

[3] 但丁：《神曲》，田德望译，北京：人民文学出版社，2015年。

[4] 顾楹珏：《救赎与修行——〈神曲〉与〈西游记〉的朝圣之旅对比分析》，上海外国语大学硕士论文，2021年。

经受两条河流的灵魂洗礼——在勒特河中进行洗罪，在欧诺埃河完成净罪，"这所有的意象都指向了同样的功能，那就是救与赎"[1]。

罪恶也可以转变纯洁的灵魂，这个转变是激励人心的，里面蕴含着深刻的教训。它表明在经历罪行后，人依然有机会赎罪和改变，不受性命和社会地位的影响。这些变化提示着在生活中，在道德罪行面前，不仅应该面对自身的问题和罪孽，更应该寻求改变和忏悔的道路。

二、隐性的道德思考

地狱充斥着痛苦的尖叫与灼人的苦痛，但所有的呈现都是直观的罪恶。在地狱第三章，有这样一群人，他们被牛虻和大黄蜂咬刺，维吉尔说："这是那些一生既无恶名又无美名的凄惨的灵魂……他们中间还混杂着那一队卑劣的天使……地狱深层也不接受他们，因为作恶者和他们相比，还会觉得有点自豪。"[2] 其中的天使是指在卢奇菲罗发生叛乱时保持中立的一类，另一些则是生前对一切冷漠但又没有作恶的人。

他们脚步不停，要一辈子追逐永远不会停歇的旗帜；手臂挥舞，不断驱逐叮人的黄蜂与牛虻。可是，为什么不作恶也会入地狱？

在但丁的《神曲》中，被划分到"地狱"中的人物，都是因为自己在生前所犯下的罪恶而被惩罚。但其实这种罪恶不仅仅是指主动作恶的行为，还包括了对于公义、慈悲和其他美德的冷漠态度和无视。

中立天使对于叛乱事件，选择保持中立，并没有积极地维护公平公正和正义，这种行为在现代社会中同样是不道德的，因为在面临正义与非正义的冲突时，中立的行为并不能解决问题，反而会使非正义者占据上风，破坏社会的稳定。因此，中立天使没有积极维护正义，也就无法得到天堂的庇护。其次，生前对一切冷漠但又没有作恶的人，虽然没有实施恶行，但缺乏基本的社会道德责任感和道德感知，没有积极地为社会大众做有益的事情，对于社会的普遍利

---

[1] 顾楹珏：《救赎与修行——〈神曲〉与〈西游记〉的朝圣之旅对比分析》，上海外国语大学硕士论文，2021 年。

[2] 但丁：《神曲》，田德望译，北京：人民文学出版社，2015 年。

益没有贡献，也就导致了在社会道德评判中无法得到较高的评价，最终下地狱。

而在追求道德与真理的过程中，但丁不仅表达了对"道德懦夫"一类人的唾弃，也间接地赞扬了不惜以生命为代价，不惜追求真理的英雄人物，如周游世界的尤利西斯。当但丁和维吉尔遇到尤利西斯时，他正在火焰中绕着那个巨大的火焰环旋转，还在回忆他曾经的旅程。在对话中，尤利西斯承认自己的罪孽，并明确表示真正的罪恶在于追求更多知识时的不合理行动，即试图超越神权而成为真正的"造物主"（Creator），但随即他发现是一场悲剧。

不过即使他和他的伙伴已面临生命的衰竭与困境，他仍然积极鼓励友人，说道："你们经历千万种危险到达了西方，现在我们的残余的生命已经这样短促，你们不要不肯利用它去认识太阳背后的无人的世界细想一想你们的来源吧：你们生来不是为的像兽类一般活着，而是为追求美德和知识。"[1]虽然他以欺诈罪被囚于地狱，但正是这样的无畏向人传达出积极追求真理、知识的道德精神。

三、真实人性的觉醒

在《地狱篇》中，但丁也被塑造成一个具有罪孽的形象。在地狱之旅中，他需要面对自己曾经对罪恶的错误行径并为此赎罪。

但丁的罪孽在于他失去了自己的方向，在开篇时自称是"迷失在一片黑暗之中"[2]的人——迷失在世俗生活的诱惑和虚荣心中，而将真实的意义逐渐遗忘。他在生活中深受焦虑和无力感的困扰，感到自己的存在变得毫无意义，甚至想要寻找不道德的途径来赚取金钱和社会地位。但丁的罪孽不同于其他罪犯，而是对人生道路的真正意义失去了方向，与地球上的大多数人一样一直在迷失。

不过在地狱之旅中，但丁面临的各种考验都能帮助他逐渐寻找到自己的道路，认识到自己的过错，并为此赎罪。例如，在第三圈中，但丁听取了罪恶的

[1]　但丁：《神曲》，田德望译，北京：人民文学出版社，2015年。

[2]　但丁：《神曲》，田德望译，北京：人民文学出版社，2015年。

教训，并开始学会如何面对自己的过失；在最后到达最深层地狱，但丁完成了体验和沉淀，并在直面恶魔和约束力量的过程中获得了解放。

这种赎罪方式可以概括为寻找本质上的真正价值，并通过全面的反思和学习来认识自己的过错。具体而言，但丁的赎罪路径包括了自我研究、灵性内省和逐渐成长，最终走向灵魂的洗礼和悔改。通过所有这些，但丁向自己展示了他已经走过赎罪之路，并通过能力和知识的装备，成为一个重生而不再迷失的自己。

四、现实启示

其实现实中也是如此，在我们的社会中，无论是行贿受贿还是缺乏基本的同情和良知，都是一种罪恶行为。如果公民抛弃社会责任感，缺乏同情心，只关注自己个人利益，那么这种慢性的罪恶态度也会导致社会道德水平的不断下降和失衡。同时，这种失衡也会让一些恶性事件得以滋生和发展，最终危害到整个社会的稳定和安全。

在但丁《地狱篇》中，对待一切都冷漠的人同样会受到惩罚，这种冷漠态度同样被视为一种罪恶行为。在现实中，我们也应当时刻警醒，不断提高我们对罪恶和道德的敏感度，保持着对美德的追求和向往。

总之，尽管《地狱篇》描述了中世纪的一个特定社会环境，但它对于今天道德教化的各种启示显然是耐人寻味的。如果从一个非宗教的视角看待，我们可以看到这个作品的主题——罪恶和赎罪，将会给我们的现实生活和人际关系带来诸多道德启示。

参考文献

［1］但丁：《神曲》，田德望译，北京：人民文学出版社，2015年。

［2］尤红娟：《论〈神曲·地狱篇〉中的象征意蕴》，《西安文理学院学报（社会科学版）》2014年第17卷第6期，第27-30、45页。

［3］顾楹珏:《救赎与修行——〈神曲〉与〈西游记〉的朝圣之旅对比分析》，上海外国语大学硕士论文，2021年。

教师点评

《神曲》是世界文学史上的经典之作，被誉为"中世纪最伟大的诗歌"，三部曲中，最受读者喜欢的是《地狱篇》，作者将地狱中的景象描绘得栩栩如生，将人类的罪恶和惩罚形象化地呈现在读者面前。《炼狱篇》描写了人们遭受的种种痛苦和折磨，表达了对人类罪恶行为的警示和慈悲。《天堂篇》通过描绘天堂的景象和居民的言行，向读者展示了人类精神的极致。

本论文作者从作品显性的道德惩戒和隐性的教化两个方面谈起，认为《神曲》是阐明因果报应和道德真理的道德著作。显性的道德惩戒固然重要，不过修复罪恶——接受错误，并寻求改变更是重要，因此炼狱的救赎意味是最浓厚的。被划分到"地狱"中的人物，不仅仅是指主动作恶的行为，还包括了对公义、慈悲和其他美德的冷漠态度和无视。这就有一层隐性的教化在其中。

中学生对《神曲》虽然耳熟能详，但是阅读过的人不多。但丁写作《神曲》用了差不多15年，要想了解这部名著的文学价值和思想内涵，还是需要细细地品读。

（点评人：张楠楠）

堂吉诃德：欧洲的"骑士阿Q"

——塞万提斯·萨维德拉《堂吉诃德》读后感

范秋悦

《堂吉诃德》是西班牙作家塞万提斯·萨维德拉所作的一部家喻户晓的小说，其主角堂吉诃德最令人印象深刻。读完这部小说后，对堂吉诃德这个角色的理解可以主要从他的"骑士"理想与他"阿Q"式的精神胜利法出发。堂吉诃德一方面以热忱、纯真的理想主义践行着他的骑士理想，另一方面在面对自己无法解决的困难时又选择以"精神胜利法"聊以自慰。这种"理想与现实的冲突"，让堂吉诃德作为一个戏剧形象，又带有浓重的悲剧色彩。

一、骑士——堂吉诃德的理想

作为支撑小说情节发展的基点，堂吉诃德的"骑士"理想贯穿小说始终。堂吉诃德在博览骑士小说后，他脑子里满是魔法、战车、决斗、挑战、受伤、漫游、恋爱、风波以及书中种种荒唐无理的事，于是他要去做游侠骑士，把书中见到的都实行起来，去解救苦难，去亲历危险，去建立功业。为了理想，他三次出行，每一次都吃尽苦头，但他遇到困难始终凭着"骑士精神"迎难而上，他路遇不平为牧童申冤，把风车当巨人，把旅店当城堡，把苦役犯当作被迫害的骑士，把皮囊当作巨人的头颅，遭受公爵夫妇的戏弄……堂吉诃德的"骑士"理想历程艰辛，这与他的理想本身和他本身理想主义的行事方式有关。

堂吉诃德的理想是成为骑士，但这显然是一个无法实现的理想。首先，骑士阶层在16世纪之前就已逐渐消失，且已从独立阶层逐渐沦为当权者的统治工具——这显然是与堂吉诃德所向往的"劫富济贫、行侠仗义"的骑士不同，堂吉诃德对小说中夸张化、浪漫化的骑士主人公的追求无法实现。其次，堂吉诃德立志成为骑士时，已是一个瘦削的、满面愁容的大龄贵族，他的身体素质也不足以支撑他实现梦想。故堂吉诃德的悲剧走向，是一个必然的结局。

堂吉诃德的行事方式也过于理想化、纯粹化。在堂吉诃德出行过程中，他怀抱着正义、热血，希望惩恶扬善，但往往会得到不美好的结局。从开头的帮助牧童到释放罪犯，接着被罪犯洗劫一空，冲进羊群却被打落牙齿等事件，堂吉诃德总是抱着理想展开自己的骑士行动，但面对现实又无法寻找到切实可行的解决办法；同时，堂吉诃德还执着于理想的纯粹性，在对杜尔西内娅的爱情上，堂吉诃德强调的是一种精神上的满足，面对自己认为正义的事情，堂吉诃德总是毫不犹豫地站出来，从未考虑过回报与后果。

在《堂吉诃德》中，塞万提斯特意强调堂吉诃德的骑士理想，也故意让堂吉诃德做出骑士小说中的言行举止。但其实塞万提斯在《堂吉诃德》自序中宣称自己创作的目的是要"攻击骑士小说，要消除骑士小说在社会上、在群众之间的声望和影响，把骑士小说的那一套清除干净"。到第二部末尾，作者还再次声明："我的愿望无非要世人厌恶荒诞的骑士小说！"所以堂吉诃德的骑士理想，是出于作者想要消除骑士小说影响的目的特意设计，是荒诞的、可笑的、悲哀的。[1]

二、精神胜利法——堂吉诃德自我安慰的工具

在《堂吉诃德》中，精神胜利法的运用为堂吉诃德的人物形象塑造画下了浓墨重彩的一笔，可以说精神胜利法是堂吉诃德坚持他的骑士理想的关键之处。

《堂吉诃德》的人物形象与故事情节是在"精神胜利法"的基础上进行塑造、展开的，这是塞万提斯传递小说中心思想的主要渠道。福柯从文化史的角度认为："古典时代，理性乃是诞生于伦理空间之中。"[2]堂吉诃德第一次出门前就已经是一个伦理主体，但他在世俗眼里是"疯子""傻子"，失去了

---

[1] 关于《堂吉诃德》是否是反对、讽刺骑士文学的作品，学者们众说纷纭。本文认为《堂吉诃德》有反对、讽刺骑士文学的意味。

[2] 福柯：《古典时代疯狂史》，林志明译，北京：生活·读书·新知三联书店，2005 年，第 212 页。

理性，骑上一匹瘦弱的老马、拿着一柄生了锈的长矛、戴着破了洞的头盔踏上自己的骑士旅途。他将邻村的普通姑娘当作自己绝美的心上人，将乡村客店主人当作贵族，还多次与风车、羊群、理发匠展开想象中"激烈的战斗"。"精神胜利法"让堂吉诃德从一些非理性视角做出一系列难以让人理解的行为，让他对社会和世界的理解逐渐扭曲。

但在小说结尾，在堂吉诃德吃尽苦头、潦倒地回到村庄后，他在垂死之时终于承认自己不是骑士堂吉诃德，而是普通的乡绅吉桑诺。我认为这不是堂吉诃德的觉醒，而是堂吉诃德在被同村的加尔拉斯果学士假扮的白月骑士打败、被罚一年不许再做游侠骑士后无法再自欺欺人的无奈之举。"精神胜利法"是推动堂吉诃德继续游侠骑士路途的最大动力，只有这样，他才能超脱自己年迈瘦弱的肉身、挺过信仰的崩塌与来自社会与生活的打击，促使自己继续坚持下去。但在被别的骑士打败、依照诺言无法再进行游侠生活后，堂吉诃德的最大梦想已然破灭，他运用"精神胜利法"的根基已然倒塌，失去了最大的坚持与信仰，肉体和精神受尽摧残的堂吉诃德郁郁而终。

三、相似又不同——堂吉诃德与阿 Q 的人物形象对比

堂吉诃德与鲁迅作品《阿 Q 正传》中的阿 Q 处事方式有着相似性。小说中的堂吉诃德正是欧洲式的"阿 Q"，但堂吉诃德与阿 Q 在作品、时代、文化、社会的限制下又有着极大的不同。

《阿 Q 正传》与《堂吉诃德》都将精神胜利法作为重要的内在延续。从故事结构来看，《阿 Q 正传》与《堂吉诃德》属于喜剧，但从故事本身及中心思想上来看，小人物的悲剧在《阿 Q 正传》与《堂吉诃德》中体现得尤为明显，苦中作乐成为《阿 Q 正传》与《堂吉诃德》必不可少的部分。阿 Q 与堂吉诃德都不被世人所理解，面对困难都常常运用"精神胜利法"逃避，精神上的需求很容易就能被满足。阿 Q 被未庄人讥笑，只要填饱肚子就能满足，并且还常常因自己"先前阔""进过几回城"而得到精神上的满足；堂吉诃德则被商人取笑、被牧童追打、被公爵夫妇愚弄，对巴西琉等人的帮助从未考虑过结果与报酬，只为坚守自己所声张的正义并在过程中就能得到满足。堂吉诃德还有

对真理不可动摇的信仰，"他坚决相信，超越了他自身的存在，还有永恒的、普遍的、不变的东西；这些东西须一片至诚地努力争取，方才能够获得……他活着是为别人，为自己的弟兄，为了锄除邪恶，为了反抗魔术家和巨人等压迫人类的势力。只为他坚信一个主义，一片热情地愿意为这个主义尽忠，人家就把他当作疯子，觉得他可笑"；阿 Q 则同样也有一套自洽的逻辑，这是他的信仰。

虽然处境相似，但堂吉诃德与阿 Q 的不同之处是极大的。堂吉诃德生活在欧洲的 16 世纪，此时由于封建贵族势力逐渐强大和王权向海外扩张的需要，骑士文化成为封建贵族巩固统治的精神力量，骑士小说在西班牙相当流行，堂吉诃德是在这样的文化背景下决定成为游侠骑士的；而阿 Q 则生活在辛亥革命前后的中国农村，深受封建文化的封建、保守、庸俗、腐败荼毒。此外，阿 Q 还自轻又自大、欺软怕硬，他本身地位卑微，却从不把其他人放在眼里，在发生冲突时也专挑比自己弱小之人下手，遇到比自己强大的便"打不还手，骂不还口"；堂吉诃德虽然也地位卑微，但乐于帮助他人，坚守惩恶扬善的道义，即使是牧童遭遇主人刁难也会出手相助。在不同的背景之下，尽管堂吉诃德与阿 Q 有着相似之处，但他们还是两个不同的鲜明人物形象。[1]

结　语

《堂吉诃德》通过骑士化小说的框架，在喜剧情节设置中展现了一个悲剧的小人物形象，刻画了时代背景下的命运悲剧。堂吉诃德也因其具备真实性与复杂性、可笑可悲的人物形象，成为文坛上的经典人物。

参考文献

［1］塞万提斯：《堂吉诃德（上）》，杨绛译，北京：人民文学出版社，1978 年。

---

[1]　方维保：《鲁迅与阿 Q 形象新解读——以堂吉诃德的二重极化为视角》，《中国社会科学评价》2021 年第 4 期，第 105–115，157 页。

［2］塞万提斯：《堂吉诃德（下）》，杨绛译，北京：人民文学出版社，1978年。

［3］纳博科夫：《〈堂吉诃德〉讲稿》，金绍禹译，上海：上海三联书店，2007年。

［4］福柯：《古典时代疯狂史》，林志明译，北京：生活·读书·新知三联书店，2005年，第212页。

［5］杨传鑫：《论堂吉诃德形象》，《中南民族学院学报（哲学社会科学版）》1994年第5期，第94-98页。

［6］苏婧：《〈堂吉诃德〉人物形象文化身份的多重性探析》，《语文学刊》2008年第6期，第37-40页。

［7］方维保：《鲁迅与阿Q形象新解读——以堂吉诃德的二重极化为视角》，《中国社会科学评价》2021年第4期105-115、157页。

［8］程晓芳：《永远的骑士——唐吉诃德现实与理想的矛盾》，《新闻爱好者》2018年第9期，第114-115页。

教师点评

论文通过对比阿Q与堂吉诃德的人物形象、"精神胜利法"来解读堂吉诃德的"骑士精神"，主体分为"骑士——堂吉诃德的理想""精神胜利法——堂吉诃德自我安慰的工具""相似又不同——堂吉诃德与阿Q的人物形象对比"三大部分，每部分开头便表明本章论述重点及观点，思路较为清晰。不过，第二部分对主人翁堂吉诃德"精神胜利法"的解读不够透彻，阿Q所谓的"精神胜利法"是一种自我安慰的精神，是面对现实际遇的困窘，通过自嘲、自解、自我陶醉等方式聊以自慰的精神，这显然与堂吉诃德的"精神胜利法"有所出入，他们在本质上是不同的，建议在这一部分先对"精神胜利法"的含义进行界定，再进一步讨论二者的相似点，不同之处也应提及。

（点评人：熊　敏）

魔鬼，斗士，诗人

——浅析《高老头》中伏脱冷的多重形象

袁　源

一、诱人堕落的魔鬼

伏脱冷性格的主要特征是凶残。为了获得 20 万法郎用于购买黑奴，他计划引诱拉斯蒂涅入伙，设计杀死泰伊番先生的独子，进而得到泰伊番小姐的继承财产和嫁妆。虽然他的计谋没有取得完全成功，但是从这个以命换金的邪恶计策中，伏脱冷冷酷无情的杀手本质就已展现得淋漓尽致。伏脱冷深知这个社会的黑暗与堕落，他那双训练有素的眼睛已经看出了拉斯蒂涅内心巨大的欲望与他低下的处世能力之间的巨大差距，于是布好陷阱引他上钩。平日里伏脱冷处处揭他的短，讽刺嘲笑他欺压家人、挥霍金钱的行为，以此找机会与他谈心。这位老野心家做起了年轻野心家拉斯蒂涅的老师，把人间罪恶的画卷向他展开，让他看清社会肮脏丑恶的百态。

伏脱冷并不否认自己并非善类，他的哲学观念本质上是恶的，与上流社会的当权者别无二致。他也是一个作恶者，他口中批判的罪恶成为他自己作恶的合理依据。他曾说："要弄大钱，就该大刀阔斧的干"，只要能达到目的，可以毫不犹豫地选择杀人见血的方案。这种亡命徒般的狂热，都是为了金钱，为此他可以损人利己、不择手段、无所不为，即使金钱全都血迹斑斑，他也不以为意。在伏脱冷式哲学中，穷人是最"高尚"也是最可怜、最糊涂、最愚笨的。

他认为自己狂热追求金钱和利益的行为永远理所应当，所谓的道德正义不过是上流阶层用来欺骗下等阶层的工具。这个真相早已被他识破，所以他誓要实现自己的野心，成为称霸社会的强者，他不在乎弄脏自己的衣裳，一头扎进金钱社会的泥潭，只为撷取属于自己的财富与地位。

二、以恶制恶的斗士

在伏脱冷的极端利己主义哲学中，弱肉强食是自然法则，自己则是在法律之上、道德之外的存在，要想打败社会之中的吸血虫，只有采取以不道德对付不道德、以掠夺对付掠夺的办法。所以他不是真正意义上的革命者，而是一个采取暴力、非法手段的反抗者。伏脱冷反抗意识的形成与他目前苦役兼逃犯的身份息息相关，这就注定了他会与贵族、资产阶级为代表的势力对立。在他看来，资本主义社会是一个多年藏污纳垢，充满了阴暗、残酷、堕落、腐化的社会。作者在他与拉斯蒂涅的对话中借伏脱冷之口猛烈抨击了资本主义社会，篇幅长达十几页，全都一针见血，直言不讳。例如以下论断："这个社会遍地风行的腐化堕落"，"在这个人堆里，不像炸弹一般轰进去，就得像瘟疫一般钻进去。清白坦白一无用处"。作者揭示了在拜金主义盛行的时代，没有真正的情谊，只有虚假的承诺，赤裸裸的谎言，无处不在的背叛与出卖。

如果说给拉斯蒂涅上"人生第一课"、教他隐藏真实感情讨好贵妇鲍赛昂夫人使用的方法是合乎法律的暗箭的话，那么伏脱冷给他的第二课则是蔑视法律的明枪，即谋财害命，刀尖上舔血。这是伏脱冷所偏爱的步入上流阶层的方式，毕竟他经历了不公，看透了社会的残忍，否则就不会发出"凡是浑身污泥而坐在车上的都是正人君子，浑身污泥而搬着两条腿走路的都是小人流氓。随便扒窃一件什么东西，你就给牵到法院广场上去示众，大家拿你当把戏看。偷上一百万，交际场中就说你大贤大德"这样的反讽。面对社会给他的两个选择：要么就此认命，做一个贫苦辛劳的平民；要么就用恶人的手段抢走他们以下三滥手段得来的一切，做一个恶魔般的斗士，伏脱冷毅然决然地选择了后者。至于原因，结合他坎坷的身世与输出的观点来看，不外乎是复仇。

伏脱冷，这个在原著中从头到尾都神神秘秘、自诩强者的人，到底是何许人也？出身、经历是什么？作者几乎没有交代，留下了很大的悬念。伏脱冷在与拉斯蒂涅谈话时，三言两语便介绍完了自己的过去："你很想知道我是谁？干过什么事？现在又干些什么？……我过去的身世，倒过楣三个字儿就可以说完了。我是谁？伏脱冷。做些什么？做我爱做的事。完啦。"直到看完《高老头》全书，读者对他的过去才稍微知道得更多一些。但也只知道他的本名叫约各·高冷，人称"鬼上当"，被判过 20 年苦役，在伏盖公寓的他其实正越狱在逃，后因揭发被捕。他很早就闯荡社会，枪法、剑法高超，重义气，从未背叛朋友，有许多肯为自己拼命的兄弟。

这便是伏脱冷性格的另一个侧面，除了是个"恶魔"之外，他的一些行为和性格还体现了英雄色彩和侠义精神，既可以为自己的利益做坏事，也争取为弱者谋福祉。比如他设计陷害泰伊番先生的儿子，同时也能赢回可怜的泰伊番小姐本属于她的财富。仔细分析不难发现，在伏脱冷的心里，也有爱，那就是友情。伏脱冷愿意为对他好的或他觉得投机的人赴汤蹈火、肝胆相照，同时在狱中还有兄弟愿意为他卖命。巴尔扎克赋予了伏脱冷这个野心家以"侠"的色彩，粗犷果敢的气质与充沛炽热的感情，造就了这样一个恶中有义的斗士。他不仅是个玩世不恭、蔑视道德、沉溺于享乐的野心家，同时也是一个办事仗义、专爱锄强扶弱、甘于自我牺牲的红脸硬汉。两个看似矛盾的极端性格巧妙地融合在同一人身上却毫不突兀，足见巴尔扎克塑造人物的高超功力。

三、法兰西民族的诗人

在伏脱冷被捕的情节里，作者对伏盖公寓中众多人物的写照正是巴黎社会的小缩影。而作者让伏脱冷代表的角色，则是"来自地狱的诗人"。当时，特务长、警察、宪兵把公寓围得水泄不通，"高冷丑陋的面貌马上显了出来。土红色的短头发表示他的强悍和狡诈，配着跟上半身气息一贯的脑袋和脸庞，意义非常清楚，好像被地狱的火焰照亮了"。巴尔扎克用夸张的笔法肆意描绘，把伏脱冷露出真面目的场面形容为既丑恶又庄严，赞美他是"一首恶魔的诗"：

"这个人不仅仅是一个人了，而是一个典型，代表整个堕落的民族，野蛮而又合理，粗暴而又能屈能伸的民族。一刹那间高冷变成一首恶魔的诗，写尽人类所有的情感，只除掉忏悔。他的目光有如撒旦的目光，他像撒旦一样永远要拼个你死我活。"即使是恶魔的诗，也仍然属于诗，甚至有着属于它自己独特的诗意，代表着整个法兰西民族极端拉扯、矛盾的灵魂。

巴尔扎克用公寓中那位画家之口，赋予了伏脱冷"美"的光辉——"'该死！'画家说，'把他画下来倒是挺美的呢'。"一个被捕的潜逃苦役犯在这里的形象居然是美的，那是因为伏脱冷的美是对比而出的美，是在背叛和黑暗衬托下的崇高之美。作者运用对比的方式直观地让读者感受到人性的丑恶。伏脱冷在临走之前毫无顾忌地对诸如伏盖太太、米旭诺等的小人之辈表达了强烈的轻蔑——"难道你比我们强吗？我们肩膀上背的丑名声，还比不上你们心里的坏主意，你们这些烂社会里的蛆！你们之中最优秀的对我也抵抗不了。"伏脱冷清高孤傲的硬汉形象在这一场景中被作者展现得淋漓尽致。

此前伏脱冷在对拉斯蒂涅的演讲中直接给自己下了定义："我是一个大诗人。我的诗不是写下来的，而是在行动和感情上表现的。"伏脱冷诗人的特质有哪些？首先，犀利独到的眼光。伏脱冷从阴沟里看社会，对社会的阴暗看得更加透彻、真切。其次，敢于发声、敢于实践自己主张的勇气。他蔑视法律和所谓的权威，义正词严地揭露社会的肮脏本质，说出很多别人不敢说的话。他也用行动证明了，他一直在按照自己的意愿书写他的人生轨迹，而不是空谈。最后，有思想、有信仰的头脑。伏脱冷是一个文化素养颇高的人，他精通法国历史，掌握拉丁语，社会知识广博，从帆船、海洋、买卖到人物、时事、法律、牢狱，无所不学。此外，伏脱冷曾宣称："我是卢梭的门徒，我反抗社会契约那样的大骗局。"由此可见，伏脱冷曾经信仰过卢梭激进的小资产阶级民主主义。但是在世风日下、人心不古，资本主义弊端频出、拜金主义盛行的当下，伏脱冷对启蒙主义的憧憬逐渐粉碎、幻灭。在极度失望与倍感讽刺中，他放弃了启蒙主义，开始信奉"伏脱冷式"极端利己主义哲学。

结　语

伏脱冷，这样一位极恶的"靡菲斯特"，在为众人熟知后却并未被读者们厌恶，原因在于他并不是一个集恶魔性格于一身的单薄、扁平的坏人，而是一个真实、立体、多面的人物。他首先是一个以恶制恶的斗士，一位有坚定信念与犀利眼光的诗人，而后才是恶魔。他就像是一面清澈的镜子，映照出了人性之卑劣，他面对欲望的坦诚足以让伪君子自惭形秽，他不搜刮穷人的原则远比贪官污吏高尚，他深厚的文化艺术素养和通晓一切的本领绝非平庸之辈所能企及。他，就是这样一位极具人格魅力的"奸雄"。

参考文献

［1］巴尔扎克：《高老头》，许渊冲译，天津：天津人民出版社，2017年。

［2］韩笑笑：《以恶制恶的恶魔斗士——〈高老头〉伏脱冷人物形象分析》，《青年文学家》2015年第32期，第73页。

［3］崔迪：《恶魔的镜子——浅谈〈高老头〉中的伏脱冷》，《鸭绿江（下半月版）》2014年第7期。

［4］赵霞、程绍驹：《恶魔天使——〈高老头〉中伏脱冷形象浅析》，《时代文学（下半月）》2009年第7期，第69-70页。

［5］黄吟珂：《邪恶的化身——〈高老头〉中伏脱冷形象分析》，《娄底师专学报》2001年第3期，第76-79页。

［6］武凤珍：《伏脱冷形象浅析》，《唐都学刊》2000年第3期，第117-119页。

［7］李永忠：《一首恶魔的诗——伏脱冷形象再认识》，《吉首大学学报（社会科学版）》1995年第2期，第72-76页。

教师点评

《高老头》是巴尔扎克《人间喜剧》第五卷的第一篇小说。在这篇小说里，巴尔扎克塑造了许多经典的人物形象，其中伏脱冷这一人物形象可谓是缔造了几百年的经典人物。作者从"魔鬼""斗士""诗人"三个角度深入剖析伏脱冷这一人物形象，层次清晰，要点明确。

巴尔扎克曾经评价伏脱冷是一首恶魔的诗。由此可见，伏脱冷这个人物是多面的、复杂的。以福斯特《小说面面观》里的文学理论来看，伏脱冷无疑是一个圆形人物，他一面凶狠狡诈、老奸巨猾、野心勃勃，不遗余力制造社会罪恶，另一方面却又强有力地揭露并抨击这社会的罪恶。其性格的复杂性既是这个人物鲜活的保鲜剂，也是历来人们热衷于剖析他的缘由。本文作者同样解读了伏脱冷人物形象的复杂性。但不同于以往的以"恶魔"为首的解读，本文作者看到了巴尔扎克笔下的伏脱冷首先是制恶的斗士，然后是犀利的诗人，最后才是恶魔。这种解读建立在作者深耕文本的基础之上，为我们打开了不同的视角，值得读者们再度阅读《高老头》，进一步体会与思考伏脱冷这一人物形象的复杂性。

（点评人：张　艳）

异化的人性，未异化的希望

——《欧也妮·葛朗台》读后感

张琳婧

  《欧也妮·葛朗台》是由法国现实主义小说家巴尔扎克创作的作品之一。小说以父亲葛朗台的敛财与女儿欧也妮的爱情悲剧为主线，以金钱为纽带展开关于爱情、婚姻、家庭的故事，由此导演出一幕幕悲剧、喜剧、丑剧和闹剧，刻画出一幅 19 世纪前半期法国社会的图景，也揭示了人类欲望和道德良知的冲突。

  葛朗台的"吝啬鬼"形象是文学史上的一大经典，他也由此成为"守财奴"的代言人。同时，我们也看到了当时的时代背景下资本主义社会所展现出的罪恶。在那个机械化生产、工业化发展的时代里，在那个物欲横流的社会中，金钱对人的思想、灵魂进行腐蚀和摧残，人性在对金钱的追求中逐渐走向畸形和异化。他们的良知被泯灭，人性中尚存的良善被一点一点扼杀，形形色色的人为了金钱奔走，构成了"人间喜剧"的一角。

  弗洛姆的人性异化理论在《欧也妮·葛朗台》中有着充分的体现，书中那些不顾一切追求金钱、不近人情的人们揭露了金钱时代下"人自身的异化"，冷漠、麻木的社会状况让"人际关系的异化"赤裸地展现在人们眼前，而巴尔扎克还保留有一丝同情，让我们仍看到"未异化的希望"。

  基于此，本文试图以弗洛姆的人性异化理论为支撑，从金钱时代下人自身的异化、人际关系的异化及未异化的希望几个角度，探讨巴尔扎克的《欧也妮·葛朗台》。

一、弗洛姆的人性异化理论

"人性异化理论"是德裔美籍思想家艾瑞克·弗洛姆提出的。他意识到在现代资本主义社会的发展中，随着社会的急速发展和财富的逐步积累，人们不仅没有变得幸福，反而产生了孤独、不安、焦虑的情绪，"人们同自己、同他人、同自然日渐分离，人被全面异化"[1]。这不仅造成了现代社会文化的畸形演变，而且导致人的心理严重扭曲，甚至出现变态心理大量泛滥的现象。

弗洛姆的人性异化论以马克思的异化理论为基础，汲取了弗洛伊德的精神分析学原理，他把人性异化视为最重要、最普遍、最深刻的现代社会异化。[2]马克思在《1844 年经济学哲学手稿》中批判资本主义社会的货币异化，提出了关于"人的本体论本质"的问题，让人们把视角放到"人性"本身。弗洛姆在马克思的理论中认识到人性的异化是客观存在的，并且跳出了马克思主义者的劳动异化等理论，将视野焦点从人的本质转到"人性"上。

陈学明先生对弗洛姆的理论进行解读，指出人具有"自我保存"的本能，包括生活中的各种需求，而这些需求是人的本性的主要组成部分，所以人们才会不遗余力地寻求办法满足这些需求。而在这个过程中，人的生存欲望和需求产生了异化，不再只是"自我保存"的冲动，这是人性异化的实质。人性异化对外表现为对金钱和物质的极端追求，对内则转变为精神上的"空洞"。[3]

弗洛姆的人性异化理论发表于 20 世纪中下叶，当时社会群体的精神问题已然显露无遗，艺术领域已经出现了诸多反映人类心理状况和社会文化畸变的作品，涌现出存在主义、现代主义和后现代主义的各种文艺流派和思潮。

巴尔扎克也敏锐地洞察到了这一现象。他关注人的生存状态和命运，创作出诸多相关的作品，以此抨击社会冰冷的制度和异化的社会现象。其中，《欧也妮·葛朗台》便淋漓地展现了人在社会外力的驱使下迷失自我、丧失本性的

---

[1] 张璐：《弗洛姆的人性异化理论与人的全面发展》，《国外理论动态》2009 年第 8 期，第 105—108 页。

[2] 李红珍：《人性的异化与回归：弗洛姆人性异化论新探》，《东南学术》2013 年第 3 期，第 131—136 页。

[3] 李红珍：《人性的异化与回归：弗洛姆人性异化论新探》，《东南学术》2013 年第 3 期，第 131—136 页。

社会现象。

二、人自身的异化

"人自身的异化"指的是人在各种异己力量的排斥下出现了人性的扭曲和人性的性情被压制的现象。[1]葛朗台作为《欧也妮·葛朗台》中的主要人物，以对金钱的极端追求闻名，至今仍然广受讨论。他做着投机的买卖，以诱骗的方式迅速积累起大量原始资本。但他却极端吝啬，对金钱病态的占有欲辐射在葛朗台府中的每一个角落，不仅自己舍不得花钱，连每顿饭的餐食、夜晚点亮的烛台、冬天取暖的火炉都亲自定下规矩，还克扣妻子和女儿的零用钱，算计她们的遗产。在他的眼里，妻子和女儿也都是买卖，甚至不惜以"囚禁"女儿的方式来惩罚女儿的"送钱"行为。他贪婪狡诈，金钱是他唯一的信仰，躲在暗处独自数金子是他最重要的爱好，临终前也不忘惊慌地叮嘱欧也妮看好金子。就是这样一个人，有着巨额的财富却舍不得花，最后守着巨额的财富，让"黄金的温暖"送走了自己的生命。这个极端负面的人物以"守财奴"的典型形象出现在了中学的语文课本上，彼时众人将他看作是"资本主义社会里人性卑劣"的代表进行批判，可现如今却有许多不同的声音出现。

与其说葛朗台是受资本主义社会戕害的人，倒不如说他是金钱时代人性异化的缩影，他并不受限于某种具体的社会形态，而是作为人类群体面对金钱和物质欲望时一个极端的倾向而所存在。没有人能脱离金钱、脱离物质，当信仰让位于金钱，世界运转的方式就此改变。从某种程度上来说，葛朗台就是我们对于物质、金钱欲望的化身，尤其面对急速发展的社会，这种渴望显得异常强烈，我们身上葛朗台的影子也时隐时现。只是我们尚未达到葛朗台的无情和冷漠，也没有他的商业头脑和直觉，我们更像是书中的查理，以纯真、懵懂的姿态走入社会，在社会摸爬滚打之后，被环境同化，逐渐迷失自我，和周围人一样盲目追求财富，最终失去所有。抑或是像克罗旭与台·格拉桑家族一样，没有强烈的恶意害人，实际却牺牲了他人的利益。

---

[1] 郭淳：《从卡夫卡〈变形记〉看人性异化》，《安徽文学（下半月）》2010 年第 10 期，第 18-19 页。

《欧也妮·葛朗台》中除了个别仍心存善意的人外，大多数都是无情的恶魔，主动接受金钱的吞噬，并且千方百计地拉人进入同样的行列。他们失去了基本的善恶观，眼里只有钱，他们的人性本身出现了严重的扭曲，出现了人自身的异化。这些极端趋利、崇尚金钱、人性扭曲的人，构成了所谓的"人间"，上演了一出出"喜剧"。

三、人际关系的异化

人自身的异化必然导致人际关系的异化，不论是亲情、爱情，抑或是友情，当人自身出现异化之后，只能用金钱和物质进行维护，而这样的维护，伴随着利益关系的变化，犹如漂浮于天际的泡影，一戳即破。

（一）亲情的异化

文中有这样一段描写：

> 葛朗台太太是一个干枯的瘦女人，皮色黄黄的像木瓜，举动迟缓，笨拙，就像那些生来受磨折的女人。大骨骼，大鼻子，大额角，大眼睛，一眼望去，好像既无味道又无汁水的干瘪果子。黝黑的牙齿已经不多几颗，嘴巴全是皱褶，长长的下巴颏儿往上钩起，像只木底靴。[1]

按理说，生活在富裕之家的太太不说身材肥胖，却应当是衣食无忧、精神饱满、体态丰腴的，但葛朗台太太却干枯瘦弱、皮肤发黄，说是穷苦人家的夫人也不为过，这既侧面反衬出葛朗台的吝啬，同时也反映出葛朗台太太对葛朗台先生的言听计从，尽管有大笔陪嫁和遗产，但她却"始终诚惶诚恐，仿佛寄人篱下似的"，[2]性格懦弱，逆来顺受，她是丈夫的殉难者。

当葛朗台得知女儿将自己的零花钱都送给查理之后，一怒之下监禁了女儿，而他的妻子因此事伤心欲绝、卧病在床之时，他不愿为妻子治病。可当他得知

---

[1]　巴尔扎克：《欧也妮·葛朗台》，南京：译林出版社，2019 年，第 21 页。

[2]　巴尔扎克：《欧也妮·葛朗台》，南京：译林出版社，2019 年，第 21 页。

妻子病故后，欧也妮要继承她的财产时，他又愿意掏出他的金子来给妻子治病了。葛朗台是怕妻子亡故吗？并不是，他是担心她的钱落在女儿手中，所以当他的妻子病故后，他就立刻让女儿签署了一份放弃母亲遗产继承权的说明文件。在女儿送出金币之前，这个家庭还看似和谐，可当面临着金钱利益的纠纷之后，葛朗台果断地选择了金钱。亲情这样重要的羁绊，在人自身的异化面前都显得格外脆弱。

（二）爱情的异化

葛朗台娶妻不是因为爱情，而是看到了妻子的嫁妆；查理要娶贵族小姐也不是因为爱情，而是要获得财富、权力和地位；特·篷风和阿道夫想娶欧也妮也不是因为爱情，而是想要万贯家私。

可曾经，欧也妮也有着对爱情的渴望。在单调孤寂的索漠城生活中，欧也妮第一次遇见皮肤娇嫩、面貌清秀、衣着华丽的男子，在她眼里，查理像是一个跌落尘世的仙人，生平第一次，欧也妮体会到一种陌生情感的触动，她一头扎进对查理的美好幻想里。但此时的查理早已对葛朗台一家的生活失望至极。在他的设想里，伯父一家住的应该是富丽堂皇的楼房，会见的是各色的社交名流，他甚至为此准备好了各种场合所需要的行头。但他看到的是发黄的楼梯间，烟熏的墙壁，虫蛀了的楼梯，这一切使他的美梦还未成型便消失得无影无踪。

但是陷入情海的欧也妮并没有发觉查理的厌倦心理，而查理也因为父亲去世、家庭破产的噩耗，发现堂姐温柔关怀的难能可贵，哀痛使两人的关系不断拉近，最后私订终身。然而，查理为了名利忘恩负义，暴露出花花公子的本性，将与欧也妮的约定抛诸脑后。在金钱面前，罗曼蒂克式的爱情也成了奢望。

欧也妮希望的消失、查理人性的丧失、欧也妮母亲的死，一桩桩悲剧的背后，是冰冷、扭曲的人际关系。

四、未异化的希望

弗洛姆不单单揭露和批判病态的社会和扭曲的人格，还有着建立"健全的人格和健全的社会"的设想。他认为"以爱、理性和创造性的方式来最终获得人与自身、他人、自然的真正统一"[1]。而欧也妮原本便是仍存善意，有爱的渴望的人，只是在物质社会中显得格格不入。金钱像魔鬼一样，牵动着每个人的神经，透视着每个人的内心。庆幸的是，欧也妮没有变成像她父亲那样冷酷绝情的人，始终独守着内心的纯真。

如今上帝把大堆的黄金丢给被黄金束缚的女子，而她根本不把黄金放在心上，只在向往天国，过着虔诚慈爱的生活，只有一些圣洁的思想，不断地暗中援助受难的人。

欧也妮无疑是非常特别的存在，在大家都追逐金钱的时候，她却满不在乎，甚至在继承了巨额遗产之后，主动帮查理偿还债务，办了不少公益与虔诚的事业。她是书中少有的，对金钱无动于衷，直到最后都保留善意的人。吝啬专断的父亲、唯钱论事的社会风气让她的人性被打压、被扼杀，最终也落入了母亲的顺从和父亲的规矩的俗套中，但"心灵的伟大，抵消了她教育的鄙陋和早年的习惯"，她身上最自然的品质始终没有被金钱吞没。

欧也妮在这本书中或许是有着隐喻意义的，她代表着人性中美好、纯真的品质，她是未异化的人性。而在文章的最后，虽然她曾经向往的爱情、亲情都离她远去，但是她仍不忘散发她的善意，遗忘自己的苦痛，为他人带去希望。她是《欧也妮·葛朗台》黑暗世界里的一点光，也是巴尔扎克留给"人间"的一丝同情和怜悯。

结　语

巴尔扎克是这样评价《欧也妮·葛朗台》的，"没有毒药，没有尖刀，没有流血的平凡悲剧"。可以看出，巴尔扎克创作这部作品的本意不仅仅是讽刺当时社会中那些吝啬、功利的人，更是希望我们能够通过作品反思人类群体性的焦虑和异化的现象。从这个意义上讲，巴尔扎克的小说在今天看来依然具有深远的意义。

---

[1]　张璐：《弗洛姆的人性异化理论与人的全面发展》，《国外理论动态》2009 年第 8 期，第 105-108 页。

参考文献

［1］巴尔扎克：《欧也妮·葛朗台》，南京：译林出版社，2019 年。

［2］张璐：《弗洛姆的人性异化理论与人的全面发展》，《国外理论动态》2009 年第 8 期，第 105—108 页。

［3］李红珍：《人性的异化与回归：弗洛姆人性异化论新探》，《东南学术》2013 年第 3 期，第 131—136 页。

［4］郭淳：《从卡夫卡〈变形记〉看人性异化》，《安徽文学（下半月）》2010 年第 10 期，第 18—19 页。

教师点评

《欧也妮·葛朗台》中葛朗台这一吝啬鬼形象给读者留下了深刻的印象，因此，对于这本著作，读者的关注点多放在"葛朗台"这一人物角色上，而忽视了在金钱观念上和他截然不同的欧也妮。而本文作者恰恰关注到了欧也妮身上体现出的不被金钱所麻痹的纯真。

作者以弗洛姆的人性异化理论为支撑，从金钱时代下人自身的异化、人际关系的异化、未异化的希望三个角度，探讨巴尔扎克的《欧也妮·葛朗台》。这一独特的视角不仅关注到了巴尔扎克揭露的金钱时代下"人自身的异化""人际关系的异化"，而且还读出了在欧也妮身上体现的"未异化的希望"。欧也妮代表着人性中美好、纯真的品质，她是未异化的人性。虽然她曾经向往的爱情、亲情都离她远去，但是她仍不忘散发她的善意，遗忘自己的苦痛，为他人带去希望。

对于中学生来说，阅读这本书同样具有现实教育意义，即在物欲横流的社会中，不被金钱所驱使，像欧也妮一样保持内心的本真和良善。

（点评人：张楠楠）

以小见大，精妙鲜活

——莫泊桑《莫泊桑中短篇小说选》读后感

刘昕竹

作为法国 19 世纪最重要的小说家之一，莫泊桑凭借对欧洲社会的细致体察和生动细腻的描摹刻画，塑造了一批栩栩如生、惟妙惟肖的人物形象，也创造了大量流传中外、扬名后世的文学经典。阅读《莫泊桑中短篇小说选》，在这位文学巨匠身上似乎又能得到新的汲养与收获。本文略谈对莫泊桑创作中题材、结构、语言的粗浅分析，对此次经典重读作出如下总结。

一、题材丰富，剪裁得当

鲁迅先生在对长篇和短篇这两种小说样式进行比较的时候，曾作过以下的精彩论述："在巍峨灿烂的巨大的纪念碑底文字之旁，短篇小说也依然有着存在的充足的权利。不但巨细高低，相依为命，也譬如身入大伽蓝中，但见全体非常宏丽，眩人眼睛，令观者心神飞越，而细看一雕阑一画础，虽然细小，所得却更为分明，再以此推及全体，感受遂愈加切实，因此那些终于为人所注重了。"在他看来，短篇小说具有"借一斑略知全豹，以一目尽传精神"的优点，而莫泊桑的短篇小说，正发挥了其所认可的以小见大、见微知著的功用。

借由平凡生活展现时代风貌与社会形势是莫泊桑中短篇小说的基本特点，正如他自己所言，要"反映微不足道的现实"，从而"触动麻木的内心世界"。在他创作的二百六十多个短篇小说中，塑造的人物形象涉及各种职业、多个阶层——如枯寂清贫的小公务员、受尽剥削的劳苦人民、走投无路的妓女流浪汉、高高在上的贵族绅士等；涉及的社会环境包括城市农村、边疆异域；与之相关的议题更是触及道德、法律、文化、宗教等几乎社会全方面。莫泊桑师承福楼拜"客观而无动于衷"的原则，将从普法战争到平民生活的百味人生渗透入精妙的文字语句，于是，读者通过莫泊桑那双敏锐的作家之眼，才能看到智勇双全、舍命不渝的民族英雄米隆老爹（《米隆老爹》）；急中生智，用餐刀插进敌军中尉锁骨的妓女拉歇尔（《菲菲小姐》）；勤俭善良却得不到幸福眷顾的劳动妇女（《修软垫椅的妇人》）；被无情的生活逼得上吊的小公务员（《散步》）……可以说，无论是何种人物、何种场景，在莫泊桑的笔下都如生活本身那般有血有肉、丰富多彩。同时，也正是小说所具有的这些全方位的生活内容、多角度的感受体验、深层次的形象内涵才使得读者将叙述艺术投射于真实生活，从而产生新的、具有思考性的阅读反馈。

　　然而，中短篇小说因其容量小、篇幅短，所能展现的现实风貌毕竟是有限的，但也正因如此，莫泊桑在剪裁素材上所展现的高超技能才如此令人钦敬，这也成为他登上"短篇小说之王"宝座的法宝之一。诚然，莫泊桑小说的主题常常是宏大的，但他却能用简单的人物关系和单纯的背景事件巧妙而深刻地反映时代某一片段的本质，例如，以赞扬普法战争中法国人民的爱国主义精神为主题的《两个朋友》。这篇小说主要讲述了因钓鱼爱好产生友谊的莫里索与索瓦热在法国被围时期重逢，相约至战前常会面的小岛上钓鱼，结果意外遭到普鲁士人攻击，两人在普鲁士军官的威逼利诱下坚定保守阵地口令，最后被枪杀投河的故事。小说重点突出了"鱼"这个物象：当普鲁士人发现莫里索与索瓦热时，并没有忘记将他们二人钓来的鱼一齐交由军官；而在莫里索与索瓦热被枪杀后，二人的钓鱼成果也难逃被敌军煎而食之的命运。"鱼"成为和平年代美好生活的见证，但也同样成为严酷战争下的另类牺牲品。普法战争这一背景广阔、内容复杂的社会矛盾所具有的本质特点就通过"鱼"这一凝练而巧妙的艺术概括得以体现。

二、结构精妙，手法多样

作为以小视角写小人物的短篇小说，如若需要承载丰厚多样的时代价值与发人深省的主题内涵，就势必要依靠巧妙精彩的结构安排。人物关系该如何确立？矛盾冲突该如何展开？环境场景该如何转变？这都需要作家具备娴熟的文字驾驭能力与高超的谋篇布局功夫。莫泊桑以巧妙的艺术构思见长，别出心裁的故事构思、一波三折的故事情节、意料之外的故事结局都是他的拿手好戏。为了使自己的作品获得"趣味、色彩、起伏不平的叙述和活动的生命"，"把比现实本身更完全、更动人、更确切的图景"表现出来，莫泊桑出色地运用了多样化的艺术表达。

设置疑笔是莫泊桑较常使用的写作技法，在这一方面表现得相当突出的是《珠宝》这一篇小说。这篇小说刻画了一对平庸而贪财的小市民夫妻，故事开头就极言其婚姻生活的幸福与美满，之后以轻轻一笔带过丈夫爱好名誉的特点与妻子爱假珠宝的缺点，不露痕迹地在读者心中留下疑云。妻子意外死亡的突发情节使得人性的真相得以揭露：原来妻子对丈夫的包容疼爱是假，"假"珠宝却是凭靠色相与欺骗换来的货真价实的财富。但莫泊桑对人性的解剖并没有停止，他又将这把锋利的"人性之匕"指向了丈夫的灵魂：他不但理所应当地接受了妻子用不忠行为获得的珠宝，甚至还满不在乎地以此向他人炫耀。至此，名誉与婚姻的光鲜外表被"人性之匕"划开，展现出其丑陋虚假的本来面目。《珠宝》展现的社会事实和人生道理本是资本主义世界所司空见惯的，但正是因为莫泊桑以疑笔把握人性的巧妙做法，使得这篇短小精练的小说产生了出人意料的艺术效果。

除此之外，莫泊桑还善于在小说中运用巧合、奇遇或种种意外的情节来加强小说表现力，深化主题内蕴。例如名篇《项链》的结尾，以福雷斯蒂埃太太揭露"假项链"的激动感叹作结，不加任何评述议论，似有戛然而止之感，但却在无声中道尽一切，令人回味无穷。再比如叙述《米隆老爹》中米隆杀死德国鬼子的事迹时，莫泊桑转换了三次人称，以"故事套故事"的叙述结构凸显人物形象，丰富故事内容。莫泊桑一生著作等身，可以说，他创作的每一篇小说都具有不尽相同的结构艺术，阅读这些作品，相信每一位读者都能感受到他那独具一格的艺术风格与超群出众的创作素养。

三、语言精准、细节传神

莫泊桑短篇小说的语言具有准确、生动、明快的特点，精准的语言选择与把握成为他塑造形象、创造典型、刻画性格的称手利器。在他的笔下，平凡的人物可以变成鲜明的形象，普通的事件可以化为动人的画面。他用精练确切的语句勾勒出一幅幅动人心弦的法国风俗轮廓，使读者只要一触及他的文字，就能瞬间入画，亲身体验他笔下的故事场景，与主人公同呼吸、共命运。

传神的细节描写在莫泊桑的小说语言中是相当突出的，真实而具有表现力的细节是莫泊桑小说强烈艺术感染力的重要构成因素。《我的叔叔于勒》中有两处细节描写，如于勒接过"我"的小费时，习惯性地感谢道："上帝保佑您，少爷！"这很符合乞讨者接受恩施时的常用答谢语，正好与于勒过去在美洲流浪的乞丐经历相吻合。又如"我"的父亲在为家人示范吃牡蛎的动作时，神情反常，甚至将牡蛎的汁水淌得满身都是。这一处细节描写就是为了表现他在从于勒手中接过牡蛎时，突然发现这个邋遢贫苦的牡蛎摊贩就是自己日盼夜想的亲生兄弟时的震惊与诧异。再比如处女作《羊脂球》中写到当妓女羊脂球拿出自己准备的食物时，马车上被饥饿折磨得无法忍受的人们"先是所有的眼睛转向她盯着，随后，香味一散开，大家的鼻翅就都张开，口里涌起了大量的口涎，耳朵下面那块颚骨也绷得直发痛"。寥寥几笔就使这帮自以为高贵的上级人士现出了贪婪无耻的原型。这一惟妙惟肖的细节描写也与后文关系到民族尊严时众人极端利己的丑恶面目形成了巧妙的映照。莫泊桑的细节描写不仅生动形象地再现了故事情节，更力透纸背地表现出了人物的灵魂，从而达到了唤起读者共鸣的艺术效果。在字里行间，读者、主人公、作者三者的心情水乳相融，相互触碰，共同完成了作品的表达使命。

综上所述，莫泊桑以广泛得当的取材、独具一格的结构、精当鲜活的语言获得了"短篇小说之王"的桂冠，那份独属于他的小说魅力相信也将在未来吸引更多的读者继续阅读、持续感受。

参考文献

［1］殷光熹：《莫泊桑短篇小说艺术特色初探》，《职大学报》2010 年第 1 期，第 68-71，52 页。

［2］刘世剑：《试论莫泊桑短篇小说的艺术特征》，《社会科学战线》1980 年第 3 期，第 328-333 页。

［3］魏贤梅：《莫泊桑与契诃夫短篇小说创作风格比较》，《徐州教育学院学报》2001 年第 4 期，第 47-50 页。

教师点评

居伊·德·莫泊桑作为法国文学史上短篇小说创作数量最大、成就最高的作家被大家所熟知。他的作品总能在短小的篇幅中捕捉细节，洞悉人性，塑造出典型的人物形象，于平淡中绽放光彩，深刻揭露社会各阶层的矛盾冲突。这离不开他对现实生活长期细致的观察、体验和对人物性格心理的揣摩与研究。

刘昕竹的读书心得从创作题材、结构、语言三个方面分析了莫泊桑小说的精妙之处，对作品取材丰富、以小见大、设置悬念、运用巧合、详略得当、细节生动等创作艺术把握精准，较为全面地认识到了莫泊桑短篇小说见微知著、构思巧妙、客观冷静的艺术特点。

莫泊桑的短篇小说十分具有代表性，也被选入了语文教材，如《项链》《我的叔叔于勒》。两篇作品都对 19 世纪法国社会贫富分化、小资产阶级爱慕虚荣、拜金主义带来的人性异化进行了揭露。除了对曲折情节、典型人物、精准语言、叙述视角、多元主题的把握外，在教学中，教师还应引导学生结合自己的生活体验与作品对话，尝试理解人物的多面性和人性的复杂性，体会作者在作品中同时持有的同情与理解、讽刺与批判的细腻情感与态度，并能够认识小说背后的社会根源和要表现的深刻内涵。

（点评人：米　禧）

亚里士多德的"摹仿说"探究：探寻中学语文教材中经典戏剧作品的教学意义和教育目的

——《威尼斯商人》读后感

陈鹏骏

前　言

《威尼斯商人》对我来说算是最熟悉的陌生人，第一次阅读是在中学时期语文课本的节选部分，当时所选择的文章内容主要集中于"借债割肉"情节的最终庭审阶段，也是全文矛盾最激烈的点，无论是夏洛克还是安东尼奥、巴萨尼奥的情绪也走向了交锋的顶点，从夏洛克占上风时的咄咄逼人又到最后反转的悻悻而退，将故事的高潮部分展现给了我们。在当时看完文章最大的感受是酣畅淋漓，因为从当时的角度来看（文章是节选的，并不完整且视角较为狭窄），恶人夏洛克受到应有的惩戒，正义善良的安东尼奥等人迎来了圆满的结局，皆大欢喜，如鲁迅先生所说"悲剧将人生的有价值的东西毁灭给人看，喜剧将那无价值的撕破给人看"[1]，因此无可厚非地认定它为一部喜剧。

我本次对这篇著作的阅读，不仅限于某一片段或是章节以及文本，还结合了 2004 年由迈克尔·莱德福导演拍摄的同名电影《威尼斯商人》进行辅助阅读。这部电影相当忠实地还原了原著的大部分情节和对话，除了个别叙述方式以外并无两样，对于我更好地、更画面性地理解原著的戏剧性冲突、还原想象

---

[1]　鲁迅：《再论雷峰塔的倒掉》，《鲁迅全集》第 1 卷，北京：人民文学出版社，2005 年，第 203 页。

中的人物形象等提供了帮助，使我将《威尼斯商人》这部戏剧不简单定义为喜剧，有了更深层次的理解。

《威尼斯商人》是莎士比亚创作的一部经典的讽刺性喜剧，作为为数不多被选入语文教材的外国戏剧作品，与其本身独特的行文构思和主题内涵密切相关。全文通过两个大故事线和一个穿插故事线为框架组成：一是"借债割肉"，二是"挑匣求婚"，三是"情人私奔"，塑造了性格鲜明的人物：吝啬冷酷的夏洛克，宽厚怀仁的安东尼奥，重情重义的巴萨尼奥等，同时凭借着激烈的矛盾冲突推动情节的发展，以其强烈的表现力被列为世界四大喜剧，又因其文学性、经典性、时代性等被选入原人教版九年级教材。

语文教材的选文对语文学科教学具有很重要的意义，从近年来推广使用的部编版中学语文教材来看，有近50%为古诗文，剩下50%的内容包含了中国近现代文学、外国古典文学与近现代文学等，其中戏剧只在其中占很小的一部分，因而这部分选文在选择时会慎之又慎，具有很明确的指向性——价值导向和素养。鉴于本人师范生专业的考量，我本次的读后感主要通过对《威尼斯商人》在中学语文教材中教学意义和教育目的这一角度进行分析，表达我对这部著作的教学性思考。

一、《威尼斯商人》的教学意义

（一）大家名作，极具代表性

"戏剧，是一种综合的艺术舞台，它是借助文学、音乐、舞蹈、美术等艺术手段塑造舞台艺术形象，揭示社会矛盾，反映社会生活的。戏剧文学，即剧本。是舞台演出的基础，是戏剧的主要组成部分，直接决定着戏剧的思想性和艺术性。"这是人教版初中语文教材九年级下册对戏剧文学概念的定义，也是对中学生的戏剧启蒙。

《威尼斯商人》就其本身的文学体裁和呈现形式来说属于剧本，是我们耳熟能详的经典外国戏剧作品，其背后所包含的文化内涵和艺术魅力对学生情感与认知的熏陶具有很大的意义。这部作品大致的时代背景在欧洲中世纪晚期至文艺复兴时期左右，生动地展现了那个时代欧洲人的生产生活方式和思想与意识形态上的复杂性。

首先从作品的题目我们就能看出，这是一个资本主义和商业繁荣发展的时期，故事围绕展开的两个人物：安东尼奥和夏洛克，他们都是商人阶层，一位以海上贸易为主要经营手段，另一位则通过放高利贷获利，也正是在商业发展的初期，很多相关法律的不健全，导致高利贷的存在、商业契约的不健全等问题存在，因此而产生了本文的主要矛盾——商业资产阶级和高利贷者的矛盾。如果我们仔细分析作品中的某些人物和情节，还能体会到更多的文化背景。比如最终庭审是由公爵判决，体现着时代更迭的过渡时期，王室贵族与资产阶级存在着一种平衡；安东尼奥、巴萨尼奥等人对犹太人的厌恶，语言上的辱骂和肢体上的羞辱，体现了一种针对"异教徒"群体的"反犹主义"；杰西卡与爱人的私奔的情节，体现着父权和男权依旧的主导地位，以及女性自我意识的崛起……整个作品展现出的文化内涵是多层次多角度的，正是这些文化内涵为情节发展的逻辑走向、人物的性格特色和行为选择奠定了基础。

戏剧作为文艺作品，且以舞台形式演绎出来，具有很强的文学性和艺术美。《威尼斯商人》作为莎士比亚的四大喜剧之一，为读者展现出极佳的艺术魅力。矛盾冲突是戏剧的基础，《威尼斯商人》中矛盾冲突的艺术作用更是一大亮点。作品以三条故事线为中心，展开了多元的矛盾冲突，包括友情冲突、爱情冲突、阶层冲突、文化冲突、家庭观念冲突等，这些冲突以金钱冲突为主，其他冲突为辅。友情冲突表现在安东尼奥对巴萨尼奥超出友情以外的情感，他面对旧债未还的巴萨尼奥和自身窘迫的财务状况，毅然选择以自己的生命为筹码借钱，实际上是将自己对巴萨尼奥的情谊通过这种方式来暗暗寄托与表达。爱情冲突表现在巴萨尼奥和鲍西娅、杰西卡和罗兰佐这两对情侣，无论是巴萨尼奥或者是罗兰佐都很难说他们的爱情没有相当一部分的功利成分，都有为了摆脱自己债务危机的嫌疑，尤其是罗兰佐诱拐、迟到的行为，将自己内心的动机暴露无遗。阶层冲突和文化冲突主要表现在以安东尼奥为首的和以夏洛克为首的两个阵营，夏洛克的复仇是合乎逻辑的，常年被羞辱和排挤都是他心中仇恨的来源，但更重要的不是这一时的快意，而是长久地立足于威尼斯，在巴萨尼奥提出用六千块钱偿还债务时，夏洛克如此吝啬爱钱之人竟然拒绝了，甚至说数十倍百倍于此也不会要，因为简单的金钱赔付只会让基督徒们今后变本加厉地羞辱，只有打赢了这场官司，才能使犹太商人们转变一直以来的弱势地位。至于家庭观念的冲突，主要在夏洛克和女儿杰西卡之间，我个人认为夏洛克对女儿严加管控最大的原因是他只有这一个女儿，女儿的婚嫁对象决定着他毕生财产的最终归属，他个人对钱财又最为看重，于是禁止女儿与基督徒往来。这些冲突在作品第四幕中达到高潮，最终也都得到了不同程度和方式的消解。矛盾冲突本身可以推动情节的不断发展，在作品中又时刻反映矛盾双方激烈的对立，由于矛盾之间的关联性，使三条故事线各自自由发展，但不脱离主线，链式矛盾在作品末尾得到不同程度的化解，判决结果又产生了新的矛盾，进一步引起读者的思考。

（二）简单明了的人物脉络和故事情节

戏剧作品对比语文教材中的小说、散文等体裁的选文来说，人物较多、篇幅较长、情节略为复杂，对学生的理解认知能力有较高的要求。从原人教版语文教材和现部编版教材来看，戏剧作品的首次出现都安排在九年级下学期的教学中，这个阶段学生的语文能力经过近三年的积累，较之前已有明显的提升，同时也需要通过戏剧作品这种复杂语言文本和感情环境的进一步发展。由于戏剧作品篇幅问题，不宜整体选入教材，所以选取的是《哈姆雷特》《雷雨》等人物、情节较为简单的经典作品的高潮部分。选文安排上由易到难，具有层次性，《威尼斯商人》位于戏剧单元首篇，上述特点尤为明显。

相比于莎士比亚的《仲夏夜之梦》等剧作，《威尼斯商人》的人物感情关系比较明了，人物脉络都可以围绕着三个主要角色安东尼奥、巴萨尼奥、夏洛克为支点，并没有复杂的感情关系。各个人物所表现出来的性格特点鲜明且贯穿始终，没有隐藏性人格。爱情线的两对情侣情感发展没有太多的曲折和插曲，情节上为数不多的跌宕就是安东尼奥的几艘商船都传来坏消息，但这也在读者预料范围内。主要的交锋依然集中在庭审对峙，鲍西娅和尼莉莎乔装的出现，在前文有所交代；双方语言针锋相对之处的逻辑也并无漏洞，能够使读者和学生清楚地理解情节的发展和矛盾双方的攻守转换。

《威尼斯商人》作为经典，易于理解，且在人物塑造、情节发展、矛盾冲突等方面，有过之而无不及地展现了戏剧文学的独特艺术魅力，符合中学语文教学的现状和要求，使学生感受戏剧语言、欣赏戏剧艺术、基本掌握戏剧写作特色，实现自身教学意义。

二、《威尼斯商人》的教育目的

（一）戏剧的情境性与语言的建构运用

戏剧本身是一种综合性的艺术，需要表演者根据戏剧文本将戏剧的人物特点、故事情境通过动作、语言、表情演绎出来。一部好的戏剧就要求戏剧文本的语言具有很强的动作性和个性化，因此通过学习鉴赏戏剧语言，学生能感受到戏剧的魅力，习得语文学科的本质——语言能力，提升自身文学素养。

莎士比亚是英语语言的大师，他不仅能信手拈来地运用英语语言，甚至还创造了 1700 多个词汇。在他笔下的剧作中，每一个角色都像活生生存在的人，用符合各自身份地位的表达，抒发自己的见解与思想。不同的剧作为了适应不同的表现需求，所用的语言也是不同的，《哈姆雷特》和《掘墓人》带给读者的语言感受便是截然不同的。

《威尼斯商人》的语言魅力亦是绝佳。首先是"节奏美"，这是译本给我们带来的缺憾，通过翻阅 2013 年世界图书出版公司出版的"世界名著典藏系列·朱生豪译文卷"《威尼斯商人》（中英对照全译本），我们可以发现人物的语言往往重复押韵，句式多样，这种形式使《威尼斯商人》舞台展现时的语言魅力极具放大。其次是"意象美"，戏剧文本的意象选择取决于作者的主观情感、审美感受、理性思考和文化背景。作品中的意象大致分为这几类：动物类意象、植物类意象、希腊罗马神话以及《圣经》人物故事类意象、自然界现象类等。比如巴萨尼奥在向安东尼奥赞美鲍西娅时将她的长发比作传说中的金羊毛，而"金羊毛"这一意象是古希腊神话中的稀世珍宝。而后是"修辞美"，在戏剧中，人物形象一般用语言来刻画，莎士比亚对于不同角色的语言运用与之相符的表达方式（排比、反问、夸张、反讽、比喻），生动地展现了人物的性格特征。当巴萨尼奥恳求夏洛克放弃履行契约时诚恳而小心翼翼地说："初次的冒犯，难道就应该当作仇恨吗？"这句话展现了巴萨尼奥骨子里对于斗争的软弱。夏洛克则怒不可遏地吼道："开什么玩笑，难道你愿意让毒蛇咬两次吗？"猛烈的反问和比喻句的使用，展现了夏洛尔的狠毒。最后是"形象美"，前面也已经多次提到语言对人物形象塑造的作用。莎士比亚在《威尼斯商人》中所塑造的角色也都是经典，其中鲍西娅这个角色言谈举止皆是贵族风范，但从未表现出自私傲慢，她善良大度，毫不犹豫地让巴萨尼奥拿钱去履行契约，她正直睿智，坚守心中的正义，巧妙化解对手的为难，对于爱情她也十分清醒，用指环试探巴萨尼奥，更让他起誓不会背叛。在她身上，闪耀着女性自我觉醒的光辉。

（二）戏剧的艺术性审美鉴赏与文化差异理解

戏剧演绎的是一定社会背景下的矛盾冲突，通过戏剧教学，可以使学生关注社会人生，并对学生产生审美引领和价值导向，提升情操，理解不同文化的时代和地缘差异，树立良好的是非价值观。

《威尼斯商人》是一部具有讽刺意味的喜剧，通过喜剧来表现与社会黑暗、人性丑恶，反差地讽刺，这就是喜剧的美学意义。由于莎士比亚所处的时代背景，作品中的有些价值导向是隐晦的，并不像作品直观上带给我们的善恶界限。安东尼奥是正义一方，但他对"异教徒"、犹太人的羞辱行为，不也是咄咄逼人、凶狠恶毒的吗？夏洛克一开始以"一磅肉"为契约，对于一个爱钱的人来说，"一磅肉"什么意义都没有，而三千块钱却着实解决了巴萨尼奥的燃眉之急。夏洛克无法预料安东尼奥的商船"全部触礁"，点燃他最后杀心的是女儿的携款私奔。夏洛克对安东尼奥的恨基于民族仇恨和利益冲突，反倒是安东尼奥对夏洛克只是单纯的厌恶和瞧不起。两人处理彼此矛盾冲突的态度也不同，安东尼奥是软弱的但取得了胜利，夏洛克是勇敢的却遭到完败，从这个角度看夏洛克是悲情的，《威尼斯商人》又何尝没有悲剧的因素。在作品中，例如上述隐晦的反思和批判，存在着民族文化时代的沟壑，直到进入新世纪，种族主义极端发展又毁灭之后，才逐渐被世界范围内的广大学者与读者所理解。

结　语

语文是语言文字、语言文化、语言文学的简称，用语文教育让学生掌握语言的建构和运用，通过文学文字传达经典作品中的文化内涵，树立学生的价值观。《威尼斯商人》以其丰富的文化背景和极高的文学价值，在实现语文教育目的的过程中作出贡献。

在现今的部编版语文教材中，由于考虑到《威尼斯商人》距离我们现如今时代久远，且为外国文学，文化背景复杂，不利于学生理解和实际教学，我们不再将其选入教材中，大多戏剧改选自中国古代经典戏曲，如《窦娥冤》等，旨在立足于坚定文化自信，传承中华优秀传统文化，在本民族文化滋养中实现立德树人。虽然为适应新的时代需求，《威尼斯商人》已远离教材，但其曾经的贡献不可否认，后继的作品也依然秉持着它曾经的教学意义和教育目的，而它自身以其珍贵的阅读价值依然值得更多的读者去细细品味。

参考文献

［1］威廉·莎士比亚：《威尼斯商人》，朱生豪译，北京：商务印书馆，2017年。

［2］牛秋影：《浅析〈威尼斯商人〉语言特色——节选自〈威尼斯商人〉第四幕第一场》，《今古文创》2021年第27期，第112-113页。

教师点评

《威尼斯商人》作为莎士比亚的经典喜剧，是中学生必读戏剧之一。莎士比亚是全世界最卓越的文学家之一，在欧洲文学史上占有特殊的地位。他一生的创作分为三个时期：早年以历史剧喜剧为主，如耳熟能详的《仲夏夜之梦》《威尼斯商人》；中期以悲情宏大的风格为主，代表作如《哈姆雷特》《李尔王》；晚期多为浪漫主义传奇剧，如《暴风雨》。

《威尼斯商人》节选是原人教版语文九年级教材中的选文，本文作者从作品在中学语文教材中的教学意义和教育目的这一角度进行分析，认为其符合中学语文教学的现状和要求，使学生感受戏剧语言、欣赏戏剧艺术、基本掌握戏剧写作特色。通过戏剧教学，可以使学生关注社会人生，并对学生产生审美引领和价值导向，提升情操，理解不同文化的时代和地缘差异，树立良好的是非价值观。

戏剧文学通过揭示社会矛盾，反映现实生活，是中学生学习的文体之一。学习戏剧需要了解故事发生的时代背景，结合剧作家的创作意图，把握戏剧主旨，思考戏剧反映的社会人生。

（点评人：张楠楠）

自由是人类不屈的追求

——丹尼尔·笛福《鲁滨逊漂流记》读后感

向董妤

　　《鲁滨逊漂流记》是丹尼尔·笛福 1719 年发表的一部长篇小说,讲述了主角鲁滨逊·克鲁索在荒岛上生活 28 年的故事。小说中,鲁滨逊始终坚持追求自由,勇于跳出家庭提供的安逸生活,开展航海冒险活动。流落荒岛后,他利用岛上的资源为自己创造了生活条件并向外界求救,实现个人生存和发展。后期解救了土著"星期五"并教他语言和信仰,让他成为社会化的人。总的来说,小说通过鲁滨逊的经历展现了人的冒险精神以及追求自由的观念。鲁滨逊所追求的自由可以分为身体自由、精神自由以及社会自由。

一、避免死亡自我保全的身体自由

　　避免死亡自我保全的身体自由是最基本的自由,也是人得以存在的基础。鲁滨逊具有极其旺盛的生命力,一方面强烈的求生欲望让他得以从海难中存活,沉入水中也能保持清醒的头脑,保持"屏住呼吸,尽可能地叫自己浮在水面上",艰难上岸后哪怕丧失了力气也驱使自己爬上了岩石,直到到达了草坪这个安全的地点。另一方面扎实的知识储备和强大的动手能力让生存成为可能,在漂流岛上的生活中,鲁滨逊学会了狩猎和农耕,用船上的残骸打造出自己的家,并学会了做面包和酿酒等生存技能。令人感到动容的是他在艰难条件和孤独中仍对活着充满向往,如果说从海难中存活下来靠的是运气和求生的本能,那在孤岛的 28 年就是鲁滨逊对生的极致渴望。在幸存的第一时刻，他虽然感叹过如果大家还在船上，那么所有人都将能够活下来，但马上他就调整好了心态，明白这种自怨自艾是没有价值的，只有动手才能改变现状。在活下去的同时鲁滨逊也没有放弃对逃离孤岛的渴望，哪怕已经在岛上生存了二十几年，并且拥有伊甸园般的生活条件，因此遇到了能够逃离的船只后，他缜密规划夺取计划，不仅俘虏了上岸的船员，还夺取了船的控制权，最终得以回到英格兰。

二、坚持人的情感自然的精神自由

鲁滨逊对自由的追求贯穿小说始终。在小说的开头，鲁滨逊就自述："但我除了航海，对什么都打不起精神。对航海的兴致使得我极力反对父亲的意愿或父命，反对母亲的恳求和朋友们的劝告。"身处社会中间阶级的体面人家，鲁滨逊不必为基本的生存问题而担忧，同时也能受到社会的一定尊重，因而他选择了和哥哥一样的道路，违背父母的意愿，离开舒适的家庭生活，投身于充满不确定性的海洋生活，这体现了他对自由和冒险的强烈追求。

流落荒岛期间，在达成生理和安全这一基本的需求后，自知无法脱困，身体自由暂时无法满足，鲁滨逊便转向追求精神自由，初期体现在他对时间的记录和对基督教信仰的坚持上。为了防止失去对时间的计量，忘记安息日，他用刀在大柱子上刻字来记录日期，大柱子被做成十字架的形状，以表明他对基督教的信仰。同时，他坚持写日记的习惯，通过日记的形式来记录每天的所作所为，与外界形成虚构的对话，来满足他与人交流的需要，通过这种方式得到精神的满足。在流落荒岛的中期鲁滨逊用驯化动物的方式来达成精神满足。他先是与船上幸存的猫和狗建立了亲密关系，其次将本来作为食物的小羊当成家庭中的一员，试图营造家庭的温馨氛围来缓解独自一人的孤独感，再者有意训练鹦鹉说话，让它说出自己的名字"波儿"，"这是我在这座岛上听到的不是从我的嘴里而是从别的嘴里发出的第一句话"。虽然动物能代替人类作为孤独的陪伴，但在岛上真正的人还是只有鲁滨逊一个，因此在孤岛的第二十五年，鲁滨逊解救了一个被土著追杀的人，并将他取名为"星期五"。通过教星期五英语，让星期五了解基督教并训练星期五使用工具，鲁滨逊将这个野蛮人改造成了一个真正的社会化的人。与星期五的生活让鲁滨逊从原始社会回到了现代，人与人的交流极大地满足了鲁滨逊的精神需要，也为鲁滨逊得救后重新适应社会生活奠定了基础。

三、脱离社会期待规范的社会自由

鲁滨逊创造了一个远离社会压力和期待的新生活。鲁滨逊所在的时代是资本主义盛行的时期，资本裹挟着人的生存，哪怕是鲁滨逊本人的航海目的也是获取更多资本和财富，并不单纯。但是流落荒岛以后，财富没有了意义，哪怕是面粉、蔗糖等基本的生存资料也比整船的黄金有价值。鲁滨逊实现了自给自足和经济自由，在无人岛上，鲁滨逊需要自己满足生存的需求。他通过建立农田、养殖、捕鱼和制作工具等方式实现自给自足，这种经济自由使他不再依赖于他人，不受金钱或财富的束缚。同时没有了人与人的交往，鲁滨逊的生活更加纯粹和幸福，置身于原始的环境中，脱离了钢筋铁骨铸造的现代化社会环境，鲁滨逊得到了久违的放松，实现了个人解放和自主。鲁滨逊漂流到无人岛后，他完全依靠自己的能力和决策来生存，他从原始的状态中解放出来，不再受制于社会、文化或制度的限制，他可以自由地决定自己的行动和生活方式，不受外界的干扰。同时没有了外界的干扰他能够轻松达成自我实现的需要，在无人岛上，鲁滨逊有充分的时间和空间去发展自己的技能和创造力。他利用他的想象力和智慧，创造出各种工具和设备，改善生活条件。他可以追求自己的兴趣和抱负，实现自我价值和满足感。在艰难的生存中，种植成功小麦也令人感到惊喜，一头家畜的诞生也充满了意义。这些值得喜悦的瞬间是本作为中产阶级的鲁滨逊所无法接触到的，他所处的社会环境对他提出的要求是积累更多财富，获得更高的社会地位，哪怕像鲁滨逊的哥哥一样投身于自己喜欢的军旅生活，也不被他们的父母所认可。

鲁滨逊创造了一套自己的人权认知模式。鲁滨逊是荒岛上唯一的接受过现代教育的人，这是他不同于野蛮的原住民的最大区别，虽然鲁滨逊将荒岛改造成了他自己的独立王国，在荒岛上拥有了实际上的"主权"，但他也并没有滥用这种权力。他救了星期五，赋予星期五姓名，像教导一个初生的孩子一样教导他，给予他知识和思考。同时鲁滨逊尊重星期五的人权，没有向星期五输出错误的观念，把星期五当作伙伴和家人，而不是纯粹的奴隶和工具。通过与星期五的交往，一个小型的社会在大洋中建立起来，一种新的社会关系就此生成。

总　结

《鲁滨逊漂流记》强调了自由的价值，并探讨了个体在面对困境时如何通过自己的努力和决策去寻求自由和幸福。同时也给予人们很多启示：

人要自立自强。在孤岛上，鲁滨逊被迫依靠自己的努力来生存。他通过勤劳、创造力和智慧，建立了住所、种植作物、捕鱼狩猎，并最终实现了相对舒适的生活。这告诉我们，寻求自由需要我们有自立自强的精神，勇于面对挑战，依靠自己的能力和资源来实现自由的目标。

要敢于自我反思和成长。在与自然环境的搏斗中，鲁滨逊不仅学会了适应环境，还不断反省自己的错误并改进自己的生活方式。他通过面对孤独和困境，发展了坚强的意志和适应力。这提醒我们，寻求自由是一个成长和发展的过程，需要不断地反省自己，学习并适应新的情境。

要善于发现内在自由。在孤独和与世隔绝的环境中，鲁滨逊开始思考自己的生活、信仰和意义。他重新评估了自己以往的价值观，并发现了内在的自由。这个启示告诉我们，真正的自由不仅仅是外在的物质条件，还包括内心的思想、信仰和情感的自由。

要锻炼自我决定权。鲁滨逊通过在孤岛上的经历，重新获得了自己的自主权和决策权。他能够自由地制订生活计划、作出决策，并为自己的行为负责。这提醒我们，追求自由意味着拥有自己的决策权，能够独立地塑造自己的生活，并对自己的行动负责。

裴多菲在《自由与爱情》中深情地歌颂自由："生命诚可贵，爱情价更高。若为自由故，两者皆可抛。"无论处于什么历史时期，自由都是人类永远的追求。要保持对自由的追求和向往。总的来说，鲁滨逊通过与自由的关系展示了个人的自主性、创造力和自我实现的重要性。

参考文献

［1］丹尼尔·笛福：《鲁滨逊漂流记》，王晋华译，武汉：长江文艺出版社，2018 年。

［2］潘宇卉：《浅析〈鲁滨逊漂流记〉中鲁滨逊的五重身份》，《名家名作》2023 年第 1 期，第 106–108 页。

［3］孙莉：《〈鲁滨逊漂流记〉中的 18 世纪英国资产阶级价值观解读》，《南阳理工学院学报》2022 年第 14 卷第 1 期，第 63–67 页。

［4］焦晓茹：《解析鲁滨逊精神》，《漯河职业技术学院学报》2013 年第 12 卷第 6 期，第 58–59 页。

［5］李学军：《浅谈〈鲁滨逊漂流记〉的现代性寓意》，《文学教育（上）》2021 年第 3 期，第 68–70 页。

教师点评

本文分三方面论述《鲁滨逊漂流记》中所展现出的自由精神，分别是避免死亡自我保全的身体自由、坚持人的情感自然的精神自由、脱离社会期待规范的社会自由。

作者结合书中具体的故事情节，将鲁滨逊强烈的求生欲望、扎实的知识储备、强大的动手能力以及在艰苦条件下对生活的向往总结为其身体自由的主要表现；将鲁滨逊坚持对时间的记录，对基督教信仰的坚持，以及记日记、驯化动物、教导"星期五"总结为对精神自由的追求；将脱离他人，不受金钱与财富的束缚，创造属于自己的人权认可模式，构建新型社会关系总结为鲁滨逊社会自由的实现方式。作者在结语中总结：自立自强，敢于自我反思和成长，善于发现内在自由，锻炼自我决定权是《鲁滨逊漂流记》所给予的读书启示。

文章思路清晰，分析入理，论述了《鲁滨逊漂流记》中自由的不同层面，表达了自由作为人类不屈追求的精神动力，对个人的自主性、创造力和自我实现的重要意义。美中不足的是，阅读启示与文章分析相对分离，两者若能穿插交互，能使文章更为圆融。

（点评人：刘泊宁）

安徒生童话中生命旅程书写的孤独向度

韦 晓

关于"生命旅程"的书写是最古老的文学母题之一。在神话、民间故事或是现当代文学中，人类多将生命旅程的过程或其本身视为永恒的生命意义，作家的书写同时也象征着其本人生命的游历过程。安徒生的童话中频繁且典型地呈现了生命旅程的游荡、折返，为童话中关于生命旅程的书写宕开丰富的精神图景。其中，安徒生并未耽溺于童话唯美、浪漫的特质与表象，他基于生命旅程的历时性叙事，以具象的人格化来书写自然、不幸命运、生命意义与死亡等问题，在作品中多表现游历过程中的心性变化。而在其书写的所有问题里，孤独多次浮现于其文本，甚至成为底色一样的存在。

托尔斯泰曾言自己在安徒生的童话中读出了强烈的孤独，这似乎与安徒生本人底层的出身、曲折的经历相关，多数学者也通过爬梳安徒生的生平分析其作品文本中的自传色彩。的确，尽管是奇思妙想的童话，文本和真实生活体验却十分贴近，这是由于文本的高度自传性所导致的。透过各个主人公的故事，我们可以清晰地看到、感受到安徒生所处的外部世界与他的内心世界。但是安徒生童话的意义不只是停留在作家本人上，安徒生在童话中虽然保留了现实主义的书写和些许色彩，但没有将其写成一个赤裸现实主义的作品。选择童话这一文体，这使安徒生童话超越了作家个人经历上升到对人的命运书写隐喻，尤其是对生命中孤独向度的探索被表现得淋漓尽致。这便使安徒生童话有着一种普世的意义，复活的不仅仅是作者本人，也是作品不断被解读被阐释的可能。

一、生命旅程中的追寻指向

生命旅程的书写在各类文本中屡见不鲜，在此基础上，生命旅程书写中追寻主题的表现在儿童文学的创作中更有着一以贯之的发展脉络。鲁滨逊漂流式的追寻是儿童文学最常见的来源之一，而浮士德式的追寻在儿童文学或童话类的作品中较为少见。在儿童文学中，由于受众儿童所呈现出的崇尚自然、纯真与活力等特性，致使这类表达追寻的作品偏少。

在描写生命旅程中的追寻指向时，安徒生清晰地展示出主动生成追寻意志、被动遭遇不幸并继续追寻的两种情况，且在很多文本中二者相互交织。例如《海的女儿》中的小人鱼随着一天天长大，对人类世界的渴望与日俱增。这种渴望通过对王子的爱与思念发生催化，又因爱情的受挫变成泡沫，最终"已经超升到精灵的世界里来了……她就跟其他的空气中的孩子们一道，骑上玫瑰色的云块，升入天空去了"[1]。其中，小人鱼的热望和追寻已经完全超越爱情的解释，从最初对"人类世界"的渴望，逐渐成长出面对困难的勇气、对爱与永恒的热望与追求。

在安徒生童话中，作者弱化了鲁滨逊漂流式的写法，更偏向在生命旅程的书写中强调浮士德式的追寻，细致描摹了主人公的煎熬与痛苦，使其更拥有寓言性质，这对儿童正视"痛苦"心性的生长有所裨益，而这为孤独向度的表现宕开空间充足的图景。同时，生命旅程中的追寻亦是作为成长的隐喻，"Quest is one of the oldest fairy tale motifs"，喜欢读童话的孩子在那些故事里"预习"世界，在懵懂稚嫩的时期，好奇心与探索世界的愿望驱使下，从故事中得到更多未曾拥有过的丰沛情感、更多的生活体验，在童话中预习世界。

二、孤独的表现形态

与其说安徒生童话在描写生命旅程的追寻指向时表现了孤独，不如说在他的童话文本里，孤独是生命的本质。周作人在《儿童的文学》一文中阐述过"儿

---

[1]　安徒生：《安徒生童话选》，叶君健译，北京：人民文学出版社，1978 年，第 108—109 页。

童何以有文学的需要"这一问题,他将"人类个体的发生"[1]与儿童阶段作类比,"儿童学上的许多事项,可以借了人类学上的事项来做说明"[2]。原人与儿童对于自然、人世以及个体内外所发生的现象会感到畏惧和好奇,"凭了想象,(将畏惧和好奇)构成一种感情思想,借了语言行动表现出来"[3]。安徒生的童话对孤独困境进行描摹,儿童在面对与成人相似的孤独困境时,与其以甜美或猎奇的故事搪塞了事,不如借安徒生童话里的文本进行精准的再现,从而获得启示或疗愈。

在表达孤独时,文本里多次通过"失语"情节展现。"失语"本身暗示着交流的不可能性,一方面,"失语"的发生来自生命旅程的追寻过程中,因向往或追求引导物而做出的牺牲,是基于命运层面的设置。这样的情节在《海的女儿》中有所展现。王子与小人鱼近在咫尺,她对王子有所吸引,但沟通无果致使他无法察觉她的真情实感。萨特曾表示"沉默"是言说方式,沉默的同时也在表意与言说。但此处的相遇缺乏上文,即王子不记得救他的是小人鱼,此处小人鱼的沉默便只是空无。此时无论小人鱼多么真挚炙热也没有意义,没人能够察觉她的内心,更无人能够体察那份无助、焦灼和煎熬。类似的情节在《野天鹅》里也曾出现,女孩用双手编织荆棘外套,双手鲜血淋漓只为让哥哥们穿上后能从天鹅变回人形。重要的是全程不能说话,否则功亏一篑。小女孩在"失语"状态中与自己对话,但这一次虽孤独却有光明的结局。借助童话这种文学样式和"失语"设置,安徒生让小人鱼舌头被割、小女孩不能说话,关闭他们向内外表达情感、思想的所有通道。另一方面,童话故事里主人公的"失语"并非来自命运的流向与外力的阻扼,而是来自自身心灵的受困。《柳树下的梦》中失意的鞋匠因追寻在童年就爱上的女孩无果,陷入了巨大的沮丧中,他与谁都不愿意说话,最终死在了路旁的柳树下。在这篇童话中,内聚焦的可能性被关闭,作者与读者都无法试图从鞋匠视角体味孤独,但随着距离的拉开,从文本中生发的孤独感更为强烈。

---

[1] 周作人:《周作人自编集:艺术与生活》,北京:北京十月文艺出版社,2011年,第72页。

[2] 周作人:《周作人自编集:艺术与生活》,北京:北京十月文艺出版社,2011年,第72页。

[3] 周作人:《周作人自编集:艺术与生活》,北京:北京十月文艺出版社,2011年,第72页。

与其说"失语"为残酷，这更像一种无奈，"失语"来自作家本人的情感经历，来自作家本人深入骨髓的孤独体验，而这成为他笔下童话中极富象征性的情景设置。在不断地书写失语中，"失语"致使通道关闭，世界窒息死亡。

除此之外，安徒生在童话的文本里毫不避讳地描写死亡，据统计安徒生共写下168篇童话，其中将近40篇与死亡相关。存在主义心理学家欧文亚隆曾这样写孤独与死亡："我们开始意识到自己的世界最终会消失，意识到没有人可以一路陪伴我们走到阴沉的死亡之路的尽头。正如一首古老的圣歌提醒我们的那样：'你只能独自走过那孤独的山谷。'"[1]在面对终极问题的时候，儿童和大人一样需要对此加以思索，对死亡认识的匮乏将会导致恐惧与偏隘。《她是一个废物》中，重病的母亲在洗衣服时栽倒在河中，木鞋随着水流飘走；《卖火柴的小女孩》中，小女孩在平安夜里点亮剩下的所有火柴，饥寒交迫的她在幻境的温暖与幸福中冻死街头……安徒生童话通过直面死亡，来解释死亡本身以及表现孤独状态的本然和永恒。

三、传递孤独的叙事艺术

在童话中，描写庆祝、聚会、合唱等表示狂欢的情境并不少见，通常此类情境会被放置于结尾，用来表示喜悦与成功，升华情感。在安徒生的童话中，狂欢场景的描写频率颇高，它存在的意指并不仅用于表达快乐，似乎更指向深层的疯狂，即孤独状态。"狂欢化"由巴赫金提出，大意即狂欢式内容转化为文学语言的表达。在安徒生的笔下，狂欢化成为他引出孤独、传递孤独的方式。如《柳树下的梦》中，约翰妮演出谢幕后，大家把她围得水泄不通。幼时伙伴克努得带着满腔丰盈的爱意挤在人群最前面意欲表白，约翰妮却始终没有认出他。此时，狂欢的中心将视线转移，狂欢场景与希望向克努得关闭，所有的狂欢化情景与他无关，并衬托出克努得巨大的落寞与孤独。狂欢化叙事比较、衬托、传递出孤独，并在剧烈的反差中将孤独表达得更为深刻。

孤独对儿童来说是一种灰色、沉滞的情绪，和死亡一样，甚至孤独因为离

---

[1]　亚隆：《直视骄阳：征服死亡恐惧》，张亚译，中国轻工业出版社，2015年，第120页。

儿童自身更近，更带了些恐怖的暗淡色彩。安徒生深知这一点。在传递、描写孤独的时候，他所使用的狂欢化写法一方面冲淡了这样的色彩，另一方面狂欢是具有双重指向性的活动，部分有相似体验的儿童在阅读中会感到被包覆、被慰藉，也能使儿童体会到发掘孤独的快乐。

四、走出孤独的花园

受基督教的影响，安徒生有着灵魂永在、永生的信念。这在他的童话里多次展现。他从精神的永存入手，对追寻及其中的孤独、死亡等进行了诗意的叙述。就像《海的女儿》的结尾那样，并不是小人鱼在海中变成泡沫后彻底死亡，而是升入天空、进入精灵的世界，在空中遨游获得永生。安徒生童话不是亮色的，有时它甚至质朴、哀伤，但安徒生告诉孩子们追寻无果也没关系，梦、幻境或最后一秒降临的幸福在临死前出现，或者灵肉分离后灵魂会获得永生。《坚定的锡兵》最终熔在火炉里，芭蕾舞玩偶也偶然间躺在他身边化为灰烬；《柳树下的梦》中，在死前的最后时刻，鞋匠又回到接骨木树和柳树下，和她爱的小女孩一起玩耍；无独有偶，《卖火柴的小女孩》也是在幻象里死去……

这样的写法虽残忍，但故事最后精神永存、对梦意象的书写也给读者带来慰藉。就像"机械降神"出现在文本末尾，使痛苦获得稀释与缓和。同时，这样的写法因濒死状态、灵魂永生等经验上的陌生性，使孩子们在较大的距离中体味陌生化效果，获得想象力和感受力的启蒙。待小读者们走出孤独的花园，便会走向思索的起点。

参考文献

［1］安徒生：《安徒生童话选》，叶君健译，北京：人民文学出版社，1978年。

［2］周作人：《周作人自编集：艺术与生活》，北京：北京十月文艺出版社，2011年。

［3］亚隆：《直视骄阳：征服死亡恐惧》，张亚译，中国轻工业出版社，2015年。

教师点评

《安徒生童话》是丹麦作家安徒生创作的童话故事集，共有166篇。作者以无限的想象叙写出一个又一个童话故事来热情讴歌劳动人民善良、纯洁的优秀品德，无情批判王公贵族贪婪、残暴等不良行径。在阅读安徒生童话故事时，不论是大人还是儿童往往沉浸于某个故事的悲喜之中，极少会联读故事，感受安徒生童话集里相似情节背后蕴藏着的更深层次的生命哲学。

而本文作者以生命旅程的视角打开安徒生童话，探讨了蕴藏在童话故事背后的生命追寻中的孤独，为我们带来了不一样的童话故事解读。文章主要围绕"孤独的表现""如何表现孤独"以及"如何走出孤独"展开叙述，层层递进，逻辑清晰。通过对《海的女儿》《柳树下的梦》《野天鹅》等经典故事的梳理，作者明确安徒生童话中"失语"和"死亡"是典型的孤独表现形式，而以"狂欢"式结尾来反衬孤独，则是安徒生最擅长的孤独叙事艺术。

值得关注的是，作者虽从孤独入手，却也强调追寻生命孤独的本质是为了认识孤独、直面孤独并且感悟生命的本质，从而走出孤独。

（点评人：张　艳）

"文明"真相 "利刃"抨弹

——《马克·吐温短篇小说集》读后感

潘效萱

马克·吐温是杰出的短篇小说大师，他的小说表现出地道的美国气质。其在现实生活中经历了美国从初期资本主义到帝国主义的发展过程，见多识广、体验真切、阅历丰富。面对社会现实中存在的诸多不合理之处和资本主义发展滋生的丑恶现象，他始终保持作家的热忱，用看似轻松的幽默笔调给予辛辣嘲讽。区别于单纯令人发笑的消遣作品，马克·吐温短篇小说是在幽默中"布道"，追求在有限的篇幅内进行唤醒和批判。他曾说过："幽默故事是一种很苛求的艺术——精美的高级艺术——只有艺术家才讲得出来。"[1]在短篇小说有限的布局和篇幅中，他高超的技巧像一把"利刃"的刀尖，直接指向社会要害，一针见血地揭露资本主义"文明"的假象。

本文主要从三个方面研究马克·吐温短篇小说独到的批判讽刺技巧。其短篇小说的讽刺艺术建构在一定的时代背景之上，并以现实生活为基础，呈现方式多样，富有内涵且生动，极具审美价值，历来为人称道。本文意在从细节处入手对其叙事深藏不露的内蕴进行渐进性理解，挖掘作品超时空性的现实批判性。

---

[1] 孙法理：《美国散文选》，重庆：重庆出版社，1985年，105页。

一、暗藏波澜——姓名的隐喻和暗示

小说家在进行文学创作时有意构建新世界，在这个过程中人物的命名可能具有随意性，但是很多情况下角色姓名会成为意向传达的重要工具。当姓名被赋予丰富的信息，这一细节会在完整故事结构中因为设计和构思的需要而突显隐喻性，此时解读作者巧妙的选择就成为理解小说主题的重要途径。"隐喻"是文学空间常用的语言技巧之一，马克·吐温幽默、讽刺的技巧和风格与这种艺术和联想关系密切，而理解隐喻往往需要共同的文化背景和文化语境。他的作品被称赞拥有纯正的美国气质，所以在美国社会背景和文化知识的基础上对姓名的隐喻进行解读，就会发现其短篇小说中这种技巧的选择、应用和社会问题有千丝万缕的联系。作者采用独特的幽默方式进行影射，传达本人政治观念，批判美国现实与人民乐观理想相背离的情况，加强讽刺力度。

马克·吐温身处的环境深受欧美殖民主义扩张时代的影响，西方国家的内部中心群体——白人，常常对非本种族的他者和异类进行不平等的审视，殖民问题和种族歧视常常是小说中讨论的话题。在《被偷的白象》中，督察长认为"德飞"和"麦克法登"是最有可能偷走白象的匪徒。达非（'Brick' Duffy）和麦克法登（'Red' McFadden），两人的名字颇值得关注，因为它们透露出两个罪犯的族裔信息。根据 A Dictionary of English Surnames，Duffy 和 McFadden 都是典型的爱尔兰人姓氏，所以达非和麦克法登都是爱尔兰人。[1]红头发的边缘群体爱尔兰移民在当时的美国社会被认为是野蛮的族裔，在这篇小说中，偷盗暹罗白象所引起的一系列混乱的帽子被扣到这两位爱尔兰大盗的头上，显然是用来表达讽刺和偏见的。

在《加利维拉县有名的跳蛙》的第二个故事中，一只名为"安德鲁·杰克逊"的斗狗，与美国民主党创建者同名。小说把政党领袖比作斗狗是一种嘲弄，接着又对斗狗进行看似表扬的讽刺："那可是只好狗，那个安德鲁·杰克逊要是活着，一准会出名，胚子好，又聪明。"[2]第三个故事中跳蛙与同时代的

---

[1]　李洪斌：《马克·吐温侦探小说的后殖民分析——以〈被偷走的白象〉和〈傻瓜威尔逊〉为例》，《西安外国语大学学报》2016 年第 24 卷第 4 期，第 78–83 页。

[2]　赵焕：《外国小说名家成名作》，北京：东方出版社，2004 年，第 11–14 页。

美国共和党知名政治家有同样的名字"丹尼尔·韦伯斯特"。前期的跳蛙屡战屡胜，但是遇上外乡人的捉弄后动弹不得，输掉了比赛。自负而后惨败的形象暗含对以韦伯斯特为代表的统治者阶层的嘲讽。

二、巧用媒体——意识形态领域的斗争

在马克·吐温的众多短篇小说中，新闻界题材经常出现。他擅长并且乐此不疲地在小说中围绕舆论报道展开剧情，将媒体作为叙事凭借，或者将主角直接设置为与新闻相关的工作者。究其根源，可能与作者在现实中的工作经历有关。马克·吐温曾从事新闻相关工作六七年，对其中的种种不堪深有感触，在他描述自己西部生活经历的半自传体《艰苦历程》中就提到过，初当记者的自己被提点可以发挥想象甚至捏造"新闻"，以及携带左轮手枪工作的编辑和印刷工人。在讽刺新闻界工作的乱象背后，是对整个社会的功利思想、唯金钱论的痛斥，意识形态的高地被资本牢牢把控，新闻工作者的操守在利益的驱使下一文不值。

小说《田纳西的新闻界》中的"我"来到田纳西一家报社担任编辑，主笔让"我"撰写了一篇名为《田纳西新闻界的风气》的新闻稿，小说呈现了两篇关于此的报道，第一篇报道是"我"写的，第二篇出自主编之手。因为在看了初稿后主编勃然大怒，嫌弃"我"的用词太平淡温和，他亲自动手删改。修改后的内容尖酸辛辣，完全不顾新闻撰写的原则，夸大虚构地对同行进行谩骂。之后新闻和报道都成了"战斗武器"，报馆受到各种各样的攻击，刀光剑影、枪炮横行，文字来往之间的笔墨官司竟然成了充满真枪实弹的战场,血肉横飞。马克·吐温正是通过这样一种夸张的想象和讽刺再现了田纳西新闻界的竞争。小说中主人公最终还是辞去了报社的职务。

在《竞选州长》中，代表独立党参加纽约州州长竞选的"我"和作者同名——马克·吐温，在竞选过程中遭到了对手的抹黑。他们通过报纸为"我"罗列假罪名从而破坏"我"的政治形象和公信力。"无耻的伪证制造者吐温""蒙大拿的小偷吐温""盗尸犯吐温"都是子虚乌有的污蔑，但是铺天盖地的舆论还

是让"我"被迫退出这场竞选。《我怎样编辑农业报》中"我"对农业知识一窍不通却顺利成为农业报的编辑,薪金和吸引公众眼光是"我"的追求,无知而佯装渊博的可笑、对金钱和声望的功利追求,在"我"看似正经的想法背后是作者对新闻界的讽刺。

三、角色舞台——叙述环境的选择和铺染

小说作为富有魅力的一种文学艺术创作形式,读者从其中获得感官愉悦和思维碰撞最基础的途径在于艺术的真实感,文学就是人学,这要求作品必须以人为中心。无论是读者还是作者,"生活中,对一个人影响最深刻的、最能激发他内心活动的,是他同其他人物的交往"[1]。在特定的事件、一定的环境中,个性和个性的碰撞会激发每个角色不同的情感呈现和表达方式,这些都构成文艺审美的主题。角色的性格、人物的关系可能会复杂发散,但是叙事环境作为故事凝聚点却始终存在。因而,在环境中呈现角色关系和剧情是作品审美品格的重要环节。马克·吐温的短篇小说无论是情节的展开还是人物的塑造,都不是静态的,他通过呈现特定的叙述环境,将人物活动放进特定舞台,从人物本身出发,让角色在环境中进行碰撞从而让剧情顺利进行。正如高尔基所说:"指导冲突和发展解决的,并不是作者的随意任性,而是事实,人物性格和感情本身的力量。"

环境呈现往往会给读者先入为主的印象,其中马克·吐温善于从地理环境着笔,将分散的人物凝聚起来,使不同元素发生密切联系。在《败坏了哈德莱堡的人》中,赫德莱堡一地被称为"最清高""最诚实"的市镇,在故事的开头就极力渲染这里对诚实荣誉的信仰和狂热,一切都透露出不可败坏的崇高感:"它对摇篮里的婴儿就开始教以诚实行为的原则""在青年人的发育时期,不叫他们与一切诱惑相接触,为的是让他们的诚实有充分的机会变得坚定而巩固"。甚至外出工作的人们,凭借赫德莱堡的籍贯就能找到地位较高的职业。异乡人的来临代表故事突破口的出现,他的谎言撕开了伪善的帘幕。理查兹夫

---

[1]　李永生:《短篇小说创作技巧》,太原:山西人民出版社,1984年,93页。

妇渴望财富又假清高的前后不一，想抢到这笔钱财的 19 个首要公民也绞尽脑汁，镇上的人们一系列卑劣的表演和传闻中的品格相差甚远，甚至是在这种夸张虚名的映衬下，他们的贪财与虚伪被突显得更令人生厌。

结　语

马克·吐温的短篇小说对后世影响深远，其值得深入挖掘和鉴赏的艺术境界远不止上述几处。本文选取姓名隐喻、媒体巧用以及角色舞台进行分析，仅希望透过解读幽默讽刺的创作手法，渐进性洞察技巧和创作特点背后作者对现实社会深刻认识的伟大之处。幽默、引人入胜的故事是马克·吐温将自己爱憎分明的情感与犀利清醒的认知融入文学世界的手段，精准而辛辣的讽刺如"利刃"刀尖，劈开美国资本主义伪善"文明"的外衣，洞察美国政治问题的腐朽本质，对卑劣的功利主义者进行了严酷的批判。

参考文献

　[1]　马克·吐温：《马克·吐温短篇小说集》，张友松译，北京：人民文学出版社，1954 年。

　[2]　杜亚莉：《〈败坏了赫德莱堡的人〉艺术特色撷谈》，《语文建设》2017 年第 29 期，第 45-46 页。

　[3]　栾天：《〈卡拉维拉斯县驰名的跳蛙〉之幽默构建》，《长春师范大学学报》2014 年第 33 卷第 9 期，第 122-124 页。

　[4]　刘俐俐：《文学经典价值延伸问题研究——以美国作家马克·吐温的〈竞选州长〉为中心》，《文艺理论研究》2019 年第 39 卷第 1 期，第 175-189 页。

教师点评

论文以"马克·吐温短篇小说独到的批判讽刺技巧"为主题，重点探讨马克·吐温短篇小说幽默、讽刺的艺术特点，选题新颖，紧扣中小学语文教学中文本风格的教学要点。部编版语文八年级下册第五单元自读课文《登勃朗峰》教学要求感知作者幽默的风格特点，本文为这一教学要求提供了思路，或许从人物形象、社会环境两个角度出发会生成新的见解。论文的三个分论点呈并列式，从逻辑上来说，"姓名"似乎"隐喻"了"意识形态领域的斗争"，"叙述环境的选择"也许也展示了"意识形态领域的斗争"。因此，论文结构还需斟酌。段落衔接也可以更加自然。

（点评人：熊　敏）

论《钦差大臣》中信的作用

——果戈里《钦差大臣》读后感

李俊逸

　　《钦差大臣》是俄国作家果戈里创作的一部戏剧，通过一场喜剧展现当时俄国社会的悲剧，刻画了当时典型的俄国官僚形象和贵族子弟形象，并对其进行了无情批判。在这部杰出的讽刺喜剧中，果戈里从多个方面采用多种手法，从多个方面真实地展现了俄国官僚机构在沙皇统治下的腐败、黑暗与荒淫，官僚知识分子内心世界的贫乏状态，让人感受到当时社会的荒诞与悲哀。果戈里通过幽默有趣的情节，嘲笑社会中的丑与恶，通过对丑恶人物形象的刻画，表达了对部分官员无作为的不满和对祖国的深切忧虑。

　　在这样的一篇佳作中，果戈里却是用几封书信来引发并完成的。每一封重要书信都有着其独特的作用和功能。它的作用体现在各个方面，比较重要的四封信，分别作为文章的引子、情节的伏笔、促生情节的工具、全文的收束点而存在。同时，这四封信也有推动情节发展，塑造人物形象，强化讽刺艺术的张力和冲击力的作用。

一、《钦差大臣》中的重要书信

（一）钦差大臣寻访的信

钦差大臣寻访的信是本剧中第一封重要的信，这封信是全文的一个引子。

这一部戏剧的开始是以市长安东·安东诺维奇收到的一封信开场的，他将市内的官员都召集起来，下传这一件事。这个故事本身没有一个具体的开端，而这封信就是将一个已经展开的故事引至人们的视野之中，展现了果戈里的高超技艺。在这第一封信中，信件内容并没有详细交代，但是从市长的口中我们可以得知，钦差大臣即将到来，并且可能是微服私访，同时，官员们很担心钦差大臣的到来。果戈里也在这一幕中很自然地借市长之口将城市的混乱和不堪展现出来：慈善机关环境脏乱，用药不规范；邮政局局长窥探他人隐私，扣留对己方不利的信件；法院这样庄严的地方，出现蓄养家禽，并且任其乱跑的情况，法官的办公室也满是与工作无关的物品。可以说，第一封信奠定了整个故事的基础，是后文赫列斯塔科夫被误认的伏笔和引子。

第一封信的出现让这些贪赃枉法的官吏处于一种恐惧之中，让整个故事进入了一个平滑的状态，从而发生了误认和一幕幕荒诞的情节。究其根本，本质原因还是这些官员的恐惧心理，这才让一个无所用心之人将一群老奸巨猾的官吏带入了恐惧之中。市长等人即使是按照基础常识和经验本可以轻易识破这些谎言，但他们却在谎言下战战兢兢，而不学无术、无知无能的贵族子弟却在这一群老狐狸之中从容而过，对其深信不疑，戏剧的喜剧性也在双方人物形象的对比之中体现了出来，讽刺意味也就不言而喻了。

（二）邮政局长拆开的信

这里的信是指所有被邮政局长拆开的信，不单指一封，这些信或者说邮政局长拆开信的这种行为，是文章的重要伏笔。在《钦差大臣》中，这些信也没有具体的内容，只是大致描述邮政局长觉得信件里记载的很多有趣的事情。在故事的开头，得知钦差大臣将要到来后，市长下令让邮政局长查看所有寄出和寄进的信，及时扣押对己方不利的信件。有趣的是邮政局长本就有窥探他人隐私的习惯，会拆开经过邮政局的信件，看完后再封起来或者按照拆开的样子寄出去。而正是邮政局长的行为，让信件从私密状态变成了一种公开的、可读的状态，给了剧情一股张力。

邮政局长的出现频率是不如市长和法官等人的,他仿佛游离在故事的边缘,但是总在关键的时候出现,比如向假钦差行贿的时候,市长宴请宾客的时候,他和"信"是绑定的,对剧情的推动作用是大于法官等其他配角的。拆信这一细节也就让情节和结局变得合理,因为在故事的最后,是邮政局长拿来了假钦差写的信,才结束了这一场闹剧。可以说,邮政局长的身份就决定了要由他来揭露这个骗局,而他这一身份和癖好的安排,是果戈里的绝妙之笔,让整个故事情节都处于一种可控的状态,在可控的前提下又充斥在强烈的荒诞和转折之中。不妨大胆想象,如果邮政局长没有将信拆开,这场闹剧会持续多久,当地官员会不会不相信后面出现的真正的钦差大臣,由此引发另一场闹剧。

(三)市长写给妻子的信

市长写给妻子的信是第三封比较重要的信,这封信促生了本剧的次情节,也是文章情节的进一步塑造和展开。这部戏剧的主线内容是围绕着假钦差的出现和揭发展开的,而这封信不同于之前的两封直接一笔带过,果戈里对这封信的内容花了一定的笔墨进行描写。这一封信是在市长到旅馆遇到假钦差之后写给妻子,让其为假钦差准备房间的信,由此引发了一系列围绕假钦差展开的次情节。信中提及假钦差会住进市长家,这不仅为后续发生在市长家的系列情节奠定了基础,更是将市长本人谄媚求荣的形象展现得淋漓尽致。

这一封信促生了市长妻女换装、讨论衣物颜色、被假钦差赫列斯塔科夫忽悠、官员来行贿、平民和商人来告状,以及市长女儿和假钦差订婚等一系列情节。连本剧中最为经典的哑剧也一定程度上是在这封信的促进下产生的,极大地丰富了本剧的情节性。同时如果假钦差没有答应去市长家,市长也没有写一封信,后续的故事将难以展开。这一封信让市长的妻女以及市长等人都以一种先入为主的状态去看待假钦差,认为其年少有为,将其拔高至不可见的高度,因此丝毫不见假钦差的狂妄、纨绔、无能,这也就让妻女俩为其争风吃醋,平民上门告状带上了一定的合理性,推动了情节的持续发展。在读者的视角中,一个人的能力完全配不上所处的位置，并且无人质疑，讽刺的味道就弥漫其中了，这也在谎言破碎的时候带给读者更为强烈的冲击力。[1]

（四）假钦差写给好友的信

假钦差写给好友的信可以说是点燃全剧高潮的火种，是本剧的聚合点。所有的内容都通过最后一封信紧密地结合在了一起，无论是假钦差的身份还是前文埋下的伏笔都在此收束。虽然在读者的视角里，他的身份在一开始就很明了：无权小官、游手好闲、不务正业、心高气傲、异想天开，典型的纨绔子弟。他途经此地却因为赌钱身无分文，在旅店里欠账后被店长冷嘲热讽。但是剧中之人并不知晓他的身份，于是官吏的奉承、地主的巴结、普通市民和商人的告状、与市长女儿订婚的情节接踵而至。最后一幕中，邮政局长将假钦差的信拦截，当众读出，揭露了其身份，故事的主线便在此达到高潮，市长等人的丑态被这封信不断扩大展现，赫列斯塔科夫的形象也得到了展现。

这封信的内容是最为详细具体的，果戈里借赫列斯塔科夫之口道出了对市长等人的评价：市长愚蠢得像"灰色的阉马"；邮政局长活像"司里的听差"，就是个"坏蛋"；慈善医院院长像"头戴小帽的猪猡"；法官是一个"货真价实的莫凡东（没有教养的人）"。也通过赫列斯塔科夫的独白展现出了他哗众取宠，得意忘形的小人形象。之后由这封信引发了市长等人之间的暴怒，推卸责任，钩心斗角，互相拆台和幸灾乐祸，进一步展现了人性的复杂和不完美，也将市长等官员的丑态毫无保留地展现在读者面前。故事的最后，以真钦差大臣的到来，全程哑然作为结局。

二、信对人物形象塑造的作用

果戈里在本剧中主要塑造了两种人物：一是以市长为代表的俄国地方社会的达官显贵；二是以假钦差为代表的彼得堡贵族官僚习气的外省贵族青年。信

---

[1] 王凯丹：《果戈里〈钦差大臣〉的讽刺艺术》，《语文建设》2016 年第 5 期，第 31-32 页。

件本身对人物形象的塑造是有限的，更多是从侧面进行了人物刻画。

首先，是对赫列斯塔科夫这位假钦差的形象的塑造。第一封信将该市官员们的目光都聚焦到了钦差大臣身上，自然引出了后续情节，通过对话塑造人物。在一开始双方人马的遇见和谈话中，便细致地刻画出了假钦差的双重心理，以及他纨绔子弟的本性。在与市长等人谈话时，他谎称与普希金是好友，在首都位高权重，过着纸醉金迷的生活，而且马上就要被提拔为元帅。而最后一封信便直接以自白的形式展现出了他的形象。他未在市长等人面前掩饰本性，一切说辞是他根据自己心中的幻想，加以修饰而形成，展现出的全是稚嫩和无知，表现了他狂妄的性格下内心的极度空虚。

其次，是对以市长为首的各官员的塑造。在第二封信和第四封信中都有一定的体现，第二封信把市长作为一个官场老手，老奸巨猾，对上阿谀奉承，对下勒索压迫，从同僚和市民商人的身上获取利益的丑恶形象呈现。第四封信则是在最后揭露骗局，让市长在这样极大的前后反差对比中，将市长恃强凌弱、欺软怕硬、虚伪丑恶的嘴脸刻画得淋漓尽致，突出了市长道貌岸然之下的无耻面孔。而市长也只是当时官僚阶级的代表，出现在戏剧中的法官和邮局局长等人与市长大同小异。[1]

三、总结

"真假难辨的钦差大臣，荒诞写真的现实闹剧。"其实在这一部喜剧中，值得深挖的地方有很多，信件在其中已经不单单是普通的信件了，它为这部戏剧注入了无尽的生机与活力。这部戏剧中出现的人物几乎都是反面人物，但果戈里并没有直接用激烈的语言直接揭露官员的丑态，反而以信件为引，用平淡的语言谋篇布局，将信贯穿始终，赋予其不同的价值意义，展现出强烈的讽刺意味。[2]这是果戈里对封建社会制度下的黑暗腐朽统治的讽刺，对不学无术、

[1]　柴乾：《〈钦差大臣〉的对比艺术简评》，《语文建设》2016 年第 11 期，第 55—56 页。

[2]　石雅楠：《"第三只眼"：论〈钦差大臣〉中信之功能》，《东北亚外语研究》2021 年第 9 卷第 4 期，第 84—89 页。

趋炎附势的官僚机构和官员的嘲弄，但不难想到，在讽刺之后便是对国家的深情与惋惜。

参考文献

［1］果戈里：《钦差大臣》，耿济之译，沈阳：春风文艺出版社，2017 年。

［2］王凯丹：《果戈里〈钦差大臣〉的讽刺艺术》，《语文建设》2016 年第 5 期，第 31-32 页。

［3］马梦迪：《浅析〈钦差大臣〉的幽默讽刺艺术》，《现代交际》2018 年第 16 期，第 94，93 页。

［4］柴乾：《〈钦差大臣〉的对比艺术简评》，《语文建设》2016 年第 11 期，第 55-56 页。

［5］胡楠：《果戈里作品分析之〈钦差大臣〉》，《吉林省教育学院学报》2009 年第 25 卷第 4 期，第 43-44 页。

［6］石雅楠：《"第三只眼"：论〈钦差大臣〉中信之功能》，《东北亚外语研究》2021 年第 9 卷第 4 期，第 84-89 页。

教师点评

作为果戈里讽刺戏剧的代表作，《钦差大臣》被赫尔岑称作"最完备的俄国官吏病理解剖学教程"。作者通过花花公子赫列斯塔科夫的拙劣表现和其余人的卑躬屈膝、阿谀奉承，采用辛辣的笔触为读者刻画了一幅丑态毕露的俄国昏庸官员形象，生动的语言、丰满的人物形象模糊了戏剧与现实、喜剧与悲剧之间的界限，使这部作品具有了跨时代、跨国界、经久不衰的艺术生命力。

论文作者选择从"信"这一关键要素入手，根据信出现情节位置的不同，将其分为了文章的引子、情节的伏笔、促生情节的工具、全文的收束点几种类型，探讨了信对情节推动和人物塑造起到的作用。

情节是小说教学的重要内容。在中学语文小说教学过程中，教师可针对文章中反复出现的重要元素进行讨论，使之成为一把开启故事重要情节的"钥匙"。如《钦差大臣》中反复出现的"信"、科幻小说《带上她的眼睛》中多次提到的"一支失重的铅笔"等。教师可采用表格分析等方式，提醒学生关注它们的存在与变化，让学生经历与主人公一致的变化，在留下谜团—解开谜团的过程中，拥有更强的沉浸式阅读体验感，从而更好地理解小说的情节架构和作者情节设置的巧思。

（点评人：蒲纾尧）

见书中众生，思今惜世

——契诃夫《契诃夫小说选》读后感

赵　旺

契诃夫作为俄国文学界在世纪之交诞生的一颗璀璨"明星"，他以笔墨展示了 19 世纪末期俄国社会的全貌，揭露出俄国社会的丑恶肮脏，同时也描绘了这个社会的可怜可悲。无论是压迫者还是被压迫者，无论是上层阶级还是底层人民，都在这个社会里生存繁衍，众生的喜怒哀乐构成俄国这一时期的社会百相，也展现在读者眼前。

篇篇小说，揣摩斟酌，深感契诃夫所涉，面面俱到。以诸小说构建出一个社会，展示人性丑恶，鼓励妇女独立，怜惜众生苦相，讽刺庸俗奴性，观其小说，解作者意，以小说为镜，反思今朝，珍惜盛世。

一、观女性命运，追求独立自主人生

曾经几千年，女性只能依附男性而活，19 世纪末 20 世纪初，俄国开始了第一次全国范围的妇女解放运动，在此背景下，契诃夫高度关注俄国女性的前途和命运，小说中塑造了众多女性形象，释放出女性鲜活的生命力。

笼罩在俄罗斯父权统治下的女性，看不清前路在何方，有的像是一朵菟丝花，依傍他人而活，没有自主意识。《宝贝儿》中的奥莲卡则是这类女性的典型代表，她"老得爱一个人，不这样就不行"。她爱过她的爸爸、姑妈，后面她爱上剧团经理人库金，当她没有可以依附的人时，"她什么见解都没有了"，拥有保守女性观的列夫托尔斯泰将奥莲卡理解为贤妻良母的形象，并对此持支持立场，毕竟托尔斯泰认为："一个妇女为了献身于母亲的天职而抛弃个人的追求越多，她就越完美。"[1]但契诃夫塑造奥莲卡，不是想要赞扬一位贤妻良母，而是对缺乏自我女性的否定。契诃夫鼓励女性追求独立人格，拥有话语权，具备独立思想，是对奥莲卡菟丝花行为的否定，是对奥莲卡主体性丧失的否定。

而《挂在脖子上的安娜》则是女性对命运无助的反抗，她试图把握自己的命运而不得，最终走上迷惘的毁灭，由一个受人摆布的弱者到反抗者，安娜在家庭与社会的禁锢中复仇，在金钱与声色中堕落。她不是单纯的在婚姻中受难的悲剧女性，也不是单纯的在声色中堕落的庸俗者。在舞会上受到欢迎，地位上升后，安娜以挥霍丈夫的金钱为报复，她的复仇含着自我毁灭而向整个社会表达抗争的意义。只是可惜反抗的她生不逢时，没有生在革命前夕的俄国，苦难的家庭也让她无法抛弃一切远走他乡。她以绝望的姿态展开复仇，终以迷惘的堕落结束。

契诃夫笔下最彻底的觉醒者出现在《新娘》中的娜佳身上，这篇小说也是契诃夫出版的最后一篇小说。随着资本主义经济在俄国日益发展，资产阶级意识形态在俄国逐渐确立，传统的封建道德观念和家庭关系被动摇，女性主义在俄国得到发展。在这一背景下，娜佳在婚礼前夕醒悟，认识到现有生活的庸俗无聊，不顾婚姻束缚，去追求更广阔的天地，逃离家庭强权的桎梏，坚定跳出剥削庸俗的贵族圈，去求学，走出一片更广阔的天地，迎接新生活。娜佳是题目所指的新娘，不仅是指她原本的身份，更是指她思想的去旧迎新，人生崭新一面的开始。

契诃夫笔下的女性既有困守于传统，不懂追求个人幸福、不知反抗命运不公的蒙昧依赖者，又有在压迫中反抗、在复仇中走向颓败的受害反抗者，也有成功追求个性解放和新生活的新兴觉醒者。这些小说传入我国，特别是新文化

---

[1] 列夫·托尔斯泰：《列夫·托尔斯泰文集（第十五卷）》，冯增义等译. 北京：人民文学出版社，1989年，第2页。

运动时期，《宝贝儿》[1]在《新青年》上发表，和它一同刊登的有列夫托尔斯泰为这篇小说所作的"跋"，紧接之后的是李大钊的论文《战后之妇人问题》，如此不难看出《新青年》当时围绕妇女问题同封建思想进行交锋的情景。契诃夫的作品无疑成为《新青年》传播新思想、宣传女性独立的助手，这些作品参与到新文化运动中，助力了我国女性权利的实现。

如今，在我国，女性的困境已经缓解，男女平等拥有宪法保障，但必须承认的一点就是，社会上仍不可避免地存在女性歧视思想残余，三从四德、贞操节烈的思想根深蒂固，仍有顽固不化的头脑需要改造。女性观尚保守的人仍守着女性为婚姻而活的想法，贤妻良母是他们对女性的唯一评价标准，他们仍旧妄图将女性包裹在狭隘的套子里，束缚在贤妻良母的框架内，捆绑在吃人的锁链中。当今这个时代，党和国家作为坚强后盾，为女性提供了众多保障措施，对女性合法权益的保护深入社会生活方方面面，女性权利已经拥有国家和党的保障，剩下的则更需要女性自身的觉醒，不断地完善个人，发展能力，用能力证明话语权，不做依傍寄生的菟丝花，追求独立自主人生，开出绚烂的生命之花。

二、怜底层人民，感恩生逢华夏盛世

舍斯托夫称契诃夫为"绝望的歌唱家"，称其"不惜用任何方式去扼杀人类的希望"，其中，描写对象本就如此绝望的苦难，也是契诃夫成功地完成这种绝望叙述的原因。谢尔盖·布尔加科夫将契诃夫定位为"与人民一起受苦的艺术家"，契诃夫真正了解底层人民的苦难，书写底层人民的痛苦。

底层人民的苦难中，孩童充满天真和希望的眼睛变得暗淡无光，在小小年纪承受超越年龄的压迫，令人心疼和怜惜其天真懵懂视角下经受的清晰苦难。无论是《万卡》中写信乞求爷爷带他脱离苦地的小万卡，还是《渴睡》中在非人的工作下混沌中掐死婴儿的小保姆瓦丽卡，都是时代艰难下被压迫的童工。他们的结局是绝望的无止境，万卡寄不出信等不来解救他的爷爷，掐死婴儿的瓦尔卡得到暂时的睡眠却必定会走向死亡。9岁的万卡还是懵懂纯真的阶段，

---

[1] 1919年《新青年》杂志第六卷第二号上刊登了周作人译的契诃夫写于1989年的短篇小说《可爱的人》（即《宝贝儿》）。

13 岁的瓦尔卡却已经找不到光和希望。瓦尔卡的结局，也暗示着万卡未来的路，更加让人感受到现实的残酷和孩童的无助。在沙皇的残酷统治下，底层人的苦难只会层层堆积，悲剧不断上演，在一个又一个人身上重复。

童工只是契诃夫小说里苦难的底层人民中小小的一分子，《苦恼》中丧子之痛无处诉说的老马夫约纳，《农民》中精神生活和物质生活都极度匮乏的农民，《歌女》中被太太勒索钱财又被科尔帕科夫嫌弃辱骂的帕莎……契诃夫笔下还有太多受苦难的底层人民，他们处在 19 世纪俄国社会的冷酷无情中，面对黑暗的社会，自私的人性，或是像孤岛的幽灵无人关心，或是遭受毒打还要承受生活的重担，或是尊严被人踩在脚下随意辱骂。在时代车轮的碾压下，他们蘸着生活的酸苦，感受尽世态炎凉。

契诃夫笔下一个个惹人悲悯的底层人民，处在苦难之中犹如弃子得不到救赎，在阴冷黑暗的时代里，光明难以挤进，正义无人提及，触目所及，皆是阴云密布，千疮百孔，每一个人，都是一抹伤痛的无人关怀的影子。

垂眸观书，伤感书中人的苦难，愤恨沙皇专制下的冷酷；回望历史，仰望先烈，敬重他们守下的岁月静好；抬眼见今，感恩生逢盛世，受华夏庇佑。

三、讥奴性官员，思受光于天下照四方

干部，应有所为，有所不为，应是"受光于天下照四方"，应是"位卑不敢忘忧国"，应是"一片冰心在玉壶"。

契诃夫在小说中深刻地讽刺了趋炎附势的底层官员。《变色龙》中，沙皇专制时代人不如狗的社会现实得到展现，沙皇豢养走狗，镇压人民反抗，统治阶级的走狗专横跋扈、见风使舵的丑恶嘴脸在奥丘梅洛夫身上表现得淋漓尽致，走狗打着法令的官腔，干着献媚邀功的勾当，给残暴的专制主义蒙上一层面纱；《胖子和瘦子》中，老友相见，情感初本真挚，可当瘦子得知胖子"三等文官"的身份后，态度陡变，阿谀奉承，奴性十足，沾沾自喜的神气烟消云散；《一个文官的死》中，小官员切尔维亚科夫因一个喷嚏惊惧而死，荒诞可笑，讽刺了人物的卑躬屈膝和奴性愚蠢……这些官员精神贫瘠、尸位素餐、懦弱庸俗，

他们可耻可厌，奴性十足，强者倨傲专横，弱者唯唯诺诺。这些官员习气使人深恶痛绝，令人批判、鄙视。

19世纪末期俄国社会等级森严，沙俄制定的法律也只是沙皇专制残酷统治的一块遮羞布，这样的社会令人心生惧怕，官不为民谋利，民不能表其意，官只为上层服务，民只能在夹缝中生存，在压迫中艰难存活。

如今我们身在中国，身逢盛世，感恩有党，建造了公正合理、代表人民意志的国家机构，拥有以为人民服务为宗旨的党的领导，是我们之幸。人民在风雨中受伤，有党和国家为人民撑起一片天，为大雪中挨冻的人送炭，为烈日下流汗的人递水。但应居安思危，避免有损坏国家和党的权威的人员的存在，揪出脱离群众的工作人员，摒除"假大空"，拒绝"虚浮夸"，远离"庸懒散"，鄙弃"邪恶丑"。干部们应该行稳致远，入世而不混世，作春泥，护人民之花，看千里，学榜样精神。

范仲淹有言：不以物喜，不以己悲。居庙堂之高则忧其民，处江湖之远则忧其君。这正是时代需要的人物，正是官员需要的赤子精神，像将青春献给人民的广西百色百坭村第一书记黄文秀同志，扎根基层，脚踏实地；像王继才、王仕花夫妇，守岛卫国三十二年，以海岛为家，与孤独为伴，三代人无怨无悔地付出；像太行山上的新愚公李保国，三十五年如一日，以"把我变成农民，把农民变成'我'"为目标……太多先辈挥洒血汗，换来今天的国富民安，他们始终和人民站在一起，以人民之忧为忧，以人民之喜为喜，真真正正践行受光于天下照四方。

结　语

《契诃夫小说选》中的人物各异，或积极、或负面、或可悲、或可笑、或堕落、或觉醒，人生百态，命运各异，发人深思。契诃夫写出了俄国世纪之交迷惘苦难一代的麻木、懦弱、自私、孤独、庸俗、奴性、觉醒，虽然时代已经变化，国别即使相异，但书中众相，跨过时空，却仍有共鸣。女性命运的无助、底层人民的苦难、沙俄官员的奴性将19世纪沙皇统治的专制残酷展现得淋漓尽致，笔者见书中众生，笑其庸俗，怒其奴性，怜其苦难，思其觉醒，以书本为镜，不禁反思个人之庸俗，思考社会之不足，望正个人与时代之衣冠；同时，亦醒悟倍加珍惜当下，满怀赤子心，感恩时代，报效祖国。

终是见书中众生，反思今朝，更惜华夏盛世！

参考文献

［1］契诃夫：《契诃夫小说选》，汝龙译．北京：人民文学出版社，2020年。

［2］列夫·托尔斯泰：《列夫·托尔斯泰文集（第十五卷）》，冯增义等译．北京：人民文学出版社，1989年。

［3］契诃夫：《可爱的人》，周作人译《新青年》，1919年。

教师点评

契诃夫作为俄国著名的短篇小说家，擅长从日常生活中选材，以娴熟高超的夸张、讽刺手法塑造人物、安排情节，表现尖锐的社会问题。列夫·托尔斯泰称"他创造了全新的书写形式"，鲁迅先生称赞其作品"我以为没有一篇是可以一笑就了之的"；他的作品语言简练，意味深刻，揭露了对黑暗现实的不满和对自由的追寻，对俄国的专制和民众的奴性进行了深刻的批判。

赵旺这篇读书心得从女性形象、底层人民、奴性官员三个侧面分析了契诃夫小说所塑造的19世纪末期俄国的典型人物及其背后所讽刺的腐朽专制的社会全貌，并将其与我国女性权益保护、民生问题和社会发展联系起来。小说中的批判在今天依然具有一定意义，这就是伟大作品的价值所在。

契诃夫的《变色龙》和《装在套子里的人》分别被选入部编版语文教材九年级下册和部编版高中语文教材必修下册。同时，《契诃夫短篇小说选》被推荐为自主阅读名著。在《变色龙》教学中，教师应带领学生体会作者对随狗主人身份变化而变化态度的奥楚蔑洛夫的人物形象的塑造及讽刺，重点关注其中的夸张、对比手法及其语言、心理描写，以及由此带来的富有层次的喜剧性，从而了解讽刺小说的特点，加深对小说主题的理解。

（点评人：米　禧）

高尔基小说的苦难叙事

——《高尔基短篇小说选》读后感

李福玉

高尔基全名马克西姆·高尔基，意为"巨大的痛苦"，这是他在发表处女作《马卡尔·楚德拉》时所用的笔名。高尔基的创作也和他的笔名一样，饱含巨大痛苦。高尔基创作的短篇小说分为现实主义和浪漫主义两类，其中以现实主义展现俄国底层民众生活的作品居多，人们的苦难便是其中一个重要主题。高尔基的人生经历和俄国的社会状况造就了他苦难创作的主题，他不仅是苦难世界的目击者，更是悲惨人生的亲历者。他熟悉底层民众的生活，也能够同情民众的苦难，于是底层人民的生活进入了他的创作。在批判资本主义制度罪恶的同时，他也展现了人们面对苦难时的可贵品质，以此来唤醒人们的良知。

一、苦难叙事的内容

高尔基早期的小说始终关注资本主义制度下俄罗斯普通民众的命运，记录他们的生活。收录于《高尔基短篇小说选》的作品表现了多种类型的苦难，通过刻画普通民众生存的痛苦，表达对时代的反抗，可见高尔基对当时俄罗斯人生存价值的思考。

（一）生存苦难

19世纪末期的俄国资本主义工业发展迅速，与此同时社会也混乱到了极点。

工人被机器压榨，农民也在饥饿线上挣扎，社会的变革让工人农民的生活更加不易。父母早亡的高尔基十岁便开始出门流浪讨生活，他知道这样的时代带给人们的是无尽的苦难，他在创作中也真实地反映了这一内容。《叶美良·皮里雅依》的主人公叶美良说愿意用杀人来换取自己的幸福，他仇恨富人，只是因为他渴望富裕的生活。为了生存，他想要杀人谋财，后来还不得不去盐场觅活。叶美良的悲惨遭遇是资本主义制度造成的，资本家对工人的剥削让他一生劳动却一无所有。《阿尔希普爷爷和廖恩卡》中的爷孙二人是破产的农民，最终沦落至乞讨求生。资本主义入侵农村，贫困的农民被剥削得更深，失去家园流落在外。将死的爷爷担心孙子无法生存，最终却落得一老一少皆惨死草原，土地成为他们的归宿。

（二）心灵苦难

工业文明带来的是社会的冷漠，这种冷漠不仅是一种生存困境，也是一种个体精神困境。物质的匮乏给人们带来的是肉体上的痛苦，但精神的空虚则会让人找不到生活的意义，这是一种更难以接受的苦难。高尔基笔下的叶美良和阿尔希普爷孙的苦难是来自物质匮乏的生存苦难。此外他也描绘了底层人民的心灵苦难。《柯诺瓦洛夫》的主人公是个热爱自己职业且敬业的面包工人，他爱读书且能与书中人物感同身受。然而这样一个看似热爱生活的人却自杀了，原因是他在生活中找不到属于自己的位置，找不到自己的支点来顶住四面八方的黑暗势力。他的内心是痛苦的，资本主义社会没有给他生路。《契尔卡什》的主人公契尔卡什离开家乡谋生，想到曾经在土地上的日子都会让他的灵魂得到宽慰，产生心灵上的归属感和安全感。工业化的社会环境对自然生态美的破坏和践踏让他与自然疏离，产生隔膜，罪恶的时代让他远离了土地，内心得不到充实。

二、苦难的救赎与超越

苦难是对人生存本能的压制，但有压制的地方就会有反抗，有苦难的地方就会有苦难的救赎与超越。高尔基的小说再现了 19 世纪末俄国底层人民生活的苦难，但他在创作中所表现出来比苦难更崇高的是希望。他曾在给契诃夫的信中写道："真的，需要英雄人物的时代已经到来了：大家都希望有令人鼓舞的东西、开朗明快的东西，您知道，希望有不是酷似生活，而是比生活更高、更好、更美的东西。"[1] 高尔基写的不仅仅是苦难，更是一个民族的希望。他通过人们对苦难的救赎与超越来刻画人们美好的人性，以此唤醒更多底层人民的人性，引人奋进。

（一）对苦难的接受与承担

苦难的降临往往难以预料，也让人难以轻易摆脱。坦然面对生活，生命也会获得更多自由，个体若能接受与承担苦难，也算是对自己的一种救赎。《一个人的诞生》中哪怕自己的生活条件已然十分艰苦，这个母亲也没有任何抱怨和不悦，仍然坚持干活并在辗转的路途中生下了孩子。她善于接纳苦难的态度让她在苦难中也没有丢失自己的尊严，展现了生命的美好。为她接生的高尔基同样也是能接受苦难、追求美好的人，从夜里提早出发去海岸迎接日出这一点便可看出。《小个儿的女人》里的夫妇本来孤独地生活着，一个被安排进村的俄罗斯女孩闯入了他们的生活，驱散了他们的寂寞。可是一场寒热病却又把她烧死了，他们只短暂地快乐了两年，于是夫妇踏上了徒步为她祈祷还愿的旅程。面对生活的打击，他们选择了接受并做出自己的努力，这种坦然面对苦难的态度值得我们去品味。

（二）善恶对抗的人性之光

工业文明下，人们的欲望得不到满足，于是产生了贪婪、忧郁、自私等负面性格。但有恶的地方也会有善，善是救赎恶的存在。高尔基自己的经历便是最好的诠释，他的外公专横吝啬，两个舅舅也残暴无情，这样的家庭环境让高尔基充满了痛苦和紧张。他的外婆却和这家人不同，她是高尔基最温暖的朋友，她对世界无私的爱给了高尔基力量。高尔基在外婆身上看到了救赎之光，成长

---

[1]　高尔基：《文学书简（上卷）》，曹葆华、渠建明译，北京：人民文学出版社，1962年，第66页。

为一个坚强正直的人。

高尔基的作品也是如此，底层人民生活虽苦，偷盗嫖赌的流浪汉四处可见，但他们的性格中也有积极的一面。《契尔卡什》里的加弗里拉在得知自己是被骗去偷窃后内心极度煎熬，可是看见巨额财富后他又开始变得贪婪，最终成为金钱的奴隶。这是资本主义制度下金钱崇拜对人的异化，被异化的加弗里拉是被人们唾弃的。相反，被过往回忆唤起痛苦的契尔卡什却让人看见了生命之光。他鄙视加弗里拉的贪婪，认为爱钱会让他失去自由。叶美良舍弃即将到手的财富，转而解救了自杀的少女并劝慰她重拾生活的信心。那一刻，社会的不堪也掩盖不住这个可悲流浪汉纯洁高尚的一面。

（三）以死抗争的生命尊严

当理想和现实发生尖锐冲突，当生活已经毫无意义可言时，死亡对被苦难压制的人来说是一种解脱，也是他们对时代和生活不满最大的抗争。高尔基笔下以死抗争最典型的就是柯诺瓦洛夫，他是与众不同的，不同在他有着 17 世纪俄国农民起义领袖斯杰潘的爱憎。这样一个人虽热爱生活，却无法在社会中自由地生活。与无法找到支点苟活一生相比，死亡或许更能展示他的价值。他的死是走向涅槃的自主选择，其超越苦难的做法显示出一种不同的生命姿态。

高尔基笔下不仅成年人有以死抗争的魄力，孩童同样有能用死来守卫尊严的勇气。廖恩卡的死在我看来是他无法接受自己的爷爷真的偷窃了蓝色头巾和短剑，也无法接受那个他想保护的小女孩对他恶意地笑。他以为是村里的人冤枉了他们，可事实真相是爷爷的确偷了蓝色头巾和短剑。他无法接受并痛骂爷爷"在那个世界里得不到饶恕"，一定程度上加速了爷爷的死亡。旧社会将他的爷爷一口吞下了，强烈的自尊让他无地自容，没有了爷爷，他也没有了生活的依靠。死亡是他无法抗拒的结局，也是他维护最后尊严的方式。

结　语

高尔基是文学与革命的战士，他的创作不仅呈现出人民在黑暗社会下的痛苦，更展示了俄国人面对压迫不屈的灵魂，激发了人们积极的生活态度和内心的良知。在他的苦难书写中，我们可以看到他对弱者的深切同情，体会到他对现实的思考，也能感受到苦难艺术下的感染力。他的苦难叙事透过个体具象的伤痕，触碰到了一个民族的悲伤历史，对塑造民族精神也具有重大的意义。

参考文献

［1］高尔基：《高尔基短篇小说选》，瞿秋白等译，北京：人民文学出版社，1980年。

［2］高尔基：《文学书简（上卷）》，曹葆华、渠建明译，北京：人民文学出版社，1962年。

［3］王威：《苦难孕育坚韧：俄罗斯十九世纪文学中的苦难性对国家精神的塑造意义》，《黑龙江工业学院学报（综合版）》2021年第21卷第2期，第150-152页。

［4］石雨鑫：《高尔基早期短篇小说中的流浪汉形象研究》，辽宁大学硕士论文，2022年。

［5］苏昀晗：《高尔基早期短篇小说的艺术特色》，南京大学硕士论文，2015年。

教师点评

本论文通过品鉴《高尔基短篇小说选》重点梳理了高尔基小说的苦难叙事视角，认识深刻，文从字顺，逻辑清晰。第一部分"苦难叙事的内容"分为"生存苦难"和"心灵苦难"两个要点，标准的议论段在段首和段尾应有观点提出与得出结论两个重要成分，如若在开头能对"生存苦难"进行一定程度的解读，在具体实例后进行归纳总结，会使文章思路更加清晰。其次，"生存苦难"与"心灵苦难"之间是否有关联，所有底层人民都同时面对这样的"苦难"吗，都面对同样的"心灵苦难"吗？可见"苦难叙事的内容"这一部分的论述还可以有新的切入点。最后，第一部分"苦难叙事的内容"与第二部分"苦难的救赎与超越"有什么逻辑关系，如何衔接还需考量。

（点评人：熊　敏）

蜚声遐迩，意蕴深远

——《一千零一夜》读后感

张馨予

《一千零一夜》时空范围极其广阔，内容极具开放性和包容性，是广大波斯人民和阿拉伯人民智慧的结晶。故事有的揭露封建统治，有的赞美勤劳勇敢，有的颂扬诚实守信，有的描绘美好爱情，有的讴歌至美人性，有的倡导探索进取……这些妇孺皆知、老少皆宜的故事饱含人生哲理，深度体现出古代阿拉伯人民的文化传统和价值观念。学界大多从《一千零一夜》的艺术特色、人物形象等方面加以研究，对本书的思想内容和主旨研究较少，本文即从这个角度切入，试图就《一千零一夜》的主旨展开分析，在阅读中探索阿拉伯社会的主流价值观和人生观，探究其引人入胜的故事背后的深远意蕴。

一、弘扬真善美，讴歌美好的灵魂

《一千零一夜》将人世间存在的真善美与假丑恶真实地展露在我们面前，揭露统治阶级贪婪丑恶的本性的同时，生动形象地反映了劳苦大众对美好生活的无限向往与执着追求。其开篇之作《国王山鲁亚尔及其兄弟的故事》中，相传古代印度与中国之间有一萨桑国，国王山鲁亚尔从弟弟的口中知道了王后与宫女、仆从在一起嬉戏歌舞后，认为有失颜面，将其杀死，与此同时他开始厌恶妇女，存心报复，他便每日娶一少女，次日杀掉再娶，城中女子均逃之夭夭。宰相的女儿山鲁佐德为了阻止一个个鲜活的生命无辜消逝的结局，放下个人安危，自愿嫁给国王，按照原计划和妹妹配合用讲故事的方法引起国王兴趣，讲完故事天已大亮了，她便告诉国王来夜的故事更精彩，使国王不忍杀她，允许她下一夜继续讲。她的故事一直讲了一千零一夜，国王终于被感化，幡然醒悟，与她白首偕老。在漫长的一千零一夜中，美丽善良的山鲁佐德用卓越的智慧拯救了自己和万千无辜的女子，奉献如是，至美如斯，无论何时，真诚、善良、美好的山鲁佐德都是我们心中最好的样子。全书以其为主线，让真善美与假丑恶的斗争贯穿全书，真善美的结局也满足所有读者的期待。另一则《驼背的故事》讲述了责任和担当，在中国的京城有一对好客的裁缝夫妇在宴请一个驼背时发生了意外，因为恐惧就把以为死亡的驼背以看病为由留在了医生家里，想嫁祸给医生，诚惶诚恐的医生又嫁祸给了厨房总管，厨房总管又嫁祸给了基督教商人，祸从天降的基督商人百口莫辩，在国王即将对商人行刑的千钧一发之际，良心发现的总管、医生、裁缝都站出来承认是自己害死了驼背，并详细描述了事发经过，且愿意承担一切责任。这时，皇宫的理发匠站了出来，在厘清事情的原委之后仔细检查起了驼背，结果虚惊一场，驼背并没有死，只是被鱼刺卡住了，他小心翼翼地取出鱼刺后驼背神气活现地爬了起来。皇帝随即命令宫中的人把这件事记录了下来，作为永久的历史文献，正直、善良、敢于承担责任的人均得到了国王的赏赐。一则则意味深长的故事让当时阿拉伯社会的主流价值观跃然纸上。

二、歌颂坚贞不渝，向往美好爱情

《一千零一夜》中的许多婚姻爱情故事，从男女主人公对爱情的执着追求中，反映了他们对坚贞不渝的爱情的热烈向往。其中之一《乌木马的故事》讲述了一位哲人向国王献上一匹乌木马并借此寻求赏赐，太子提出要试验乌木马是否真的如哲人所说，便骑上乌木马出发。因为路途遥远饥肠辘辘，在寻找食物的过程中意外邂逅了一位月儿般的绝世佳人，观望后发现她原来是公主，二人交谈甚欢，一见钟情，因国王的阻拦二人被迫分离，于是太子想方设法，骑着乌木马把思念成疾的公主带回了波斯国。正当太子准备风风光光迎接公主进城的时候发现哲人把公主连同乌木马一起骗到了希腊，并强迫公主做他的妻子。在一个契机下，希腊国王发现了公主，并对她宠爱有加，可是公主早已心有所属，为了维护自身，公主便装疯卖傻。王子对公主心心念念，因为失去了公主而心灰意冷。他便下定决心要把公主带回来，开始了搜寻。历经千辛万苦，王子终于发现了公主的下落，并运用了自己的聪明才智，以为公主看病为由，把公主和乌木马解救了出来。最后两人返回了波斯国，举办了那场迟来的婚礼。爱情是文学作品中的永恒主题，历来文学作品中关于爱情的结局不乏悲剧，隐忍的、破灭的爱或许在我们心中久久荡起涟漪，但王子与公主历经艰难险阻后幸福地生活在一起的大团圆结局似乎更能满足每一个普通人心中最美好的期待。

三、赞美吃苦耐劳，机智勇敢

《一千零一夜》生动再现了人民群众的现实处境与命运，形象地描绘了他们在与命运抗争中展现出的大智大勇。在《阿里巴巴和四十大盗的故事》中，主人公阿里巴巴在父亲去世后因为继承财产有限，生计日益困难，娶了一个穷苦人家的女儿为妻，夫妻俩靠卖柴为生。他为人忠厚老实，心地善良，日子虽然清贫却也平安。一天在照例去砍柴的路上，他无意之间发现了强盗集团的宝库，他学着强盗的咒语驮回去了几袋金币。因为嫂子的诡计，这一秘密被哥哥发现，左右为难的阿里巴巴在哥哥的胁迫下最终将事情的原委告诉了哥哥，贪婪、嫉妒、无休止的欲望最终为哥哥引来了杀身之祸，强盗们为除后患，密谋杀害阿里巴巴。在机智、勇敢、疾恶如仇、随机应变的女仆马尔基娜的帮助下，阿里巴巴才化险为夷，最终战胜了强盗。马尔基娜先后三次机智地破坏了强盗们的罪恶计划，使两名匪徒死在自己同伴的刀下，另外三十七名匪徒被她用滚油烫死。最后，她又机警地发现匪首的险恶阴谋，她机智地利用献舞的机会，勇敢地用匕首刺死他。阿里巴巴为了嘉奖这个忠实可靠的人，恢复了她的自由，并让自己的侄儿娶她为妻，他们从此过上了无忧无虑的幸福生活。同样面对金钱，贪得无厌的哥哥和淳朴善良的阿里巴巴形成了鲜明的对比，阿里巴巴面对巨额财富并没有迷失自我，而是泰然处之，自然而然他们兄弟俩也就有了不同的结局。

四、探索进取，富有冒险精神

阿拉伯帝国恶劣的地理环境和得天独厚的地理位置让他们的商业贸易一片繁荣，而逐利又是商人的天性，别开蹊径显然比墨守成规能带来更多收益，探索冒险便成了他们的日常。大家耳熟能详的辛伯达就是古代阿拉伯具有代表性的冒险商人，他对外面的世界充满了好奇，积极的进取心和强烈的冒险精神每一次都为这个乐观坚韧的年轻人带来了意想不到的收获。阿拉伯地区频繁的商业往来和繁华的海外贸易是这些航海冒险故事的温床，《辛伯达航海旅行的故事》是这类故事的代表作。主人公辛巴达是探索进取、积极发展海外贸易的商人典范，他先后七次漂洋过海，历尽艰险，最终化险为夷，并获得了大量财富，故事赞扬了他不畏艰险的创业精神和百折不挠的进取精神。

《一千零一夜》是世界文学的瑰宝，成了沟通东西方文化的桥梁。尽管书中有的故事过度渲染了财富观，强化了宗教观念，在艺术创作上也并非完美无缺，有的描写大同小异，有的故事情节千篇一律，但依然不能掩盖它不朽的文学价值。《一千零一夜》让思想的光芒照亮了夜的天空，每一个故事无论多么曲折离奇、艰辛坎坷，最终都有一个完美的结局，这是对勤劳勇敢的人们对美好生活的向往和期待的回应。文学是民族的，也是世界的，不同的风格，不同的表达，展现的是同一个世界，蕴含的是同样至真至纯至善至美的哲理。步入其中，我们将跟全世界的人一起穿越时空，感受美好、感悟真理、净化心灵、滋养灵魂，与他们一起品《一千零一夜》，共享盛宴。每一个动听的故事都是一朵美丽的浪花，她们或晶莹、或炫彩、或朴素、或深邃……动人心弦、熠熠生辉，它们在岁月的长河里一路逶迤，奔流不息。

参考文献

［1］《纳训译一千零一夜》，纳训译，北京：人民文学出版社，2015 年。

［2］张树光：《〈一千零一夜〉的艺术特色》，《赤峰学院学报（汉文哲学社会科学版）》2009年第30卷第8期，第62-63页。

［3］刘刚：《关于〈一千零一夜〉思想内容的思考》，《才智》2013年第31期，第248-249页。

［4］周烈、蒋传瑛：《永不凋谢的民间文学之花——重读〈一千零一夜〉有感》，《外国文学》2001年第3期，第83-86页。

教师点评

阿拉伯民间故事集《一千零一夜》汇集了大量精彩的神话传说、寓言故事，情节诡谲怪异，优美动人，作为阿拉伯文化孕育的多民族文化交融汇合产物，其魅力经久不衰。学界大多从《一千零一夜》的艺术特色、人物形象等方面加以研究，本论文则聚焦于故事的主旨进行分析，探索阿拉伯社会的主流价值观和人生观。《一千零一夜》中讴歌的忠贞不渝爱情、机智勇敢、探索冒险精神是人类社会永恒的心灵追求，亦是神话寓言类文章不变的母题式精神内核。

近期各省市的中考试题中，神话寓言类文章高频出现。如2022年重庆中考A卷《鸟与冰山》、2021年浙江湖州中考《向前行的小龙虾》、2021年浙江宁波中考《仓鼠爱德华的日记》等。这些文章往往通过浅显易懂的故事和鲜明的人物形象揭示背后的深刻哲理。因此，主旨分析正是这类文章考查的重要知识点。这就要求学生需要具备基本的故事情节梳理能力，能够较为完整地总结与归纳人物的主要性格特点，从而拨开情节的"迷雾"，找到文章真正想要阐述的深刻道理。本篇论文对《一千零一夜》主题的探索也可为语文阅读教学提供一定的思路与方向。

（点评人：蒲纾尧）